有爱的青春陪伴者

苦夏

槐序青棠 著

花山文艺出版社
河北·石家庄

图书在版编目（CIP）数据

苦夏 / 槐序青棠著. -- 石家庄：花山文艺出版社，2024.1
ISBN 978-7-5511-6958-5

Ⅰ.①苦… Ⅱ.①槐… Ⅲ.①长篇小说－中国－当代 Ⅳ.①I247.5

中国国家版本馆CIP数据核字（2023）第236053号

书　　名	：苦夏
	KU XIA
著　　者	：槐序青棠
责任编辑	：卢水淹
特约编辑	：廖唯佳　雪　人
责任校对	：林艳辉
美术编辑	：陈　淼
封面设计	：颜小曼
内文设计	：唐卉婷
封面绘制	：牧吉岛
出版发行	：花山文艺出版社（邮政编码：050061）
	（河北省石家庄市友谊北大街330号）
销售热线	：0311-88643221
印　　刷	：长沙鸿安印刷有限公司
经　　销	：新华书店
开　　本	：880 mm×1230 mm　1/32
印　　张	：11.5
字　　数	：451千字
版　　次	：2024年1月第1版
	2024年1月第1次印刷
书　　号	：ISBN 978-7-5511-6958-5
定　　价	：42.80元

（版权所有　翻印必究·印装有误　负责调换）

目 录

001 / **楔子**

002 / **第一章**
端盘子那个叫晏藜

018 / **第二章**
传说中的江却

041 / **第三章**
草木皆兵的十七岁

061 / **第四章**
江却的目的

080 / **第五章**
收敛

100 / **第六章**
披着羊皮的狼

120 / **第七章**
他上钩了

143 / **第八章**
真心换真心

162 / **第九章**
给喜欢的人送苹果

目录

181 / **第十章**
夏天又快来了

199 / **第十一章**
天下没有不散的筵席

221 / **第十二章**
只有路窄的冤家

241 / **第十三章**
你就当我们从来没有认识过

259 / **第十四章**
我想光明正大地爱一个人

284 / **第十五章**
别怕

305 / **第十六章**
我好想我们能有以后

325 / **第十七章**
这就是爱

354 / **番外一**
真正的天长地久

359 / **番外二**
阳和启蛰

楔子

一部电影落幕的时候,晏藜注意到最下面的进度条,足足两小时零十三分钟。

她从榻榻米上下来,披了件针织开衫,长至腰际的黑发末梢带着微卷,如海藻一般披散下来。

墙壁上的文艺挂钟指向九点过两刻,她慢步走到玄关,外头已经没了动静。

周遭很静,静得人发慌,落地窗外的高楼大厦偶有亮光,掺杂着隆冬呜呜的风雪声。

她握着门把往下按,咔啪一声,门应声开了。

下一秒,晏藜的目光触及门外的人,忽地愣住。

外面站着的男人,也就二十多岁的样子,他穿着黑色的毛衣和驼色的外套,身姿颀长,就那么站着,静静地看着她。

晏藜记得电影有两个多小时,那么他就站了两个多小时。

江却是疯子,是固执的、极端的疯子。

就像他们十八岁那年,他追着她的火车跑了二十多分钟那样疯。

他少时曾在给她的字条中写——"晏藜,我会和你纠缠一辈子"。

他做到了。

第一章

端盘子那个叫晏藜

1

1999年,晏藜第一次来到南平。她和母亲拖着大包小包的行李,看着人声鼎沸的鼓楼区火车站。这个自小在南方长大,说一口吴侬软语的小姑娘,还是对未来充满期待。

那年她十三岁。

父亲新丧,母亲很快给她找了个继父,她母亲说继父人很好,于是她渐渐忘却了那个凶神恶煞般的、已逝的生父。

但她没想到,她腐烂的人生也自十三岁那年开始,彻底拉开了帷幕。

鼓楼区分新旧,旧城区这时候还多是破败的楼群,拥挤、潮湿,四个字足以概括。南平在全国都是数一数二的发展迅速的城市,但鼓楼旧区仍像过去一样,在这个城市里格格不入地苟延残喘着。

晏藜是被门外剧烈的吵架辱骂声惊醒的。她睁开眼,外面天还没亮,盛夏的清晨带着露水的凉意,从半开的泛着铁锈的窗户侵袭进来。她把薄毯整齐叠好,好像听不见外头激烈的战况似的,兀自慢吞吞地换好了洗得发白的衣服。

开门,迎面砸过来一个烟灰缸。晏藜不疾不徐地侧身,玻璃制的烟灰缸应声而落,清脆的一响过后,是更难听的男人的辱骂声:"丧门星!老子看见你就烦,趁早滚。再让我看见你,我掐死你!"

骂声浑厚有力,中气十足,晏藜却像没听见一样,她面无表情地越过一地狼藉的客厅,去卫生间洗脸刷牙,然后去厨房盛饭。

留下身后此起彼伏的男人女人的吵嚷打砸声。

赵文山穷,所以晏藜和她妈周琴一起受穷。所谓的早餐不过就是用昨晚的剩饭做的烂糊粥,还有半个没热透的、半硬的馒头。

头顶的灯因为年久已经有些泛黄了,和厨房随处可见的油渍一样泛着让人恶心的光。晏藜今天还要去做兼职,她只犹豫了两秒,就把那个一看就很难吃的馒头拿了起来。

她十七岁了,过完暑假就高二了。

因为上学期考了全市第六,她得以从十三中转到一中,免去学杂费和学费,还得到了一笔不菲的奖学金。

晏藜想起来,低头看了看白皙胳膊上的淡淡疤痕——奖学金被赵文山夺了,她在抢夺过程中被他推到地上,胳膊被锋利的柜角划过,就留下了这道疤。

赵文山是晏藜的继父。

客厅的骂战还在继续,现在又多了女人拔高腔调的哭叫。晏藜啃完馒头,喝了几口稀饭,就回房间收拾了,路过客厅时,免不得又要被连累着再受几句骂。

三言两语,晏藜不用猜都知道他们是怎么吵起来的,无非是些鸡零狗碎。赵文山总是会想尽一切办法地羞辱她们母女俩,以达到发泄怒火的目的。他无能,做什么生意都赔钱,回家了就找个由头把晏藜母女俩打一顿出气。

他该改名叫赵窝囊。

晏藜挎着帆布包下楼,社区门口"惠民小区"的铁牌不知道什么时候变得东倒西歪,沾着仲夏清晨的露水,她能听见远处微微嘈杂的早点摊叫卖的声音,馄饨、包子、豆腐脑,清澈空气里若隐若现那些摊子上独有的炝香辣椒油味儿。

她在旧城东的蔡家牛肉面馆做兼职,从早到晚。那家店白天卖牛肉面,晚上就在店外面的空地支起塑料桌椅,卖烧烤。

这个点儿店里没什么人,晏藜纯粹是为了逃出来才拿兼职当借口的。她走得很慢,新城区里被视为违章建筑的石梯坎路,旧城区遍地都是,老旧的房子被这些路分得高低错落,一抬头就是遮天蔽日的桑榆香樟,还有乱七八糟的电线。

日头还没毒辣起来,但毕竟是七月份,已经有很热烈的蝉鸣了,给早起来往的人们平添了一份焦躁。

晏藜到店里的时候,只有前台坐着的蔡家的老板娘,戳着计算器的手指短粗白腻,脑门子一片反光的细汗。晏藜只知道老板娘姓赵,吃得滚圆,脾气暴烈。

晏藜才到后厨放下包,就听见外面老板娘的叫声:"小燕子,出来把牛肉洗了,待会儿喊吴师傅给它卤上,手脚麻利点儿……"

"小燕子"是老板娘给晏藜取的外号。这小馆子里大大小小的伙计,包括老板,都有各自的外号。这女人喜欢看琼瑶剧,店里人的外号多少都跟那些电视剧沾点儿关系。

晏藜低眉顺眼地系上围裙,去搬那个大塑料盆,里面盛了一块老板娘大早上请人送来的牛肉,还没处理,腥气冲天。推开门帘子出去的时候,她看见一个男人从另一头进来,胡子拉碴的,衬衫领子撇到一边。

"热死了,怎么不开风扇啊?"那男人叫喊着,声音粗嘎,常年吸烟的嗓子像含了一口浓痰。

"开开开!就知道开风扇!一个月多少度电都是被你糟蹋的!一大早热什么热,嫌热滚出去,敢情这馆子不是你自己家的。"

胖老板娘尖厉的骂声落下,里面果然噤声了。这一幕几乎每天早上都要在面馆里上演,蔡家面馆的老板是个老烟枪,挥霍无度,他老婆却是个尽人皆知的抠门鬼,挂在嘴上最多的两个字就是"省钱"。

一大早热得出汗的明明就是老板娘自个儿。当然,这话晏藜也就敢在心里说说。

十一点多,面馆里才陆陆续续有客人。

晏藜既要打杂又得跑堂,十几个来回下来,不到半个小时她后背就湿湿了。十一点半,蔡家的儿子上完暑假补习班回来,带了一群朋友冲进面馆。

"蔡景辉,你家这饭店真气派啊。这顿你请啊,吃完了哥几个带你去城南玩。"

"跟着我们,以后就不用怕了。"

一群人围着最中间那桌坐下,你一言我一语地吵嚷着,满屋的客人都看过来几眼,又摇摇头埋头吃自己的面。

晏藜的头低得更低了,她端着盘子,快步绕过那桌。

"晚上啊,带你见见我江哥。"远远地,晏藜听见领头的那个黄毛得意地放着话。

回后厨要经过前台,晏藜抬眼就看见老板娘跷着二郎腿坐在那儿,一脸慈爱地看着不远处的儿子。晏藜张张嘴,想说什么,又咽回去,默不作声地走了。

蔡景辉带来的那几个人,晏藜认识,是十三中出了名的刺儿头,不务正业最精通,逃课惹事第一名。

蔡家就这么一个儿子,跟他们玩,迟早被毁。

晏藜洗着菜,把烂菜叶子揪下来,扔到角落里。

"跟我有什么关系,瞎操心。"她想,把那些念头都烂在肚子里,省得自找麻烦。

晚上七八点,是崇安街最热闹的时候。

这条街纵横旧城区,头尾都是小吃店和杂货店,中间乌泱泱的社区楼,盖到七八层就顶天了,跟另一头的新城区实在不能比。

蔡景辉掀开后厨布帘的时候,晏藜正刷着盘子。

"晏藜,新上的那碗面,不要香菜不要小葱啊,多放牛肉。"男孩儿黑瘦,面容乍一看透着两分市侩之气。

他俩以前都是十三中的学生,只不过不是一个班。后来晏藜来找兼职,一开始蔡景辉他妈看不上晏藜,觉得她太瘦干不了活儿,还是蔡景辉一听她也是十三中的,才让他妈把她留下来。

蔡景辉这人,说好不好,说坏也不坏,只不过晏藜承过他的人情,他也没坏到她头上过,所以两人见了面说话还算和气。

"好。还是送到你那桌,加四瓶饮料吗?"

蔡景辉嘿嘿笑了下,伸手比了个数:"不不不,六瓶,我大哥今天带了个朋友来。"

晏藜点点头,对方就出去了。

后厨太热了,晏藜洗了手把松散的头发又扎了一遍,反光的推拉玻璃上泛着暗黄色的污渍,不甚清楚地倒映出她那张脸。

素面朝天,算不上漂亮,除了白,最显眼的就是她那双不讨喜的、狭长清冷的眼。

她端着托盘出去,中碗的招牌牛肉面,二十串烤羊肉。

扑面而来的闷风,混杂着佐料刺鼻的香气,嘈杂的人声、蝉鸣和狗叫,隔壁发廊外放着粤语歌,晏藜在这么一片纷乱里,目光搜寻着蔡景辉那一桌。

天蒙蒙黑,崇安街的路灯一如既往的昏暗,但晏藜还是第一眼就看到——也是那人太出挑,生着一张白皙明朗、下颌冷硬的脸,穿着蓝白校服,坐在一众平庸里。

这乌糟糟的地方,一抹这么扎眼的白。

2

"不要香菜不要小葱的面,就是江哥的。"蔡景辉喊了声,下巴点了点那个人。

晏藜把面和烧烤放下,桌上已经有人认出了她。

旧城区就这么大,大部分学生都在排名靠后的几个普高和职高上学,晏藜瞥了一眼那个"江哥"的校服,不是十三中的红,也不是职高的黑,看样式应该是新城区一中的。

桌上还有几个女生,一开始她们声音还压低着笑,等到晏藜收了托盘转身之际,那几个女生的嗤笑声陡然拔高了——

"还真是她啊。无语死了,怎么哪儿都能碰见,苍蝇似的,讨人嫌。"

"谁说不是呢,在学校抬头不见低头见就够恶心的了,出来了还得被迫看她那张虚伪做作的脸。真以为自己多高贵,装什么呀。"

"再高贵不还得给咱们端盘子倒水吗?学习好有什么用,得第一又怎么了,屎盆子镶金边。"

屎盆子镶金边,这话真是够难听的。

晏藜欲要离开的脚步顿住，她脸上还是那副要死不活的冷漠表情，转过头，静静地看着那些人。搁在以前，她可能会骂回去，只是这会儿对方人多势众，她打不过不说，再丢了工作，得不偿失。

只是她们话没说完，为首的黄毛像是突然反应过来什么，重重地拍了他旁边的女生周盈嫶一巴掌，啪的一声脆响——

"说什么呢！没长眼睛，没看见江哥还在这儿？骂人就骂人，干什么提'学习好'这几个字，江哥学习也好你又不是不知道，胡扯什么呢……"

晏藜不自觉地把目光又移向刚才那人，然后才发现他也在看她，只不过表情没什么温度，好像也并没有因为周盈嫶等女生的冒犯而生气。

对视只有一瞬，对方立刻就收回视线了。

晏藜大概懂了，这人是一中的，成绩应该不错，在这帮人里有着不低的地位。

她前脚走，就听见身后周盈嫶仓皇失措的道歉声，也是喊"江哥"，然后再指名道姓地点她："我们……我们骂的是那个叫晏藜的，就刚才端盘子那个，不是说你。江哥你都不知道，那女的在学校有多讨嫌，特别装……"

直到她进屋，听不见那些声音了，他也没有回一个字。

怪人。

晏藜不懂，放着大好的出身和前途，竟然跑来和黄毛他们鬼混，真怪。

直到晏藜进后厨了，江却才不着痕迹地收回目光。

他摆摆手制止了周盈嫶还没说完的话："没事，先吃饭吧。"

周盈嫶微红着脸点点头，刚才在众人面前的飞扬跋扈消失得一干二净："江哥大度，我敬你一杯。"

江却点头，却抬手护住自己的杯子："我自己来。"

江却这是不抬举她。

周盈嫶收手，也不介意。桌上但凡见过江却的人，都知道他是什么脾气，一直以来他对谁都这样，冷淡疏离得要命，少有好脸色。

江却喝了一口，碳酸饮料刺激的气泡感从口腔流到喉咙，冰凉的温度勉强压住他心头莫名的焦躁。他微侧过眼，又看向没动静的后厨布帘。

黄毛离江却最近，看江却放下一次性塑料杯，就歪着头凑了过来："江哥，刚才那女的不就是以前你问我的那个吗？可巧了，这家店是辉子他家开的，那女的就在这里打工。周盈嫶她们都认识她，你想打听什么，尽管问呗。"

其他人一听，尤其周盈嫶，一下子来了兴趣："江哥也认识她？江哥不是一中的吗，怎么连这种人都认识？该不会是名声太臭，都隔着半条江传到新城区去了吧……"

江却默不作声。

晏藜,晏藜。这个名字,早就已经刻在了他脑子里。

周遭乱嚷嚷的,江却眼前恍惚了一下,好像又回到他十二岁那年,在医院,周围也是这么多七嘴八舌的记者,他被父亲牵着,眼睁睁地看着这个叫晏藜的女孩儿,对着话筒污蔑他母亲。

他眼里丝丝缕缕地泛起恨,然后一瞬又消失了。

黄毛他们摸不准他对晏藜的态度,面面相觑了一下,除了几个女的,没人敢轻易开口。

看这样子,像是认识,但是哪种认识?要是关系好,他们可不敢乱说;可要是关系不好,他们倒是可以顺坡往上爬,多说人家几句难听的,讨江哥高兴。

江却看出他们眼中的顾虑,垂下眼帘:"不用担心,有什么说什么。"

认识周盈婼的人都知道,她平生最恨十三中霸榜第一名:晏藜。

恨晏藜什么?

——明明晏藜穷得要命,跟大家一样都是旧城区的,却喜欢装清高,成天板着一张脸,让人看了就晦气。学习好,但是不合群。周盈婼身为学姐,还总是被老师以晏藜为例子训斥她。

江却早就听腻这些话了,一模一样的东西,黄毛以前就跟他讲过。这些话不是他想听的,他也从不觉得这些是缺点。

乌鸦群里出了只凤凰,所有的乌鸦都会嫉妒,要啄脏凤凰的羽毛才肯罢休——明明大家出生的时候都是乌鸦,凭什么就你成了凤凰!

江却见怪不怪了。

"没了吗?"他淡淡开口,看向周盈婼的眼神像攒了一丝凉霜。

周盈婼愣了一下:"没……没了吧?"这些罪状难道还不够让人讨厌的吗?单拎出来任何一条,都可以引起桌上所有人的共鸣啊。

江却闭了闭眼,眉眼间有一点儿不耐烦,正要开口,视线却忽然捕捉到那抹清瘦的身影。

晏藜抱着几瓶啤酒出来,去了门口那一桌。那桌大多是三十多岁的男人,微胖,穿着拖鞋、背心,啤酒肚格外显眼。

那些人笑得很大声,江却这桌听得清清楚楚,但不知道其中一个男人跟晏藜说了什么,她例行帮忙开了酒瓶后,没有立刻离开,而是自顾自倒了一杯,满上,然后面无表情地端起来一饮而尽。

几个男人都油腻猥琐地笑起来,第一个开腔的人从口袋里掏出几张票子扔在晏藜的托盘里。

她转身回去,把钱折了折塞到口袋里。到门口时,路边不知道哪儿来的流浪猫,好像还怀着孕,大着肚子匍匐到她脚边,刚叫了一声,就被她冷着脸跺脚撵走了。

这场面,简直是现场给了周盈婼等女生一个切入点。

江却的目光还没收回来,旁边已经争着抢着开始骂了——

"你们看吧,真是不要脸啊,还好意思说自己是学生,看她刚才那谄媚样,在学校的时候不是清纯得很嘛。"

"真够恶毒的,自己堕落就算了,连可怜的流浪猫都不放过……"

正说着,刚才逃走的那只流浪猫又拖着身子蹭到了他们这一桌,像是要讨吃的,被周盈婼一脚踢开:"滚开,小畜生,脏死了。"

那流浪猫惨叫一声,尖厉凄然。

江却皱了皱眉,再开口,声音带着冷嘲:"你跟她,好像也没什么区别吧。"

晏藜刚才原地跺脚只是吓吓那猫,周盈婼口口声声说晏藜恶毒,自己却毫不犹豫上脚就踢了。最有意思的是,她们竟然还能如此理直气壮、大言不惭地说出来。

一桌子人都怔住了,气氛一下子冷到极点。

然而他们都没想到,江却竟然还有后半句,他讥笑一声:"也不是,你没她强。她靠自己挣钱,最起码骨头不软。"

江却面前的面动都没动一下,他拿了钱扔在桌上,站起来,长身玉立的模样:"这钱是今晚一桌的饭钱,我还有事,就先走了。"

他对晏藜是有私怨,但那是他们的事情。他厌恨晏藜,和他看不起周盈婼等人的胡说八道并不冲突。他忽然有点儿后悔自己当初为了打听晏藜就默认黄毛他们接近他了,跟他们打交道,让他异常烦躁。

江却推开塑料椅子就要走。黄毛他们后知后觉,一个个站起来,但又不知道说什么好,面面相觑。

周盈婼等女生脸都丢尽了,气得半死,江却前脚走,她们后脚就叫骂起来,叽叽喳喳地引来周遭不少人的注视。黄毛一巴掌扇去:"行了吧,你还嫌不够丢人?得罪了江却,咱哥几个都没好果子吃,你看你干的好事儿!"

周盈婼瞬间噤声,捂着脸悻悻地坐下了。

晏藜在后厨,对外面发生的事一概不知。

直到那群人吃饱喝足地散去了,蔡景辉一路小跑到后厨,掀了帘子喊她:"晏藜,刚才对不住啊。你知道,我跟黄毛他们玩,也就是想在学校寻个庇护,刚才那场面,我实在没办法帮你说话,只能当尿蛋。"

晏藜低着头,手里的不锈钢钵子盛着还没拌匀的黄瓜和调料,一边搅拌,一边不太在意地回:"没事儿啊,我都理解。"

只是蔡景辉转身要走时,晏藜叫住他,问了一句:"刚才那个穿校服的,他叫什么?"

蔡景辉食指蹭过鼻尖:"好像叫……江却。你打听他干什么?"

晏藜扬了扬手里的钥匙串："还能为什么，人家东西落下了。"

3

面馆快打烊时就清静多了。

晏藜坐在外面的槐树底下吃晚饭，凉拌黄瓜里加荆芥，就着一个馒头。

蔡景辉出来又塞给她一个鸡蛋："我妈煮了喂家里的小狗崽的，我让她多煮了一个，你都瘦成这样了，怎么不吃点儿好的补补。

"我妈以为是我要吃，你待会儿偷偷吃了，别让她看见。

"还有啊，那外头没人要的猫，你就别喂了。你喂了它老跑过来找你，我妈看见了就喊打，你能撵走一回，你能回回都赶在我妈前头撵？"

晏藜把鸡蛋往旁边的树干上磕，嘴里含着没咽下去的黄瓜馒头，说话有点儿含混不清："知道了，谢谢啊。"

江却是到家了才发现钥匙落在面馆了，他家里这两天只有他一个人，不得已，只能回去拿。

在蔡家面馆不远处的拐角，他看见了晏藜和蔡景辉。

说实话，吃得挺寒酸的。江却原本以为自己看见这一幕心里会痛快，但好像也没什么感觉。

他还在犹豫要不要过去，晏藜已经很快吃完了馒头和菜，进去屋里没一会儿又挎着包出来了。

不知道出于什么心理，江却往旁边的石坡躲了躲。

晏藜在前面走，他推着自行车跟在后面。

只是想看看这家人现在过得有多破败——江却抱着这样的想法。

晏藜停在崇安街一个小巷口，她嘴里咕哝两声，那会儿跑到面馆的流浪猫从一个一看就是人为搭建的铁皮小棚子里钻出来，喵喵地叫着，窝在晏藜面前。

江却眼看着她自己吃着素得不能再素的菜，却弯腰把手里的鸡蛋剥了壳喂给流浪猫……

晏藜第二天再去上班，蔡景辉穿着白背心凑过来，兴冲冲地说："昨天你走以后，江却就来了，说钥匙忘这儿了。得亏你眼尖给人收起来了，不然估计就算他来了也不一定找得着。"

晏藜"嗯"了一声，多余的话不说，只是低头洗菜。

那边老板娘和男人唠嗑："景辉朋友昨晚带过来一小孩儿，是一中的，就那个南平一中，重点高中啊。隔壁老李家表姐的孩子不也是那学校的嘛，听说今天才刚放暑假。啥时候咱们景辉也能进那学校，那该有多好啊……"

南平一中，是全南平最好的高中，每年中招考试仅录取两千人，按照全市学生的成绩从高到低数够人数后，其他学校才有资格继续往下录取。

再不然，高一高二期末统考考进全市前五十，也可以申请转校。不过这基本上算是天方夜谭，拔尖的都聚在一中了，其他学校的学生想通过这条路考进去，比登天还难。

男人又说："不然咱们让晏藜给景辉补补课，我记得她学习不是挺好的嘛。"

"得了吧，再好的鸡头也比不上凤尾。学习那么好还不是和我儿子一个学校，她也就是在十三中还算好一点儿了，一瓶不满半瓶晃荡的，指望她？呵！"

蔡景辉也听得一清二楚，因为他爹妈根本就不避讳说别人小话。他挺尴尬地笑笑："那啥，你别听我妈乱说，她那人就那样，说话直……"

他自己也是十三中的，当然比谁都清楚，晏藜的成绩根本不是他妈口中所谓的"鸡头"，就是放到全市，她也是数一数二的。

至于为什么她没在中招考试的时候被录取，那就不得而知了。

晏藜摇摇头，好像一点儿气性都没有："没事儿，我知道的。"

她受过的恶意比这多多了，这么三句两句的，真伤不到她。

日子还这么过，晏藜白天去蔡家面馆干活，晚上摸黑回家。

暑假一天天过去，到八月中旬，一中快开学了。

她前一晚跟老板娘辞职，说学校要开学了，请对方把工资发给她。

女人一边算账，一边嘀咕："十三中开学了？我怎么不知道，不是九月才开学嘛。"

晏藜伸手去接对方找出来的一堆零散票子，快速数了数。临走时，她撂下一句："一中明天开学。赵姨，这段时间谢谢你照顾我。"

姓赵的女人一听，傻了眼，假笑堆在白腻横肉的脸上僵着，好长时间没回过神。

晏藜那口堵了小半月的气，在这刻统统消散了。

她晚上回去以后，小心翼翼地从柜子里把一中发给她的新校服拿出来，摊开在旧烂的木桌上。

这校服料子很好，她一摸就知道了。曾经她因为吃不饱，出去在布艺店做了一年半的兼职，料子的好坏现在她一摸就知道。

她脑子里持续回荡着继父赵文山和妈妈周琴的脸，还有蔡景辉他妈说的那些话，身边每个人都在跟她证实，她的人生污糟到了什么地步。

她现在唯一的希望就是在一中读书。

读书是她最后一条改变命运的路了。

翌日，晏藜醒得很早，洗漱之前她把校服拿出来挂在床边，细细地看。

一中的校服是出了名的好看，板型正，简约得体的白中掺杂着一点儿天蓝的横杠，泛着新衣服独有的香味。

晏藜把自己的旧衣服脱下来，带着几条裂纹的镜子里就显出了一个身材清瘦、皮肤白皙的少女。她把套头短袖穿上，还没来得及往下拽，转个身的工夫，就从镜子里看到后背上那些刺目的疤痕。

真丑。

她默默地想，然后重新整理起自己的校服，临走之前，还不忘把抽屉里藏着的、她暑假兼职好不容易挣来的钱带走——她还要买书买卷子，扔在家里，只有被母亲搜刮走的份儿。

她妈周琴，是个赌鬼。

晏藜没有代步工具，也没有钱坐公交车，但她可以早起半个小时，从旧城区步行到学校。

这时候天还没亮，她独自走着，对马上就要见到的一中有种隐秘的期待。暑假的时候她天天数着日子过，现在终于等到了，她可以光明正大地往新城区去了。

那是个光鲜亮丽、没有痛苦的地方，就连能借书的书店都比旧城区大了几倍。

她加快了脚步，三十分钟的路程被她缩减到了二十三分钟。

一中的大门宏伟，教学楼也很漂亮，大概学校的占地面积该有好几个她原来待的十三中那么大。

她走过门禁，越往里走，越安心。

一中没有什么流里流气的混混，没有染着五颜六色头发的不良少女揪着她的旧衣服辱骂，大家都穿着一样的校服，背着书包，安静地、乖顺地走在路上。

她一路来到高二（1）班的门口。暑假的时候，她曾经为了认路偷偷跑过来好几次，那时候学校只有门口的大爷守着，校园里人不多，但因为可以供校外人参观，她就疯狂又快乐地把整个学校逛了好几遍。

班里已经零零散散地坐了好几个人，在闲聊。晏藜早打听清楚了，一中实行直升班制，但分了重点班和普通班，但凡大考考出年级一百五十名之外，就要被踢出培优班。

也就是说这个班的人大多互相认识，她算是特殊插班生。

晏藜怕误坐了谁的位置，索性扭头去走廊尽头的班主任办公室。

十分钟以后，她从班主任办公室里出来，怀里抱着一整套全新的书，背后跟着一脸和蔼的老师。

老师重新把她领进班。

在她离开这短短十几分钟里,班里竟然已经基本坐得差不多了。

班主任是个四十岁左右的女老师,叫李慧,她站上讲台拍了拍桌子,班里瞬间安静下来,她侧过头向晏藜示意,让晏藜上讲台。

"跟大家介绍一下,这是晏藜同学,从十三中转来的。在上学期期末考中,她考了全校第一,全市第六。"

底下瞬间一片哗然,窃窃私语声不绝于耳,几乎大部分人都把目光投向了晏藜。

晏藜也自然而然地往下看,这一看不要紧,她一下子就在人群里看到一张还算熟悉的脸。

江却,坐在第四排窗边,鸦黑色的短发,配一张干净清隽的脸。

他的眼神倒是平静得看不出什么,只是这么陌生的情况下,他的紧盯让她想不注意都难。

晏藜眼神稍稍闪躲,李慧已经在黑板上写了她的名字,然后再次抬手示意安静。

"晏藜虽然以前在十三中,但成绩却是一等一的好,不比在座任何一位差。以后她就是一中高二(1)班的学生,是我李慧的学生,也是你们要共度高中两年的同学。老师希望你们能和她好好相处,互相学习。"

话音落下,李慧看晏藜有些局促,也没让她做自我介绍,随手指了个第三排靠窗的空位:"晏藜,你坐那里。你前后几位都是班里的前几,你们平时可以多多交流学习。"

晏藜顺着李慧的指尖看过去,那个位置赫然就在江却的前面。

她慢慢走过去,和他视线交织一瞬,然后移开。

那个时候,她还不知道以后会发生的事。

同学们在等下课,她在想放学后新兼职的地方和时间,教学楼外的蝉在等这场盛夏过去。

谁能想到后来。

晏藜刚到一中几天,每天早上都是啃着包子去上学,路上把前一晚背的单词和公式再过一遍。

别人一天三顿饭,少吃几口就要被父母念叨"人是铁饭是钢",然后哄着劝着再塞些零食进书包;而晏藜一天两顿,还要被赵文山骂她是除了吃什么也不会的废物。

那时的物价倒还好,有时她饿极了,就会买两个小包子。素馅儿的只有白菜和韭菜,不能吃韭菜,味儿大,她就买清淡的白菜包,然后想象着它是肉包子,胡乱塞进嘴里。

晏藜十七岁的时候,最难堪的只有各种用钱的场合,以及难挨的饥饿。

她吃完了素包子,进班的时候,班里还一个人都没来。后来陆陆续续进来几个女孩子,成群结队地,手里拎着包子,香味儿一飘过来,她就知道那是肉包子。

但这都是其次,她现在不饿,对食物也就没有欲望。

她刚来班里报到,到现在只有一个人理她,是坐在隔壁的一个圆脸的高马尾小姑娘。

她这个"外来者",在班里格格不入,也没人搭理。

4

晏藜不清楚具体原因,但她从小在谩骂虐待中长大,早熟,不用细想,单从他们斜过来的眼神和嘴角的讥笑中就不难猜到。

她心尖儿生出一些细密的失落,但很快消失。

其实没什么关系,她自小就不对任何人抱有期待,这次也不例外。

原本以为只是要孤单地过完高中,但晏藜没想到,堂堂一中重点班的学生,对看不顺眼的新同学的恶意竟然也来得这样快。

作业无端失踪是这场恶意的开始。

然后是被涂了胶水的板凳,被胡乱划痕的桌子,她频频当众出丑,引来班上一些人的漠视和哄笑。

她孤立无援。

只有那个看起来很好相处的"小圆脸",会在她满身狼狈的时候递给她几张纸巾,欲言又止。她心里感激,但没敢多说话,怕连累"小圆脸"。

"孙燕就是嫉妒你漂亮,学习成绩又好。班里一开始还有男生帮你说话,转头就被她私底下大肆宣扬,说人家喜欢你,后来就没人敢帮你说话了。"

字条是"小圆脸"传来的。

晏藜叹了一口气,把字条撕得稀碎,扔到教室后面的垃圾桶时,她被外头的雷雨声吸引过去。

潮湿的雨水味儿顺着教室门缝和半开的窗户溜进来,温度下降,有些女生低低地打了几声喷嚏。这时候教室外面的雨骤然下大了起来,雷声阵阵。夏季多猛雨,晏藜庆幸自己看天阴就带了伞,不至于把身上刚洗干净的校服再弄脏。

放学前的最后一节是化学课,化学老师惯爱拖堂十五分钟,晏藜一边合上笔盖收拾东西,一边往后看自己挂在后门脱水的伞。

伞不见了。

她又重新扫视一圈,把挨着室外走廊的三个窗台都看了一遍,还是没有。

不是丢了，准是被人藏起来了。

她那伞是去银行存钱的时候人家赠送的，料子廉价，印着让人尴尬的银行名称，全班就她这一把，不会被拿错。

化学老师挥挥手说放学，班里的学生就站起来往外走。

外面下着雨，又赶上放学高峰期，晏藜磨磨蹭蹭地不走，绞尽脑汁地想这阵雨什么时候会停。

值日生轰撵着剩下的学生，到晏藜这儿，没说什么，只敲了敲她的桌子。

晏藜不好面子，但也不愿觍着脸给别人添麻烦，她背着书包站到一楼的房檐下，雨水溅到面前的阶梯和她的裤腿上，她往后退了一步，背后却猛地传来一阵力道不小的力量，她还没反应过来，人已经一个趔趄，跌坐在房檐外阶梯下的空地上。

霎时，倾盆大雨就浇在头顶，她浑身冰凉，眼前一片模糊，再往上看去，有看热闹的，有幸灾乐祸的，就是不知道是谁推的。

她咬了咬后槽牙想站起来，才发现脚崴了，阵阵疼痛从神经传入大脑，她感觉心里比身上都冷。

晏藜又低下头，尝试着手腕使力站起来，下一秒头顶的雨忽然停了，她跟前站着一个人。

抬头第一眼，她先看到他的脸。

霜雪明月一样的男孩儿，生着丹凤眼，鼻梁高挺，下颌线分明，他举着手里的伞，俯视着她。

又是江却。

他坐在她后面两三天，没和她说过一个字，她听他讲话次数也不多，好像只有在老师点他起来回答问题的时候他才会出声。但关于他的流言倒听了不少，除了寡言，他哪哪儿都好，学校里许多女孩子都偷偷仰慕他，时常往他抽屉里塞各种礼物。

江却看她的眼神没有一丝温度。他没有扶她，但是递给了她一把伞，是她那把印着银行名字的灰伞，她接过后，他转身就走了。

晏藜打着伞一瘸一拐地回家。家里没人，她草草弄了点儿吃的果腹，做完作业就洗衣服。家里电费拮据，她不能用电吹风，就用很大的力气把衣服拧到半干，再用水杯接满热水放在衣服上焐。

第二天早上她会穿上一身半潮的校服，大概第二节课就能用体温焐干。

晚上晏藜睡觉的时候，竟然久违地做了个好梦。

第二天晏藜还是早起去背书，刚默写完第一遍，背后传来声响，晏藜回过头去，高高的阴影投下来，那个男生刚放下书包。

她抬眼，极轻声地说了句："谢谢你。"

江却拉开书包拉链的手一顿，垂眼去看面前的女孩儿。

晏藜并非传统意义上那种瓜子脸大眼睛的美人，她的气质更多是清冷，来自稍稍狭长双眸间的凉薄，以及眼尾的一滴泪痣。

旁人看见她第一眼，下意识就会有距离感，她生就带着让人些许不适的、侵略性的美。

她的脸骨也并不像大多数女孩儿那样圆滑，鼻梁、颧骨和下颌有着恰到好处的锋利，多一分显刻薄，少一分显平淡。

唯有一处，她眼神空荡荡的，让他想起冬夜里刺骨的风。

江却继续做自己的事儿，没看她，但话却是对着她说的："不客气。"

隐秘的恶作剧还在继续，不过每次都抓不到始作俑者，晏藜后来都不大在意了，以前在十三中比这还糟糕的她都经历过。

她把心思都放在学习上，回家路上她都在背单词，吃完饭做了家务就开始做题，下课了也不出去玩，很安静。

高二开学后重点班第一次周考，成绩下来，晏藜第三。

班里四处窃窃私语——谁啊？哪个？以前的第三不都是那谁谁谁吗，怎么变成十三中转过来的那个了？

大家的目光多多少少会聚集在晏藜身上。

然后不知道什么时候开始，那些原本忙于学习没空欺负、嘲笑她的学生，都三三两两地成了她的朋友。

"小圆脸"就是其中之一。

她叫程圆圆，晏藜喜欢叫她"圆圆"，然后"小圆脸"就瞪着圆溜溜的眼，顶着圆鼓鼓的脸，塞给她一只热乎的小南瓜饼。

程圆圆爱看言情小说，成绩在一班只能排中等，听说也是家里砸了大钱送去上补习班，才保住了成绩。她不像其他人那样对晏藜有所图或有所求，她坦白地说："我觉得你长得好看，全班再没有比晏藜你更好看的人了。"想了想，她又添了一句，"除了江却。"

从她那儿晏藜知道了很多八卦，比如孙燕喜欢江却，但一班是按照成绩分座位，孙燕不能坐到江却周围，就折腾所有坐他附近的女孩儿。

"其实孙燕会喜欢江却也正常，他长得这么好看，还次次考第一，你瞧楼下的光荣榜，条条框框，哪个板块都有江却的大名和照片。"

晏藜只会点头表示赞同，她之前就隐约觉得像是在哪里听过江却的名字的，可能是从前他次次考全市第一，声名远播，她有所耳闻。

"你离他那么近，会不会也喜欢上他啊？"程圆圆眨巴着眼，压低了声音好奇地问。

好像这个年纪的女孩儿，都挺关心这个。

晏藜惊了一跳，脸上第一次出现类似仓皇的表情："我？我哪敢呢……"晏藜半开玩笑地嗫嚅了一句。

程圆圆若有所思地点了点头，看了看后面孙燕的方向，没再提这事儿。

晏藜在一中的这一个月，周考每次都是前几名，来寻她问问题的人越来越多，原先喜欢欺负她的那几个女孩子不知什么时候就慢慢收敛了。

开学一个月，学校要举行月考。

第一场语文，考完了，晏藜听见周遭同考场的学生都在对答案，她默默听了，和自己的相差无几，于是放心了，出去透气。

隔壁考场有程圆圆和孙燕，她遥遥看过去，正对上孙燕不善的目光。

"晏藜——"程圆圆挥了挥手。

晏藜越过人流走过去，没想到经过孙燕她们时，肩膀被重重地撞了一下，惯性使然，她退了两步，不出意外就撞到了人。

孙燕她们脸色忽然怪异起来，晏藜回头一瞧，是江却。

她赶紧退了两步，跟他拉开距离，下意识地道歉："对不起。"

江却脸上还是没什么表情，握着水杯和晏藜擦肩而过，只说了句："小心点儿。"

江却前脚转过楼梯拐角，后脚孙燕的声音就传进晏藜耳朵里："装什么呀，真是找准一切机会往江却身上靠，不就仗着自己坐在江却前面嘛，有什么了不起，指不定连考试成绩都是抄的，听说以前在十三中啊……"

晏藜敛了眼神，什么也没说，去找程圆圆了。

月考持续了两天，考完的那天下午，学生们陆陆续续把搬到走廊的书搬回教室，场面一时有些混乱，晏藜刚蹲下身把最后几本笔记拿起来，后领就被人揪住了。

在十三中的时候，晏藜曾经听女生讨论过全市其他高中的女厕，那时候她因为长相第六次被骂，第三次被关进女厕。

十三中的女厕是很脏的，外面的人照着镜子洗手闲谈，所有人都无视了她拍门求救的声音，她只能靠着门，让自己站在隔间里相对干净些的地方。

不过此一时彼一时，她早就听说一中的女厕是最干净的。

孙燕显然还没有十三中那些人的狂妄和胆量，她不敢把晏藜关进厕所，但她敢把晏藜拖进去谩骂。

女厕没有监控，晏藜比她精。

晏藜捏着手里的录音笔，从头到尾录下了孙燕辱骂她的话，孙燕还亲口承认之前那些欺负晏藜的行为。不知情的施暴者这时候还很得意，说自己以后还会更狠地欺负她。

晏黎还是那副不温不火的模样,但等孙燕说完了,她把录音笔按停,拿了出来。

第二章

传说中的江却

1

"以前我在十三中的时候,挨过的打骂比这多多了。老师倒也不是不信我,只是说,没有证据,老师也没办法。"

晏藜很平静,说完这句,她甚至勾了勾嘴角,把手里放完录音的录音笔重新收好。

孙燕最先反应过来,即刻就想上去抢,却被晏藜一把揪住校服领口,吓唬道:"所以后来我学聪明了,买了这个东西,录了几十上百个音频。孙燕,那些人里,有的到现在都还在旧城区的少管所里关着。"晏藜突然发了狠,浑身使力,抓着孙燕的衣领一把将她甩到一边。

孙燕跌坐在地上,"啊啊"惊叫了两声,就和当初晏藜被人推下去,淋湿全身时一样狼狈。

几个女生现在离晏藜好几步远,脸上是惊诧、惧意,好像没想到晏藜会反抗得这么剧烈,没想到一向逆来顺受的她也会有这么狠的一面。

晏藜那声调阴恻恻的,多少有点儿瘆人,让人后背发凉:"我也没想到,到了一中,还有用得上这玩意儿的一天。你们猜猜,像你们今天这样,要在那里面待多久?"

几个小姑娘都被吓坏了,脸色煞白,瞳孔微缩着,没一个人吭声。少管所,这对她们来说是这辈子都不可能进去的地方,那是要留档案毁前程的,她们就是再犯浑,也分得清轻重。

她们倒是想仗着人多来抢晏藜的录音笔。晏藜手里捏着个铁质卡子。那卡子劣质又廉价,表层塑料不全,露出了下面斑驳的铁锈,但足够锋利,这足以把这群娇嫩的姑娘吓到。

结束以后,晏藜站在镜子前面,整理自己在争斗过程中被拽乱的头发,整理好了,她看着镜子里的自己笑了笑,就是眼圈红了。

不过后来录音笔再也没能用上。

孙燕她们实在是怕了,打那以后一次也没找过晏藜的麻烦,偶尔背后说她坏话被看到了,即刻就噤若寒蝉。

其实晏藜本就没打算拿录音笔告她们,只是想反抗,结果显然比想象中的好,没了孙燕她们,晏藜很快就融入了一班。

夏天还没过去,温度甚至一日比一日高起来。

晏藜还是瘦,瘦得好像一阵风吹过就会倒下。程圆圆嚷嚷着要减肥,就把自己带来的零食或者小吃一股脑塞给晏藜。等晏藜终于胖了一斤的时候,一班的月考成绩下来了。

那天恰好是艳阳天,天气闷热得不行,教学楼旁边的大榕树如伞如盖地投下斑驳的阴影,晏藜就着那些光影,看到成绩单上她和江却并排的名字。

她是第二名。

晏藜从人群中回头,下意识地往自己座位后面看过去。江却坐得好好的,云淡风轻,别的人都蜂拥而至跑到讲台上看成绩,只有他单手撑着脸,在看外面的风景。

"手真白啊。"她想着,心里有点儿羡慕。她对娇生惯养的人,天生就会有这种情绪。

再上课,李慧就说,按照惯例,要按成绩重新调换座位。晏藜听了,心里暗暗打着算盘,要离江却远一些,最好还能挨着程圆圆。

那天下午,原本的体育课被占了,学生全部站到外面走廊,一次叫两个人进去。班干部和老师在里面商量着什么的时候,晏藜陪程圆圆说笑,一扭头,看见孙燕磨磨蹭蹭地凑到人群最后面,对着江却不知道说了什么,男生忽然抬眼,遥遥地看向她。

视线对上的一刻,晏藜看到江却嘴唇微动,像是在说:"不。"

"江却,晏藜。"

李慧叫了名字,晏藜先进班,挑了个和程圆圆事先选好的位置。她看到江却在离她很远的地方徘徊着,心里松了口气,转脸对窗外的程圆圆比了个"OK",手指头还没收回来,程圆圆脸上的笑就慢慢凝固了。

晏藜心头涌上一点儿不祥的预感,转头一看,江却拉开她旁边的凳子,然后坐了下来。

少年身上清冽的气息扑面而来,和那天在雨中给她撑伞时闻到的一模一样。

李慧看了看他俩,扶了扶眼镜,什么也没说。

晏藜目视前方,其实是在发怔,她喉咙哽着,呼吸都不敢放开。等到稍微适应一点儿了,她把卷子从书包里摸出来,认认真真地做了起来。

等到全班的座位都分好了,教室闹哄哄一片,新朋友好奇,旧朋友不舍,只有江却和晏藜这边,安静得过分。

江却没开口说一个字,晏藜也是,她偶尔瞥眼过去,看到江却在看高二下半学期的数学,有些咂舌。

下课的时候,程圆圆冲过来和晏藜诉苦,她其实离晏藜不远,也就隔了两三个人。她说她的同桌太坏,占她位置还给她起外号,欺负她又拽她辫子。那人晏藜也认识,是江却在班里为数不多的好朋友,一班班长,叫孟则。

晏藜摸了摸程圆圆的头发表示安慰,一抬眼,孙燕经过,狠狠地瞪了她一眼。

直到放学,晏藜也没能跟她的新同桌说上话。

一中高一高二都没有晚自习,下午最后一节课放学,外面已经能看见火烧火燎的红霞。今天轮到晏藜值日,一起的那个女生推说要去买卷子,就只剩下晏藜一个人,她把教室打扫好,关掉头顶呼呼旋转的三叶吊扇,放学已经半个多小时了。

下楼的时候就能听见操场上篮球砸在地上的闷响,以及两相摩擦时的声音。拐过一个弯儿,她一眼就看见了操场上的江却和孟则。

隔着铁丝网,江却正跳起来扣篮。

他真的很高,轻轻松松就摸到了篮圈。晏藜想起前不久学校组织体检,最后的汇总表需要每个人核查签字,轮到她手上,看见的第一个名字就是他。

高二(1)班江却,身高一米八七,体重七十公斤。家境好,他自己也争气。她记得自己初次见他,就想起"光风霁月"这个词。

世上有江却这么完美的人存在,也有她这么不堪的人存在。命运这东西,晏藜总是想不明白。

她才收回视线的一瞬,江却正第二次扣篮,转眼看见铁丝网外那个单薄的身影,他眼前虚晃一下,球没进。

晏藜到家的时候,隔着门就听见屋里打骂砸东西的声音,她掏钥匙的手顿了一下,静静地站了一会儿。

等到里面没声音了,她才插入钥匙,开门。

不出意外,一片狼藉。

晏藜小心注意着脚下的碎玻璃,走过玄关,她妈周琴正披头散发地坐在沙发上哭,嘴里乱七八糟地咒骂着,无外乎说自己命苦,或者骂自己唯一的女儿是丧门星,克得自己一生不幸,正骂着,看见晏藜进来了,一个靠枕就扔过来,稳稳地砸在晏藜身上。

"怎么不早点儿回来?你爸那个老不死的差点儿打死你老娘!你现在回来

顶个屁用？你连自己妈都护不住，你还不如死在外边……"

要多难听有多难听。

晏藜只是沉默，心里却止不住地想，她就算刚才进来，也只是多了个挨打的，她妈只是怨她没回来替她分担赵文山的怒火，她也不是不懂。

她护不住自己的母亲。说得好像她就有人护似的。

但沉默不能让周琴消火，越来越多的东西朝晏藜砸过来，周琴今天好像格外愤怒，一副不把晏藜轰出去誓不罢休的架势。

晏藜三步并作两步从那个让她窒息的小房子里逃出来的时候，忽然想起从前。

从前她们母女二人是对方唯一的依靠，就算别人怎么待她们不好，她们待对方都是掏心掏肺。但又不知什么时候起，她就和她妈渐行渐远。

好像老天爷总在一点儿一点儿地收回原本就不多的、属于她的一切。

晏藜在街道上漫无目的地走，走到哪儿算哪儿。街上有流浪猫狗，她瞧见了，蹲下去摸摸它们，又想起自己也不比它们幸福多少，再苦涩地笑笑。

她继续走，走着走着，晃到一个陌生的地方，是新旧城区相接的一片，出了名的鱼龙混杂，既有旧城区的颓败老旧，又有新城区的挥霍无度。

晏藜顿住脚步，头顶的天已经有点儿发黑，她转个身，想往回走，可没走两步，就被不知从哪儿传来的怪异声响吸引了注意力，她慢慢停下。

也不难找，她转个头，在巷子深处的尽头，尘土飞扬着，一堆人在打架。

这热闹看得没劲透了，晏藜刚想走，眼角余光忽然看见个熟悉的脸。

她愣了一下，双瞳都微缩了下，看着远处这一幕——

是江却。

或者是江却的孪生兄弟。

晏藜不敢确定。

她犹记得一个钟头前，男生还穿着干干净净的校服，在全市无数学生梦寐以求的重点中学里打篮球，一副意气风发的翩翩少年模样。但现在，他又像变了个人一样，还是那身衣服，还是那张脸，只是眉眼间除了冷漠，又添了阴狠。

晏藜是怕的，她心尖一颤，不自觉就往后退了一步。

玉面蛇心。

他生得那样好看，此刻却一脸阴冷地睥睨着脚底下的人，带着晏藜从未见过的、满身的戾气，嘴里不知说了什么。

晏藜想逃，双腿却像灌了铅一样，一动也不能动，于是她眼睁睁地看着他眼角余光扫过来，发现了她。

隔得那么远，她本来不应该看得多清楚。

但她分明看到了。

江却触及她视线的一瞬,先是怔了一下,然后皱了皱眉。

2

晏藜除了在逃离赵文山的打骂时,从没有跑得这样快过。

夏夜的闷风在耳边急促掠过,她跑得气喘吁吁,回头一看,江却没有追上来。

或许他并不拿她当回事儿,毕竟这样的事,就算她说了,也不会有人信。

但晏藜仍惊魂未定,到家了,眼神还是发怔,因此她又被周琴和赵文山骂了一顿。

等到第二天再去上学,晏藜心口像吊了块石头,七上八下的。

她发现了江却的秘密。

旁人看他哪哪儿都好,他似乎也刻意让别人这样觉得,但现在唯她一人知道他私底下的另一副面孔。

江却可比孙燕厉害得多,他要是想整她,她根本没任何本事跟他来一个回合。她以前被欺负惯了,心思本就敏感多疑,现在又看见这种不得了的东西,不用想她也知道自己会有麻烦。

距离课前预备大概十三分钟时,江却背着书包进来,像往常那样坐下,放包,一系列动作行云流水,但他仍是不说话,没有半点儿要质问晏藜的意思。

晏藜有一瞬都怀疑自己是不是看花了眼,认错了人。她心里忐忑着,还是小心翼翼地转头看他。

江却察觉到,手中的笔一顿,微微侧脸。

晏藜极力把头低下去,斟酌半响,声音也快低到尘埃里去:"那个……我不会说出去的。"她顿了顿,好像觉得自己这话没什么说服力,又添了一句,"我发誓,真的……"

这样说已经很明白了,晏藜历来就是怂的,她也并不喜欢给自己留下任何麻烦。

江却看着她,只是缄默。

过了一会儿,他忽然慢慢抬起手来。

说实话,那一刻晏藜吓了一跳,还以为江却不信她,恼羞成怒要动手,下意识往后缩的时候,江却只是伸手从她头发上拿下来一片落叶。

他嘴角隐了一丝笑意:"我知道你不会说出去,你不敢的。"

不知道他会是这个反应,晏藜都愣了。

江却重新写起自己的题,等到晏藜慢慢回过神来,只听见男生清润低声的一句:"你也不用那么害怕,我又不会打你。"

晏藜怔了怔,坐直了身子。

她不懂,他说这种承诺做什么呢?他们又不熟,又没有利益关系,她见过他和十三中那群混混搞在一起，又见过他打那么狠的群架，她既怕他，也不信他，说白了他们只是普通同学而已，最好以后都不要有任何深入的联系，也省得给她招来麻烦。

但江却对她好像有些隐约的善意，这善意不明来历，她这时候才终于发现，开始有些不安起来，只是后来他又忽然疏远了……

晏藜心里还是怵，于是有意无意地避免一切和江却说得上话的机会。

江却性子寡淡，更不用提。

周五上午，最后一节自习课，班里静悄悄的，孟则拿了卷子和笔记本坐上了讲台。

"有不会的题可以来问我，但是不要私底下说闲话，讨论问题不能给第三个人听见，违规违纪记名字，回头罚扫操场。"他照例说完，摊开卷面自顾自做起来，整个班里落针可闻，只有偶尔低微的翻书声。

一班的纪律向来是不用班干部和老师操心的，晏藜喜欢这种安静，她前不久攒钱买的一套数学卷子已经做了一小半，越发得心应手的感觉让她心里泛起点儿小小的欢欣。

江却还在看超出所学范围的东西，晏藜悄悄瞥了一眼，像是什么复杂的竞赛题。她又想起前不久两人之间少之又少的几次交流，笔尖再落到卷子上复杂的三角函数图时，忽然就乱了思绪。

其实就算她不胡思乱想，这题她也做不出来。

她已经停在这道题五分钟左右，而江却的题本已经翻了两页，她像个不该待在重点班的呆子，和身边的学霸格格不入。

超纲了，太难了。

但空过去不做，晏藜又觉得自己辛苦挣的钱好像白白丢了几块，她想了想，试探着举了举手。

孟则很轻易就看见了她的动作，这个平时稳重开朗的班长立即无声地用口型回应了她："怎么了，有事吗？"

晏藜拿起手中的卷子，刚想站起来去找孟则问一下。江却的目光扫过来，而后落在晏藜脸上。

于是，她缩了缩，没能站起来，闪躲着再度看向孟则。

孟则从讲台上下来，一边巡班，一边走到晏藜和江却这边。他看了看晏藜手里的卷子，了然，又刻意压低了声音，带着点儿调侃的意味："晏藜，你身边坐的可是比我还厉害的学霸，你放着这么大个神仙不用，干什么舍近求远找我呢……"

话还没说完，孟则瞥见他的同桌在偷吃东西，也顾不上和晏藜说话，一个箭步冲到程圆圆座位旁边："吃什么呢你？上课偷吃，没收！"

"别呀,这可是我妈从外地给我带回来的……"

晏藜看着那两人小声地你来我往,斗智斗勇,几乎是做足了心理建设,才敢重新把目光收回来,结果发现江却还在看她,一点儿回避的意思都没有。

晏藜讪讪地捏了捏她那套用订书机精心装订的套卷一角,有点儿后悔自己刚才揪着那道题不放了。

一直等到面前落了一只修长的手,轻轻地抽走她手里的试卷,晏藜低垂着的头这才抬起来。

江却在她桌上放了一张草稿纸,笔尖轻轻松松地画了几下,一个简易的函数图出来了。

"这儿,添一条辅助线……"

晏藜眼睛看着卷子,余光却注意着江却的脸和手。

她以前只是觉得他好看,可惜她不是文科好的学生,无法以什么华丽贴切的辞藻来描绘。

只是如今再看,她又觉得他身上多了几分清贵之气。

"晏藜。"他轻声唤了一句,晏藜霎时从飘远的思绪中回过神来——

他发现她在走神了。

晏藜原以为江却要生气,毕竟从那件事看来,江却并不是个脾气好的人,她已经做好了道歉的准备,江却却什么也没说,只是在刚才画的辅助线旁边添了一个未知数。

"假设……代入……"

男生说话不紧不慢,晏藜这次没走神,听清了,也听懂了。她又止不住在心里感叹,学霸就是学霸,挺会讲重点,他一点出关键的,她立刻醍醐灌顶。

江却把笔递给她:"试着做一下。题虽然超纲,不过也是迟早要学的东西,你要是平时有空,可以预习一下。"

说完,江却顿了顿,好像想起什么,又看向晏藜:"上学期期末考试,你数学不是考了一百四十多?"

江却话只说了一半,晏藜扣着手里的黑笔,已经猜到了江却的后半句:你数学考了一百四,这一单项在全市都是数一数二的了,怎么会连这种题都不会?

就算他不是这么想的,估计也差不多。

晏藜心口又涌起那种微微梗着的感觉,就像当初赵文山抢了她的奖学金,骂她天生贱命,一次考得好只是侥幸那样的难受。

但晏藜最终只沉默了几秒:"我那次运气好,前面的题没有超纲,最后一道拉开距离的超纲题,我见过同类型而且背过答案。"

江却肉眼可见地愣了一下。

但晏藜说的是实话,她不是什么学霸,也不是天才,她只有一穷二白的口袋,和拼命想往上爬、想改变命运想疯了的心，所以她只能靠勤奋、靠努力、靠比别人更多甚至几倍的付出，才能得到别人轻易就能得到的一切。

"我笨，那次是碰了运气的。"她抖了下眼皮，说完以后好像又有些无措。

放眼整个一班，没有一个人会说出这种话，江却笃定。

他曾听孟则在帮李慧录完全班同学档案后说，除了晏藜，其他人都是从新城区的一中附属中学考上来的，就连户籍，也只有晏藜一个人是在旧城区。

他那时候跟踪她回家，想看看她和她的家人过着什么样的日子，也因此被旧城区的混混盯上，大概是上次在旧城区面馆里被他下了脸面的哪个女生的朋友，不是黄毛那伙的，继而挑衅，他们才会打起来，还被跑出来的晏藜撞见。

南平的很多人都说，旧城区是南平的渣滓。

很难听，但事实是新旧两个字几乎就是在无形地划分开贫富差距。班里的其他学生会说自己的成绩是大把大把的补课费堆出来的，会说自己的父母给他们请了多么厉害的某名牌大学研究生做家教，会说自己做了无数的题，或者是脑子聪明才会考得好。

他们天生是骄傲的。

只有晏藜这边，声音快要低到桌子下面，一五一十地向他坦言，她是笨的，她只是运气好。她眼里是无奈和难堪，但她又有些庆幸，说还好她那次运气好。

看她这样，江却想起自己幼时养的一只小猫。

他们都一样乖，惹人怜爱。

"你不笨。"

这三个字说出来，江却没过脑子。

他也不知道自己在想什么，他原本的目的并不是安慰她。但当女孩儿波光潋滟的眼睛再抬起来看向他时，他刻意润色过、不会被发现是针对的挖苦之语就急转了个弯儿——

"上次月考，你考了全班第二，月考的题并不容易，在班里也能拉开差距，你还是考得很好……"

他大概是疯了，或者心软。

他原本就是想戳她痛处来着，结果自己先改口了。

晏藜微微怔了一下，但不过片刻，眼里就聚了点儿零星的笑意："谢谢。"

江却瞥过眼，不再看她，把卷子挪过去后，两人之间恢复寂静。

周三时，李慧在班里上完了两节课，临下课前，念了一串儿名单："江却，晏藜，孟则，曹晚玉，余晟……"

一张纸上十个名字，李慧念完了，捏断一根粉笔，在黑板上写了"南平市第十三届市级化学竞赛"几个大字。

3

"这次竞赛是市级的,以卷面考试的形式进行,重要程度不必我说。高一高三都各自挑了学生去,高二的年级主任把名额都给了咱们班,能被选上的都是万里挑一的优秀学生,希望你们这十个人能够认真对待这次竞赛。"

李慧说完,招呼孟则出去,给他说了说竞赛细则,还有需要注意的事项。她一出去,班里就有点小小的骚动,几乎都在低声议论着这次的竞赛人选。

"其他人也就算了,怎么连晏藜也在里边?"

"这不是很正常嘛,人家连续两次大考都考得那么好,去参加不是理所当然吗?"

"可晏藜才转过来多久啊,老班也是真信任她啊。"

说着说着,免不得就又要提两嘴晏藜的寡言安静和看着不太殷实的家境。

晏藜听着耳边的碎嘴,心里没什么波动,就是拍了拍前桌的女生,问她这次竞赛用不用参赛的人缴费。

"晚玉,我刚才没听老师提,以前也没参加过,所以不太清楚……"

叫曹晚玉的女孩儿个子略低,戴着又厚又死板的黑框眼镜,对于晏藜的搭话好像有些意外,惊诧了一下才小声回了句"不用"。

晏藜轻轻地松了一口气,再把笔拿起来的时候,看到江却在做数学计算题,难度中上。晏藜有点儿手痒,拿了草稿纸偷摸着算起来,余光看见江却的手都没动过,晏藜还以为他在发呆,结果她算到一半,江却提笔,写了个数字上去。

晏藜的笔停了,扭头一看,没有过程,单一个孤独的根号五,好像在嘲讽她的不自量力似的。

晏藜这才想起来,江却会心算,好像以前还得过什么心算比赛的一等奖。

晏藜提着一口气执意算下去,结果还真是根号五。

他不该在这里做题,他该去各大教育局出卷子,反正他这个人浑身上下都写满了"标准答案"这几个字。晏藜想着,眼前却忽然被推过来一个有点儿眼熟的题本。

"做这个吧。这是化学竞赛范围内的题型,你练一练。"江却就说了这一句,晏藜还没答话,他就又转过脸了。

晏藜伸手把题本拿过来,小声跟同桌道了谢。

她忍不住又用余光打量起江却。只是一中人手一套的普通校服而已,穿在他身上却像挺拔的青松似的。他刚才说话的声音也很好听,青春期男生大部分都会经历的尴尬变声期好像格外眷顾江却,他如今的声音不是小男孩儿的雌雄莫辨,已经初初有了青年该有的清润。

传说中的江却。

偶尔,她还是感觉像做梦一样,这样的人,竟然和她坐同桌。

江却，

等明年，旧球场那片蔷薇花再开的时候。

曼黎：

那你什么时候才会明明正大地给我一个身份？

题本上有零星几道江却的字迹，苍劲简洁，力透纸背，他大概是选择性地做题，题本和他的人一样干净。晏藜捂着江却写上去的答案，写完了就对一下，还省得去翻最后的答案验证对错。

　　接下来的几天，班里的化学老师时不时会往班里送几张卷子，说是她找来的往年竞赛题，每次给十份，让参赛的同学好好熟悉一下竞赛题型。

　　晏藜仍是过着在家挨骂，再步行去学校上课，一天两顿饭的日子。

　　很快就到了竞赛那天。

　　化学竞赛的考试场地选在南平市的一所大学里，晏藜坐在阶梯教室里，前面隔了几个人就是江却。

　　场内静悄悄的，晏藜算着时间足够，就慢悠悠地做。她认真地看每一个字，好在有江却给的题本和化学老师印发的卷子，题型她熟悉的多，做起来还算顺畅。

　　一连串的题做下来，晏藜满脑子只剩下硫酸、电极和阿伏伽德罗常数。

　　题倒不算难得天理不容，和晏藜想象中的还差了点儿，她做了大半抬头歇口气的工夫，就看见江却已经把笔搁在一边，俨然一副做完了的样子。

　　"要是这竞赛能提前交卷，估计考场都留不住这位。"晏藜脑子里刚冒出这个想法，就眼睁睁看着江却站起来，手里抓着卷子，轻飘飘地放到讲台上，然后离场了。

　　正在考场内四处踱步的监考老师好像对这一幕见怪不怪了，冲江却点点头，就把他的卷子放好，继续监考了。

　　想想也是，能来参加这种竞赛的，哪个不是成绩顶尖的学生，主办方怎么可能考虑不到提前交卷的情况。

　　晏藜老老实实地做完自己的卷子，又检查了好几遍，等到铃声响了，才和大部分人一起放笔交卷。

　　晏藜从考场出来，整栋楼好像除了他们这些考试的就别无他人了。正值十月上旬，风才刚刚有了点儿凉意，整体还是闷热，阳光照射下来甚至微微有些刺目。

　　她按照大学随处都有的导航地图，摸索着出了这座偌大的校园，才出东校门，就看到不远处的高大梧桐树下，那对引人注目的身影。

　　女孩儿穿着白裙，清纯温婉，披散着柔顺的长发，打着伞罩在男生头顶，另一只手捏着一个粉蓝色的信封。

　　晏藜盲猜是情书。

　　女孩儿她不认识，男生就是江却。

　　江却异于寻常的那副阴毒样子只有她知道，也因此她每每看江却心里总是隔着一层，但别人并不这样想，江却是万里挑一的香饽饽，绝非她这样的俗人能置喙一二的。

　　江却可是提前交了卷，看来在这儿已经和那女孩儿纠缠了不短的时间。

晏藜总算明白小区里那些爱看热闹的大妈是什么心态了。

看看手表，距离她课余兼职的时间还早，晏藜参加了这个竞赛，觉得自己发挥还挺好，心情不错，索性找了个稍微隐蔽点儿的地方，看起了热闹。

那女孩儿一开始背对着晏藜，晏藜看不到脸，后来江却好像拒绝了，没接信不说，还要走，那女孩儿转身追上挽留，晏藜一眼就看清了。

好巧不巧，她还认识。

是二班的文娱委员，好像叫卢艺，来给一班送体检表的时候，程圆圆瞧见了，拉着晏藜八卦了几句。

晏藜一下子就失去了看热闹不嫌事大的心思，牵扯到一中，她就怕横生许多麻烦。她今天瞧见这小姑娘表白不成，万一被撞见了，来日就有可能被记上一仇。

晏藜转身正要走，哪里想到不远处的江却已经看见了她。

男生顿住脚步，双手垂在身侧，死死盯着女孩儿的背影。

高二这场市级化学竞赛结果很快就出来了，江却一等奖，外校一个女生二等奖，晏藜三等奖。一场比赛，奖项被一中占去多半。

班里人再次因为李慧宣布的这个结果而鼎沸起来，多半在夸江却，连带着对晏藜的褒贬不一。晏藜当然高兴，更高兴奖金数额不小，足以让她在短时间内实现金钱自由。

下了课，晏藜越过江却去上厕所，大概是吃错了东西，肚子突然剧烈疼痛起来，她随身带了纸，索性在厕所多待了会儿，上吐下泻地好一顿折腾。

最后等到快上课了，整个女厕已经没什么人，她刚站起来冲水，忽然听见外面水池那儿传来熟悉的声音。

"晏藜还真是命好，能挨着江却，还次次都考得这么好，你说会不会是因为他们做同桌，江却给她讲题了？江却那么厉害，听说这次化学竞赛又提前交卷了……"

"那谁说得清呢，反正我看晏藜就长了个狐媚子脸，装得挺文静，但你看她那眼睛长得，一看就不是什么好货色。"

"哎，你们说，江却该不会真的喜欢晏藜吧？以前怎么没见他对谁这么好过，也没见他哪次找女生做同桌啊……上次孙燕偷藏她那把破伞，江却为什么要帮她拿过去啊？"

晏藜按冲水键的手一下顿住，是班里那几个好事儿的女生，上次欺负晏藜，她们统统有份儿，她要是没猜错，孙燕应该也在外面，只是没出声而已。

果不其然——

"江却怎么可能喜欢晏藜？"孙燕讥嘲一笑，拧开水龙头洗手，"他俩天差地别，江却也就是心软，被她那副样子骗了。就晏藜那恶心的样儿，是人人得而诛之才对。"

4

人人得而诛之吗?

晏藜等孙燕她们走了,才推门出来洗手。

人原来还可以这么恶毒。晏藜发觉自己越长大,三观就越是一次又一次被刷新,好像这世上人人都是半人半鬼,凑近了,根本就没法儿看。

旧城区有许多荒废了的烂尾楼,废墟一样杂草丛生。这种地方最爱长一种东西,叫野蒺藜,生淡黄色的小花,结带毛刺的果,一辈子不起眼,命苦但好养活,能入药明目。不过许多人讨厌它,讨厌它的果实沾染在头发和身上,还不好摘掉。

但其实晏藜一直想不通那小玩意儿到底有什么错。它原本生得好好儿的,占一方小小的天地,不争不抢,你不去碰它,它怎么会沾在你身上?它还没怨你手贱,你倒先嫌它低微难缠?

晏藜看着镜子,心里铺天盖地的疲惫涌上来。

挺可笑的。

十月底文理分科,一班被划为理科班,排课也变了,政史地一周拢共才两节,剩下的都是理化生和主科课。

班里好像离开了一小部分人,又添进来几个新同学,晏藜没注意,她熟悉的人都还在。

周五下午,晏藜接了个特殊的活儿。

她兼职的地方,老板想做慈善打广告,又没那么多钱捐款,就想了个法子,带领员工去疗养院做义工,晏藜是替补的临时工,但人手不够,就把她也带去了。

晏藜被分去了新城区四环郊区一所高档疗养院。疗养院挺干净,用不着他们打扫,主要是车费报销,还给加奖金,晏藜满心乐意,呵呵笑着,搬了凳子陪病房里的阿姨们聊天解闷儿。

东拉西扯的话翻来覆去地说,晏藜这才发现这些病人并非她印象中精神病患者会有的癫疯模样,大多数时候他们都是比较正常的,只是偶尔说话会有些怪异,前言不搭后语,或是说些让人摸不着头脑的话。

陪聊比伺候店里那些难缠的客人要轻松得多,晏藜心里想着,又点头微笑,附和那个和她聊天的阿姨。

晏藜注意到一个特别安静的女人。

那女人留着到腰际的黑长发,慈眉善目。晏藜进来第一眼看见那女人时,那女人对她浅浅笑了一下,后米却没有搭话,只是自顾自坐在窗户边,看外面的风景。

晏藜想起幼时,她妈就是这样贤惠温婉的模样。晏藜不知道哪儿来的心软,倒了一杯温水,走到那女人身边。

"阿姨,喝水吗?"

她小心翼翼地端过去些,女人扭过头来,看了看她,接住了。

晏藜笑笑,坐在女人身边,和她一起看外面的风景,时不时开口说两句,女人不爱说话,但每每也都会回答晏藜。

于是她们稍稍熟络了一些,晏藜知道女人姓荣,家里也是南平的。

送晏藜离开的疗养院护士说:"荣女士有家人,她儿子隔三岔五地就来看望她,住进来好几年了,"女护士一手抱着怀里的病历本,一手指了指自己的头,"听说是这儿有点儿问题,平时还好,一受刺激就寻死,还有点儿抑郁症……"

晏藜缄默,没再问下去,她对那女人有种莫名的熟悉感,听了更加心疼。

或许是丈夫出轨了,或许是别的。她记得当初她亲爸在外头养女人的时候,她妈也是那副模样,敏感易怒,喝醉了就嚷嚷着寻死。

晏藜跟护士说了一声,拐弯儿下楼梯,没看见另一头的楼梯刚走上来的人。

那护士还没离开,看见脸熟的人,笑着打了声招呼:"小江,来看你妈妈啊。她刚喝了药,在看书呢。"

江却点点头,和护士打过招呼走了一段儿,推开了晏藜刚才亲手关上的门。

还是那个姓荣的、少言的长发女人,江却见了她,眼里流露出几分心疼:

"妈。"

晏藜今天回家比较早,门口有一双陌生的鞋。她还以为是什么客人,从玄关走到客厅,先是看到她妈,脸色怪异,低着头。

然后看见坐在正中间的一个陌生男人,年龄三四十岁的模样,生得有些凶神恶煞,冷着脸。赵文山像只斗败了的公鸡,也低着头。

听见声音,大伙儿都抬头看她。

晏藜看见客厅桌上摊开的零零散散的纸,眼尖地瞥见一串串数字、条款和签名,她眼底一寒,什么话也没说,一路沉默地进了房间,锁好门。

没过多久,听见赵文山唯唯诺诺求饶的声音。她听不清,只断断续续听到大概是求人家宽限几天。周旋了几十分钟,大门开了又关,然后是熟悉的辱骂和摔东西声。

最后赵文山夺门而出,她妈在客厅里号啕大哭。

晏藜坐在床上,看着旧床单发呆。

等她缓过神来,去拿书包写作业时,却忽然听见身后传来剧烈的拍门声:"晏藜!晏藜!给我开门!"

晏藜手心都掐红了,还是站起来给她妈开了门。

周琴原本就已经显苍老，现下更是如同饱经风霜的老妇人，她一个字也不说，粗糙像枯树皮一样的手，生拉硬拽地拖着晏藜往门口去。

"妈，妈你干什么……"晏藜掰不开母亲的手。

周琴一边拉晏藜，一边擦眼泪，嘴里嘟嘟囔囔听不清说的什么。走到门口了，她一把将晏藜推出门外。

"滚出去住！丧门星，我看见你就烦！滚，滚得远远的！"

晏藜一下子愣在原地。

从前就是再怎么骂，周琴也从来没有赶晏藜走。当初日子难成那样，丈夫进监狱又自杀，她不顾所有人的劝阻，到哪儿都带着晏藜这个唯一的女儿。

可现在，她却将晏藜亲手撵了出去。

晏藜不明白母亲的迁怒怎么一日比一日多，就像她不明白她明明已经努力不说话了，却还是次次要遭殃挨骂一样。

周琴又进了屋，把晏藜的书包拎出来扔给她，然后重重地关上了门。

晏藜一个人孤零零地站在门口，怀里的书包是时下最廉价的那种料子，一落上眼泪，印子就要很久才能消。

现在是傍晚，她沿着公路往前走，影子西斜，路两旁是高耸入云的桑槐，蝉鸣和路旁小孩子的口哨声一起落入耳朵里。

她不知道该往哪儿去，她是没有归宿的、没人要的小孩儿。

没走几步她停下，眼泪又掉下来。

傍晚六点整，晏藜抱着一纸袋子的桃酥，坐在新城区中心公园门口的长椅上。

她现在已经哭够了，又吃了个半饱，情绪稳定下来了。

她打算今晚在这儿对付一晚，新城区治安好，她不担心，明天一早去上班，求求主管，说不定明后两天就可以睡在店里。

先把眼前的难处应付过去，或许这两天她妈气消了，她就可以回去了。

晏藜打定了主意，又捏了块桃酥塞进嘴里。

面前时不时就会有人经过，有时候也有自行车和汽车经过，她没注意看，视线专注地放在马路对面斗蛐蛐儿的那几个小孩儿身上。

好像一恍神，眼前过去了个眼熟的穿一中校服的人，晏藜眼看其中一个小孩儿快要斗赢了，刚才那个经过的蓝白校服又骑着自行车退了回来。

"晏藜？"

怪事儿年年有。

"你怎么知道我叫晏藜？"

晏藜打量了眼前这男生好几遍，确定自己不认识。

男生长得不错，就是眉眼带了点儿痞气，单眼皮加寸头，左耳一只耳钉，眼神带着攻击性，校服也不正经穿，松松垮垮地裹在身上，看着不像重点高中的学生。

他闻言撇了撇嘴，有点儿没所谓的意味："你不认识我多正常，我就一小混混。不过我可认识你，听说你转来没几天，就接连拿了一中好些名次。你有没有注意看过教学楼下的宣传栏，挨着你和江却的荣誉榜旁边，就是我的通告处分。全校都传遍了你晏藜的大名了好吗，我就是没想到，真人比照片好看啊……"

晏藜眯了眯眼，好像有点儿想起来了。

宋京墨。

她怎么知道？多亏了程圆圆啊。

程圆圆爱关注各种类型的男生。有江却这种清冷学霸型的，有孟则这种阳光帅气型的，也有宋京墨这种桀骜校霸型的。学校里但凡是因为成绩或长相出名的男生，无一例外程圆圆都向晏藜介绍过一遍。

宋京墨何许人？

不亚于江却的风云人物，一出生就含着金汤匙，不好好学习只能回家继承家产的那种人，听说家里是做大生意的，开的高级会所和KTV能绕一中五圈。

说他是混混？人家是踩着钱玩儿的高级混混，比以前在十三中欺负晏藜的那堆人可高好几个档次。

怪不得，一向只注重成绩的一中会收宋京墨，听说宋京墨每犯一次大错，他那个豪气的爹就给一中捐一栋楼。

"大少爷，也骑自行车吗？"晏藜淡淡地说了一句，往旁边挪挪，给宋京墨腾地方，省得他半边屁股立时就要掉下去。

"嗐，那不是前不久打了场架，薅了陈校长的假发，一通操作下来，我爸就停了我的司机和零花钱。"男孩儿脸上有点儿挂不住，尤其还是面对着这样一个成绩好的好学生。

5

晏藜没再说什么，自顾自吃自己的晚饭。中途看宋京墨一直看她，她还很自然地把自己的桃酥递过去："要吃吗？"

宋京墨怔了一怔，连忙摇了摇头："你吃吧，我不饿……"

晏藜垂眼，把袋子放回腿上，继续看那几个斗蛐蛐儿的小孩儿。

"你家在这附近吗？"

"不，我是过来打篮球的。但是我那帮朋友没凑齐，我就瞎逛呗。"

气氛凝滞下来，良久的沉默。

宋京墨先沉不住气了："那个，问你个问题呗？"

"问。"

"你怎么不怕我?你不讨厌我吗?我还以为你和学校里那些好学生一样,他们个个都看我不顺眼。每次周一我站上升旗台念检讨,下面就一堆私底下骂我是搅屎棍的人……"

晏藜扑哧一声笑出来:"这话我可没说过,说你是搅屎棍,那说的人成什么了。我不乐意说,也不乐意当屎。"

宋京墨被她这句话逗得哭笑不得:"你这人说话真有意思,你真是这么想的?"

"真的。因为不关我事啊。"女孩儿脸上的笑意敛住,没看宋京墨,"我自己过得都这样了,哪有空去管别人什么样儿呢。"

因为没空,所以不怕,也不讨厌,他们萍水相逢,过了今天,谁还记得谁呢。

宋京墨看了看晏藜手里的桃酥,那是新城区很多孩子都不愿意入口的低价零食,就像她身后那个边角磨损的老旧书包一样。他好像有点儿明白,这小姑娘怎么这副模样了。

她大概过得不怎么如意。

这样好的孩子,要是在他们家,那可是会被捧到天上去,逢人就夸的。宋京墨想不明白,怎么晏藜的父母就不珍惜,不好好对她呢?

宋京墨也坐正了身子,正视着前方,顺着晏藜的视线,一起看路那边斗蛐蛐儿的小孩儿。

"你还不回家吗?已经很晚了。"晏藜问。

"不回,回去了就得挨骂,少不得还要挨顿打。我妈最近没在家,没人护着我。"

真是身在福中不知福,要是她能生在宋家,才不会把亲子关系搞得这么紧张呢。晏藜心里叹了句同人不同命,又沉默了。

"那你呢?你怎么也不回家?"宋京墨反问一句。

"我没有家了。"小姑娘轻描淡写地说了一句。

宋京墨一听,瞪大了眼,瞳仁左转右转,没敢转到晏藜那边去。

没家了是什么意思?上不过家破人亡,抑或父母离异,最好的情况是小姑娘只是被赶出家门或者离家出走,才说出这一时的气话。反正不管哪种情况,宋京墨都没法儿再问了,他虽然平时爱惹是生非,但也不是没眼力见儿的人。

又待了一会儿,天已经蒙蒙黑,气温转凉。

宋京墨偏头看向晏藜,少女表情平淡,就这么个动作保持了这么久,一动都不带动的。

好安静的女孩儿,宋京墨心里想着,又觉得她要是他妹妹就好了。这么讨喜的妹妹放在家里,他肯定好好养着,等哪天他犯错了要挨收拾,妹妹挡在身前,他爸肯定就不舍得打了。

宋京墨突然觉得缘分真是个奇妙的东西，几天前，晏藜对他来说还只是光荣榜上的一张照片，但是忽然，忽然他们就这么不明不白地认识了。

这场邂逅最终被一辆停在两人面前的豪车打破。

那是宋家的车，来接宋京墨的。

"要不要去我家住，有很多客房，特别舒服。"宋京墨难得一脸认真，说出口的话虽然唐突，但也真诚。

晏藜第一秒是有些心动的，但还是摇了摇头，可以但没必要的事，那就不做，她这辈子握在手里的东西本就不多，不喜欢再欠别人还不了的人情。

对方似乎有一点儿失落，不过还是跟她说了再见才上车走了。

宋京墨前脚走，晏藜去摸书包，手伸进去，顿了一下，再掏出来，是几张钱。藏在夹层里的，不知道哪儿来的钱。

晏藜周一这天去得格外早，因为身在新城区，她好不容易奢侈一次，给自己买了想吃的早饭。

她瞧见江却背着书包从前门进来，垂下了眼睫。

她以前会一直看着他走近，然后余光看他坐下，再拿书做题。这种微微的情愫算不上喜欢，那太肤浅又牵强，她顶多是觉得他很好，像凡人欣赏爱护一朵高岭之花那样觉得他好。

而且——

"江却怎么会喜欢她呢？他俩天差地别。"孙燕这话说出来纵然带着羞辱，但至少现在看来，说得没错。

她忽而轻松起来，以前面对江却偶尔会有的拘谨全部消失得无影无踪，可望而不可即的人，那就连靠近都不要，就什么烦恼都没有了。

晏藜没想到会那么快又见到宋京墨。

第二节大课间，做完了广播里的眼保健操，还剩十五分钟，晏藜去楼梯口的热水房接水，身后有人唤："晏藜——"

四周一片嘈杂喧闹，她转头一看，还是前两天那个校服不好好穿、骑着自行车倒停在她面前的同学。

平行班的教室不在这栋楼，晏藜可不会觉得他跑这么远只为了叫她一声。她看向旁边的办公室，一边走一边抬手跟宋京墨打招呼。对方叫了她的名字，说自己是被年级主任叫来的，晏藜轻笑："刚才还听见里面在训话，骂得很大声，你还是小心着点儿吧。"

话音落下，晏藜从他身边擦肩而过，听见男生很乖地回了句"好"。

她微微怔了一下,回头看宋京墨清朗的背影。好奇怪,明明她以前最讨厌这种学生了,但现在她竟然觉得宋京墨还不错,两人这才见第二次,竟然可以熟稔地搭话了。

晏黎端着水杯回教室,江却适时站起来给她让位。

坐下去的时候,江却稀罕地开了口,问她:"晏黎,热水房人多吗?"

她的名字从他的嘴里念出来,是真好听。晏黎面色如常地翻书,回他:"不多。"

她很少这么少言。上次忘了江却为着什么问了她一句,她声音低软,回了一长串儿的话,那个时候她看他,眼里总是含着淡淡的感激和仰慕,现在,却又忽然变成初见时那样的空荡。

江却已经敏锐地发现了晏黎的变化,现在试探结束,他基本确定晏黎的态度的确变得冷漠了,聪明的人并不是只会做题。

第三节语文课,讲到李商隐的《锦瑟》。

"锦瑟无端五十弦,一弦一柱思华年……"照例是老师一边念,一边带着学生翻译、赏析,教室里除了老师的话,只剩下"沙沙"的写字声。

夏天快过去了。

墙上的光影,墙外的流云微风,晏黎靠窗坐,光亮从拉开的窗帘透进来,有点儿斑驳,映在她的脸上和发梢上。

江却不知自己发哪门子的神经,眼珠子不落在书本上,落在身旁的同桌身上。

窗帘浮动着,飘起又落下。

那光线透过晏黎的皮肤,她本就白,如今几乎透亮到发光,江却视力不错,能清晰看见她颊上的细小绒毛。晏黎发觉了,抬眼的前一秒,江却挪开视线,等晏黎低下头去,他就又看。

他好像有点儿恍惚,说不上来的怪异感觉。

"庄生晓梦迷蝴蝶……"

这诗江却提前背过,不必老师念,他不看书也知道后面的。

男孩儿手里的笔尖轻轻点着桌上的书,在没人注意的地方,弯了弯嘴角。

他还不自知呢,他要是这时候停手就好了。

讲台上的中年教师还在低低地念:"此情可待成追忆,只是当时已惘然。"

…………

下课以后晏黎趴在桌子上补觉,听见嘈杂鼎沸的室外走廊传来男生打闹的声音,还有女生问同伴要不要去买一块钱一罐的橘子汽水,以及教学楼旁边高大樟树上不间断的蝉鸣。

教室里是闷热的,头顶一阵一阵吊扇的声音和微风,外面的热气扑面而来,人一下子就蔫下来。

这天傍晚，临放学前的那节课是历史课，老师在讲新航路开辟和殖民扩张，晏藜余光看见程圆圆朝她这边看过来，抬头，"小圆脸"却没看她，而是在看她旁边的窗外。

窗外有什么好看的？晏藜觉得好笑，也扭过头去。

晕红的晚霞，掺着温柔的粉蓝，好像合该映衬一场悸动的暗恋那样好看。

晏藜环视了一下教室四周，大部分人都慢慢发现了窗外的好，手里捏着笔，视线都被外面吸引过去，就连江却也侧了侧眼。

老师发现了，笑了笑没说什么，坐在讲台上继续讲，只是音量低了很多。

放学了，晏藜跟程圆圆一起走。程圆圆往后看了看，用胳膊肘捅了捅晏藜："江却和孟子在我们后面没多远呢。"

"孟子"就是程圆圆对孟则的称呼。

晏藜"哦"了一声，双手插进校服上衣口袋，忽然想起今天店里要发工资。

出了校门程圆圆就和她分开了，身后的孟则小跑两步越过她追上了程圆圆，大概是顺路，他揪着程圆圆的辫子，一番吵闹，慢慢走远了。

晏藜以为江却早走了，结果拐过一中附近那个弯儿，一扭头，江却推着自行车，还在她身后。

身姿颀长，眼神淡淡的，好像在看她，又好像不是。

晏藜继续往前走，没几步，忽然发现异样。

6

路那边停了几辆黑车，车旁站了几个男人。

个个穿着端正的黑西装，但面相无一例外都是凶恶的，领头儿那个手里拿着几张纸，另一手捏着张照片。

原本这一切都应该和晏藜没有半毛钱关系，但晏藜分明感觉到那些人在看她，尤其是，拿照片那人低头看了看手里的东西，像在确认，再抬头看她的时候，还转身跟旁边的人盼咐着什么。

晏藜心里霎时涌上不祥预感。

她想起前几天来家里跟赵文山要账的人。

晏藜往后退了几步，她想逃，又不知该往哪儿去，学校，或者兼职的店……谁能保护她？

她脑子瞬间乱成一锅粥，心也提到嗓子眼。

"我送你回家吧。"

声音温沉，几乎是砸在她心上，话音才落，她已经被人拉住了校服袖子。

她回头，是江却，他比她高出很多，以至于她需要仰头才能看到他的表情。

"我送你回家。"他又重复了一遍，示意她去坐自行车后座。已经有经过的一中学生认出江却和晏藜,擦肩而过后捂着嘴窃窃私语。

晏藜心想,但总比求助学校或者警察——等到事情闹大了,所有人都知道她晏藜家里有多么不堪——要好吧。

程圆圆曾经拉着晏藜给她讲自己最近刚看的一本校园小说,这本稍微小清新一点儿,但男主角还是有钱人家的大少爷,和女主角是欢喜冤家的那种。

程圆圆悄悄问晏藜,有没有向往过这样美好的爱情。晏藜嘴上含糊过去,心里却想,什么是美好的爱情?是像偶像剧一样的,男主角必须是高富帅吗?

晏藜不敢想,她和程圆圆的生活差了十万八千里,她的前路泥泞不堪,她活得早熟懂事,也因此过早地失去了少女幻想的权利。

晏藜从不做这种心比天高的美梦,她清楚自己命比纸薄,又觉得有那个空闲,倒不如多读书多看报,说不定以后能靠成绩给自己拼出一条路,还有可能接触一下有钱人的圈子,毕竟现实世界中,真正的灰姑娘遇不到王子。

她实在清醒得可怕,这于她这个花样年纪来说又未免悲哀。

江却让一中许多女孩子仰慕,这个"许多",是无穷大,所以她现在坐在他的自行车后座上,双手放在腿上,心里平静无波。

路两旁的商铺在放着岁月静好的老歌,不知从哪儿传来一股烤红薯和板栗的甜香味,梧桐树一棵接着一棵,像录像片一样在晏藜眼前掠过。

江却骑得不算快,晏藜得以好好看看新城区享誉全国的满城梧桐。

树很高大,遮天蔽日的,从"腰"间分三叉,分五叉。旧城区就没有,那里很拥挤,放下贫民窟一样的房子都吃力,哪里能像这样似的规规整整地种梧桐。

"晏藜,你住哪儿?"江却这话随风飘进晏藜耳朵里,有点儿不清明。

"旧城区崇安街四十九号。"

江却本以为她会难以启齿。他心里刚攒了点儿要揭她伤疤的恶意,瞬间因为她无所谓的态度变得荡然无存。

"刚刚那些人是怎么回事儿?"这话听起来很正常,好像就只是一个同学对另一个同学的关心和担忧,但江却问这话的本质到底是什么,大概只有他自己知道。

晏藜这次没有立刻回答。她倒是没察觉江却的恶意,只是心里斟酌了下措辞:"家里出了点儿事,大人惹的麻烦。"

也是实话,江却不知怎么心里梗了一下,为着她那句"大人惹的麻烦"。

他忽然想起暑假那会儿,他时隔多年第一次在旧城区那家逼仄陈旧的面馆遇到她,折回去拿钥匙的时候,他三言两语就从那个叫蔡景辉的人嘴里套出些关于晏藜的近况。

"晏藜亲爹不知道去哪儿了,现在这个是她继父。她爸妈都是吸血鬼啊,她上学吃饭的钱都自己挣,就这还三天两头地挨打挨骂,有时候辛苦挣的钱还被抢走，可怜得很。"

"那会儿你看见她赚小费，还不是因为她穷要挣学费，吃饭喝酒的那些人觉得她年轻漂亮，开玩笑说她喝完那杯就给她小费。这种事儿在我们这儿，'海'了去了。周盈嫚踢的那只流浪猫，也是晏藜救的，那个人懂个屁，晏藜活得比她干净百倍，就算再卑微也轮不着她骂。"蔡景辉如是说。

她过得很不好，江却已经知道了。

现在更甚，大人惹的麻烦，怎么叫小孩儿来承担呢？

晏藜为此深受其害，他也是。

但世事如此，历来如此。

江却又不动声色地压下心里那点儿微不足道的动摇和心软。

到晏藜家楼下不远处，江却停车，晏藜跟他道谢，尾音未落，人就转身。

"晏藜。"江却又叫住她，"明天我还送你回家，以后都送吧。等那些人解决了，你再自己回家。"

晏藜转头看江却，眼里有点儿探究的意味。还没等她考虑好，江却从身后取下书包，摸出纸笔，写了一串数字，撕下来递给晏藜："我的电话，有事儿了打给我。"

晏藜没接："为什么？"

为什么对她这么好？

江却的手固执地举着，脸上是能够蛊惑人心的认真："你一个女孩子，总是不安全。"

晏藜心里没有普通女孩子会有的雀跃，她微微皱着眉头，人不会无缘无故对另一个人太好，晏藜隐隐猜到他想从她身上得到些什么，或者达到他的什么目的。

说她太敏感了，没办法，她从来不吝以最恶毒的念头去揣测人心。

但晏藜踌躇几秒，还是接过来，礼貌性冲他笑了笑："谢谢你啊，江却。"

江却也勾了勾嘴角，少年眉眼清俊斯文："不客气。"

晏藜转身上楼，江却在她身后看着，直到再也看不见了，才握着车把掉转方向。

家里依旧是争吵不休，看见晏藜进来，两个人都愣了一下，赵文山走过来就骂："这两天你死到哪儿去了，啊？你还有没有把我和你妈放在眼里？你那么喜欢外边，干什么不死在外边？死外边我都懒得给你收尸……"

晏藜往后退了一步，赵文山还没骂完，就被打断——

"行了吧赵文山，你有什么脸说她？怎么不看看你自己那个死样子，在外边欠一屁股债，回来了就知道骂你婆娘，你个窝囊废……"

晏藜她妈嘴里骂骂咧咧的，拎着扫把就砸在赵文山头上。赵文山走向晏藜的脚步旋即顿住，转身和自己老婆对骂扭打起来。

"你还学会打你男人了,你和你女儿就一路货色……"

晏藜面无表情地越过四处狼藉的客厅,回了自己的房间。

她坐在床上,照例是喝口水缓神儿。

她想起她妈刚带着她嫁给赵文山的时候,赵文山的生意正风生水起,那一年南平还不分新旧城区,统一叫"南平鼓楼区",房子就是那时候买的。那时候她管赵文山不叫赵文山,叫"爸",这个继父也不是现在这种颓废暴躁的样子,而是穿着一身好衣裳,乐呵呵地叫她"小藜",给她很多零花钱买裙子买糖。

可惜这样的好日子仅仅持续了三年,终结于赵文山破产的那一年。

那年全国经济萧条,赵文山做的生意不小,人也胆大,手里积了很大一批货,想发横财。结果最后没发财,货全赔了进去,赔得分文全无还欠了一屁股债。

她妈没跟赵文山离婚,想着夫妻之间,有福同享有难同当,结果换来如今这样生不如死的日子。她妈还因为从前的富裕染上了好赌的毛病,一朝贫困潦倒,好赌的习惯却没改掉,但后来怎么不离婚呢?她妈说,离婚去哪儿,睡大街吗?

晏藜当真没有半点儿其他出路了,只剩下读书。

母亲和继父爱骂晏藜是命硬的丧门星。晏藜幼时生父入狱,后死于狱中;跟着母亲改嫁,继父又破产。她有时候也会自暴自弃地怀疑,或许她真的克人,是多舛的煞星。

她活这一遭,也不知值不值得。

"市里的雕塑大赛,有没有人要参加?"

李慧问出这话,像是不大愿意让班里学生去掺和似的,又添了一句:"就是一个学校给那些艺术生举行的比赛,得了奖可以获得艺术院校保送资格,跟咱们也没多大关系,不过咱们班要是谁有艺术细胞,试试也行,只要不耽误学习,课下搞。"

没在班里翻出什么浪花,毕竟大家都忙着背书做题,什么雕塑比赛,又不能给考试加分。

整个班大概就晏藜听进去了,但她在意的是大赛奖金。

主办方有钱,单三等奖就有四个,奖金比晏藜兼职三个月的工资还多。

晏藜去办公室报名的时候,李慧确认再三,才皱着眉头从桌上拿了一张表给晏藜填,嘴里念叨:"又不是什么学术性竞赛,你这小姑娘……平时也没看出来啊。"

晏藜当然无法告诉她自己是为了奖金,赶紧填了表离开办公室。

回去以后江却不在,程圆圆看见晏藜了,撇开孟则过来,抓着晏藜的手:"晏藜,你报名那个雕塑比赛了?!"

晏藜点点头,程圆圆反应不小地张嘴惊呼了一声:"你还会雕塑呢,好厉害呀！"

照理说，晏藜不应该会的，不过巧得很，她以前在一家泥塑工艺品店做过半年加整个暑假的兼职，算略懂。

她知道一中报这个的人少，就算是那些艺术班的学生，会画画的也不一定会雕塑，她也不求多，三等奖就够了，试一试总不会掉块肉，说不定就瞎猫碰上死耗子了呢。

不过这话她懒得说，也就在心里想想，把程圆圆搪塞过去后，人前脚走，后脚江却回来了。

他好像是去外面接了个电话，回来的时候脸色有点儿不好看，一坐下就收拾书包。晏藜才写了个"解"，听见江却叫她："抱歉，今天不能送你回去了。我家出了点儿急事，我得请假回去……"

江却已经连续送晏藜回家一周多了，那些人也早就不在一中附近徘徊了。

江却原本就没义务送她。

晏藜摆摆手说没事，让他先走。

第三章

草木皆兵的十七岁

1

放学前各科课代表发了一堆卷子当晚上的作业，数学居多，晏藜一股脑塞进书包，和程圆圆一起走。

外头还是闷，教室的风扇白天也没停过，天上的云裹挟着热气，金黄或昏蓝，忽地成团，又忽地被揉散。

正是下学高峰期，身边擦肩而过的人都穿着一样的校服。

一中高三要上晚自习，这个点儿又恰好是吃饭时间，学校铁栅栏样的大门口外围坐了很多骑车或开车的家长，个个都抱了样式不一的保温桶或饭盒，翘首以盼地等着自己的孩子——因为时间宝贵，大人想着给孩子补充营养，又不想孩子一趟一趟地往家赶。

大概这才是父母真正该有的样子。

晏藜心里说不上什么滋味儿，在踏出校门的那一刻，听见一个举手投足都透着优越自信的戴眼镜女孩儿在抱怨，对着自己的母亲说："干什么呀，都说了不让送，做来做去也就那几样饭，我又不乐意吃，还不如跟桃儿一起去吃学校后街的肉酱面……"

晏藜快速瞥了一眼，那饭盒里精心做好的饭菜还冒着热气，她捏了捏宽松校服裤的口袋边缘，加快脚步走了过去。

这种事儿她用不着盼，不过倒是可以列入遗愿清单，督促自己下辈子投个好胎。

校园广播站开始放音乐，听前奏像是《精忠报国》，身后有人喊了句："让让……让让……"伴随着自行车清脆短促的铃声。

程圆圆挽着晏藜的胳膊往旁边拽了一下，语气不重地斥她："恍什么神儿呢，看路。"

晏藜这才勉强把自己从遥远刺痛的记忆里拔出来。

和程圆圆分别以后,晏藜独自走回家。今天店里没排班,她半路上碰到宋京墨,他叫司机开得很慢跟在她旁边,车窗降下来:"晏藜——"

短短几天,这都见了三次了。宋京墨探头从车里出来,晏藜看见他没穿校服,身上是时下正流行的薄衫衣。长得像小白杨似的,晏藜心里想。

她朝他点点头,就算打招呼了。

宋京墨却忽然转头吩咐司机停车,开了车门下来,手里拿了一捧白绿相间的野菊花,直直地塞到晏藜手里。晏藜往后躲了一下,没躲开。

"给我干什么?"晏藜声音轻软的。

宋京墨笑得有点儿不羁的意味,好像也没觉得给女孩子花有什么不妥:"后操场角落里随手摘的,我下了课就看见你了,摘完以后想给你来着,结果一抬头就不见你人影了,还好又遇到了。"

晏藜低头看那捧花,须臾又笑了:"谢谢啊。"

这是她人生中第一次收到花,虽然它只是一捧野菊,但赠送者的好意远远贵重过花本身的价值。

晏藜又听见男生挠挠后脑勺解释:"我看班里那些女生去卫生区扫地,回来了都要摘几朵玩玩儿,我知道你们好学生不在意这些小东西,不过女孩子啊……"宋京墨"嘿嘿"笑了两声,转而岔开话题,"你一个人回家吗?"

晏藜点点头,示意他赶紧上车:"前面那司机叔叔都等你很久了,走吧走吧。"

宋京墨回头看了司机一眼,又转头看晏藜:"不然我送你回去吧。开车很快的,也省得你走这一段儿。"

晏藜摇头:"不用了,你先走吧。"

宋京墨只得作罢。

只是车开出半条街了,宋京墨从后车窗看到晏藜的身影变成一个黑点,想想他第一次遇到她时,她离家出走,又说自己没有家……他不知道哪儿来的预感,总觉得不太妙,踌躇再三,他还是开口:"宋叔,掉头回去吧。"

晏藜到家的时候,楼下停着她妈的电瓶车,她还心想今天怎么下班这么早。上楼开门一看,家里客厅坐了一屋子的不速之客,听见开门声,他们无一例外地望向门口。

其中就有她妈和赵文山。

她妈还穿着蚕丝厂的衣服,左胸戴着个工牌,上面刻着"周琴",显然也是急匆匆赶回来的,衣服都没来得及换。

看见女儿回来,周琴脸上原本摆出来的求饶讨好的笑瞬间消失殆尽,这个中年女人迅速站起来,冲到门口,一边嘴里骂骂咧咧,一边用手推搡着晏藜,要把她轰撵出去。

"一点儿眼色都没有？长那两只眼是出气儿用的？没看见家里大人有正事要忙？滚滚滚……"

晏藜无意识地被周琴推得退了几步，因为猛然看到面相并不和善的陌生人出现在自己家里的那种无措茫然在她脸上留存了一会儿。等周琴骂完了，晏藜一声不吭，拉了拉书包肩带就打算转身离开，屋里那帮不认识的人却忽然出声："等一下——"

晏藜站住，这才发现周琴牢牢挡在她面前，手上还在使力，嘴里小声嘟囔着："还不赶紧走，想死啊你？"

不对劲！晏藜下意识就想逃，但此时出声的那个中年男人已经快走到她们面前，身后跟着赵文山。

晏藜脑子里一片乱麻，好像意识到什么，但又理不清。她眼睁睁看着那个脸上带疤的人走到周琴面前，上下打量了她一番，转头跟赵文山说："这就是你说的那个，在读高二的女儿？"

晏藜心里那股落不着地的惶恐忽地加大起来。

只见赵文山谄媚地冲那男人笑笑："是啊，这就是我女儿小藜。您瞧，干净又漂亮，就是没打扮而已，要是换身行头，绝对艳压四方。而且她念书多，光这一项，就够把那些姑娘都比下去了吧……"

晏藜瞳孔一缩，转身就跑，身后传来刚才那男人高声的一句："给我抓住她！"

晏藜才下六级阶梯，就已经被人从后面拎住了衣领，她没转头，听见周琴着急忙慌地下来，半跪半拖地要拉开她身后那人，求饶的时候又哭又叫的，还有赵文山他们嘴里乌七八糟的话，都尽数落到晏藜耳朵里。

场面顿时混乱起来。

但即使出了这样大的乱子，这栋破败的小楼里也没有一个人出来瞧瞧，每户都大门紧锁。

晏藜和母亲一起被拖进屋里，这些人才不管什么怜香惜玉，屋里统共就两个女人，被他们拎进来，直接扔在地上。

周琴哭哭啼啼的，还不忘抱着晏藜，把她护在身后。

晏藜这时候才终于后知后觉出一切。

怪不得当初有人来要账，赵文山和周琴大吵一架后，周琴就要把她撵出家；怪不得周琴明明手头拮据，还要打着讨厌她的幌子，往她书包里塞钱，宁愿让她住外面，也不让她回家；怪不得刚才周琴脸色那么难看，看见她回来就撵她走。

原来是如此难以启齿的丑恶真相——晏藜被赵文山这畜生给卖了。

晏藜自以为这么多年，自己什么大风大浪没见过，什么苦没吃过，可如今碰上这样的事,竟还是手脚冰凉,除了害怕惊恐,什么自救的法子也想不出来。

她微微颤抖着,看不远处站在刀疤男身边讨价还价的赵文山,恶心惊愤,还有无能为力。

她的人生已然这样低贱,这些人,这些畜生,还是不放过她,他们要彻底毁了她。

他们在说:"……抵三万块钱……"

救救她,谁来救救她……

圆圆,孟则,宋京墨,还有……江却……

江却。

晏藜灰败的眼里重新出现了一点点光,如同快要溺水而亡的将死之人,抓住最后一根救命稻草那样——

她把周琴的手机从口袋里摸出来,是老式的按键手机,好在没发出什么声音。

周琴和赵文山在前面吵吵嚷嚷地闹着,时不时夹杂着那些人的争执,谁也没发现晏藜在打电话。

当初江却把电话号码写给她,她本来是没打算打的,但后来洗衣服的时候字条从口袋里掉出来,正好周琴的手机放在桌上,她顺手存了才把那字条扔掉。

没想到会在这时候派上用场。

等到刀疤男那帮人发现时已经晚了,电话方才接通,其中一个人发现晏藜的小动作,赶紧拍了拍老大示意他看,嘴里还斥骂着:"小贱货你干什么呢?"

"喂?"

这声音和电话里江却清冷的话一起传进晏藜耳朵里,她孤注一掷般往后退了一步,语调慌乱:"救我!"

"京墨,要是实在不行,你就进去看看呗?我刚下车打听了,说是那家人天天吵架打架,你那个姓晏的女同学就是他们家的独生女。但是人家说了,说这一家子都是神经病,隔三岔五就要大闹一通,有时候半夜三更还能听见打骂孩子的声音……"

坐在驾驶位的中年司机面露难色,说着,透过车窗往楼上看去。

宋京墨让司机远远地跟了晏藜一路,他想,要是晏藜的家人打骂她,她再离家出走,他就收留她。

但是等了很久,宋京墨也打量了周遭许久,甚至还让司机下车打听了,晏藜进去的那栋小楼还是没动静。

宋京墨听了司机的话,推开了车门。

才一抬头,他忽然看见远远的一辆自行车冲了过来,穿着他熟悉的一中校服,瞬间从他面前掠过去。

2
那人身后不远处还跟着呜呜鸣笛的警车。

宋京墨的太阳穴开始突突地跳,回过神来,才发现刚才骑过去那人已经停下,车子随手一推,就往楼梯上跑。

他起初只是觉得有点儿熟悉,等到警车越来越近了,他灵台一明——

江却!

他好像突然想到什么,眼神一凛,立刻也追上去,飞快地往楼上冲。

周琴的手机被那伙人摔了。

刀疤男的手下夺了晏藜的手机,一看晏藜不是报警,那副惊弓之鸟的样子散去,又摆着一副天不怕地不怕的狂妄嘴脸,一边摔手机,一边高声漫骂着不听话的晏藜和周琴,骂了足足七八分钟。

那个刀疤男挥挥手制止了手下,转而面对着周琴和她身后的晏藜:"小姑娘,叔叔劝你还是早点儿认清现实吧。我们也不想把事情闹得不痛快,毕竟也不是什么要命的债务。你爸呢,欠了我们的钱,他把你交给我们挣钱抵债。叔叔呢,给你介绍个上班的好地方,不仅可以把你爸的债一笔勾销,而且以后你挣了钱,多半都是你的,到时候,你和你爸妈不是也能过上好日子了……"

硬的行不通,他们又来软的。

晏藜咬着牙冷眼看他,一个字也不说。

狗屁,说得那么好听,以为她什么也不懂,好骗吗?

周琴一直在哭,双手合十跟那些人求饶,嘴里喊着大哥,求他们放过她女儿:"她还小着呢,才十七岁,您宽限宽限我们,我一定把这钱凑齐还给您。我女儿学习好,以后一定能出人头地的,各位大哥,你们放过我女儿这次,她以后飞黄腾达了有的是钱孝敬你们……"

晏藜只剩绝望,一颗心坠入谷底,一面破碎,一面滴血。她原本还寄希望于江却,但求救的话才刚说了两个字,手机就被夺走了。

她被那些话逼狠了,毕竟年纪也小,已经咬着牙开始掉眼泪。

"我不。"

晏藜猩红着眼吐出这两个字,眼神倔强冷厉。

屋里那些人一瞬都僵了脸色,嬉笑端不住,纷纷看过来。

其中一个男人显然被晏藜这句话激怒了,耐心耗尽,嘴里低低地骂了一句:"不识好歹!"

男人骂完,朝晏藜逼近,伸手就要抓她。

周琴站在前面，也不知哪儿来的劲儿，忽然冲上前去推搡着那人，用自己微薄的力量阻止着他。

"跑，跑哇——"

周琴带着哭腔嘶吼。晏藜满脑子只剩下转身逃跑的想法，玄关几步之遥，门大开着，她疯了一样地狂奔。

那些人大约也没想到她还敢跑，没能第一时间抓住她。

这次如果再被抓回去，一定万劫不复。晏藜心脏狂跳，踏出家门的那一刻，猝不及防地撞到来人身上。

天旋地转，晏藜被牢牢地护着，躲过了身后男人破空划过的重重一拳。

尘埃落定之时，晏藜抬头，看到一只骨节分明的手高高抬着，牢牢抓着行凶者的手腕。

她脸上还挂着泪痕，惊魂未定。

再往上看，那人明媚硬朗的眉眼，映着楼梯口窗户照进来的光，带着救赎和希望，撞进她心里。

他是跑着来的，气息不稳，胸膛起伏，呼吸微喘。

世界在这一刻安静。

江却。

是江却。

她草木皆兵的十七岁，他第二次来救她了。

"我报警了，警察马上就来。"少年顿了一顿，遥遥望向屋里的狼藉和一堆听见"警察"二字脸上露出惊恐的人，声音冷冽沉重，"知不知道？入室行凶，三年起判。"

话音刚落，从楼下传来层层叠叠的脚步声，晏藜看见宋京墨，还有他身后穿着警服的警察。

宋京墨愣了一下。

"江却？还真是你。"

外面的警察斥了一句"不许动"以后，进屋去制住那帮人的间隙，宋京墨看着江却惊诧了一句，又赶紧走过来，眼含关切："晏藜，你没事儿吧？"

晏藜说不出话来，她的嗓子像被什么钝刀堵着，身子抖得像筛糠似的。

江却好像发觉到了晏藜的不寻常，他甩开男人的手，腾出来的那只手也抚上她的后脑，轻轻安慰着："别怕，别怕。"他又抬头，像是对着怀里的晏藜，又好像是对着宋京墨，"已经没事了。"

别怕。

后来许多年，晏藜再没有遇见过，如江却这样风骨的少年。

他对着她褪去从前的清冷，用只有他们两个能听到的气声说："哭出来吧，哭出来就好了。"

因为过度惊吓而应激失声的晏藜眼神怔忪着，拽着少年的衣摆，像濒死者拽住身边最后一块浮木，呜呜咽咽地终于哭出了声。

江却轻抚她头发的手顿住，心底忽然涌上来一些莫名其妙的疼。

她的眼泪第一滴落在他的校服上，第二滴落在他的心上。

像一粒火种，径直在他心脏上烫出一个洞。

夏秋不接的季节，派出所里也是压抑的憋闷。

玻璃窗上贴着"扫黑除恶"的醒目标语，有个女民警给晏藜端了一杯热水，这一切都让人觉得稍微安心些。

晏藜坐着，身旁是江却和宋京墨，她听着不远处被拘着的那些人，包括她的继父，骂骂咧咧地小幅度反抗着，嚷嚷着"上头有人"之类的话，然后就看见一个长相正派的民警拿着档案夹走过去，皱着眉嗤了一句："都什么年代了，不自量力……"

门口传来一句带疑问的话："京墨？你怎么在这儿？"

是个中年男人的声音，粗犷而浑厚。

晏藜和宋京墨双双回过头去，她一下子认出来，那是当初来家里找过赵文山的人。

她心底忽地一凉。

是赵文山的债主，他还认识宋京墨，他们是什么关系？

晏藜心里的猜测才露个头儿，宋京墨已经站起来跟那人打招呼："远叔好。是我同学，家里出了点儿事，正好我也在现场，过来做个目击证人。"

男人拍了拍宋京墨的肩膀，笑了笑："你远叔我也是，这不，手底下的人不知轻重，不知道怎么就进来了，我过来保释。"

男人不甚在意地说着，眼睛一瞥，视线落在一旁的晏藜身上，表情忽然僵硬了。

宋京墨后知后觉，顺着男人的眼神转过头来，看看晏藜，再看看那个"远叔"，皱了皱眉，原先的表情不再，也有些难看起来。

"远叔，你说的手下，该不会就是来我朋友家闹事儿的那些吧？"

宋京墨试探着一问，那个男人的眼神瞬间变得闪躲起来。

他这样，宋京墨还有什么不明白的？只是没想到这么巧，大水冲了龙王庙。

晏藜好像想到了什么，恐惧未消，身子下意识就往后缩，却被江却伸过来的手轻轻按住袖口，她转眼看他，他声音很低："别怕。"

晏藜抖着眼皮，心脏不上不下地悬着。

男人叫刘远，管的是宋家手底下的场子，今天去晏藜家要账的那些人就是他的手下。宋家家大业大,鱼龙混杂,难免会有人沾上不干净的东西。宋京墨早些时候只知道他爸手下的人喜欢动粗,但像今天这种放高利贷的犯法事,却是绝不可能授意他们做的。所以他当然脸色不好,自己的朋友差点儿被害得万劫不复,放那害人倾家荡产的高利贷的人还跟他家有关系,往轻了说是打他的脸,往重了说是知法犯法、挑衅权威。

宋京墨回头看了晏藜和江却一眼,没有当场发作。他把刘远叫去一边,三言两语把事情说开了,警告他们以后不许再干这种事。

"她家欠了多少?"宋京墨问。

刘远低着头,被宋京墨训得半个屁都不敢放,闻言抬手伸了三个指头:"这个数。"

三万。

宋京墨心里清楚,本金不可能有这么多,他眼都不眨:"一笔勾销了吧,回头我拿我的钱给这窟窿填上。人小姑娘在我们学校是学习顶好的学生,年龄还这么小,你们也忍心。说出去你们不嫌丢人,我都嫌。"

刘远一听,唯唯诺诺地应了,转头去找警察填表交钱赎人。

宋京墨回到位置上,把刚才刘远给他的欠条交到晏藜手上。

"你爸没欠那么多,是我家的人太不地道了,要的利息高。我已经重重地骂过他们了。这欠条还你,那些欠款就当今天冒犯你们家的赔罪,一分都不用还了。"他声音压低下来,带了点儿愧疚的哑。

宋京墨生得高,和江却不相上下,这会儿却像个做错了事情认错的孩子,气势大不如刚才训斥刘远的样子。

晏藜没想到这事儿峰回路转,最后竟然是这么个结局。她踌躇了下,这才伸手把欠条接过去,摊开看。

两千块钱的欠条,连本带息硬是涨到了三万。两千块钱,就差点儿买断了她的一生。

她咬了咬下唇,当着另外两人的面,把那欠条狠狠地撕了,扔进垃圾桶里。

宋京墨脸上又隐隐露出点儿歉意,低声说了句:"对不起啊,晏藜……"

晏藜垂下眼,心里其实是感激的:"你不用……你不用跟我说对不起,不关你的事,是我要谢谢你才对。"

宋京墨大大咧咧,一看晏藜没生气,即刻爽朗地笑了:"咱们都是朋友,说什么谢谢。"他又抬眼,看向晏藜身后的江却,"其实要谢,江却才是功臣,我跟在后头,没他跑得快,是他救了你呢。"

晏藜怔了一下,又想起江却刚赶到时的情景。

那时候她以为她必死无疑,结果他从天而降,救她于水深火热之中。

3

后来，江却照常放学后送晏藜回家。

江却的自行车后座曾是南平市一中无数女孩子的梦想，晏藜生怕有朝一日会招来嫉恨，几次婉拒无果后，她向他请求，在学校分开，然后在距离学校一条街的那棵参天梧桐树下会合，不能再让人瞧见了。

江却这次没多说什么，可能也不想把她逼得太狠。

他点点头把以前借给晏藜的题集重新推给她。她犹豫了一下，还是接了。

他毕竟刚救过她，她总是嘴软手短。好像那场莫名其妙的疏离，现在又莫名其妙地和解了一样。

江却清隽的脸庞上显出来点儿笑意，原本清冷的气质忽而明媚了些。

这些日子赵文山被拘留着，家里原本鸡飞狗跳的日子忽然平静下来。

晏藜周五没让江却送，下了学去兼职，下班后拎着一袋刚买的处理价排骨，到家刚好赶上周琴在收阳台的衣服。

楼下拴的狗"汪汪"叫了好几声，有附近住的人家的小孩子三三两两地追闹着从晏藜身边跑过去。她跑上楼，脚步是轻快的，开门的时候朝里面喊："妈，今天发了奖学金，晚上吃排骨。"

人真是怪，她恨周琴的时候恨不得自己没托生到其肚子里，可那天周琴拼了命地让她跑，那些情绪又忽然消失得无影无踪了。

她们是亲母女啊，周琴是对她有生恩养恩的人，打断骨头还连着筋，日子是被赵文山败坏的，但生活还要继续，周琴也永远是她妈。

晚饭的时候，晏藜把饭菜端出来，排骨炖得很烂乎，周琴低着头吃女儿给她夹的肉，吃着吃着，眼泪忽然掉进碗里。

晏藜什么话也不说，只盘算着过两天给她妈买身衣服。

时隔多年，江却又做了那个噩梦。

梦里有一些癫狂丑陋的嘴脸，有医院刺鼻的消毒水味，有母亲无助的眼泪、被辱骂勒索到跳楼的绝望。

十二岁以前，他们一家三口生活在南方的一个城市，那个地方叫宜兴。

江却出身书香世家，母亲温婉贤淑，高知美丽，在当地最大的医院做主刀医生。父亲严谨宽厚，那时是个高中老师。江却自小安静，不太爱说话，但各项拔尖，人见人夸，他们家庭幸福，一帆风顺的完美人生几乎一眼望得到头儿。

十二岁以前，江却的世界里只有阳春白雪。

但十二岁那年，是他人生的分水岭。

他记得他睡到半夜，听见外面的动静和灯火通明，出去一看，父亲和其他几个长辈坐在一起,个个愁眉不展,他听到他们低声说什么"治死了人,没抢救过来,病人家属拉了棺材在医院门口闹"……

他那时上初一,话能听懂,也已经能明白事理。母亲在医院上班他是知道的,但他那时候以为不过是一场普通的医疗纠纷,母亲从业数十载,以前也不是没有遇到过这种状况,就算棘手,处理起来可能也只是时间问题。

他原本是这样以为的。

直到事情发酵到所有人都猝不及防、谁都阻止不了的地步,那个病人家属医闹索取巨额赔偿不成,把事情捅到了当地的报社,有记者去采访,话没说几句,就被添油加醋、颠倒是非地发到了网上,甚至报纸上。

明明承担风险的协议他们都签了的,明明是突发情况谁都不能保证的,明明送到医院就已经几乎没有了生命体征,明明……

没有人在意这些。

那些看热闹的路人,他们不分青红皂白,附和着那个人的话,说他的母亲是黑心医生,是医术不精的废物,甚至牵连医院,推搡殴打、恶毒难听的辱骂,要多少有多少。

他和父亲一起去医院,看望因为处理事故被折腾得憔悴难过的母亲,站得远远的,亲眼看见那些人恶心至极的嘴脸。

那是他这辈子第一次见识到人性的丑恶。

但事情远远没有这么简单。

那个男人得手了,拿到了一笔不菲的赔偿金,又开始变本加厉,捏造一些根本不存在的事情给他的母亲泼脏水,以此来勒索医院和他母亲。

这简直是个贪心不足的恶鬼!

那个年代智能产品还不发达,但以讹传讹的事却疯传到当地各处,人们只愿意相信自己想相信的,陪同行凶者一起,逼疯了他的母亲。

他曾和父亲一起疯了一样地冲到医院天台,最后却只能眼睁睁地看着母亲跳下去。

好不容易抢救过来以后,母亲的精神状态和身体就再也没有恢复过来。

……

江却从梦里惊醒,额上出了细细密密的汗,他坐起来,靠在床头,眼前伸手不见五指。

当年那件事的受害者不止母亲,除了他自己,谁也不知道,十二岁之后,他是阴暗的,他是不堪的。

他埋在端正外表下的一切偏执、极端和乖戾的性格,皆因当年那场悲剧。

即使他装得很好,取得了身边几乎所有人的信任。

但事实是——

他看见晏藜的第一眼,就忍不住自己畸态的恨意,忍不住想接近她,忍不住想恶毒地伤害她。

江却累极了,抬手重重地摁到太阳穴上。

他想起当年在医院里见到晏藜的第一面,她同样也在她父亲的唆使下,对着记者的镜头说了污蔑他母亲的话,然后在一片吵嚷嘈杂的冲突打闹中,女孩儿怯生生地躲在那男人的身后。

他听到她哭,拽着男人的衣袖叫爸,说要回家。

他记得自己小小年纪,眼里猩红着,心里充满了怨恨,看着他们那些人。

秋天的风开始泛凉的时候,南平下了一场淅淅沥沥的小雨,下在半夜。晏藜早上因为生物钟从梦里醒来的时候,暖香味的被子刚掀开一条缝儿,鼻尖就嗅到一丝轻微的、雨水混杂着泥土的凉腥味。

气温骤降。

南平的梧桐树好像一夜之间变黄垂落,新城区的各条公路被这些落叶覆住,一脚踩下去,就是被掩盖的小水洼。

她前一天晚上刚洗了头发,怕被雨伞外飘进来的雨打湿,就松松地绾了个低马尾,脸颊两侧垂下来两绺蓬松碎发,凭空给她添了点儿楚楚可怜的味道。

上午的四节课都是双课,数数英英。因为下雨走得慢,晏藜进班的时候,数学课代表已经开始在黑板上板书,说是数学老师生病了,前两节改成测验考试。

班里暖烘烘的,和外面形成了两个世界,一中的春秋校服外套这时候也派上了用场,有女生开始往杯子里泡枸杞红枣了。

预备铃响之前几分钟,江却才背着书包进班,像是淋了点儿雨,肩膀上有些湿意,发梢儿未干,眉毛和眼睫都落了极细小的雨珠,好看的脸上雾蒙蒙的。

晏藜听见动静,抬头看,是后几排的孙燕穿过走道过来,羞羞怯怯地给江却桌上放了一包没拆封的手帕纸。

一包没什么特别的纸,卖得比作业本都贵。晏藜神游地胡思乱想着,没注意到江却轻皱的眉,还有朝她瞥过来的一眼。

那包纸孤零零地放在原地,孙燕都回到座位上了,江却也没碰,晏藜心想或许人家有什么洁癖,转头准备再看看新型公式。

谁知道江却叫住她:"最后一个函数变形公式,写错了。"

晏藜下意识往笔记最下面看去,果然,"sin"写成"cos"了,她改了一下,转头跟他搭话:"你今天没带伞吗?"

江却看着她点了点头。

他这样,晏藜接不下去,讪讪地捏了捏纸页的边角:"怎么……不擦擦头发?会感冒的……"

江却把笔从文具盒里拿出来，语气平静："忘记带纸了。"

晏藜瞬间无语，忘记带纸了？那么好那么贵的纸不是摆在他面前吗？

"那不是有，孙燕给的……"

"不想用，我跟她不熟。"

那你就活该身上湿着，然后感冒吧。

晏藜懒得管他，自顾自结束对话，继续看自己的笔记。

江却侧眼看了看，晏藜毫无动静，他垂下眼帘，看向她胳膊下的抽屉里放的半卷白色卫生纸。

晏藜察觉到江却的目光，有点儿无奈，把卫生纸从里面拿出来，递给江却："便宜货，你要用吗？"

未曾想江却竟然接过去了，还跟晏藜说了谢谢。

晏藜刚拿起笔，江却这边又出了幺蛾子——

"背上擦不到，你能不能帮帮我？"

晏藜咬了咬牙，再次把笔搁下，心里默念了几遍报恩，这才拿起江却手里的纸开口道："转过去。"

江却照做，晏藜看见男生的后脑勺，稍偏一些，还能看见他的喉结，皮肤冷白，一副很正经的样子。

晏藜的手带着纸碰了下他的衣服，他的喉结就动了一下，又擦了两下，江却耳根微红。

他到底在想什么呢？他到底想干什么呢？晏藜总也想不明白，好与坏都在他一念之间，江却的心思仿佛是疯长野草的荒原，层层伪装着，谁也摸不清。

后两节英语课不见江却，晏藜听见周围人小声议论着，说江却去参加什么英语竞赛了，这次要是得了奖，得的分将来加起来，就是评判保送名额的标准。

李慧没在班里宣布，独独让江却去了。

晏藜没什么想法，她英语一般，就算参加了估计也是浪费时间。

4

一场雨停停下下地纠缠了好几天，晏藜洗的衣服总也不干，泛着一股潮闷的味道，实在受不了了，老天爷这才放过她。

周一升国旗，总算阳光明媚，台下站着一中众学子，台上是校长、主任和升旗手。

晏藜踮起脚，看见江却挨着主任坐着，手上捏着演讲稿，升旗台一角站着几个男孩子，没穿校服，耷拉着头。

看见个熟悉的脸，晏藜轻轻皱了皱眉。

隔壁班的卢艺一向是主持这种事情的人选，看得出来小姑娘今天特意打扮了，一众寡淡的女孩子里，数她头发最精致，还抹了淡淡的唇膏。

卢艺声音甜柔，落落大方地念完了自己的台词，话锋一转："下面，让我们有请本次省级英语竞赛金奖获得者，高二（1）班，江却，上台演讲。"

台下瞬间人声攒动，沸腾一片，掌声如雷。

省级英语竞赛，金奖。

有一说一，晏藜真的佩服。

台上的江却从位置上站起来，足足比旁边不远处的卢艺高出一个半头还多，晏藜站在台下都感觉到了压迫感。

周围的人都在小声说着，话题几乎全是围绕着江却。

"以前初中就听说过了，那时候江大神还是高一，据说次次考年级第一、全市第一，分数还能甩开第二名几条街，我妈都知道，天天拿来教训激励我呢！"

"他长得好好看啊，好高……"

"人家不仅学习好，德智体美劳还全面发展呢。听说高一的时候跟二中打篮球赛，投了三个三分，吊打二中的学生！这是人吗？这是神！"

他们都在惊叹，和当初那个刚来一中的她一样。

人人都把江却捧成了不食人间烟火的神，晏藜却忽然想起前几天在崇安街遇到从网吧出来的蔡景辉，对方跟她寒暄了几句，知道她转到一中以后，挺突兀地提起江却。

"你在一中，提防着点儿那个江却啊。前几天我们一帮人在一块儿玩，黄毛说漏了嘴，那个江却好像早就认识你，以前你在十三中时，他跟黄毛不打不相识，认识以后一直跟黄毛打听你，还派他盯着你。我也是才知道的，周盈媂那时候那么欺负你，江却不可能不知道，那我估计他对你，肯定不是你们小女生说的暗恋吧？谁知道他算计什么呢，你跟他一个学校，离他远点儿总没错。"

她思绪飘远，江却的演讲已经不知道什么时候结束了，他踩着大理石阶梯下台，宽松的校服都盖不住他的高挑和长腿。

队伍中女生在前，男生在后。江却经过晏藜，擦肩而过的一瞬，他侧头，看了她一眼。

升旗仪式继续最后一项。

卢艺在江却后面下台，由高二年级主任，一个有点儿"地中海"的中年男人，拿过话筒宣读本周通报批评的名单。

这是一中的传统。

但这次显然不同于往常的寥寥无几，年级主任念着念着，还没有停下的迹象，底下许多人开始窃窃私语起来。

不为别的，名单上几乎清一串儿的高二（15）班。

一中按照成绩排名次，按照年级名次分班。十五班，是整个年级最吊车尾的班,学校里大部分人喜欢称其为"土豪班",因为十五班的学生几乎全是家里有钱,但学习不尽如人意,被家长砸了大钱送进来的,平日里他们风风火火,几乎包圆儿了整个一中的刺头儿事件,最大的特点是不安分,一群人横行无忌,极有辨识度。

年级主任念完了名单,很是愤慨地开始训斥,大概意思是,平时不穿校服,不遵守校规也就算了,竟然还团伙作案地逃课、打群架之类。

"成何体统?!"

主任骂得很大声,晏藜视力好,又在中前排,她能看见主任飞溅出来的唾沫星子。

晏藜早在一开始看见站在台上的宋京墨时,就猜到他是犯事儿了,却没想到,宋京墨竟然是他们的头头儿。

"尤其是宋京墨,带头违反校纪校规,是此次重大事故中的主谋。经校方和办公室各老师商议决定,给予其一万字检讨,停课一周以及留校察看处分。视其日后表现决定,如再有类似这种事情发生,必然取消其学籍和在本校就读的资格。"

底下再次哗然。

"他就是宋京墨啊,听说家里特别有钱的那位?"

"真是服了,每周都有他们几个,我听的耳朵都起茧子,这次更绝,直接给一中抹这么大的黑……"

"不过学校也是真狠啊,我都上到高三了,还从没听说过一中有这样处罚过哪个学生的……怎么这次宋京墨那个有钱的爹是捐不起搂了吗?竟然让自己的儿子受这么大处分?"

真是个不该待在这儿的坏学生啊,他们都这么说。

晏藜面无表情地瞥了那些说闲话的人一眼,没说什么。

她知道宋京墨大错特错,但他也曾帮过她那么大的忙,他没祸害到她头上,她就没资格人云亦云地随意开口。

升旗典礼结束,晏藜随着一班的队伍回教室,半路看到宋京墨他们又一脸颓丧地进了办公室。

她收回视线,眼里有点儿波动。

刚进班,正赶上孟则往外走,晏藜听见程圆圆叫了孟则一声,问他去干什么。

"前几天的数学测验成绩出来了,我去办公室拿卷子和成绩单。"孟则远远地高声回应着程圆圆。

晏藜想起来了,数学课代表发烧请假了半天,她不在,平时她担任的事务只能由班长代劳。

孟则好像有点儿不乐意,他刚还和同桌聊天聊到兴起,突然被通知去办公室,从升旗台回来凳子还没焐热,忙得五迷三道。

晏藜只思索了一秒,突然开口叫住他:"班长。"

走到门口的孟则停下脚步,转头一看,脸上还有点儿意外的神色。

晏藜平时很少说话,除了被老师叫起来回答问题或者上讲台讲题,其他时间基本都用来做题背书,偶尔也会开口问江却题目。

江却也抬眼,看过来。

晏藜走过去,微微一笑:"不然我去办公室拿吧,正好之前跟大家对答案的时候,发现了点儿问题,想问问老师。"

孟则瞬间眉开眼笑,眼梢上挑,本就阳光的脸显得更加俊气:"真的?那敢情好,晏藜,谢谢你啊。"

"不用客气。"晏藜说完,赶紧往楼廊尽头那间办公室的方向走。

孟则进了班,跟程圆圆说自己不用去办公室,美得不行:"晏藜真善良,平时我看着她就是好姑娘,多文静。"

晏藜和程圆圆感情不错,孟则在她面前夸小姐妹,程圆圆也跟着高兴:"那是,晏藜人可好了。"

这两人你一句我一句聊得热火朝天,谁也没看见隔着几个座位,江却的动静。

他表情很淡,但长时间的发怔和捏着笔尖一动不动不是他的作风,尤其他现在不知道想了什么,视线一会儿落在门口,一会儿又落在面前虚空处。

晏藜的课桌上堆着成摞的书,几支笔七零八散地搁在桌子上,还有被风吹开翻页的书,黑板上有斜照进来的阳光,再往上是红底黄字的"好好学习,天天向上"的标语。

江却的目光飘无定所地环视了一周,思绪不受控制地发散着。

"等会儿结束了,你们几个,统统来办公室给我写检讨书,什么时候写完,什么时候离开。"

"班长,不然我去办公室拿吧,有问题想问问老师。"

撒谎……

晏藜上周的数学测验,选择填空全对,后面大题只有最后两道各错了一小问,她知道自己哪步错了,甚至已经早早把题型写到错题本上。

她对卷子没有疑问,却还急急地找借口往办公室跑……她哪里是想问问题,她是担心办公室里的人。

江却收回视线,重新落在面前摊开的书上。

刚才升旗的时候宣布他得竞赛金奖,也没见她怎么样,明明当初救她的人是他,明明该讨好的人是他。

江却心里想着,眼前的题一个字也看不进去。

他心里有点儿不舒服,但又说不上来具体是因为什么。

好不容易勉强恢复正常,江却手里的笔才落下个"解"字,眼角余光忽然扫到旁边桌子上的水杯,还有升旗前晏藜写了一半的化学卷子。

5

晏藜敲响办公室的门时,里面的大部分老师都低着头在备课,整个安静的室内只有最北边年级主任的位置上,乌泱泱站了七八个学生,个个都低着头,主任声音很大地斥骂着他们。

"一个小小的十五班,竟然出了你们这些学生,真是让我大开眼界啊。下次再敢打群架,你们干脆退学好了,出了一中,看谁还管你们?打架?你们就是犯了法去坐牢都没人管……"

有坐在门口没多远的老师,头也不抬:"进。"

晏藜走到一班数学老师的座位旁边:"杨老师,班长有事在忙,我来拿上周的测验卷和成绩单。"

数学老师叫杨丽文,比李慧稍微年轻点儿,带两个重点班的数学,鼻梁上架个红框眼镜,不苟言笑,平日里也一向以严厉著称。

但她却很喜欢江却和晏藜。

一个老师喜爱自己的得意门生很正常,而杨丽文尤甚,这两个寡言少语的学生和她性格很像,又优秀,是不可多得的好苗子。现在她看见是晏藜来拿卷子,面上少见地露出两分笑意。

"这次测验成绩,你和江却又是第一第二,班里其他人的成绩,因为题难都多多少少有些下降,只有你们两个还是这么稳定,太棒了。"

杨丽文一边说,一边把卷子从抽屉里拿出来,最上面覆了一张表格,是成绩单,江却的名字,赫然凌驾在晏藜上面,第三是曹晚玉。

杨丽文的声音不小,正在训斥十五班那些人的主任闻声看过来,脸色稍微和缓了一点儿。

晏藜也看过去,正好和宋京墨的视线撞上,但只是一下,他就躲开了。

大概是因为难堪。

晏藜温声接上杨丽文的话茬儿:"是老师您教得好。"

杨丽文脸上的笑意更大,看着挺自豪的。旁边其他老师也瞥过来,有不少是认识晏藜的,再看杨丽文时,难免带了点儿羡慕之意。

那个主任索性也不骂宋京墨他们了,扔下一句让他们写检讨的话,就几个大步凑过来看那张成绩单。

一中的重点班一向是学校最上心的,年级前十自然也是整个学校的香饽饽,那个晏藜叫不上姓名的主任笑得脸上褶子都出来了,嘴里也念念有词:"江却啊,江却的确是好孩子,这学生太讨人喜欢了……"

晏藜再看过去的时候，十五班的人已经一个个或趴或站，把稿纸放手上，压墙上，开始写检讨书了。

她不自觉想起仅有的几次，见到宋京墨时发生的一切……

她欠他一个很大的人情，她记挂很久了。

她往旁边走一步，站在年级主任身边，声音轻下去："主任您好，我是高二（1）班的晏藜。"

那个有点儿秃头的中年男人抬头看看她，有点儿不明所以，但还是一脸善意："哦！是晏藜同学啊，我认得你，上次月考的光荣榜还是我贴的呢，你排第二，我记得特别清楚。你找我有什么事吗？"

晏藜笑笑，只是笑意未达眼底。

"主任，我有件事想跟您汇报一下，不知道您有没有空？"晏藜压低了声音，用只有他们两个能听见的声音说。

杨丽文这会儿正跟其他班的数学老师交流经验，没注意这边，主任看了看杨丽文，转脸看向晏藜："当然有空，你说。"

晏藜遥遥看了一眼角落里站着写检讨的宋京墨："是关于高二（15）班，宋京墨同学的。"

这话一出，主任脸色瞬间严肃起来："怎么，是宋京墨欺负你了？"他问出口，语气八分笃定。

晏藜摇了摇头："不是，他不仅没有欺负我，他还救过我。"

对方瞬间皱了下眉："怎么回事？"

晏藜斟酌两秒，半真半假地开了口："前段时间我放学回家，在路上被人骚扰，宋京墨同学看见了，见义勇为，帮我赶走了那个人，还送我回家。"

晏藜其实很少编瞎话，但她这姑娘就给人一种文静乖顺、不会惹事的感觉，再加上她本就喜怒不形于色，就是撒谎，眼都不眨一下，根本由不得人不信。

年级主任怎么也没想到晏藜是来给他说这些的。

"竟然还有这样的事？"他还一直以为宋京墨那臭小子平日里只会调皮捣蛋，做一些损人不利己的混账事，没想到宋京墨还会路见不平呢。

现在大部分学校和老师的认知都是：学习好的学生哪哪儿都是好的，是不会撒谎做坏事的。

晏藜一点头，年级主任根本没有怀疑她，还觉得这么好的学生，真要出了什么事，那才叫痛心呢。

他再看向宋京墨他们，难免就有点儿心软了。

晏藜看着，又开口为自己圆谎："主任，我向您汇报这事，是因为我敬重您相信您，而且宋京墨也并非全无可取之处。只是这事儿说起来，我作为一个女生也觉得有点儿不好意思，过去这么久了，我希望您不要对别人提起，行吗？"

年级主任当然明白晏藜的意思，赶忙点了点头："你放心，老师会给你保密的。你反映的这个情况，我也清楚了。等随后，我会酌情根据学校将功补过的规定，稍微减轻宋京墨同学的处罚。我也知道你是感激他想为他求情，不过事情既然过去了，你还是要把心思多放在学习上，其他的就交给老师来处理。"

晏藜点点头："好的，我明白。那，主任，我就先回教室了。"

"好，回去吧。"

晏藜转身离开，走到门口，就听见年级主任苍劲浑厚的声音："你们几个，检讨书回去写吧，不用一万字了，五千。另外停课一周改为停课三天，都给我好好表现，别再让我揪到你们的小辫子……"

后面的，晏藜出了门，已经听不大清了。

回到班里的时候，离打预备铃还有几分钟。体委跟在晏藜后面进来，拎了一塑料袋子的不明物体。晏藜刚坐下，体委就发话了："学校的新校徽，每人一个，戴在校服左胸，从明天起进校开始检查，不用交钱，含在学杂费里了。"

体委找了前排关系好的男生分发校徽，坐第二排正中间的英语课代表也站起来，搬了凳子往黑板的最上方写东西，班里一时之间有点儿小小的忙乱。

晏藜桌上也放了一个红底白字的精美校徽，男生的身影挪开时，晏藜一眼看到黑板最上面，原本用来写警示语的板块，长长的两排英语句子：

"Some of us get dipped in flat, some in satin, some in gloss. But every once in a while you find someone who's iridescent, and when you do, nothing will ever compare."

晏藜试着翻译了一下，忽然生起点儿怪异的熟悉感。

"从今天开始，警示语改成英语名言名句，都是可以用来摘抄在作文里的句子。这也是英语老师要求的，句子每周抽背一次。"英语课代表说完，拿着笔记本从讲台上下来。

底下原本在干别的事儿的人都抬头了，一部分尝试翻译，一部分好像已经发现了什么，这两句话在一班引起了一阵小小的骚动。

"这不就是前段时间很有名的那个国外电影里的句子吗？"

晏藜看向离她没多远、刚出声的孟则，她没钱去电影院看电影，但又觉得这话熟悉，好像在哪儿听过似的。

程圆圆也问孟则，急得直摇他手臂。

"我记得那翻译挺文艺的，有人住高楼，有人……在深沟；有人光芒万丈，有人一身锈；世人万千种，浮云莫去求……"孟则有点磕巴地边想边念，声音不大，但晏藜能听到。

晏藜回头，看向旁边正低头戴校徽的江却。

她想起来了，某期英文周报上面有这篇文章，就是写那部国外电影的。

男生垂着眼帘，修长的手指在摆弄校徽。那双眼睛上的长睫毛好像比女孩子还长，窗外的阳光透进来，在他眼下投下点儿如画的光影。

斯人若彩虹，遇上方知有。

晏藜低下了头，正巧江却看过来，他用笔尖点了点桌上的草稿纸，随口问她："他们说的那部电影，你看过没有？我没看过，但这两句话写得真好，有机会的话，我也想去看看。"

晏藜抬眼看黑板上那两句，余光却注视着同桌的江却，她没说自己看没看过，只是不知所谓地说了句："哦，改天有空再说。"

说完，晏藜抬手去拿桌角的水杯，一低头，才发现自己写了一半的化学卷子不见了，然后又忽然发现，手里的水杯也拧不动了。

晏藜记得自己没有拧那么紧的，想着可能是因为热水的蒸汽导致的，她一边用力，一边问江却："你见到我化学卷子了吗？"

对方摇了摇头，晏藜虎口都磨红了，也没能拧开杯子，只能暂时放弃，先找卷子。

半路却被江却接过去："我来吧。"

到底还是男生力气大些，江却轻轻松松就拧开了杯子，他递还给她，随口问道："刚刚你去办公室，见到宋京墨他们了吧？"

晏藜接了杯子放在桌上，注意力还在抽屉里的一摞未曾整理的卷子上，闻言也没多想："对，他们都在，被主任训着写检查来着。"

"你和宋京墨，关系很好吗？"江却捏着书页一角，迟迟没有翻过去，"上次也是，他还跟去你家……"

晏藜慢慢停止了弯腰苦找的动作，直起身子看着江却："你怎么突然想起来问我这个？"他们两个，好像也并没有熟稔到这种打听对方交友的地步吧，顶多算是同桌加普通朋友而已。

实话说，在晏藜心里，宋京墨的地位比江却还稍微高那么一些。

毕竟，她没见过宋京墨和十三中那群人混在一起，也没见过宋京墨打那么狠的架。

江却身上有太多她未知的东西了，她怕江却，那些悄无声息的隔阂也还在。

江却掩在眼帘下的情绪微微波动了一下，沉默几秒："没什么，就是随口一问。"

晏藜重新弯腰扒拉抽屉，把卷子都拿出来，一张一张地翻看，没再接江却的话。

江却眼皮抖了抖，低头写自己的题。

"弄到哪儿去了？我记得我就放桌上了啊……"

晏藜的声音丝丝缕缕地飘到江却耳朵里，他们两个中间隔了一摞晏藜的书，高高的，有一支笔立起来那么高。

藏在这摞书的伪装之下，江却在笔记本的一个隐秘角落里，写了两个字。

字迹清隽，力透纸背。

他写完，怔了一会儿，抬起头来的瞬间，翻到其他页盖住，转头对着晏藜坦白："在你那本'五三'里，我刚想起来，你那时候随手夹进去了。"

第四章

江却的目的

1

说起"五三",晏藜的"五三"已经做了一小半,她估摸算着,之前报名的雕塑比赛也快开始了。

她跟江却商量:"我想自己回家。最近已经没什么事了,总不能一直麻烦你。"

江却正验算,在草稿纸上写写画画的手一顿,轻轻地"嗯"了一声。

晏藜没想到这次这么简单,肚子里打了大段话的草稿作废了。她松口气,计划着腾出点儿时间去以前兼职过的工艺品店看看。

放学的时候,晏藜经过篮球场,又看到江却在和孟则打篮球。

因为这段时间要送晏藜回家,江却已经很久没有和孟则打过篮球了。旁边的程圆圆揪着晏藜的衣服发花痴,说孟子太帅了,和她最近看的那本小说里面的男主人公很像。

她只是笑笑,视线触及弯腰运球的江却。她往前走着,他手里动作不停,目光也持续移动着,直到球被抢了,他才立刻回过神来,继续上篮的同时,她也收回了视线。

出了学校,校广播再次准时响起,今天是《一生所爱》。

"……从前现在过去了再不来,红红落叶长埋尘土内……"歌声混杂着放学后熙熙攘攘的喧哗和汽车鸣笛声,还有结伴而行、推着自行车的少男少女。

秋天快要过去一半了,晏藜想起刚到一中没多久时,书包里出现的那张字条,"一切都会好起来"。

是程圆圆写给她的,她留到至今。

一切都在好起来。

工艺品店的老板是个不到三十岁的姐姐,留着长长的黑发,很温柔。她开店也不为赚钱,权当兴趣爱好。听到晏藜的请求,她爽快应了,让晏藜有空了就可以来做。

晏藜按照正常客人的价钱付给老板,那姑娘推推搡搡硬是不要,实在拗不过晏藜,最后才勉强收了一半。

余晖洒向人间的时候,晏藜从工艺品店走出来,没走两步,在商业街的尽头看见两张熟悉的面孔。

一家琳琅满目的精品店,橱窗是透明的玻璃,晏藜从外面,看见里面两个人。

曹晚玉,和另一个她叫不上名字,但是也是一班的一个男生。

两人都戴着眼镜,男孩儿腼腆女孩儿文静,脸都红了,但看向对方的眼神都是亮晶晶的,那个男生给晚玉戴发夹的动作,也轻柔得很。

晏藜没多看,往后退了几步,就走去另一条路了。

她心里是希望他们能好好的,于是悄悄地给了个祝福,祝就这样一直互相喜欢,从校服到婚纱。

她有时候也很奇怪,没见过什么患难与共、海枯石烂的爱情,但又觉得真情不死,觉得这世上肯定有真正的爱情。

晏藜走到街口,那家全南平最大的电影院刚挂上塑料海报,她把手插进校服口袋里,背着书包慢慢走到海报前面,端详了半天才转身离开。

回了家,周琴在洗菜,厨房里传出水龙头哗哗的声响,还有高压锅里熬粥的水汽声。晏藜回屋里写作业,开了灯,书桌上放着一件蓝白色毛衣。

她把校服外套脱了,对着木柜上镶嵌的反光玻璃照了照,心里涌上点儿欢喜。

等她大学毕业,就带周琴跟赵文山离婚。她们母女俩也能好好过,她会带着她妈好好过。

晏藜低着头,很爱惜地摸了摸身上的毛衣。

晏藜放了学就去泥塑店,以她妈周琴为原型,做了个低头拥抱自己的女人半身像。

也不太难,有步骤有模型可以参考,而且店主姐姐也愿意帮晏藜看看哪里有问题,让她及时修改。

她周末仍会去兼职,两不耽误,只是周一到周五回家晚了点儿。但周琴现在性情大变,似乎是大事关头走一遭看淡很多,也不拿这事儿骂她,反而还叮嘱她路上注意安全。

周四这天下午,有一节体育课。李慧平时爱占体育和美术课,就算她不占,也有那个穿着打扮总是很时髦的英语老师占。但今天黑板上的课表却从一而终,一直没人改,李慧来了一趟,拿落下的教案,忽然开口,撺班里的学生去操场活动。

"这秋天一到,班里就排着队地感冒发烧。你们就是缺少锻炼,趁这个机会,别窝在班里了,去,都出去蹦蹦。"

班里的学生瞬间炸起欢呼,蜂拥着出了教室,原本坐满了人的地方霎时空下来,只剩下书和桌子,还有后面角落里被碰倒也来不及扶的扫把。

开学这么久,晏藜第一次见到体育老师,这话一点儿也不夸张,谁不知道体育老师天天"生病"呢。

一个班的学生叽叽喳喳地排着队,晏藜身后的两个女生在讨论对方头上的头绳,程圆圆也踮着脚附在晏藜的耳朵边,说她妈今天早上给她买了一袋糖炒栗子,信誓旦旦地向晏藜承诺着,要给晏藜分一半。

晏藜温暾一笑,眼角余光忽然看见最后一排的江却。

他个子太高,只能站最后面,一身清冷,站在一堆没开的男孩子身边,实在有些卓尔不群的感觉。十六七岁的年纪,男孩儿女孩儿都是不太会打扮的样儿,好看与否,一眼就看得出来。一中的话,江却算一个,宋京墨算一个,都是一生下来就赢在起跑线上的人。

晏藜收回视线,开始跟着队伍跑两圈热身,跑步结束照例是做操,全国统一的中学生第八套广播体操。

晏藜活动着身体,跟着老师和前排女生学,有模有样的。

学生时代的体育课做完这些基本上就是自由活动了,体育老师也好说话,知道他们一班有些孩子爱学习,准许提前回班,交代完了,就领了几个男生去打篮球。

程圆圆领着晏藜坐在角落的大香樟树下,那儿成排装了三个乒乓球台,不经常有人用,有女生三三两两地或坐或靠,看操场正中央的男生打球。

晏藜时不时开口,回应程圆圆一些有的没的胡扯,时间就这样慢慢过去。晏藜晒着秋日的阳光,有点儿燥,但也不算难受。她闻见自己身上氤氲的霉味儿在慢慢消失,虽然程圆圆总说没有,只有香皂香,不过现在晒在这阳光底下,她只觉灵魂都松快了,那股霉味儿也快没了。

耳边有女孩子尖细的欢呼声,她目光又飘到中间,正看到江却一个转身躲过对方抢球的动作,三步上篮,投了个空心球。

她恍惚了一下,心头忽然生出大梦初醒般的微颤,只是下一刻又消失了。

后来体育老师吹哨集合,第三排少了一大半的学生,可能逃去了厕所,可能回了教室,以至于晏藜一回头就能看见几步之外的江却,原先还有几个人挡着,现在完全没有了。

前面的老师在讲话,说起自己刚才打篮球的技法,然后一边鼓励学生多运动多打篮球多散散步,一边说起自己少年时期打篮球的一些趣事儿。

晏藜无事可做,索性认真听起来。其实也琐碎,没有一点儿营养,但好在体育老师人比较诙谐,三言两语,逗笑了班里很多人。

晏藜也笑,发自内心地笑。她听得专注,没注意到右后方一直在看着她的江却。

晏藜其实生得很好看,越看越耐看,且极有个人特点,只是不大柔和,性子也寡淡,她很少这样笑得明朗,因而显得眉目突然昳丽起来。

天公也作美,给她作陪了一束微光。

江却静静看着。

年少之情,都是不明来历的。

江却也不自禁地跟着她笑了笑,清隽深邃的目光稍稍柔和下来,他看了很久,直到注意力被地上的影子吸引过去——

因为角度问题,太阳把他的影子拉得很长,离晏藜的影子也近。近到什么地步呢,近到他往前一步,两人的影子就好像靠在一起,相依相偎了似的。

江却想起小孩子玩的踩影子游戏,心里想着幼稚,脚却不听使唤,直直地不按队形,往前小小地迈了一步。

没人发现他的小动作,没人发现地上的江却和晏藜已经离得很近很近,靠在一起了。

体育老师还在讲,讲到学生时期的事儿:"那时候班里有一个清秀好看的女孩儿,特别喜欢看我打篮球,男生又爱耍酷,年少轻狂啊……"

江却忽然觉得,好像太阳有点儿太晒了,他脸上有些发烧,思绪也不大清晰起来,听着体育老师的话,像听到飞虫在嗡鸣。

"我中邪了,我干什么要盯着她的影子呢?"江却心里这样想着,又忍不住脑子里生出恍惚一刹那的幻想,其实这个角度,要是晏藜回头……

如他所愿,晏藜转过头了。

好像有一只蚂蚁在心尖上爬,带着细细密密的痒,他想遏制,然而蚂蚁却越来越多。

他低下头,看着自己的鞋面,那种不正常的狂跳才终于慢慢平静一点儿。

2

很久没上体育课的后果是,动弹这么两下,晏藜就感觉到从骨子里透出的疲惫。

她回班的时候教室里人还不多,正赶上大课间,稀稀拉拉的几个人围在一起讲题。她困了,趴在桌上小憩,胳膊横过桌面,但也仅是意识昏沉些而已,周遭嘈杂的声音偶尔还是能听见。大抵所有做学生的都这样,在学校睡不了太沉,耳边稍有动静就能醒过来。

江却刚从厕所回来,洗了把脸,修长的指尖往下滴落着水滴,额发沁湿,脸上覆了一层水光。

他拿桌斗里的纸巾擦脸，余光又注意到晏藜不小心越界伸到他桌上的两厘指尖。

江却觉得自己应该看黑板上的物理真题板书，或者再不济也可以看墙上挂的黄色三角尺，而不是在这里看着一个女生的睡颜出神。

活像……活像流氓似的。

江却咬了咬后牙槽，站起来把晏藜身边的窗帘拉上。

江却返身回去的时候，又在坐下的瞬间嗅到晏藜身上淡淡的香味。

周围女生那么多，他怎么就确定那味道一定是晏藜的？

江却鼻翼微微翕动一下，想起那时候他跑到旧城区把晏藜救下来时，他抱了她，当时是情急之下，但她整个人埋在他怀里，他也因而能清晰地感知到她的温度和气味。

很轻，轻到吸口气，好像就会消失得无影无踪了。

江却把书翻开，不知道是什么书，随便吧。

书翻开以后，他的手扶着一边纸页，正好能碰到晏藜失去意识的指尖。

碰到了，对方没什么反应，江却知道她是睡熟了，目光这才挪到书上。

晏藜的眼睛闭着，眼睫轻轻颤了一下。

江却好像又突兀地冷淡下来。

说"又"，是因为这段时间晏藜真切体会到一个人的情绪真的能做到阴晴不定。江却这人，她不好说，总之是让人难以猜透的，喜怒无常。

她懒得管，也无所谓。她一向对很多人和事都抱着没什么的态度。

晏藜的反骨几乎全部都用在反抗她的贱命上了，除了这个，她懒得花费任何心思来折腾其他。

譬如江却昨天待她好，她记他个人情，今天他莫名其妙地冷待她，她心里平静地"哦"一下，把心思和手脚都往回收一收，也并不会怎样。

她心里还算通透，分得清轻重，悄无声息地拉开了和江却的距离以后，慢慢地，两人谁也没再提放学送她回家的事了。

晏藜的雕塑快完成了，她有一日在新城区的街上，遇到了宋京墨和他的朋友。

好像也有些日子没见了，自上次升旗台以后，他们就没在学校里碰到过。

宋京墨撇开他那帮朋友，越过公路从那边跑过来。大小伙子不好意思地挠挠头发，跟晏藜打招呼："好久不见。"

晏藜笑笑，也回了他一句"好久不见"。

"最近怎么样，那些人没再找你麻烦吧？"其实他也知道，刘远手底下那些人肯定不敢再来了，这话问了也是废话，但不知怎的，他看见晏藜，就想多关心她两句。

晏藜摇摇头："还得多谢你，最近一切都恢复正常了。我在这附近做泥塑，你呢？"

宋京墨回头看自己那些朋友："有人过生日，出来聚聚。晏藜，不然你也来吧，我介绍你给他们认识？"

晏藜遥遥瞥了一眼路对面看过来的那些人，个个都穿得非富即贵的样子，跟她压根儿就不是一个世界的。

"不用了，我还得赶紧回家呢。祝你玩得开心。"

宋京墨显然有点儿失望地垂下眼皮，欲言又止地想说什么，终究还是没坚持："那……下次有机会一起出来玩儿。"

晏藜点头，跟他告别："那我先走了，回见。"

"回见。"

宋京墨依依不舍地看着晏藜的背影远去，直到看不清了，才返回去。

一伙人叽叽喳喳地问，带着八卦和调侃。宋京墨如实跟他们炫耀："我朋友，我们学校学习最好的女生，每次都贴学校光荣榜的。漂亮吧？人还特善良温柔，上次我们在办公室被老徐训得狗血淋头，就是她帮忙解的围。"

他也不说名字，心里存了点儿顾虑，一道来的也有当初跟着他一起挨骂的男生，这会儿已经想起来了，也附和着宋京墨夸。

宋京墨只是不说，心里何尝不知道当初徐主任发难到一半突然转圜态度是为何，徐主任只悄声跟晏藜说了几句话，中途没再跟别人搭话，转头就减轻了他们的处罚。

十有八九是她这个好学生替他们求情了。

他心里一直记着呢，当然对晏藜好感更甚。

周六，晏藜去上班，店里又轮到她去疗养院。

还是上次那家。晏藜跟着其他人进了一楼大厅，还跟一个眼熟的护士打了招呼，护士也熟门熟路了，带着他们上楼，仍然按照上次分配的房间。

晏藜推门进了病房，又看到那个姓荣的女人，头发好像剪短了点儿，坐在窗边，看着窗外的风景在喝茶。其他人热火朝天地坐在一堆瞎聊，她在一旁安静得不像话。

忽然，女人不小心碰倒了面前小桌上的茶杯，淡青色的茶水一下子流了一摊。晏藜眼尖，急忙走过去帮忙擦拭。

"阿姨，小心，别烫着手了。"晏藜面容恬静，极轻声地说。

荣玉抬头看了看晏藜，眼里闪过一丝笑意："谢谢你啊。"

看样子她已经不记得晏藜了。

晏藜低头仔细把桌上的水渍都擦干净，回头扔纸巾的时候看见女人就近拿了一把小凳放在她旁边。

"坐吧,陪阿姨说说话。"

晏藜依言坐下,对方给她倒了杯茶放在眼前:"你叫什么呀?"

晏藜很乖顺地回:"晏藜,'海晏河清'的'晏','野蒺藜'的'藜'。阿姨您贵姓?"

那女人笑了笑:"我姓荣。"

晏藜听见这个姓,心里突兀地划过一丝怪异:"'光荣'的'荣'吗?"

"对。"

晏藜不太擅长找话题,气氛稍微有些冷却。

对方倒是适时开口,聊起晏藜的年龄。

"你读高中了吧,看起来跟我儿子一般大。"

晏藜点头:"我读高二了,阿姨。"

"在哪儿上的?"

"南平一中。"

荣玉显然心情不错,尤其是晏藜说到"南平一中"这四个字时,说:"我儿子也在这个学校,不知道你们认不认识,我听我爱人说,孩子在学校学习挺不错的,或许你听说过。"她顿一顿,语气带着为人母的骄傲,"他叫江却。"

晏藜一愣,脸上的笑僵滞了。

江却?这么巧的吗?她记得江却的档案里有父母的职业,但是联系人和监护人只需填一个,他填的父亲。

邻床的一个头发花白的奶奶,患的老年痴呆,不知道荣玉说的哪个字刺激了她杂乱的记忆,她背过身突然开口:"说起来这个,阿玉,前不久你儿子来看你,说等你好一点儿了回老家看看。你老家宜兴的呀,你还记得南方话怎么说吗?"

晏藜呼吸一滞,心里突突地跳,因为老奶奶说的"阿玉""宜兴"。

宜兴也是她老家,在南方。

所以面前这个女人叫……荣玉?老家宜兴?是江却的母亲?

晏藜眼前发直,视线失焦。她脑子里乱糟糟的,好像一瞬间失去了思考能力,很多她本来以为不相关的东西忽然连在一起,一个让她心惊肉跳的猜想慢慢浮出水面。

——你为什么对我这么好?

——你在一中,提防着点儿那个江却啊……他好像早就认识你……跟黄毛打听你,还派他盯着你……

——我姓荣……老家宜兴的哦……

耳朵边好像在轰鸣,晏藜眼前发昏,直到荣玉发现她愣神,抬手在她眼前挥了挥:"小姑娘?小姑娘?你怎么了?"

晏藜这才猛地回过神来，茫然不再，眼神恢复焦距。她扯了扯嘴角，有点儿吃力："没、没什么，我去下洗手间……"

说完，她仓皇失措地站起来，顶着荣玉和旁边病床老奶奶不解的目光，推门出去，脚步有点儿虚浮。

所有想不通的一切，在这刻全部有了答案。

江却莫名其妙的善意和接近，蔡景辉的叮嘱，还有……房间里江却的母亲。

所以说，人心叵测。

晏藜的生父晏长贵是在她十三岁那年去世的，也是因此，她妈周琴才会带着她来到南平，又改嫁给赵文山。

在她的记忆里，晏长贵既不是个好丈夫，也不是个好父亲、好男人。

周琴一直苦熬着不离婚，都是为了她这个唯一的女儿。夫妻俩同床异梦，谁也不搭理谁，不过是互相看不上、凑合着过。晏长贵风流，心思不定，耗着不离婚只是为堵住外面的悠悠众口，说起来还算有个勉强体面的家庭。

3

十二岁，晏藜早就记事了。那一年晏长贵外头的女人闹上家门，早就心死的周琴气疯了，和晏长贵打了起来。她那个六十多岁本来身体不好的奶奶上去劝架，被混战中的两人不知谁推了一把，犯了急病，送到医院的时候人将要断气。

最后的结果当然是没能抢救回来，医院下了死亡通知。

她至今清楚地记得，晏长贵和家里那帮叔伯坐在客厅商量老人后事，不知道是谁扯了一句让医院赔钱，几个人瞬间像打了鸡血一样，你一言我一语，举很多邻里乡亲向医院索赔成功的例子，仿佛医院没抢救过来病人，就应该欠他们这一笔账。

周琴似乎反驳了两句："这样能行吗？再说这事也怪不到医院头上吧，这样闹……"

只是话没说完，就被晏长贵骂："你个女人懂个屁，有你什么事，滚一边去。"周琴拉着尚年幼的晏藜闷着气回房间了。

晏藜隐隐不安了很久，偶尔听见她妈在客厅和晏长贵吵架，说他缺德，骂他做得太过，而她只在房间角落里缩着，一动也不敢动。

某一天晏长贵却忽然叫她到跟前，哄着她说，要她在外人面前说几句话，说完了，回来有奖励。

可她知道那些都是假话，她知道奶奶早在送医之前就半死不活了，她上的学，没有一样是教人撒谎的。

但她还是说了，顶着晏长贵皮带的抽打，他还说早就想扔掉她这个没用的女儿和她妈，她的天要塌了，她不敢不说。

那场景她到现在都还记得——

乱糟糟的，里三层外三层的都是人，话筒顶到她脸上，问她莫须有的东西，她只记得晏长贵教的那两句话，说完了，她绷不住眼泪，拉着他的衣服要回家。

"别骗人了，别再骗人了吧，爸，求求你，回家吧，不要做坏人……"

一整句话，只有"回家"两个字她能高声说出来，其余细微怯弱的恳求含糊在哭腔中，被周围的高声杂乱压垮，她不敢说真话，只能奋力拽晏长贵离开。

后来的一切都像晏长贵预料的那样，他拿到了巨额赔款，但家里的烂摊子一概不管，撒手走人。晏藜只是后来隐约在大人的谈话中知道，晏长贵把那位主治医生害惨了，对方身败名裂，还跳楼了。

那段日子她天天做噩梦，小小的身体被愧疚和惊恐占满。

直到晏长贵为了外头的女人和别人打架，捅死了人自杀在监狱里，周琴才彻底没有后路，只得带着她改嫁。

事情过去了这么多年，现在旧事重提，那江却是为了什么接近她，显而易见了。

晏藜忽然手脚冰冷，胸口有微微窒息的感觉，倒不是难过，而是后怕。

她理解江却和江家人的恨，也知道晏长贵的确对不起他们家人，但晏长贵十几年来从未像一个父亲那样爱她，他医闹得来的赔款悉数花在外头那个女人身上，没有给她和她妈一分，就连她奶奶的后事，都是周琴用家里的存款办的。

她在记者面前撒谎，是她在那件事上唯一的污点。但她当年才十二岁，在家就因为不愿意顺着晏长贵的计谋说谎而被打了一顿，对着记者的话筒边哭边撒谎的时候，她的后腰都被晏长贵在暗处死死拧着，掐出一片青紫。

她又何尝不是受害者。

但，她有资格恨吗？恨自己的生父，也恨不怀好意的江却？作为一个自始至终的受害者，她有资格恨吗？

晏藜垂在身体两侧的手紧握成拳，她喉咙苦涩，目光怔忪，像失了魂。

他接近她，费那么大力气，到底是要把她踩到多低贱才甘心？

就算她个人有罪，这么多年的苦，也该还完了吧。

江却在人命关天时救过她，也帮过她不止一次，但如果他的帮助都是有目的，而且还是这么阴损的目的，那么她没办法再把他当同学朋友看待。

纵然实质的伤害还没到来，但他们站的只能是对立面……

一周又匆匆忙忙地过去，周五下午提前放学，广播上喊了两声，叫老师和班主任去开会。

老师前脚走，班里立马哄闹了起来，孟则站起来维持纪律，叫纪律委员坐上了讲台。

晏藜学得有点儿疲惫，手伸到抽屉里，从书包夹层里抽出一本小说，是她在新城区的书店里借的，看了一大半了，但是今天就到时间了要去还，她打算把剩下那点儿看完。

前头的曹晚玉在写周末作业，偶尔会回头看看江却的答案和解题步骤，瞥见晏藜破天荒地没有做题，多问了一句："晏藜，你在看什么？"

晏藜把书翻过来给她看封面，"余华的《兄弟》。"

曹晚玉略有耳闻，但没看过，随口接话茬儿："老师讲过他的《活着》，怎么这个作者老是爱写这种人间疾苦的东西呢……"

曹晚玉是没怎么吃过苦的小姑娘，说这话也没恶意，脱口而出后，又好像突然想起来什么似的，看了晏藜一眼，赶紧转过头去不再吭声了。

晏藜笑笑，没怎么在意，继续翻自己的小说。

她快读到大结局了。

原本英俊儒雅的宋钢到最后混得不成人样，走上街头叫卖丰乳霜、增强丸；相依为命的兄弟、地痞流氓李光头却成了人上人，还与他的妻子林红出轨了。

看到最后，宋钢在遗书里原谅了兄弟李光头和妻子，卧轨自杀。

晏藜合上书，心里其实是想不太明白这些乱七八糟的纠葛，那些滔天的爱啊恨啊，怎么到最后就轻飘飘地原谅了呢。

她想起文中"苏妈"说："人怎么会这样狠毒啊！"

她见识短浅，看小说也只能看出个表层意思，什么抨击、什么暗讽，能大概感受出来，但最多只是代入里面的人，心里难受一下。

这么对比下来，她好像还算好命，最起码老天爷没有像对宋钢那样对她赶尽杀绝，不过，如果宋钢所遭受的这些背叛伤害要她经历一遍，她是肯定不会轻飘飘地原谅对方的。

这种程度的仇怨，现实生活里谁会愿意说原谅？

所以江却也不会原谅她和她那个死去的爹，他迁怒她，别有用心地接近她，她要是没发现上套了，必定会被整得很惨。

晏藜乱七八糟地想着，没发现江却余光在注意她，她的心思儿乎全扎在手里这本书上，这结局后劲儿很大，她得缓缓。

江却眼看着像在思考物理题，其实也心不在焉。

他就是觉得怪，她看了这书，竟然一点儿反应都没有。上次他在图书馆，边上有两个女生也在看这个，一边看一边小声地哭，断断续续哭了足有半个钟头。

他闲着无聊，就也拿来翻了翻。

文章很惊世骇俗，连他这种冷心冷肺的人，看了也不免唏嘘。

他也想到宋钢最后原谅李光头和林红那一段。

原谅、原谅，对宋钢来说是死之前的如释重负，可是"原谅"这两个字儿，单是看着，就沉重万分了。

他突然出声，叫了一声晏藜，对方依言侧头过来："嗯？"

"看完了吗？怎么样？"江却瞥了一眼晏藜手里合上的书，轻轻问了一句。

他想起自己在其他地方看到各个文学专家对这本书的评价，什么人性时代、抨击抗争、人生大义和荒诞颠覆之类的赏析头头是道。他心想，再不济晏藜应该也会表达一下她的惋惜或感慨……说什么都无所谓，主要是，她好几天没跟他好好说过话了。

晏藜抬抬眼皮，没什么表情，就是眸子里雾蒙蒙地闪过什么，让人看不真切。

"这么厚一本，囫囵吞枣一样地看完，除了结局不好，别的都记不太清了。"她态度平和，好像那只是一本剧情平淡的文艺小诗。

江却微微一怔。

"哎，想起来了。里面那个宋钢的父亲，宋凡平，追求李光头的母亲李兰的那段，写得真好。"

江却安静地听着，没有要打断她的意思。

"一个坦荡正直的男人。"晏藜笑笑，声音轻得快要听不见，"赢了比赛，扣篮以后就去抱李兰，那个年代，说亲就亲。他多喜欢李兰啊，结婚时候为个二婚带孩子的女人给人发喜糖，在家门口给李兰洗头。"

"人还是坦荡一点儿比较好，你说是不？要是口蜜腹剑、两面三刀，怪吓人的。"晏藜说这话的时候，嘴角的弧度有点儿讥讽的意味，不过江却没发现，他也听不出晏藜是在点他，他哪里想得到。

江却只记得，宋凡平还带着妻子和两个孩子吃冷饮、拍全家福，这些情节，几乎是整本书里少有的温情，很短，他没想到晏藜单记这些记得这么清楚。

宋钢临死前原谅一切，或许是人之将死，脑子里只记得前人的好和温情了。江却心里突突地跳，忽然不知道说什么好。

这时候李慧也从外面走进来了，穿的棕色高领毛衣和米白大衣，抱了一小摞单子。晏藜坐正身子，江却刚到嘴边的话就堵了回去。

"刚才去开会，主要交代两件事儿，一是即将到来的期中考试，再有就是考试前的秋季运动会。学校规定的是高三不许参加，其余年级各班出够参赛人数。"

4

班里的人一听，开始窃窃私语起来，没说两句，李慧拿书拍了拍桌子，示意大家安静。

"马上就期中考试了，虽然说考试重要，不过运动会也是关乎班级集体荣誉的大事儿。老师希望同学们可以踊跃参加，学习上尽心尽力，运动会上也彰显一下年轻人的活力。

"这段时间的体育课各科老师都不会再占,等会儿有意愿报名的同学去班长那儿填表。另外,每个班有强制参赛的名额,如果报名人数不够的话,只能是部分体能稍好的同学必须参加了。"

李慧把表递给第一排的一个男生,示意他往后传给孟则,又最后添了一句:"运动会是期中考前最后的娱乐性校级活动,结束以后大家就要赶紧进入备战考试的状态了。所以趁这段时间,放松一下也无不可。"

表格很快传到晏藜手里,她对这些也没什么兴趣,转手递给江却。

江却拿笔在上面写了几个字,晏藜瞥了一眼,有5000米接力赛,还有篮球赛,她想起当初听到的,别人对江却的评价,德智体美劳全面发展,还真是。

下了课,江却照例去接水,走到门口被人从后面揽住肩膀和脖子,是孟则,要去厕所,就和江却顺路了。

江却和孟则的性子算是男生里两个极端,但又相互欣赏且认识多年,感情还算可以。

孟则对着江却基本上没什么秘密,这会儿到了教室外走廊,人声嘈杂,孟则手插到校服裤口袋里,神秘兮兮地压低了声音问:"哎,江却,我可看见了啊……"

江却没什么反应,捏着水卡把瓶盖拧开:"什么?"

孟则最不爱看他这副云淡风轻的样子,略带不屑地"嘁"了一声:"你也真够贵人多忘事的,晏藜啊,我看到你上完体育课,趁人家小姑娘睡着了偷偷碰人家的手。"

江却拧水杯的动作一滞,回头看他。

孟则以为江却不信或是没听清,又煞有介事地重复了一遍:"不是吧,你真忘了?你碰到人家手了啊,一次能说是不小心,第二次我可是看得真真儿的……"

"行了。"江却微微皱眉,开口打断孟则,却也没反驳他的话,"要去厕所就赶快,待会儿上课了,下节是刘老师的课。"

孟则面色一凛,也不缠着江却开玩笑了,赶紧三步并作两步地拐弯儿下楼。

江却重新接水,回头后一侧眼,看见了站在两三步开外的卢艺。

女孩儿梳着精致的发辫,比江却矮了很多,此刻脸上有点儿莫名的纠结和怯意,倒不是刚来的样子。

江却眼神冷了两分,忽然想起,卢艺可能听到孟则跟他说的话了。

"江……江却。"卢艺喊了一声江却的名字,却再没了下文,只是脸上带着不甘,咬了咬嘴唇,没能问出来。

其实也没什么好问的,上次江却拒绝了她,这次孟则又说了那些话,卢艺想起那个叫晏藜的女生,心里涌上一股股嫉妒。

她见过的,在表彰大会和光荣榜上见过照片,大概也在某个时刻偶遇过本人。

她知道那是个长相不错但性格太清冷的女生,而且听说家境也不太好,听他们班那个孙燕说,凑近了闻都是一股子穷酸味儿。

卢艺想不明白,江却怎么会喜欢那种女生呢?要是喜欢她那张脸,难道自己还比不过吗?虽然自己成绩是稍逊一筹,可也是整个年级数得上名号的,论身高、论家世、论气质,晏藜又有哪点比得过自己?

卢艺上前两步,鼓足了勇气,想为自己的少年之情再努力一把。江却却抬脚从她身边走过去,别说回应她一句话,他连看都没看她一眼。

卢艺一下愣在原地。

江却回到班里的时候,程圆圆正站在他的位置上,拉着晏藜的手跟她聊天,听不太清。他走过去,程圆圆立刻住嘴,悻悻地松开晏藜的手回去自己的座位。

晏藜重新正襟危坐起来,打开下节课要用的书和测验卷,对着江却没有了刚才面对程圆圆的温柔脸色。

江却喝了口冷热参半的水,心里莫名失落一下,察觉到不该有的异样情绪,他抬手挡住嘴,轻咳一声,也不知道在掩饰什么。

晏藜的雕塑差不多成型晾干以后,她请那个店主姐姐帮忙送到了一中。主办方有专门请学校腾出一间教室放置参赛学生的作品。因为参赛的人也不太多,等所有人全部完成以后,再定个时间一起评出最终结果。

近日来天气是越来越凉了,一中的树几乎都落得光秃秃,只有香樟还是四季常青地长着。

晏藜和程圆圆一起去那间教室放雕塑的时候,迎面从里面出来两个女生,有说有笑的。

有点儿眼熟,晏藜稍微在记忆里搜寻了下,想起来了,是隔壁班那个卢艺。

几天不见,她又漂亮了,晏藜冲她友善地笑了笑。

但不知怎的,卢艺的表情有点儿怪。别人都说伸手不打笑脸人,她却偏偏迎着晏藜的微笑斜了晏藜一眼,这还不够,她看了看晏藜怀里盖着红布的雕塑,鼻腔里轻嗤一声,有点儿不屑的意味,然后径直离开了。

程圆圆目光追着卢艺,一脸看神经病的嫌恶表情,一直等到人走远了,终于忍不住骂出来:"她谁啊,有病吧,谁招她惹她了?一点儿礼貌都没有。"

晏藜不说话,突然想起江却。

"不知道,可能心情不好吧。"晏藜毫不在意地笑笑,用胳膊推开那间教室的门。里面已经摆了一部分雕塑。

程圆圆算是开了眼界,这个看看,那个摸摸,不过也都小心翼翼,生怕把别人的东西碰坏了。

晏藜找到自己的位置,把她那座柔美的女性半身像放上去,确认摆正了,才把红布重新盖上去。

一旁的程圆圆也看够了,回来挽着晏藜的胳膊:"看了一圈,还是你的最厉害,他们的那些都太简单了,一点儿也不大气……"

晏藜没仔细看其他人的,原本就是试一试的小比赛,她不算太放在心上,拉着程圆圆出去,临关门前,又看了一眼自己的雕塑。

回去的时候,操场上围了一堆人,欢呼声不断,很热闹的样子。程圆圆踮着脚看了看,回头一脸兴奋:"是江却和孟则哎,好像因为运动会快开始了,他们在练习,好帅啊。但是对方好像不是重点班的,没几个眼熟的。"

可能是友谊赛,大课间休息二十分钟,差不多半场也够。晏藜把手插进校服口袋,注意力被学校里的桂花吸引过去。

很小很小的淡黄色小花,好像一夜之间就悄悄盛开了。一中的各个花坛里基本都会种两小棵,大概一人高。一到十月,地上会落很多小花瓣,香味儿能一直飘到教学楼里去。

真好啊,平时不起眼,但盛开的时候就这样轰轰烈烈。她这样想着,又嗅了嗅那股幽香。

广播站在放不知名的流行粤语歌,程圆圆在跟着音乐摇晃身体,时不时和晏藜说两句跟孟则有关的事儿,她静静听着,偶尔插两句嘴,很快就到班里了。

距离上课只剩一分钟时,江却和孟则才湿着头发进班,可能是刚打了胜仗,洗了把脸。少年意气风发的,校服外套拎在手上,没有了平时那种生人勿近的冷漠,孟则得意地说了什么,他微微笑了下,也开口附和好友。

晏藜只看了两眼,就收回视线。

没一会儿,身边坐下个人,独属于江却的那种清冽的味道传过来,掺杂着一点儿轻微的、男孩子的汗味。

不难闻。

江却爱干净,就算是这种时候,也只是衣服上的洗衣粉味道被热气挥发了出来。

晏藜没有回头,只是余光能看见。江却指尖的水珠落到桌面上,留下淡淡的痕迹,他没在意,只顾着把下节课要用的书从抽屉里掏出来。

"听说你们那个雕塑比赛快开始评选了?"

江却突然出声,打断了晏藜的思绪。

晏藜下意识地"啊"了一声,才反应过来江却是在问她,她扭头颔首,正撞上男生灿若星辰的眼睛。

"嗯……还没定下来确切时间,不过大概也就这几天。"

江却点点头:"到时候我也去吧,同桌了这么久,我还从没见过你做的雕塑呢。"

晏藜不再看他，余光注意到老师抱着卷子踏进班里，轻轻地"嗯"了一声。

江却则看着女孩儿的侧脸微微失了一下神。

晏藜今天照常梳着半高不低的马尾，和整个一中百分之八十以上的女生一样，但是没有当下流行的厚厚齐刘海，只有一点儿碎发和美人尖，脸上很素净，连普通的润唇膏都没涂。

江却也不知道自己为什么要注意晏藜没有涂润唇膏的嘴，其实也不干，反而因为她爱喝水，是唇红齿白的水润模样。

但她整张脸最好看的，还要数那双眼睛。说不上具体哪里好看，只是在大众审美的好看的前提下，又多了点儿不平凡的灵气。

5

真的很漂亮。

但江却慢慢敛住了脸上不经意露出来的欢喜，眼神恢复成平时的冷淡模样。

他又忘了，他不该忘的。

晏藜一直没发现江却的情绪波动，或者换句话说，江却这人性子淡，有时候又有点儿怪，晏藜摸不准，索性任他去了，就算发现了，她也不会在意。

放了学，晏藜和程圆圆一起走，晏藜不经意间回头一次，看见推着自行车走在她后面的江却。

大部分班级还在留堂布置作业，一班也是因为最后一节是自习才能准点下课，楼下稀稀拉拉几个人，还能偶尔听见教学楼里学生背书和听到大量作业后丧气的叫嚷。

程圆圆今天没说孟则，说的是城西新开的一家书店。

"后街那几家书店的小说我都看完了，昨天我去那家看了一眼，他们家的小说都是新的，我没看过的……"

晏藜刚想开口回程圆圆，忽然感觉身下一股热流。

她面色陡然一变，这才想起来自己生理期到了，以前都会记着的，最近却不知怎么一直没记起来。

书包里没东西，卫生纸在班里。晏藜转头附在程圆圆耳边问她借的工夫，已经感觉到血大量涌出来，大概已经浸湿裤子了。

程圆圆面有难色地摇了摇头："我也没带。不然你先去厕所，我回班里给你借，再给你拿纸？"

但，衣服怎么办？顶着这么个裤子回家，这一路上的异样目光……晏藜咽了咽口水，打算把书包摘下来脱外套，腰上却忽然伸过来一双瓷白的、骨节修长的手。

晏藜恍惚了一下，有一瞬间还以为是自己的错觉，但这一刻身后有熟悉的味道侵袭过来，她又意识到，这是真的。

程圆圆也惊了，原本就大的眼睛瞪得更圆，看看晏藜身后，又看看晏藜腰上系了一半的校服外套。

是江却，自行车支在一边，他脱了自己的校服外套围在晏藜腰间，挡住了她的难堪。

"冒犯一下，你先凑合着系上。"他声音很低，说话间手上用力，两条袖子就紧紧地绑在一起了。

看见江却下意识复杂的心情和心理上的羞耻这两种极端的情绪激撞到一起，晏藜方才还没什么波动的脸，现下肉眼可见地显出几分尴尬。

但她又很快冷静下来，连转身都没有，只微微侧一点儿身，语气也不像小女生惯常的羞怯："谢……谢。"

江却不着痕迹地倒吸一口凉气，声音低沉地回："没事，不客气。"

话音落下，他拉开和晏藜的间距，重新推着自行车，走在她们前头了。

晏藜抬了眼帘去看，男生已经头也不回地走了，在一群穿着一中校服外套的学生里，他显得有些格格不入。

程圆圆在一旁惊叹："早知道江却对女同桌态度这么绅士，班里那些暗恋他的，估计挤破头也要跟他做同桌了。晏藜你都不知道，江却以前对那些喜欢他的女生的态度，真是让学校里很多人都望而却步的……"

晏藜只是低头，看着腰上系的那件属于江却的衣服，没搭程圆圆的话茬儿。

她是蒙了，一下子都不知道说什么好。

出校门的时间比预计的晚了一会儿，晏藜腰上突兀地绑了件外套，倒也没有多引人注意。出来的学生和接孩子的家长都行色匆匆，只是晏藜告别了程圆圆以后，一抬头，忽然看见几个还算脸熟的人。

好像是以前跟宋京墨一起玩儿的人，个个都骑着机车或摩托在等人，其中有个胆大的，直接高高地踩在座儿上面，扬着桀骜的眉。

那个男生也穿着校服，看校徽像是二中的。不知道怎的，也不晓得是冲着晏藜还是晏藜周遭的哪个女孩儿，突然吹起口哨来——

下流又带着轻视。

晏藜微微一皱眉，那男生旁边的一个人好像认出晏藜来，伸出胳膊肘捅了他一下，说了句什么，男生这才悻悻地挪开视线。

后面忽然有人兴冲冲地唤："晏藜——"

她下意识地转头，果然是宋京墨。

操场中央随风飘扬的五星红旗下，宋京墨跑得飞快，头发都好像飘起来了，边跑，边朝她招手。

又近了,他吭哧吭哧地喘气:"嗨,晏藜!"嘴角大大地咧开,活泼朝气得像只小藏獒似的。

晏藜冲他笑笑,"嗨"一声就算打招呼了。没聊几句,那先前向晏藜吹口哨的男生大声喊宋京墨的名字,催促他快点儿,两人这才告别。

晏藜看着宋京墨走向那群人,看着他很自然地融进去。

她突然有种说不出的感觉,其实宋京墨也混日子,不过是混得比较体面的那种,再加上家里多多少少管着,所以她以前总觉得他乖,总觉得他还是不一样。但其实现在想想,好像也有点儿自以为是的错觉。

算了,她哪有资格管别人什么样。

晏藜从鼻腔里舒出一口气,收回视线,背着书包慢慢走了。

新城区的风景还是好看,就是梧桐树的叶子都落了也好看,电线杆上落了一排的麻雀,路两旁冒着香气的刀削面和烙饼子,还有耍了一天脸上脏脏的却还乐呵呵地舔着棒棒糖的小孩儿。

距离一中三条街的那个街口,前两天装修的一家店好像终于装好了,店名还没挂,看样子像是名烟名酒的小超市。店主是个丰腴的艳丽女人,躺在门口高大梧桐树下的躺椅上,闭着眼嗑嘴,一边的老式收音机里在放歌——

"南风吻脸轻轻,飘过来花香浓,南风吻脸轻轻,星依稀月迷蒙……"

晏藜看着眼前那堆狼藉,愣怔了好一会儿,还以为是自己眼花。

现在距离评选开始只剩两天,她的雕塑好好儿地摆进来,现在却被摔得稀巴烂,颓在地上,简直像极了她十七岁以前那段狼狈的人生。

而她甚至连罪魁祸首是谁都不知道。

或者说,讨厌她的人太多,她也不知道有谁会恨她恨到这种地步,恨到要冒着挨校级处分的险,也要摔坏她的作品。

一旁的程圆圆还在讶异又气愤地嚷:"这谁干的?好端端的东西怎么搞成这样了,马上就要开始评选了,走的时候不是还好好儿的吗……"

晏藜只是发怔。

是啊,走的时候还好好儿的。她就是怕雕塑不稳,还特意找了个不容易被碰到的位置,临走前,还特意看看会不会影响别人的作品。

结果还是被人故意摔坏了。

这么长时间的努力,就这样付诸东流了。

晏藜蹲下去,捡起地上干硬的碎块。

程圆圆有点儿担心她,也跟着蹲下去,说:"没事儿的,咱们粘一粘,然后找老师说,他们肯定会理解你的。你的东西搬进来是好好儿的呀,就算不能完全恢复,那些评委肯定也能看出你的技术……"

不，不成了。她以前也是跟雕塑打过交道的，那些玩艺术的人，他们只看作品，没人在乎你是摔坏了还是怎样，他们理解你，但这并不影响他们给别人的作品打高分。

更何况——

晏藜看着这一堆里最下面那些，别的至少摔成块状，还有粘连的希望，而这些已经摔成了很细小的碎块，别说粘了，能不能全部捡起来再找到正确的位置都成问题，怎么粘呢？

程圆圆心里涌上些奇怪的情绪。

当事人好像还没她着急，好像地上这一堆不是她的作品一样，正常女孩儿遇上这种事儿，早就不是哭就是闹了。这不是一个小时、一天或者一周能做出来的东西啊，那么久的努力和心血，晏藜却一声不吭，只是蹲着看那些碎块，也不知道是太冷静，还是吓坏了……

晏藜又抬头看，教室没有监控。外头走廊倒是有，长柱形的厚重物件，架得高高的，也看不到这间教室里。

是揪出幕后黑手，还是做无谓的补救？孰轻孰重，晏藜忽然有些拎不清了。

总之就是，两个都很麻烦。

或者直接点儿，直接放弃，把这堆破烂，连同这些乱七八糟的事情统统丢掉。她既不靠这次比赛飞黄腾达，也不靠它一夜暴富，没必要为了它继续折腾自己的学习和生活了。

甘心吗？晏藜问自己。

她的世界里好像一向都没什么甘心不甘心的，反正总是被老天捉弄，没怎么顺遂过，没怎么甘心过。她又莫名其妙地想起脑海中的怀疑对象。孙燕、卢艺，或者她们的某个拥护者，也可能是参加这场比赛的某个参赛者。

她并非睚眦必报的人，但是一想到那些半辈子优越，临了还要折腾她的人，有朝一日风风光光地站在领奖台上，拿着她想要的东西闪闪发光。

而她，却被害得连参赛的资格都没有。

凭什么。

她脸上仍是平静，心里却一片惊涛骇浪。

程圆圆小心翼翼地凑过来："晏藜，你想怎么办啊？要不要去告诉老师？"

晏藜苦涩地笑笑，把手里的碎块重新放回去。

"不用了，先搁这儿吧。"

晏藜放学后没和程圆圆一起走。

"我去把我那堆烂摊子收拾一下，弄完了我就走。"晏藜说这话的时候，脸上不太能看得出来难过的样子。

程圆圆面露难色:"我也去帮你吧,两个人收拾快点儿。"

晏藜笑着婉拒了:"你前两天不是说要去新开的那家书店嘛,正好趁这个机会去啊。"她低着眼帘,流露出一点儿失落,"圆圆,我……心里不太舒服,想一个人静静。"

第五章

收敛

1

晏藜拎着扫把和铁簸箕走进那间教室的时候,整个一中已经没多少人了。

程圆圆被她好说歹说地支走了。她是觉得收拾起来不算费劲儿,一个人就可以,程圆圆的家人每天都按时等女儿回家,程圆圆帮了她就没有去书店的时间,回家晚了家里又该担心。

这整间屋子错落地摆着各种雕塑作品,它们都好好儿的,晏藜甚至能嗅到空气中浮动的、干了的油泥味道。

晏藜把那些碎得捏都捏不起来的残渣扫进铁簸箕里,还没来得及弯腰去捡大块,身后的门开了,传来一阵脚步声。晏藜回头,微微愣了下。

江却身上穿的校服,还是她今晨刚洗干净还给他的,他单手插在外套口袋里,另一只手关上门,站在门口遥遥看着她。

"你怎么来了?"晏藜说话一如既往地轻,江却耳根莫名瘙痒一下,低头看向她脚边那堆破碎得不成样子的雕塑。

"晏藜的雕塑摔坏了啊,她去收拾了,看起来很难过的样子,也不让我跟着,说想自己一个人待一会儿……"

孟则看程圆圆身边破天荒少了个身影,随口问了一句,程圆圆小声回答的时候,被江却听了个正着。

江却不知道该怎么形容自己的心情。

理智上他觉得自己应该置之不理甚至为此心中痛快,情感上他却又无法抑制地想起晏藜一个人孤单地躲在角落里伤心的场景,然后便再也不能心安理得。

其实这事儿跟他无关的,他大可不理,这境况说起来跟上次在晏藜背后目睹她生理期的难堪有着出奇的相似度。

情感战胜理智一次还能是偶然,两次就是自己给自己找了个冠冕堂皇的借口——晏藜毕竟是女生,他没必要在这种事情上袖手旁观,然后他又告诫自己说,下不为例。

所以说老天爷真的最会捉弄人。

他这次无法给自己找借口了,只能一边被挣扎和愧疚的情绪侵蚀着,一边走近晏藜,说:"我来帮你。"

晏藜眉梢一挑,有些意外:"不用,也没多少东西,我自己来就行……"

话还没说完,江却已经接过晏藜手里的扫把,她手上没太使力,一下被他拿过去。

晏藜眼里极快地闪过什么,温度不达眼底:"江却,你帮我很多次了。"她说这话,轻飘飘的,"为什么啊?"

江却没抬头,不知是虚情假意,还是真心:"因为……我们是朋友啊。"

晏藜扯扯嘴角,在江却看不见的地方,那笑里带着一丝讥讽:"那如果付出没有'回报',你还会对我这么好吗?"

江却抬头看她,似乎有些不明所以,但他还是点点头,一派清灈的模样:"是。"

晏藜就那么静静地看着他,很久,她脸上浮现几分感激的笑:"好,我知道了。"

她转身继续收拾自己的,不过一瞬间笑就敛了。

我给过你机会了,江却。

她想着,握成拳头的手用力到泛白。

教室里安静了会儿,只有他们打扫的轻微声响。不知过了多久,江却忽然出声:"这些大块的,其实是可以粘起来的。"

晏藜视线下移,落在那堆有着明显人形轮廓的残缺物上:"但是它已经不完整了,送去参赛的话,只是给评委和观众增添个笑话。还要吃力地粘,不讨好。"

不讨好不值得便不做。江却有时候其实是有些佩服晏藜的理性的,譬如他,不讨好不值得的事情摆在那儿,他心里明镜一样,却也做了不少。

晏藜以为江却不会再管这闲事了,结果他竟然弯腰拾起两块,放在桌子上,按着裂痕把两块合在一起,那道裂痕随即隐藏起来,不仔细看便看不到了。她有点儿不明所以,抬眼看江却。

"要不然,还是先粘起来吧,残缺就残缺。就算残缺了,这满屋子的作品,也没有一样能比得上你的……"男生眼帘未掀,声音沉静。

晏藜只当他是在随口安慰,没太在意,但她心里原本就有的那点儿似有若无的不甘忽然冒了出来。

她为了这个比赛,也是付出了不少心血的,现在却被迫要因为别人的恶意放弃,这口气无论如何都咽不下去,即使她是这样逆来顺受的人。

江却没再说什么，专心帮晏藜收拾起来。她缓缓收回了思绪，看着桌上江却努力摆正的那堆碎块。

他个子真的太高，站在窗台那边，足足挡住了从玻璃窗上斜照进来的阳光，但是等他弯腰的时候，那束光失去遮挡，就照在了晏藜脸上。

她眼前一晃，被刺了一下，等眼睛适应了，又看着那束夕光发愣。

光照进来的方向。

是墙的缺口——窗户。

晏藜重新低下头去，看了看桌子上江却用502强力胶粘了一半的雕塑块。

第二天南平又下了场秋雨，旧城区街道上种的银杏树本来还金黄簇簇地挂在枝上，一夜之间被打落，空气里浮动着叶子茎被雨水泡烂的味道。

晏藜进班的时候，班里正热闹，三三两两地也不知道凑在一起说什么。程圆圆见晏藜进来，凑过来问她那堆东西收拾得怎么样，晏藜边坐下放书包，一边点头，说差不多了。

程圆圆就往她桌子上放了块包装完好的桂花糕，纸袋子印着新城区某糕点店的名字。

"晏藜，我听他们说，咱们班要有人被强制参加那个长跑接力了。"程圆圆噘着嘴，嘀咕着跟晏藜咬耳朵。

晏藜没什么反应，只是温和地回："谁啊，怎么了？"

程圆圆看她有兴趣听，也来了八卦的兴致，拉过旁边没来的人的凳子窝在晏藜身边，一副百晓生的骄傲样子："你忘了，上周老班说过的，参赛人数要是不够，就要强制凑学校安排的名额了。这不，女生里个子比较高的任素涵这两天请假，说是昨天下午放学回家路上骑自行车摔到了腿，请了半个月的病假呢……"

"那还挺严重的啊。"伤筋动骨一百天，晏藜也是遭过不少打的人，知道骨头伤比皮肉伤更难愈合。

程圆圆一听，忙不迭回话："可不是嘛，所以她也不能参加原来报好的接力了，但我刚才打听了一圈，没一个女生愿意接任素涵的班儿，估计老班到最后就要强制了。"

晏藜了然，没说什么。听见教室后排一阵喧闹，两人双双回过头去，是孙燕和她身边的几个女生，笑着说话的声音不小，吸引过去很多目光。

"女生里面也有个子高的啊，人家晏藜不是只比任素涵矮两厘米，除了她好像没有哪个没报名的女生更高了吧……"像是故意为之，几个人一唱一和，说着眼珠子还往晏藜身上乱瞟，暗示之意简直不要太明显。

晏藜还没怎么呢，程圆圆的脸色一下子沉下来，她也拔高了声音，遥遥跟孙燕她们叫板："不是吧，长得高又不代表就一定身体素质好。有的人就是狗拿耗子多管闲事，既然对运动会那么感兴趣，自己报名不就好了，攀扯别人干什么！"

孙燕原本得意扬扬的表情瞬间僵住，奈何自己左右没理，程圆圆平时在班里人缘也好还挨着班长，她心里忌惮，只能悻悻地瞪晏藜她们两眼，嘴里低声嗤了句什么，才踢着凳子坐下，没再吭声。

晏藜轻轻拉了拉程圆圆的袖子，眼神示意她自己没事儿。小姑娘撇撇嘴："你就是脾气太好，这种人就是欠骂。"

但总归是没有不依不饶，程圆圆搂了晏藜一下就回到自己的座位上。

晏藜以为这事儿就算过去了，没想到第二节下课，李慧把她叫了出去，短短几句话，问她愿不愿意代替任素涵参加长跑接力赛。

"你考虑考虑哈，这运动会的奖项咱们也不在意，友谊第一，比赛第二。主要是你小姑娘平时也不怎么和其他同学交流，老师就想着你参加一下这种活动也好，你就正常地跑就可以，权当玩儿了。"

晏藜的视线落到操场上，有正在上体育课的班级，男男女女都活力十足，打篮球的跳绳的都有。李慧说完，晏藜低眉顺眼地说："老师，我身体不太好，怕影响班级荣誉。"

李慧眯眯眼笑了："没关系没关系，老师不在意这个，老师就想让班级每个学生都开开心心的，你刚转来没一学期，能通过这次运动会多和同学交流交流也是好事儿。"

话说到这份儿上，晏藜没有理由再拒绝，李慧也的确是个好老师，是为她好，她没必要为这种事儿扫老师的兴。随便跑跑就随便跑跑，左不过是从观众席转到赛场上，几分钟的工夫就结束了。

晏藜答应下来，回到位置上江却正抬眼看她。等了一会儿不见她开口，他又收回目光做自己的事儿了。

下午第二节课下课，晏藜被程圆圆挽着胳膊一起去上厕所，路上又碰见那个卢艺。小姑娘这次没像上次那样目光不善地瞪她，而是有些心虚似的，看她一眼就迅疾地低下头去，急急地擦肩而过了。

晏藜回头追看了卢艺一眼，心里还有什么不明白的。

明天就要开始评选了，一切已成定局，卢艺兴许也看过她红布下残缺的雕塑，觉得她败局已定，就懒得再摔一次了。

晏藜轻笑一下，什么话也没说。

放了学，晏藜和程圆圆一起抱着一堆热熔胶、透明胶带和其他东西，去了那间放雕塑作品的教室。

今天广播站的歌略欢快，是《香草吧噗》。前奏一响，晏藜就看着身边的程圆圆开始摇头晃脑，小姑娘还扶着栏杆看向下面的操场，透过香樟树茂密的叶子，能看到篮球场上显眼的两个男生。

"说起来，江却也报了长跑接力哎，你是接任素涵，那就是第三棒，江却是最后一棒。"她拍拍晏藜的肩，"放心吧，有江却在，就算你跑倒数第一，他也能扳回来。"

她表情骄傲得不行："江却是一中的神，是咱们班的神。"

2

晏藜眉梢微微一挑，含着笑问："怎么说？"

程圆圆随即陷入回忆，略微思索了下："反正……就很厉害。他平时不声不响的，但总能做到很多人做不到的。比如当年高一的三个三分球，再比如次次考试蝉联全市第一，还那么轻松。你瞧，放了学也没见人家怎么看书，还打篮球呢，结果成绩一下来，照样吊打后面的人一条街。"

"这样的人，难道不能称之为'神'吗？"程圆圆侧眼反问。

晏藜想了想，说的也有道理，于是附和："是哦，好厉害。"

说话间，晏藜低头往下看，这次却不期然撞上了江却的目光。他们好像是中场休息，球往一边滚着，他连看都不看，只是抬头，眉眼有点儿清冷，看不真切。

晏藜收回视线，然后拉着程圆圆往走廊里面凑了凑，隐到下面人的视线死角处。

她想起上课时江却又提起雕塑评选的事儿，他声调没什么起伏，她却不小心从中念出一分异于平常的缱绻："你们是明天在博智楼的大会堂评选吗？我想去看，我当初跟你说过了的，总要守信用。"他说这话的时候看着她，眼神专注得让人想逃。

还有……上次他趁她睡着了碰她的手。她其实压根儿没有睡熟，他碰第一下，她就感觉到了。

人要是想做戏，得让对方看见知道才行，那他是什么意思？

晏藜觉得自己越来越看不懂他了。

晏藜捣鼓那座雕塑到六点多，距离一中放学已经过去一个小时了，她把红布重新盖上，被程圆圆拉着手出教室的时候，整个学校沉寂下来，还能听见操场上篮球擦过地面的声音。

程圆圆扶着走廊扶手朝下面大叫："孟——则——"

声音回溯在空荡荡的教学楼里，于是操场上的两个男生同时回过头来，看向晏藜她们。

站得有些远，晏藜眯了眯眼，恍惚好像看见江却笑了一下。

江却和孟则没走，打了一个小时的篮球，一直在等她们。

两个女生站中间,男生推着自行车站外面,四个人并排走。程圆圆捣了捣孟则的胳膊,问他为什么要等。孟则只红了耳朵尖儿,推着程圆圆离自己远点儿,然后推说是江却要等。

"江却说担心你们两个女生走太晚不安全,才不是我要等呢……"

站在江却身边的晏藜偶尔感觉到胳膊上校服两两摩擦的触感,却连余光都不往江却那边挪。

江却既不否认,也不承认。于是程圆圆变本加厉起来,耍着赖和孟则开起玩笑。晏藜只是静静地听,心里惊叹孟则面对程圆圆时的好脾气,还有他们相处时这么融洽的气氛。

那两人一斗起嘴来没完没了。

"孟则,你篮球打不过江却吧,我在楼上都看见了,你扣篮扣到一半,被江却拍走了!哈哈哈!"

"小胖子,你又比我好到哪里去?还不是糊个热熔胶都能把手烫出水泡,一个函数方程算半节课算不出来。"

"孟则,你喝水都能呛住,笨得要死还好意思说我!"

"说得好像你没被饼干噎过,也不知道上次谁求我给她倒水救命?"

晏藜听得仔细,剩余的注意力放到脚下,只看到余晖下四个人被拉到很长的影子,不经意扭头,看到江却侧目。

她似乎隐隐约约在他眼里见到名为"柔软"的东西。

南平一中门口流浪的黄狗卧在地上吐舌头,身上的毛都打绺,但被一中的学生喂得挺胖,这天的晚霞也极漂亮,漂亮到许多年后,晏藜还是能清晰地想起来。

后来几乎难再见到这么好的光景了。

晏藜是第二节大课间听到广播通知的:"各班参加雕塑大赛的同学的作品已经交由主办方工作人员转移至博智楼大会堂内,请各位参赛同学凭学生证进场候审。"

晏藜当时刚拧开茶杯盖,程圆圆已经叫了一声,兴冲冲跑到晏藜身边。

"我也要去,我要去看!反正后两节课是物理,物理老师布置的练习册我早就写完啦。"

晏藜笑着点点头,余光看见同桌的江却没什么反应,自顾自在做卷子,好像当时信誓旦旦说要去看评选的记忆是她的错觉一样。

但晏藜没有出声,她被程圆圆拉着去物理课代表那儿请了个作用不大的小假,两个人就往博智楼去了。

一路上当然又碰到眼熟的人,晏藜注意到卢艺校服里的裙子,是对学生来说过于华丽的款式，这大冷天，两条小腿直直地露在外面。看见晏藜她们，卢艺又不是上次那种带点儿心虚的表情，而是趾高气扬地擦肩而过，连带一个不明显的白眼。

程圆圆拉着晏藜的胳膊，小声埋怨："无语死了，每次看见她都跟只斗鸡似的，打扮得花枝招展不说，还整天傲气得不行，看不起这个看不起那个的……"

晏藜记得程圆圆以前对卢艺的印象是不错的。程圆圆那时候说过卢艺自信大方、长得不错，但后来亲眼见卢艺无缘无故敌视晏藜，她就再没说过卢艺一句好话。一个人一旦开始讨厌另一个人，那那个人身上就连一根头发都成了错处。

程圆圆最护短了。

博智楼距离高二的教学楼并不远，不到十分钟的路程。晏藜她们慢慢悠悠地走，中途还赏了会儿路边花坛里的桂花，到大会堂找到位置的时候，人才来了一半。

台上的工作人员正在忙碌，穿着统一工作服，戴着工牌，参赛的人不多，所有作品在台上高高地横向摆成一排，都用红布遮住，左右两边还能纵向各摆两排评委席。

大概后台在试光，整个会堂不太亮，只有台上时不时照过去一束或几束强光，颜色不一。

卢艺和她的朋友就坐在晏藜的右后三排处，因为是阶梯礼堂，她整个人显得有些居高临下。

程圆圆念念不忘刚才被卢艺瞪的那一眼，还在很小声地絮叨着一些晏藜没来一中之前发生的事儿。

"亏我以前还觉得她挺不错呢，结果是个不输咱班孙燕的。她骄傲什么呀，那么厉害不还是进不了一班。我跟你说晏藜，我虽然在咱班是菜鸡，不过我运气好啊，我就是比她强，我就是能进一班。她那么喜欢江却，高一的时候就三不五时地给他递情书送零食，人家江却正眼看过她一次吗？没有……"

晏藜忽然听到江却的名字，原本平静的眼里闪了闪。

"我到现在还记得高一的时候，她追江却追得那叫一个凶，我那时候瞎了眼，还觉得他俩般配呢，金童玉女我都说过。现在想想，什么玩意儿，要我说，她长得还不如你好看呢！

"上回，你还记不记得，她看咱俩那表情？我真怀疑就是她摔坏的，不然她心虚什么啊？"

晏藜不作声，只是一直轻轻拍着程圆圆的手宽慰她消气。至于她说的那些话，晏藜也知道她是为了替自己鸣不平，只是话音落了，晏藜心里也忽然明白卢艺为什么针对自己了。

八成就是为了江却。

女孩子的嫉妒心啊，深不可测。

不过话又说回来，就算再怎么为情糊涂，也不该去破坏别人的作品，侵害别人的利益吧？

晏藜想起自己被摔得四分五裂的心血，不禁回头又看了一眼卢艺。

正好有一束光从台上打到观众席，落在卢艺身上。

因为这束恰到好处的光，她这一瞬好像变成了一位骄傲的公主，穿着和旁边人不一样的裙子，享受着旁边同学的奉承讨好。

晏藜刚收回视线和思绪，身后忽然传来一道男生的声音，清冽通透，压得有点儿低："晏藜。"

她应声下意识回头，看见穿着一中校服的男生的腰部，再抬头，就是江却那张清隽的脸。

"我来看评选。"他又说了一句，然后极自然地坐到晏藜的左边。

程圆圆不知怎么突然激动起来，拉着晏藜的校服袖子拽啊拽，脸上全是八卦。

晏藜被拽回神，对着江却"嗯"了一声算作回应，对方的目光往前面台上望过去。晏藜来不及跟程圆圆解释什么，心脏莫名往上提了一点儿，指尖也有点儿发热，她往袖口里缩了缩。

他怎么真来了？

晏藜垂下眼帘，思绪被打乱了。她本来以为江却说要来看评选只是随口客套，后来又说一次是怕她作品被毁偷偷难过随口安慰她，毕竟评选时间是上课的时候，江却也不是会为了某件不必要的事情破坏自己原则的人，他很理性。

但他还是来了，"抛弃"了视他为骄傲的物理老师。

她现在不用回头，都能想象到卢艺厌恨她的目光是什么样子的。

晏藜心尖开始不自觉有点儿发痒，抑制不住的那种。

"喂，喂——"

台上传来略显刺耳的试音声，拉回了晏藜的思绪。然后照例是主持人介绍，评委就位以后，由主持人介绍了一下他们在艺术界的过往荣誉和地位，雕塑比赛的最终评选就正式开始了。

陆陆续续有穿着礼服的工作人员掀开红布依照顺序展示台上的作品，优劣都有，但显然两边的评委都不太满意的样子，给的分并不算高。

那些作者一一上台介绍，但总归是有些索然无味，晏藜甚至眼尖地看到某一个评委已经单手撑着头，有些昏昏欲睡了。

晏藜回过头去，卢艺还是很自信的样子，显然前面这些人给了卢艺莫大的信心。

晏藜静静等着,她的被摆在最后几个,就在卢艺的后面。

这时,礼堂后门忽然陆陆续续溜进来些人,程圆圆发现了,回头去看,低声惊了句:"孟则?!"

3

是孟则,但不只是他,还有曹晚玉、余晟他们,甚至后面还跟着孙燕等人。

来看评选的人并不多,一班这群人溜进来以后就坐在晏藜后面没多远。程圆圆声音低到不能再低,问孟则他们怎么来了,对方回说物理老师年纪大了犯头疼病,布置了物理练习册就走了,他们闲得没事儿,就三五成群地来了。

孟则可能是看在程圆圆的面子上来给晏藜加油的,曹晚玉等人可能是随波逐流,孙燕一行人十有八九是得了卢艺的小道消息来看晏藜笑话的。

晏藜心里没什么波动,转回头继续安静地看评选。

轮到卢艺了,周遭明显地涌起一股骚动,那些女生向来不吝啬对卢艺的吹捧。

程圆圆一脸不服,揪着晏藜的袖口小声嘀咕:"真烦。这有什么好吹的,也就比前面的好了那么一点儿而已,作品小家子气,人也小家子气。"

晏藜的目光始终落在台上。

那是一座大致结构都正确的维纳斯像,但因为缩小了很多,所以只仿得五分形似,不过对于一个高二学生来说,这已经是很不容易了,比起前面几个作品都精细许多,评委们大概也有眼前一亮的感觉,纷纷给了高分。

"7分,8分,8.5分,8分……"

晏藜轻轻吐出一口浊气,眼帘垂下来,忽然看到校服外套上沾了一朵花瓣,小小的,五瓣。

"去掉一个最高分,去掉一个最低分,高二(2)班卢艺同学的最终得分是——"

晏藜把那朵小花轻轻捏下来,托在掌心里。

"8.32分!"

右后方突兀地响起一阵独属于女生的欢呼,在原本静寂的礼堂里显得格外引人注目。

评选开始以来的最高分。

晏藜听到周遭其他不认识的学生在悄声议论:

"要是不出意外的话,第一应该就是那个卢艺了吧?"

"那女生名字我有点儿耳熟,她是不是什么时候演讲过来着?"

"卢艺你都不知道?每周一升国旗都是她主持好吗?你听她那名字,就知道人家肯定有艺术细胞,德艺双馨!"

德艺双馨吗,还是德不配位?

晏藜抬起眼帘,看到卢艺得意扬扬地走上台,在聚光灯下声情并茂地介绍着她的作品。

"爱神维纳斯,端庄秀丽,充分体现出希腊雕塑艺术鼎盛时期的艺术魅力……"

卢艺独特的圆滑甜美的声音夹杂着微弱的电流从话筒传向礼堂各处的电喇叭,但周遭还是嘈杂,众人议论纷纷,嘴里都在说那个维纳斯像和它名声大噪的作者。

江却的声音却在这时低低地传过来:"晏藜,我听程圆圆说,摔坏你雕塑的人,是卢艺?"

晏藜目光注视着台上:"不知道,可能是吧。没见过几次,她好像有点儿讨厌我。我东西坏了以后,她看见我都一脸心虚……不过那个教室没监控,我也没有证据。"她刻意放软了声音,语气似乎有些无奈,"我没凭没据的,连质问人家都没办法,只能吃哑巴亏。"

说完,她偏头看了江却一眼。

江却忽然想起前几天她在收拾雕塑残骸时问他的话,还有最后那个发自内心的笑,她似乎开始信任他了,卢艺这事何尝不是个机会?

我也不是要帮她,我是为了我自己。为了能让她更加信任我,为了能顺利让她对我卸下防备,我才能进行下一步。江却垂在身侧的手紧抓座椅扶手,指尖用力到隐隐作痛。

最后,卢艺一个优雅的鞠躬,伴随着一阵热烈的掌声,骄傲似白天鹅一样地从台上走下来。

到晏藜了。

她这个正主儿还没开始紧张呢,反倒是身边的程圆圆猛地握紧了她的手,还有点儿抖。

晏藜心里失笑,一扭头,看见刚才还心不在焉的江却此刻也目光直直地投向台上,看着礼仪小姐掀开那一层艳丽的丝绒红布——

这一刻聚光灯投射在这座雕塑上。

一瞬间,原本熙熙攘攘的台下观众忽然诡异地安静下来,下一秒一片哗然,刚才还在失神的众人不约而同地发出一声低低的惊叹:

"嚯!"

"哇……"

就连等着看笑话的卢艺、孙燕,嘴角的轻蔑也在看清台上的一瞬僵住了。

那是一座怎样的雕塑?

一个面容祥和安静、闭着眼拥抱自己的女性。

不是什么享誉中外的名人像，不是什么奇技淫巧的妖魔鬼怪，而是一座普通到不能再普通的东方女性半身塑像。

它甚至是个残缺品。

从脸部开始，一直到上半身和两只胳膊，都有大小不一的裂痕。甚至从左肩蔓延到右腰的部位，还有一块直接遗失的、有四五指宽的不规则缺口。

它的残缺相较于"断臂维纳斯"来说是不美的，毫无艺术感。

但却偏偏在这样一座不美的残缺品上面，在那块无法修复的缺口上面，又不知从何处，蔓延了一片小小的"花海"。

真的是花海。小小的五瓣不知名素色花朵，密密麻麻，数也数不清地覆盖在那块中空缺口上，像是裂缝中开出了山花烂漫，像是残破中一朵挨着一朵地，在绝望中开出源源不断的新的生命。

何其震撼。

更何况，撇开裂缝，这座女性雕像不论是形态结构，还是轮廓细节，都要比场上其他已经评审过的作品好上太多。

台上评委的表情变了，像是惊诧，端详半晌，都开始不约而同地低头，手忙脚乱地在评审桌上找此次参赛者的相关信息名单。

晏藜的余光能看到江却在看她，只是看不太清。

台上的主持人从惊讶中回神，有工作人员悄悄上台，在他耳边耳语了几句话。等到那人下台，主持人再度沉稳开口道："这座雕像的作者，在评选开始前找到我们的相关负责人，希望我们给她一次真正展现她作品的机会。我虽然不知情，但也抱了很大的期待。那么现在，请各位评委老师、同学以及来宾不要惊慌，会场会有一段短暂的灯光昏暗的时间，让我们拭目以待。"

说完，主持人抬手做了个不知名手势，随着一道类似拉闸的轰声，整个礼堂陷入昏暗。

但人们还没来得及惊呼，台上又再度聚光，将众人的目光吸引过去。

不同于之前在灯火通明的室内由上而下直射的光，这次则是柔和许多，灯光从雕像的后面透过，柔柔地分裂开来。

台下霎时一片震惊。

还是那道五指宽的缺块，还是那片让人一眼惊艳的小"花海"，它那块当真完全中空，只有前后各覆盖了一层薄薄花瓣，此刻光从雕像后打过来，台下的人甚至能清楚地看到雕像中间，花瓣盖不住的空。

但，在一片黑暗中，雕像的裂缝中，花瓣两两相接可又不能完全盖住的地方，有宛如救赎一般的微光，无处不在，<u>丝丝缕缕地透了进来</u>。

有裂缝，阳光才能照进来。

它身处真正的黑暗中，于是微光也像太阳一般闪耀，每处裂缝都让它与众不同，每束光都让它灿亮万丈。

这俨然是一座直观冲击着人们视觉神经的、真正的艺术品。

不知什么时候，有人反应过来，开始鼓掌，于是一呼百应，台下瞬间响起雷鸣般的剧烈掌声。

会场的灯已经陆陆续续地亮起来，但掌声还未停下，比之刚才卢艺的还要更甚，更响亮。

程圆圆看起来比晏藜还要激动，眼圈都红了。身后孟则他们的反应也不小，四周议论声起的时候，只听见孟则骄傲自豪地跟别人说："看见没，高二（1）班的，跟我一个班，那是我朋友做出来的，光荣榜上挨着江却的那个……"

台上已经开始打分了。

十个评委，七个9分，两个9.5分，一个10分。

这才是真真正正的最高分！

"去掉一个最高分，去掉一个最低分，高二(1)班晏藜同学的最终得分是——"那主持人顿了一顿，视线在手中的手卡上停留几秒，"9.12分！"

台下立刻响起一片欢呼声。

晏藜慢慢站起来，走过观众席，去台上介绍自己的作品。

她其实是不太怯场的性格，但站上去以后，面对着观众席上数不清的眼睛，她心里还是有点儿紧张的，毕竟她对于艺术并不了解多少，心里还觉得自己是瞎猫碰上了死耗子，一时专业术语有些匮乏。

她清了清嗓子——

"这座雕像，是以我母亲为原型制作的，只是中途因为一些意外，使我产生了用花瓣修补残缺的想法……"

晏藜语速慢，娓娓道来的时候，有种令人舒服的安定感，也不夸大事实，言辞并不华丽晦涩，但仍有种朴实的美丽。

此时此刻她身上，洋溢着头顶照下来的暖光，有种别样的温柔。

江却从她站起来，目光就一眼不错地追随着她。

他无法形容这种吸引力，就好像他无法想象，那座雕像，以及那样别致的想法，是她如何想出来的。

她是那样的沉静，平时缄默居多，待人待物总有种难言的温顺，有人招惹了，不触底线便不搭理，好像没什么气性一样。他知道她吃过什么样的苦，他亲眼见过。他知道她为了做这座雕像付出了多少，她后来因为这东西再没让他送她回家过。后来雕塑被摔了，连肇事的人都找不到，他一度以为她会很难过、会崩溃、会放弃。但她连对方一句坏话都没骂过，自己一声不吭地收拾，自己琢磨怎么修补，却在最后谁也不知道的时候，用无形的刀绝地反击，打了一场如此漂亮的胜仗，把那个背后使坏的人碾压到毫无还手之力。

她是那样的柔软，却又那样的坚韧，像蒲苇。

蒲苇韧如丝，磐石无转移。

她没穿华裙，身上是再普通不过的素净校服，纤细地站着，声音透过话筒传到礼堂各处，微微有点儿空灵。

晏藜，晏藜。

江却心里不自觉地默念了两遍她的名字，自己都没发现，他看向台上那人的目光有多热切。

4

最后的评选结果出来，晏藜毫无意外地夺了第一。

结果比预料的好，最主要的是奖金也比原来预期的多了一倍。

程圆圆拉着晏藜，脸上的兴奋未消，嘟嘟囔囔地给晏藜重复刚才的场面："你都不知道，孟则他们有多高兴，哈哈哈，而且你也没看见，卢艺、孙燕她们的表情有多难看，像斗败了的公鸡似的，气急败坏……"

小姑娘是早就猜到了，就算晏藜没说过，她也大概知道摔坏晏藜雕像的人是谁，所以这会儿愤愤不平地含沙射影起来，尤其在卢艺她们退场经过晏藜面前时，小姑娘音量陡然加大，指桑骂槐之意简直不要太明显。

而且，也不知道是老天捉弄还是怎的，排在晏藜后头的一位，作品质量介于晏藜和卢艺之间，得了8.5分。

于是，卢艺先是到手的第一被抢，接着含泪拿了第三。

卢艺当初下了场就故意坐在晏藜前面右侧的位置，大概是为了能回头看江却。现在因为阶梯角度，晏藜此时就是微微俯视着她，一垂下眼帘，就看见卢艺脸都白了，咬着嘴唇看向晏藜，眼里涌动着愤怒和不甘。

晏藜素来不愿和这种没什么交集的人计较得失，但现在理智却忽然被压下，恶劣的得意占了上风，她迎上卢艺不善的目光，冰冷掠过，带了些上位者的倨傲轻视。

卢艺被晏藜一看，先是惊诧，然后脸色更加难看，又是心虚又是狰狞，几度要挂不住。她大约还想冲上来和晏藜较量一番，可惜江却站在晏藜身边，她忍了又忍，被身边的女生使劲儿拽了几下，才跟着走了。

一班的其他人还没走，曹晚玉等人凑过来夸了晏藜几句，又问她那些花瓣是怎么弄上去的。晏藜含糊地回了他们，扭头一看，江却已经不知什么时候悄悄离开了。

而此时的卢艺等人正站在会场不远处的一个角落里破口大骂。

骂的自然是晏藜。

说起卢艺这人，其实人品并不怎样，二班和她玩儿的女生，大多也并非真心。

人心向来日久就能见,多相处个几日,是个正常人都能明白卢艺这种人并不能深交。

她傲气惯了,从小被捧到大,人生中第一次踢到铁板,就是冰山一样冷漠的江却。

当初学校还没晏藜的时候,她也是被一中学生口口相传过的人物,长得漂亮,身上有一种娇生惯养大小姐的气质,学习又好才艺还多,有人开玩笑叫她"班花""校花",她嘴上谦虚,心里却乐疯了。她那时候还觉得,只有江却配站在她身边,也只有她才配和江却的名字一起出现别人嘴里。

所以,她在学校除了学习,其他时间就是铆足了劲儿去江却面前刷存在感。

虽然江却一直没回应过她,但他的名字也一直没和别的女生一起被人提过。他仍是孤傲的,谁都不是例外,她于是又生出诡异的安全感,觉得并不是自己没用。

她本来以为照这样下去,江却迟早会注意到她,成为朋友是最基本的吧。

结果高二刚开学,晏藜从十三中转到一班,开学没几天的工夫,重点班就将两人传得沸沸扬扬。她本来不屑一顾,心想不过一个样样不行只有学习好的书呆子,但直到她在化学竞赛那天遇到江却,看到江却看晏藜的眼神。她这才猛地发现,不知道从什么时候开始,晏藜的名字,已经开始频繁地和江却一起出现,光荣榜、成绩单,还有悠悠众口。

他们都在说,第一是江却,第二是晏藜,他们是同桌,晏藜长得好像也很好看,清清冷冷。

最重要的是,同为女生,她敏锐地察觉到江却对晏藜和对她的不同,那是种显而易见的、摆在明面上的例外。

她终于生出危机感了。

摔坏晏藜雕像的主意是她一个同伴出的,那女生说得有鼻子有眼,没有监控,没有人会知道是谁干的,晏藜没凭没据,不能怎么样。

她嫉恨极了,听了这话几乎没怎么犹豫就出了手。

一开始一切都和预料的一样,那个让她一直如鲠在喉的晏藜吃了哑巴亏,连声张都不敢。她看过那堆即使努力粘了也恢复不了原样的雕像以后,心里是觉得爽快的,那种爽快甚至盖过了考试超常发挥。

但她怎么也没想到,事情会变成现在这样,到嘴的熟透的鸭子飞了,晏藜的那堆垃圾摇身一变成了高级艺术品,她甚至连第二名都没拿到。

评选开始前的骄傲成了笑话,排在晏藜前面的她也成了笑话,再想想自己的作品和晏藜的对比,想想评委和台下那些人的反应,卢艺只觉得那是莫大的羞辱和嘲讽。

甚至,就连江却,他也是来看晏藜的。一班,她梦寐以求也进不去的一班,她曾为了接近江却费力讨好的那些一班的人，他们都簇拥在晏藜身边——那个刚转来不到一学期的转校生，他们那么为她自豪，那么为她高兴。

那她卢艺呢，她算什么？

"贱人！贱人！"卢艺控制不住自己的愤怒，嘴里咒骂出来的时候，她看不见她脸上的表情是何其狰狞丑陋。

她身边那些同伴这会儿是大气也不敢出，听卢艺骂两句，赶紧附和着，你一言我一语地，用各种恶心的词汇诋毁着晏藜。

卢艺的表情这才稍稍缓和一点儿，刚要开口，身后忽然传来一道清冽的男声："说完了吗，卢艺？"

女生脸色立刻变得难看，眼神惊恐了一下，瞬间转过头去，其他人也看过去，表情一变，纷纷噤若寒蝉的模样。

卢艺心虚地低着头，心想对方听见了多少，试探着开了口："江却，你、你怎么来了？"

江却的表情还是那样冷冷淡淡，卢艺话音落下，他不回话，只是抬眼遥遥看向她身后那些女生。

像是在暗示，要借一步说话。

卢艺慢慢反应过来，赶紧推搡着那几个人："你们回去吧，快回去，我等会儿再回班。"

那些人巴不得赶紧离开这是非之地，听她这么一说赶紧走了，也就卢艺眼巴巴地留着，难不成还盼着江却会对她说什么好话吗？

人走完了，江却终于重新看向卢艺。

那眼神说不上友善，甚至比之平时还有点儿凝重，看得人心里发怵。卢艺不知道江却葫芦里卖的什么药，但还是被他一个眼神盯得登时心慌起来。

她努力装出一副镇静的样子，怕江却看出什么。没想到江却下一秒忽然脸色回温，眼神也恢复正常了，他甚至冲她微微笑了一下。她眼前一晃，还以为是自己眼花了。

"我刚才在礼堂里，看你好像心情不太好。卢艺，你拿了奖项还不开心吗？"

江却语气平淡，问的话就是普通同学之间的关心，但这却是他第一次主动找卢艺说话，小女孩儿的心思瞬间压过心虚和害怕，她悸动得连脸都红了，带点儿委屈："也没有，我可能是有点儿好强了，本来还以为能拿第一的……"

江却眼睛里微微波动一下，可能有点儿冷，他双手插进校服口袋里，继续道："是吗？其实我倒是觉得，能得第三名已经很不错了……"

江却这话说得挺含糊，好像没什么特殊含义，又好像在安慰卢艺似的。卢艺心思细腻，当下就忍不住胡思乱想，江却这么模棱两可的一句话说出来，她已经在脑子里幻想出对方在意她的戏码了。

"真的吗？江却，你真这么觉得？"卢艺双眼开始发光，忽然觉得第一被抢都不算什么了。

被她如此热切地盯着，江却不着痕迹地轻微皱了皱眉，半晌，有点儿隐忍地点头。

卢艺愣了一下，然后脸上的表情高兴得像开了花。

江却眯了眯眼，隐约有些阴冷，他勾勾嘴角，话锋一转："不过——"

卢艺表情滞了滞，连忙看过来。

"不过晏藜的那个创意的确很不错，是吧？残缺之美，普通人怎么想得到这样的点子，竟然舍得把自己做好的雕像摔了，很聪明啊……"

卢艺的兴奋神情顿时消失，她眼里重新涌动起嫉妒的光芒，等不及江却话音落下，急急出声打断了他——

"不是的，那个才不是晏藜自己想出来的。什么创意，什么残缺之美，她那是雕塑被摔坏了，没办法了才会修补的，她那个就是个残缺不全的东西而已。"

江却听了也不恼，静静听她说完，忽然轻笑一声，那笑声有点儿像是不相信卢艺的话似的。

"真的吗？可我怎么听说，那是晏藜自己想出来的？"

他现在这副架势，要是晏藜看见，就能敏锐地发现，简直像极了富有耐心引蛇出洞的猎人，她也最了解他的本性，知道他表面的端正和深不见底的心眼。

不过卢艺显然蠢笨至极，不如晏藜十分之一的聪明，不仅没发现，反而被他三言两语搞得气急败坏、口不择言了，还想着证明自己贬低别人。

江却不动声色地调整了一下校服口袋里录音笔的摆放位置。

下一秒，不出意外，听到了他想要的话。

"什么她自己想出来的，她就会装腔作势，江却你千万不要被她骗了。还好意思说什么她自己想出来的，她的雕塑就是我们几个给她摔坏的……"

卢艺后知后觉，猛地住了嘴。

她再抬眼看江却，眼里的惊恐比之刚才更甚。

她心里铺天盖地地涌上慌乱，这才发觉自己被循循善诱着，又急又乱地说了什么了不得的话。

江却往前走了一步，摊开手心里的东西给她看。他勾了勾嘴角，眼神漠然："说真的，论装腔作势，晏藜还是不及你。但要是论阴险论愚蠢，你也胜她一筹。"

录音笔里放的这些，都是刚才她们一帮人骂晏藜的话。

卢艺脸色一白，脸上的慌乱更甚，怕江却觉得她恶毒，又连忙想开口解释。

但江却显然已经失去耐心了，不等她开口又道："卢艺，我现在给你两个选择。"

江却现在的表情和语气早就不复刚才的平和，他分明没有发火，卢艺却从他眼里莫名察觉到阴寒。她后知后觉，心动完全褪去，取而代之的是怵意和害怕。

但江却并没有因为她的恐慌而怜惜，他甚至威胁似的抬高了手里的东西，收声道："要么，你自己去找徐主任坦白，然后当众承认错误，向晏藜道歉；要么，这东西就会出现在校长办公室和校广播站。你自己选。"

卢艺说不出话来，眼里升腾起雾气，又怕又怒，好像快要哭出来了。

也不想想她怎么对晏藜的，这才哪儿到哪儿啊？

江却面冷心狠，典型的刀子嘴斧子心，这毛病自他十二岁那年以后就慢慢养成了，后来也没能改掉。

他只是平时没显露出来而已，藏得挺深。

学校那些小姑娘，跟他同班同级的同学，甚至就连孟则，都不知道他心里怎么想的。毕竟他看着，好像还挺正常的吧，但盯上谁的时候，报复起来是不会心软的。

除了晏藜，她算一个例外。

他自己都理不清，最初他为了报复晏藜，拿黄毛做消息媒介这么冒险的事儿都做得出来，后来刻意接近晏藜，朝夕相处下来，却不知不觉把这事儿只当成他一个人的心思，他自己怎样对晏藜都可以，但是别人，就不可以。

卢艺算什么呢？十几岁的年纪，整天想着怎么使坏。

江却心里这么想着，觉得可笑。这个年龄段的小女生，并不是个个都像晏藜那么通透稳重，几分钟，他就套着卢艺自己坦白了。

他心里又觉得晏藜太善良，他知道晏藜要是想，肯定有法子整治卢艺。刚开学那会儿，晏藜不是还在厕所把孙燕她们收拾了一顿？不过这样也好，她不忍心，那就他来。

等着卢艺回话的工夫，江却眼前闪了闪，突兀地想起晏藜那会儿站在台上，映着灯光温声介绍自己作品的样子。

明眸皓齿，像是逃到人间的神明少女似的。

他稍稍回神，忽然很迫切地想结束眼前这一切，想回班上去。

"最迟明早早自习结束，我要看到你的道歉，否则的话，我说到做到。"

江却最后警告了卢艺这么一句，忍住心尖那些发痒的念想，转身离开。

江却进班的时候，程圆圆正站在晏藜身边，拉着她手说着什么，一抬头看见他来了，声音明显压低下去，没嘀咕两句，赶在江却回到座位之前走了。

江却才坐下不一会儿，晏藜推过去一张字条，他捏起来抻开看——

"谢谢你去看评选，也谢谢你当初帮我收拾雕像。"

江却眼里露出点儿笑意，余光看见晏藜视线落到别处，他把字条好好儿收起来，夹进笔记本夹层里。

他又回了一张——"不客气。"

一来二去，有来有往。

他在收了字条的那页用笔写："晏蓼"。

原本只是不自觉就动了笔，写完后，他眼前恍惚一下，忽然翻到以前一个折页，在那道细暗的书沟里，静静躺了两个字："收敛"。

收敛。

那时候他偷偷拧她的水杯，藏她的化学卷子，等着她开口主动求他的空儿，他就在本子上写了这两个字。

从小他爸教给他各种道理，说得最多的是自控和自律。他爸说，如果做不到，那就写下来，督促自己。因而他养成了这样的习惯。

收敛什么？成功了吗？他自己比谁都清楚。

江却眼睫抖了抖，指尖握着笔用力画了两下，那两个字就被重重地画掉了，黑色水笔盖得严实。他吐出一口浊气，重新翻到写着晏蓼名字的那页，又莫名发起怔来。

5

江却一睁开眼，周围乱糟糟的。

"放学以后要不要去吃城北新开的那家烧烤？特别香的！"

"能去吗，放了学我妈还给我报了补习班？"

"余晟你前天的模拟卷做完了吗，给我对对答案吧？"

"靠风扇坐的人，能不能麻烦你把风扇调小点儿，我刚整理好的周考卷子，都被吹乱了！"

类似这样，埋怨嘈杂的各种声音，夹杂着头顶扇叶的呼呼风声和金属轴承摩擦的微弱声响。

很热，闷得不行，是十六七岁血气方刚的，蝉鸣不止的盛夏。

江却看到晏蓼脱了校服外套，只剩下里面的白色短袖，左胸口处绣着南平一中的校徽标志，袖口一圈蓝边。

她很清瘦，但皮肤又是通透的白，有着女孩子独有的娇嫩。

预备铃声响了，有人陆陆续续出去接水，顺便围观某班两个女生吵架，还有人继续趴在桌上，利用仅有的十分钟补觉，班里没剩下几个人。

她忽然就站起来，靠近他，还伸手去拉他的短袖领口，用那种熟悉的、柔润的嗓音唤他："江却。"

……

然后，这场梦就突兀地醒了。

醒了以后，江却不觉得羞耻，甚至还回味着梦里那点儿残留的激荡心情，不能平静。

回过神后，原来是屋里温度太高，他又盖得严实，这会儿掀开被子坐起来，秋夜的丝丝凉意裹住身体，身上的火气就稍稍消下去一些。

他还满头大汗，看着眼前地板上皎洁的月光出神。

梦到晏藜了，还是那样……羞于启齿的梦。

江却舔了舔干燥的唇，忽然觉得渴，他不自觉咽了一下口水，想起梦里晏藜泛着微微水光的嘴唇和白净的手……

呼吸陡然粗重起来。

他思绪乱七八糟地四处发散着，突然想起今年夏天读的《梁祝新说》，有些当时看了不太明白的话，现在却忽然醍醐灌顶。

书中评梁山伯其人，戏称他是读君子书却不行君子礼的"小人"，罪名是心性动摇，"不想前程想钗裙"。

他呢？

不懂情爱却深陷欲望的泥沼，他也做了虚伪的小人，他对自己的心撒了谎，他没有对灵魂坦白。

还能收敛吗？江却头皮发麻，思绪混沌一片。

晏藜一大早左眼皮就突突地跳个不停。

到了学校，离上课时间还早，晏藜茶杯里是周琴给她灌的热豆浆，她伸着舌头尝了一下，被烫到了，就把茶杯盖子搁到一边，等豆浆放凉。

一抬头，李慧走进来，脸色有点儿不太好看，叫了晏藜一声："晏藜，你跟老师来一下。"

晏藜下意识地站起来，看着李慧的背影，眼皮又开始跳。

她想了一路，可能是上周周考没考好，可能是李慧觉得她玩那些泥塑影响成绩了，可能、可能……任何能想到的她都想到了，倒是怎么也没想到，一推开办公室门，里面低头站着的，竟然是卢艺。

卢艺跟前还站着二班班主任和其他几个老师，其中也有杨丽文，个个都脸色不悦，看见晏藜进来，冷脸稍微收敛了一点儿。

卢艺像是做错了什么的样子，双手揪着校服外套，一副泫然欲泣的难过模样。

晏藜放下心来，看来要被问责的人不是她。

这时，一位女老师发声了："卢艺，你过去，跟晏藜同学道歉。如果人家愿意原谅你，老师们就看在你主动承认的份儿上，给你从轻处罚。"

晏藜指尖一缩，突然抬头看向卢艺。

主动承认？

卢艺那样的人怎么可能会良心发现,主动承认错误?
她忽然想到江却。
卢艺会道歉,怕不是有他一份功劳?

第六章

披着羊皮的狼

1

这时候,卢艺走过来,在晏藜面前低着头,声音细若蚊蚋:"对不起……"说着说着,眼泪就要落下来。

晏藜心里没有波澜,对卢艺也称不上原谅不原谅,她不在乎,早在当初在礼堂里用实力羞辱过卢艺以后,这事儿在她心里就算翻篇了。

她冷冷淡淡地回了句:"没关系。"

任谁看了都不像是真心愿意原谅卢艺的样子,在场的老师也都能理解,但卢艺毕竟平时和几个老师也算关系不错,他们不好过多苛责,只能当着晏藜的面儿不痛不痒地斥了两句,才让她们回去了。

不过,卢艺在老师心里的印象大概是挽回不了了,要长久地被刻上个心机重、心眼多的标签。

晏藜走在前面,卢艺跟出来走在后面。

她们缄默了一路,临进班前,卢艺带着要掉不掉的眼泪狠狠瞪了晏藜一眼,然后飞快地跑回了二班。

晏藜转身进班,江却正看着她。别人都在背英语单词或者古诗文赏析,他一手扶着她搁在桌上放凉的豆浆杯,另一手捏着笔。

程圆圆爱八卦,看江却对晏藜好像和对别的女生不太一样,就曾悄悄问她是否喜欢过江却。

她记得晏藜是摇了头的。程圆圆不死心,觉得没有哪个女生能在离江却这么近,被他帮助过,被他讲过题,还能牢牢克制住不动心的。

但事实就是如此,晏藜知道他是有些虚伪在身上的,不是一般的虚伪,是深藏着不为人知的阴暗的虚伪。

所以她不敢。

他的善恶好像只在一念之间，谁也不知道他的道德标准是什么。

晏藜不否认他的善意，但也一直警惕他的无常。

更别提现在她什么都知道了，他们之间就更不可能。

但话是这样说，脸不能撕破，同桌还是要做，题集还是要借。晏藜找遍了全南平的书店，也没有买到江却手里那本进阶版的理综卷子题集，她要想做题，还是得用江却那本。

下午放了学，孟则去了一趟办公室，回来时拿了一张烫金的荣誉证书，还有一个牛皮纸袋，放到晏藜桌上时，跟她开玩笑道："好大一笔奖金呢，晏藜你这次是真替咱们一班争气。"

程圆圆和曹晚玉也围了过来，程圆圆拿着那张荣誉证书爱不释手地看，还念了出来："兹有市南平一中高二（1）班晏藜同学，在本次第十九届市级高中组雕塑大赛中荣获一等奖……"

没等她念完，晏藜笑着把证书抽走："奖金有你一份，想吃什么，放学以后我请客。"

程圆圆即刻兴奋起来，拉着晏藜的手撒娇，说了一堆想吃的东西。

临到放学，孟则、江却和她们两个就又莫名其妙地走到了一起。江却还是在晏藜左边，她有点儿不自在，转头跟程圆圆聊天，江却话少，但时不时会插两句嘴。

到了小吃摊，当初说好的请客，到了最后程圆圆只要了一只烤红薯。

晏藜知道程圆圆是体谅自己家庭情况不大好，不舍得花她的钱，不过这次奖金真的挺多，她只好自己又买了红薯给江却、孟则他俩，然后又给程圆圆买了份板栗。

很甜，吃着吃着，孟则和程圆圆又闹起来了。

江却的红薯握在手里没吃，晏藜猜他大概不喜欢这种甜腻腻的食物。转过一条街，和孟则他俩分开，只剩下江却和她时，男生终于开了口。

"下周运动会就开始了。"他抬头，但没看她。

晏藜被他一句话引过去，正看见赤金色的夕光给江却脸上镀了一层，柔柔的，堪堪是惊艳了时光的少年。

"我们都参加跑步接力，你还是我前面那一棒。"

这事儿晏藜知道，吃完红薯，她将红薯皮扔进路边的垃圾桶，等着江却的下文。

"你想赢吗？"

他怎么突然问这个？晏藜失声笑了："肯定想赢啊，不然不是又丢人又拖班后腿。"

江却转头看她："身体健康最重要，吃不消就慢慢跑吧，输赢没有那么重要。"

他语气很平静,好像就只是跟普通朋友之间的交流那样。晏藜没看到他左手里被握到变形的烤红薯,自然也没有多想。

"但我还是想赢啊!"她抬眼看天空,浅浅舒了一口气,好像有点儿怅然,"我不喜欢给别人造成麻烦和失望,所以最好还是赢了,皆大欢喜比较好。"

江却定定地看着晏藜,等她重新平视眼前地表,他才收回眼神:"嗯,肯定能赢的。"

周末两天,南平的秋天忽然暖和起来。

阳光充沛地照下来,有野雀叽叽喳喳地叫,周琴在洗衣服,时不时会让晏藜给她拿两个衣架子。

晏藜洗完了头发,用毛巾包着,蹲在阳台一角刷自己的帆布鞋。鞋带刚挂到绳上,还往下滴着水,周琴吆喝一声:"吹风机太久不用,坏了,你去楼下的投币吹风机那儿去吹,客厅柜子的铁盒里有零钱……"

周琴自己洗了头发,都是自然干的,但现在是秋天,她怕女儿湿着头发吹风,回头再头痛,于是喊晏藜去吹头发。

晏藜回屋,她捏着一块钱的硬币下了楼,看到投币吹风机的投盒边角泛着铁锈。

她歪着头吹,耳边声音很大,吹完了头发是蓬的。吹风机挂回去后,世界一下子安静下来,只剩下楼外的小孩子嘻嘻哈哈的笑声。

她上楼去,又听见收破烂的老人的喇叭声,回屋以后告诉周琴一声。她坐下刚准备写作业,早起忘拉的窗帘一拉开,楼下隔了一条街的路边,站了个熟悉的人。

江却推着自行车,抬头看着她窗户的方向。她不知道他站在那里多久了,就像她不知道他来旧城区干什么。

周琴曾经在做饭或者收拾青菜的时候跟她念叨,说以前南平不分新旧城区的时候,她们家这房子,也算得上有头有脸的好房子,后来分了新旧,邻居们都搬走了,又来了一群和赵文山一样穷的人。

她说,真想去新城区啊,要是能带晏藜去新城区,就永远也不回这破地方了。

晏藜有时候忍不住想,江却为了报复她,还真是很下功夫,好好儿的新城区不待,三天两头地往旧城区跑。

离得不算太近,双方都看不清对面人的眼神和表情,但谁都没动,谁也没率先开口打招呼。

客厅的周琴不知道因为什么,唤了女儿一声。晏藜回头应声,然后坐下,再没站起来从窗户往外看。

她专心写起作业来。

江却原本也是在家做自己的事。

他不必像晏藜那样，为了吹头发的一块钱站在零钱盒前踌躇几分钟，但他可以为了自己梦遗后床单上的痕迹，发呆半个小时。

自从上次以后，他越来越频繁地梦见晏藜。

梦里大概是盛夏，晏藜穿着白裙子，坐在他自行车后座上，在吃雪糕。

……

他要疯了。

清醒过来的那一瞬，他才从那个疯狂闷热的梦里捡回一丝清明。

江却迷迷糊糊地下楼，推车，一路骑到晏藜家楼下。

他人生中很少出现这样不知目的、不明过程的事情，他一向冷静、理性，现在却莫名其妙做出这种事。

而且他并不知道他来这里要干什么，又能干什么，看她一眼，然后呢？

江却脑子里思绪胡乱发散着，一抬眼，看到晏藜湿着头发下楼，身上穿着略单薄的毛衣。

他就那么看着，看着对方翻着头发漫不经心地吹，直到晏藜吹完了上楼，她也终于拉开房间窗帘，看到了无措踌躇的自己。

比起他的彷徨，晏藜显然冷静得多，甚至连招呼都没打，纯当他是路过。

她性子很淡，淡到可以称之为冷漠的地步，江却清楚。

孟则那次抓到他以后，似乎对他和晏藜之间的事情产生了莫大的兴趣，很多他自己都没发现的东西，孟则一五一十地数给他听，末了，还挑着眉问了一句："你小子是不是喜欢晏藜啊？"

为了这句话，他愣了很久。

喜欢？他……喜欢晏藜吗？

不，他不喜欢。他明明是恨她的，爱和恨这两种极端的感情，怎么可能同时出现在一个人的身上。

但孟则说，如果你总是想着那个人，一看到她情绪就不对劲，而且眼神不自觉就会看她，那就是喜欢了。

江却捏了捏指尖的褶皱，抬头看着那扇没有人的窗户，心里胡思乱想着。

他面上看起来那么平静，心里却波涛汹涌。

2

他应该不是喜欢她，他只是装得太认真了，把自己都骗了而已。

江却强迫自己冷静下来。

"我做的一切,都只是为了让他们家的人尝尝我当年的痛苦。我不可能喜欢上那个人的女儿,绝不可能。"

他心里默念着,目光却不自觉地盯着楼梯口,望眼欲穿。

五分钟之内,如果晏藜不下楼,那他就走了,他倒不急于一时,只要最终能达到目的就好。

五分钟,四分钟,三分钟……距离想好的时间越来越接近,楼上还是一点儿动静都没有。

江却眼里的光一点儿一点儿地熄灭。

一分钟,二十秒……

结束。

晏藜没有下楼。

江却闭上眼,表情看不出什么。他摇摆不定了很久,迟迟不能果断,于是老天爷推了他一把,也叫他冷静冷静。

有推着三轮板车的小吃摊的叫卖声从面前经过,江却睁开眼,视线被遮挡住了,只能听见高声的两句"煎饼馃子……煎饼……"。

天上的云,路边的树,都在变动,只有他脚下像生了根。

三轮车过去,江却视网膜内出现一抹蓝白。

蓝白色的小花开在破败的楼群里,扶着生了锈的楼梯栏杆,隔着一条不算宽的人行道,静静地看着他。

他心尖开始重重地颤,像被什么钝物击打,一下,又一下。

五分钟内不下楼他就走。

这话在心里过千遍万遍,也比不上她下楼来见他一面。

他把抉择扔给老天爷,可是老天爷哪管得了那么多呢,事在人为罢了。

从他出尔反尔留下来的时候,结果就已经注定了,就算晏藜今天不下楼,他也不可能离开。

他往前走。

路过铁艺长椅,路过斑驳树影的街道,吹过一阵微风,银杏叶簌簌地往下落。

"你怎么来了?"晏藜嘴角扬了一下,轻声问道。

江却忽然觉得,他今天来这一趟,不是没必要的。

"我来办点儿事,路过。"说完,他自己都觉得这借口拙劣。

但晏藜没说什么,默认了。

晏藜再开口,提起另一件事:"前不久,卢艺跟老师们承认,是她摔坏了我的东西。江却,我想知道,是不是你帮我做了什么?"

她看着他,眼里是一层薄薄的感激。

江却心口熟悉的钝击和痒麻一点点消失了,他"嗯"了一声:"其实我也没做什么,本来就是她的错,她可能是心虚吧,我问了没几句她就承认了。"

半真半假。

晏藜笑道:"那个,你现在就回去吗?要不要我陪你逛逛,顺便谢谢你帮我。"

江却几乎没有迟疑,在晏藜话音落下的瞬间就点了点头。

崇安街这个点儿还算热闹,时下正流行的飞跃、回力不知道在打什么折扣,店门口一律拉了大红色的条幅,写着夸张吸睛的打折字眼。

晏藜给江却买了个煎饼馃子,多加一根烤肠,一份切成两半,江却拎着自己那份,看晏藜张嘴咬了大大的一口。

他没动,也没吃,看起来一向淡漠的脸上竟然出现几分无措。

晏藜微笑一下:"你是没吃过这种胡同巷子里的东西,还是觉得这饼子粗俗?你尝尝看,味道挺好的,你别看它长得丑,'出身'也不好,但人家有内涵。"

江却拿起来咬了一口,动作有点儿不雅,也不太熟练,总之不符合他平时那副样子。晏藜哈哈地笑,就着头顶洒下的暖光。

两人沿着海岸线逛,江却想起上次要和晏藜看电影,于是两个人又去了电影院,其实也就是新旧城区交界处的一个戏院,近两年才被改成电影院。

他指着售票员身后巨大的海报:"看那部最近流行的国外电影,两张票。"

晏藜手里捧着没吃完的煎饼馃子,被售票员看见,对方有点儿不耐烦地道:"电影院不能自带食物进去不知道吗,又不是饭店……"

的确是有这个规定,只不过晏藜第一次看电影,不知道就是了。江却不动声色地把人往自己身后挡了挡,跟那个售票员说不好意思。

"我朋友是第一次来看电影,不知道这个规定。我忘记跟她说了,抱歉。"

售票员是个年轻女人,二十多岁,穿着一身鹅黄明亮的格纹长裙。可能是看江却长得不错,也可能是两人态度平和,那女的也换了副面孔,噘着嘴:"行吧,也不是什么大问题,带进去了别在里面吃就行。"说着,她从一边的铁艺盒子里拿了两个挂坠递给江却,"这是爱情电影,你们应该知道吧?购票送纪念品,情侣挂件,要不要?"

晏藜刚要开口说他们不是情侣,江却已经眼疾手快地接过那两个小玩意儿:"谢谢。"随后拉着晏藜进场。

里面很暗,静悄悄的,除了最前面的大音箱外放着声音,来看的人们都没一点儿动静。

江却他们买的位置比较靠后,弯着腰一路过去,晏藜忽然察觉到江却攥着她手腕的手心出了一层薄汗。

电影已经开场十多分钟了,场景变换着,小朱莉对小布莱斯一见钟情,她爱上了他漂亮的蓝眼睛，但布莱斯却对朱莉没感觉，甚至觉得她很怪，怎么会有人的乐趣是爬树和养鸡呢。

虽然已经知道大概剧情，晏藜还是看得很专注，就连江却什么时候看向她都没发现。

黑暗中，江却看不清晏藜，只有被大银幕照到的地方能隐隐约约看见，他碰了碰晏藜的胳膊，待她看过来，左手手心朝上，平摊着手里的两个东西。

晏藜好像兴致缺缺，她没接，压低了声音："我们又不是情侣，给我这个干什么？"

"当一个纪念品好了，我要那么多也没什么用。"

晏藜就接了："好了，看电影吧。"

江却转回去，没再说话。他好像感觉到心脏微微的饱胀，电影和周围嘈杂的声音都慢慢远去了，近在咫尺的只剩下身边人的轻浅呼吸。

一场电影大概两个小时，江却什么都没看进去，只知道两个主角最后在一起了。谢幕散场的时候头顶的大灯亮起来，江却一时无法适应，躲着光眯了下眼，感觉到晏藜站起来了。

他手心里那个小东西硌得他有点儿疼，他松了松，跟着晏藜和人流离开。

外面天光大亮，江却看着晏藜的背影，忽然恍惚，总觉得刚才那两个小时，像做了一场昏暗的梦。

晏藜在摸零钱包，拿出一张电影票的钱递给江却。江却没接，声音略有些沉闷："就当抵了刚才你请我吃东西的钱了，一张票而已。"

晏藜收回去，示意他看路口的公交车："你刚才不是想让我陪你逛旧城区吗？走吧，坐这路公交车，能绕整整一圈。"

……

晏藜到家开门时，周琴好像在睡觉，屋里静悄悄的。她回了房间，把零钱包里的赠品挂件掏出来，手一扬扔到了桌子角落。

没劲。

周一，晏藜到教室的时候，程圆圆正在座位上跟孟则闹，不知道他是又偷吃了她的零食，还是捏脏了她的玩偶，总之是又追又打，孟则被撵得四下逃窜。

晏藜失笑。她看得出来孟则挺享受这个过程的，程圆圆的大字典砸在孟则身上，她都能听见重重的闷声，但孟则也不恼，还是笑嘻嘻的，无所谓地用言语激怒程圆圆。

晏藜刚坐下，数学课代表已经站在讲台上，用教鞭敲了敲桌子："交数学作业，两张精题卷子，还有练习册。"

晏藜刚把作业掏出来，眼角余光就看见身边出现的球鞋。

"早。"他说。

晏藜往前挪了挪,让江却进去。

"吃早饭了吗?"江却也低头找卷子,像是随口问的。

"没有。"晏藜干巴巴地回。

江却拿书的手顿住:"怎么不吃?"

"家里大人上夜班没回,我妈没发工资,我兼职那家店月底才发工资,积蓄不多,想省着点儿花。"她知道江却已经了解她的家庭状况了,所以说出来也没顾忌。

就这么简单。她不吃早餐,总不可能是她不想吃吧?还不是没钱。

江却没接话。

这时候预备铃响了,晏藜站起来交作业,顺便拿着水卡和水杯,喊了程圆圆一起去接水。

第一节是英语课,老师按惯例抽背英语单词和课文,开火车一样挑了一排。看样子轮不到晏藜了,她就翻开习题册做了会儿,教室安静得落针可闻,只有男生或女生流利背课文的声音。

"What do you usually……嗯,do on weekends……"一班背得这么磕巴的,少之又少,晏藜看过去,小姑娘脸憋得通红,表情有点儿无措。

程圆圆英语不太好,晏藜是知道的。但是她爸妈管她学习比较严格,所以课文单词这些基础的东西她是没出过差错的,晏藜也不知道她今天是怎么了,倒像是回家以后根本就没背过。

这还是含在周末两天的作业里的。

晏藜眼神有点担忧,看了看讲台上脸色越来越难看的女老师。

"How often……"程圆圆才背了三句,就又停了。

底下开始窃窃私语起来,老师拍了拍教科书,声音尖锐:"其他人别出声,不行你起来替她背?!"

程圆圆似乎更窘迫了,头低低地埋下去,再也背不出一个字了。

教英语的老师年轻,不到三十岁,平时就雷厉风行的,很不好惹,看抽背卡在程圆圆这里,登时就火了:"老师上周双休假前怎么跟你们交代的,啊?!

"一中从来不缺学习好的学生,况且程圆圆,就你那点儿分,吊着一班的尾巴,上重本都费劲。现在连最基本的课文都不会背,你还来上学干什么?

"真以为自己取得了点儿成绩,就开始沾沾自喜,骄傲自满了?!"

全班噤若寒蝉,大多都低着头。晏藜看向程圆圆,她可怜的圆圆下唇包着上唇,委屈巴巴的,都快要哭了。

"你给我站着吧,站一节课。

"她的组长是谁,给我站起来!"

3

　　几乎是噌一下，孟则就站起来了，比穿着高跟鞋站在讲台上的老师还高一点儿，表情不再是下课时的吊儿郎当。

　　老师语气平和了些："班长，你作为程圆圆的同桌，还是她的组长，你也有义务监督她的学习，知道了吗？"

　　孟则点头，低眉顺眼地说："我知道了，老师。"

　　"行，那你来背，接着程圆圆的。"老师说完，低头去翻自己的教材，粉笔还没来得及捏到手里——

　　"对不起老师，我也不会背。"

　　字正腔圆，理直气壮。

　　班里瞬间比刚才更安静了。

　　晏藜脸上都被讶异铺满了，但不只是她，班里其他人也都是一副见了鬼的表情。谁不知道班长这人，偶尔看着挺痞挺贱，但该认真的事从不含糊，人缘好会讨老师喜欢不说，平时给人感觉也都是靠谱，更别说，刚才在下面给程圆圆传声的可不就是他嘛。

　　晏藜记得那会儿，他可是没看课本，压低了声音盲背呢。

　　英语老师刚刚缓和的脸色瞬间耷拉下来，俨然已经在被激怒的边缘了："你不会？这是上周布置的假期作业，再说你以为我瞎吗？刚才在下面给程圆圆传话的时候，怎么不说你不会了？"

　　孟则脸色未变："对不起老师，我真的不会。"

　　讲台上传来粉笔被摔到桌上断裂的声响，然后是英语老师带着怒气的斥责："孟则，你故意的是不是，跟老师作对？"

　　"好，既然你也不会背，那你和程圆圆一起站着。其他人，继续上课。"

　　班里很快重新响起英语课代表带领全班一起读新单词的声音，英语老师在板书。晏藜偏头看着被罚站的程圆圆和孟则，有点儿担心。

　　江却轻敲了一下她的桌面："先背书吧。孟则他心里有数，下了课就好了。"

　　这一节课似乎过得格外漫长。晏藜喝了两次水充饥，没吃早饭的胃饿得瘪瘪的，泛泛让人心慌的酸水。

　　下课铃响，英语老师拿着教材和扩音器走了，临走前倒没再说什么。

　　人前脚出门，程圆圆后脚就瘫坐在椅子上，小姑娘蔫了吧唧地趴着，晏藜赶紧站起来走过去。

　　"没事儿吧，圆圆？"

　　同样被罚站的孟则还好，他揉了揉小腿就跟江却勾肩搭背地出去了。

程圆圆扁着嘴拉过晏藜的手腕:"没事儿,今天真是太倒霉了,就这么一次没预背,就被林霞逮了。"

林霞就是一二两班的英语老师。

"还好孟则也不会背后面的,不然就我一个人站着,也没人陪,丢死人了,我会不想活的……"

晏藜张了张嘴,没说出口的话又咽回去:"好了好了,别不高兴了,下次记得提前背,英语老师脾气不好,别等她给你和孟则穿小鞋。"

"好——"

正说着,晏藜余光一扫,看见江却和孟则从后门进来,手里各拿了一堆包装花哨的,像是零食之类的东西。

孟则走在前面,径直走到程圆圆旁边,把东西一股脑堆到人家桌子上。程圆圆吓了一跳,坐直身体:"干什么呀,你?!"

孟则撕开一根棒棒糖的包装,简直快得让人来不及阻止,糖球已经塞到程圆圆嘴里。

"零食买多了吃不完,小爷今天心情好,赏你吃了。"

程圆圆嘴里呜呜地含糊说了什么,大概是尝到了甜味,安静了,捏着棒棒糖的塑料棍在嘴里转一圈,有点口齿不清:"青苹果味的……"

孟则脸上表情嫌弃:"青苹果味的怎么了,不是你自己说喜欢这个味儿的棒棒糖吗?"

程圆圆那黑葡萄一样的大眼转了一圈,竟然罕见地没有反驳孟则。

晏藜这边看热闹看得正欢,冷不防身后有人拽了下她校服袖口,一扭头,江却也往她桌上堆了些东西。

不过不同于孟则那些薯片、糖块,江却买的是些面包、香肠,他递到晏藜手里的那包牛奶,竟然还是温热的。

"给……我的?"晏藜明知故问,把那种受宠若惊的样子演了个十成十。

"给你吃的。你早上不是没吃饭吗?趁还有几分钟才上课,能吃多少是多少,垫垫肚子。"

又开始了,江大学霸的作秀现场。

"谢谢。"虽然心里腹诽,但白给的好处,不要白不要。

江却回到自己座位上,拿出下节课要用的书。

"晏藜,周末你有空吗?"他顿一顿,"我是说,如果你周末不用兼职的话,我可以想办法给你介绍一份新城区初中生家教的工作,你也可以不用那么……拮据。"

晏藜扭头看他。他看起来满身温和,叫别人怎么想得到,这么一张面皮下,藏着怎样的算计?

她只要一想到这些，就手脚发凉。

"会不会太麻烦你了？"晏藜撕下一块面包塞进嘴里，"其实你已经帮我够多了，钱的话，我还能想想办法。"

江却沉默两秒："不麻烦，我爸那边经常有人找他要大学生的联系方式教小孩子，我跟他说一下就成了。"

他爸？他爸知道自己要帮的人是仇人的女儿吗？知道他儿子打着什么算盘吗？

晏藜惊讶于自己的演技，因为这种时候，她竟然还笑得出来："好啊，谢谢你。"

她挺好奇，江却能为了他的大计做到什么地步。

晏藜这天晚上到家的时候，周琴还没回来，她把粥煮了，洗了菜和葱姜。差不多做好饭时，玄关传来开门声，她走出去，周琴正站在门口挂包。

"妈，洗洗手吃饭了。"

周琴走过来，在外套口袋里摸索一阵，掏出了一沓零碎票子。这个面容沧桑的中年女人，上身裹着暗红色的套头毛衣，是前几年流行的款式了。她声音又沉又哑："那什么，厂里今天发了伙食补贴，你拿着吧，买菜买肉得要钱，你再添件衣裳作业本啥的……"

晏藜没接："你不打麻将了？"

周琴低着头，欲言又止："不打了，以前想着打牌来钱快，能把家里的账还了，现在想想……"她顿一下，"以后再也不打了。"

晏藜拿锅铲的手顿了一下，接过去，点了点，放进自己口袋里，转身去关煤气灶盛饭。

"好了，先吃饭吧。"

灶上的铝锅往外冒着热气，米粥被炖得咕吨咕吨地响，晏藜被油烟熏着鼻子和眼，端着菜出来的时候，眼圈和鼻头泛着微红。

南平的天是一日比一日凉了，秋风开始掺杂着萧瑟的味道。

晏藜一大早去学校，看见李慧不知道从哪儿搬来一个小电磁炉放到讲台上，腾腾地冒着热气，教室里弥漫着一股呛鼻子的酸味。晏藜在厨房待得多，一闻就闻出是白醋。

她刚坐下，程圆圆就捏着鼻子凑过来了。

"这怎么熏上醋了？"

程圆圆捏着鼻子，说话瓮声瓮气的："老班说熏白醋杀菌呢，这几天班里好多人感冒发烧，一上课一片擤鼻涕声，她就从教师居民楼把自家的小锅弄过来了，好嘛，都熏半个小时了，酸死我了。"

晏藜还好，漫不经心地问："是不是下周就运动会了？"

程圆圆不知道从哪儿搞来一个口罩，一戴上，整个人显得更圆了，就露出两只大眼："对，下周老班、林霞他们都调课了。你刚来不知道，咱们老班哪，看着只对学生的成绩上心，其实特争强好胜，她才不许别的班说咱们是只会学习的书呆子，要不然也不会勒令各科老师这段时间不许再占体育课。不过还好，咱班有江却和孟则他俩啊，最起码篮球和接力跑能拿冠军。"

说曹操，曹操到。

晏藜一抬眼，江却正站在程圆圆后面呢。

"不好意思，让一下。"

男生清冽的声音传来，程圆圆惊了一下，赶紧转身让出地方。

小姑娘讪讪地跟晏藜使眼色："我先回去了。"

晏藜点点头，目送她坐回座位上。

"晏藜。"江却叫她。

晏藜没扭头："嗯？"

"放学要不要一起走？"

"可是我还要跟圆圆一起。"

江却抬头，看向程圆圆那边，修长的手指敲了敲晏藜的桌面，示意她抬头看。

班长孟则不知道怎么惹到同桌了，校服外套里的套头卫衣的抽绳被程圆圆死拽在手里，帽子裹着脑袋，包得严丝合缝，一副不把他闷死不罢休的架势。

晏藜似懂非懂，转头看江却，食指向上指着右边："孟则这是……"

江却点点头："就是你想的那样。程圆圆有孟则呢，他那人小气得要命，你老是霸占着程圆圆的话，他可能会不高兴的。"

晏藜若有所思，好一会儿才说："那好吧。"

江却眼里流露出几分笑意："正好，我带你看看那个需要家教老师的人家。小孩儿上初一了，是我爸一个远房亲戚的孩子。你过去了，教他数学和英语就行。"

晏藜"嗯"了一声。

她从来都不是什么敢爱敢恨的勇者。敢爱敢恨这话说来华丽轰烈，一来结局难料，二来需要资金。她是谨小慎微的人，小半辈子平庸内敛，那点儿比纸还薄的命数，仅够支撑她想出人头地的心，再分不出一点儿到别的上面。

江却再好，也是披着羊皮的狼，但她现在也不想报复回去，或者要他为今天的算计付出代价。

她只想赶紧跳出现在的阶层和人生。

她想带妈妈过上好日子。

4

下午放学，晏藜坐在座位上慢吞吞地收拾书包，斟酌着怎么说才能不露马脚地让程圆圆和孟则一起走。谁料下一秒，程圆圆就背着书包扑过来，动作迅速地帮晏藜收拾东西。

"快点啊晏藜，我跟你说，学校门口有家新开的烤冷面可好吃了。"

晏藜抬起头，看到不远处书包搭在单肩、手挂在书包带子上，眼神好像有点儿失落的孟则……怎么回事，忽然觉得她自己是罪人了。

她抬手握住程圆圆的胳膊，示意程圆圆往后看："我说圆圆，你看你同桌，好像没人跟他一起回去，哎……待会儿我和江却要去一下我兼职的地方，他得自己回去，还挺可怜的……"

程圆圆抿着嘴回头看了一眼，压低了声音跟她吐槽："是哦，孟则他看起来好像一只没人要的狗啊。"

晏藜听见了身后江却的笑声，还是压抑着的那种。

"不然，你跟他一起回去吧，我听说你们两家不是一条街的吗，离得又近。"意思是四个人两两结伴，这样正好。

程圆圆却一下子皱起眉头，似乎误会了晏藜的意思："可是我想跟你一起吃烤冷面哎，要是叫上孟则一起，他指定得讹我一份儿了……"

"算了。"程圆圆泄了气，还是转身，高声喊，"孟则，要不要跟我们一起回去？"

一米八几的一班大班长孟则，刚刚微弯下去的脊背瞬间直立起来，还仰起了下巴："既然你这么想让我和你一起，那我就勉为其难地同意吧。"

程圆圆立时翻了个白眼："可把你牛坏了，爱走不走，谁管你？"

孟则几个大步走过来，站那儿比"小圆脸"高一个头还多，居高临下地说："走，都说好了，不许反悔。"

程圆圆扭头气急败坏地拧在孟则胳膊上："狗皮膏药一样。要不是晏藜说你没法跟江却一起，说你可怜，我才懒得管你呢。"

晏藜看着眼前的小闹剧，回头看江却，才发现对方还在笑。

"那就一起走吧，反正过一个路口他们就拐弯了。"江却沉声道。

于是双人行变成四人行。

一路上程圆圆都在和孟则斗嘴，据两人胡扯，他们二人的孽缘，从初中就开始了。

初一那会儿，孟则学习还不好呢，吊儿郎当的，跟现在一样贫嘴。他和程圆圆坐前后桌，因为圆规总是放在桌角且尖头朝外，三番五次扎到程圆圆，两个人就这样结下梁子了。

"那个时候，小孩子之间都因为成绩有鄙视链了。孟则同桌是语文课代表，讨厌一切学习不好的学生,最最嫌弃的就是孟则。我记得初二刚开学吧,那小姑娘要收作业,孟则拱进他那一抽屉废纸废卷的桌斗里扒拉作业,结果作业没交上,饭卡还搞丢了,最后被老师批评,被课代表臭骂一顿。大中午的,大家都去吃饭了,他一个人坐在座位上,眼神忧郁,单手托着下巴,四十五度角深沉望天呢。"程圆圆回忆起孟则当初的丑事儿,是越说越起劲儿。

一行三个,除了当事人都笑得不行,就孟则苦着脸,一直尝试打断程圆圆:"哎哎哎,有完没完了,都过去多久了。"

"还有啊,还有啊……"

孟则怒声打断她:"程圆圆,你够了,你别逼我揭你老底!"

程圆圆显然还能再战,但这时候他们的烤冷面好了,江却不吃,一共三份,最后都是孟则付的钱。

于是,两个人的火气都熄了,只专注于吃手里的烤冷面。

拐过一个街口,孟则和程圆圆就走另一条道,和江却他们分开了。晏藜目送他们远去,回头走向等公交车的江却。

两个人谁都没说话。

沉默是江却打破的,他轻咳一声,提起刚才:"我看你听得很认真,是不是很感兴趣?"

晏藜实话实说:"挺有意思的不是吗,班长和圆圆都很可爱。而且我也想知道,他们是怎么从仇人走到冤家的。"她想起来那两人的相处状态,不自觉勾了勾嘴角。

江却目视着前方:"初二的时候,他俩就和好了。"

晏藜一愣:"啊?"

江却似乎对她没料到的反应很满意,继续道:"孟则初中好像有种莫名其妙的倒霉体质,据说还滑倒摔进垃圾桶里过。那时候他班里很多人嫌弃他,不敢搭理他,程圆圆虽然跟他有仇,但是唯一一个愿意和他正常说话的同学。

"而且除了在圆规这件事上他俩经常斗嘴以外,那小姑娘从不像其他人一样骂孟则是丧门星、倒霉鬼。

"孟则……大概也就是为了让程圆圆多和他说话,才会一直拿圆规扎她吧。"

公交车来了,周围等待的人都蜂拥至前面,晏藜有点儿挤不过去,忽然感觉手腕传来温热的温度,江却不知道什么时候拉住她了,他个高腿长,三两下就把她拉上车了。

投币,找位置,公交车重新启动的时候,两个人同时稳稳坐下。

"继续说啊,圆圆他们……"她轻轻开口。

江却倒没想到晏藜会对那两人的事情这么感兴趣,他好像想起什么,眼里极快地闪过一丝温暖的笑。

"孟则初二刚开学，丢作业丢饭卡那次，是程圆圆救了他，请他吃了一周的饭，帮他找到了一半的作业。应该就是那时候，这两人的梁子就解开了。后来孟则的倒霉体质慢慢消失了，学习开悟了，也长开了，才变成现在这样。"

晏藜这就不懂了："江却，你怎么知道得这么清楚？"

"孟则那点儿心思，几乎尽人皆知了，也就程圆圆还蒙在鼓里。我高中才认识孟则，做朋友也没多久，他就在我耳边不知道提了多少次人家的大名，还有以前的事。"

车窗外的风景急速掠过，光秃秃但仍高大的新城区梧桐，还有四季常青的香樟，公路宽阔，洒满橙色的黄昏。

不等晏藜为这些鸡零狗碎的闲聊作一个结尾收场，公交车停了，身边的男生站起来。

"到了，下车吧。"

江却帮晏藜找的那家人住在新城区二环的别墅区，晏藜也是从大门进去，才真正晓得江家现在过得有多好。

据说这家男主人是江却爸爸的一个表弟，海归高知，晏藜要教的小孩儿就是这家的独子。

"魏叔叔和我们家不常来往，但人很温和，挺好相处的。原本他找我爸是想要我爸学校里的大学生，不过我爸把这事搁了。后来我推荐你给魏叔叔，他听说你是从十三中考到一中的，觉得很佩服，说他家小航其实只需要教初一数学和英语就好，依你的成绩绰绰有余。"江却娓娓道来，语速平缓。

晏藜点点头，眼看江却快带她走到其中一户房子门口，她压低了声音问："江叔叔知道这件事吗？我是怕，我一个高中生去做家教，会不会影响叔叔的声誉？"

江却的父亲，或许记得晏长贵，但不知道还记不记得她。

江却摁门铃的手一顿："他只知道我介绍的是我同学，不过我还没跟他仔细说过你，你安心过来上家教就行，别的不用担心。"

江却摁门铃后不过两分钟，就有身穿深灰色衬衫的男人开门，见到江却身后的晏藜怔了一下，随后笑了："这么快就把小老师带来了，江却你可以啊。"

男人很温文尔雅，侧过身子给他们两个让道："快，快进来，正好你阿姨刚把小航接回家来。"

晏藜跟着江却进去，稍稍打量了一下房子的内部，宽敞大气，偏西式的家具风格，一间客厅差不多就有她家那么大。

她心里叹口气，魏东请他们坐下，给他们倒茶喝的时候，她难免就有几分拘束。

"小菱，远航的家教老师来了，你出来一下。"男人朝楼上喊，转而跟晏藜笑了下，"你好，你叫晏藜是吧，我叫魏东，我爱人叫宋菱，远航是家里唯一的小孩儿，以后就麻烦你多多教导了。"

晏藜站起来跟魏东握手："魏先生您好，是我要谢谢您，愿意给我这个机会。"

楼上这时纷纷沓沓地传来脚步声，有女人的声音和小男孩儿不太情愿的轻哼声。

魏东压低了声音："我和我妻子平时都比较忙，孩子不愿意学数学和英语，请了好几个老师都不管用，又到了叛逆期，看见大人就反感。我和他妈妈就想着说，找个小一点儿的孩子来教，或许他就没那么讨厌了。"

说到这里，男人也是止不住地叹气："江却跟我提起你的时候，说你脾气好，性子比较淡，没跟人红过脸，我一听就觉得合适！远航这小兔崽子，你不搭理他冷落他，他自己觉着没趣就不闹腾了。前几个老师都受不了他莫名其妙地耍赖使气，给多少工资都不干了。

"小晏，我可以这么叫你吧？只要你过来教，我按市场价的两倍给你算薪资。"

5

两倍的薪资意味着什么？

意味着这个叫魏远航的小孩儿是个极其难啃的骨头。

晏藜是有心理准备的，所以当她看见那个眼球上翻着瞪她、非常不礼貌的小屁孩时，她没有像前几个老师那样微微面露尴尬。

她这个人，性格和表情一样寡淡，魏东愿意给她钱，她就会想办法把他的儿子教好，就这么简单而已。别的，随遇而安，船到桥头自然直。

宋菱把儿子往前推了推，这个穿着改良旗袍、戴很多玉饰的女人，一看就是脾气太软了，被自己的儿子搞得很头疼。

"小航，快，这是小晏姐姐，以后要来家里给你补课的，跟姐姐打招呼。"

魏远航今年十二岁，在一中的附属初中念书，还没到变声期，五官有种雌雄难辨的稚嫩，不过眼神可以说很叛逆了，像荒原上躲在狼王身后作威作福的小狼崽。

对于母亲的话，他一百二十个不愿意："不要！一个高中生，就比我大几岁而已，凭什么教我？"

熊孩子。晏藜下了定论。她没看见身旁的江却眉头皱了一皱，直到看她没什么表情，那一丝不悦才消失。

她没说话，关键是也轮不到她说话。魏东已经轻轻一巴掌拍在儿子背上：

"怎么说话呢,爸爸妈妈平时就是这么教你的?你知道小晏姐姐学习有多好吗?全市成千上万那么多的学生,她考前几名,怎么,还教不得你了?"

魏远航根本不吃这套:"有什么了不起,江却哥哥还是全市第一呢!"意思是,晏藜还不够厉害,前面还有个江却比她更厉害。

是,江却是比她厉害,可江却不稀得教他,不稀罕挣这份钱,有什么办法呢?

晏藜心里腹诽,眼看魏东都因为儿子的话有些尴尬了,她这才适时开口打圆场,脸上还要挤出一副笑:"没关系的魏先生,第一次见,小航怕生是正常的,以后我来上课,熟了就好了。"

到时候熟不熟就不关她的事了,不叫姐姐不懂礼貌也没关系,只要他不惹事然后把成绩提上去,她安安稳稳把补课费拿到手,其他的随他便。

宋菱见状赶紧弯腰哄儿子先去玩儿,自己拿了高脚柜上的记事本,写了串号码撕下来,递给晏藜。

"小晏,你如果这周有空的话,周六就开始来上课吧,每周六周日上午来,下午小航要学钢琴和架子鼓,有事打这个电话就行。"

晏藜刚接过去,江却忽然开口:"魏叔叔,宋阿姨,要是没有别的事,我们就先走了,等她来上课的时候我再带她来。"

"哎,好,那我们送送你们。"

晏藜全程没说几句话,这就算顺利会面并谈妥了。在门口谢绝了魏东夫妻俩帮忙叫车的好意,等到只剩他们两人的时候,江却用眼神示意晏藜跟他走。

"走吧,送你回去,这个点儿还有公交车。"

晏藜静悄悄地跟在后面,没走两步,开口提起刚才:"江却,你刚才说,我来上课的时候,你再送我来?"

江却回头看她,嘴角噙着一点儿笑意:"对,这边路比较杂,拐角多,怕你找错。"

"会不会太麻烦你了?"晏藜微皱眉头,本能地排斥他。

"有什么麻烦的,我不觉得。我们不是朋友嘛,这都是应该的。"

他这么说,晏藜就不吭声了。直到两个人都看见公交站牌,站在檐下等着时,晏藜听见江却叫她的名字:"晏藜。"

"嗯。"

"以后你有什么需要帮忙的,都可以和我说,我一定会帮你的。"

为这话,晏藜心里五味杂陈。如果她什么也不知道的话,借她个七窍玲珑心也想不到做到这种地步的江却,竟然会是虚情假意,她或许早就被感动得稀里糊涂,一脚踩进他苦心经营的陷阱里了。

不是没想过她可能误会他了。但是好巧不巧,偏偏他让黄毛监视她的那些事被蔡景辉知道了，偏偏他们中间隔着那么深一条仇恨的鸿沟，偏偏他又在她面前暴露出两面派的虚伪。

晏藜双手插进校服口袋里，似乎舒了一口气："江却，你为什么总是对我这么好啊？"

江却眼皮抖了抖："一定要说个理由的话，嗯……我希望你能过得好一点儿。"

她不接话。他在撒谎，她看得出来，可是她心里没有生气，她习惯了。

"你最好是。"她心里想，但没说出来。江却才十七岁，不知道说谎要付出什么样的代价。

而她已经知道了。

你最好是你说的这样，否则你定会如我今天这样后悔。

周五这天，程圆圆罕见地没有让晏藜陪她吃学校门口的小吃摊，她拿仅剩的零花钱去精品店挑了几本封皮花花绿绿的小说，还有几张《灌篮高手》的大幅海报。

晏藜看了一眼，就知道这应该是程圆圆最近的"新宠"了。

果不其然，走过学校门口那一条街，程圆圆嘴里的高频词就是"樱木花道"和"流川枫"。

"我是昨天才看到那个动漫的，流川枫好帅呀，不过我还是更喜欢樱木花道一点儿。"诸如此类。

晏藜舔舔嘴唇，再次深深发觉自己的无趣，白开水一样，好像除了钱，对什么都提不起兴趣。

她略有些敷衍地应和着程圆圆，事实上她根本没看过那个很火爆的动漫，所知道的一切都来源于程圆圆之口。

但竟然这就给她蒙混过去了，只是走到街口要分开时，程圆圆忽然停下，一拍脑袋："哎呀，我化学练习册忘拿了。我本来收拾作业的时候放进书包里来着，然后最后一节课化学老师非得让拿出来讲题，放学时候我跑得急，给忘了。"

晏藜还算镇定，听完拉着她就往回走："这个点应该还没锁门，来得及。"

正如晏藜预料的那样，跑回去以后教学楼还有几个班开着门，寥寥无几的学生穿梭在教学楼里，拎着扫把拖把，看样子是值日生。

一班的值日生正冲洗拖把，出来就撞见晏藜她们了，程圆圆赶紧问："还没锁门吧？"

"还没，拖把晾上我们才走。"这个值日生看起来还挺好说话的，晏藜记不住人家名字，只记得是第六排的小组长。

程圆圆拿了作业就拉着晏藜溜了，说她回来的路上看见江却和孟则在篮球场和人打球，她要去看。

晏藜算算店里的排班表，今天没轮到她。

她不想扫程圆圆的兴致，默不作声地跟着对方一起来到了操场。

她们一开始站在场外，程圆圆个子不够技术来凑——抓着铁丝网踮脚看，也能看到里面的战况。

准确来说是江却和孟则所在的篮球队，不知道在和哪个学校的男生打联赛，场内有几十个人观看，应该是初赛。

晏藜听着程圆圆在旁边碎碎念："晏藜，你觉不觉得孟则有点像樱木花道啊，还有江却，有点像流川枫……要是我也会篮球就好了，那我应该算得上是赤木晴子吧……"

粉红幻想的核心在于，不论看什么都把自己代入主角。晏藜跟着程圆圆时间越久，越深谙此道。

"但是晴子那么漂亮，"程圆圆顿一顿，目光转向晏藜，带着一丝丝期盼，"晏藜，你说，我也像晴子一样好看吗？"

晏藜抿着嘴，转头把程圆圆整张脸都仔细打量一遍，看得对方稍微有些紧张了，才很认真地点头："嗯，而且你更可爱一点儿。"

程圆圆一愣，继而欢呼起来，一蹦三尺高。

球场上的比赛似乎接近尾声了，比分差距越拉越大，程圆圆看已经没什么悬念，一中队绝对稳赢，就拉着晏藜走了。

校门口已经没有刚放学那会儿那么多人了，不时有几个勾肩搭背的学生背着书包凑到小吃摊买零嘴。

晏藜被程圆圆挽着胳膊，出了校门就注意到隔了一条路的那堆男孩子，还是上次那些，似乎在等人，或坐或靠在机车上，车把上挂着头盔。

数量庞大，不引人注目都难。

晏藜记性好，注意到其中一个，就是上次在她面前吹流氓哨的那个。

她立刻就移开视线了，没看到对方在下一秒投过来的目光。

两个小姑娘往左走，没走两步，晏藜感觉到一股阻力，书包被人从后面拽住了。

她回头看，又是刚才那个男生，只穿了二中的校服外套，眼神有点邪性："哎，你叫什么？"

晏藜皱了皱眉，转过身用力挣脱男生，拉着程圆圆往后退了一步，眼神警惕："我不认识你，凭什么跟你说。"

那男生听了也不恼，嘿嘿地笑："别呀同学，我注意你好久了，不过怎么跟京墨打听他都不告诉我，我觉得你特漂亮，跟别的女生都不一样……"

程圆圆有点害怕，在后面拽了拽晏藜的衣摆："别管他了，咱们走吧……"

晏藜要离开，袖子再次被拉住。

"别走哇，给我留个联系方式呗，下次带你一起玩儿啊！"

晏藜要拉回袖子，没僵持两下，耳边突然传来一道破空风声。下一刻，一个不知道从哪儿来的篮球，咣的一声，重重地砸在那男生的胳膊上。

第七章

他上钩了

1

球击中人体的闷响声不小,晏藜一愣,伴随着那男生下意识的吃痛叫声,她扭头看见正往这边走过来的江却和孟则。

程圆圆的表情一下子变了,从恐慌变为欣喜,赶紧挥挥手:"孟则,快来,这人欺负晏藜!"

江却、孟则两人这时已经走近了。孟则还好,把程圆圆挡在身后脸色就缓和点了,江却则阴沉沉的,球掉在地上转了几圈,他也没捡。

江却在这几个人里是最高的,居高临下地看着那男生:"这是一中,你哪儿来的胆子在这儿撒野?"江却眼神泛着凉意,怒意生起,声音突地拔高,"再说你看不出来她不想搭理你吗?还往上凑什么凑?出来混,脸都不要了?"

那男生被砸了一下,又被这样明嘲暗讽地骂,刚刚还有些惊诧的表情瞬间就炸了:"你谁啊?敢砸我,信不信我弄死你!"

江却只是拉着晏藜到他身后,他高高地站在那儿,就像一堵墙一样。

晏藜呼吸带着颤,一低头就看见江却身上还没来得及换下来的篮球背心。

上面印着,10号,南平一中江却。

江却的声音从前面传过来,厚重微哑,似乎轻轻咬着牙:"高二的江却,怎么?有种你再往前一步试试,我让你爬着出这条街你信不信!"

那男生愣了一下,似乎没想到,一中那么多只会老实读书的学生里,竟然还会有这么"横"的。他一看就是个欺软怕硬的,被江却骂了两声,气势瞬间就下去大半。

"笑死我了,吹牛谁不会,想玩英雄救美那套啊,就你这小白脸,我怕你都扛不住我两拳……"

那男生比江却矮了半个头,说这话多少有些气势不足。他回头看了一眼那群兄弟,那帮人从刚才就一直注意着这边的动静,现下看见他的眼神,都站起来,准备往这边走。

乌泱泱的一群,看得晏藜心里发慌。但江却和孟则连动都没动一下,脸上没有一丝惧色。

这事因晏藜而起,她不能看着那群人真的过来打他们,人多势众,什么意外都可能发生,就算江却真的打得过,她也要替圆圆和孟则着想。

她压低了声音,用只有江却能听到的声音:"我去叫学校门口的保安,让他们报警,别打架,会受处分的……"

江却似乎侧了侧脸,但没说什么。晏藜刚要转身,就听见身后传来一道高声的、熟悉的声音:"李骁?你领着人堵在我们学校门口干什么呢?"

晏藜瞳孔一缩,转头就看见宋京墨那张隐含不悦、桀骜不驯的脸,不知道他最近干了什么,眼角带着血痕,颧骨处贴了一块创可贴。

他身后同样跟着几个人,是十五班追随他的那伙人。

那个叫李骁的男生,看见宋京墨的一瞬间,表情就变了,苦哈哈的,又尴尬又不知道说什么的样子,直到宋京墨等人走近了,一巴掌拍在他头上。

"有病是不是?说了多少遍了不要在一中闹事,当我说话是放屁?"

李骁刚才的厉害劲一点儿不剩了,被宋京墨当着众人的面拍了一巴掌,他哼都不敢哼一声:"不是,二哥,我就……跟人小姑娘打个招呼说两句话,是那小白脸先拿球砸我的。"说着,还拿手指晏藜他们几个。

宋京墨本来看李骁对的人是江却,虽然不高兴但脸色还不算太难看,等李骁说了"小姑娘"仨字,他那脸一下子就冷下来了,和刚才的江却有得一拼。

"你调戏人家了?"宋京墨说这话时,已经是笃定的语气,脸色完完全全地冷漠下来,不似刚才那副痞笑。

李骁被他看得后背一凉,后知后觉,发现事情似乎严重起来。

他在二中混得"有头有脸",家里也有点儿小钱,但他们这个圈子,宋京墨才是唯一的老大。他不是跟着宋京墨的"嫡系",不过是为了巴结人家,在宋京墨跟前混个脸熟而已,一来自己家生意能得宋家照料,二来说起来名头也响亮些。

他没想到这次竟然踢到了这小祖宗的铁板。上次见过晏藜以后,他就一直念念不忘,从几个一中的兄弟那儿打听到晏藜和宋京墨并没有什么特殊关系,只是同学,他就动了歪心思。

哪里想得到宋京墨会发这么大火。

"我、我这……"李骁肉眼可见地无措起来,脸上一层薄薄的冷汗,半晌蹦不出一个字。

宋京墨扯了扯嘴角,回头看了晏藜一眼。逆着夕光,晏藜看不清他那一眼是什么情绪,只是人转回头以后,仿佛一瞬间被点着了的炸药,猛地一脚踹上李骁。

现场两个小姑娘很少见到这种场面,顿时吓得心下一哆嗦。

李骁被踹得连连后退,刚才要过来帮他的那帮人愣是站在原地,没有一个敢过来帮忙的。

"我是不是说过,人家帮过我,别去招她,还特意让你们认了认脸,别动歪心思……"宋京墨顿一顿,恨得连眼睛都微微泛红,"你贱不贱啊,李骁!"

宋京墨其实很少在朋友面前动气,但他只要一想到,上次晏藜在经历这种事儿的时候,那副害怕到应激失声的样子,就觉得自己是天大的罪人。

她还跑去主任面前帮他们求情,结果他的人就是这样回报她的。

宋京墨忽然觉得自己真的忍不下去了,他爸下的禁令还没解除,说他再打架就断掉他所有经济来源,可……他长长地吐出一口浊气,在所有人都以为这事已经算过去了,心绪平静下来时,他再次一脚踢倒了李骁。

尘土飞扬,伴随着男生闷闷的惨叫声。

晏藜心情复杂,刚想抬头看一眼。江却看见什么,眼神一凛,忽然转身牢牢挡在她眼前:"别看。"

晏藜没想到事情竟然发展到这个地步,可回头一看,程圆圆看着这一幕都呆滞了,便深觉这热闹不能再看下去了,再看下去,小姑娘要留下心理阴影。

她轻轻拽了下江却的校服袖子:"我说,不然咱们先走吧,我也没受什么伤。"

到此为止,赶紧结束吧,她想回家了。

江却立刻意会,点点头。一旁的孟则也去扯程圆圆:"走了。"

眼看这边还没结束呢,晏藜他们四个倒是悄无声息地走了,一开始还是快走,后来直接被程圆圆带得跑起来。直到跑过了一条街,四个人都有点气喘吁吁的,才停下来。

江却有一段时间没骑自行车了,他示意晏藜跟他往公交车站的方向走:"一起吧,把你送回家我再回去。"

新城区到旧城区的崇安街,乘坐公交车大概二十多分钟,但不知道今天是赶上堵车还是怎的,也或许是他们在学校门口耽误时间太长,下车的时候,天已经黑了,月亮升起来,没到最亮的时候,但是很圆很大,带一些被云雾遮住的朦胧美。

江却执意要把晏藜送到楼下再回去,两个人并排走着,其间没说什么话,倒是晏藜一直在抬头看月亮。

她挺喜欢月亮的,干干净净地挂在天上,可望而不可即。

江却看她一直抬头,就也抬头看,有时候那月亮会被树影挡住,但重新显露出来的一瞬间,那种印象中清冷皎洁的月光一下子就照到身上了。

晏藜余光扫了下江却："月亮好看吗？"

她问，然后江却扭头看着她。

她在看月亮，他在看她。

"嗯……好看。"

周六，晏藜起了个大早，毕竟是第一天去魏家上课。周琴前一晚知道了她第二天要去兼职，也特意起大早给她做早饭，她早就没过以前一天两顿饭的日子了，现在周琴每顿饭都仔细弄，闲钱都交给她支配。

晏藜是坐公交车去的，宋菱开的门。

魏东一大早出门了，宋菱的意思是说，等小航吃完早饭她也要走，中午大概十一点半才会回来。

"需要用的草稿本之类的东西，我都准备好了。小航要是不听话呀，你就说他，不用给他留面子……"

看得出来宋菱对这个儿子也很是头疼，说两句话，皱了四次眉。

魏远航则是从看见晏藜的那一刻开始就瞪着眼耍性子了，勺子在碗里戳啊戳的，就是不好好吃饭。

等到宋菱一走，魏远航还坐在沙发上看动画片，丝毫没有要站起来回房间学习的意思。

晏藜面无表情地走过去，被魏远航瞪着，安安稳稳地坐在他旁边，跟他一起看。

她只从余光里看，小孩儿的表情别提多精彩了。

2

"你干什么？"魏远航声音比较软，虽然他竭尽全力地在对着晏藜没好气。

被问的人扭过头："陪你看电视啊，你高不高兴？"晏藜不笑，说这种话的时候，莫名其妙有种荒诞感。

魏远航立刻一脸看神经病的表情："我们家给你钱，就是要你来看电视的？凭什么？"

晏藜扭扭脖子，活动筋骨："是给我钱让我来给你补课的，可是你不想学啊，那我只好拿钱不办事了，反正我也轻松。"

小孩儿脸涨得通红："你！"

晏藜看好像有苗头，抛出了橄榄枝："上不上课？上课的话把电视关了，不然我这一个上午，真是很容易就把钱挣到手了啊。你说说，这好事儿，上哪儿找去。"

魏远航从沙发上站起来，趾高气扬地说："你拿钱不办事，我让我妈开除你!"

晏藜这次直接躺靠在沙发上了,别说,还挺软。

"随便你,反正没了我这个给你补课的,还会有千千万万个给你补课的,而且价格比我还贵,说不定还比我凶。"她顿一顿,认真给他算起账来,"但是如果你数学和英语学好了,成绩提上去,钱也不用花了,讨厌的补课老师也不用见了。到时候不用你赶,我自己拍拍屁股走人。"

魏远航又皱起眉,像是若有所思,一脸"你该不会是在哄我吧"的表情。

"随便你,爱学不学。"晏藜去拿遥控器,还准备挑一个自己感兴趣的动画片。

魏远航转身跑几步就把电视插销拔了,还朝她吐舌头:"就不让你看。"

好幼稚,好无语。晏藜心里吐槽,但脸上还是没什么波动,看得魏远航自己都觉得没意思了,踢着腿坐到一边的地板上。

"我妈一个小时给你多少钱?"对峙了五分钟,魏远航先坚持不住,开口了。

晏藜的视线移到电视柜上摆着的、一看就价值不菲的变形金刚上,魏远航被她带着,也看过去。

"喏,一小时能买一个中间最大的。"她信口开河,纯胡扯。

魏远航立马炸了:"这么多?!"

晏藜点头:"对啊,就是这么多,不过你已经浪费了二十分钟哦。"

小孩子嘛,小学刚毕业才多久,哪有什么心理防线,被晏藜这三言两语搞得一下子就破防了。他跑过来,去拽晏藜的袖子:"那我要学,你给我讲题,我不能让你白赚我家的钱……"

晏藜动都不动一下:"刚刚不是不想学吗,现在想了?晚啦,除非你求我,并且保证以后都认真上课,我才可以好好教你。"

魏远航猛地放开晏藜的衣服:"谁稀罕你,不教就不教,等我妈妈回来我就告诉她你干的好事,让她撵你走。"

晏藜低头抠了下指甲:"随便你,反正你妈妈现在又回不来。等她回来了,撵我之前也要给我开上午的学费,我赚的钱都可以买三个变形金刚了,我又不亏。"

魏远航那张脸立时就耷拉下来了:"你把这钱赚走了,我爸妈他们是不是就更不会给我买变形金刚了,我平时要考得很好,他们才会给我买这个。"

想了想,他又添一句:"还不是最大的。"

晏藜不乐意看别人装可怜,尤其是这种一眼就知道是假的:"这我哪知道,我可是给过你机会的,是你自己不要学的。"

"那到底要怎样你才能给我上课啊?"

"刚才说过了。"

魏远航噘着嘴,开始战术性沉默。

晏藜懒得理他，摸摸衣服搓搓手，敌不动我不动。

"我求求你了……"

"叫姐姐。"

"我求求你了，小晏姐姐。"

晏藜点点头："好，你说的啊，愿意好好上课，反悔是小狗。"

"好吧……"

中午，宋菱、魏东两人回来，开了门就直奔儿子卧室，本以为是和前几次一样，老师、儿子都生着气，场面很难收拾，可没想到里面竟然一派和谐，小姑娘给孩子讲着数学题呢，旁边放着英语书和默写完批改过的单词。

两人齐齐愣了两秒。

魏远航立即放下手里的作业跑到父母身边，一副终于有了靠山的嚣张样子："爸爸，快，快开除她，她想白拿咱们家的钱。我不上课，她也不劝我，还说自己很轻松。"

晏藜也走过来，很和善地看了看躲在爸爸身后的魏远航，把他那会儿写得歪歪扭扭的保证书和一上午的作业都拿给夫妻俩看："魏叔叔，我觉得小航的底子还是不错的，就是对这两科没兴趣。不过上午我给他补课，他学得还挺认真的，这不，都给我写保证书了。刚才怎么又跟爸妈开玩笑啊小航，真淘气。"

魏东看了看晏藜拿过来的东西，看完了后，嗔怪似的拍在儿子后脑勺："胡闹，小晏姐姐是来做家教的，怎么可能白拿钱。再说你这不是愿意上课嘛，还写保证书了。"

"那……那是因为她说，如果我不上课，咱家就白白给她钱了，所以我才……我才同意学习的。"他越说越磕巴，似乎也隐隐察觉出哪里不对劲，有些心虚，但又想不通问题出在哪里。

宋菱叹口气，瞬间就明白了晏藜使的激将法。她摸摸儿子的短发："可是姐姐说得没错啊，事实就是这样，只不过以前的老师不会给你说这个。小航，你还没明白爸爸妈妈和小晏姐姐的好心吗？"

魏远航呆了，肉粉色的小嘴微张着，看看爸妈，再回头看看那个魔鬼一样的小晏姐姐，好像无论如何也搞不懂，事情怎么就变成这个样子了。

晏藜浅浅地笑着，直到宋菱夫妻两个送她出门，她那副虚伪的笑才消失。

到家才十二点多一点儿，她在玄关看见周琴的鞋，喊了一声，没人应。

可能是上班太累了，晏藜先去厨房把一锅水烧上，找不到挂面，她想了想，还是去了主卧。

推开门，周琴背对着她，像是被开门声吓了一跳，急急地往身后藏什么东西。

晏藜走过去："妈，你看什么呢，我在外面叫你你都不应？"

周琴讪笑着:"没……没看什么,厂里的工资条,刚才没听见,怎么了?"

"哦,家里的挂面没了吗?上次我记得不是还剩大半包来着,要是没了我下楼买点儿。"晏藜侧了侧身,指着身后门外的厨房。

周琴把那张纸塞到床单底下,站起来:"有呢,在柜子里。走,我给你找。"

晏藜视线落在床单一瞬,被周琴半推半搡着出了屋。

中午做的鸡蛋挂面,清汤寡水的,全靠鸡精和香油调味儿,好在周琴手艺不错,素面做得也挺好吃。两个碗里各卧一个荷包蛋,周琴扒拉出来,又夹到晏藜碗里。

晏藜不乐意看周琴这样,夹起来想放回去,被周琴用筷子挡住了:"你瘦,又是长身体的时候,多吃点儿。妈最近在厂里食堂吃肉蛋都吃腻了,你别给我。"

晏藜闷闷地收回来,把荷包蛋塞进嘴里。

周日再去魏家,魏远航就收敛多了,似乎是意识到晏藜不好惹,跟他以前那些补课老师都不一样。魏东、宋菱一看小姑娘制得住儿子,称得上是大喜过望。

双休两天好像一眨眼就过去了。

周一上午还是双课,语语数数。语文老师正在讲一张真题卷,对过答案后只细说文言文和阅读理解部分。晏藜扛不住突如其来的困意,一手握着笔,一手撑着下巴,头一点一点的,像小鸡子啄食一样。

教语文的中年男老师,近乎是一班所有任课教师里脾气最好的,饶是看见学生犯困打盹儿,也没有丝毫不悦。

"最近天是越来越冷了啊同学们,常言道春困秋乏,犯困是很正常的,但是也不能耽误学习,下了课出去晃晃,吹吹风醒醒神。"

晏藜知道是说她,一下子就清醒了。

一节课还剩十七八分钟的时候,老师接了个电话去教室外走廊了。班里静悄悄的,大伙儿都在誊错题或者做卷子,只有笔尖摩擦和卷张翻页的声音。

晏藜盯着卷子发愣,眼神都没有焦距,迷迷糊糊的样子,眼皮慢慢耷拉下来,再猛地睁开。

江却看得有些不忍,用胳膊轻碰晏藜,压着声音:"干什么去了,怎么困成这样?"

晏藜吸溜一下鼻子,说话带着淡淡的鼻音:"不知道,感冒了吧,我这人一感冒就犯困。"

其实说起来,还是太瘦了,风一吹人就被寒气裹上了,整个人太虚弱,一看就是营养不良,身体素质也不行。

"太困了就趴下睡一会儿吧,老师来了我叫你。"他如是说。

晏藜抿抿嘴,思考片刻,最终还是两个胳膊交叠在一起,头一歪眼一闭。

中午的时候,广播里通知各班班长去教务处开会。班长回来后在班里宣布,作息时间从夏季改为秋季，中午午休时间变动，下午上课时间提前半小时。

这也就意味着午休又少了半个小时。

中午晏藜和程圆圆结伴去食堂吃饭，程圆圆挽着她的胳膊："晏藜，午休结束以后你有空没，陪我去趟小卖部吧，想吃辣条了。"

程圆圆妈妈给她带零食，但从不会带辣条这一类的，所以她只能在学校买了解馋。

晏藜也没什么事，就点头答应了："几点？"

"一点四十吧，五十打预备。"

"好。"

到班里，晏藜坐下的时候发现桌上多了一盒牛奶。不是那种果味添加奶，是小超市里最贵的那款纯牛奶，应该刚从保温柜里拿出来，表层沁着薄薄的水珠。

3

秋季运动会定在周三。

周二中午，李慧进班来，说了一些注意事项，谈及第二天一整天都是运动会，没有体育项目的同学可以在校园内自由活动，很多人都高声欢呼起来。

看得出来大家都挺期待的。

晏藜和程圆圆下了课去厕所，在一排隔间的外面碰见对着镜子涂唇膏的卢艺。晏藜只看了一眼就把目光收回来了，手刚摸上隔间门把——

"我听说你还报接力跑了？"

在问她吗？晏藜下意识回头。果然，卢艺不知道什么时候半侧着身子，眼神比以前好一些了，但也没什么善意，而且连名字都不叫，多少有点不礼貌了。

程圆圆像看神经病一样看着卢艺："管得着吗你，别人报没报跟你有一毛钱的关系？"

卢艺扯着嘴角讥讽地笑："还挺会收买人心的，养这么一条忠心耿耿的狗啊，叫得比主人还……啊！"

话没说完，卢艺猛地尖叫一声，因为晏藜走过去抓住了她披散的头发。

周围其他不相关的人都愣了下，但女厕所一向是是非之地，就算是一中这样享誉全城的重点高中也不例外。晏藜见识过人心的漠然，自然知道不会有人上来帮卢艺的忙。

晏藜自认自己的容忍度一向很高，但是卢艺不该说着她，再去骂程圆圆。她本不想跟这个"公主病"正面刚，但是时至今日，她真的受够了。

"你说我可以，但你要骂我朋友，那别别怪我对你做什么。"晏藜拔高了腔调，故意叫所有人都知道，她这是因为卢艺出言不逊在先。

如果卢艺要告状？好啊，那就一起。不过事情是卢艺挑起来的，估计借她几个胆子她也不敢再去老师们面前毁一次形象了。

"你干什么,你赶紧放开我……"到底是娇生惯养的小姑娘,不如晏藜这样干过粗活重活的,被这么摆一道,即刻就眼泪丝丝的了。

晏藜皱了皱眉头,声音沉静:"我就奇怪了,卢艺,你说,我跟你什么仇什么怨,你为什么一直这么针对我?"

卢艺委屈得要命,眼前的晏藜简直像个疯婆子,偏偏朋友都没在身边,没一个人过来帮她,她孤立无援。

"我跟你什么仇?你心里不是最清楚了,你抢了本来属于我的一切,我不讨厌你我讨厌谁?"

什么叫抢,什么叫本来属于她的一切?就这毫无逻辑的理由,说白了不就是嫉妒嘛,卢艺竟然也说得出口。晏藜真觉得太可笑了,亏她以前还以为卢艺也就是一时鬼迷心窍,现在看来,这人是压根儿人格三观就不健全。

她一把甩开卢艺,弄得对方脸撇过去,头发乱七八糟的,像鬼一样。

"行,你别说了,说得我真恶心。人活一辈子谁都想风光,我理解你好胜心强想出风头。但是卢艺,我只图发光,而你是自己发光不够,还要灭别人的灯。

"我跟你说你走到今天这步,全是你活该。

"以后咱俩见了面,谁也别搭理谁了,这样大家都好看一点儿。省得我看见你这嘴脸,听见你那些话我都想吐。"

晏藜语气冷然,说的每个字都像裹着冰霜的利剑。

话音落下,不等卢艺整理好乱发回话,晏藜拉着程圆圆转身就走,其他楼层有的是厕所,不稀得非得在这儿上。

程圆圆一路都在发怔,直到回班的路上,她才发出感叹:"晏藜,你刚才真牛。当着那么多人的面儿,你就把卢艺给'办'了,而且说的话那么中气十足,一点儿面子都不给她留,我觉得你真是太帅了。"

她们这个年纪的小姑娘,一个赛一个的心思敏感,怕不合群,怕被孤立,怕得罪了谁被人说闲话。就算再不愿意和某个人相处,但因为各种客观因素,抬头不见低头见的,也要勉强维持表面的虚假和谐。甚至连闹掰都是悄无声息的,因为怕被人看笑话。哪有晏藜这样的,指着对方的鼻子说,以后咱俩见了面谁也别搭理谁,我看见你就恶心。

放眼整个一班甚至几个重点班,敢这么干的女孩儿少之又少。

但晏藜好像又不知什么时候变回了那个寡言的姑娘,刚才锋芒毕露的样子敛起来,她只是摸摸程圆圆的马尾:"刚才对不起啊,连累你跟着我挨骂了。"

程圆圆冲她摆手:"嗐,这有啥的,哪能怪你,是那个女的嘴贱。别让我看见她,我以后看见她一次骂她一次。"

两个小姑娘勾肩搭背地回教室了。

晏藜刚把下节课要用的书拿出来,就看见江却和孟则一道进来,扛了块不锈钢牌,上面用大红字写着"高二(1)班"。

晏藜这才真正有了种明天要开运动会的微微焦灼和期待感。

她正发愣,眼前被推过来一袋白色棉质的不明物体,还没拆封,一层透明塑料外裹着一张硬纸质的商品详情页。

定睛一看,运动品牌,护膝腕带。

她往旁边看,江却刚把自己那套黑色的塞进书包,察觉到她的眼神,侧头看过来。

"团购便宜就多买了,送你的,"他停顿半秒,"注意安全,身体不好就量力而行,别受伤了。"

晏藜的视线落在江却搭在书包上的那只手上,骨节分明,修长白皙。

她默不作声了会儿,沉默到江却都以为对方不会有回应的时候,才听到一声轻轻的"谢谢"。

这天晚上,晏藜睡得比平时还要早,因为顾及第二天是运动会,几个老师都没布置作业。临关灯之前,晏藜又看到桌上那个护膝。

静悄悄的室内,她长舒一口气,扯灭了床头灯。

第二天,晏藜进学校就看见了篮球场扯起来的横幅,远远地,还能看见操场那边四个用大气球吊着的竖条幅,走一路都没有查迟到、查校服的学生会成员,甚至还有人直接穿着运动服和啦啦队的裙子。

她到得早,班里还没几个人,黑板上写着"先进班集合,还要集体参加一个开幕式,运动会正式开始才可以解散自由活动"。

不知道是谁借的录音机,正搁讲台上放流行音乐,整个一班的气氛都挺欢快的,不同于以往的沉闷。

可能是有点儿紧张,也可能是坐的时间太久突然站起来导致的,晏藜跟着人流到教室外走廊排队的时候,眼前猛地黑了一下,她扶了一下墙,眼前才慢慢恢复清晰。

程圆圆在后面拉了一下她的手:"你怎么了,不舒服?"

晏藜笑笑:"没事,低血糖吧,刚才坐太久了,缓一下就好了。"

队伍开始下楼了,程圆圆的声音隐隐淹没在周围嘈杂的人声和脚步声里:"待会儿开幕式结束,男女 5000 米接力可是在前面几项的,不然咱们去买点儿葡萄糖什么的吧?"

晏藜摇摇头:"真没事儿,你看我活蹦乱跳呢,用不上那东西。"

话是这样说,她眼前又晃了一下,额头冒出薄汗。

说是开幕式,其实也就是参赛各班轮流在出径赛场举牌绕一圈,《运动员进行曲》放得震天响，田径场前的中心高台上坐着校领导和各级评委。

秋天的风还是带着一丝凉意的，但好像今天天气太好了，太阳出得大，热乎乎的，跟着队伍绕完操场一圈，大伙儿已经开始皱眉，均被晒红了脸。

田径场周围是一圈的观众席，几十排阶梯座位，每个班都有自己专属的片区。田径场内的足球场则被划为各个小比赛的赛区，唯有跳高跳远、篮球等项目在教学楼前的篮球场进行。

几个年级主任讲话完毕，宣布本届秋季运动会正式开始，观众席鼓起掌来。李慧从走道上来，戴着遮阳帽，撑着太阳伞，一手还拿瓶水，举着名单开始叫人："……陈坤，周元，聂嘉瑞，庞兴修……

"叫到的同学，第一场男生百米短跑，可以开始下场准备了。别紧张啊，注意安全，友谊第一，比赛第二。

"其他人，尽量坐在本班的看台上，非必要别去比赛场地影响到参赛的同学。没有任何比赛项目又不想看比赛的，可以从后面绕一下回班里去。观看比赛注意卫生，塑料袋子卫生纸自己拿着，待会儿上半场结束了回班再扔，最后学生会要检查扣分的……"

晏藜手搭在额头前挡光，有点儿刺眼，她轻轻皱了下眉。

短跑以后就是男女 5000 米接力了，跑完就结束了，但愿不要出什么差错。她在心里默默祈祷。

毕竟是第一次参加运动会比赛，说不紧张是不可能的，晏藜的心提起来，吊在半空，有种说不上来的堵。

程圆圆从孟则那儿抢来一瓶矿泉水，拧开盖递给晏藜："喝两口缓解一下情绪。别紧张，你在江却前面那一棒呢，就算你跑倒数，咱们也能赢。"

晏藜闻言不自觉地回头往后看，江却坐在倒数第二排，他把校服外套脱了，只穿一件短袖，清隽好看的眉眼在触及她的目光后看过来，她似乎看见他笑了，又好像没有。

莫名其妙地，她就想起昨天他给的那两样东西。

她从包里拿出来，拆开。旁边的程圆圆看见了，小小惊叹一声："哇，晏藜，你为这场运动会还真是下血本的，这么贵的牌子你都愿意花钱买啊。"

4

晏藜一愣，不知道脑子抽了还是怎么，脱口而出："别人送的，说……团购便宜。"

程圆圆拿过去看："怎么可能，这家的东西孟则经常买来穿，从不打折的。"小姑娘抿了抿嘴，"好像，江却也挺喜欢这个牌子的……"

晏藜没打算瞒，程圆圆话没说完，她就接了："就是江却给我的，估计是……

看我第一次参加接力赛，怕我在前面出什么差错吧。"

程圆圆没再追问，因为短跑快结束了，李慧又打着伞上来念名单，这次的一长串，分别是接力和跳长绳的。

"……尚瑶义，晏藜，江却。就这些，先下来吧，把序号贴在身上。"

晏藜松开程圆圆的手，跟着前面几个人下去，到平地上了，抬头就能看见程圆圆在高举着手挥来挥去，好像比她还兴奋。

李慧从裁判手里把序号贴接过来，一一分发，又说了一遍接力赛的规则和注意事项："这个5000米，每班派两男两女，男生是1500米，跑第一棒和最后一棒，女生是1000米，跑中间两棒……最后，还是那句话，安全才是最重要的，其次才是荣誉，你们尽全力就好了。如果实在中途坚持不下来，就算是走也没关系，不要有太大的心理压力。"

贴得差不多的时候，裁判就过来让第一棒的人去跑道就位了。发令枪响，人就像一阵风似的冲了出去。晏藜在后面，要等前几棒跑完了，才能到接力点等待。

这个过程是有些煎熬的，她面色并不轻松，尤其是看跑道上有一两个女生跑得面色惨白，不知道肠胃抽筋了还是怎的，一直捂着小腹侧边在跑。

好在一班的前几个学生跑得挺不错，基本在第二第三的名次徘徊着。

到晏藜那一棒了，临上场前，晏藜听到身后江却在叫她的名字："晏藜，别紧张，很快就结束了。"

晏藜站在自己的位置上，双腿没来由地有点发软，眼看前面那个人离她越来越近，她只觉心脏都提到嗓子眼儿了，只等最后一刻——

握住接力棒，跑！

耳边呼呼风声急速掠过，全身的力气好像都集中到双腿，她眼前除了跑道再看不到其他，大概隐隐约约能听到一班的观众席传来熟悉的加油声，但她也没有余力再看一眼，只是不停往前大步迈腿。

她听到自己越来越急促的呼吸声，听到胸前鼓胀的心跳，"扑通扑通"，她微微有些心悸，然后心跳越来越快，越来越快。

还剩一圈，晏藜喉咙里开始隐隐出现熟悉的血腥味儿，喉管带着撕裂般的痛。她呼吸困难，眼前发昏，双腿像灌了铅一样，但速度没有变慢，因为她在非常用力、非常用力地跑。

"加油！加油！"程圆圆坐在观众席，整个人像是要跳起来，加油声比啦啦队和音响还高，带动一班好几排的人也跟着她一起喊加油。

但很快，程圆圆挥舞的手慢了，声音也越来越低，她眼神透出担忧，牙齿紧咬下唇，死死盯着田径跑道。

晏藜慢下来了，不只是慢，她从第一落到第二、第三，直到最后一名，好像很难受的样子，跑的速度只比走快一点儿而已，姿态踉跄，举步维艰。

一班看台，还有周围其他班的人开始窃窃私语起来。

"那个12号，一班的，一开始不是第一吗，怎么跑到最后了？"

"太心急了吧，起步太快太猛，到后面哪还有力气冲刺？又是女生，还那么瘦，该不是贫血了吧？"

"我看她那样，一班这项要完了，一开始发挥还蛮稳定的，也不知道最后一棒会怎么样……"

程圆圆皱着眉头看那些人，再看跑道上那个艰难挪动的身影，脸上全是心疼，看着都要掉眼泪了。

不是的，晏藜明明已经尽全力跑了，她本来身体就不好，吃得也不好，那么瘦，除了身高在女生中高一点儿，其实她根本就不适合参加这种体育竞赛。不是班里的人赶鸭子上架要她参加的吗？不是老班说重在参与，让她上场顶数的吗？他们什么也不知道，凭什么这么说？

程圆圆扔了手里的小旗就站起来，打算从旁边的走道下去，没下两层台阶，就被人拽住了。

孟则："你干什么去，又没有你的项目。"

程圆圆指着操场，没好气地道："晏藜要跑不动了，我去陪跑，给她加油，她马上就到这边了。"

孟则皱皱眉，目光遥遥看下去。接力棒人员只能站在自己的跑道等待，比起程圆圆，站在接力点等待的江却似乎更加煎熬，离得那么远，孟则都能看见他沉重的表情和攥紧了垂在身侧的手。

这时候，他们这边的观众席一片哗然，孟则被程圆圆甩开了手，抬眼就看见在不影响参赛人员的跑道内侧绿茵场上的一道极其显眼的身影，那人明明不是参赛的，却在跟着晏藜跑。

他眯了眯眼，下一秒认出那人。

高二（15）班那个出了名的混子，宋京墨。

孟则抬腿就往下冲，追上程圆圆，而这时晏藜已经以最后一名跑到一班看台附近的跑道。他们两个人从晏藜身后跑过去，跟在宋京墨旁边，追随着晏藜的步伐开始跑。

陪跑是允许的，只要不影响到比赛的同学，两个男生都不说话，埋着头一声不吭地跑着不属于自己的赛程。

程圆圆隐隐约约看见晏藜嘴角渗出的血丝了，她眼圈泛红，一边跑一边含着哭腔问："晏藜，你没事儿吧？不然咱们不跑了，不就是个比赛嘛，输了也没关系的……"

晏藜额前的头发都被汗打湿了，她努力睁着眼看前面，然后摇了摇头："我没事……就剩、半圈了……"

可是她已经和第一名拉开几乎半圈的差距了，有一个班的倒数第二棒刚刚递到最后一棒手里了。

不，她可以接受输掉，但她的字典里绝没有"中途放弃"这四个字，她答应了李慧，答应了一班，就算是走也要走到接力点。

程圆圆急得要掉眼泪，她眼看着晏藜的嘴唇已经白得没有血色了。就在这时，身后突然传来乱七八糟、纷纷沓沓的脚步声，三人猛地回头看，下一瞬瞳孔骤缩。

很多人，有一二十个那么多，差不多全是一班的，人影错落地从看台上纷纷跑下来，由零零散散渐渐自发地聚集到一起，由一盘散沙变为密密麻麻的一群人。

他们跟在孟则和程圆圆的后面，步伐紊乱，快慢都有，但每个人都在陪跑。

领头的是曹晚玉和余晟，那个平时比晏藜说话还少、戴着眼镜十足文气的女孩儿，脸上挂着坚毅温柔的笑，她对着晏藜，呼吸不匀但也努力地说："加油啊晏藜，咱们是一个班的，哪能……你在跑道上拼命争光，我们坐观众席高高挂起呢……"

她喘了一口气，音调突地拔高："加油晏藜，你可以的！"

晏藜回头看了一眼，心头大撼。她很累很累，喉咙像撕裂了，两条腿几乎失去知觉，然而在还剩最后两百米的地方，她由心底、由胸腔忽然生出细细密密的力量。

她的同学和朋友都在身边，他们都在陪着她，那似乎是某种传递力量的方式，每个人都被渲染到，这支前后纵横六分之一赛道长度的陪跑队伍，用他们的方式在为她加油。

观众席因这支史无前例的陪跑队伍开始出现大规模的骚乱和一片哗然，似乎是因为，在这样沉寂的青春中出现了极少见的轰烈场面，全场的视觉焦点都齐聚于此。

"我的天，这是哪个班，这么牛的吗？"

"这人缘是有多好啊，那么多人陪跑……"

"太帅了，看得我都想冲下去跟着一起跑了！"

然而更让人震惊的是，那个被甩在同行接力者身后一大截的女孩儿，那个被观众判定"要完"的参赛者，她竟然起"死"回生了！在最后一百米冲刺的时候，她的速度开始加快，然后一点儿一点儿，超过一个，超过两个……

接力棒放到江却手里的那一刻，晏藜只觉灵魂都解脱了，她没有拖死一班的后腿，她不是最后一名。

江却眼看晏藜的身影在把接力棒传给他的一瞬就倒去，脑子里轰的一声，突然想起那时候晏藜的话——

"但我还是想赢啊。我不喜欢给别人造成麻烦和失望，所以最好还是赢了，皆大欢喜比较好。"

他答应过她,一定能赢的。

江却顷刻像离了弦的箭一样冲了出去,停下陪跑的一班人猛地欢呼起来,好像终于等来了救世主那样的兴奋。

但观众席尚且在安静地等待结果,有许多人认出最后一棒是高二那个名动四方的江却,也知道他高一时用三个三分球扭转一中败局的神话,但……太远了,拉开的距离实在太远了,或许他可以拿个第三第四,但如果说冠亚军,近乎是天方夜谭。

不少男生颇为惋惜地摇了摇头。

但很快,许多人的表情变了,变得凝重且专注起来,一众参赛者里,江却的身影实在太显眼了。

他就像上足了发条的跑步机器,因为手长脚长的优势,他双腿的变换几乎要快得让人看不清,鸦黑的短发被惯性尽数往后推,脖子上青筋暴起,甚至隐隐有一丝狰狞。

他在拼尽全力地跑,每一步都跨到最大,比以往任何一次都要快,都要猛!
很多人屏息以待,从瞠目结舌,到震撼惊奇。

太快了,一个普通的学生,如何能跑得那么快?追过一个又一个参赛者还不够,就在所有人以为追到第二已经是极限的时候,他竟然又超过了第一名!

"嗷——嗷!"

简直不亚于平地一道惊雷,所有人都炸了,疯了,伴随着猛然爆发的如雷的掌声,很多男生跳起来嘶吼:"厉害!牛!!!"

喧闹和哗哗的掌声直到江却冲过终点才慢慢平息,整整持续两分钟左右。

最后毫无疑问,江却以拉开第二名五十米的优异成绩,为一班夺得了这项接力赛的冠军。

神话卫冕成功。

因为跑道畅通前,运动员们都必须留在各自跑道或接力区内,而晏藜刚跑完暂时还没办法移动,由程圆圆做她的"人体支架"稍作缓解剧烈运动后的身体疼痛。

宋京墨拿了水一口一口地喂给晏藜,一抬头就看见江却刚冲过终点,转头就往他们这个方向走来。

5

"给我吧。"

江却刚跑完步,脸上泛着微红,胸前起伏不定。他向程圆圆伸手,要的什么,显而易见。

程圆圆讪讪地看看孟则，再看看旁边脸色不太好看的宋京墨，还是迟疑着开了口："不是……晏藜现在没法动，你……"

江却反身在晏藜身前蹲下："我送她去医务室，你慢一点儿，把她放我背上。"

"啊？"程圆圆惊了一跳，"这……不太好吧？"

这光天化日的，还那么多人看着，其实她也可以送晏藜去医务室的。

"你扶着她去太慢了。她应该是贫血或者低血糖，刚才跑得太快，喉咙黏膜也出血了，而且双腿肌肉也超负荷运动，走一步都疼，我背她去，她才能少疼一会儿。"

程圆圆后知后觉，低头看怀里的晏藜已经累得眼睛都睁不开了，双腿近乎是瘫软的，她赶紧"噢噢"两声，由孟则扶着一起把晏藜放到江却背上。

额头滴下的细汗落到眼睫，弄得江却眼前恍惚了一下，他没想到，身上的人会……这么轻？好像除了骨头都没几斤肉了，她平时吃的什么？

他根本没费什么力气就站了起来，稳稳地用腕部卡在晏藜膝窝。

程圆圆跟在后头。

"你就别跟了。孟则待会儿还有项目，你留下给他加油吧。"江却轻飘飘一句话，回头看了一眼杵在原地一动不动、眉目冷漠的宋京墨。

多管闲事。

但下一秒，江却的眼神又蓦地温柔下来。晏藜整个趴在他背后，侧着脸，柔软的温热触感隔着薄薄的校服传向他的感官神经，有种微妙的感觉。

江却能听见她清浅的呼吸，步伐似乎和心跳重合了，"怦——怦——"，不知道是他的还是晏藜的。

校医务室在学校最南边，和田径场几乎跨越大半个校园，江却走得不算快，怕颠着晏藜。她一路都没说话，但呼吸慢慢恢复正常了，不再像刚开始那么微弱。

医务室的女老师有条不紊地领着江却进了里间的病床，人放下以后江却就去外面等着了。这个点，医务室没什么人，静悄悄的，只有帘子那头老师询问晏藜哪里不舒服的声音。

没几分钟，帘子被拉开了，女老师把手里的记录册放下，去药柜那边拿药："不是很严重，就是累着了，然后踝关节轻微韧带拉伤，喉咙黏膜撕裂性微量出血，再加上……小姑娘营养不良，有点贫血啊。

"先喝点葡萄糖，然后吃消炎药。我去后边小仓库拿一些涂抹的药过来，没事的啊，休息个两三天就好了。"

江却去接葡萄糖水和消炎药："谢谢老师。"

"不客气。"

门被关上了，屋里只剩下他们两人。江却走过去，葡萄糖用一次性的玻璃小瓶盛着，一次一支，他掰开盖子递到晏藜嘴边，她接过去以后，他又回头接温水，把消炎药从药瓶里倒出来。

晏藜喝完了，微微低着头，异常乖顺，江却递什么她就喝什么。

药吃完了，女老师还没回来，周围静得落针可闻，江却搬了把凳子坐在晏藜面前："还有没有哪里不舒服？"

晏藜摇头："我好多了，没事儿了。"

"……"

沉默，无边的沉默。晏藜垂着眼帘，江却抬头看着她。

"刚才，谢谢你送我来医务室。还有，谢谢你……跑赢了……"晏藜轻轻舒了一口气，她总算不至于成为一班的罪人。

"应该的。"江却就那么盯着晏藜看，眼神有点说不出的缱绻。

很干净的女孩儿，就穿着校服而已，扎低马尾，素面朝天，但又那么耀眼，时刻操着自己的一腔孤勇，不叫任何人失望。

江却无法形容那种感觉。遇见晏藜以前，他的内心是贫瘠的、荒芜的，说寸草不生都不为过。他不爱笑，是因为没有值得笑的事情。可是不知道从什么时候开始，他的心，他整个人，都忙碌起来了。他每次面对她，都要调动大部分的注意力和精力。

他从来不知道，原来自己也可以那么细心、那么包容，他怎么一看见她，心里就高兴呢？

他总是不清醒，总是心疼她，总是控制不住自己。

"江却？"

他被叫得回过神来，抬眼看她："怎么了？"

晏藜和江却对视，江却注意到对方下意识闪躲了一下。

"你总是对我这么好，我就是觉得，你是不是……"话说一半，晏藜欲言又止。

江却微怔，忽然明白了她的试探。他耳边又重新涌起那种熟悉的、嗡嗡作响的错觉，好像周围什么都消失了，只剩下他和晏藜两个人。

他的目的达到一半了，他应该快慰才是。可是没有，只有一种莫名其妙的、酸酸软软的感觉，心脏好似被提溜到半空中，飘飘荡荡，他在隐隐期待着她接下来的话。

但她并没有像江却预料的那样，大概沉默两秒，她又低下头撇过了脸："没什么，我只是想说，如果、如果真的喜欢一个人的话，还是坦坦荡荡地说出来比较好，不说出来，对方永远不会知道的。"

江却心尖一颤，垂在身侧的手，好像连指尖都在发烫。

她……觉得他是喜欢她吗？她察觉到了吗？

江却猛地被拽回现实，看晏藜的眼神，像在看一个猎物。

"那如果他说出来了，对方不答应怎么办？"江却说这话很轻。

晏藜双手无意识地揪紧医务室的白色床单，动作落到江却眼里，紧随其后是她似乎鼓足了勇气的二次试探："那就拿真心来换真心……总要试一试的。"

江却抿嘴。这瞬间，他脑子里胡乱闪过很多东西，他也不知道自己到底想说什么。

最终，他好不容易压下心头鼓胀，再张嘴时好像踩在云上，没有一点儿真实感："晏藜，你之前一直问我为什么对你好，因为……"

这一刻，仿佛世界都安静下来了，只剩下窗外微风吹动香樟树叶的声音。

晏藜呼吸一滞，没再回话。

——他好蠢，怎么这么快就把底牌摆出来了？

她低着头，所以可以很好地掩盖脸上的神情，她好像在笑，又好像没有。她第一次明白为什么江却这么热衷于玩弄人心了，因为真的很好玩。

江却似乎还想追问什么，门口忽然传来声音，出去拿药的女老师回来了，另一手还拿了一卷纱布。

江却站起来，把凳子放到一边不碍事的地方。

"喝完药了吧？待会儿呢，老师简单地给你包扎一下，最近两天就不要做什么剧烈运动了，有什么不舒服再来就行。"

晏藜点点头，声音温软："好，谢谢老师。"

篮球赛十点开始上半场，晏藜和程圆圆一起去的篮球场，她的腿还有点酸痛，但正常走路没什么大问题。

小姑娘在旁边喋喋不休地说着孟则和江却打篮球有多厉害。

"基本上没什么悬念了我跟你讲，江却投篮贼厉害，孟则吧，防守比较棒……"说着说着，她忽然话锋一转，"哎不过，我听说前半场要对十五班啊，那个宋京墨，你们什么关系啊？"

看她那一脸八卦的样儿，晏藜笑笑，手指头戳了她脑门儿一下："普通同学关系，想什么呢你。"

程圆圆撇撇嘴："普通同学关系……那会儿他跑得比我还快，而且过后一句话不说，江却背你去医务室以后，他就走了。"

晏藜敛了敛笑："我跟他，怎么说呢，真就是好朋友，而且也不经常在一起玩儿，可能人家就是热心呢，帮我好几次了，挺不错一人。"

程圆圆笑得促狭："不过在我心里，还是江却更胜一筹啦，要是你俩……那啥了，我还挺看好的。"

晏藜就看不得她嘚瑟，唉，看热闹不嫌事大。

"还说我呢，你跟你那班长咋样啊，人家都说打是亲骂是爱，我觉得你俩那一天一小打两天一大打，是有多亲爱啊？"

小姑娘的脸"唰"地红了："我不是，我没有，你别乱说。"

晏藜刚张嘴，场上吹哨声响了，两队穿着不同颜色篮球短袖的男生各站一边，像是要开始了。

话题自然不了了之。

篮球场观众席没那么大，但也围得里三层外三层，好多小姑娘，可能像程圆圆这样压根儿就不懂篮球的，也要过来看热闹。

晏藜、程圆圆她们来得早，还有位置坐，看得也挺清楚。

晏藜往场上扫了一眼，果然看见了宋京墨，他眼角的血痕和嘴边的创可贴没了，但膝盖还是有一片挺明显的瘀青。

球在场上传来传去，最后到宋京墨手里了，他人纵身一跃，跳起来把球扣进了篮圈。

"噢，好球——"围观群众欢呼，气氛一下子火热紧张起来。

程圆圆歪着头，靠在晏藜肩膀上。

"我果然还是除了投篮别的都看不懂。这怎么算输赢啊，怎么宋京墨把球扣进去就算赢一分吗？那刚才江却离那边的篮圈那么近为什么不就近投一个，要不然也不会在半路被抢了球啊……"

晏藜对于篮球的了解也就半斤八两吧，但她还是耐着性子跟程圆圆解释："因为要投进对方的篮圈，不是就近投一个就可以的。所以拿了球也要往对方的篮圈跑，要防止球被抢，还要突破对面的防守投进去……差不多这样。"

6

"所以你下次再看《灌篮高手》，就不要只看他们谈恋爱和搞笑了，也看看那些比赛，看看就懂了。"

程圆圆"嗯"了一声，乖乖巧巧地挽住晏藜的胳膊，继续看比赛。

宋京墨拿了一分以后，肉眼可见十五班那边情绪瞬间高涨起来，每个人都紧盯着赛场，不过很快江却他们就把比分追平了，甚至在投进去后接住了球又投进一个，一举两分。

看得出来宋京墨很厉害了，好几次都能从重重围攻中抢到球，但江却的投篮实在无人能敌，他似乎每个角度都测算得十分精准，基本上只要投出去就不会失手，甚至又投了一个三分。

短短六七分钟，比分你追我赶，上一秒谁超过谁，下一秒可能就被反超了。

观众席又传来一阵震天响的欢呼，晏藜这才发现比分被拉开了，刚刚孟则

138

一个盖帽将球打掉后,江却夺了球,反身跑几步,跳起来又是一个标准的三分。

已经32比36了。

中场休息,程圆圆抱着早就准备好的水给孟则他们送过去。晏藜则因为腿伤留在原地,身边不知道什么时候有人坐下,她扭头看,是宋京墨。

"怎么样,好点儿了吗?"他看着她的膝盖和脚踝。

晏藜还是挺感激他的,一直以来都是。她动了动腿,眉眼弯弯:"根本就没事儿,一点儿扭伤而已。谢谢你那时候来陪跑啊,真的,我都没想到……"

没想到他会跑过来。她本来以为,他们最多算萍水相逢的同校同学而已,说再好听一点儿算是朋友。

宋京墨把目光投向场上,还没清场,乱七八糟地站着人,他不经意间和江却的眼神撞上,对方表情并不好看。

"嗐,咱们是朋友嘛,你那会儿都那样了,我看见了肯定要做点儿什么的。不过你身体不好,下次还是别参加这种比赛了,这次没事是万幸,谁也说不准下次。脑子好使就只用脑子呗,像我们这种蠢的才是出体力的。"剃了板寸的少年语气轻扬,微皱的眉头隐透几分野性。

晏藜还没来得及回话,面前的空地投下一片人形的阴影,她抬起头,江却正低头看她,手里一瓶水递过来:"帮我拿一下,可以吗?"

晏藜顺手接过,"嗯"了一声。

宋京墨扭过脸,然后噌地站起来:"那什么,我还有事,就先过去了。"

晏藜立刻应声:"好,比赛加油。"

江却眼里意味不明地闪过什么,但他没说,只是坐到晏藜右边。

宋京墨一走,晏藜脸上的笑就淡下去,她也不吭声,像是在等江却开口。

江却目视前方:"刚刚听程圆圆说,你是来看我比赛的?"

晏藜点头:"班里女生都来了,田径场那边也没什么咱们班的项目,我主要是……来给一班加油。"

江却轻笑出声,伸出舌头舔了下干燥的下唇:"不是来看我的啊,那是我会错意了。我刚刚……还挺高兴呢。"

他话锋一转:"不过那位……宋京墨同学,也不是咱们班的啊,你还给他加油啊?"

晏藜转过来,江却就大剌剌抬了眼帘迎上去,跟人对视上,也不躲,加上嘴角的假笑,满脸就差写上"我不太高兴"这五个字了。

晏藜面无表情地看了他几秒,忽然笑了。她肩膀轻耸一下,非常认真、非常正经地问:"江却,你一副好像吃醋了的样子哦?"

江却一秒破功,表情僵硬,站得比刚才宋京墨还快:"我没……那什么,比赛快开始了,我得过去了。"

江却前脚走，程圆圆后脚拿着孟则换下来的校服外套过来了："聊什么啊，这一个两个的，都往咱们晏大美女这儿凑啊？"

晏藜拍拍腿："聊这个呗，人家过来表示一下慰问。"

程圆圆喝口水，看晏藜手里也有一瓶喝了一半的，问："你哪儿来的，我寻思刚才发完了给你留一瓶新的带回来呢。"

晏藜低头瞅了一眼："哦，江却的，让我帮他拿一下。"

程圆圆的小表情一下子就变揶揄了："哎哟哟，这是宣示主权呢，怪不得刚才宋京墨过来坐，江却一脸烦躁呢。"

晏藜不置可否，拉着程圆圆坐下了。

后半场宋京墨那边挺拼命地扳回比分，但最多也就打平，转而又被反超了，而且渐渐地大家都看出来了，江却那边明明有能力拉开距离，偏偏他们就不，像抓住了老鼠逗弄一会儿的猫，一班队不过是在耍弄十五班队。

晏藜身后有几个不知道哪班的男生小声嘀咕："一开始我就觉得不对劲儿，以江却的实力怎么可能打成这样，弄半天是搞对面心态呢，真会玩儿。"

"这有啥办法，人家有实力，宋京墨只能认栽呗。谁知道他哪儿惹着江却了，平时江却都挺尊重对手的，从不搞这种阴招……"

二十四分钟后，比赛结束，一班以 68 分险胜十五班 66 分。

一班晋级决赛，十五班淘汰。

晏藜被头顶的太阳晒得睁不开眼，她虽然坐在树荫下，但太阳往上升了，正好从没叶子那块照下来，她胳膊都有点儿晒红了，脸更不用说。

程圆圆正好肚子饿了，晏藜和她打商量："先去吃饭吧，等咱们吃完了他们应该差不多就比完了。"

程圆圆正有此意呢，说："去后街，后街新开了家麻辣烫，老好吃了，我再给你买点冷串儿……"

反正说起吃，这小姑娘就比谁都积极。

江却赢了比赛，跟队友击过掌，下意识地回头往熟悉的方向一看，空荡荡的，那个位置没人坐了，他又环视周围，还是没有。

孟则过来扔给他一瓶水："看什么呢？"

江却示意他看："人呢？一扭头就没影了。"

孟则把喝了一大口的水咽下去，脸上热气腾腾的，汗都反光。他撩起背心擦了一把，不甚在意："指定是饿了，吃饭去了，瞎想什么呢你。"

还能有谁比他更了解程圆圆那货，晏藜又特听她的话，肯定领走了呗，也就江却疑神疑鬼，看宋京墨那伙人走了，自己同桌也不见了，就开始胡思乱想了。

江却长舒一口气，走到刚才晏藜她们坐的地方坐下，孟则紧随其后。

他俩凑一起可没晏藜她们那么多话题可聊，就干坐着，直到江却挺突兀地开口，问了句："你说，人补充营养，吃什么最快？"

孟则正看别处出神呢，想也没想："肉蛋奶呗，还能是什么。不过你营养不挺好的嘛，个子都这么高了，还补什么补啊？"

江却心不在焉，瞎扯道："不知道，可能是肾虚吧，心里老是发慌。"

孟则回头扫了他一眼，斜着眼一脸鄙夷："神经病吧，吃醋就吃醋，说肾虚……"

话没说完，被江却冷冰冰的刀刀过一遍，孟则猛地打住，他正了正脸色："不是，兄弟，我跟你说，你那不叫心慌，你那叫乱跳，叫没着落。具体因为什么呢，我就不展开说了，你自己想啊。"

江却缄默了，话题被迫中止。

另一边。

程圆圆和晏藜选好了菜付过账，就找了个心仪的位置等上菜了。这个点还没到真正的饭点儿，屋里没几桌吃饭的人，还算清静。

程圆圆是一刻也闲不住，拿餐巾纸擦完了碗筷和桌面，又神秘兮兮地压低脖子，跟晏藜八卦："我跟你说晏藜，今天上午，就你跑完步去医务室那会儿，咱班出大事儿了。"

晏藜就是除了孟则以外程圆圆最大的捧哏，她立刻接："什么事儿啊？"

程圆圆还特意看了看周围，用只有她俩能听见的声音："就是曹晚玉啊，跟咱们班那杨文彬，他俩……"

晏藜笑笑："是挺大的事儿哈，平时都没发现。"

程圆圆一脸"那当然了，你消息又没我灵通"的表情："可不是嘛，我还以为第一个被抓到的人会是孙燕那帮人呢，结果没想到曹晚玉给老班逮到了。

"听说，两人是在田径场后面的小树林里，被孙主任瞧见了。啧啧，当场就给叫办公室了，也不知道这会儿咋样了。"

晏藜抿了抿唇："被抓到了？"她还以为只是两人的事情被同学发现了。这要是被主任抓到，就有点儿严重了吧。

"对啊，一中最忌讳这种事情了，凡是早恋被抓到的，一律记大过，取消评优评先资格。"小姑娘叹口气，"可怜啊可怜，曹晚玉人还挺好的，文文静静的，平时也不惹事。杨文彬我就不知道了，不过他俩性格都差不多。"

晏藜听得出神，思绪乱七八糟地飞散着，忽然想到前不久的时候，她在新城区街上的精品店，看见这两个人一起逛街的场景。

那会儿，她对曹晚玉仅仅是认得脸的程度，但看得出双方眼里的情意都是纯真的。

晏藜不着痕迹地叹了口气，这两个家长老师眼里最乖巧懂事的孩子，被抓到这样的事,大概无异于犯了"天条"。

正好这时候她们的麻辣烫端上来了,服务员给摆了筷子:"两位慢用。"

晏藜给程圆圆倒一杯微凉的冰红茶:"先吃饭吧。"

第八章

真心换真心

1

周四一早,晏藜收拾书包的时候,周琴煮的一大盆茶叶蛋刚好出锅。

她用塑料袋装了两个,热乎乎的,蛋壳微微裂开,露出里面被煮到泛红色纹路的蛋白,楼下早餐店要卖一块钱一个,还不如周琴做的好吃。

"在路上吃,或者到学校了吃,趁热,凉了就不好吃了。学校不比家里,凉了还能放灶上热……"

晏藜默不作声地任由周琴把包好的鸡蛋放到她书包里,然后冷不丁地开口:"妈,今晚吃红烧肉吧,晚上我买点五花肉回来。"

周琴笑笑:"想吃了?"

晏藜迟疑一下,点头:"嗯。"

倒也不是,她就是觉得,自己好像真的有点儿太虚了,想养养身子,不都说身体是革命的本钱嘛。

周琴帮她把书包拉链拉上:"好,我今晚下班了买点儿八角花椒啥的,家里就剩那点儿,早上都用来和茶叶一起煮鸡蛋了……行了,上学去吧。"

晏藜等公交车的时候,看着大路无意识地发呆,秋天的早晨还是挺凉的,呼出的热气已经可以微微看见了。

她记得她从小就挺喜欢吃肉蛋之类的东西,但是那时候家里条件不太好,晏长贵又是个二流子货色,不往家里拿钱。虽然周琴想着小孩儿长身体会三不五时地改善伙食,但其实跟普通人家比起来,还是太少。

越缺什么就越喜欢什么。

好像她长这么大,常常挨饿,饿怕了,所以也不挑食,能吃饱就行。

新城区的梧桐彻底秃了,路两旁装修得很漂亮很干净的服装店还没开门,有点儿冷清,除了上班的人就是早起的学生,再者就是卖早餐的小店和摊位。

晏藜紧了紧校服外套，里面穿的浅绒卫衣紧贴着身子，有股淡淡的洗衣粉香味儿。

昨天还出大太阳呢，今天温度就又降了。

晏藜到班上的时候里面正热闹，来了大概半个班的人，都三五成群地聚堆，窸窸窣窣地小声议论着什么。晏藜走到自己座位放下书包，程圆圆立刻推开身边围着她的几个女生，蹭到晏藜身边。

"晏藜，晏藜，你看我给你带了什么？"

小姑娘神秘兮兮地从背后摸出来一个塑料袋，打开，里面是两个包子和一杯塑封豆浆。

"以后啊，我每天早上给你带两个我妈做的肉包子，豆浆是外面买的，家里做的不好带。这样，你吃个十天半月的，就不会营养不良啦。"

晏藜一愣，继而笑了："我……我吃过饭了啊。"

"哎呀——"程圆圆把袋子解开，嫩白的包子被塞到晏藜手里，"知道你吃过了，那不是吃得不好嘛，吃这个，多吃点儿。"

晏藜看看那包子，又看看程圆圆。其实她挺饱了，周琴早上做了三鲜汤又烙了饼，现在书包里还有两个茶叶蛋呢。

但是，又不好说拒绝。晏藜踌躇一下："那、那行吧，我吃，我吃。"

她想了想，又把书包里那两个茶叶蛋掏出来，拿出一个给程圆圆："你吃这个，我妈做的，可香了。"

程圆圆接过去，没吃，用卫生纸包了握在手里，转而兴冲冲又说："你先吃着，我跟你说个特劲爆的事。"

晏藜嘴里嚼一口包子，说话有些口齿不清："什么？"

程圆圆朝晏藜前面努努嘴。

晏藜看过去，是曹晚玉的座位："还是昨天咱俩说的那事？"

程圆圆来劲了："哪儿呢，来升级版了。说是在小树林里被逮到的时候，孙主任发了好大一通火，让曹晚玉和杨文彬今天叫家长来一趟。"

晏藜点点头："曹晚玉还没来吗？"

"没啊，估计在家也不太好过。而且就算来了，肯定第一时间被叫到办公室去思想教育啊，至少这两天，两人都不会安生了。咱们老班，唉，这周的'优秀班主任'称号大概不保了。"

晏藜只是听，不发表任何意见。末了，她嘱咐程圆圆："别人说什么话，你听听就算了，回头实在想说呢。你找我来说，就别再往外传了，人多嘴杂，指不定传出什么事儿呢。"

程圆圆点头："我懂我懂，风口浪尖，我刚才也是听他们说的，都没敢吭声。"

正说着,晏藜一抬眼,看见前门进来的孟则和江却,她用胳膊捅捅程圆圆:"回去吧,班长来了。"

程圆圆扭头看一眼,站起来就回去了,也省得江却再过来,冷言冷语地请她起来让位。

江却今天来得可不算早,他手里提着一个帆布袋子,也不知道装的什么,挺大一袋,布面上印着可爱的各类美食简笔画。

保温桶啊。晏藜想明白了,大学霸就是好,不想吃食堂了,家里还给做好了午饭让带来。

打预备铃前,班里还很热闹,平时不会这样,大家都在背书做题。可能是昨天运动会的余韵还没过去,大家期盼了好几周,但是过得好快,还没怎么玩儿就一下子结束了。

晏藜想想昨天自己那么拼死拼活地跑,还有那么多人陪跑,就忽然感觉,真的像做梦一样。

更别说,江却那句没有后续的原因,谁知道是真是假呢,反正昨天发生的一切都很虚幻。

预备铃响了,晏藜前面还是空荡荡的,她从桌斗里把书拿出来,听见江却一句没头没尾的话:"你吃得惯鹌鹑吗?"

什么?晏藜蒙了一下:"我没吃过鹌鹑,只吃过鹌鹑蛋。"

江却眼皮垂下去又抬起来:"你中午在食堂吃什么?"

怎么今天,一个两个,都来关心她的吃食了?

"面啊,米饭,有时候吃饺子。"

"跟程圆圆一起?"

"嗯。"

怪得很,说到这儿,江却又沉默了。

第一节数学课,杨丽文带着教材上讲台时,表情有些肉眼可见的凝重,虽然她平时就没有什么好脸色,但今天明显更难看一点儿。

"同学们,首先恭喜咱们班一些同学,在昨天的运动会中取得了优异的成绩,为咱们一班争了光。但运动会已经是过去式了,作为学生,首要的任务还是好好学习,其他杂七杂八的事情,不要想,不要做,知道了吗?"

是个人都能听出这话里的意有所指,他们一个一个的,都不约而同往晏藜前面那个空位看过去。

江却好像后知后觉,才发现晏藜前面少了个人,再往后看,也有一个空位,略一思索那个位置上的人,结合老师同学的表情,他心下了然。

第二节大课间，乱糟糟一片的班里突然诡异地安静了一下，晏藜抬头，就看见曹晚玉低着头从前门进来了。

本来平时就很安静很没存在感的一个女生，这下头低得近乎要埋进脖子里去，扎一条低低垂下来的鱼骨辫，脸色有点儿憔悴。

她坐到自己位置上，一声不吭，周围也没人上去问，她就趴桌上了，脸埋进胳膊里，不知道是在逃避还是在哭。

晏藜一直静静地看着她。

这种事情被强迫性地公布于众，除了来自老师家长的压力，还有同学的有色眼光，带一丝丝八卦恶意的调侃，对一个文静寡言的女孩儿来说，无异于脱光示众。

他们说，想不到啊，曹晚玉竟然也会有人喜欢；他们说，真好笑，曹晚玉怎么会看得上杨文彬啊；他们说，曹晚玉是不是近视太严重了，还是缺爱啊，也不找个优秀的男生，不过这下也好，又少了两个竞争对手⋯⋯

对于这样的话，晏藜一个局外人都几乎要窒息，她无法想象，当事人听到这种幸灾乐祸的言论，心里该怎么想。

她的秘密，她的自尊心，都和那段被人侃侃而谈的禁忌关系一起，辗转于一张又一张嘴，大家震惊于这件事，既可怜他们，也讥笑他们。

喜欢一个人，有错吗？喜欢一个没那么优秀的异性，是罪过吗？

不是，都不是。这世上多的是庸人，就算如江却、卢艺这样公认漂亮的，也有不能为外人道的人格缺陷。外表怎么能代表一切？即使这两个人，他们戴着不那么好看的黑框眼镜，留着厚重的刘海儿，平时给人的印象是胆怯和安静，可是又有谁规定了，人就必须喜欢周围最优秀最好看的人？

他们是哪儿来的优越感？爱情明明应该是纯洁无瑕的东西，为什么连这个都要比？

晏藜站起来，走到曹晚玉桌子旁边，伸手拍了拍她的背。晏藜也不知道该安慰什么，只能翻来覆去地说一句："都会过去的，别太难过了。"

趴在桌上的女生身子一僵，而后一抽一抽的，发出呜呜咽咽的哭声。

晏藜不经意间抬眼，忽然发现江却不知什么时候在看她。

第三节下课，晏藜做着物理题，看见江却把那个装保温桶的帆布袋从桌侧挂钩上拿下来，摆弄了两下，可能是在加热吧，怪高级的。

第四节课，十一点五十高二放学，还剩三分钟响铃。老师在黑板上布置作业，晏藜眼前被扔过来一个小字条，是程圆圆写的——

"待会儿吃啥啊，我听罗婵说二楼有家焖面不错。"

晏藜没看见江却的眼珠子早就扫到她的字条上了，她看完，提笔就要回，却被一把摁住。

"干什么……"话还没说完，晏藜看见江却又把那个帆布包拿出来，放到她桌上，把那张字条捂得严严实实。

"吃这个，我请我家的阿姨做的，炖了两个小时，她说大补。"

晏藜脑子里一闪而过早上江却那句——"你吃得惯鹌鹑吗？"

"这是……炖鹌鹑？"

"嗯，杏仁鹌鹑汤，下面还有米饭和炒青菜。"平时嘴里说的都是理化生名词的江却，说"鹌鹑"这俩字儿的时候，有种诡异的违和感。

晏藜人都傻了："给我吃，那你吃什么？"

"我吃食堂就好了。你不是营养不良吗？"都这种时候了，江却那张脸竟然还是那么平静无波。

"不是，为什么啊，好端端的，为什么……"

晏藜的话戛然而止，因为她眼看着江却的脸红了，甚至有往后往下蔓延的趋势。

僵持几秒，江却率先撇过了脸："昨天……不是说了，你说的，拿真心换真心。"

晏藜静静地看着他，良久——

"就算你对我好，我可能也不会有所回应。"

江却连回头都不敢，喉结滚动一下："那是我的事，我乐意对你好。"

2

直到午饭结束，杨文彬也没来班里。

似乎周围所有人都在等待这件事的结果，如同风雨欲来前最后的宁静。

李慧在中午午休前终于来到班里，临开口前，叫曹晚玉先去办公室，说她父母来了，在等她。

人前脚走，后脚班里就喧闹起来。李慧拍了两下手示意安静，想说什么，欲言又止。

全班的目光都盯在她一个人身上，这件事如果在其他班，可能老师训斥教育两句就算了，但如果是在一班，那就非同小可。

"多余的话，老师就不说了，很突然啊，但是大家应该也都听说了吧，咱们班的这个……杨文彬同学和曹晚玉同学，平时很上进很乖巧的两个学生，因为私下不正常交往过密，被咱们高二年级的孙主任当场抓到了……"

李慧叹了一口气，面露难色："这种事情在一班，乃至全校，都是很少有的。情节严重，违反校规暂且就不说了，老师今天就是想跟大家聊聊，关于这件事你们的一些看法。"

她低头摆弄了一下桌上散乱的粉笔："先说这个事儿，它不对，不对在哪儿？

"十六七岁，啊，心智乃至三观都不是很成熟，青春期啊，朦朦胧胧地对朝夕相处的同学产生感情了，这很正常，也很美好。但是，思修课本上怎么说的来着，'长在春天的花，在春天这三个月里就结不出秋天的果'，为什么？时间不对，年纪不对。

"早恋就是禁果，品尝禁果是很甜的，但是也需要承担偷尝禁果的风险。

"不是说一定要你们清心寡欲，一头闷在课本里，你们可以喜欢某个人，但是在现在，在这个人生中最重要的节点，不要'交往过密'，因为一旦出了什么难以承受的后果，很可能就是一辈子的事情。

"说这么一大堆，就是希望同学们能明白老师的用意。杨文彬和曹晚玉的行为不是什么十恶不赦，他们只是在人生这条道路上一时迷惘了。学校也并没有像大家传言的那样，给两位同学记大过、劝退之类的，哪有那么严重啊，都是好孩子，知道收心就好了。"

李慧抬头，环视了一圈："老师也希望这件事情就此翻篇，大家不要拿这件事情做任何文章，管好自己的嘴，同时也要尊重这两位同学。我在班里交代了，如果还是有人说或者做一些不尊重他人的事情，那到时候就不要怪老师根据校规去略施小惩了。"

说完，李慧站直了身子，拍拍手里的粉笔灰。

"好了，该说的老师都说了，马上就到午休时间了，大家好好休息，下午精神饱满地上课。"

晏藜心情有些沉重，不过按李慧的意思，学校是打算把这件事大事化小小事化了，那对曹晚玉、杨文彬他们来说，是最好的结果。正如李慧说的那样，真正的感情不畏惧时间的洗礼，过个一年半载，到了正确的年纪和时间，想怎么谈恋爱都可以。

她回头瞥了一眼，看见江却在那儿翻着一本一看就是杂书的线装本，她定睛看了一下——《中小学生营养食谱大全》。

"江却？"晏藜收回视线，平视前方。

对方"嗯"了一声，还在那儿翻那本食谱。晏藜皱了皱眉："刚才老班说的话，你都听着了没？"

江却动都没动一下："嗯，听见了。"

他不以为然，就是好像突然想起来什么，转脸看着晏藜："我记得，我爸学校前几天发了一箱高邮的鸭蛋，你喜欢吗？明天我热一下放在午饭里一起带来吧。"

晏藜一脸苦相，她怎么觉得，自从昨天她哄骗着江却说了那句话以后，他就好像一夜之间不要脸了似的,以前还会不好意思地说什么"我们是朋友""我想你过得好",现在直接就"我给你带"。

"我……我得和程圆圆一起吃饭的,今天中午我没陪她,她都不太高兴了,我以后……"

江却打断她:"她不会没人陪的,孟则早就厌烦跟我一起吃饭了,一直等着这个机会呢。你不想成人之美吗,大班长会记得你的恩情的。"

"那你呢,孟则和圆圆一起吃,你自己一个人啊?"

江却正视晏藜,嘴角好像隐约扯出一丝笑意:"我明天开始带两份,跟你一起吃。"

真是狗皮膏药,甩都甩不脱。

他非要这样,那晏藜就不说话了,她还省了午饭钱呢,反正他心术不正,她受用得心安理得。

周六,晏藜照常去魏家。

估计是去得早了,魏东还没走,江却骑自行车送她来的,临走前还跟魏东、宋菱打了招呼。

宋菱匆匆忙忙喝完自己碗里的粥,把碗筷大致收拾了下,扔到厨房里,又跟晏藜交代:"待会儿小航他舅舅可能会来,说是上个月答应了给孩子买玩偶,要送过来。小晏你到时候开下门就可以了。"

晏藜应下,把宋菱送出门,回头看魏远航噘着嘴站在那儿,一脸不情愿看到她的样子。

"等下我舅舅来了,我跟我舅舅说你怎么欺负我的。"

"……"

难道他舅舅一个大人,还会因为小孩儿几句话打补课老师吗?晏藜都懒得说了,只催他赶紧回房间把作业和课本找出来。

大概十点多,门铃响了。

晏藜搁下红笔:"你把这道题算出来,姐姐去开门,等会儿把那个东西给你拿进来。"

"哦。"魏远航蹬蹬腿,拿着铅笔在草稿纸上乱戳一通。

开门前,晏藜还在想着怎么称呼对方,魏远航的舅舅,宋菱女士的兄弟,应该也姓宋吧?

拉开门的一瞬,她脸上刚准备好的职业假笑慢慢转变为讶异——

"宋京墨?"

据宋京墨说,他爸上面还有一个大哥,也就是他的大伯,大伯有一儿一女,女儿就是宋菱。

"就因为上边还有个堂哥,我兄弟他们才叫我宋二的。这不,前几天我爸不是出去谈生意,从国外给小航带了他最喜欢的那个牌子的玩具,让我这个小舅舅给他送来了。"

魏远航拿着玩具去玩儿了,留下晏藜和宋京墨在客厅里干巴巴地坐着。

"我那会儿听小航妈妈说小舅舅要来,我还以为是……成年大人那种舅舅呢……"

也不怪晏藜会错意,正常人听见"舅舅"这俩字儿,怎么会往自己同龄人身上想。好比她,高中才上两年,哪想得到自己同学都当舅舅了。

宋京墨也有点无措:"真挺巧的,我姐说家里有家教,我也以为是……那种老师呢。"

晏藜喝了口水:"嗯,要没别的事,我就进去继续给小航上课了?他课间休息二十分钟,这也差不多了……"

宋京墨反应过来:"噢噢,好,你去吧,不耽误小航上课。我帮他把他那套微型积木拼一下,以前答应过他的。"

晏藜点点头:"在小航的房间吗?"

"嗯,他屋里辟出来堆玩具那块地方,我在那儿弄就行,不会影响你们的。"

晏藜没什么异议,反正这是人家老宋家的地盘。

不过让她奇怪的是,再上课,魏远航显然没有以前那么调皮捣蛋了,乖得不行,连偶尔顶嘴或者小声说晏藜坏话都没有了。

晏藜回头看了宋京墨一眼,对方正在那儿小心仔细地摆弄那些小玩意儿,察觉到她的目光,他抬眼冲她笑了一下。

晏藜转眼就收回目光了,宋京墨却没,反而看着晏藜的侧脸出了下神。

大概十一点多,宋京墨终于把那堆东西弄好,开门出去了。晏藜笔尖点了点手底下的草稿纸,看魏远航最后一道题也算出来了,正在验算,她压低了声音:"小航,你是不是怕你小舅舅啊,今天听话得有些不同寻常啊。"

平时的话,至少要跟她闹两次小矛盾,今天连动都不乱动一下。

魏远航叹口气:"我小舅舅那么牛那么厉害,我怕他不是很正常的事?"

还真是因为宋京墨。

3

"你怕他什么?"晏藜跟宋京墨相处那几次,也没觉得他有哪里可怕啊。

魏远航一副小大人样:"哎……三言两语我跟你说不清,总之我小舅舅就是很厉害,很勇猛,是大哥大,我可不敢惹他。"

"而且我小舅舅对我可好了,只要我不惹他生气,他就会给我搞来全南平都买不来的限量版玩具,他还会骑那么酷的摩托车,身后一大帮跟班,老拉风了。"

小孩子三言两语,晏藜听出至少七分崇敬,两分畏惧。

"不过,小晏姐姐……"他停一下,晏藜这才发现他看自己的眼神好像也莫名其妙带了些……敬畏?

"怎么?"

"你能不能告诉我,你跟我小舅舅是什么关系啊?为什么他看见你那么不正常啊,一点儿威风都没有了,畏畏缩缩的。他平时可不会这样的。你实话跟我说,你是不是隐藏实力了,其实你是比我小舅舅还厉害的人物,所以他才那么怕你?"

晏藜语塞,怕?宋京墨怕她?怎么可能。

可是魏远航口中的宋京墨,又的确是一个那么意气风发的少年,从他们屈指可数的几面来讲,也看得出魏远航说的话大概率不会有假。

"他不是怕我,是因为姐姐是女孩子,他比较懂礼貌,知道尊重女孩子,所以说话就变温柔了,态度也变好了。

"你看,连那么厉害的小舅舅都知道对女孩子说话要好好说,你怎么还天天惹姐姐生气呢?"

魏远航撇撇嘴,不说话了,埋头继续算自己的题。

晏藜若有所思,视线微微失去焦距。

等到宋京墨再进屋里来,已经差不多十一点半了,外面微微传来开门的声音,是宋菱回来了。

晏藜收拾好自己的东西塞进帆布包,宋京墨就坐在她旁边,像是想说什么又不好开口似的。

晏藜笑笑:"怎么了,说吧。"

宋京墨舒一口气:"中午了,我请你吃饭吧。"

红笔被扣上笔盖,晏藜的声音透着婉转:"可是无功不受禄,你干什么请我吃饭呢。"

宋京墨似乎有点急了:"就当是……感谢你来给小航补课……"

"给他补课,魏叔叔他们会给我工资的呀,我拿了钱来补课,不是应该的吗?"

宋京墨这就没话说了,微微苦着脸,似乎是绞尽脑汁地想找个合适的借口。晏藜看得出来,她倒也不想为难他,不过是不想落别人人情。

"算了,我请你吃吧,就当是感谢你,那天见义勇为,帮我揍了那个李骁一顿。"想了想,她又添一句,"不过我经济实力你也是知道的,吃的东西可能没那么金贵,你考虑好。"

宋京墨站起来,欣喜若狂道:"可以的,我吃什么都可以,我不挑食的。"

一路上两个人都没怎么开口,晏藜是天生性子淡,宋京墨大大咧咧但也苦于不知道哪儿来的拘谨，走着走着，还发呆呢。

晏藜伸手拽他一下，给人拽得往旁边一歪："别走那边，沥青没干。"

宋京墨这才反应过来，表情带着一丝尴尬。

"我们这是去吃什么啊？"

晏藜指着前面的街口："拐过那条街，我知道有一家面馆，他家招牌的酸笋肉丝面挺好吃的，才几块钱一碗，还能配两碟小咸菜。就是不知道你能不能吃得惯，店铺对你来说肯定有点儿寒酸了，不过面的味道真的好。"

宋京墨摇头："我哪有那么金贵，早些年，我还小的时候，我爸做生意十投九赔，我就天天跟我妈喝稀粥，一勺子下去没几粒米的那种。也就七八岁那几年吧，算是时来运转，然后家里生意才越做越好，帮衬着亲戚兄弟什么的，到今天这步。"

"是，人只要上进，日子都会越过越好的。"晏藜无意识地附和着，抬手指了指前面不远处露出一半的面馆招牌，"喏，到了。"

周日，晏藜再去魏家，魏远航不摆脸色了，看见晏藜换了鞋进来，他站起来就收拾起自己的碗筷："小晏姐姐，咱们上课吧。"

晏藜还觉得奇怪呢，问了这小孩儿才知道，昨天下午宋京墨又来魏家了，抓着他一通训，要他以后好好听话好好上课，不许惹小晏姐姐生气。

晏藜倒没想到小航这么怕宋京墨，不过这样也好，拿他压着魏远航，她教课也能轻松很多。

这晚回家以后，周琴还没做好晚饭，晏藜回房间躺了会儿。再坐起来就看见桌子角落扔的那个挂坠，小朱莉为原型的塑胶简笔小人，材质很厚实，是当初和江却一起去看电影，人家赠送的。

江却那只是小布莱斯，穿英伦风的小西装。

上周五在学校，她也忘了什么时候，看见江却书包上那个不知道挂了多久的挂坠，她不过多看了两眼，就被江却问："你不是也有一只吗，怎么从来不见你挂？"

鬼知道他在试探什么呢，再说，两个人都挂着，生怕别人看不见吗？

"下周挂上吧，扔在家里也是落灰，多好看的东西啊。"他如是说。

晏藜把那玩意儿拿起来，不锈钢的铝环挂在食指上转了两圈，又被慢慢挂到书包上。

周一，晏藜的午饭是冬笋腊肉、腌笃鲜，外加一只高邮咸鸭蛋。

周围没什么人，都去吃食堂或者学校后面的小吃街了，静悄悄的，只有江却把餐盘——推过来的细微声音。

"明天吃绿豆芽凉米线,还有乳鸽煨的汤。"他顿一顿,"你如果有什么想吃的,尽管跟我说。"

晏藜摇头:"没有,给什么吃什么。"

江却勾勾嘴角,笑意掠过,他注意到晏藜书包上那只朱莉挂坠。

"你把那个挂上了?你看,我都说了,很好看的。"

"这个啊,"晏藜不懂江却脸上那微微甜蜜的笑是怎么回事,她摸摸那个小东西,"不是你要我挂上的吗,所以就挂了。"

下午第一节课是李慧的课,临上课前,她让学生先翻翻新课预习,转而提起马上到来的期中考试。

"这次期中考试,关乎着大家下半学期是否还能够留在一班。大家也知道,学校的重点班是每次大考全段前一百四十名,而且文理各只有两个重点班,有很多同学进步,自然也就有很多同学退步,希望大家加油,努力维持现在的名次,稳中争先。"

晏藜听着,但不太往心里去。她惦记这几天买一个二手的随身听,把英语听力练一练,不然做再多题,听力还是会拉分。

这两年都慢慢流行MP3了,所以随身听的身价也稍微落了点儿,搁以前晏藜绝对买不起的东西,现在倒是可以考虑考虑。

她也不懂,就把这事儿跟程圆圆说了。程圆圆家里是新城区的,从小在这片儿长大,或许知道哪里有卖二手的随身听。

正值下课,周围熙熙攘攘的,程圆圆一边往水杯里扔罗汉果,一边说:"这事儿你就问对人了!我跟你说,江城路那儿有一家文具店,里面有好多磁带、CD、MP3和游戏机什么的,他家也回收这些东西,等放学了,我带你去问问呗?"

晏藜点头,搂住程圆圆亲了她一口:"成,我就知道你最靠谱了。"

放了学两个小姑娘就跑了。江却看晏藜急匆匆地收拾书包,还跟那边的程圆圆频频示意,还没来得及问,人已经站起来离了位。

孟则慢吞吞地挪过来:"好兄弟,你同桌又把我同桌拐走了,所以你只剩下我了。走吧。"

江却白他一眼,面色不豫。

出了教室,孟则拉住江却:"哎,等下,我肚子疼,我去下厕所,你等等我。"

"去吧,速度快点儿。"江却转身站到栏杆那儿,有意无意地往下看。

目光没扫视两圈,江却就发现晏藜了,旁边除了程圆圆,还有一个……江却定睛一看,才看出来是宋京墨。

两人都不在一栋楼,可能是在下面碰见的,也不知道说了什么,一个两个的都笑得那么开心……不是急着去办事吗?敢情要办的事就是跟别人聊着天放学啊。

江却咬了咬后牙槽，抓着栏杆的手也越来越紧，宋京墨说了什么，为什么晏藜和程圆圆一直在笑？她不是不爱笑吗，她不是性子寡淡吗？

他心里开始丝丝缕缕地涌出一些恶劣的情绪，黑沉黑沉地拖着他的心脏持续下坠，让他有种说不出的难受。

他看着她抬手，白瘦的手腕上裹着一块简约的手表，指尖穿过碎发，撩到耳后去。

看着他们往西边去了，江却的脚开始不听使唤，他目光遥遥地追随着下面某个点，扶着栏杆开始也往西边走。

如果这时候晏藜抬头往后看，就能看到，江却和她形成了两道平行线，她往前走几步，他也就往前走几步。但是她没有，她当然也想不到。

身后好像有孟则的声音传来："哎，江却，你往那边去干什么？那边又没有楼梯，回来——"

这一刻，江却好像脑子糊涂了，和周围的人摩肩接踵，明明远远地听见了，但丝毫没有想掉头的意思。

直到走到头，前面只剩一堵墙。

像大梦初醒一般，他猛地回过神来。

4

"你刚刚疯啦？我叫你你都不应的，跟那啥……中邪了似的。"两个人一起下楼，孟则颇有些后怕地跟江却抱怨。

"我刚刚看见晏藜了，还有程圆圆，她们跟宋京墨一起走呢，往西边大门的方向。"

深秋傍晚的暖阳照到身上，孟则都觉得冷，因为江却那句微微咬牙切齿的话。

"所以你就……就为了盯着他们，就硬生生往西边去啊？"这也太不可思议了，江却在一中上两年学了，能不知道尽头是墙吗？他是要穿墙还是要飞下去啊。

江却清冷的目光扫过来："还不是你，非要我等你出来，不然我早冲下去了，用得着那样？"

孟则呵呵一笑："你说得轻松，你冲下去了以后呢？你要硬挤进去啊，你不怕别人说你不要脸啊，再说你冲下去了你说什么呀，你阻止得了人家对话吗？还净怨我了……"

江却站定，就那么看着孟则，孟则心头一凛，被看得后背发凉："行行，怪我怪我。我给你出个张良计怎么样？"

"说。"

"我知道晏藜要去干啥，程圆圆那会儿跟她聊，我听见了，买什么二手的随身听学英语。你想往上凑，你就对症下药呗，给她买个新的……"

市面上卖得最好最贵的随身听大概也就是索尼。

晏黎看的那款，全新的原价是四百多块，九成新老板折半价卖，又被程圆圆砍了三十块。晏黎一百七买了。

别的都挺好，就是边角有点磨损，但晏黎还挺满意的。

只是她没想到，隔天一早，她桌上就放了一个带包装的、全新的随身听，和她那款一模一样。

晏黎叹口气，把自己的随身听拿出来，摆到桌上，然后从容不迫地把那个新的慢慢推还给江却。

"我吧，是人穷志短没错，不过我自己已经买了，我这小二手随身听除了旧一点儿，别的都挺好用的，再说我就是用它学个英语，要这么好的干什么。不过还是谢谢你的好意，还没拆呢，你拿去退了吧，老板会照原价退给你的。"

江却不回话，也不接那个随身听，不知道在想什么。

他第一次正经送人礼物，就被退回来了，而且后路都帮他想好了，叫他拿回去退给老板。

说不上来的感觉，五味杂陈吧。

江却张张嘴，想说的话在嘴里转了好几圈，在心里一遍遍润色、斟酌："新的总是比旧的好一点儿吧，再说送出去的礼物哪有……"

他一句话噎在半截，回头看见晏黎压根儿没听，她不知道什么时候戴上耳机了，在摆弄随身听。

似乎是察觉到江却的目光，晏黎下意识地侧过脸来，有些疑惑地看了他一眼，她根本就没听见他刚才那些话。

江却眼里雾霭沉沉，他好整以暇地调整了一下姿势，正视着晏黎压低了声音。

晏黎看见他动嘴，大概还是听不见，也不摘耳机，只发出一个"啊"的口型。

江却抿着唇，直勾勾地盯着晏黎，可对方像是跟他杠上了似的，就算是大大方方地跟他对视了，但就是不摘耳机。

不知道僵持了几秒，江却突然倾身过去。晏黎下意识往后缩的一瞬，耳机头撤掉了。一瞬间，她闻到他身上熟悉的皂角香味儿，扑面而来的清冽，还有他重复的那句话。

"怦——怦——"晏黎无意识地发着怔，离得太近，她甚至能看清江却微颤的眼睫，但分不清到底是谁的心跳变得急促。

那双雏鹿一样清澈的眼睛，带着些微的惶恐，直直地映进江却眼里，连带她整个人都撞进他心里，他视线无意识下移，最后停在对方微泛着水光的嘴唇上。

多可怕，晏黎竟然看见江却喉结上下滚动了。

155

但下一秒，他就返身回去了，将拎在手里的耳机线放到桌上。他站起来，走之前留下一句："你的随身听没开。"

晏藜本以为经过早上那回，江却会跟她使脾气。

她都做好准备了，谁叫自己笨呢，想装没听见，还不装全套，耍人被当场抓住，如江却这么倨傲惯了又小心眼的人，不想办法在她身上报复回来就不错了，于是一个上午两人都没怎么交流，江却脸色平平无奇，她也看不出他到底生气没有。

结果等到午饭时间，江却又把那个晏藜无比熟悉的保温桶拿出来了。

皮蛋瘦肉粥，梅干菜扣肉，片火腿，再往下，竟然还有两块青菜饼。

比她家的过年饭都丰盛。

江却把饭盒放到她桌上的时候，表情十分平静，就好像早上那事儿根本没发生过一样。

"下次你要不想理我，直接说就行，不用装听不见。"

晏藜悻悻应道："哦。"

"我没生气，随身听我也会去退掉的。"

"哦。"

江却不说话了，垂着眼帘。从晏藜那个角度，似乎能隐隐看见他眼里的失落和郁结。

也许都是演戏也说不定。但晏藜忽然想起幼时她爷爷教她放风筝，说风筝线握在手里，不能太紧也不能太松，要适时松一松，再看准时机收一收。

"江却，"她试探性唤一句，看见江却抬眼，她嘴角扬起一个不太明显的、善意的笑，"谢谢你给我带的饭，很好吃。"

江却怔了一下，而后再开口就隐隐带着笑意："知道了，快吃吧。"

期中考试两天，校广播三不五时会通报某个考场某个考生作弊被取消了成绩，李慧仅有的几次到班，都会提醒学生千万不要作弊。

按理说重点班会作弊的人少之又少，但据说以前出过先例，二班有排名倒数的学生，大概是怕考完试被调出二班，所以夹带小抄进了考场，结果刚拿出来就被监考老师抓住了。

"说起来，那还是高一时候的事儿呢，那个女生也是跟在卢艺身边的，所以我对她还有点儿印象，比我稍微矮一点儿，瘦瘦的，齐耳短发，老是低着头。处分结果广而告之的时候我都惊了，因为那女孩儿看起来不像是那么胆大的人。

"可能真的太害怕被调出重点班了吧，结果经这么一遭，不仅被调到普通班，还取消了那次期末考的单科成绩。"

程圆圆说完，有点后怕的样子："学校对作弊真的抓得很严，零容忍那种，不过还好咱们班没出过那种事。"

晏藜刚做完一道英语的阅读理解，还没来得及回程圆圆的话，教室后门传来一阵小小的喧闹，两个人不约而同地转头看去。

孟则正指挥着班里几个男生往教室最后一排搬新桌椅，本来还算空旷的教室后排一下子变得稍微有些拥挤了，四张桌子，八个人的座位。

程圆圆过去瞄着两眼："这是干什么呢，后边地方本来就不大，这下走两人都费劲了。"

孟则拿纸擦手："这不是期中考试完了嘛，成绩这两天就出来，然后刚才老班找我，说他们那个教研组开会决定，重点班各新增八个名额，咱们班这次估计要来点儿新同学了。"

程圆圆"哦"了一声，好像也并不怎么期待地重新坐到晏藜旁边。

"怎么了，来新同学还不高兴啊？说不定有帅哥或者美女哦。"晏藜抬头瞟她一眼，眼里带些笑地戏谑道。

程圆圆趴在桌上："倒也不是不高兴，就是觉得挺没意思。肯定还是按排名来的，新同学也是埋头苦读，那和班里这么多老同学有什么区别，反正都没空搭理我。"

她是个闲不住的，无聊对她来说才是最痛苦的事情。

这天放学，晏藜和程圆圆一块儿走，她注意到篮球场旁边花坛里的石榴成熟了，个大饱满，透着诱人的水红，不知道是哪个老师种的，全校就这两棵是果树，也不知道是观赏性的还是能吃的。

程圆圆忽然拍了拍晏藜的肩膀，示意她往后看——

"你看看，咱们后面，一百米处八点钟方向，那个女生就是上次我跟你说，因为作弊被调出二班的姚盼盼。"

晏藜回头看了一眼，看着的确是和曹晚玉差不多类型的女孩子，很乖巧温顺的那种，不知道怎么会想不开做那种事。

她以为程圆圆就是让她认一下脸，结果刚扭过脸，程圆圆就歪着头凑过来，压着声音："我怎么觉得，她好像在跟着我们啊？"

"啊？"晏藜又回头看了一眼，和对方对视后，对方立刻像惊弓之鸟一样闪开了视线，头也压得更低了。

好像……有种怪异的感觉。

"不会吧，咱们跟她又不认识，应该只是顺路而已。"晏藜安慰了下程圆圆，再回头看，那个女生就不见了。

晏藜勉强压下去的、不太好的预感又一点儿一点儿冒出来。

回了家后，这事就被晏藜抛之脑后了。周琴到家的时候外面开始下小雨了，开了门一股凉雨的味道扑面而来。

好在锅里的热汤面也好了，吃了身上热乎乎的。

5

期中考试成绩还没出来时，楼下的宣传栏光荣榜就更新了，晏藜和那个化学天才余晟并列第二，江却还是万年不变的霸主地位。

成绩单到中午才经孟则的手贴在老位置，晏藜不太关心自己的，她看了看程圆圆的成绩，小姑娘挺努力，还进步了两个名次呢。

但程圆圆兴奋的点好像并不在于她自身，她整个人好像中了头奖一样，飞奔到晏藜身边："晏藜，晏藜，我跟你说，你知道有个多好笑的事儿吗？"

晏藜一直觉得程圆圆这人挺有感染力的，比如现在，对方根本没说什么好笑的事，只是笑笑，就带动着晏藜也想跟着笑了。

"什么事儿啊，这么开心？"

程圆圆就差没手舞足蹈了："卢艺啊，她这次期中考试不是考得挺好的吗？然后正好两个班又都新增了八个名额，按照年级排名的话，她差不多可以卡在最后几位来咱们班的，结果！结果！你猜怎么着？"

话说到一半，程圆圆又笑起来，晏藜就等着她笑完，才又问："结果她还是没能考到一班？"

"对！据说是因为普通班也考上来几个，占掉了名额，卢艺前面那个是最后一名划进咱班的，就比卢艺高一分。就差一分啊，下次又得再等半学期，你说说，她该有多恨啊。"

对晏藜来说，这的确挺大快人心的，她也不是什么圣人，对方三番五次地找碴儿，她早就厌烦了，这次只能说是连老天爷都不帮卢艺。

思绪飘飘然地落下，晏藜不经意间往教室外的走廊看了一眼，隔着一扇大窗，她忽然看见那个叫姚盼盼的女生匆匆跑开的背影。

怎么这两天老是碰见她？

晏藜皱皱眉。

傍晚放了学跟程圆圆一起走的时候，晏藜就留意了下身后，果不其然，又看见姚盼盼闪闪躲躲的身影。

程圆圆也发现了，两人对视一眼，齐齐看向对方，那个女生好像很紧张的样子，不敢看晏藜她们，但是又踌躇不决，似乎想走过来。

没一会儿，姚盼盼朝她们走过来了。

晏藜拉着程圆圆下意识后退一步，下一秒对方很是惶恐地站定了。

"晏藜同学……你好，那个，你有空吗？我想和你聊聊。"姚盼盼语调颤颤巍巍的，好像晏藜她们是什么吃人的怪兽。

晏藜下意识地拒绝："我不认识你啊同学，有什么话，不能光明正大地说吗？"

姚盼盼面露难色，纠结几秒，她指了指一边小道的香樟树下："那，咱们去那边说好吗？大道上人太多了。就几句话，我说完就走，不会浪费你们时间的。"

晏藜回头看了程圆圆一眼，她点点头。晏藜这才同意："好。"

说是几句话，但有些事情怎么可能三言两语说得清楚。姚盼盼说高一的时候她在班里跟着卢艺，说是一起玩儿，其实就是对方的跑腿和跟班。有次期中考试，卢艺铆足了劲儿想到一班，但分数又差得远，不知怎的，就想到作弊这条门路，那时候她的历史是最有上升空间的一科，她就打了小抄带进考场。

"那场考试，我就坐在卢艺后面，我看见她把那张折叠过的纸拿出来，展开以后平铺在草稿纸下面。因为那个考场大部分考生都是重点班的学生，监考老师就没怎么注意。结果卢艺抄到一半，来了几个巡考的主任，说是在其他考场抓住作弊的了，要抽查一些学生的试卷和草稿纸是否完好无损。"

说着说着，小姑娘红了眼："那几个巡考老师就是随机抽查的，但是人太多了，眼看就要查到卢艺附近。卢艺那张纸还不小，她来不及收怕弄出动静，就很着急地从下面把小抄抽出来往地上扔，扔到了我脚底下。我……我看见了，然后特别紧张，那几个巡考老师也发现我情绪不对劲，往我位置那儿一看，就看见我很慌张地用脚踩那张小抄……"

晏藜算是听明白了，敢情当初姚盼盼作弊那事儿，原来是给卢艺背黑锅呢。

"那你当时为什么没有当场揭发她，也不跟巡考老师解释呢？"

姚盼盼眼圈一瞬间就含上泪了，泫然欲泣地说："我、我说了，我说那不是我的，老师压根儿就不信，说亲眼看见我用脚踩来掩饰罪证的，考场又没有监控。我想把卢艺供出来，但是我真的不敢，我一直被她欺压，我知道她是什么样的人，我如果说了，肯定会被她整死的。而且……她手里还有我的把柄——是我给一个男生写的信。我如果真的说了，她把那封信散播出去，被老师抓住了，我爸妈会打死我的……"

姚盼盼越说越难受，眼泪跟不要钱一样往外流，看得人心里怪难受的。

"可是，作弊这项罪名不也是让你背了……"晏藜真的不解，难道作弊这项罪名不比一封信的罪名更重吗？

"当时，下了考场卢艺就找到我，说只要我帮她担下这个罪名，她就把那些东西都销毁，以后会对我好。还说不会有事的，最多就是通报批评一下。但如果我非要去揭发她，她也不会放过我。我当时太慌乱了，又懦弱，我就觉得，反正也不会有什么大问题，总比被人指指点点拿那封信戳我脊梁骨要好，我就……我就……"

晏藜皱皱眉头："结果你没想到，学校那次对重点班出了个作弊学生的惩罚那么大,根本就不像卢艺说得那么轻松?"

姚盼盼泣不成声:"可是我后悔得太晚了,在最终处分出来以前,我就已经认了作弊的罪名,卢艺当时又是所有老师眼里一等一的好学生,我实在没办法了……"

程圆圆在旁边,听得目瞪口呆。她一个整天吃吃喝喝,被父母和朋友护得严丝合缝的女孩儿,如果不是听到姚盼盼这番话,大概这辈子也想不到,只是十几岁的高中女生而已,背地里竟然能做出这种阴毒的事。

晏藜叹口气:"那你找我,又是为了什么?"

姚盼盼抬手抹了眼泪:"前段时间,雕塑比赛的事情,我听说了。卢艺她干的那种事儿不止一件,但只有你,让她在老师面前主动承认并道歉了。这段时间期中考试成绩出来,我当初那件事又被很多人拉出来说,我不想继续被钉在耻辱柱上了,我不想每逢大考就要被人在背后诟病,提着我的名字说我作弊被撵出重点班。所以晏藜,我能不能求求你,你帮帮我,你一定有办法的对不对?"

顶着姚盼盼泪眼蒙眬带着期盼的目光,晏藜表情苦涩,沉默了一会儿,她还是摇了摇头:"实在不好意思,我帮不了你。

"一来,我并不知道你说这话是真是假,你也说了,你没有证据,那我怎么能相信你的话?二来,我和卢艺少有交集,她对我的态度你也应该清楚,而且时间太久远了,出事那会儿我还没转来一中呢。帮你洗清冤屈这事,我毫无头绪,也没办法夸下海口。既然你还没告诉过老师家长,那我建议你还是找一个负责任、靠谱的长辈或者老师来解决这件事吧。如果你说的是真的,我相信他们会还你清白的。"

话音落下,姚盼盼愣了一下,显得无助极了,又呜呜哭起来。晏藜真看不得这种乖乖女掉眼泪,她犹豫着,从口袋里摸出纸巾递上去。

"这样,我给你出个笨一点儿但有用的办法,就是不知道能不能行得通。你这件事找老师找家长是绝对没错的,毕竟他们都阅历较深。但你找之前,可以搜集一下证据。我听你刚才那话,你应该还没有和卢艺彻底闹掰吧?她对你的态度应该还是和以前差不多,没什么防备,觉得你不值一提。你可以准备个录音的东西,别那么刻意,寻个合适的机会找到她质问,总之能套出来几句是几句吧,引导她说一些有利于证明你清白的话。以我对她性格的了解,她上钩的可能性在六到七成。我也只能帮你到这儿了,剩下的,只能看你自己。"

旁边程圆圆还在发呆,被晏藜扯了一把:"走了。"

小姑娘这才后知后觉,跟姚盼盼说了再见,带着怜悯看了姚盼盼一眼,转身追上晏藜。

晏藜扭头,看得出来程圆圆受打击了,整个人都不活泼了。

"晏藜……"

"嗯？"

"姚盼盼她，真的好可怜啊，唉！"

晏藜看着她："你是不是也在想，为什么我不帮她？你觉得，我在这件事上是不是有些冷血了？"

程圆圆赶紧摆摆手："没有没有，我没有这样觉得，我相信你有你自己的判断和想法的。"

晏藜拉着她走，眼睛平视着前方："卢艺那个人，很难缠的。雕塑那件事，也不是我处理的，我哪有那么厉害。是江却帮的我，否则卢艺到现在也不会承认，不会跟我道歉。

"不是不帮，是我有心无力。这种事情太棘手了，又不是像在大街上喂个流浪猫狗那么简单。如果只是举手之劳，那我稍微费点儿力气倒无所谓，但像这种真真假假的东西，弄不好自己也陷进去，平白无故惹一身腥，还是算了吧。而且我自认，我也没那个普度众生的本事，我管好我自己和身边的朋友就不错了。"

第九章

给喜欢的人送苹果

1

立冬那天,南平一夜之间温度骤降。

距离期中考试成绩公布过去半周了,班里人都在说,就这两天,新同学就会陆陆续续过来了。

晏藜早餐喝的玉米粥,吃的周琴包的荠菜馅包子,下了课喝口水打嗝都是荠菜味儿。

江却今天没带午饭,昨天程圆圆和孟则来跟他们商量好了,今天中午一起去食堂吃饺子。虽然晏藜解释了,冬至才是需要吃饺子的,但架不住程圆圆突然想吃,软磨硬泡。

江却就是顺带的那个。

午休醒来,晏藜拿水杯打水,看见后面那排空位不知什么时候已经摆上书了,而且除了离后门最远的那个,其他人的位置都挺整洁的。

程圆圆边拿着水杯追赶晏藜,一边拿那个主人未到的桌斗大声挖苦孟则:"这脏乱差的程度,这废纸废卷的一堆,跟孟则你初中那会儿有得一拼了……"

要不是她拉着晏藜跑得快,孟则那巴掌就要抢到她后脑勺上了。

热水机周围热腾腾的,还有一些水洼,是机子盛剩水那个凹槽里流出来的,水卡放上去,热水哗啦啦地流,塑料水杯表层立刻滚烫起来。

"下午第一节课上课前,老班应该就会领着新同学进来了,你信不信?"程圆圆揾着水卡在热水机上,扭着头跟晏藜打哈哈。

"我还真想看看那个跟孟则一派作风的是哪位大神。哎,晏藜你说,能考到一班,东西还能那么乱,不应该啊,这理论上说不通啊……"

晏藜只是笑。虽然她也挺好奇的,不过猜想可能是个不拘小节的学习狂魔,所以才会把东西搞成那样。

她俩进教室的时候班里已经安静下来，是等着老师上课的那种状态了，有值日生被课代表提醒了，着急忙慌地上台擦黑板收拾讲桌，刚撂下板擦，李慧就进来了。

后面还跟着几个人，穿着一中的校服，有的在重点班这栋楼见过，有的大概是普通班升上来的，有些脸生。

班里不可避免地小声议论两句，李慧拍拍桌子："同学们静一静啊。这是本次中考排名全校前七十的、以前没在咱们班的同学，从今天开始他们正式转入一班，和大家一起学习。大家欢迎。"

班里鼓起掌来，李慧示意那些人坐到自己的位置上去。

"这些同学的名字都在成绩单上，大家以后都会慢慢认识的，马上上课，就不一一介绍了，大家把书拿出来，还有练习册，翻到……"

"报告——"中气十足的清亮男声，无异于在一班这个平静的湖面扔了一块巨石。

全班的注意力瞬间被吸引过去，李慧也吓了一跳，晏藜跟着众人抬头看，等看清门口站的人是谁以后，全班都开始面面相觑。

但李慧只讶异了一瞬，就摆摆手让他进了："宋京墨，下次上课不许再迟到。"

男孩儿嘴角一挑，漾开一个玩世不恭的笑："哎，好嘞，下回我一准儿不迟到。"

他往里走，书包单肩背在后面，步伐散漫极了。

刚才沉寂下去的"湖面"，再次像微微煮沸了似的嘈杂起来。

"宋京墨？他怎么来一班了？"

"见鬼了，他那成绩'一骑绝尘'，三百里开外都瞧不见名次的，竟然也能进一班……"

"安静！"李慧呵斥一声，整个班瞬间噤若寒蝉。她环视一周，拿在手里的书又放下，"宋京墨同学的成绩的确不够来一班，但是经教研组商议决定，同意宋京墨来借读一学期，以重点班的规章制度和学习进程来严格要求他，以达到规范其身心和学习习惯的目的。对此，如果哪位同学有疑问，下课后私下找我谈话，现在是上课时间，不要影响教学进度。"

晏藜回头看了一眼，宋京墨跟她隔了大概五排，就坐在那个"不拘小节"的位置上。似乎是察觉到她的目光，宋京墨看过来，冲她笑了笑。

她转回去的时候听见江却低声地问："他怎么来了？"

晏藜跟宋京墨又不熟，便说："不知道，可能是他爸又捐了两栋楼吧。"

因为她这句话，江却眼里浮现出笑意，不过又敛了，抬头专心听课。

下了课，李慧前脚走，后脚教室里就有很多人说起小话了。话题不外乎都围绕着新同学，再不然就是那个不知道通过什么门路进来的宋京墨。

晏藜上厕所经过后门，看见宋京墨正趴在桌上睡觉，脸整个埋在桌上，搭在桌沿的手又宽又大，骨节分明。

去厕所的路上，身旁程圆圆难免也提起这尊瘟神："我听说啊，是宋京墨前段时间把人打进医院了，在新城区香山路那片一家会所。他爸管不了他啦，十五班的老师也管不了，这不，都知道咱们老班教书育人特别有一套，他爸可能要死马当活马医吧，想着换个环境，不跟十五班那帮人混会不会好一点儿，就求着学校给弄进一班了。说是借读，不定什么时候就走了。"

晏藜若有所思了好一会儿，搞得程圆圆都问她寻思什么呢。晏藜指了指外面："咱们学校还有空地给他爸盖楼吗，我记得不是都盖满了？"

原来是想这个，程圆圆笑笑："这次没盖楼，说是翻修旧操场。"

"就是划了卫生区，长很多野菊和蔷薇的那片旧操场？"

"嗯。"

上了两节课，宋京墨都安静得好像一班没有这个人一样。这倒让很多人挺讶异的，因为毕竟传闻中他是那么不羁闹腾的一个人。

第二节大课间，门口来了一堆不认识的男生，个个拎了一件塑料膜包裹的饮料，一件二十四瓶，足足四件。还在班里的人都看了过去，就见领头的指挥着其他人把饮料搬进来。

晏藜认出来，是跟在宋京墨身边的那几个男生。

孟则站起来，还没往那边走，最前面那个男生就跑上讲台。不少人看见了，纷纷抬头。其他人在拆塑封，那人就遥遥看着宋京墨的位置，吆喝了两声："同学们！同学们！为了庆祝宋京墨同学今天第一天来一班，请大家喝饮料……"

话音落下，一屋子静寂，没有人欢呼，也没有人回应，大家都在静观其变。

宋京墨坐得好好儿的，看见此情此景怔松一下，似乎也没想到一班的人都是这种反应。帮他搬饮料的十五班男生都皱了皱眉，脸色难看起来。

这平时在学校里叱咤风云的人物，转班第一天就栽了跟头。

江却翻了页书，余光看见晏藜一直抬头盯着讲台："他在十五班那套，在这儿行不通的，而且还是第一天，不会有人理他的。我去跟孟则说，让他招呼着帮忙分一下，免得他尴尬。"

话没说完，江却猛地抬起头来，见晏藜已经站起来了，径直往讲台上走去，整个一班，就只有她动了。

晏藜走过去，对着那个男生笑了笑："给我四瓶吧，我拿过去分一下。谢谢你，也谢谢……"她回过头，看向坐在最后一排的宋京墨，"也谢谢宋京墨同学。"

她这一站，程圆圆也站起来了，拽了拽孟则，孟则这才后知后觉："哦——那什么，陈坤、周元，你俩跟我一起，帮宋京墨分一下饮料给班里人……"

班里这才陆陆续续恢复刚下课那会儿的喧闹，有人三三两两地跑上讲台，帮忙把饮料放到每个人桌子上。

晏藜给江却一瓶，给程圆圆和孟则各一瓶，然后拿着自己那瓶径直往最后一排去。这个过程，江却的视线一直在随着她移动。

宋京墨看着她走过来，左手有些无措地抓了抓桌子："刚才谢谢你啊，帮我解围。"

晏藜沉声："没事儿，都是同学，应该的。"

她站定在他面前，手里玻璃瓶的桃子汽水儿晃晃荡荡："那个，其实你不用这样的，你刚来大家跟你不熟很正常。只要你不影响到他们，以后他们都会和你好好相处的。有什么需要我帮忙的，你就说。快上课了，我就先回去了。"

宋京墨点点头，脸上没有以前那副如鱼得水的张狂，多了一丝和顺。

直到晏藜坐下了，江却还在看她。

"干什么用这种眼神看我？"晏藜弯腰把下节课的书抽出来。

江却不着痕迹地收回视线："没，我就是想，你对新同学真好啊，要是能分一点儿心思给你的同桌就好了。"

晏藜看过去，江却现在说这种话，已经到了一种面不改色的境界。

"他以前在十五班混得那么开，但是咱们班气氛跟十五班不一样，他不适应，挺孤独挺可怜，我们怎么说也算朋友，帮一帮不是很正常？"

江却点头："嗯，正常，你对谁好都正常，就是对我好不正常。"他说这话，心平气和的，但是目光一直落在书上，好一会儿了也不见翻。

晏藜嘴角扯起一点点讥讽的弧度，不过说的话倒没有那么尖锐："江却，你是不是吃醋了？"

她故技重施，猜测他应该还会像上次那样羞恼否认。

然而下一秒，江却合上了手里的书，少年清冽的目光紧锁着她的脸，他沉默几秒，复又开口："对。"

"我不高兴你看着他，我不高兴你去帮他。要说他救过你，难道我的功劳不比他大，怎么从来不见你对着我笑那么开心？"他咬了咬牙，眼里闪过不甘，"晏藜，你有没有心啊。"

2

晚上晏藜回家，正吃着饭，冷不丁地，周琴突然来了一句："赵文山早从局子里放出来了，但没回来，不知道去哪儿了。"

晏藜心里一颤，熟悉的惊悸感传来，她忽然想起还有赵文山这么个存在。

这一个多月，她过得太舒服了，以至于都忘了，赵文山只被拘留了半个多月而已。

晏蓉定了定神:"回来就回来呗。他要再动手,咱们就报警,只要他不怕再进去,我也不怕跟他死磕。"

以前周琴挨了打骂,总是容忍,逼急了还手还嘴,但从不想着捅出去让警察处理。毕竟这年头,家丑哪敢外扬,更何况周琴还是离过一次婚、带着个女儿的人。

晏蓉以前小,总觉得报警是天大的事儿,但经过那回,她忽然发现也没那么难搞。

周琴喝了口汤:"冬天了,过年之前他肯定要回来一次的,你上班挣的钱别往家里搁,不知道他什么时候可能就回来了。"

"嗯,知道。"

立冬以后,南平一天比一天冷,周琴把晏蓉的空调被换成了厚被子,去年的厚毛衣、围巾也通通找出来洗干净。

眨眼过去十几天,二十二号早上冷得出奇,还是周一。

晏蓉起床都能看见窗户蒙了一层薄薄的雾气,刮着风,有白菜和猪肉炖煮的香味儿从门缝里丝丝缕缕地飘进来。

周琴炖了菜汤,热腾腾的一大碗。晏蓉擦了手去抽筷子,听见外面周琴的说话声:"今天小雪,天气预报说会有局部降雪。万一真下了,又滑又冷的,你放了学早点儿回来,别在路上摔了。"

晏蓉愣了一下,突然想起来,这都十一月底了。

进班的时候还早,班里门窗都紧闭着,有股空气不流通的味儿。晏蓉过去开了下自己那边的窗,扭头听见一个女生说冷,她又立马关上了。

程圆圆早把水杯灌上热水了,晏蓉关了窗坐回座位上,程圆圆就把热水杯放到晏蓉手里,给她暖和暖和。

"这还没下雪呢,下了雪更冷。"小姑娘无意识地抱怨着,搓了搓晏蓉微红的手,"你可别冻着了,我上小学那会儿,手老是冻,肿得跟发面馒头一样,后来好了也一直有点儿肿。"

"这么细长的指头,肿了可不好看。"程圆圆念念叨叨,还不忘吸一下鼻子,"今天放学咱们去门口的精品店买手套耳罩吧,过几天真冷了该涨价了……"

晏蓉说"好",第一排的数学课代表开始收作业了,她把作业掏出来放桌上,捏了捏程圆圆鼓鼓软软的脸蛋:"走,陪我接水去。"

出了后门就跟人擦肩而过,晏蓉回头看了一眼,是宋京墨,怪稀罕的,从来没见他这么早过。

宋京墨自从期中考试以后转到一班,跟转了性一样,每天按时上下课,偶尔迟到,但次数掰着指头都数得过来,在学校里也少见一群人浩浩荡荡的场面了,没了宋京墨这个领头的,周一升旗仪式上念的处分名单也少了一大截。

而且，十五班那些人也基本不来重点班这栋楼，有次放学，晏藜看见几个人乖乖地等在教学楼侧的花坛边。

但他还是不太学习，上课总是看见他睡觉。有的老师会叫一下，有的老师看见了当没看见，任由他睡。作业好像也不大交，他的名字常常出现在课代表的嘴里，被作为全一班仅此一例没有交作业的学生报上去。

最开始还有一部分人对宋京墨意见很大，觉得他进了一班会败坏一班的名声，但后来发现对方很安分守己，便再也没有了多嘴多舌的由头，只能在周考或月考以后，指着他这个倒数第一的成绩啐几口。

晏藜回班的时候数学课代表刚收到最后一排，扎高马尾的小姑娘，抱着厚厚一摞练习册，小心翼翼地跟宋京墨说着话："下次有空你还是写一下吧，没多少的，因为每次都只差一本，我也……"

晏藜走过去，宋京墨刚开口："对你们来说是很容易，但是我真的不会。我昨天熬到十一点多，看了好多公式，才写了不到一半的选择题……"正说着，他余光注意到经过的晏藜，声音一下子小了，"我真的不会，不然我肯定都做好了，要不你先把他们的交上去吧，回头我再补。"

晏藜都过了倒数第二排了，听见这话，她又转头。莫名其妙地，她注意到宋京墨耳朵上的耳钉不知什么时候没了，校服也穿得规规整整，隐隐能看见里面的高领厚毛衣。

收作业的课代表有点为难地走了，宋京墨抬眼和晏藜对视一秒，急匆匆地收回了视线。

她慢慢朝他走过去。

江却就是在这时候推门进来的，和孟则一前一后，寒气跟着人扑进来，第一排的女生被冻得哆嗦一下。

班里坐得差不多了，江却一眼就看见晏藜站在宋京墨的位置边上。

走近了，隐隐约约听见他们说话，但听不清说的什么。

江却放下书包拿作业，该交的一应交了，晏藜还没回来。他拿出做了一半的精题卷，写了个"解"字，墨水在纸上氤湿出一个黑点都没发现，他又回头看，晏藜手点在宋京墨桌面的书本上说着什么，眼神柔和。

"这个，公式错了，应该是……"宋京墨摇头说不知道，晏藜就写在纸上，一丝不耐烦都没有，"就是这个公式，你代入了验算一下。作业呢，你以后尽量写吧，毕竟转到一班了，能进步一点儿是一点儿。要是实在不会，你可以问我……"

猝不及防地，眼前伸过来一只手，抽走了桌上的练习册。

晏藜站直："江却，你干什么？"

江却笑了笑，一脸温暾："我看看他哪道题不会，也来帮帮宋京墨同学，大家都是一个班的，互帮互助是应该的。"

"不是，我在这儿呢，马上就讲完了——"说着，晏黎倾身劈手去夺江却手里的书，被他侧身躲开。

"我给他讲，他有多少不会的，我都给他讲明白，也省得你一趟一趟地往这边跑了不是？"他说这话，分明是笑着，但语气又带着一丝丝让人胆寒的咬牙切齿。

晏黎皱皱眉头："你别闹了，快上课了。"

江却点点头，把书放回去："对，快上课了。"

晏黎还以为他消停了，下一秒手腕被人牵着带起来，整个人都被动往前，江却竟拉她的手腕，往回走时她听见他低沉压抑的声音："快上课了，你也该回来了。"

班里有人注意到这边的动静，发出一片小小的起哄哗然，只有宋京墨目光黑沉沉的，视线死死盯在晏黎被江却拉着的手腕上。

下午第三节课后，外面突然开始纷纷扬扬地飘小雪了。

最开始只有一个人发现，后来越来越多人往外看去，下得很小，落在地上薄薄一层，很快就化成了水。

程圆圆下楼回来，一路飞奔到晏黎的座位前："晏黎，晏黎！你猜我刚才在楼下看到什么了？！"

"什么啊？"晏黎抬头，看见程圆圆刘海儿上落的雪花，绒绒的，小小的，在以肉眼可见的速度化掉，她扯了一些纸帮程圆圆擦了两下。

程圆圆小脸红扑扑的，好兴奋的样子："楼下那个宣传栏贴出公告了，是关于姚盼盼被卢艺栽赃作弊的公告！"

晏黎脑子里一个激灵，刚才还有些昏昏欲睡的神经一下子清醒了："怎么说？"

"嗯……我也不知道姚盼盼有没有按照你说的办法去弄，总之那公告说了，确认高二（2）班卢艺个人作弊后栽赃同学，证据确凿，现予以卢艺开除处分。"

晏黎那颗心飘飘荡荡地落到了安稳处："那姚盼盼呢？"

"姚盼盼，公告上没写，但我那会儿听见其他人说，应该会给她调回二班，不过她高二成绩一直下降，也有可能会让她继续留在普通班。怪可惜的，她成绩下降估计也是因为心里一直装着这个事儿吧，要是出在我身上，那还不得跟刺一样，扎得我茶饭不思、夜不能寐啊……"

晏黎摸摸她的头发："好了好了，姚盼盼能清清白白就不错，也是她那时候鼓起勇气想证明自己，不然可能到现在还没人知道当初的真相。她调整好了心态，以后成绩慢慢回升是迟早的事。"

……

放了学外面的雪还没停,不过不成什么气候,下得很小,跟蒙蒙雨似的,但出了教学楼,星星点点的雪花还是很快落在身上和头发上。

晏藜和程圆圆没走两步,身后有人叫:"晏藜——"

两人停下,看见江却和孟则背着书包小跑几步追上来。

"天有点儿黑了,一起走吧。"

毕竟是冬天了,傍晚放了学,一中和外面的路灯都亮了,雪花飘下来,在温黄的灯下能很清晰地看见。

四个人一起走,程圆圆嘟囔一句:"这雪要是能下大就好了,就这么点儿,又冷,又不能玩儿……"

买完手套,程圆圆和孟则往他们的方向走了,晏藜要去公交车站点,走两步,回头发现江却还在跟着。

"送你到家了我再回去,你们那周围,我记得好像没有多少路灯吧?"

的确没有。晏藜默认了,甚至往左侧挪了挪,好叫江却能和她并排。

"真冷。"他说。

"嗯。"她回话一向这么干巴巴的。

没走两步,江却把校服外套脱了,搭在晏藜身上。

3

冬天冷得要穿棉袄的时候,学生最期待的就是元旦晚会和放寒假了。

晏藜把这话说给程圆圆听时,程圆圆想了一下,又添一句:"还有还有,下大雪,平安夜。"

晏藜以前在十三中,没有什么元旦晚会和平安夜,她也不太知道这两个具体是什么流程。

"哎呀,到时候你就知道了。"程圆圆挥舞着厚厚手套包裹着的双手,在空中比画了一个大圈儿,"咱们老班最喜欢办元旦晚会了,会办得很大,有这么大,整整一个下午都用来办这个。"

"那不上课了?"

"不上。老班说咱们班人成绩够好了,又不差这一会儿。所以我跟你说,老班这么深得人心是有道理的,反正整个一中,我最喜欢的老师就是咱们的李慧老师,然后是教语文的石中茂老师。"

晏藜笑了,拍拍程圆圆的头:"你就贫吧你,挨骂那会儿不说你喜欢老班。"

"哎呀,老班是严厉和慈爱并存的……"

不过十二月中旬的确到了该下大雪的时候了。

从早上开始天就阴沉沉的，冷风像锋利的刀片一样割在脸上，天气预报报的有强降雪，所以晏藜早上临走前戴了之前买的手套帽子。

雪是上午第三节课的时候开始下的，一开始就是零星的小雪，转个头的工夫就下大了，大片大片的鹅毛雪，漫天都白蒙蒙的，在教室都能听见扑簌扑簌的落雪声。

下了课，外面的栏杆围满了人，都是出来看雪的。这是今年第一场大雪，短短一节课，地上已经落了一指厚的雪层，也有不少人跑到楼下空地，没走几步身上就落满雪花，跟白头了似的。

晏藜身边的程圆圆伸手出去接了一片儿，化在手里成一小摊水。

晏藜看着那雪若有所思："也不知道会下多久，想堆个小雪人玩玩，以前都没机会弄……"

程圆圆看过来："好耶，要是中午吃了饭雪还下这么大，应该就可以了。"

中午，江却洗了保温桶和筷子回教室时，走到门口，余光看见个熟悉的身影，他脚步定在原地，扭头朝栏杆外的楼下看了一眼。雪还下得很大呢，到处都是白茫茫一片，来往的学生都行色匆匆，大概因为太冷不想停留，但偏偏就有那么两个人，也不管雪下得有多猛，就在空地的花坛一边，你一捧我一把地堆起了雪人。

程圆圆穿了个橘色的棉袄，所以挺显眼的，晏藜穿的白色棉袄，裤子还是校服裤。离得有点远，看不清雪人怎么样，只有一个隐约的形状。

江却往前挪了一步，就站在栏杆前，保温桶拎在手里，刚碰了凉水的手在冷空气中冻得鲜红，他却毫无察觉。

两个小姑娘好像已经把雪人堆好了，程圆圆找了根木棍插上，又拍了拍雪人的头。

晏藜好像在扣挖雪人的五官，末了，跟雪人面对面看了会儿，就在江却以为差不多结束了的时候，只见晏藜把自己的帽子和围巾摘了下来，给雪人戴上了。

……

班里还是挺暖和的，江却坐在座位上，右手无意识地搭在桌角，刚刚被冻到僵硬的指尖因为温度回暖而泛起酥麻的痒，他一抬头，看见晏藜呼着白气开门进来。

她的鼻头和脸颊冻得通红，双眼水汪汪的，关上门以后，缩着的脖子才抻平。

他就那么看着她走过来，坐在他旁边，带着寒气和肩膀上没拍掉的雪花，头发上也沾了很多，星星点点的，像戴了什么繁复精致的头饰。

晏藜坐下以后就开始发呆，她是被冻蒙了，感觉脑子都不会转了似的，四肢迟缓，要缓一下。

她看着眼前的书发呆，感觉着周身的冰冷一点点恢复，突然就下意识往前一缩,暴露在空气中微凉的脖子瞬间被厚实的暖意覆盖住了。

她一点点转过头去,看给她戴围巾的这个人,是江却,他解了自己的围巾给她戴了。

"你给我戴,你不冷吗?"晏藜忽然发觉自己在外面玩得太久了,说话时都微微打战。

"我不冷。"

不冷吗?晏藜的目光从上到下打量一遍,看见江却白皙但有些发乌的脸,还有指节泛红的手。

随便你。

"哦,谢谢啊。"她扭回了头。

江却眼睛弯了一下,扯出一点儿星芒的笑意。

"你才是啊,不嫌冷吗?在外面玩雪玩那么久,还把自己的围巾给一个雪人戴?"

晏藜翻一页书:"好玩儿啊,以前没这么玩儿过,好不容易放纵一回,玩个痛快呗。"

正说着,她一抬头,看见宋京墨进来,急匆匆地,表情有点儿说不出来的古怪。他身后还跟着孙燕,也是一样鬼鬼祟祟的,孙燕坐回座位以后不像以前那样往江却那边瞟了,反倒是……

晏藜转头,看向教室最后一排的宋京墨。

奇怪了,孙燕怎么又开始看宋京墨了?

下午快放学那会儿雪倒是小了。

最后一节课的老师大概是估算时间失误,说的是讲完倒数第三大题就放学,结果一直等到铃响过十分钟才讲完,然后又布置了作业,等学生们蜂拥着出门的时候,差不多刚过放学高峰期。

晏藜和程圆圆两个人慢吞吞地挪到校门口,踩了一路雪的鞋面都湿了,程圆圆跟晏藜说了拜拜,晏藜转身没走几步才想起来自己脖子上的围巾。

忘记还给他了。

她记得她出来的时候,江却还没开始收拾书包,现在回去,应该也来得及吧。

晏藜逆着人流往回走,越往教学楼走看到的人越少。上楼梯之前,她往东侧了几步,下意识地想看看自己堆的那个小雪人,然后就看到一道挺拔的身影,偷偷地看了看四周,弯腰拿走了她给雪人戴的围巾和帽子。

她走近几步,有些疑惑:"江却?"

话音落下,对方似乎僵了一下,然后迅速地转身,还不忘把她的围巾藏到身后。

她又往前几步，江却脸上丝毫没有被抓到的尴尬，还能那么从容不迫地问："你怎么回来了？"

晏藜摘下自己脖子上的围巾："我回来把围巾还你。还有，我的围巾，你拿了干什么，你放回去，或者也还给我吧。"

她抬手，把他的围巾递过去。

江却没接，顾左右而言他："你戴着吧，我家里还有，不用这么急着还。"

重点不是这个啊——

"可是，你为什么要拿我的围巾呢，我给雪人戴的啊，你还……"

"算了算了，你要是喜欢我的你就拿着吧，算我送你了。我先走了，再见。"

她把江却的围巾塞还给他，刚转过身，手腕又被抓住，她没太使劲儿地抽了一下，没抽出来。

"晏藜，你跟我来一下吧，我有话想跟你说。"

江却带着晏藜去了一楼走廊，在一根一人抱的廊柱后站定，旁边是花坛的观景树，挡得严严实实，晏藜才发觉江却是有备而来。

"有什么话，说呗。"

江却这时候还抓着晏藜那条围巾呢，只不过没有藏身后，而是垂在身侧了。

"我就是想跟你解释一下，我只是下楼的时候看见了，觉得扔在这儿淋雪挺浪费，想着把围巾拿回去洗干净了，回头你还能戴。"

晏藜眼神飘忽，她也不知道她该不该信这番避重就轻的话。

"那你，你心虚什么啊，你还往身后藏……我都看见了。"

说完，晏藜就后悔了。她这么说，江却肯定又会抓住机会表真心，说那些狗屁的鬼话了，果不其然，下一秒——

"我那也是关心你……"

晏藜单手撑在身后的廊柱上，无意识地顺着纹路抠了两下："你别说了，老师不是都说了嘛，不能早恋，你怎么还说这些？"

她自认为这番话天衣无缝了吧，也能堵住江却的嘴了，没想到江却听了她这话似乎还高兴了点儿："你的意思是，抛开不能早恋这一层不说，以后还是有可能的，是吗？"

晏藜苦着脸低下了头。她记得她刚认识江却那会儿，这人不是这样的啊，怎么现在脸皮一天比一天厚了，为了报复能做到这步，是有多可怕？

"行行行，你要是高兴的话，你就当是吧。"

明明是略带不耐烦的搪塞，落在江却耳朵里，又变成了另一层意思。

她这么说，意思就是承认了吧？

嗯，一定是这样。

"好了，现在我可以走了吧？"晏藜无力地歪了下头，说完就要离开。

江却又跟上来："太晚了，我送你回去。"

"……"

要疯了，真的。关键是暂时还不能和他撕破脸，还要朝夕相处一年半载，她至少要保证自己能安稳到顺利考上好大学。

真难啊，哄一个高智商低情商的疯子真难啊。

晏藜和江却一前一后从一楼走廊出来，突然看见前面着急忙慌地跑过去一个身影，还把手里的什么纸团扔进了垃圾桶。

晏藜皱皱眉，认出那女生是孙燕。

她走过去的时候，那团纸卡在垃圾桶的入口处，还是那种稍硬的纸，颜色蛮漂亮。

4

下雪的时候不是最冷的，化雪才是。

这话说得真一点儿没错。

晏藜早上是里三层外三层地裹了，就这坐公交车到学校的一路，还是手脚冰凉。因为雪天路滑，公交车走得慢，晏藜到班上的时间也比平时晚，班里都坐一大半了，程圆圆抱了两个热水袋，在她位置上等她呢。

晏藜还没放下书包，怀里就被塞了一个。江却还戴着昨天借给她戴过的那条米色围巾，看见她坐下后就侧过来一眼。

她听见程圆圆那边有动静，视线右移，没看见江却一直注意她搓来搓去取暖的双手。

孟则在那儿逗程圆圆呢，挺凉的手放人小姑娘脖子里，程圆圆一下子就跳起来了，两巴掌拍到大班长身上。

晏藜手还是冷，握笔都费劲儿，程圆圆说待会儿交完了各科作业再去灌热水袋。

这时候，旁边经过的数学课代表叫了一下孟则："班长，宋京墨跟你请假了没，他怎么还没来啊？"

孟则翻了下记事本："没请假啊，怎么了？"

"哦，没事儿，就是他这段时间每天都交作业了，积极得不行，一次也没落过。但是今天不知道为什么，都这个点儿了还没来，我就问问。"

孟则摆摆手："没事儿，兴许他一会儿就来了，这不还没响预备铃嘛。"

"行，那我再等等。"

晏藜往后看，不知道怎么回事，脑子里电光石火，突然想起之前看见宋京墨和孙燕一起进来那场面。

结果，宋京墨那位置一整天都空着，孙燕倒是在自己的座位上坐得好好儿的。

放了学，晏藜跟程圆圆一起走，孟则从后面追上来，自然而然地，江却也来了。

走着走着，孟则就多嘴提了一句："哎，你们知不知道咱班那宋京墨，我今天去办公室来着，听见有老师说，宋京墨欺负女同学，被勒令回家反省，停课一周了……"

一行人脚步齐齐顿住，晏藜最先开口："不可能吧，他不是那样的人啊。"

孟则耸一下肩："这我还真不知道，咱们几个跟他又没走多近，就那次他去帮晏藜揍了一下二中那混混。我听那几个老师的意思，还不是一般性质的那种欺负，说是……"他压低了声音，一手挡着嘴，"对女生动手动脚，被咱们这栋楼的保安大叔给抓着了，所以今天才没来。"

晏藜眼里蒙上一层淡淡的疑惑："女生是谁啊，咱们班的吗？"

"不知道，可能是顾及女孩子隐私吧，那几个老师没说。"

晏藜沉思两秒："班长，你知道宋京墨家的具体位置吗？"

孟则想了下："记得，二环北街路别墅区盛世佳苑，三十二栋还是三十六栋来着，记不太清了就是。"

程圆圆讶异："记得这么细还叫不清楚啊？"

孟则撇嘴："别忘了我可是班长，他来一班第一天我就要帮忙把他那份个人档案归档的，都是我填的好吧，而且毕竟住在那么贵的地方，我记得当然清楚了。再说，老班当时跟我交代，说宋京墨爸妈总是没空管他，平时让我多留意一下，关爱空巢少年。"

江却开口："你问这个，你要去找他吗？"

其他两人也看过来，晏藜抿唇："嗯，找他问清楚。我是觉得……他不会做出那样的事。我们怎么说也算朋友，他还帮过我好几次，我不可能看他这样不管他。要是、要是他真的做了那种事，就当我看错人。"

江却眉头紧锁："但是今天很晚了，你一个女孩子，又不知道地方。明天周六，我陪你一起过去。"

孟则接上话茬儿："就是，晏藜，你还是听江却的吧，也不差这一晚了。而且老班今天找我聊了下，还说让我有空了往宋京墨家去个电话慰问一下，这事儿还没定局呢，我看老班的样子也是心存疑虑的。据说是哪个主任处理的，也没个证据啥的，听那个女生说了就信了，觉得宋京墨死性不改什么的。等明天我跟你们一块儿去。"

程圆圆看他们说，也凑热闹："我也去吧，正好结束了我还想和晏藜一起逛个街。"

晏藜点点头："那行。先这么说吧，明天上午九点，学校门口会合，一起去找宋京墨。"

周六上午，晏藜就没去魏家，提前一晚去了个电话请假，说有点儿私事。

魏东夫妻俩欣然同意，说今天路滑，本就打算让她暂时不来了，还问有没有需要帮忙的，被晏藜婉言谢绝。虽然宋菱是宋京墨的堂姐，但毕竟这是宋京墨的私事，她也不想让更多人为他担心。

晏藜几乎和另外三人前后脚到的，一起坐公交车去北街路，两个小姑娘坐在一起。外面出太阳了，照在白花花的积雪上，反光映得人眼疼。

程圆圆跟晏藜介绍了一下："北街路这边住的都是有钱人，因为有一条全卖名牌奢侈品的街叫北街，这边才叫北街路的。"

公交车不算快，不过大概是距离近，没说几句话的工夫就到了。

稍微费了点儿劲，还被别墅区的门卫拦下盘问了会儿，看他们都是学生，又能说出要找的业主的姓，这才把他们放进去。

从外面看，宋京墨家比魏家还要大得多，院子范围更是魏家的一倍，地上的积雪被扫得干干净净，出来的不是宋京墨，是个绾着头发的中年阿姨。

"你们找谁？"

晏藜在前："阿姨您好，请问这是宋京墨家吗？我们是他的同学，来找他有点事情。"

那阿姨起初半信半疑："是这家。不过你们等一下，我进去问问，才能给你们开门。"

"好。"

中年女人前脚进屋，程圆圆后脚惊叹出声："我的天，以前一直都知道宋京墨家有钱，不过真没想到有钱到这种地步啊，怪不得他爸能动辄一栋楼两栋楼捐给学校……"

晏藜碰了碰她的胳膊："宋京墨出来了。"

程圆圆立马闭嘴。

宋京墨跟刚睡醒似的，还打着哈欠呢，看见晏藜他们愣了一下："你们……你们怎么都来了？"

晏藜四个人坐在客厅，等着宋京墨洗漱完出来，对方脸上的水都没来得及擦，就招呼那会儿看见的阿姨："张阿姨，帮我同学倒点儿茶过来。"

他脸上是显而易见的疲惫："不好意思啊，家里挺乱的，不知道你们来，也没收拾。"

客厅里开了暖气，温度比外面高多了，甚至晏藜穿着棉袄都有点儿热。

"你先别忙了，也坐下吧。主要是班主任和班里同学都挺担心你的，所以我们就来问……昨天你一整天没去上学，是因为什么啊？"晏藜顿了一下，"班长听其他老师说，你欺负女同学了，不过李慧老师和我们都不相信你是那种人，我们想听你自己说，可以吗？"

宋京墨似乎也早料到他们来是为了这个，闻言长舒一口气，坐到旁边的单人沙发上。

"我没碰她，真没。她把我叫到咱们那栋楼的天台，说有话要跟我说，就周四下午放了学那会儿，我才去的。"

晏藜温声问："她是谁？"

宋京墨眼神怔忪一下："你们……还不知道啊？我还以为班里都传开了呢，"他停了半秒，"咱班孙燕。"

这一下，程圆圆和孟则都面面相觑了，只有江却、晏藜他俩表情还算稀松平常。谁能往孙燕身上想啊，那姑娘平时就很不好惹，又和宋京墨没什么交集，这两人怎么能牵扯上的？

说起来也挺复杂。

大概是上上周的事情，宋京墨在新城区一个街口救了大晚上被小混混围堵的孙燕。孙燕不知道是怎么想的，也可能是觉得宋京墨英雄救美很帅，那次之后就把他叫出去，红着脸说谢谢他救她，临了，说喜欢上他了。

"我第一次听女孩儿跟我说这种话，我当时都蒙了。以前在学校老打架那会儿，男的女的都跟我称兄道弟。我也是不知道怎么回，就逃了，跑回班里。

"但后来我也跟她说了，我说没有要谈恋爱的意思，说之前还特意跟我那帮兄弟讨教了一下用词，够委婉的了。然后她就哭了，没两天又给我写字条，约我去教学楼天台。

"我怕出别的事儿，也想在一班好好待，想着去就去吧，说清楚就好了。结果她说话就说话，还要凑上来拉我，我躲了一下，被她抓住袖子了。更好笑的是，你们说巧不巧，有个保安大哥上去抽烟扫雪，看见了，以为我欺负孙燕，死活拉扯我去教务处给孙燕讨个说法。"

听到这儿，四个人都不约而同地皱了皱眉。

事情发展太有戏剧性了，关键宋京墨还是个有"前科"的不良学生，一连串下来，说他倒霉到家都不为过。

"那孙燕没有帮你解释吗？她怎么会任由你被误会？"晏藜问。

"我也不知道啊，可能她当时也吓到了，害怕被主任当成早恋学生吧，别说解释了，徐主任问起来，她直接哭着默认了。徐主任你们也知道，以前天天升国旗念犯事名单那个，他对我印象一直不好，这次又逮到我，直接问都不问，就定我罪了。"

5

"那你知道，她叫你去天台是为了什么吗？"

听了晏藜这话，宋京墨一脸懊恼："表白吧。当时拉拉扯扯，说来说去就那两句话。我跟徐主任解释了，说是孙燕叫我去的。关键我没证据，之前的字条我随手扔了，后来她也是口头说的，我说这话谁信啊……"

"我信。"晏藜语气坚定，"周四那天放学以后我有事回去了一下，看见孙燕急急忙忙地往垃圾桶里扔了个纸团，卡在垃圾桶口，我觉得古怪，就给拣出来看了看。"

她回头看了江却一眼，江却似乎也意识到是什么时候，眼神波动了一下。

"那张纸是孙燕给你写的信。不过可能因为你立刻就拒绝了，她没来得及拿出来。"

这话一出，四下一片静寂。

"那这样的话，不就能证明不是宋京墨威胁孙燕去天台的，而是她自己约的吗？她还给宋京墨写了信，摆明了是她在想办法接近宋京墨而不是宋京墨缠着她啊！"程圆圆喜出望外，音调都不自觉提高了两个度。

其他人纷纷看向晏藜。

"对，而且那张纸的第一句就提了宋京墨的名字，落款还写了她自己的名字。我一开始看到，还觉得诧异，保险起见就随手折了放在书包里，没想到还真派上用场了。"

宋京墨刚才还有些凝重的表情一下子轻松了，本来觉得很麻烦很难处理的事儿，如今迎刃而解。

"真的太好了。我本来都觉得，这黑锅我背定了，要不是有你们帮我……"

孟则这个大班长终于发话了："这你放心，只要有证据了，回头我报给班主任，肯定还你清白。孙燕她虽然是小女生心思情有可原，但也不能成为她伤害同学名誉的理由。"

看得出来宋京墨挺高兴的，连连应着，还要请他们四个吃饭，被晏藜和孟则婉拒了。

"你昨天没去学校，作业都落下了一大堆，在家有空好好写作业吧，数学课代表还天天早上等着你交呢。"晏藜说。

宋京墨到一班以后的安分和逐日递增的努力是所有人看在眼里的，她欣赏这样的人，知道及时止损是很值得佩服的。

出了宋家，外面太阳升高了，比早上更暖和了点儿，孟则提议大家聚在一起吃个饭再回家，程圆圆立刻兴致勃勃地说起附近的好吃的，晏藜看江却也没什么异议，就点头答应了。

路上聊起闲话，照例是程圆圆打开的话匣子："接下来是不是好多节日啊，冬至吃饺子,平安夜和圣诞节,还有元旦晚会,期末考试结束就又放寒假了,真好。"

孟则是但凡看程圆圆说话就要开腔:"想得美,学校不准过洋节,到时候教务处命令下来,第一个我就抓你。"

"孟则你怎么这么讨人嫌啊?!"

又打起来了,晏藜有心想劝,被江却一个眼神制止了。

最后四人去了一家火锅店,点了鸳鸯锅,和几瓶北冰洋饮料,被喝了个精光。

平安夜那周,从周一开始李慧就在班里说,不好过洋节,别让她看见班里有人大肆铺张地搞那些乱七八糟的东西。

末了,她又添了一句:"实在想过,同学之间送个苹果啥一啥好了,记得提前买,否则当天要被水果店漫天要价的。"

班里哈哈哄笑起来,就知道李慧是什么意思了,只要不太过分就好。

"平安夜要给喜欢的人送苹果,朋友也可以送,这样得了苹果的人就会平平安安的,大概是这个意思,而且一年里也少有这样的节日,除了生日和国庆节什么的能期待一下,也就圣诞和元旦了。"程圆圆扒着橱窗的玻璃看展柜里的平安果礼盒,边说边挑。

晏藜则兴致缺缺:"可是很贵啊,有这个钱我去买套卷子多好,再不济,买几斤肉回家给我妈做顿好饭……主要是我也没什么人可以送,待会儿我买一个,过节那天送给你好了。"晏藜说着,脑子里突兀地闪过一瞬江却的脸。

程圆圆乐呵呵地挑了好几个:"这个给你,这个给我妈,这个给我爸……"

晏藜凑过去:"不给孟则挑一个吗?"

小姑娘一下子炸毛了:"为什么给他挑,他又不是我什么人,我才不给他花这个钱呢。"

晏藜一脸"懂了"的表情,好整以暇地说:"行,我看着你,就买这几个是吧?"

程圆圆"嗯"了一下:"那我去那边结账。"

晏藜也拿了个可爱的礼盒:"我跟你一起。"

正排着队,程圆圆还在往展柜那边看,晏藜跟她一起这么久,要是还看不出她什么心思那真是白做朋友了:"我给你拿着排队,你再去挑一个呗,想送就送了,我又不会嘲笑你。"

程圆圆撇了撇嘴,犹疑几秒,还是把自己那几个给晏藜先拿着。

"那你先帮我排着,我再去挑一个。先说好,我可不是给孟则的,我只是怕临时有人多送我,我要回礼的,怕不够。"

"好好好,我知道了,去吧。"

回了班也看见好几个小女生在摆弄刚买回来的礼盒袋，有的还挺高级，带小彩灯。晏藜经过第二排时听见有人讨论，说今年贺卡又涨价了，不过款式好多，比去年的好看。

她在心里粗略估算了一下自己可能收到的东西，转了一圈，发现她只买一个的行为是非常有先见之明的，她只需要回程圆圆一个就好。

因为即将到来的平安夜、圣诞节，以及八九天以后的元旦晚会，好像所有人的情绪都被调动起来了，就连学校宣布下周是本学期最后一次月考的消息都没人在意了。

好像就晏藜一个人更关心考试而不是那几个节日。

可能她真的太无趣了吧，比白开水还要寡淡一百倍。

平安夜是周五，一大早路边的商店已经开始张罗圣诞节的装饰品了，新城区光秃秃但高大的梧桐树上也挂了很多彩灯，还有红灯笼样式的。

到班里的时候，果不其然，已经有人喜滋滋地分享自己收到的苹果和贺卡了。晏藜走到程圆圆的位置上，把书包里那个包装好的苹果拿出来放在她桌上，小姑娘人缘还挺不错的，大早上已经收了好几个礼盒和贺卡了。

晏藜慢吞吞地挪到自己的座位上，江却已经在做题了。她桌上堆了差不多五个苹果和贺卡。她把空书包挂到桌斗侧的挂钩上，叫了江却一声："把你的东西拿走吧，别人送你的，不想收就找个空地放起来。"

江却扭过头，狐疑地看了她一眼："不是我的，都是你的。早上我第一个来的，而且你看看贺卡上，写的有名字。"

晏藜愣了一下，拿了贺卡翻开，还真是给她的，"曹晚玉赠""姚盼盼赠"，还有一个一看就是江却的字迹，不过最后一张贺卡没有署名。

四张贺卡，五个苹果。

"江却，你送我苹果干什么？"

被叫到的人连看都不看过来一眼，语气含着淡淡的兴味："你说呢，平安夜送苹果保平安。晏藜，你是真傻，还是装傻？"

晏藜定睛看他："我就算再聪明我也不懂，为什么送苹果要送两个？"五个里面有两个苹果包装跟江却的贺卡都是配套的。

"一个脆苹果，一个沙苹果，不知道你喜欢什么口味，就两种都准备了。"

"那另外那个没名字的是谁的？"

江却淡定地翻了一页书："不知道，出去接水了，没看见。"

晏藜还想说什么，程圆圆从门口进来了，穿着淡粉色的棉袄，团子一样，一路狂奔到晏藜旁边，把怀里的苹果塞给她。

"对了对了，还有贺卡。我跟你说晏藜，我给你的这个贺卡，是最贵最大最漂亮的，要保留一辈子哦。"说着，小姑娘注意到她桌上的东西，"呀，你也收到了这么多啊。嗯,咱们晏藜也是有人疼有人爱啊,不过他们的贺卡都没我的好看,还是我眼光最好了。"

碎碎念一样,看得晏藜止不住地笑,等程圆圆走了,晏藜重新转过头去,江却抬眼看过来,直勾勾地,弄得晏藜想问什么,最终还是叹口气:"那个,谢谢啊。"

江却看起来蛮愉悦的:"不客气。"

这天下午最后一节是李慧的课,她留了五分钟跟大家聊闲,临走前也是满载而回,许多学生买了平安果送给老师,甚至孟则经全班同意后用班费买了一小捧花。

晏藜低头收拾书包,看着手表上的秒针一刻不停地走着,还剩两分钟就放学了,明天周六,是圣诞节。

抬头看,黑板顶部的名言板块又换了。

"Every day in the world is one day less. Cherish the people in front of you.Merry Christmas."(人间的日子见一天就少一天,珍惜眼前人。圣诞节快乐。)

"听说最近新旧城区交界那块总是出事,以后放学一起走吧。"江却说。

晏藜没应声,算默认了。

坐公交车看了一路新城区的"火树银花",小小的、不计其数的灯铺满了满街的树,天上不知什么时候又开始飘小雪了,纷纷扬扬地落下来。

江却一直送晏藜到家门口的楼下,刚要道别,听见有人下楼的脚步声,晏藜回头一看,是周琴。

第十章

夏天又快来了

1

周琴认得江却。

上次她们母女危在旦夕，就是他报了警来救人的，后来从女儿嘴里知道是同班同学，又成绩优异，早些时候她就说过要晏藜好好谢谢人家。

不足七十平方米的房子，一间狭窄简陋的客厅，周琴脸上挂着略拘谨的笑，把茶杯往江却那边推了推："这位同学，谢谢你送我家晏藜回来，外面还这么冷，喝点儿热茶，暖暖身子。"

比起母亲，晏藜从容得多，她一开始压根儿就没打算请江却来家里，是她妈下楼倒垃圾撞见了，看是她同学，非得请人来家里坐坐。

江却表情倒是很得体，说的话也挺礼貌："谢谢阿姨。阿姨您别忙了，先坐吧。我跟晏藜是同学，又是同桌，放学时候晚，我送送她是应该的。"

周琴点点头："我知道，上回我们家里出事儿，也是你过来帮忙，才没酿成大祸。说起来，你还是我们家的大恩人呢。

"我们家晏藜，哪哪儿都好，就是不太爱说话，也承蒙有你们这些同学和老师的照顾，她才能好好儿地上学放学。等下次有机会，阿姨一定请你和其他几个孩子一起来家里吃饭，阿姨给你们做好吃的。"

江却微微颔首："好，那就先谢谢阿姨了。"

晏藜喝了口茶："妈，太晚了，人家再不回去，家里该担心了。"

周琴这才反应过来："哎哟，还真是。怪我怪我，看见你同学太高兴了，都忘了这茬儿。"

江却听得出晏藜是想撵他，不过当着周琴的面，他还是"适时"站起来，顺着晏藜的话："那阿姨，我下次再来家里看您，天也挺晚了，我就先回家了。"

周琴应下，又去叫晏藜："去送送你同学啊，外面怪冷的，还下雪，你拿把伞给他。"

　　江却看着晏藜，亦步亦趋地跟在她身后。送到楼下了，他才开口叫她回去："别送了，你回去吧，走不远就是公交车站台，再说还这么冷。"

　　晏藜本来也没打算送他多远，闻言点点头就转身上楼了。

　　江却的目光一直追随着晏藜的背影，直到看不见了，他才转身往大路上走。

　　到家以后，江却换鞋放包，包里沉寂许久的手机突然响了，嗡嗡振动着，他拿出来，来电显示是陌生号码。

　　"喂，你好？"他漫不经心地问，弯腰把换下的鞋放进柜子。

　　下一秒，他直起身子，眼神怔怔着，像被钉在了原地，一动不动了。

　　这次月考结束得很是仓促，等到考完了，晏藜才想起来，考了两天都没见过巡考的老师。

　　距离元旦还有三天的时候，李慧就在班里跟全班商量了一下元旦晚会的大致安排，收齐了班费，并让孟则罗列了一下班里人最想吃的零食，还有人报节目，什么唱歌，什么诗朗诵。

　　简直称得上万众期盼。

　　周六元旦，晚会定在前一晚。

　　几乎是中午吃过了饭，孟则就开始招呼班里的人搬桌子打扫卫生加布置了，他提前买来了气球彩带、礼花窗花，甚至还有灯笼贴纸。

　　大部分体力活都是男生干，女生干细致点儿的，比如吹气球、贴窗花之类的。晏藜负责办后面的半块板报，一低头就能看见宋京墨一直在忙活，连平时"高岭之花"一样的江却都在拿着彩带爬上爬下地绑。

　　自从上次孙燕那事以后，宋京墨几乎是彻底融入一班了。虽然那件事孙燕没受什么太重的惩罚，只是写了检讨加书面道歉，甚至李慧因为顾及她是女生都没有怎么在班里提，不过该知道的还是知道了，大家大约也对宋京墨的看法有了质的改观，加上他成绩一直在进步，和班里倒数第二的差距在慢慢缩小，以前看不起他的声音也渐渐小了。

　　大概三个小时就全部收拾好了，下课时外面来来往往有其他班的学生，会驻足在走廊很羡慕地往一班看，其实一中并不是统一办元旦晚会的，全看班主任。有的老师大概是怕影响学生学习，或者本身学生对这件事热忱度就不高的，就不会办。

　　孟则去了一趟办公室，回来就说找人一起采购吃的，等晚上分发给所有人，一般都是瓜子糖果之类的零食。

　　程圆圆正愁无聊呢，跳起来就要跟着一起去，还拉着晏藜一起。但是两个女生又搬不了多少东西，大几十个人吃的糖果瓜子还是很沉的。

然后，江却和宋京墨就此成为苦力。

几人拿着班主任亲批的请假条，出校门的时候才不到下午五点，孟则提议先去周围转转，晃两圈儿最后再买东西回学校。

"反正下午都没事情干，有的住校生也回宿舍玩儿了，老班批了那么长时间的假，赶在晚会开始之前回去就行。"

晏藜他们四个欣然同意。

最开始几个人还在一起，遇到打气球赢玩偶的摊贩，孟则走不动道，就停下买了二十发，毕竟子弹出膛的那股子飒爽，是个男孩儿就抵挡不了，即使那不过是把玩具枪。

结果最后只得了个还没一只手大的毛绒小熊，定价大概还没那二十发的本钱的一半。

江却一直在四人的后方跟着，不太开口说话，从孟则虚发十几下以后，他才从旁侧绕到摊主的面前。

江却指了指摆在一边，最大的那个玩具熊："那个，要打掉多少气球？"

那摊主是个中年男人，闻言不屑地看了一眼江却："二十发打下十个就可以带走，我再送你一个小玩具。"

晏藜总觉得有诈，尤其是看完孟则白白扔进去那二十块。这种街头游戏，买的没有卖的精，一点儿廉价的气球气枪支撑起来的一本万利的生意，老板敢这么嚣张自然是有猫腻。

她拉了拉江却的袖口："算了吧，骗人的。"

那老板一听晏藜这话就急了："你这小姑娘，不懂可别乱说话，怎么叫骗人呢，我一没偷二没抢，全凭您自愿来打的，自己没那个本事，还怪我了！"

江却回头给了晏藜一个宽慰的眼神，还是掏钱放在那个临时搭建的木板上："来二十发的。"

几乎在江却端着枪对准绑气球的木板时，晏藜就看出江却毫无经验，但他瞄准的角度很刁钻，不是寻常那种靠直觉对准某个点，晏藜站在他旁边，看他闭着左眼，端枪的手倒是挺稳。

第一发，空了，第二发，还是空，然后是第三发、第四发，周围围观的几个人，表情由最开始的一点点期待变成不屑，似乎早有预料，不过又是一个逞能的，走前者的老路，白白再搭进去二十块而已。

直到第六发，终于射中了，气球嘭的一声爆裂开来，程圆圆娇软的欢呼声就在耳边，晏藜忽然隐隐觉得，江却的势头才刚刚开始。

刚才的几下，只是在试探、调整角度。

围观者和老板似乎觉得这不过是侥幸，毕竟已经打完一小半了，然而下一秒，第七发、第八发都连中以后，老板的表情微微变了。

第九发没中,他松了一口气,第十发又中了,晏藜眼看那老板眼神都变了,不再是刚才的轻松。

接连九下,气球炸开的声音断断续续地响,并非每一下都能打中,但江却每打歪一个,都会很微妙地稍稍调整一下气枪和自己的姿势,像是在测量似的,把每一个距离和角度的误差都降到最低。

还剩最后一发的时候,已经打落九个气球了,只要再打落一个,就可以拿走本场最大的奖品。

似乎这瞬间周围所有的人都开始屏息以待,几十只眼睛紧紧地盯着江却的手,就连晏藜都不自觉放轻了呼吸。

气枪出膛的闷声再响,绑气球的纸板没了动静,场上其他人的唏嘘和老板松口气的声音刚起,只听嘭的一声,气球炸了。

二十发,十个气球,一个不多,一个不少。

周围的人齐齐愣了一下,随即欢呼般地起哄,嚷着让老板把那个最大的奖品拿出来。

连一边的孟则都惊了,他过去揽住江却的脖子:"牛啊兄弟!"

那个老板脸色难看地抱着那只最大的玩具熊走过来,江却没接,转身对着晏藜:"给你吧,我不玩这个。"

晏藜喜欢是喜欢,可是玩具熊太大不太好拿,待会儿还得回学校。

"老板,能不能把这个大的,换成两个小的?"

两个小的也比不上这一个大的贵,老板当然愿意了。晏藜就让程圆圆也挑了一个可以拿的,大概四十多厘米那么长。许是看他们还有三个人,老板最后又扔给晏藜三个男孩子玩的那种模型玩具。

晏藜分给他们,孟则和江却握在手里没拆,宋京墨打开盒子,除了一堆零散的模型零件,还有一个一看就很廉价的铁质尾戒,造型简单,是街边小店随处可见的那种款式。

宋京墨戴在小拇指上试了一下,也是他手长,衬得那戒指都好看了。晏藜从旁边经过看见,笑了一下,随口说:"挺好看的,以后都戴着吧。"

宋京墨没说什么,笑了笑点点头。

晏藜追上程圆圆,几个人继续往前走。

中间宋京墨去了一下公厕,晏藜他们在外面不远处等。看见有摆摊卖处理价服装的,晏藜就多看了几眼,江却的注意力大部分都在她身上,所以她看了什么,他基本也都注意到了。

2

逛到一半就分头行动了。孟则把要买的东西大致分了一下,宋京墨原本分在晏藜和江却那组，但孟则又临时想起来还要买点儿别的重物，就把宋京墨又叫去了。

周围只剩下晏藜和江却的时候，江却才问："刚才看你一直盯着卖衣服的大姐，她还跟你招手，你们认识？"

晏藜点点头。两人站在路边，她的目光飘忽不定地看着路上来来往往的人。

"以前我在旧城区，寒暑假或者过节的时候，也会在人流多的地方摆摊卖这种打折的衣服，便宜，卖出去能挣一点儿薄利。那个大姐以前在我旁边卖，应该是这两年有钱了，能来新城区做生意了。"

江却看过来："原来是这样，我还以为……是你想买衣服……"他眉头一皱，像是想起什么，"十四五岁就出来摆摊了？"

晏藜回头笑笑，跟看傻瓜一样看着他："十四五岁怎么了，不都是为了生计嘛，有什么奇怪的。"她目光杂糅了一点儿苦涩，"十四五岁不算小了，我记得，我再小一点儿的时候，我上一个爸……就是我生父，他搞外遇，不往家里拿钱，我就跟着我妈去她做工的餐馆帮忙，端茶倒水。老板看我勤快，每月发工资的时候就会给我妈多发一点儿……其实长大以后，日子倒还比小时候好过一点儿……"

她这话一说出来，江却就缄默了。

"怎么从来没听你说起过？"

也从来没见她因为贫穷难过，唯一一次见她哭，还是那回被追债的人逼到走投无路。

"没有必要，反正以后再也不会过那样的日子了。"晏藜平视着前方，目光渐渐平静。

但江却因为她这句话，不可抑制地心头一酸。

他们买东西去的是离一中最近的一条小吃街，流动摊贩卖的小吃热食，旁边的固定店铺就卖堂食或者杂货，也有服装店、五金店等，因为旁边有好几所学校，所以挺热闹的，进了街口几乎和人摩肩接踵，一个不注意就有可能被人流带偏。

孟则有经验，跟晏藜他们说了以前买过的几家水果店，那些店卖东西比较杂，不过都是当季的水果，不算贵，买得多了老板还会给打折。

砂糖橘、各种口味的瓜子、糖块、花生、锅巴，最后会合时孟则自掏腰包，又买了几根处理好的甘蔗，一人一根。

晏藜和程圆圆没拿多少东西，一点儿花生和膨化锅巴，轻飘飘的，就是在大街上啃甘蔗有点不太方便，程圆圆最后把几根甘蔗收一收，帮他们拿着了。

五个人带着大包小包回班，元旦晚会也准备得差不多了，马上开始。

主持人是语文课代表，几个老师也都请过来了，桌凳一律推到四周，中间留出一块空地。

李慧简单讲了几句，为这学期做了一下小小的总结，最后说让大家吃好玩好，过了今天，就收心好好学习，寒假前能考个理想的成绩，也回家过个好年。

然后是孟则带着几个男生给全班人分发橘子瓜子，第一个表演节目的同学上场了，只开了中间一盏灯管的昏暗教室里，气氛逐渐升温，越来越热闹、沸腾起来。

晏藜跟着所有人一起笑，一起鼓掌。晚会进行到一半的时候，外面突然传来阵阵喧闹，班里的人三三两两地跑出去看，原来是一中的元旦烟花开始放了，"哐哐哐"的震天响声，璀璨明亮的烟花绽放在半空中。

虽绚烂只有一瞬，但足以震撼心灵。

周围闹哄哄的，走廊围了很多人，一片杂乱中，晏藜听到有人从侧后方凑到她耳边，极轻地说了一句：

"晏藜，元旦快乐。"

人如果过得舒坦的话，就会觉得时间过得很快，反之，则度日如年。

阳春四月，漫天飘柳絮，温度逐渐回暖。程圆圆在晏藜耳边再说起年前那场无比惊艳的元旦烟花时，她还觉得仿佛就发生在昨天。

看看一班黑板旁边的日历，才恍然，哦，原来已经过去那么久了。

晏藜推开教室门，里面的人都在搬东西，高二下学期的第一次月考结束了，照例是按成绩排座位。

每次大考结束，这一环节她都没办法摆脱江却，总之两个人一起进来，她坐哪里，他就也坐旁边。

宋京墨从刚来一班时的高二段倒数，一跃冲到全段中游，不只教研组那边震惊了，连宋京墨那个爹都往李慧的办公室送了好几面锦旗。也是对宋京墨进步这么大的奖励，李慧特批宋京墨可以第三十六个进去挑座位。

晏藜刚坐到凳子上，后面的宋京墨就拍了拍她："以后就是前后桌了，多多指教。"

少年的嗓音含着一丝玩世不恭和潇洒随性，晏藜刚比了个"OK"的手势，上课铃就响了。

是李慧的课，她小结了一下这次月考部分同学的进步和退步情况，也点出他们的一些缺点，有则改之，无则加勉。

快下课时，李慧收拾了下教材，叫了三个名字："江却、晏藜，还有余晟，下课后来我办公室一趟，老师有话要跟你们说。"

外面的柳絮还在没完没了地飘，人吸进去，又痒又呛，要噎很久才会弄出来。晏藜挡了一下嘴，忽然有点想念夏天的风。

到办公室，李慧刚放下茶杯，三个人并排站着。

"这次叫你们来，主要是这马上高二就结束了，别想着这学期才刚开始，其实一眨眼就过去了。今年呢，关于保送生名额一事，上面的通知已经下发了。你们以前应该也都听说过，省级优秀学生可以提前保送京大华大，拿到这两所学校的任一预录取通知书。

"这个省级优秀生名额，今年我们一中有两个，二中有一个艺术生的名额，还有三个是其他几所外国语中学的。

"你们也知道，这个省级优秀生是到高二快结束的时候，由市教育局的人综合评定的，评定标准包括很多，待会儿我给你们拿那张纸，你们回去仔细看一下。大概呢，就是要多参加数理化这三项的市级以上竞赛，多拿奖项，到时候都是可以在综合评定中加分的。你们三个，是咱们学校目前最优秀的学生，也是最有可能拿到这些保送名额的，所以，接下来的日子，要努力了。"

李慧说完，从桌上抽了三张A4大小的纸分发给他们三个："好了，没别的事，你们就先回去吧。回头关于这件事有什么想了解的，再过来问我就行。"

从办公室出来，晏藜看着手里那张纸最顶上的几个大字出神，连江却什么时候走到她旁边盯着她看都没发现。

这两个名额，江却肯定是第一个没跑了，也就是说，她需要和余晟争一个名额。她最近几次考试基本和余晟并列第二，偶尔两人第二第三轮换着坐，但余晟的优势是数理化，她是因为有语文和英语的强项，才能和余晟勉强并驾齐驱。

偏偏这个省级优秀生的标准是按照数理化的竞赛奖项来评估的，也就是说，她很大可能只是陪跑，基本定了是江却和余晟。

这张纸上明确地写了，从这项评估类目启动开始到结束，所有的物理、化学以及奥数竞赛，市级以上省级以下大大小小共十六场，他们需要每一场都参加，这是最终入选标准，一旦缺席任意一场，将直接影响最终评定。

"想什么呢？"

江却独特的清润声音横空传过来，晏藜晃了一下，思绪被强行拽回来，她把那张纸折两折，捏在手里："没什么，回去吧。"

保送生名额的事在一中不算什么秘密，晏藜他们回班不到十分钟的工夫，这事就差不多传遍全班了。程圆圆高高兴兴地跳过来，拍拍晏藜的肩："真棒啊姐儿们，有机会保送，这可是我做梦都不敢想的事情啊，太牛了你。"

包括曹晚玉他们也过来恭喜晏藜，仿佛她已经获得了保送资格似的，晏藜被搞得哭笑不得："还早着呢，这学期最后才评估呢，还有十几场竞赛。"她顿一顿，还是把真心话和盘托出，"而且我也不认为我能拿到那个名额，都是数理化的竞赛，那是余晟和江却的强项，对我来说要拿奖太难了，我八成就是去走个过场。"

那个叫余晟的同学，平时沉默寡言，对数理化这几门课却有着空前的天赋和兴趣，甚至好几次单科都和江却的分数不相上下，上学期她唯一一次赢过对方在化学竞赛中拿到三等奖，据说也是因为他临考前发高烧，所以他是个值得尊敬且十足强劲的对手。

晏藜心里挺没底的。

其他人想想，也是，都是知道余晟底子的人，一听晏藜这话，他们心里就明白个七七八八了，最后宽慰了她几句，加加油鼓鼓劲儿，就哄散开了。

晏藜一回头，看见江却一直在看她，手里还拿着不知道从哪儿掏出来的一份理化生套题。她直觉他要说什么，然而还不等她开口问，对方已经把那份套卷放到她桌上。

他脸上带着那种熟悉的、胜券在握的从容："如果我说，我可以帮你补数理化，你会拒绝我吗？"

"我知道你也想要这个保送名额，而且非常想，我可以帮你。"

3

晏藜这个人，你可以挑她一千一万个毛病，但她永远不会有的一个毛病就是，绝不会跟送上门来的钱和好事儿过不去。

她只是在点头同意的瞬间，忽然有些好奇。江却愿意做到这一步，目的摆在那儿，只要她一直不松口，他就会持之以恒地为那个目的努力。那如果她松口了呢，他会做什么？

是变脸把她一脚踢开，还是一点儿一点儿从各种细枝末节坑害她，直到她堕入更大的深渊？

再看看吧，等到什么时候厌倦了江却这样有目的的讨好，她就如他的愿。

毕竟是免费的好戏，不看白不看。

她暗暗想着，看江却在卷子上列出的几个变形公式。

窗外，绿意渐浓。春天快过去了，夏天又快来了。

五月中旬，一中宣布高二开始上晚自习，学校提供宿舍，但不强制住校，晏藜和周琴商量过后，最终选择住校。

一来省了路费，二来也省了在路上的时间，可以多做两道题。

这一个月江却一直在帮她补物理和化学，虽然连续三次竞赛她的名次都在余晟下面，但两个人的分数差距在慢慢缩小，而且她数学底子本就不差，和余晟也差不了几分。

天气开始一点点热起来，甚至早上刚到班时，不开风扇都有点闷，倒还不如外面凉快。

晏藜索性拿着书到外面走廊上看或者背，他们这栋楼都是为了提高成绩恨不得拼命的学生，看见她这样只会效仿，不像以前在十三中，会被说装。

有次李慧见了，大概是觉得这办法不错，在班里提了两句，说很鼓励学生站在走廊晨读,既凉快又避免打瞌睡,早上背记得还更清楚一些。

对晏藜来说,夏天的风是有味道的。不同于冬天刺骨的冷洌,而是一种带着清晨露水的、舒适的凉,泛着各种植物的草木香气,在黎明的仲夏,吹一会儿凉风,人不知不觉就沉静下来了。

第一节预备铃快响的时候,晏藜进班,值日生刚撕掉黑板旁的挂历,五月十七日,周一。

她微微怔了一下,忽然想起明天是她生日,月初的时候周琴倒是提了一下,不过后来她一直住校,就把这事抛诸脑后了。

程圆圆拿着水杯从前门跑过来,兴冲冲地说:"晏藜,明天十八号啊。"

看来有人记得比她还清楚。

"当时我过生日,你就很用心地帮我准备了礼物来着,我还说,等你生日了要好好帮你办一下,可是明天周二,一整天的课……"程圆圆立时就蔫了,趴在晏藜肩膀上。

"没事儿,一个生日而已,以后日子还长,不差这一天。"晏藜还不如程圆圆在意这事,她满脑子只剩四天之后的一场省级化学竞赛。

程圆圆扁着嘴,忽然注意到晏藜身后,江却注视晏藜背影的眼神,很专注,好像眼里只有晏藜似的。

几乎在程圆圆看过去的一瞬,江却就发现自己暴露了,他举着食指放在嘴边,做了个"嘘"的手势。程圆圆立刻眨眨眼,表示自己知道了。

这天晚自习上课前,程圆圆趴在桌底下看小说,桌面上传来"咚咚"两声,吓得她一个激灵,抬起头,才发现是江却。

她即刻松了一口气,把小说塞回抽屉。

"怎么了,找我有事吗?"

江却和孟则一起进来,她问了这话,那两人对视一眼,江却就眼神示意程圆圆看向左边。晏藜正低着头做题,连一点儿注意力都没施舍过来。

江却声音低微:"我想给晏藜过生日,明天,我已经和孟则商量好了,想请你也来,顺便把她带来,给她一个惊喜。"

程圆圆苦着脸:"可是明天满课……"

孟则压低了声音适时开口:"明天下午语文老师生病请假了,不会来班里,门卫那里,我也有请假条,他不会仔细看的。"

程圆圆虽然平时胆小,但一看孟则和江却都一起,就不知道从哪儿来了勇气和安全感:"我觉得可以,就是不知道晏藜愿不愿意了,她平时那么乖的人……"

这话一出,江却他们两个都沉默了,最后程圆圆都要绷不住了,江却来了一句:"这事我来处理,我去跟她说。"

189

这样一来，说好的惊喜也就没了。不过这次江却似乎铁了心要给晏藜过生日，在晏藜苦心算题都没空搭理人的时候，他凑过去："明天下午，我……"

晏藜头都不抬，开口打断："明天下午我要准备竞赛。"

江却眼神怔忪一下："你都……听到了？"

晏藜还在奋笔疾书："听到了，谢谢你们的好意，我心领了。等竞赛结束再补过生日吧，到时候我请你们出来玩儿。所以江却，你去跟他们说吧，明天的计划推迟到周日。"

江却在位置上很久都一动不动，他一开始还以为这事有转圜的余地，但他忘了晏藜本身就是太清醒太拎得清轻重的人，明天的生日不足挂齿，她很看重即将到来的竞赛。

但生日这事终究是就此提上日程了。

等到周六竞赛结束，周日一大早晏藜坐公交车到新城区最大的那所游乐场时，门口早就站了三个人。

人家三个早买好了全场票。

孟则大大咧咧的，江却穿着薄卫衣。两个男孩儿并排站着，一个赛一个的高大挺拔，引得过往的行人都纷纷看过来。

都是十七八岁的少年，三四个男孩儿女孩儿凑在一起，满身蓬勃的朝气，谁看了不叹一句风华正茂？

程圆圆叫嚣要把游乐场所有的设施都玩个遍，首先就是被誉为场内最恐怖的鬼屋。晏藜没什么异议，但进去以后还是被里面的黑暗光线和诡异气氛吓到，和程圆圆一起走到了男生后面。

四周静悄悄的，摆设杂乱无章，真像一栋出过冤屈血案、年久失修的鬼屋，更别提身后若有似无的冷气白雾，还有隐隐约约的婴儿哭声及女鬼的哀鸣。

江却寡言，孟则是最胆大的，看见个"鬼"，不怕不说，还要上去跟人家打个招呼，偶尔有突然从视线死角窜出来的"鬼"，其他游客都吓得魂飞魄散了，孟则还能镇定地回头跟程圆圆说一句："你看吧，没事儿，都是假的。"

以至于晏藜心神都放松了下来，谁承想下一秒肩上一沉，她垂眼看，吓得心脏都骤停了，是一只血淋淋的断手，指甲细长弯曲，隐约可见淋漓皮肉下的森森白骨。

"啊！"她吓得下意识就往旁边躲，下一刻落入一个还算熟悉的怀抱。江却带着她往后退了几步才松开手，她惊魂稍定，这才意识到刚才江却抱她了。

但是里面光线实在太暗了，根本看不见身边人脸上的表情。

从鬼屋出来，程圆圆还嫌不尽兴，又想去玩密室逃脱。

然后就被孟则好一阵取笑："就你？刚才在鬼屋，也不知道是谁被吓得号叫得那叫一个惨烈，要不是我在旁边，你都不知道被'鬼'抓到哪儿去了，还好意思玩密室呢。"

程圆圆一巴掌扇在他后脑勺。

眼看两人又要在大庭广众下干起来,还是晏藜打圆场:"密室应该只是解密游戏比较多,扮鬼的工作人员应该比鬼屋少一点儿,玩一下应该没事的。"

程圆圆搂住晏藜亲一口:"还是我们家晏藜对我好,从来不取笑我,"她怒瞪一眼孟则,"一点儿也不像某个人,讨厌!"

搞得孟则脸上都有点儿挂不住了。其实像江却和晏藜他们这些局外人看来,孟则很多时候说的话无非是想引起程圆圆的注意,只不过方法有点笨,不小心过犹不及了,反而起了反作用。

晏藜看在眼里,等密室逃脱到需要分组各自选一条逃生通道的时候,晏藜二话不说,就把蹭到她身边的程圆圆给推到孟则身边去了。

"男女搭配,干活不累。不然待会儿出了个什么恐怖的东西,咱们两个都吓得只会叫了,岂不是到晚上都出不了这个密室了。"晏藜这么一番信口胡诌,猛地一听还挺有道理。

孟则给晏藜投去一个感谢的眼神,但面上还是要装成勉勉强强的样子,拉着不情不愿的程圆圆选择了第一条通道。

江却走向分岔口的另一条通道,回头看晏藜一眼:"走吧,就剩我们两个了。"

晏藜舒口气,还是跟了上去。

两人出来的时候已经差不多是中午了,还等了孟则他们小半个钟头,都饿了,还好游乐场内部有个餐厅,四个人坐一张桌子,点了六个菜解决午饭。

端着餐盘上菜的是个年轻姐姐,二十多岁,一边放菜一边示意他们看旁边贴满了便利贴的墙。

"这是心愿墙,好多像你们这样大的孩子来了这儿吃饭,都会写下自己的心愿贴上去,祈求什么的都有,如果你们也要写,来前台找我拿贴纸和笔就可以。"

孟则虽然在人走后小声嘟囔着"好幼稚",但在程圆圆兴冲冲去前台要了四张纸四支笔以后,他还是嘴角上扬着写了些字贴到墙上。

江却不小心侧一眼,看到晏藜小心翼翼往纸上写——

希望能拿到保送名额,希望亲人平安康健。

4

江却这个人,平时不爱说话,除非他想,否则他吸引外人注意的只会是他放到人群里一眼出挑的外表和成绩单上过于漂亮的数字。

他一直是"精"得过了头,想得到什么,都会在心里"算"一圈。

是"算计"的"算"。

所以他盯晏藜盯得很紧。

不管她遇到什么麻烦，他都能第一时间冲到最前面；她想得到什么，他也会适时地帮她一把。

结果现在他转头一看，晏藜的心愿单上压根儿没有出现一丝关于他的东西。

长这么大，第一次栽跟头就是因为她，还有后面的无数次，他太急于要对方的回应了，却屡战屡败。

她对他来说像是塞壬海妖，离得远远的时候，距离感告诉他她是个清冷漠然的女孩儿，可是有时她身上又散发出致命的吸引力，和她外表的难以接近形成两个极端，冰火两重天，他就是夹在中间最大的受害者。

四个人的最后行程是南平最有名的 KTV，六人座的包间，他们要了果盘和一点儿吃的，江却没跟其他人一起上楼。等到程圆圆和晏藜坐下没几分钟，包厢门开了——

江却拎着生日蛋糕，长身玉立地走了进来。

不知道谁点的老歌开始响了，手碟沙锤非洲鼓的混编乐声中，江却从裤子口袋里摸出打火机，点燃十八根蜡烛，烛光一闪一闪，温黄微灼。

江却端到晏藜面前："许个愿吧，生日愿望实现的可能性最大。"

晏藜回头看了程圆圆一眼，接收到对方鼓励的眼神，她突然出声："大家一起许吧，我也很感谢你们陪我一起过生日。这么多年了，还是第一次过这么隆重的生日。"

凑热闹怎么热闹都不嫌多，程圆圆比晏藜这个小寿星都高兴，说自己有一大堆愿望呢。

"我想怎么吃都吃不胖，我还想经历一遍小说般的完美爱情，我想永远和好朋友在一起……"

孟则不知道怎么突然变得局促，含糊过去了，轮到江却。

男生轻笑一声："那我的愿望是——"他顿一顿，目光注视着晏藜，眸子里是一些复杂难言的情绪。

剩下两个人略有些期待地看着他："是什么？"

江却眼睫微颤，但最终没把那个愿望说出口："愿望说出来就不灵了，等以后实现的时候我再告诉你们。"

"喊——"还期待江却能说什么，孟则和程圆圆都大失所望，转而研究点歌去了。

几个学生，唱几句五音不全的老歌，情绪莫名其妙被带动起来了，不知道是难过惆怅还是兴奋热烈，总之到最后，"中二"少女程圆圆还是大声喊出了那句俗套的话：

"友谊天长地久！"

真俗套啊，但那个时候的晏藜还不知道，这句话的确是中学时代朋友之间最好的祝福。

期中考试过后一班的卫生区换成了篮球场三区，晏藜一开始还不知道，但据说是班里某个男生去扫地，扫成了原来的那块，闹出这么一通笑话，卫生委员才特意又在班里叮嘱了一遍。

周三轮到晏藜这组打扫卫生区。

已经到了蝉鸣热烈的时节，篮球场的空地热得烫手，和晏藜一同打扫的女生聚在一起边扫边聊，笑着说："说不定打个鸡蛋都能熟。"

隔壁篮球场二区的比赛正打得如火如茶，一群男生，个个穿篮球背心和短裤，在场上跑来跑去，挥汗如雨都好像感受不到一样。晏藜看了两眼，很容易就看到冲在前锋扣篮的江却，太高了，就和当初她刚来一中第一次看见他打球时那样，轻轻松松一跳就能摸到篮圈。

扫得差不多了，倒垃圾的两个女生拎着垃圾桶就先走了，另一个女生想就近去一下厕所，临走前要晏藜等她一下，待会儿一起回班。可以理解，这个年龄的女生都喜欢结伴而行，晏藜正好也想歇歇。

三区篮球场没人，观众席三排随便坐。她找了个阴凉的地方，坐的木板是镂空成条的，还微微有点硌。

其实比起坐，她更想躺，吹着树下丝丝的凉风，听着蝉鸣声，很容易就困了。

隔壁篮球场此起彼伏地欢呼着，可能是快接近尾声了吧……

晏藜思维发散着，眼皮奋拉下来。

江却打完比赛，喝了水就要回班。孟则拍了拍他，示意他看隔壁三区："我刚才可瞧见了，晏藜在那儿扫地呢，没见她出来，你过去瞧瞧呗。"

隔着几道铁丝网和茂盛绿植，看得不太清楚，但就那个名字而言，对江却来说就有着最大的吸引力了，他根本问都没问，扭头就出了二区踏进三区的门槛。

很好找，人板板正正地躺着呢，双腿交叠着，还不忘牢牢握着自己的扫把，大概是睡着了，胸前微微起伏着，有脚步声她也眼睛都不睁。

江却甚至都没意识到自己在笑，他一步一步走到晏藜身边，单膝蹲下，就那么静静地看着她。

树欲静而风不止，耳边都是簌簌的、树叶被吹动的风声。

晏藜鬓边和发际常年垂着两绺疏浅的碎发，风一吹，那发丝就飘落到她脸上。大约是有些痒，她眼皮抖了抖，江却就伸手过去帮她撩到一边了。

凑近了看，江却忽然有种说不出来的感觉，脑子里空空荡荡，耳边嗡嗡作响，只是持续有一个冲动……

江却不自觉靠得更近了些，眼神带着若隐若现的痴迷和柔软，下一秒，他看见晏藜一点点睁开了眼。

上次两个人这样坐在一起说闲话，还是晏藜补过生日那天，在KTV里。

晏藜表情平静，甚至还有闲心跟江却扯一些乱七八糟的："你仔细看过省优秀生那张评估细则了吗？"

江却不知道她怎么突然问起这个，对于刚才只字不提，但他还是点点头："看过。"

晏藜笑了一声："你怎么可能仔细看过，毕竟你拿名额是板上钉钉的事情了，再说——"她偏头看他，"你要是真的看过，你会不知道那上面还有一句，参加评估的学生不得有任何德行亏损，档案不得有任何形式的污点，你不怕我告发你？"

江却倒没料到她会说这样的话，但他也没什么太大的反应："你不会的，你如果真要那么做，你就不会说出来。"

他那么了解她，知道她是什么样的人，她永远不会主动去侵害别人的利益。

晏藜扭过头去，意味不明地笑了一下："那你说说，为什么我不会？"

江却连思考都没有，近乎是脱口而出："因为我相信你，就这么简单。"

晏藜缄默，真是，好没意思。

虚伪的自以为是，让人总是忍不住想捅破。

江却并未发现晏藜情绪的变化，还在自顾自说着什么，晏藜思维发散，一个字都听不进去。

她只是一瞬间，忽然生出无限的冲动，就像以前设想过的那样，她如他所愿了，他会是什么反应？

江却声音微沉，带着一点点因为紧张生出的哑颤："我只是太想靠近你，我做梦都想你也能回应一下……"

够了吧，真的够了。

晏藜也是在这刻，忽然发觉自己也阴暗得可怕，以戏弄别人为乐，她可以油然而生无数个想法。

晏藜目光平视着眼前篮球场的空地，炽热的日光，盛夏的风，真的太像当初她刚遇到江却那会儿。

去年的这个时候，也是这样的苦夏，她第一次以为他会是自己的救赎。

可惜那个风骨卓绝的白衫少年，已经留在了那个夏末。

晏藜忽然轻启薄唇，声音混杂着风声和蝉鸣一齐落入江却耳朵里。

他心搏骤停，愣怔着，耳边是硝烟纷飞般的轰鸣，他甚至怀疑是不是自己听错了，可是下一秒心里汹涌而来的狂喜又昭示着这一切的真实性。

他说不出话来，四肢都麻了，眼睁睁看着晏藜站起来，拿着扫把离开，只留给他一个背影。

良久，江却才身形微微不稳地站起来，小跑几步跟在晏藜身后。

5

正是午休时间，不过快结束了，班里已经有人轻手轻脚地站起来去厕所或者洗脸接水，有些嘈杂。江却一整个中午都没睡，他附近的风扇坏了，他准备趴一会儿的时候，看见晏藜额头渗出细密的汗。

他撕了张稍硬一点儿的笔记本纸，折两折，就那么扇风扇了一个多小时。

孟则从座位上溜过来，看见江却这样，笑得一脸促狭，压着声音调侃："哎哟哟，看人睡着了，给她扇风啊？"

江却脸色不豫，比了个让他噤声的手势："知道你还那么大声说话，想死是不是？"

他没有否认孟则的话，反正周围又没有其他人，他只是情不自禁地，又想起前几天晏藜在篮球场对他说的那句话。

心忽地加快跳动，剧烈得好像要从胸腔里跳出来似的，怎么缓都缓不过那阵雀跃，江却回头，从窗户玻璃的反光中看到自己脸上的无措。

下午李慧到班上说了几件事，一是高一高二要放短假，为高三的高考腾出考场，东西全部收拾进学校统一准备的一间空教室，下午只上三节课，最后一节课留给大家收拾。住宿生也要回家，等高三考完恢复正常。

这个下午似乎过得格外快，就算是学习再好、再愿意为了成绩付出努力的学生，对于即将到来的假期，都是期待兴奋的。

第四节课，晏藜半个小时就把所有东西就收拾好了，程圆圆没和她一起走，因为程圆圆是走读生，第三节下课把那点书一搬，就被家长接走了。

晏藜去了一下宿舍，回来经过教学楼，看见江却还站在楼下，像是等人的样子。

她没打招呼，往门口去，没走几步，身后传来一阵略急促的脚步声，是江却追了上来："晏藜……"

"一起走吧。"他说。

晏藜没说什么，算默认了。

外面比起教室是真的热，就算是下午，那阵阵肉眼可见的热浪和让人无限焦虑的蝉鸣还是摆在眼前。

一路上稀稀拉拉没几个人，快走到大门口，江却在晏藜身侧，忽然出声："晏藜，上次你说的话，是真的还是假的？"

晏藜就知道他迟早要问，闻言不假思索："假的。"

江却立刻接："你骗人，如果是假的，你上次就不会说，应该是直接不理我了。"

"我也是第一次，"他低着头，声音轻得快要听不见，"我也是第一次这么对一个人。"

晏藜垂下眼帘："老师都说了，不能早恋。再说感情这种事情，就是一时的感觉而已，我说不准。"

江却沉默了，走出校门，不远处大路上的洒水车放着熟悉的音乐开了过来，喷水声由远及近，他跟着晏藜走到旁边不会被洒到水的小道上，终于确定了自己想问的是什么。

"那你什么时候才会光明正大地给我个答案？"

晏藜脚步一顿，似乎是没想到他会问这样的话，大概过了几秒，她才指了指学校西边的方向。

"等明年，旧操场那片蔷薇花再开的时候。"

明年蔷薇花开，就是他们高中毕业的时候了。

江却心里忽然不可抑制地一跳，那种莫名其妙的过电酥麻感又在全身各处肆虐起来。

这年苦夏，很热，满街的梧桐树浓密成荫，老式的洒水车过一趟，树下的光像碎钻。

江却心里那些微甜泛酸的情愫随着光线影影绰绰，不知道是风动还是心动。

洒水车踩着音乐声和水声从他们身边经过了，江却从书包口袋摸出一个便利贴一样的小本子，又拿着不知道哪儿来的笔，边走边写，末了，在晏藜临踏上公交车站台前，塞到她手里。

"回家再看。"男生说完这话，转身飞奔而去。

晏藜被人群挤上车，等到找好位置坐下，从车窗往外看，早不见江却的人影了，她一点点摊开手里被握得不成样子的纸，上面还是她很熟悉的字迹——

"晏藜，我祝你心想事成，这样我们就可以在一个大学，甚至一个城市工作。"

晏藜面无表情地撕碎了那张纸。

既然都这样了他还不卸下那副虚伪的嘴脸，那就做个彻底的了结好了。

高三马上就要高考，最后的评估就在那几天。晏藜已经全身心投入这十几场竞赛中，也尽力了，但显然结果并不尽如人意，她仅有屈指可数的三四次名次在余晟之上，高考结束后只剩最后一次，是京大华大招生办组织的保送生综合考核，就算她参加了，也几乎可以说已经没什么入围希望了。

不出意外，第一个名额是江却的，第二个是余晟的。

拿到名额以后，江却大概就会离校，等着上大学了。

反正以后大家都不会再见了，这场戏她也演够了。

时隔一年,晏藜再来到蔡家面馆,才知道蔡家的牛肉面涨价了,换了新的厨子和跑堂,蔡景辉也不上学了,在面馆里帮忙。

"嗐,去年冬天,我妈滑了一跤,又胖,身子摔坏了,就老是腰疼。我爸又在外头找了个情人儿,家里的馆子没人照料,我寻思着反正我学习也就那样,没救了,还不如早点儿干活挣钱呢。"

蔡景辉叹息着,明明是和晏藜一样的年纪,身上却已经带了成年人的成熟。晏藜恍惚一下,忽然想起去年夏天。

她第一次见到江却也是在这儿,她在后厨,他们在饭桌前,几个现如今早就记不起面貌的女生肆意辱骂着她。

那个时候,就连面馆的老板娘都看不起她,她至今记得自己被骂的那句话——屎盆子镶金边。

如今再看,真是应了那句话,世事难料。

"得亏是你还记得我呢,我这一年可是听说了,你在一中都拿前几名的,什么奖学金、奖状拿到手软。我妈有次经过一中门口,看见好几张喜报都有你,回来后悔得要命,一直在我面前念叨你呢。"蔡景辉讪笑一声,表情是那种在不同阶级的人面前,骨子里矮一截的自卑。

晏藜面目温和地冲他笑了一下:"等有空了,我去看看赵姨。"

蔡景辉摆摆手,笑得微微有些苦涩:"可别,我不上学这事儿,在我妈心里都成了结,她要再看见你如今这样,估计得气出病来。"

晏藜缄默了。蔡景辉又道:"对了,你想吃什么,我去让后厨给你做。这么长时间的老同学了,我一定不亏待你,肯定给你把肉放得满满的。"

晏藜回头看了看大路,江却还没来,距离电话里约好的时间还剩十三分钟。

"待会儿再做吧,约的人没到,面坨了就不好吃了。"

蔡景辉点点头,正好这时候有服务员把啤酒端过来了,他扭着身捞了一瓶,桌上就有成摞的一次性塑料杯,他给满上,再开口,嗓子里满是步入社会的人独有的沧桑:"说起来,等会儿黄毛也会来呢,不过这会儿,他肯定是不敢怎么着你了。黄毛也不好过,天天就是混,我好歹还有个馆子能经营一下,他纯是什么都没,到处蹭生计呢。"

什么见鬼的豪横热血,早烟消云散了,混日子混到最后就这么个下场。蔡景辉看着晏藜身上那件干净的校服短袖,上面绣着他们这个年纪所有人趋之若鹜的学校名称。她的前途一片光明,她是他认识的所有人里,唯一一个即将跳出旧城区的人。

真羡慕啊,当初怎么就觉得人家是蠢是傻呢,现在看看,自己才是最傻的那个。

"对了,"蔡景辉闷了一口啤酒,"你在一中,学习还那么好,江却没把你怎么样吧，他……"

晏藜语气平和地打断了他："没有，我们还坐了同桌。今天我约的人就是他，他马上就保送了，今晚就替他庆祝呢。"

蔡景辉愣了一下，好一会儿才琢磨明白晏藜嘴里轻飘飘的"保送"两个字。

他颇有些无措似的："好，好……"

正说着，身后传来熟悉的一声："晏藜？"

她回头，是江却，白T牛仔裤，眼神温柔地冲她笑。

她看着他一步步走过来，坐到她旁边。

蔡景辉认得江却，但江却不太认识他，只是眼熟。晏藜拿了菜单点了几样菜，没让做主食。

对于晏藜主动约他出来吃饭这件事，江却显然是高兴的。晏藜看着他开口，轻轻打断他："其他事往后放放，马上你就能保送了，很开心吧？"

江却定睛看着她："最开心的不是这个，是……"

话没说完，后面一道粗犷的男声响起："哎哟，江哥？"

第十一章

天下没有不散的筵席

1

正如蔡景辉说的那样,黄毛现在过得不太如意,出身和家境都没办法给他找一个略微体面的工作,认识的圈子就那么大,朋友又都跟他半斤八两,指望不上。

江却可以说是他所有的朋友里最拿得出手的那个。

可不得巴结。

有外人在场,江却当然是什么话都不好对晏藜说了,是以黄毛奉承的话还没说几句,江却就站起来,话是对着晏藜说的,小心翼翼:"你不能喝酒,我去前面拿点儿饮料。"

晏藜点点头:"好。"

一旁的黄毛看得大跌眼镜。他几时见江却对人态度那么温和过,还亲自忙前忙后地跑。

他再看晏藜的表情就有点儿不对味了,不再是刚才的目中无人,而是带了些打量。

"晏藜?"他记得这个名字,当初她还在十三中的时候,江却问的就是这个名字。

晏藜喝了口刚才蔡景辉给她倒的枸杞茶:"怎么了?"

黄毛扯着嘴角讥笑一声:"没什么,就觉得你真厉害,转到一中了,连江却都能攀上。"

晏藜连看都懒得看他,不过声音也带着嘲弄:"你搞清楚,是谁在攀谁?"

黄毛噎了一下,好半晌说不出话。他看得出来,这两人里明显江却更被动一些,反而是晏藜,她还是一年前那副清冷孤傲的样子,连笑都不会笑似的。

也不知道江却稀罕她哪儿,也没见得多漂亮,浑身上下找不出除了学习好之外第二个优点。

但他忽然像是想到了什么，脸上又涌现出一些恶劣的得意，手里的摩托钥匙"哐"一下扔到前面的桌上："你傲什么傲？你以为江却对你就是真心的吗？还真把自己当个人物了……"

这下，晏藜才将将转过脸来，正眼看着他。

黄毛自从不得势以后，最忌讳别人不把他当回事儿，他也是被惹急了，什么该说不该说的，这会儿一股脑都要捅出来，仿佛狠狠地踩上一脚曾经社会地位比他还低的晏藜，才能保全自己最后的自尊。

"我告诉你，人家那是玩你呢。去年这个时候，不，甚至更早，他就知道你了。那会儿我们聚在这儿吃饭，他搭理过你吗？他以前跟我打听你，我们还以为他是看上你了，结果？当时一桌子的人就差指着你的鼻子骂你了，凭他当时在我们兄弟里的威望，张张嘴你就不用受那些骂，他出声了吗？"

晏藜余光看见江却拿着饮料，就在餐馆门口几步之遥，在听到黄毛这话时他脚步猛地一顿，但她没往那边看，平静得可怕。

她只是看着黄毛，看着他大放厥词。

这个一无是处的混混，揣测并笃定地说："反正你们这些重点高中的好学生啊，我是看不懂。不过你也别那么傲，要我说，江却可能是想学那些狗血又酸不拉唧的电视剧，让你喜欢上他，再踢了你吧，哈哈哈，笑死我了。"

他笑得粗噶，声音难听，但胡乱说出口的诳语中也不知不觉道出了真相。

咣的一声，不远处传来玻璃瓶碎裂在地的刺耳声响，很多人看过去，包括黄毛，然后下一秒黄毛表情惊变，双手紧紧抓着塑料椅子，腾地站起来："江……江哥……"

他大概是没料到，怎么自己刚说几句话，江却就已经回来了，还听见了。

橘子汽水在玻璃碎碴中流了一地，碳酸的泡沫在空中爆出吱吱作响的声音，江却几个大步冲过来，表情慌乱地试图抓住晏藜的胳膊，却被她侧侧身子，躲开了。

江却抓了个空，眼睫轻颤，脸上是铺天盖地的惶恐和不安："不是，晏藜，你听我解释，不是他说的那样……"

一旁的黄毛早躲到一边，似乎也后知后觉意识到不对劲，他连招呼都没打，抓着车钥匙就溜了。

只剩下晏藜、江却他们两个。

在里面忙活的蔡景辉听见动静走出来，看他们两个对峙的这架势，像被钉在了原地，没再往这边走。

晏藜坐得很稳，她甚至示意江却也坐下来。周围都是吃饭的人，她还要脸，所以不想闹得太难看。黄毛只是意外，其实就算没有他，她今天也会跟江却撕破脸的。

这顿饭本就是告别宴。

"我听着呢,你坐下说。"

她不悲不喜的模样,看得江却心里更加没底。

其实黄毛也没说什么,江却喉结滚动一下,强迫自己镇静下来。

"不是他说的那样,晏藜,我没有要玩你的意思,我之所以跟他打听你,也是因为我很早就……"

他说着说着,就不如一开始那么流利了,似乎也忽然意识到自己这话的漏洞:为什么不对当初身处困境的她施以援手?

晏藜看得出来江却很努力地想圆过去,但他似乎忘了,一个谎是需要用无数个谎去圆的,而无数个,都是假的、漏洞频出的。

江却定定地看着晏藜,眼皮发抖。明明是炎夏,他竟然感觉到脚底油然生出的寒意,想了一千一万个解释,却因为晏藜平静的眼神全都堵在了嗓子眼里。

她似乎毫不意外,甚至对于自己被朝夕相处的人欺骗这件事,她还能摆出一副"好好谈谈"的样子,他不傻,又怎么会不明白。

晏藜舒了一口气,对于这一天的到来,她说不出是期待还是恐惧,总之过了今天,就一切都结束了。

"说不下去的话,那不如由我来帮你说?"她问。

江却瞳孔骤缩,指尖轻颤着,表情发苦。

"你找黄毛打听我,根本不是因为所谓的'喜欢',而是因为你恨我,你想找找能从哪个地方入手,来报复我。报复之前,当然要打听清楚。

"但是你没想到,我那么快就从十三中转到了一中,你的谋划还没开始就结束了。黄毛不能帮你,你就亲自上阵了,他虽然刚刚是胡乱说的,不过他也说对了。你处心积虑地接近我,对我好,目的是什么,你比谁都清楚。

"江却,你真的很聪明,你甚至从来不把你的算计告诉除你之外的任何人。毕竟你也比所有人都知道你自己的优势,一个自卑孤僻、没人在乎的女生,很轻易就会喜欢上第一个对她好的男生,更别说,这个人还那么优秀,对她来说是可望而不可即的人。江却,我这个说法,是不是比你编好的谎更完整、更能对得上你的行为,也更有真实度一些呢?"

江却脸色发白,满眼都是惊恐无措,他张嘴,嘴唇都在微微哆嗦:"不是,不是……"

晏藜笑了,她很少笑得这么明媚,但以往江却看了就会愉悦的事,如今只让他浑身发冷。

"是,你还可以狡辩,因为你没有报复我的动机。但是江却,你知道的,我这个人,一辈子没走过运,可能是老天爷可怜我吧。我跟着公司去城郊的疗养院做慈善,在那儿,我遇到了你的母亲。"

每一个字,都如同一把重锤砸在江却心尖上。

完了,全完了。

江却眼圈猩红,他咬着牙,闭了闭眼,早就没有了往日的从容端方,现在的他,看起来更像是一个马上要被抛弃的可怜鬼。

他往前一步,试图再次去抓晏藜的手,这次晏藜没躲,但是她下一句话,立刻就让他如坠冰窟。

她说:"江却,我已经知道了一切,如果这时候我还相信你,那我就不是好骗,而是蠢了。"

所以,什么话都不要再说,给彼此再留最后一丝体面。

最后这句近乎让江却丢盔弃甲,他声音颤抖:"所以……你一直都知道?"

也一直都是在逢场作戏,说的所有话都是假的?

如果说她之前的话让他失魂落魄、方寸大乱,那么刚才这个认知带给他的痛苦无异于撕心裂肺。

他曾为她几句喜欢高兴到忘乎所以,然而现在她两三句话,轻飘飘击溃了他的一切幻想。

"为什么?为什么一直骗我?"江却脸上血色尽失,眼里全是沉痛,他说这话,仿佛晏藜做了什么天大的、对不起他的事。

晏藜笑了一下,眼里没有感情。

"干什么呀,江却,不是你先撒谎的吗?"她问他,"真心都不一定能换来真心,你还想拿虚情假意来换啊。江却,是你傻,还是我傻?"

你怪不了我不说实话,是你对不住我在先。

但看江却这样子,不像是被揭发以后的恼羞成怒,倒更像是……痛心疾首?

为什么?

晏藜捏了捏指尖,想起之前,她松口以后,他还是没有像她预想的那样立刻实施报复。

那他为着什么,似乎在这刻昭然若揭了。

他一个存着恶念接近她、想算计她的主儿,竟然先她破防了?

晏藜忽然觉得有点儿好笑,她一直以为江却是极聪明理智的那种人,没想到有朝一日也能看见他自掘坟墓。

但她实在看不得他那副不甘心的样子,搞得好像她有什么天大的错一样。

晏藜不喜欢这种感觉,她要撕破脸,就要撕个彻底,把什么都掰扯清楚,各人认各罪。

"我没警告过你吗?雕塑大赛的时候,我就问你,就算没有回报,也要帮我吗?你当时一定没仔细想过吧,那现在呢?

"你以为我说的回报是什么?是我永远不会掉进你的陷阱。

"那是我看在你的的确确帮到我的分儿上,还有对你母亲最后的愧疚,第一次警告你。

"我劝过你的,每次你凑过来,我都有劝你。我跟你说做人要坦荡,人生没有捷径可走,你得拿真心来换;我问你就算没有回报你也确定要帮我、要对我好吗,你每次都点头。是你被仇恨迷花了眼,装深情装得没有理智了,现在我们走到这一步,都是你咎由自取。

"是,我骗了你,我承认。但你想过吗江却,你我之间这场博弈,注定是你死我活的。你以前那么恨我,恨我全家,你居心不良地接近我,想让我万劫不复。可是江却,我想活啊,我想过明媚的人生……"

她微微咬牙,字字珠玑:"当年的事情,冤有头债有主。他医闹得来的钱,我一分都没花。从小到大,他没有养过我哪怕一天。我既然没有享受做他女儿的权利,又凭什么承担做他女儿的义务?我在记者面前说谎,是因为我如果不说我就会被他活活打死,而你心里也比谁都清楚,就算我没有在记者面前说那些话,他也绝不会停手,那场悲剧还是会发生。如果你听完这些,还是执意觉得我该背着对你家的愧疚和罪过,那我无话可说。"

说完,晏藜站起来,和江却擦肩而过的一瞬,她站住,低头看自己被拉住的手腕。

她回头看,才发现江却脖子上都是隐忍的青筋,脸上甚至带着一道不明显的泪痕。

他开口,声音仿佛低到尘埃里:"对不起,我是骗了你,我带着目的接近你。但是晏藜,我本来打算把这事烂在肚子里,骗你一辈子的。"他颤着声,喉咙里隐约传出呜咽,"我早就没打算再报复你了,平安夜那晚以后,我说的所有的话,都是真的……"

晏藜却在这时狠狠地甩开了江却的手,她听江却说那些肺腑之言,脸上没有动容,只是露出一个恍然大悟的表情:"你不说这个,我差点儿忘了。"

"曾经啊,你差一点点就成功了,"晏藜掐着指腹比画,"就差那么一点儿。"

江却一愣,转瞬心如刀割。

还有什么痛,能比得过杀人诛心?

如果只是从未得到也就罢了,偏偏对方告诉他说,他竭尽全力所求的东西,很早之前就距离他只一步之遥了,只可惜他不说实话,然后亲手推开了那份情意。

晏藜嗤笑一声,她彻彻底底冷了脸,转而从挎包摘下那只小朱莉的挂件,手一扬,挂件就被扔到了旁边荆棘丛生的灌木丛里。

不带一丝留恋。

2

他们一开始就不该认识。

人要拿感情说事儿,最怕遇见晏藜这种人。她不说情,只一味跟你讲理。多可怕。

那个灌木丛,种满了带硬刺的枸骨,平常人见了都要躲得远远的,晏藜往那里面扔,连半秒都没有犹豫。

江却眼前失去焦距,怔怔地落下泪来:"晏藜,我……"

她后退一步,打断他:"不管你现在说什么,我都不敢信你了。所以到此为止吧,都结束了。"

她皱眉:"你就当我们从来没有认识过。"

最后一场综合考核,晏藜自认发挥得还算不错,虽然保送机会不大,不过能过来参加一遭,也算长见识了。

高考结束以后高一高二就要返校,晏藜从考场回家,没见到周琴,只留了张字条,说厂里这几天要赶工加班,让她不用担心,自己吃好喝好就行。

字条旁边还有个纸袋,里面放了这个月晏藜的生活费和书本费。

晏藜是做好了开学以后不用看见江却的准备的,她甚至已经考虑好,到学校以后找李慧说一下,让余晟之前的同桌和她一起坐。

到班的时候那附近只有宋京墨在,他在做英语笔记,晏藜过去看了一眼,指了指他其中一个语法错误,话音没落,身边传来熟悉的脚步声和洗衣粉香味儿。

她没回头,都知道是江却。

往常,他都会跟她打个招呼再进去,不过那晚两个人闹得那么难看,说话是不可能的了,晏藜倒也奇怪他为什么还要来学校。

两个人坐同桌,抬头不见低头见,竟也整整两天都没说过一句话,就连程圆圆和孟则似乎也发现了他们之间诡异的气氛,很少过来嘻嘻哈哈了。

晏藜静静等着保送结果公示的那天,等到了那天,她就彻底清静了。

预录取结果公示还没出,但消息已经传到一中教研组,晏藜静静地听着李慧叫了江却和余晟的名字,冷不丁地,又叫了她。

或许是要例行安慰一下吧,晏藜想,毕竟她费那么大力气陪跑,心里也是抱着一线希望的,只能说自己能力还不够,她认了。

但见办公室里李慧的表情似乎有些凝重,迟迟不提那个早就猜得到的结果,而是一直在翻手里的几页纸,末了,对着江却说:"江却,最后那场高校组织的综合考核,你为什么没去参加?你知不知道你因此错失了一个多好的机会,还是你根本就没打算拿这个保送名额?"

整个办公室一片死寂,只有晏藜猛地回头,一脸不敢置信地看向江却,而他也在她看过来的一瞬间和她对上视线,那眼神里,似乎酝酿了很多她根本看不懂的东西。

晏藜不由得心跳加快,一个让她震惊的猜想似乎在慢慢浮出水面。

"既然江却你放弃了最后这场考核,名额往后顺延,第一名余晟,第二名晏藜。"李慧叹口气,很是惋惜的样子,"余晟、晏藜你俩去找杨丽文杨老师拿表填信息,随后送去省级招生考试机构审核确认,大概等明年二月份就可以办理录取手续了。

"江却,你留下,老师有话要跟你说。"

晏藜跟着余晟往另一边杨丽文的位置去,临走前又回头看了一眼。江却微垂着眼帘,脸上没什么太懊恼的表情,对于李慧的质问和慨叹,他照单全收,但一个字都没有解释。

晏藜回过头。

不知道为什么,从刚才李慧通知完他们以后,她的心情就从震惊变成空落落的,像缺了一块很重要但不知道是什么的东西。

拿了保送名额,她高兴不起来,近乎是浑浑噩噩地跟着余晟从杨丽文的手里拿过信息表,填得也是心不在焉。

她不明白,江却为什么那么做,这是一个思维正常的人能干出来的事儿吗?

但他确确实实这么干了,现在名额顺延落到了她手里。

晏藜和余晟前后脚回班里的时候,还没上课,头顶的三叶电扇呼呼地吹着。晏藜头重脚轻,回到座位上就颓然地坐了下去,还是感觉像做梦一样,这种事情大概无异于天上掉馅儿饼,一切都是那么不真实。

程圆圆从旁边晃了过来,软着嗓子安慰她:"哎呀,晏藜,不能保送就不能保送呗,正好你还能在学校陪我们到高三,反正以你的成绩,考进去也是早晚的事啊……"

他们还不知道,所以都明白江却和余晟拿名额是无可置疑的事情,十分钟之前,晏藜也是这么以为的。

晏藜抬头看着程圆圆,眼神发直:"圆圆……"

"嗯?"

晏藜抿了抿唇:"我拿到保送名额了,还有余晟。"

"啊?那……那江却呢?!"程圆圆同样一脸不可思议。

"江却……没有参加最后一场综合考核。"

程圆圆张着嘴,好半晌还没反应过来,她是蒙了,不比刚才晏藜受到的惊吓少,江却是什么人,怎么可能会犯这种不参加考核的最低级错误呢?

"我不知道是怎么回事儿……他在办公室里没跟老师们说原因……"晏藜说这话时,声音轻飘飘的。

程圆圆似乎在这刻忽然发现了晏藜情绪上的不对劲儿，她赶紧抓住晏藜的手："你回回神啊，你别乱想，能拿保送名额是好事儿，江却没去参加考核也不能怪你啊。"

晏藜脑子很乱，一个字都听不进去。

江却这时候回来了，从前门进来，走到晏藜旁边，深深地看了她一眼。

程圆圆悻悻地回去了，江却才越过晏藜坐到凳子上。

其他地方都乱哄哄的，只有他们两个周围静得出奇。

最后是晏藜先开口，时隔五天，她眼前又闪过那晚她甩开江却手的一幕。

"为什么没去参加考核，你疯了？"她声音压得很低，微微颤抖。

江却并没有立刻回答。他缄默两秒，从书包里拿出来一个东西，轻轻地放到晏藜桌子上。也是这时候，晏藜才忽然发现江却右胳膊上有许多纵横交错的血痕，已经长得很浅了，几乎和肉色差不多。她这几天一直刻意不去注意他，竟然也真的一直没看到过。

那是当初晏藜随手扔到路边枸骨丛里的挂件，她知道那里面的硬刺有多繁茂，她就是为了不让江却去拣出来。

但他还是去了，然后被划拉出满胳膊细细的口子。

晏藜喉咙里堵得厉害，她死死盯着那个挂件，没有看江却的脸。

他开口，声音清朗："你说你不信我，所以我向你证明，证明我说的都是真的。

"保送没了我可以再考，你想要什么，只要我有，只要我给得起，我都可以给你。但是晏藜，你考到哪所学校，我就跟到哪所学校。我说过的，我会和你纠缠一辈子。"

他说这句话的时候，眼里都是让人看不懂的热切执着，甚至……隐隐癫狂。

晏藜心中狠狠一震，她呼吸略微急促起来，因为江却那些话。

疯子，真是疯子。也是这刻，晏藜忽然发觉江却的可怕。他是这阵子对她太好了，以至于她都忘了，他原本就并不是什么光风霁月、表里如一的人，他偏执疯狂，认定了的事情，轻易绝不松手。

江却一直是极聪明、知道自己要的是什么，且愿意为之付出努力的人。某种意义上来说，他原本其实和晏藜算是一类人。

他几乎没有在人生这条路上栽过大的跟头。

直到他遇见晏藜。

一开始就是因为怨恨，想毁掉她。一两个月她不动心，他也不着急，离高中毕业还有那么久，她总会慢慢陷进去的。他就是目的性这么强的一个人，但不知道怎么回事，时间一长，好像这种心态在慢慢变质。

等他意识到事情严重性的时候已经晚了,他第一次没有预料到的情况发生了,他那时才发现,原来感情是这么可怕的、会让人迷失心智的东西。

可是那个时候,他的目的还没达到一半呢,晏藜面对他,说话语气从无波澜,表情、眼神看不出一丝丝异样,反倒是他自己,克制不住地去关注她,在意她。

一个人同时被两种感情折磨着,一面对母亲愧疚,一面对自己纠结。

直到年前平安夜那晚,从晏藜家出来,他接到了晏藜母亲周琴的电话。

晏藜曾经把他的电话存在母亲手机上,他去救她那次,周琴就记住他了。

她说:"你父亲是不是叫江昀,你母亲,应该姓荣吧?"

这个仅仅和他见过两面的女人,不知什么时候从手机联系人的备注名字上,记起他就是被自己前夫所迫害的医生的儿子。

周琴并未发觉他接近晏藜是为了什么,那个时候他被自己的很多莫名其妙的感情扰乱,尚且停留在暂时对晏藜好、以达到目的的阶段,周琴就以为他真的是在对她女儿好,怀着满心的愧疚,她选择和江却坦白。

"我知道,这件事情就像一个定时炸弹,迟早有一天你们双方都会发现的。既然早晚都要面对,那不如做了个了结。当年的事情,阿姨跟你道歉,跟你父母道歉,是我们对不起你们家。但是孩子,阿姨希望你不要迁怒晏藜,她真的是无辜的。从她生下来,她爸爸晏长贵就没有管过她,你应该也记得那个畜生的嘴脸,薄情寡幸、自私自利,不把我当人看也就算了,连他唯一的女儿在他眼里,也不过和路边的猫猫狗狗没什么两样。我是相亲嫁给他的,亲戚们都说,离婚还不如喝药上吊体面,我领着晏藜,就这么被那个狗东西蹉跎了半辈子。"

话没说几句,这个中年女人几度哽咽:"她从我肚子里生出来到现在,就没有真正享过一天福,被她亲爸打,被她后爸打,是我懦弱,是我没用,是我害了我唯一的女儿。当初我应该拼死拦着不让晏长贵去医院闹的,这么多年,他遭报应死了,可我和我的晏藜还在受苦。江却,阿姨知道你对晏藜好,阿姨真的谢谢你,我也知我没资格祈求你和你家人的原谅,但那都是大人犯的错,你要恨,就恨我和晏长贵好了,你不要恨晏藜。"

晏长贵死了。而周琴说,她得了肺癌,晚期不好治了,所以她时日无多。死了的人遭受多少怨恨都无所谓,但活着的人……她想她的女儿能干干净净地活着。

"晏藜还不知道我得了这个病,我一直瞒着她,怕她不好好上学。她不是只剩下上学出人头地这条路了吗,我这个当妈的一辈子没给过她什么,不想最后还拖累她。

"江却,阿姨信得过你,所以阿姨才求你,不需要帮她太多的,她很懂事,也不怎么花钱。阿姨说这些,只是想,最起码让她在这世上能有个照应,不至于孤身一人。"

为这些话，江却站在玄关愣了很久。

他当然比谁都清楚，晏藜吃过什么样的苦，而且，她马上就要失去在这世上唯一的亲人。

他想起晏藜以前说过的话：大人惹的麻烦，怎么叫小孩儿承担呢？

惹麻烦的大人，一个死了，一个马上就要死了。

江却瘫坐在沙发上，紧绷的身体松懈下来。

他看着头顶的天花板发呆，无意识间眼泪横流。这泪不仅为他无辜受害的母亲，也为这么多年艰难长大的晏藜。

如果真心喜欢一个人、爱一个人，你会控制不住地心疼她，即使她受一倍的苦，你的心也会比她更疼一千倍一万倍。

他只是听周琴说那些话，就觉得很疼很疼了，他真的无法想象，晏藜是怎么一天天在这样的困苦中长大的。

算了吧，算了。

够苦的了。

他不想再被这些事情折磨了，他也不想再害晏藜，那些东西像枷锁一样，缠得他快要崩溃了。

平安夜这晚，他唯一庆幸的是自己还没有暴露，一切都还来得及。

3

江却一大早眼皮就开始狂跳，到了学校，以前一直来很早的晏藜还没来，他一颗心就轻飘飘地提了起来。

孟则说："毕竟人家拿到保送名额了，还不是想不来就不来了，你看余晟，昨天下午不也把东西搬走了。"

可他刚刚放下的心，又在下一秒看见晏藜完全没有收拾痕迹的座位后焦灼起来。

这几天一直变故频出，虽然他很努力地在挽回一切，想把他们的生活都往正轨上拉，但他真的怕了，让出保送名额是他最后的砝码，他也承受不起再一次的痛苦了。

第一节课，晏藜没来。

下了课大概五六分钟，孟则从外面回班，跑得飞快地冲过来："江却，出事儿了！"

江却心里突地一跳，从位置上站起来。

孟则左右环顾了一下，极小声地说："我刚才在办公室，听见老班和数学老师说，晏藜的母亲过世了！现在在市中心医院……哎，我还没说完，你往哪儿去……"

话音未落，江却便已冲了出去，只留下一道背影。

他跑得很快，不顾身后孟则的叫喊和其他人异样的眼神，满脑子只剩下一个念头：周琴死了，晏藜的母亲没了……

耳边是急速掠过的风声，他甚至骑自行车闯了门禁。

校门外的公路上车水马龙，他却仿佛看不见似的，一股子不要命的架势往前骑，见缝就钻，见道就抄。

市中心医院，江却弃车冲向急诊楼，前台护士都被他吓了一跳，他浑身颤抖着，几乎毫无镇静可言："你好，请问……周琴，有没有一个叫周琴的病人……"

那护士愣了一下，但很快就想起来："哦，五楼急诊科手术室，刚才已经下死亡通知了，死者马上推去停尸间了，家属节哀……"

他跑得急，没听护士说完，转身就往楼上跑去。

电梯等不及，他爬的楼梯。他心里想了一千一万种晏藜悲痛欲绝的模样，想待会儿要怎么劝慰她，然而等他冲到五楼，看见坐在走廊长椅上的晏藜时，他脚步急刹，仿佛被钉在了原地，他如鲠在喉，一个字都说不出来。

晏藜很安静地坐在那里，坐得很规矩，没有哭。但这才是江却最怕的地方，她若是会哭还好，如今却是一副失了魂的样子，坐在那儿没有半分人气，像个活死人一样眼神涣散。

身后传来急急的脚步声，乱七八糟像是在跑，是孟则和程圆圆，他们也像江却那样，在看见晏藜的一瞬间，愣在了原地。

江却一步步走过去，迈得很艰难，他走到晏藜面前，她还是没看他，似乎是在看着眼前虚空处，没有焦距。

他蹲下身，抬头看她，声音含一丝哽咽："晏……藜？"

两个字说出口，他先红了眼。

孟则和程圆圆甚至都不敢过去，站得远远的，程圆圆捂着嘴，眼泪已经流出来。

这时候，晏藜眼前才一点点恢复了焦距，但她还是愣怔着，像是尚未从什么剧烈的打击中回过神来似的，她看着江却，一字一句：

"江却，我妈死了。"

她说这话时极平静，但眼睫和声音都在轻颤，说完了，布满红血丝的眼眶像干涸的泉眼氤满泉水，眼睛包着眼泪，又迟迟不掉。

江却看着，只感觉心脏好像被一柄利刃剖开。

她在哭，泣不成声："昨天晚上，我还在想，我妈什么时候回家呢，我就可以告诉她说，我保送京大了，她以后可以跟着我享福了……"

她皱着眉，脸上全是悲怆，话没说完，眼泪像断了线的珠子一样，一滴一滴地落下来，滑过下脸："我不知道，我不知道她在医院里抢救失败了……我不知道……她再也回不来了……"

她呜咽着，喉咙里发出急促的喘息，而后控制不住地泪如雨下，她甚至哭不出声来，悲痛到极致，仿若失声一般。

江却只觉一阵深深的无力，他低头闭眼，眼泪"啪嗒"一声落到地板上，他半跪着，抬起上半身，慢慢把晏藜拢进怀里。

这两个十七八岁的孩子，在这刻仿佛沦为一体，晏藜像是抓住最后一根浮木那样紧紧抓扯着江却的衣服，在他怀里发出压抑的闷声，声音越来越大，最终号啕大哭。

你知道吗，人永远无法预知到下一刻会发生什么，天上的云，路边的树，身边的人，或许转眼就会消失了。人间的日子，过一天就少一天；人间的面，见一面就少一面。

没了，就真的没了。

如果无法再珍惜眼前人，如果眼前人已逝，那就好好告个别吧。

逝者已逝，而活着的人还要好好活。

如果不是她妈如此突然离世，晏藜可能这辈子都不会知道，周琴的肺癌晚期，医生诊断最多只能活八个月，周琴没有接受任何的治疗，一直在等死。

死的时候，是肺癌并发症，交叉感染后心搏骤停，连救都没得救，人就断气了。

遗体送去火化了，晏藜在家处理她妈的遗物，时隔差不多一年，她又见到了她那个继父。

赵文山拘留被放出来以后，因为欠的钱大部分都是宋家的，宋京墨不许家里人去追债，没人堵他，他乐得轻松，跑到天南海北去混，又染上赌瘾，走之前最后那点存款也输了个精光。

这次回来，是听到风声说周琴死了，他赶着回来，要收走他这套破房子。房子是夫妻共同财产，但这会儿妻子死了，共同财产的一半为配偶所有，剩余的财产为死亡一方的遗产，由继承人按规定继承。

晏藜只是坐在客厅沙发上，默不作声地收拾着周琴的旧衣服，江却从昨晚在医院一直陪着她到现在，孟则、程圆圆和宋京墨则是今早又来的。一群十几岁的学生，看着赵文山凶神恶煞地和晏藜摆账本。

"周琴死了，这房子有我一半。我可问过人了，虽然你也能继承一半，但是我也有权卖掉我那一半。我跟你说晏藜，要么，你搬出去，我卖了房子，给你一半的房钱；要么，你给我一半的房钱，我现在立马走人。

"但是你可别想给我赖账啊，你别以为你妈死了我就管不了你了，我一天是你老子，我就一辈子都是你老子……"

晏藜昨天从医院回来开始，整个人就陷入一种完全"死机"的状态，除了江却和她说起她妈时她会有一点点反应，就连半夜江却守在客厅，偶尔去她房间门口，还能看见她坐在床头发愣，不睡觉，也不说话，不吃东西，也不哭，别人说什么都没反应。

如今赵文山回来了，一堆人挤在一个客厅，除了晏藜和江却，其他人都一脸难以置信，不敢相信都这种时候了，赵文山这个男人还能说得出这种话来。

程圆圆最先忍不住了，含着哭腔反驳："你这人有没有良心啊，晏藜可是你女儿啊，你的妻子去世了，你还有心思跟你女儿说这些？你把晏藜赶出去，你让她去哪儿？你还配做一个父亲吗？"

赵文山冷哼一声："我说小姑娘，你搞错了吧，我可不是这丧门星的爹。我哪敢啊，克死了自己的亲爸不说，现在又克死了自己的亲妈，谁摊上她啊，真是倒了八辈子血霉了！"

其他三人俱是一愣，原本都以为晏藜的父母只是对她不太好，没想到中间还有这一层在。

程圆圆护犊子，孟则拉都拉不住，她像个小钢炮似的，叉着腰吼："就算你这么说，阿姨刚过世，你就要赶走晏藜，连缓都不让别人缓一下，你还是个人吗？"

赵文山脸色难看，但也懒得跟她一个小姑娘争辩什么。他看晏藜一直不说话，以为对方理亏或是想无视他的要求，瞬间就急了，走过去就要拉扯晏藜。

还是在旁边一直守着的江却眼疾手快，猛地把晏藜拉到自己身后，挡下了赵文山不轻不重的一巴掌，他看得出赵文山打骂晏藜早就成习惯了，如今一言不合就要动手。

一旁的程圆圆瞬间"炸"了，冲过去一把推开赵文山，几乎是扯着嗓子怒吼："你疯了吧，说话就说话，你动什么手啊，你信不信我报警告你打人？！"

赵文山在外面血雨腥风混惯了，如今三番五次被一个小女孩指着鼻子骂，火气腾地就起来了，他高高扬起手，倒还想打程圆圆，但被冲过来的孟则狠狠推开，又把程圆圆护在身后。

也是这时候，晏藜那张憔悴得不像正常人的脸上，眼皮终于抖了抖，看向眼前这场闹剧。

孟则开口，声音带着罕见的狠厉："你动什么手，关她什么事儿？现在可是法治社会，你要是不会好好说话，那咱们就公安局见！"

赵文山啐一口唾沫到地上，嘴里嘟嘟囔囔地骂着，根本不拿这几个孩子当回事儿，冲上来就要扬拳头，可惜下一秒高高抬起的胳膊就被宋京墨握住了。宋京墨看了一眼晏藜，眼里带着不易察觉的心疼，转而对着赵文山，那抹温柔瞬间消失了。

"这房子多少钱，我给你一半，我来替晏藜给。"

赵文山认得宋京墨，那张狠琐老态的脸上立刻显出几分笑意来，他嘿嘿笑着，比了个数："一平方米五千块。"

孟则皱眉："你怎么不去抢？五千块一平方米都够在新城区买套好房子了，我看你是趁火打劫，成心讹我们的吧？"

赵文山听了这话，立刻不乐意了："你这兔崽子，你不付钱你就闭嘴，有的是人愿意掏……"

程圆圆看赵文山一脸嘚瑟就气不打一处来，也不顾孟则还在跟前，跳起来就想挠花赵文山的脸似的，又被孟则和宋京墨及时拦下来。赵文山一看这架势又开始大声叫骂。整个客厅一片混乱之际，不知道谁说了一句："外面是不是有人敲门？"

战况稍歇，没听见什么敲门声，起初所有人都以为是幻觉，但当玄关真的再响起咚咚咚的敲门声时，宋京墨有些疑惑地看了大伙儿一眼，还是出声："我过去看看。"

门开了，外面站着一个大约三十岁的女人，宋京墨的视线落到她脸上的第一眼，就忽地愣住了。

不为别的，只因为眼前这人的眉眼和脸形，简直和晏藜像是一个模子里刻出来似的。

"你好。"女人笑得得体又温顺，"请问这儿有一个叫周琴的人吗？我是她侄女。"

4

来的女人叫祝冬安，父亲是周琴的亲哥哥。

周琴出生那年，赶上家里最穷的时候。她上面本有两个哥哥，其中一个为了爬树摘点儿果子，掉下来活活摔死了。

为了给她一条活路，也给她另一个哥哥一条活路，祝家刚生下还未满月的女儿，就送给了没有生育能力的、周琴的养母。

于是她被起名为周琴，成了周家的女儿。

周琴到死都不知道自己的父母并非亲生，她父母对她不错，也一直没有提及她的身世，20世纪80年代带着女儿南下讨生计，就定居在南方了，直到后来嫁给晏长贵。

这些年祝冬安的父亲，也就是晏藜的舅舅，搞房地产挣了点儿钱，父母又都过世了，没什么血亲，就想着找一找妹妹。

祝冬安身为家里的独生女，知道她爸这个心愿以后，就开始琢磨着寻亲。其实也不难找，都有蛛丝马迹，只不过因为周家举家搬到南方，祝冬安费了点儿力气才找过去，又听说姑姑改嫁了，几经波折，这才找到南平来。

本以为是兄妹相认的大喜之日，没想到晚了一步，祝冬安连姑姑最后一面都没能见到。

其他人都走了,只剩下晏藜,听完这番话,她更加沉默了。

桌子上摆的都是祝冬安带来的信物。这个二十八岁的年轻女人,按理来说应该算是晏藜的表姐,长着一张和晏藜七成像的脸不说,连性子都很像,都是沉静寡言的女孩儿,不过若说晏藜是冬日刺骨的风,那祝冬安就是寒天的暖阳,极温顺极柔软,留及腰的长发,穿颜色素淡的长裙。

周琴被送给周家时,那夫妻俩摁的手印,还有孩子稍微大点儿时祝家夫妻去看她照的老照片,都泛黄卷边了,不过保存得还算完整,就算没有,其实单从相貌来看,祝冬安说的话也没什么好怀疑的。

"小藜,我可以这么叫你吧?"祝冬安坐在晏藜身边,抬手握住她,轻抚以示安慰。

"我知道你现在很难过,不过我今天来,也是想转达一下我爸的意愿,原本他是要我来接走姑姑的,但是现在姑姑过世了,你又没有其他亲人,我爸的意思是,如果你愿意的话,你可以跟着我回北京,以后你就是我们祝家的女儿。"

话音落下,晏藜微怔。这事发生得很突然,她一时不好接受,也正常。几十年没有见过面的亲人,突然找上门来,说要收养她,任谁听了都得好好想想。

"而且我听说,你保送京大了?那不是更好,咱们家这么多年了没出过什么文化人,我当初也就一个普通的本科毕业。你都不知道,我刚才跟我爸……也就是你舅舅打电话说这件事的时候,他真是又哭又笑,你妈去世事是叫人很难受,但好在我们又找回了你。"

"我姑姑她泉下有知,也会高兴你能有亲人和依靠的。而且你想,以后你上大学、生活,这些都要钱。我那会儿跟你朋友打听,说你为了挣学费每天都去打工,太辛苦了,你还这么小,一个人可怎么过呢?"

晏藜只是缄默,对于祝冬安,她是陌生的。对方因为血缘关系找上门来,但说到底几十年他们都没见过面没在一起生活,除了血缘就没有别的亲情了。但对方说的话也不无道理,周琴死了,她当真是在这世上完全孤身一人。

她心里空荡荡的,是从未有过的孤寂感,而这时候祝冬安来了,告诉她说,她还有舅舅、舅妈,还有个表姐。

祝冬安来的时候带了许多原本要送给姑姑的礼物,首饰补品,一应俱全。现在周琴过世了,她眼里只剩下晏藜这个表妹。

江却他们走的时候,程圆圆跑过来跟晏藜说让她得了空吃点儿东西,别因为太伤心把身体熬垮了。祝冬安听得清楚,也一直记挂这事。晏藜听了祝冬安说的那些话,也不吭声,祝冬安心里没底,索性先从身后的一堆礼物里找出些吃的放到晏藜手里。

"你慢慢想,先吃点儿东西吧。我听说从昨天开始你就没有吃喝,你瘦成这个样子，哪经得起这么折腾？"

晏藜吃不下，胸口堵得难受，祝冬安就又拆了一箱牛奶，插了吸管放到晏藜手里。

晏藜嘴唇嗫嚅着，好半响，才有些艰难地开口，喊出那个对她来说有些陌生的称谓："冬安姐，我现在还没办法跟你走，我朋友他们都在南平，而且还有我妈的后事，这房子的一半所属权……"

说到底，她还是有些不甘心的吧，要完全抛弃自己生活了这么多年的地方，还有圆圆他们，然后去一个对她来说完全陌生的地方……

祝冬安心思玲珑，晏藜没说完的话，她即刻就明白了。那会儿她刚进来，看她一堆朋友围在身边，尚且感叹，虽然晏藜命不好，但人缘还不错，朋友个个都肯为她赴汤蹈火，这些都是没办法一朝一夕就轻易舍弃的。

祝冬安点点头："我明白，这些事情都是大人该操心的。我都想好了，房子的另一半，我从你继父手里买回来，以后你想回来看，随时都可以回来。咱们带着姑姑的骨灰回北京，你外公外婆都葬在那边，让她和亲生父母团聚，好不好？"

"至于你的朋友们，小藜，你还小，所以把这些东西看得太重。但是你知道吗，他们没办法陪你一辈子的，都是萍水相逢而已。什么，都没有自己的人生和前途重要。"

晏藜说不出话来，她无法反驳。

祝冬安给晏藜剥了个核桃，硬壳扔在桌上。

她轻叹一声："这一桌的核桃壳、核桃皮，离了核桃肉，都是没用的东西，留着就是累赘。核桃肉有它自己的前程，核桃壳只能护它半辈子。"

晏藜不作声，看着那些壳，伸手慢慢清理干净扔到垃圾桶里了。

祝冬安看着她："要扔了吗？"

晏藜沉默两秒："扔了。"

江却到电影院门口的时候，一眼就看见在门口的公共长椅上端坐着的晏藜。

一周没见，她没穿校服，身上是以前他从来没见过的裙子，板型、面料都很昂贵的样子。江却从程圆圆嘴里知道了晏藜母亲的身世，那个年轻女人就是来认回晏藜的。江却由衷地替她高兴，毕竟这样，至少她能从失去至亲的痛苦中恢复一点儿。

而现在的晏藜看起来比周琴刚去世那会儿也好多了，虽然她眼睛还是无神，但偶尔会象征性勾着嘴角微笑一下。

江却买了水，还是晏藜以前喜欢的冰镇橘子汽水："怎么突然想起来约我看电影了？"

房子的事，江却憋在心里没敢提，怕她伤心，对于两人当初闹掰到那种地步，他也好像什么都没发生过一样。她或许早就回心转意了，在他让出保送名额，逃课飞奔到医院，以及后来陪着她渡过母亲去世难关的时候。

他不可抑制地这样想，他也只能这样想。

晏藜今天约他出来，似乎也是某种暗示。

江却心想，还好一切还来得及，他们还有的是以后。

晏藜没看江却，目光平静："还记得以前我们一起看的那场电影吗？我听说票房不错，又复映了，所以想找你来看看。这次我请，就当是谢谢你把保送名额让给我。"

似乎都释然了，在经历过这样的大起大落之后。

江却松了口气，脸上是看得出来的欢欣："好，当然可以。"

影院还是当初那个售票员，不过她早已不记得他们了，桌子上照例放着一只铁皮盒子，里面放着赠送的挂件。这次晏藜没要，江却拼命从枸骨丛里拣出来的那只，还在她行李箱里静静地躺着。

放映厅里很安静，因为是复映，没有上次那么多人，一片昏暗中，晏藜感觉到江却靠在她身侧的手，微微渗着薄汗，甚至有些抖。

她没有躲，只是安静地看着电影。

到这时候，不知道为什么，面前一帧帧的电影进不到脑子里，晏藜眼前一幕幕闪现的，明明灭灭，都是很早以前的事情。

这短短一年，发生了太多事。

她想起她第一次见江却，在那样蝉鸣不止、闷热的夏夜，有一个穿着高中校服、干干净净的少年，坐在一堆乱七八糟的混混里。

他面无表情看着她的样子，他在大雨中替她打伞，他低眉顺眼地说以后都送她回家，他冲到她家救了她、跟她说"别怕"，他为了她拼命拿接力赛第一，他背着她去医务室时宽厚的背，他帮她带饭，帮她找兼职，平安夜给她送两个苹果，元旦晚会附在她耳边说"元旦快乐"……很多她以为自己忘记了的、没怎么放在心上的记忆，在这瞬间统统想起来了。

原来已经过去那么久了，原来他们之间，已经有过那么多经历了。

去上次给她补过生日的 KTV，江却点了一首粤语歌，是他们第一次在蔡家面馆见面时，隔壁发廊放的《一生所爱》。

"……从前现在过去了再不来，红红落叶长埋尘土内……"

江却哪会说什么粤语呢，所以唱得很难听。

但晏藜专注地听着。她这十八年，说了太多错话，做了太多错事，苟活到今日，真的身心疲惫了。

而今她即将实现自己毕生的梦想，跳出现在的阶层和人生，踏上另一条繁华明媚的大道。
她不想再和那些痛苦的过去再有任何牵扯了。
所以对不起了,江却。
她脑子里唯剩这个念头,唱了一半的江却回头看了她一眼,还冲她笑了一下,那眼里是说不出的浓重柔情。
等他转头看向电子屏幕,她张张嘴,无声一句:"再见。"
不是下次再见,而是再也不见。

5

周一,江却很早就到学校了,旁边桌子上的书本都收拾干净了,空荡荡的,江却心里有些不舒服,但转瞬释怀,放学以后和周末他还是可以去找晏藜的,等以后他也考上同一所大学就好了。
等到打预备铃,江却抬眼就看见程圆圆、孟则、宋京墨三个人踩着点进班来了。
老师还没来,孟则从他座位旁边经过时,被他拽住:"睡过头了,怎么现在才来?"
孟则脸色怪异地看了江却一眼,皱着眉头,看得江却都觉得奇怪了,孟则才开口:"你是彻底跟晏藜老死不相往来了还是怎么,她可是要去北京啊,过了今天你就再也见不着人了,最后一面……你也不去送送?"
江却耳边轰的一声闷响,他嘴角的弧度僵硬着,不敢置信地反问:"你说……什么?"
孟则恨铁不成钢地叹口气:"你别告诉我你还不知道。晏藜要跟她那个刚相认的表姐回北京了,今天早上的火车,我们刚才去郊区那个旧火车站送她,所以才这么晚的。"
江却瞬间手脚冰凉,脸色煞白。他无法形容那种心脏瞬间跌落至谷底的感觉,好像又回到晏藜和他摊牌那晚,说以后就当他们从没见过,不论他多痛苦,怎么哀求怎么解释,对方都充耳不闻的那种绝望无助。
她竟然真的……再一次丢下他了。
江却脸上是惊慌失措,像被一瞬间抽干了浑身的力气,剜心蚀骨一样疼,他眼前一黑,手猛地攥住桌角才稳住身形。
明明不久之前他们已经和好了,他们还去看了电影,去唱歌,以至于他开始幻想他们的以后,幻想他们……还有以后。
但原来,都不过是在告别吗?
江却只觉自己的世界天旋地转,心里仿佛大厦倾塌般的无助崩溃,她何其狠心啊,走了就走了,也不给他见最后一面。

孟则还疑惑呢,不过看江却那副失魂落魄的样子,他直觉这事儿不简单,但还没等他细问,江却已经一把推开他冲了出去,动静不小,推得他都蒙了一下,再反应过来,眼前哪还有人影。

郊区的火车站距离一中至少十五分钟的车程,江却拦停一辆出租车,疯了一样,出三倍的价,要司机以最快的速度去火车站。

似乎连老天爷都在帮他,一路都是绿灯。

江却下了车冲进火车站,熙来攘往的到处都是人,排队买票的,等人的送人的,摩肩接踵下周围尽是喧闹,他呼吸急促,没头苍蝇一样在候车厅乱找乱跑。

没有……还是没有,到处都没有……

这时头顶的广播突然出声:"各位旅客,您好,本次您乘坐的,由南平开往北京的K622次列车马上就要出发,请您持票立即上车;送别亲友的旅客,请您不要在车上逗留,谢谢合作。祝您旅途愉快……"

江却转头就往火车站台的方向跑,车厢入目的瞬间,火车已经发动,缓慢向前移动。江却跌跌撞撞地,边跑边往车窗里一个个看过去,就在他完全绝望的这刻,他看到了晏藜——

他做梦都会梦见的那张脸,透过车窗,他看得清清楚楚。这瞬间,江却彻底崩溃,他向着那个方向,双眼猩红地嘶吼出声:"晏藜——"

周围都是人,四面八方异样的目光全都聚了过来,江却好像看不见似的,还在跟着已经发动了的车狂奔,还在撕心裂肺地叫:"晏藜,晏藜——"

不知道叫了多少声,耳边是火车巨轮滚过铁轨的巨大轰鸣声,终于在火车加速的瞬间,江却看见她回头了,但也只是一瞬,火车立刻就像离了弦的箭一样呼啸着冲了出去。

江却没停,他明知道他根本不可能追她回来,也根本不可能以人力追上火车,但他还是在追,就像他当初为了讨她欢心拼尽全力跑接力赛一样,他跟着火车冲出站台,在郊区的田埂上飞奔。

晏藜起初并没听见有人在叫她,只是想最后再看看她长大的地方,回头的一瞬,她看见江却。

她没想到江却会追着火车跑,她也不知道对方在奔跑中是否还能看见她,但她一直回身,眼睁睁看着江却追在后面。

他们之间的距离在慢慢拉大,她看见他拼尽全力的痛苦模样,看他一直在喊着什么,但她听不见。

祝冬安察觉到她的视线,看了一眼过去,离得太远,只能看到一道人影了。

她问:"你认识他吗,你朋友?"

晏藜眼皮抖了抖,还是没回头:"不认识……"

很突兀地，晏藜突然想起那时候她和江却两个人在 KTV 退包厢前的最后一首歌，江却只唱了两句："……你说下辈子如果我还记得你，我们死也要在一起……"

远方的人已经变成一个黑点，看不见了。

她鼻腔一酸，明明眼泪都快掉下来了，但还是低着眼轻轻说了句："就这样吧。"

就这样吧。

江却回到班里，桌上放了一封信。

程圆圆拉着孟则期期艾艾地凑过来："江却，那个……孟则给你请过假了，你不用担心。还有就是，这是晏藜走之前让我捎给你的……你看看吧。"

江却浑身都湿透了，双眼无神地坐下。

那封信被他握在手里，没有打开，他越握越紧，直到最后整封信都被抓成一团。

他咬着牙撕碎了那封信。

这年他十八岁，他的外表是年轻的，却在心里把一辈子的生老病死都和她走完了。

可他没想到，他被她视如草芥。

新城区某家酒吧包厢。

空荡荡的房间里，只有一个人孤零零地坐在沙发上。

江却没穿校服，普通的短袖长裤，一眼看得见的年轻稚嫩，包厢也不如其他房间那样吵闹，只开了一个冷色的灯，很暗，江却就坐在那儿。

包厢门被从外面猛地撞开，穿着校服的孟则和程圆圆两人进来，看到房间里的景象，脸上是显而易见的担忧。

孟则几个大步冲过去，江却却只是抬眼看了他一秒，转而又低下了头。

孟则气得重重地拍了一下长桌，两相碰撞时发出哐的一声闷响，可江却仍毫无所觉似的。

孟则拔高了声音："你疯了吧江却？！"

事实上，自从晏藜离开南平那天起，江却已经整整一周没有再去学校，他请了半个月的病假。但孟则比谁都清楚，江却哪里是身体病了，他是心病了。

孟则不懂，感情这种事，你情我愿，就算爱而不得，至于痛苦成这副模样？但江却的样子，仿佛感情于他而言不是过活的调剂品，而是必需品。他在这样一个人生关键的节点发疯，疯起来没完没了，要死要活。

江却的父亲遍地找不到儿子，这才求到孟则头上。孟则原本以为江却难受，疼一疼也就过了，可是过去那么多天了，江却仍沉浸在虚妄痛苦的沼泽中无法自拔。

孟则闭着眼叹口气，转身让程圆圆先回避一下："你先回家去吧，不然太晚了。我在这儿劝劝他，我怕他待会儿发疯吓到你。"

等到程圆圆一走，孟则把门反锁，坐在江却旁边，舍命陪君子一般放话："行，你心里有什么难受的，你都说出来，不要憋在心里，行不行？"

江却这副模样实在太吓人了，一声不吭，像是下一秒就要想不开干出什么事儿来。

听到最后那句话，江却那如同死水一般沉寂的双眼才终于微微有了些波澜。

他眼神没有焦距，环视一周，像是在努力思索着什么，那茫然无助的样子，让人看了就心酸。

"她一直在骗我，不知道有多少次，数都数不清。"江却垂着眼，说这话的语气，不知是在控诉那个无情的晏藜，还是在自嘲他的不中用。

"我不怕她骗我，我可以睁一只眼闭一只眼，真的。"

这个少年，曾几何时意气风发，如今难免苦涩，发红的眼眶，和颓废的躯壳，他已然沦为一个被求之不得的感情冲昏头脑的废人。

"她只是去了另一个城市，你以后可以和她考一所大学，你也可以去找她。"不忍好友如此煎熬，孟则好言相劝。

江却的眼神终于在这刻微微有了焦距，他看着孟则，忽然笑了："我可以去找她，对，我当然可以去找她，那如果她不想见我呢，我还能找得到她吗？"

孟则瞳孔一缩："怎么会，你们平时关系那么好，你也对她那么好，她怎么会……"

江却闷声："假的，全是假的。"

什么平时关系好……都是逢场作戏。晏藜以猎物的身份出现，以猎人的身份抽身，掉进陷阱里的，自始至终只有他一个人。

"我前几天找来她新家的电话了，我以为我至少可以跟她道别。但是孟则，你知道她说什么吗？"

江却掀着眼帘，眼神空洞。

"她让我不要再打扰她，说她不想见我。

"她这次连撒谎哄我都懒得说了，我知道，我明白的，她有新的家庭和人生了，我没有一张底牌可以抓住她。她功成名就了，就狠狠踹掉了我这个累赘。

"假的，都是假的！"

说到最后，他情绪和表情猛地失控，伴随着玻璃杯清脆的碎裂声——

"都是做戏！"

他双眼猩红着，目眦欲裂，狠狠摔了手里的瓶子。

"她为什么要骗我？她为什么要骗我！"江却早已失去了往日清风明月的从容模样，真正像个疯子一样，又哭又笑。

最后，他无力地瘫在沙发靠背上，嘴里轻声呢喃着，声音低得不像话。

孟则凑过去，听到他口齿不清地说：

"我愿意被她骗的，我愿意……只要她还愿意撒谎骗我，我就也愿意被她骗。我可以认输，我什么都认……可是她走了……"

孟则眼神复杂地扭头看向江却，又瞳孔微缩，眼睁睁看着江却闭着眼，眼角倏忽流下两滴眼泪来。

十月，旧操场栅栏内的蔷薇花被铲平了。

据说是当初宋京墨来一班，他爸答应学校的工程现在开始动工了，班里有看过热闹的女生在教室里这样嚷嚷着。

很平常的一句话，江却却笔尖顿着，很久没有动。

他不知道有多久没想起晏藜了，但是因为这句话，他脑子里尘封已久的记忆忽然如潮般涌出来。

——那你什么时候才会光明正大地给我个答案？

——明年，旧操场蔷薇花开的时候。

她这样说，是早就知道那片蔷薇来年不会有重开之日了。

他记得夏天的风，记得她干净清爽的校服上香皂的味道，记得她额边的碎发，皙白的皮肤。

操场角落的野花年年盛开，你说等明年，蔷薇花再开你就会说出答案，但从此我无法再见蔷薇花开，也无法再知道你的答案。

有种流不出泪的悲哀，无法用语言诠释，安安静静地埋在江却心底最深处。只是在日后某个难熬的橘子味苦夏，某个梧桐叶落的深秋，某个大雪纷飞的隆冬。他看不到喂流浪猫的女孩儿，看不到那个站在台上温容善目的雕塑冠军，看不到给雪人戴围巾帽子的棉袄团子……

悲伤汹涌而至，把他淹得死死的。

第十二章

只有路窄的冤家

1

五年后。

九月份,初秋,教学楼下的银杏团团簇簇,开始隐隐泛黄了。

晏藜准备回宿舍楼,路上接了个电话,是祝冬安打来的,说是在学校附近给她买的小复式装修好了,这个月散散味儿就能住了。

一个电话刚挂断,又来一个,是同宿舍的唐凝。晏藜一边下楼,一边把手机搁到耳边。

"喂,晏晏啊,你从哪儿回宿舍啊?"风风火火的娇甜小姑娘,每次有求于她,都要叫得这么肉麻。

晏藜还在想刚才冬安姐说的小复式,闻言有些漫不经心地答:"理科二楼,经过农园食堂,要吃什么,说。"

那头唐凝欢呼起来,隔着电话,声音有些尖厉:"啊啊啊,还是晏晏你懂我,爱死你了,我要一份焖面,再要一份卤猪蹄,谢谢。"

晏藜笑笑,再开口,语气里带点儿揶揄:"好,不过你真的不出来吗?我经过这一路,看见很多社团在招新,好多学弟学妹,我都看花眼了。"

九月,说是过了入秋好久了,但还是很热,不过晏藜看那些社团的人倒是很有干劲儿,一看就是年轻人。

电话那头长吁短叹,似乎是唐凝下床了,手机的声音忽高忽低:"唉,我就算了吧,我都二十好几了,哪个学弟不喜欢年轻可爱的,我这种学姐在人家眼里就是老油条。"

晏藜想想也是,不过对唐凝的话不置可否,挂了电话就进了餐厅。

排队时听见身后两个男生说笑,声音不低,晏藜在前面听得清清楚楚。

"物院今年的研究生里来了个牛人,本科不是咱们这儿,笔试复试双第一考上来的时候,据说还修了和生科院交叉的结构生物学!听说那几个导师都抢着要,啧啧啧,羡慕啊……"

"嘻,研究生里年年出大牛,你忘了去年那个跳级考上来的……"

晏藜在前面也是无聊,听得津津有味。物院的话,她其实不太感兴趣,但是对方提到生科院,又说起结构生物,她就来兴趣了,结构生物学是她主修专业,他们口中那位牛人,说不准到时候还要跟她在一张桌子上课。

晏藜拎着饭菜回宿舍的时候,屋里除了等饭的唐凝,就剩一个坐桌前刷题的舒书,戴着遮住小半张脸的大框眼镜,鹅蛋脸很显文静。

她把面放到唐凝的大碗里,问:"程曼呢?"

舒书推着椅子从书海里抬头:"一早就走了,前几天新生入学,她勾搭上物院一个弟弟,比她小一岁,出去约会去了。"

这个晏藜倒是不知道,不过想想程曼大小姐的脾气性格,这也是她能干得出来的事儿。程曼是她们宿舍四个人里长相最艳丽的,处事作风也是表里如一,直爽大咧得很,看上哪个,说出手就出手了。

"不过晏藜啊,你怎么一大早就出去了,早上八点那会儿,我们醒了就不见你了……"唐凝往嘴里塞了口面,说话呜呜咽咽的不清楚。

晏藜挂了包,换上拖鞋:"导师叫我,说我前几天的报告有几个数据错误。"

唐凝没回头,换了个电视剧下饭,还不忘帮晏藜吐槽:"咱们生科院那个夏教授啊,本科时候我就被他抓过一次迟到,真是怕了,干什么都太认真了,还好我不是他手底下的……"

"你说说就咱们这种中等绩点保研上来的,他何必那么上纲上线呢?"

晏藜"嗯"了一声,她还是不习惯人云亦云地说一些吐槽的话,本来人就寡言,这几年更甚。

她从桌上的书架抽了本小说,《霍乱时期的爱情》,没翻两页,舒书凑过来:"晏藜,中午不吃饭吗,要不要一起?"

晏藜抬眼摇摇头:"不了舒舒,我待会儿到点还有个约,你去吃吧。"

舒书人文静,名字也文静,又重音,宿舍里的三个人都叫她"舒舒"。

舒书点点头就走了。

晏藜看看手表,距离她和祝冬安说好一起吃饭的时间还有半小时。

晏藜来北京这几年,除了学校宿舍就跟祝冬安和舅舅一起住,一开始有些生疏,但好在舅舅、舅妈对她无微不至,时间久了,好像她真的就是从小在祝家长大的孩子一样。她上大学这四年,任谁从她身上都看不出她原生家庭的悲惨,甚至唐凝时常说很羡慕她,家人宠爱,家里条件又好,处处优越。

祝冬安在她面前也完完全全像一个姐姐那样,爱护她,扶持她。

似乎十八岁以前缺失的一切,而今被老天爷统统还回来了。

晏藜打车去了祝冬安说的那家烤肉店，因为是饭点，所以人还有点多。晏藜先找了空位点菜，等祝冬安拎着东西坐到她对面，肉和菜已经一应俱全地摆满了一桌。

祝冬安叫住转身要走的服务员："麻烦你，拿一大瓶橙汁，再要一瓶啤酒。"晏藜喜欢橘子汁、橙汁这类饮料，这么多年，祝冬安一直记得很清楚。

祝冬安这几年帮着家里把公司越做越大，免不了要应酬，比起五年前，她身上没有了那股温柔劲儿，多了些干练和成熟。

她喝了口啤酒，长舒一口气，转而把刚才放在旁边的几个纸袋递过来："这次的合作方送的小礼品，是几件首饰，我看你身上也没什么东西，你拿走戴着玩儿吧。"

她说这话轻飘飘的，好像那些印着奢侈品 Logo 的纸袋子里装的不过是几块钱就能买到的玩具。

晏藜接过来，但还是先放到宽大的桌子一角，没往自己坐的地方搁："姐，我用不上这些东西，你拿来戴或者送人都好，给我一个学生，太浪费了，再说我也没有配的衣服，好突兀的……"

自从晏藜回到祝家，祝冬安代表她个人、代表她父母，送给晏藜的东西已经够多了，学费生活费先不说，穿不完的衣服和时不时打过来的零花钱……甚至连房子都给晏藜买好了。

虽然冬安姐总是说，养她一个不过只花了家产的九牛一毛，还说供她一个名牌大学研究生是多少人求都求不来的，但她眼见冬安姐工作也并不容易，该花的花，再多她也不好意思了。

即使明知推托不过，晏藜还是说了，把烤炉上烤好的肉夹给祝冬安，对方听了她的话，一点儿要收回的意思都没有。

祝冬安看起来一点儿也不赞同晏藜的话："上次我去你们学校，好多小姑娘不都是打扮得漂漂亮亮嘛，学生怎么就不能戴这些东西了？再说，小藜啊，你也不要老是待在宿舍和教学楼，也出来晃一晃，交交朋友啊。"

说着，她看着晏藜乖乖巧巧、低头烤肉的脸，笑着伸手捏了一下："哎哟，我们家晏藜啊，小脸真软，年轻就是好啊，趁年轻好好打扮打扮吧，啊。"

晏藜垂下眼帘，笑了笑，没再提不收礼物的话。

正好这时手机响了下，屏幕上闪了闪唐凝的名字。

是她们的宿舍群，唐凝在里面转了一个帖子。

晏藜点开，入目就是一张有些眼熟的背影照，楼主发在本校的贴吧里，下面已经累积了三四百条的回复。

大概意思就是，楼主自己是个女孩子，但是遇到了一个很合眼缘的姐姐，所以冒昧偷拍了一下背影，想求同款裙子有没有哪里卖或者链接。下面的回复没几个真正帮忙的，大多是在和楼主调侃或者猜测背影照本人的长相。

唐凝她们和晏藜朝夕相处，当然一眼就认出那是晏藜，所以唐凝才转发到她们几个的小群里，顺便奉承一把晏藜常常帮她带饭的恩情。

晏藜把手机扣在桌上，继续摆弄烤盘上的肉。祝冬安看见，免不得要问："怎么了，是学校里的事儿吗？"

"不是。"晏藜摇头，"就是宿舍里的小姑娘，小孩儿似的，发了一些有意思的帖子在群里面。"

祝冬安看着妹妹笑了笑，忽然有些感叹。比起五年前，晏藜是越长越漂亮了——天生的冷白皮，加一头半长微卷的蓬松黑发，穿的米白色薄棉麻玫瑰提花裙，衬得她疏离又纯情。

要是再戴一串小珍珠的锁骨链或者耳环，整个就是一复古清冷美人。

若说五年前初见那会儿晏藜是清瘦贫瘠的，那现在就是单薄得恰到好处，低眉顺眼的时候，有着一种温顺的易碎感。

祝冬安是越发觉得自己家捡了个宝。

吃完饭，祝冬安拎着包去结账了，晏藜一个人坐沙发上看饭店的玻璃橱窗，没想到一扭头，看见个老朋友。

在她坐的地方隔了两桌，面对面相视而笑的情侣，可不就是曹晚玉和杨文彬。

晏藜走过去，试探性地跟他俩打招呼。

多年不见，这两人还是学生时代那副文气谦和的样子，反倒是曹晚玉愣了很久，一脸惊喜，一直说晏藜变化太大了，刚才都没认出来。

"怎么样，最近还好吗？"晏藜是打心底里为他们开心，"你们俩这是在一起好多年了吧？"

曹晚玉还有些羞涩，但看得出是真的幸福。杨文彬当年和晏藜交集不多，认识她也是因为曹晚玉，不过现在都碰到了，也是天大的缘分。曹晚玉从随身带的包里拿了一封大红色的结婚请柬出来，径直塞到晏藜手里。

"其实我们上周就领证了，婚礼定在这个月中旬，今天就是出来看看买些伴手礼喜糖什么的。晏藜，如果你有空的话，一定要来啊。"

晏藜还没回过神来，她没想到这么快，曹晚玉竟然已经要结婚了。下一秒，身后有人拍拍她："小藜，你怎么跑这边来了，走了。"

晏藜跟曹晚玉道了别，拿着请柬坐到祝冬安副驾的时候，还在思索着什么。

祝冬安一边开车，也蛮好奇的："什么啊，同学吗？"

晏藜点点头："嗯，高中时候的老同学。世界真小啊，没想到竟然在这里碰到了。"

晏藜回到学校，路上看到曹晚玉发来的添加好友申请，她点了同意。没一会儿，手机就嗡嗡振动着提示有了四十几条新消息。

曹晚玉把她拉到了几个群里，看样子像是高中群和婚礼通知群之类的。

晏藜有意想翻一下程圆圆的号，但里面都是陌生头像和网名，想着曹晚玉正忙着婚礼，只得作罢。

有人注意到群里来新人了，顺嘴调侃了几句，晏藜有点儿不知道怎么接，就发了个无关痛痒的表情包过去。

然后就没人再关注她了。

她随手翻了翻群聊天记录，发现大部分人是知道群里都有谁的，聊天时很熟稔。她这才想起自己高二就没在一中了，后来足足一年多的时间，这群里大概有很多她压根儿见都没见过的人。

2

倒是另一个她比较熟悉的群"生物科学学院总3群"也不知道因为什么热闹起来了——

"隔壁物院今年又招了一堆和尚，男女比例9比1。"

一石激起千层浪，群里很多人笑说发这句话的人嘴太损了，小心被隔壁报复，都是些没什么营养的闲聊。不过晏藜有个怪癖，就是喜欢没事干的时候在群里潜水窥屏，看见了好笑的东西还能愉悦一下。

婚礼群发了公告，婚礼当天各流程的具体时间定下来了，意思是各部门就位，该帮忙的，该吃喝敬酒的，写得清清楚楚。

是周六，正好学校没课，晏藜还在想要包多少份子钱，宿舍门开了，程曼抱着一束花，另一手拎着的塑料袋里装着烧烤店的那种锡纸盒："来啊宝贝们，我男朋友今天第一天和我约会，请咱们宿舍吃烧烤。"

足足四盒，荤素都有，还有三听冰可乐。

唐凝欢呼一声，敷着面膜就过来了。程曼看晏藜还在看手机，摸过去搂住她脖子："看什么呢，过来吃烧烤了。"

唐凝嘴里嚼着肉，还能腾出空跟程曼聊天："我说曼曼，我都不知道你什么时候跟你上一个男朋友分手的，听说这次这个是物院的，有照片没，给我们看看……"

程曼乐意得很，高高兴兴地摸出手机，先给离她最近的晏藜看。男孩子很干净清爽，看着很明朗，站在程曼身边，挺般配的。

晏藜笑笑，点点头："挺帅的，配得上咱们曼曼的盛世美颜。"

唐凝一听更兴奋了，连最爱的肉串都顾不上，趿拉着拖鞋就跑过来。

晏藜收拾自己的桌子，随口问："物院的啊，比你小一岁，大四？"

程曼摇头："研一了，他小时候上学早。"

唐凝接着问："叫什么啊？"

"姜楠。"

姜楠到宿舍的时候正好晚上八点过两分，其他两个人不知道去哪儿了，只有江却在装床帘。

研究生入学好几天了，其他人都早早装了床帘，只有江却，不知道太忙还是怎么，今天才弄好。

他们是在同一个导师手下的，今年刚上岸，本科学校也不是同一个，所以算不上多熟稔。

而且主要是相处这两天，江却在他印象里就属于高处不胜寒的那种人，不太好相处。姜楠看了看自己打包好的烧烤，还是算了，万一人家不要，那不是自讨没趣。

正想着，电话响了，是程曼。

他接起来，刻意压低了声音，怕影响到江却："喂，曼曼，到宿舍了吗……嗯，她们喜欢就好，改天我请你们宿舍其他人吃饭……"

电话那头，程曼正让唐凝她们和姜楠认识一下顺便道谢，姜楠颇有些紧张似的，连连问好。到晏藜，姜楠突然想起自己被子没收，索性点了外放，拿着手机去阳台，经过江却床位的这刻，女声从电话里轻轻传过来，带着细微的电流声："你好，曼曼已经跟我们说过了，谢谢你的烧烤，很好吃。"

江却拉床帘的手猛地一顿，看向下面抱着被子和一堆衣服艰难挪动的姜楠。他下床，从姜楠怀里接过一半东西，帮姜楠把被子放到床上去。

姜楠倒有些受宠若惊似的，赶紧跟江却道谢。时隔几天，只有在入学那天跟姜楠报过名字的江却，第一次开口："那个……刚才跟你打电话的，是你女朋友吗？"

姜楠把衣服一件件挂到床下的连体柜里："对，我女朋友，程曼。"

江却不动声色："刚开学没几天就找到女朋友了，是哪个系的啊？"

姜楠心思单纯，江却找他说话，他还挺高兴的："哦，生科院的。他们院女孩比咱们稍微多一点儿，回头有合适的，我让我女朋友给你也介绍一个。"

男孩子嘛，凑到一起能说的东西，翻来覆去也就那几样。

江却点头："我刚才，好像听见一个很熟悉的声音，就是你女朋友的舍友，她们叫什么啊，我在想会不会是我以前的同学。"

姜楠想了想："哦，那个女生，好像叫唐凝吧……"

晏藜并没自我介绍，说话的时候姜楠又忙着收被子收衣服没在意听，唐凝稍热情些，说的话也比较多，姜楠会错意，就以为江却问的是唐凝。

江却垂下了眼："噢，不认识，那应该是我听错了吧。"

姜楠就眼睁睁看着刚才还稍微有点儿人气的人又恢复成平时那种冷冷淡淡

的模样，转身坐到自己那儿不动弹了，也不知道是在发呆还是怎的。

"怪人。"

姜楠摇摇头，转身继续收拾自己的东西了。

江却无意识地愣怔着，双眼没什么焦距。

又来了。

那种一听到任何关于她的事情就会心慌意乱的感觉，又来了。

桌上充电的手机振动两声，江却拿起来看，是孟则发过来的消息："怎么样，开学快一周了，找着她了吗？"

人海茫茫，怎么可能这么快就找到。江却不着痕迹地轻叹一口气，回复："没有。"

那头的人秒回："虽然你没找到我挺替你难过的，但是我和程圆圆都来北京了，你确定不来参加婚礼，跟我们再聚聚吗？"

江却打了两个字"不了"，不知道想到什么，又删掉："好，有空的话我就去。地址发给我。"

发送成功，江却扶着额头闭眼，有些头疼似的揉了揉太阳穴。

有时候他真挺恨自己这么没骨气的，都找了那么久没找到，他还是会对一切对方可能出现的地方抱有希望和幻想。每一次高中同学聚会都参加，然而五年过去，他们没有再见过哪怕一面。

到周五晏藜的报告才真正通过，想想明天还要参加婚礼，她没回宿舍，直接去了冬安姐买在学校附近的公寓。

家里的钥匙一式两份，所以晏藜进屋的时候，家里的家具家电什么的已经都摆好收拾好了，可以直接拎包入住。

这晚，她做了个噩梦，可能是睡之前因为曹晚玉和杨文彬想起了高中时候的事，她梦见自己被江却害得很惨，也没能通过读书改变命运，在赵文山的巴掌重重地落下来之前，她惊醒了。

周围很静，除了她渐趋平缓的呼吸声和心跳声，再没有别的了。

床头的小夜灯散发着幽幽的黄光，晏藜开了床头灯，坐起来喝水。

一整夜都没睡好，不间断的光怪陆离的梦，醒了再睡过去，不久后又醒来。等到天边终于泛起一丝丝鱼肚白的时候，晏藜看了一眼手机，五点多。

她几乎是迫不及待地爬起来，失眠的时候最怕怎么熬都熬不到早上的无尽的夜了，天亮简直就是救赎。

大喜的日子，晏藜没穿太素，选了一身粉蓝渐变的连衣裙，像在身上穿了盛夏傍晚的云。前几天冬安姐送的首饰也能用上了，她仔细挑了和衣服配起来和谐的手镯和项链。

227

婚礼现场的那家酒店晏藜没去过，但打车跟师傅一说，对方立刻就知道了："姑娘你是去参加婚礼的吧，出发得挺早。不过也好，再等会儿啊，国道又该堵了。"

晏藜应了两声，看见群里通知，来了酒店可以先去宾客厅等着，新郎新娘的同学还可以去后面的化妆间看看。

她其实还有点儿恍惚，感觉和曹晚玉做前后桌同学还是前不久的事，为他们当初早恋被抓的事情担忧也是前不久的事，但现在他们竟然已经要结婚了。

到了酒店，门口就有迎宾的工作人员，晏藜把红包递过去，门口写礼单的人看那么厚一沓，眼都直了。

晏藜这次随份子，没用祝家的钱，都是她本科时候拿的奖学金和做助教的工资，那是她存着打算将来还给冬安姐的，虽然肯定还不完就是了。

引她进去的人给她指了指待会儿婚礼进行的大堂，然后指了下角落一个侧门："您穿过这道门，往前走两步就是新娘的化妆间了。"

晏藜多嘴问一句："那化妆间里现在是不是人很多啊？"

"对，新娘的姐姐和闺密都在里面，不过您既然是新娘的同学，也可以过去沾沾喜气哦。"

话是这么说没错，但当初上学的时候晏藜在班里人缘就一般般，认识的人也不多。她想了想，还是打算先坐一会儿，等来的人稍微多一点儿了，她可以找个人结伴过去。

要是圆圆在就好了，晏藜不由得想着，圆圆肯定不会让自己这么尴尬地独自坐在这儿的，那小姑娘一向大大咧咧，跟谁关系都好。

坐了有半个小时，晏藜把会场有多少个气球都数清楚了，人来人往，没几个眼熟的。她索性站起来，舒口气就往那道侧门去。

怎么说还是先过去见见晚玉吧，来都来了。

推开门的一刻，晏藜听见那边电梯叮叮的一声，她下意识看过去。

下一秒她愣在了原地，手无意识松开，那道厚重的门慢慢弹了回去。

电梯下来三个人，嘻嘻哈哈地笑着说着什么，抬眼看见她后，也俱是定在原地。

这一瞬，似乎时间都静止了。

好几年没见过面的人，重逢时似乎都应该是轰轰烈烈的，但其实只有短短几秒，心里惊涛骇浪地把前缘在心里过一遍，恢复理智了，只会淡淡地说一句：

"好久不见。"

在这里遇见江却他们，意料之外，情理之中。

这世上没有久别重逢的因缘，只有路窄的冤家。

3

这么多年不见,孟则和程圆圆都没什么变化,只是比当年成熟了一点儿。

化妆间里全都是人,这拨是老同学,曹晚玉在和几个多年不见的女孩儿拥抱,晏藜余光就看见站在她旁边不远的江却。

他肩膀宽了,轮廓清隽,又高了些。

程圆圆抱完了曹晚玉,回头来抱着晏藜就埋在她肩上。小姑娘眼圈都红了,轻轻地捶了晏藜两下,含着哭腔:"怎么回事儿啊你,我都惊了,你来参加婚礼怎么都不跟我们说一声啊,一堆人都没你的联系方式,走得那么干脆,连个电话都不留……"

晏藜拿纸给她擦眼泪,压着声音:"好了好了,晚玉大喜的日子,不许哭。"

程圆圆控制不住地小声抽噎着:"我要是早知道你也要来,我就提前几天从上海赶过来了,还能跟你聚聚。"

程圆圆和孟则当初双双考上上海的同一所大学,大二那年他们在一起了,现在在谈恋爱。

晏藜摸了摸她的头发:"好了,都这么大人了,怎么还跟以前似的。以后存个电话加个好友,想见面就能见了。"

这边两个女孩儿相见恨晚,那边江却眼神复杂地看过来。孟则在旁边观察几分钟,叹口气,拍了拍江却的肩膀。

江却这几年实在不好过,他看在眼里。如今好不容易想见的人见到了,对方待他还和以前没什么两样,甚至比以前更陌生疏离,这事儿搁谁身上不难受?

他原本以为这两人见了该发生点儿什么的,结果这么平静地就过了。不过想想也是,像晏藜这样冷心冷情到如斯境地的,毕竟还是少之又少。

他既佩服晏藜够狠,也佩服江却够执着。

江却明白孟则的意思,但他只是眼神冷了冷,还是专注地看着晏藜那边,声音很低:"你不用可怜我,我现在跟她同一所大学。"

孟则扁了扁嘴:"当年高中你俩也同一所学校,结局不是挺悲惨的嘛。"

江却垂在身体两侧的手握了一下,又松开:"但我不会像高中时候那么蠢了。"

不会再一心一意地听信她,不会再任她摆布,最后还被她一脚踹开。

晏藜跟着程圆圆坐到指定的宾客席,男女分开坐。程圆圆有一堆话要跟晏藜说,小嘴除了吃就是不停歇地说,说晏藜走了以后一中发生的事,还有她和孟则在一起的事。

末了,程圆圆抓了把桌上的喜糖给晏藜,话锋一转:"不过,你想听江却的事吗,你要是想听的话,我再跟你说。"

其实没什么想不想的,都可以,晏藜承认她有一点点的愧疚和好奇在,但过去这么多年，没有什么是淡忘不了的。

程圆圆看晏藜没有拒绝，声音微微低落下来："当年你走以后，江却他……就跟废了一样。精神状态一直不太对劲，不好好吃饭，也不好好上课了，最后高考失利，板上钉钉的京大华大没考上，不过最后还是来了北京……"

说完这话，程圆圆轻叹了一口气。

晏藜知道她后半句，江却考来北京了，但北京这么大，茫茫人海，想找一个人哪是那么容易的。所以整整五年，他们都没能遇到过，直到今天。

"不过，江却今年考研考到你们学校了，他大学本科是物理学，现在应该在物院。"

晏藜听见"物院"两个字，心里突兀地划过一丝异样，但很快她的注意力就被吸引到别处。婚礼开始了，司仪在致辞，旁边站着正装打扮、微微有些紧张的新郎。

"话说，当初曹晚玉和杨文彬的事儿在学校闹得多轰轰烈烈啊，我还以为他俩要被拆散了呢，不过还是情比金坚，竟然真的从校服走到婚纱了，真令人羡慕啊。"

晏藜只是看着台上，对面宾客席某处投来的注视，她只当没看见。

新娘入场了，婚纱裙摆大而华丽，拖尾在身后落成一道白银河，庄严神圣的婚礼进行曲响起。晏藜附在程圆圆耳边说："我听说他俩也是当初一起考来北京的，大学毕业就商量着结婚了。你和孟则不也是一所大学，又都在一座城市工作，说不定也好事将近。"

大灯都照着本场的主角，所以晏藜看不清程圆圆的表情，但很明显能感觉到她的羞涩，她挠了晏藜一把，让晏藜不许再说。

台上的司仪在引着新郎新娘回忆他们刚在一起时的中学时期，江却不可抑制地也想起来很多事情。

新郎发言了，说自己和妻子年少时曾因客观因素分开过一段时间，但两个人最后还是约好了考同一座城市，最后又在同一所大学遇到，这才有了后面的事。

"互相惦记的人，兜兜转转总能重逢，就不会错过对方。"最后的最后，新郎这样总结了一句。

如雷的掌声中，江却浑浑噩噩地想起他那段荒唐的青春——风光开场，不堪结尾，过程不甘，过后遗憾。

互相惦记的确不会错过。但是他也知道，晏藜根本没有记着他。她总是那么凉薄，他不敢说，她可能……在这五年里早已经把他彻底忘了。只是今天见了面，才会突兀又仓皇地想起来，原来世上还有个叫江却的傻子。

她看起来过得很好。

事实上江却自己也不知道他还在执着什么，还是只是对当年那段日子的不甘心？他当年落得那样惨淡的下场，无数个难眠的夜里，那些痛苦至极的回忆，他不想再来一遍。

他怕了晏藜了，可他又要命地想见她一面。

他想问问当年她为什么不辞而别，他要问她说过的话到底哪句真哪句假。

宴席开场以后，新郎新娘轮番敬酒，程圆圆也吃了，大家互相存了电话加了好友，没一会儿晏藜手机上就有好几个新朋友申请添加好友的消息。

晏藜一一加了，打了招呼要对方留个备注。程圆圆这时候凑过来："我跟你说晏藜，我现在是越长大越怀念当初咱们高中那会儿的生活了，多无忧无虑啊。大人之间都没有感情的，只有利益关系。你看看，这来加你好友的，有两个是你走了以后高三转来的，根本就不认识你，估计是听说你是京大的，上赶着跟你搞关系呢。"

晏藜看看她，又看看手机屏幕，没说什么。搞关系就搞关系吧，其实也没什么坏处。正如圆圆所说，人越长大就越怀念自己中学时期，她也不例外，撇开那些不好的回忆，这些同学她还是很愿意留个联系方式的。

她喝了口红酒，随手划拉两下屏幕，忽然觉得闷得慌。

"我出去透透气，马上回来。"给程圆圆留下句话，晏藜拿着手机就往外走。

江却看着晏藜离席，也放下筷子，刚站起来，被孟则按住："这才刚开始，你干什么去？"

江却抽回胳膊："心烦，出去抽根烟。"

宴会厅喧闹嘈杂，出来以后外面走廊却很安静，除了来往送菜的服务生，基本就没什么人了。

晏藜一回头，看见江却站在她面前，面无表情的模样。

虽然她已经不太记得以前江却看她是什么表情，但大概是温柔深情，甚至是小心翼翼的，总不会是现在这样没有温度，带一丝丝浅淡的讥嘲。

晏藜不知道说什么好，江却也不开口，两个人就长久地沉默着，直到江却往前走了两步，平静的语调没有一点儿起伏："五年不见，没什么话要对我说吗？"

一句解释都没有吗？他记得她以前很会不动声色地装样子的，现在对着他是连装都懒得装了？

晏藜轻笑一下，比江却还镇定："有，祝贺你上岸，考上梦寐以求的大学。"

江却瞳孔骤缩，语气比刚才还要冷："原本我五年前就可以考上的，我是因为谁才拖到今天，你不是比谁都清楚吗？"

如此尖锐的话，晏藜听了，表情也没什么变化，江却则说出口就有些后悔。其实他原本没想重逢第一天就和她如此剑拔弩张的，但是为什么她永远那么平静如水，她凭什么？

江却越发觉得自己所有的感情和付出都成了一个天大的笑话,包括这五年的自我折磨和苦苦寻找。一成不变的,即使她理亏,她也仍然处于支配的地位,而他,也一直不过是手下败将。

晏藜抚了抚身上的裙摆,抬眼看向比她高很多的江却:"既然这么恨我,为什么还要追出来?江却,以后你我的日子还长,你想恨我多久都可以,老死不相往来也可以。如你所见,我就是冷血无情,所以我也不在乎。

"名额是你自己要让出来的,我没有拿刀架在你脖子上,你没必要拿这件事捆绑我。至于其他的,随你怎么说。"

说完,她抬腿就要回去,经过江却的一瞬,手腕被猛地拉住。离得近了,她这才听出对方声音里的微颤:"好,就算不说这个,那你当年不辞而别,算怎么回事儿?晏藜,我在你眼里,就那么无足轻重吗?"

在晏藜看不见的地方,江却表情发苦。他曾经幻想过无数次,如果某天再见了,他一定不要像当年那样,不要再被对方肆意践踏,可是他忘了,一段感情里,爱得多的那方,永远不可能翻身。

"如果我告诉你了,我还能走得了吗?江却,别人不知道,我知道,你就是个不达目的不罢休的疯子,你为了你所求的,什么事情做不出来?"

她轻飘飘地抽回手,相较于江却显而易见的难过和不甘,她淡然太多。

"当年我没告诉你就走,是我不对。但是江却,这世上多的是比爱和恨更重要的事,你何必执着呢?"

江却脸色猛地一白,他瞬间抬起头看着她,满眼不敢置信。她刚才说什么,她怎么说得出这样的话?

他好像吞进了玻璃碎片,满心满口的鲜血泛着腥甜,但吐不出来。他听得那样清楚,每个字都犹如惊雷一般劈在心上,血淋淋地疼。他赌上仅剩无几的尊严和理智,换来的不过是又一次的自取其辱。

"呵——"

他苦笑一声,紧皱的眉头下,是隐隐泛红的眼眶。

"是,是我忘了,晏藜,你本来就是这样的人。你感情收放自如,我真羡慕。"

他红着眼说,我真羡慕。

爱而不得的痛苦她或许永远不懂,而他每时每刻都被这种痛苦淹没。如今重逢,他以为自己可以脱离苦海,但难过从四面八方涌过来,她说,你何必执着。

何必。

4

宴席结束已经下午三点多,陆陆续续有人离席,很多位置已经空了。

晏藜喝了点儿酒,不多,还是新郎新娘过来敬酒的时候喝的。程圆圆不知道是久别重逢所以太高兴了,还是这几年学会了喝酒,总之她喝了很多,等到曹晚玉穿着秀禾服再过来时,她已经趴在桌子上了。

晏藜侧着身子拍拍程圆圆的背,曹晚玉就坐在她旁边。

"晏藜,你能来参加我的婚礼,我真的很高兴。毕竟也这么多年没见了,只是偶遇一下,跟你提了一下,我其实都没抱太大希望。"

她给晏藜倒了杯茶放在手边:"你不知道,其实这些年,我一直很感谢你,当初我和我老公的事情在班里闹得那么难看,很多人在背后说我们,就算没说,也离我远远的不想理我,只有你,到我身边安慰我。那个时候我就知道,你是个好女孩儿。"

晏藜笑笑:"不用谢我,是你们自己有缘分,又一直坚持,才有的今天。能有个真心对自己的人不容易,还能喜结连理更不容易。你们俩可得要好好过日子啊,以后同学们说起来,你俩就从模范情侣变成模范夫妻了。"

曹晚玉释然地笑了:"你知道吗晏藜,你刚转来我们班的时候,我特别羡慕你。那个时候啊,很多人都羡慕你,江却对你好,圆圆也跟着你,就连后来转过来的宋京墨也总是看着你,但是后来我又觉得,你值得这些人对你好,因为你本身就很优秀。后来我遇到文彬,他对我特别好,周围漂亮的女孩儿他都不喜欢,就喜欢我,那时候我就想,这辈子一定要嫁给他。"

大多数普通的女孩子都和她一样,青春期没有漂亮惊艳的外表,没有轰轰烈烈的爱情,有的只是胆怯、遗憾,还有厚重的齐刘海和丑丑的眼镜。但世事如此难料,当初艳羡的人,感情无疾而终,她这样的平凡人,最后却等到了属于自己的幸福。

但她一个局外人,如今想起当初的晏藜和江却,还是替他们感到惋惜。

曹晚玉叹口气,回头看了看男宾那边。

"你走以后,江却他真的过得很不好,甚至在大多数人眼里,他就是在自毁前程。有一阵他经常旷课,圆圆也常听孟则说,江却疯了,自己折磨自己,谁劝都不听。高考还剩三个月的时候,他酗酒打架——拿水果刀捅了那个辱骂他的混混的大腿,说是自卫过当,但也赔了很多钱,还被学校记了过。这事儿当初在学校闹得沸沸扬扬的,是孟则跟他大吵一架,说你在北京,他如果考不到北京,这辈子都没办法见你了……他这才一点点振作起来。

"我和圆圆后来才玩到一起,所以这些事情我也都知道,她不敢告诉你,怕你听了难受。但我总觉得,你和江却,不应该是现在这样的……"

犹记得学生时代,很多人都看得出江却很喜欢晏藜,他对晏藜有多好是大众有目共睹的,可能晏藜自己都不知道,有多少女孩儿在背后偷偷猜他俩有没有谈恋爱……如今讨论起来,无不唏嘘。

晏藜听了,只是缄默。末了,她低着头笑笑:"没办法,错过了。"

如果重来一次,她还是会选择前程和祝家,所以再说遗憾也没意义了,她这样的人,或许天生就不适合爱人,也不适合被人爱。

江却现在……大概已经恨透她了,所以没办法,他们错过了。

结束以后,晏藜扶着程圆圆出酒店,孟则在门口等着,看见就迎过去,转头对着晏藜:"晏藜,我开了车来,送你回学校吧?"

晏藜摆摆手想说不用。程圆圆酒醒一点儿,又开始抓着晏藜的手不放:"我们送你回学校吧,过了今天下次见还不知道什么时候,我想跟你多待一会儿……"

晏藜只好妥协:"那好吧,麻烦你了孟则。"

"嗐,小事儿。"

程圆圆被扶到副驾,晏藜打开后座车门才发现不对劲。另一头安然坐着江却,听见动静,他回头看过来,微醉的脸上带着漠然。

驾驶座的孟则回过头来:"噢,江却喝醉了,没法开车,我给他送学校去。再说,你俩现在不是一所大学嘛,都顺路,坐吧坐吧。"

江却只最开始看了她一眼,这会儿已经看向车窗外了,旁边还剩下很宽敞的地方。这种时候,再执意不上车,就多少显得有些矫情了。

晏藜就上车了,车慢慢发动,引擎声响起,拐个弯儿就驶上了国道。

窗外的风景急速掠过,车里静悄悄的,只有喝多了酒的程圆圆小声地断续呓语。

不知道是不是晏藜的错觉,她好像能听见江却的呼吸声。

十几分钟过去,很快就到了学校,孟则停在门口,程圆圆扒着车窗和晏藜告别。

晏藜最后摸摸程圆圆的头发:"回去吧,好好工作,跟孟则也好好的,什么时候想我了就来北京,或者我有空了再去找你。"

晏藜背着包转身,余光看见江却关上车门,两个人几乎前后脚过门禁,晏藜就走在江却身后大概两米处。

似乎真的喝多了,江却身形微微有些不稳,晏藜不知道江却的宿舍是不是跟她一个方向,总之他一直没拐弯。

晏藜也刻意跟他保持着两米左右的距离,走着走着,江却坐到路边的公共长椅上,身体重心往后靠着,头深深地垂下去。

晏藜认识江却不是一天两天,但她从没见过他颓丧失意的样子。大多数时候,他是云淡风轻、胜券在握的,有时候心情好一些,意气风发,打球赢了也会和朋友欢呼击掌。就算两个人闹僵那晚,他的痛苦无助摆在脸上,但至少那时候他是个活生生的人,而今他却更像一个凭一缕残魂吊命的空壳。

这几年她唯一想不到的,是她的离开,竟然会给江却带来那么大的打击。她以为他很聪明,会很快就从那段日子里抽身出来。但她忘了,他和正常人不一样,这个偏执的、乖戾的疯子，他画地为牢，把自己困在里面了。

我无心杀伯仁，伯仁却因我而死。

晏藜没从江却眼前过，她转身，走向另一条远路了。

没走几步，手机振动两声，是个陌生号码，发过来两条短信。

"我爱你这几年，所有的感情都赔进去了。喜怒哀乐被你牵着走，像做一场梦中梦，一场醒了，再给自己编下一个。"

"晏藜，现在这个永远做不完的梦，彻底结束了。"

晏藜刚回到宿舍，外面就变天了，黑云压城，刮漫天的大风。

她把阳台的被子衣服全收了，舒书和程曼的两双鞋也收了进来，坐回去没几分钟，外面就哗哗啦啦地下起了大雨。

晏藜换了睡衣，宿舍有独卫，她洗了个热水澡，然后开电脑写调研报告，关了窗都挡不住外面剧烈的风雨声，但室内静悄悄的，让她很有安全感。

手机叮叮咚咚地响，都是群里的消息，晏藜把手机静音，正要灭屏，宿舍门从外面开了，是程曼和唐凝回来了，身上的裙摆被打得有点湿，两人收了伞放在外面走廊沥水。

"天啊，晏藜，你不知道刚才我和程曼在路上看见什么了，堪称惊悚又惊艳。"

晏藜递了块干毛巾过去："擦擦头发再说。"

程曼转头换衣服，唐凝兴致勃勃："我们不是从外面回来嘛，在路上，就那个三号楼附近的银杏大道，看见有个高高帅帅的绝世帅哥，正坐在长椅上淋雨呢，那个表情，怎么说呢，不知道的人还以为他要去寻死……"

晏藜心头一紧，唐凝看她似乎有点感兴趣，就接着说下去了："真的超级帅，我打包票咱们生科院全系没有比他更帅的了。我吧，也是关爱一下同学，不然你说这么大一个帅哥，如果真的想不开了，多可惜啊。我就过去，问他怎么了，需不需要帮忙什么的……"

小姑娘没发现晏藜表情的细微变化，自顾自叹口气："结果没想到这个人那么冷漠，我怎么跟他说话，他都一直说没事、不用，但是又不站起来回去，表情特别吓人。我出于人道主义，我也不敢走啊，那长椅旁边可就是一个湖，万一明早贴吧头条是桩命案，我不是罪过大了？

"我就坐他旁边，跟他聊天，最后在我的不懈劝说之下，他这才走了。"

晏藜轻笑一声，转头回自己座位上了。唐凝以为她不信，又追过来："哎，我说真的，你笑什么？！"

"不信你问曼曼，她可是看得一清二楚，我还过去给人家打伞呢。得亏他一开始是坐着，我够得着，后来站起来，我一看，估计有一米九吧……"

晏藜点头："我信你，我信你。"

"那你笑什么啊？"

晏藜手头动作一顿："没什么……我就是高兴，学校里又少了一桩命案。"

九月下旬，学校官网发布了关于各级学生选修课的通知，晏藜回宿舍就听见唐凝她们几个坐在一起讨论哪个教授的选修公开课最轻松最好得学分。

"最轻松的，那肯定是不用期末考的啊，像这种，环境工程概论啦，图说人际关系的心理课啦，还有什么天文漫谈……"

唐凝看见正放书的晏藜："晏藜，你选修课打算选什么啊？"

"我都行，你们选哪个我就也选哪个好了，我最近稍微有点忙，没空研究那些。"晏藜对这种不太重要的事情，是没什么所谓的。

唐凝像被委以重任："好，那等选课那天，我帮你选，你忙你的，我一定给你抢到最轻松、学分最多的选修课，到时候咱们一起去上。"

"好，谢了，回头请你吃好吃的。"

唐凝跟程曼说了两句话，又凑过来："不过，你在忙什么啊，最近不是刚开学，都没什么作业和考试吗？"

晏藜把帆布包里的文件夹摊在桌子上："是夏教授，说我本科时候表现不错，又一直跟着他做助教，等过完十一要推荐我去实验室打下手，顺便科研实习，所以这几天我都在忙申请材料。"

唐凝张大嘴，一脸震惊："你好厉害啊，居然能去实验室。话说是哪个楼的实验室啊，生物技术楼的？设备楼的？还是那个金光楼？"

晏藜摇头："现在还不是很清楚，夏教授预备推荐的人不止我一个，听说还要和物院那边协商，大概主要负责两院交叉的结构生物学项目。"

唐凝点点头，她虽然不是很清楚，但也有所耳闻。晏藜上课学习一直很认真，虽然成绩不如系里一些天赋型大佬，但也一直是勤奋型选手，系里很多教授老师都很欣赏她。

"真棒啊我们晏藜，跟夏教授搞好关系也好，省得他天天挑你报告里的错误。"

这时候旁边一直默不作声看手机的程曼突然出声，小脸白里透红，泛着陷入爱河的羞涩："那什么，姐妹们，我男朋友要请你吃饭。你们挑吧，十一假结束后的周六，选个餐厅。"

5

唐凝别的什么都不积极，就对吃的积极，闻言也不跟晏藜说什么实验室了，转头就跟程曼商量最近哪个餐厅好吃。

"西南街那边有一家粤式餐厅，上周咱们班里那谁跟她男朋友去吃了，回来发了照片出来，我看环境挺好的，也实惠……"

说着说着，唐凝忽然像是想到了什么似的："那姜楠自己一个人来吗？咱们四个女的跟他坐一桌，尴尬死了，让他带他室友来呗。我可听说了啊，物院今年这批研究生有好几个长得很帅的，说不定阴错阳差，我的桃花运就来了……"

"对了，晏藜你忙申请的事儿，那你还去吗？"

晏藜没回头，手放在键盘上敲敲打打："噢，你们别管我了，我可能不大有空，订位子就订你们自己的。"

"好嘞。"程曼比个"OK"的手势。

……

姜楠拿着手机招呼宿舍里其他两个人："郑昔，许杜，到时候你俩有空不，我请我女朋友宿舍的人吃饭，你们要是想去，我多订几个位子，人多热闹。"

叫郑昔的男生稍微胖一点儿，但很白，收拾得也很干净，最大的业余爱好是打网游，闻言开口道："不用AA我俩就去。"

许杜连忙点头："就是，对面可是小姑娘，还是同龄，谁会不想去呢？"

姜楠嗤笑一声："不是许杜，你不是都有暧昧对象了嘛，前几天认识的那个学妹没下文了？"

许杜摆摆手："太黏人了，受不了。我俩还没确定恋爱关系呢，我还是个自由人。"

姜楠点点头："反正你悠着点儿、注意点儿，别祸害人家就行。再说，我女朋友可宝贝她那几个舍友呢，要搞出点儿啥不好的，我可以死谢罪了。"

"懂懂懂，我有分寸的。"

姜楠说完，抬头看看那个床帘紧闭的二号床，无声地对着另外两个问："他又怎么了？"

淋着雨从外面回来后就魂不守舍的，换了衣服就爬上了床，一声不吭，真挺吓人。

郑昔、许杜他俩耸耸肩，表示自己也和这位不太熟，不清楚。

姜楠想了想，自己都在宿舍里说过请吃饭这事了，要是单独不叫江却又好像不太好……思前想后，他还是走过去，敲了敲江却的床杠，例行询问："那个，江却，这周六你有空吗，刚才我们说的那个联谊，西南大街的粤式餐厅，你要去吗？"

床帘里闷声传出来微微哑然的一句："不用了，谢谢。"

就知道会是这个结果，姜楠跟其他两人耸耸肩。郑昔抓了张纸，唰唰唰写几个大字，举出来给许杜和姜楠看，又指了指江却的床。

"他，周六，空巢老人。"

姜楠、许杜他俩瞬间就乐了，虽然这个比喻略微有些不妥，但仔细想想，江却还真就是这种性格，也不知道什么人能跟他合得来。还是说，天才都是这么孤独的？

今天他们的导师在群里宣布了，推荐去院里实验室的名额下来了，首屈一指的就是江却。才刚开学就得了这么大的赏识，以前可是只有本校保研的那些人才有这种殊荣的，这事儿，谁说起来不对江却羡慕啊。

许杜似乎对姜楠女朋友的宿舍很感兴趣似的，游戏也不打了，摘了耳机就凑过来："我说姜楠，你女朋友是哪栋楼哪层的，可不要跟我那个小学妹是一个苑的啊……"

"曼曼她是燕苑的，B 栋 322。"

许杜小小松了一口气："那就好，离得远着呢。"

昏暗的床帘内，江却睁着眼，看着天花板。其实也看不清，脑子里一遍又一遍闪过的，只有白天发生的一切。

也没什么，他只是淋了场雨，有些好不容易忘记了的东西，又被一一牵扯着带了出来。

他曾在晏藜离开南平没多久的时候，从班主任李慧那里求来了晏藜新家的电话号码。那是晏藜离开前留下的，因为那时候预录取的通知书还没下来，可能会有需要联系的地方。

他记得他打过去时，手都是哆嗦的，接的人不是晏藜，似乎是她那个新家的姐姐。

"你好，我找晏藜，我是她……高中同学。"

很快，换了人来接电话，对方出声，他立刻就听出来那是晏藜，他对她的声音太熟悉了。

可是他只是说了第一句话："晏藜，你最近还好吗，我……"

然后就立刻被打断了，晏藜在那头显然也听出他是谁了，短暂的沉默过后，她开口了："别再打来了，江却，没有意义。我们都有了各自新的生活，过去，我俩也只是普通同学而已。"

他在那瞬间丢盔弃甲，好不容易高高筑起的心墙防线，被她两句话全面击溃。

人如何能那样狠心呢？

他想了五年，都想不明白。

她的眼里，好像永远只有前程，和一切有利于自己的事，其他的所有羁绊，不管好的坏的，她一个都不要，她只觉得是累赘。

他的话还没说完，他想告诉她说，他做了一个梦，梦见她刚转来一中那天，一切都还没有发生，一切都刚刚开始。

但是他说不出来了，他只在愣怔过后，无意识地回："好。"

那头传来电话挂断的忙音，他在那一刻突然发觉自己的处境——

她有了崭新的人生,她不想回头,早已经彻底抛弃了这段过去,只有他仍然深陷在旧时的泥潭,左右彷徨,无论如何都没办法抽身。

国庆假结束,晏藜返校当天还下了场小雨,淅淅沥沥,她打着伞经过篮球场,透过铁丝网能看见那头的田径场。

大概是本科生在体测,还有补考的,她没看几眼,手机振动两声。

夏教授发来信息:"晏藜,明早来生物技术楼二楼实验室,和物院谈妥了,跟你们分配一下工作。"

晏藜回个"好",收了手机拐到食堂买了粥和小菜打包。

《霍乱时期的爱情》上次看到第二十页,晏藜回到宿舍吃完晚饭,翻了一会儿,程曼才拎着一堆东西撞开宿舍门进来。

换了头发颜色的艳丽小姑娘,嘴里嘟嘟囔囔地抱怨着:"外面怎么又下雨了,我都没带伞,真倒霉……"

晏藜接过她手里的东西,帮忙放到她的置物架上:"我也是看见舒舒在群里发了,今天天气预报说有小雨,我才拿伞的。今天早上还大晴天来着……"

程曼点点头:"还好明天周五咱们没课。我跟你说,我十一假的作业还没做完,天哪,这小长假天天窝在家里玩儿了……"

晏藜拍拍她:"你慢慢写,我回去看书了。"

程曼笑:"这么用功啊,看的什么书?"

"是小说,上次在图书馆借的,还没看完。"

"您老慢慢看,我补作业去了。"

不多时,外面的雨下大了。晏藜听雨声听得犯困,索性把书放回去,洗漱喝水,上床睡觉。

爬上梯子时,听见程曼在下面调侃:"真是中老年人养生作息啊,这才不到九点,唐凝在外面嗨皮还没回来呢,这可就有人要睡觉了。"

也是这时候,晏藜突然发现舒书还没回来:"曼曼,舒舒呢,她平时不是四五点就回宿舍了吗?"

程曼头都没回,摆摆手:"舒舒她明天返校,她妈舍不得她,让她买了晚一天的车票。"

晏藜就拉了帘子,安心入睡了,明早还要早起,她一般都是自然醒。

这晚睡得还算好,没做什么太沉的噩梦,只有漫天无边际的花海和野风。

早上六点半,晏藜准时醒过来,距离夏教授说好的时间还有两个小时。她慢悠悠地收拾,尽量不发出声音把程曼她们吵醒,关门离开的时候,她低头看了一眼手表,才七点二十分。

食堂刚开始卖早饭。

十月份，学校的银杏大道已经有了初秋萧瑟的味道，树叶泛金黄，微风带一丝丝凉意。

周五的话，一般很多人是没课或者少课的，所以生物技术楼静悄悄的，走一路都没见什么人。

晏藜推门进去的时候，夏同方正坐在他的办公桌前，手里翻着晏藜交上去的文件。看见来人是她，老者脸上的严厉微微隐去两分："来得挺早，吃早饭了吗？"

晏藜点头："吃过了，老师。"

"你也别紧张，叫你来不是什么大事儿。待会儿等他们都来了，我带你们去看看那个实验室，再认识一下物院推荐上来的人。你们协商一下日后的工作分配，没有其他问题就可以回去了。"

"好，我知道了。"

晏藜来得有点早了，夏同方跟晏藜聊了会儿学习上的事情，其他三个人才陆陆续续到了。

"给你们几个分的实验室不一样，待会儿一个一个去看，记住自己是哪个区的，别回头在楼里迷路了。"这栋楼分 ABC 三个区，但三区是连在一起的，迷宫一样曲曲折折，不熟悉的人，可能拐个弯儿就分不清方向了。

晏藜分到的是第三实验室，推开门看见里面一堆人，最前面有一个她认得脸，是物院的陈院士。

但是她抬抬眼，看见站在人群最后的江却时，还是不可抑制地恍惚了一下。

对方只看了她一眼，就扭头看向别处了。

虽然来之前有猜过，像这种能力居上者得之的实习，又是物院最新一届的研究生，会碰到江却的概率不小。果然是冤家路窄，概率五五分的事情都发生了。

不过好在，江却是第一实验室的，和她隔了一间。

跟晏藜搭档的是物院推荐出来的研究生里仅有的一个女生，两个人互通了联系方式，也没有别的事情，她就走了。

江却推门出来的时候，只看见转角处一片稍纵即逝的裙角。

然后第三实验室里有人追出来，手里捏着一张校卡左顾右盼："哎，人呢，这么快就不见了？"

江却不认识那女生，女生却认识他，走过来很熟稔地问："江却，你看见刚刚跟我搭档那个女生往哪个方向去了吗，她校卡刚才掉了，都没发现。"

江却摇头，脸色冷淡，微微有些苍白："没看见。"说完，似乎就要抽身离开。

那女生有点为难："那好吧，我等再见到她了还给她……"

江却脚步一顿，眼睫轻颤着，最终还是转过身，在那人要把校卡放到包里的前一秒开口道："给我吧，校卡上都有宿舍名，我正好有事经过燕苑。"

第十三章

你就当我们从来没有认识过

1

生科院的研究生，女生住燕苑。江却拿着校卡，校卡上写的 B 栋 322，他把它交给一楼的宿管阿姨。

"劳烦您，在大厅写个失物招领，谢谢。"

他原本来这一趟就没打算见她，只是心里不知道被什么驱使，在听到那个女生说的那句"再见到她"时，一下子恍了神。

再见，再见。他也曾做梦都梦见自己再见到她，以至于听到这两个字都有条件反射。

江却回宿舍的时候，其他三个人在大声聊天，看见他进来，声音猛地低了。

姜楠跟他打招呼："回来了。"

江却"嗯"了一声，忽然想起前几天这几个人凑在一起侃侃而谈的那件事。

姜楠的女朋友，在燕苑 B 栋 322。

江却眼里极快地划过一丝波动，但他没作声，回自己那儿把手机充上电，身后许杜他们又说起来——

"明天就周六了啊，姜楠，我可听说你女朋友漂亮得很，人家说好看的女生都和好看的女生在一起玩儿，她那几个室友肯定都不差吧……"带着没什么恶意的调笑语气。

郑昔没接话，打游戏正忙，姜楠含含糊糊地应了，又警告了许杜一遍。江却翻开书，一目十行地看，却一个字看不进去。

他忽然心神不宁起来，有种隐隐的烦躁感。

许杜一边戴着耳机在玩游戏，一边跟宿舍里唯一有空搭理他的郑昔炫耀他最近刚勾搭上的妹子。江却面无表情，翻书的声音微微有些大，连姜楠都看了过来。

"江却，你怎么了，是不是许杜他们打游戏声音太大，影响你学习了？"

姜楠好脾气地问。

江却不着痕迹地舒口气，忽然抬眼："姜楠，上次你们说的那个……联谊，能不能带我一个？"他勉强扯出一个笑，看不出什么意味，"我在宿舍也没事儿干，挺无聊的。"

姜楠一愣，随即点头："可以啊，你跟着我们去，那我们一堆人还不跟着沾光啊。"

这话不是奉承，江却身上带着生人勿近的清冷气质，但长相和身高也很好地撑起了这种气质，而且就算不论这些，姜楠也挺想跟他搞好关系的。

牛人啊，笔试、复试双第一的，录取以后各教授争着要的"大佬"，这几天系里都传遍了，谁不愿意巴结。

传言或许有夸张的成分，但姜楠直觉江却不会是什么简单的人物。

那头打游戏的两人听见了，许杜摘了耳机，脸上隐隐约约显露出几分不悦："咦，江却，我们原本还以为你看不上这种联谊呢，没想到也跟我们一样，都是俗人啊……是不是郑昔？"

这话带着一些不易察觉的嘲弄。郑昔抬头看了他们一眼，没吭声，其实心里都明白，许杜不想让江却和他们一起。一来他看不惯人家，二来人家比他长得好，他怕到时候江却去了，对面宿舍的姑娘都去看江却，他就约不到妹子了。

江却没吭声，只是靠着椅背看着许杜，目光平静，但带着显而易见的睥睨。

许杜不甘示弱，看回去的眼神也是掺着火星子，还有一些挑衅。

姜楠看气氛不对，又当和事佬当惯了，赶紧站起来把他刚洗的葡萄端出来："来来来，吃葡萄。"

许杜满脸不豫："我不吃了，我不爱吃葡萄。"

反倒是一直没怎么和宿舍里的人说话的江却伸手拿了两颗："谢谢你啊，姜楠。"

许杜暗地里翻了个白眼，张张嘴无声地骂："牛什么牛，真会装清高。"

晏藜周六一早醒来，难得六点半自然醒以后没有起床，又睡过去一阵，再醒来将近十点。她看见唐凝起得比平时有课时还要早，站在落地镜前左照右照，还换上了以前从来没见她穿过的新裙子，小花蝴蝶一样。

她下了床才发现唐凝还化妆了，很精致的那种全套妆，衬得唐凝活泼又娇艳。程曼也在化，不过显然起得没唐凝早，才刚开始抹护肤品。

晏藜穿着睡衣过去，摸了摸唐凝刚卷的头发："啧啧啧，跟我出去吃饭可没见你打扮得这么漂亮，唐凝啊唐凝……"

唐凝笑着回头搂住晏藜："哎呀，这不是关系到我的脱单大计嘛，回头我要是有男朋友了，那你不替我高兴啊。"

晏藜敲她额头一下，不轻不重地嗔她："你就贫吧，你个见色忘友的。行了，不跟你说了，我洗漱一下还要去食堂吃饭呢。今天周六，有限时供应的蟹黄灌汤包。"

没走两步，她被唐凝从身后抱住："不然你也跟我们一块儿去吧，晏藜，反正你今天也没事了，去实验室的事儿都定下来了。"

程曼也在后面帮腔，还一边拿着粉扑往脸上拍："就是说啊，今天天气挺不错的，不冷不热，出去走走又不是什么坏事儿。"

晏藜刚要开口，那头舒书从床上下来了，脸色微微有些苍白，捂着肚子坐到凳子上。晏藜皱皱眉头，赶紧走过去扶："怎么了，哪儿不舒服？"

舒书腰弯下去，手放在肠胃那片位置，说话闷声闷气的，像是续不上似的："曼曼，我好像犯胃病了，没法去吃饭了，对不起啊……"

程曼早丢下一堆化妆品和唐凝一起走过来了，闻言也有些着急："说这个干什么，聚餐哪有你人重要，你要不要紧啊，我那儿好像有点胃药，我去给你找找。"

舒书看起来一副无力的样子："没事儿，我老毛病了，吃胃药没用，我待会儿去趟医务室，打个止痛针就好了。但是我挺担心的，你们都给我订好位置了，曼曼你男朋友那边也知道要去三个人，只去两个，他会不会不高兴，觉得咱们怠慢他们啊……"

程曼低头在抽屉里翻找着："不用担心他，他有啥不高兴的啊，你是临时生病了又不是故意不去。"

晏藜不防，手被舒书抓住，她哀求道："晏藜，你要是有空的话，你帮我去吧，吃顿饭而已。不然我真挺不好意思的，我特心虚放别人鸽子这种事儿。"

晏藜抿了一下唇，她和舒书同个宿舍已经是第五年了，知道对方是个心思细腻又比较敏感的女孩儿，平时就很不愿意给别人留下不好的印象，偶尔上课或者生活中出现一次失误就自责很久……而且她的确没事儿干，除了去吃餐厅限时供应的灌汤包。

"好好好，我替你去，你现在先别操心这些了，我先送你去医务室吧？"

舒书喝了口唐凝给她倒的温水："没事儿，我还没难受到那个地步呢。你赶紧收拾收拾吧，不然待会儿来不及了。"

他们约的十一点，这马上就十点半了。

"我不用收拾，我回头换件衣服就成了，你坚持一下，我去洗漱，曼曼你俩慢慢收拾，我送舒舒去医务室后在校门口等你们。"晏藜冷静下来，轻重缓急还是分得清的。

晏藜平时就不怎么打扮，换下睡衣涂个口红就成了，最多再戴个手表。

她扶着舒书去医务室，替舒书挂上号，从医务室出来时程曼的电话就打来了，说她们也准备好了，在校门口。

程曼看晏藜浑身上下实在素得不行了，从自己包里摸出一对山茶花的耳环戴到了晏藜耳朵上。

订好位置的那家粤式餐厅正是人多的时候，晏藜听程曼说过，她男朋友姜楠似乎经济条件不错，出身中产家庭，他本人也经常做一些和专业有关的家教之类的兼职，挣点儿零花，所以这次订了包厢。

晏藜跟着程曼、唐凝她们上楼的时候，心道得亏自己这次来了，不然人家姜楠破费订了这么大一个包厢，而她们宿舍除了女主角之外只来一个人，那实在说不过去了。

服务生敲了敲包厢门，替她们推开了："几位请进。"

晏藜最后一个进去，桌上四个男生目光齐齐聚集过来。

她一一看过去，微怔一下。

那四个人里有江却，这倒是让她没有想到的。

姜楠站起来迎接，可能是因为第一次见，他显得有些局促："你好，你是唐凝吧，我是曼曼的男朋友，叫我姜楠就好。"

姜楠之所以能看出来，也是因为程曼天天在他耳边说她宿舍这几个姑娘，性格各有千秋，很容易分辨。

但是，姜楠看了看唐凝身后的女孩儿，一时之间有些分不清这是晏藜还是舒书了。

晏藜看出姜楠的尴尬，主动走过去，落落大方地打招呼："你好，姜楠，我是晏藜。"

"噢噢，晏藜，你好。"他半侧过身，"那个，容我介绍一下吧，这几位是我的舍友，也都是物院的，和我一届。这位，许杜——"

许杜冲她们笑一下："你们好。"

"郑昔。"相较许杜的自来熟，郑昔稍微内敛一些，只是微微颔首。

"这位——"

姜楠话还没说完，唐凝惊呼一声："你？！你不是那天在银杏大道坐着淋雨的那个人吗？！"

江却站起来，一屋子人，数他最高："你们好，我叫江却。"

一如往常，没什么温度，说完，人就坐下了。

唐凝这么一说，姜楠就想起来了，是有那么一天，江却在外面淋了雨回宿舍的，而且看起来失魂落魄，搞得他们惴惴不安了很久。

姜楠让他们先坐，这个过程也在努力活络气氛："这么说唐凝还认识江却了，现在又坐到一张桌子上吃饭，还真是有缘分啊。"

唐凝听了有点脸红，挺不好意思的，但并没有开口反驳。

人到齐以后服务员开始陆陆续续地上菜了，晏藜看看手机，没什么新消息，她就把手机调成振动倒扣在桌上了。

她面前是一道凉菜,她夹了一筷子尝尝,味道还不错,正想夹第二下,餐桌上的玻璃制大转盘就往旁边移动起来。

她下意识地抬头看,是那个叫许杜的在转桌子,察觉到她的目光,对方和她对视:"吃这个热菜吧,女孩子空腹吃凉菜不好的。"

男孩儿看起来十足诚恳的模样。

晏藜眼帘垂下来,点了点头,"嗯"了一声,但也没再夹许杜特意转到她面前的那盘菜。

他的眼神让她很不舒服,似乎她是什么轻易就可捕获的猎物。她不怕被人嫉恨,但厌恶被异性看轻。虽然他说话做事的确一派体贴、滴水不漏,可惜打扮得太浮夸,又藏不住心思,心眼儿都摆在脸上,真是好没意思的人。

觉得她是什么好到手的兔子吗?就因为她穿得素,没有染发化妆?

事实上,晏藜猜想得一点儿没错。

一开始唐凝的确是许杜最中意的,娇柔可爱,后面跟的这个虽然也不错,白净清冷,但好像是太过正经的女孩儿,不是首选。

不过唐凝一上来就直奔江却,许杜这才把目光重新投到晏藜身上。

他看晏藜应该是属于纯情类型的女孩子,对付这种女生,他也很有一套,且确信自己很快就能得手,所以在发现晏藜不太积极的态度以后,他还讶异了一下。

人天生就是贱骨头,要是晏藜刚才很热切地就接受了他带目的的善意,他可能觉得没什么意思也就罢休了,但偏偏她冷淡得要命,这几乎瞬间就激起了许杜的征服欲。

一场聚餐不到二十分钟,满桌子人都看出许杜明里暗里对着晏藜献了不知多少殷勤。

江却脸上始终没什么表情,也不说话,自顾自地吃菜喝啤酒,就连唐凝坐他前侧方跟他搭话他也不怎么理。

直到他不经意间和晏藜对上视线,这瞬间他扯着嘴角讥笑一下,不知道是在笑什么。

2

各怀鬼胎。

江却第一次觉得酒是这么难喝的东西,难喝到他想啐一口在许杜的脸上。他知道许杜到处搞暧昧,但他没想到许杜敢搞到晏藜头上。

他那道讥笑,就是送给许杜的。

他笑许杜胆大包天,惹谁不好,去惹晏藜。许杜知道晏藜是怎么样厉害的角色吗?知道晏藜玩弄人心有多得心应手吗?知道她比吃人的恶鬼更薄情寡义吗?

真可笑,真蠢。

但随即江却就笑不出来了,因为他忽然意识到,自己跟着姜楠来这场聚餐的这种藕断丝连的行为,似乎更蠢一些。

他眼睁睁看着许杜努力往晏藜身边凑,而晏藜呢,一如当年对他时那样,脸色冷淡得要命,拒人于千里之外。他想起来了,他全都想起来了,晏藜那时候对他,也是如此,是他蠢,是他一次又一次帮她找理由,被感情冲昏头了,才会在心里给自己编了一个对方也对他有情愫的美梦。

所以当初一朝梦醒,他无法接受,他满心痛苦无处发泄,心境也就此变成布满荆棘野草的深渊。

江却又喝了一口酒,放下杯子站起来,满桌子几个人都看着他。姜楠问:"怎么了江却?"

江却拿起桌上的手机,目光看着地上:"去下洗手间,喝多了有点儿犯恶心。"

"噢,那你赶紧去吧,记得咱们的包厢号。"姜楠正给程曼剥虾,一次性的塑料手套上全是油。

他说完才发现江却座位旁边放的那瓶酒才下去一点儿,最多一小杯,怎么就……喝多了?

晏藜在喝汤,闻言抬眼看了江却一下,又收回来。她知道江却现在不待见她,她也不想看见他,只能说冤家真的路窄。

一小碗汤喝完,手机嗡嗡振动着,来电话了。晏藜也站起来,对着程曼小声说:"曼曼,我出去接个电话,夏教授的。"

包厢在二楼,推了门出来后走廊有几个人,但还算安静。

"喂,老师中午好,您找我有事吗?"

夏方同一般很少给她打电话,有吩咐都是发消息或者短信,打电话就是有比较着急的事。

"晏藜呀,跟你搭档的女生,叫秦绮的,刚才他们物院跟我说,那小姑娘突发急性阑尾炎,医生说这几天就要动手术。虽然手术不大,但术后也需要一段时间恢复,所以你的搭档可能会有变动,明天我看看物院那边怎么说,再另通知你。"

晏藜倒无所谓这个:"好的,老师,我没关系的,和谁搭档都可以。"

"哎,好,好……再见。"

晏藜挂了电话转身,看见江却从转角的洗手间走出来,站在离她大概两米多远的地方,似乎站在那儿有一会儿了,只静静地看着她,眼神有点瘆人,也不说话。

晏藜收回视线就推门进去了,大概在她坐下的瞬间,江却进来了。

一片风平浪静。

吃完饭以后郑昔说有事先回去了，程曼和姜楠要去约会，剩下两男两女，又都是互相之间有点暧昧，索性就让他们自行安排了。

许杜提议两两分开来逛街，他刚刚在饭桌上费尽三寸不烂之舌才从晏藜嘴里撬出来一点点她的喜好，说他知道附近有一家卖风味小吃的茶餐厅，正适合饭后消食。

至于唐凝、江却他俩，许杜也拍板帮他们安排："你俩既然这么有缘分，就也四处随便逛逛呗，有游乐园、小吃街，还有很多服装店呢。"

晏藜正斟酌怎么开口拒绝显得委婉一点儿，旁边一直没怎么吭声的江却忽然开口："我不想。"

他脸上的漠然十分刺眼："你想去吃、想去玩，那就自己去好了，不需要帮我安排。"

许杜被下了面子，脸上有点挂不住："干什么呀江却，你这样可就有点伤人了啊……"他说着话，脸上是伪善的、尴尬的笑。

江却不以为然，连看都没看唐凝等人，余光极快地从晏藜身上划过："我突然想起来我也有事，先走了。"说完，也不顾唐凝的挽留和许杜难看的表情，就径直转身走了。

四个人，又变成三个。

江却没走几步就回头了，他看着那三个人的背影。晏藜今天穿着薄纱裙，黑发柔柔地披散着。许杜原本和她们并排走，走着走着，他不知道说了什么，忽然挨得近了。

江却垂在身侧的右手猛地紧握，脸色阴沉下来。片刻，他拿起手机解锁，点了通讯录最上面那个没有任何备注的联系人。

晏藜手机振动第一下她就感觉出来了，还在想今天电话怎么这么多，一看是个陌生号码，但是所属地也是本市，她还是接了："喂？"

不出一秒，她微抿双唇，表情有点怪异起来。

"晏藜，你说，我要是把你和我高中时候的事说给许杜听，他会是什么反应？"清冽微沉的男声透过电话传过来。

晏藜表情未变："我说过了，随你怎么说，你还有别的事情吗？"

他沉默两秒："我迷路了，你现在过来，我可以保证不把那些事情说出去。"

晏藜微微有些无奈："你下个手机地图，学校很好找的。

"没有别的事，我先挂了。"

看她挂了电话，许杜看过来："怎么了，谁啊？"

对于许杜自来熟的社交入侵，晏藜有些许的厌烦，但还是礼貌性地回："没什么，一个同学。"

她垂着眼睑,还在想怎么合适地拉着唐凝跑路,这个许杜太缠人了,一般的客气话他能接得上,还能转手顺着你的话再说几个适合约会的地方。

但还要顾及他是程曼男朋友的室友,场面不能搞得太难看了。

话音落下不到一分钟,手机又响了,还是刚才那个号码。晏藜不厌其烦地接起来,那头江却的声音传过来:"你过不过来,我再说最后一遍,不然的话我就死给你看。这路上的车都开得很快,我挑一个最贵的撞,你说好不好?"

晏藜瞳孔骤缩,压低了声音侧过身去:"你疯了吧,真的假的?"

电话另一端似乎传来一声轻笑:"不是你说的吗,我是个为达目的不择手段的疯子,你说我真的假的。"

晏藜长舒一口气,闭了闭眼:"你在哪儿,我现在过去找你。"

事实上,当晏藜按照江却说的位置回头找到他时,他正在路边的公共长椅上端坐着,一派云淡风轻的样子,丝毫没有他电话里所谓的"要死要活的疯子行径"。

晏藜颇有些无力地挪过去:"江却,你以后能不能不要动不动就把'死'字挂在嘴上,死对你来说算什么,怎么能这么轻易地就说出口?"

上次他发那样的短信过来,她以为他的意思是过往已成云烟,一切都结束了,正常人不都这么想?结果这才隔了几天,这个疯子又开始了。

江却没接她的话,只是抬眼:"把他们甩掉了?"

晏藜正了正脸色:"唐凝要去买衣服,我跟许杜说学校有急事。"

江却仍面无表情:"这不是有办法脱身吗,你那么想走,干什么还要虚与委蛇?"

晏藜慨叹,江却还是和当年没什么两样,被各种优越的光环包裹着,以至于可以随心所欲,想说什么想做什么,也从不考虑后果。

"这个办法一点儿也不礼貌,是你吓我我才用。算得上虚与委蛇吗,只是人之常情的人际交往而已。"

就算不喜欢,也要先掂量掂量。

江却笑了:"晏藜,你什么时候也活成这副小心翼翼的谨慎模样了?"

高中的时候她可不是这样的,除了寥寥几个朋友,别的普通同学都是君子之交淡如水,反而到了大学,开始在意这些虚伪的人际关系了。

"我只是看出来你不想跟许杜再纠缠,才打电话说那些话的。晏藜,我不像你,不念旧情。"

晏藜皱皱眉,抓不住他话里的重点:"你到底想说什么?"

江却从长椅上站起来,一身再普通不过的T恤长裤帆布鞋,穿在他身上都那么干净明朗。

"我还能说什么？我说美梦彻底结束了，那就是结束了。但我没办法恨你，正如你所说，你和我以后的日子还长，在实验室里实习，难免经常见面，那就像普通同学那样相处吧，这样对我们谁都好。"他至今都还记得晏藜曾经那句轻飘飘的话——你就当我们从来没有认识过。

他那时候疼得撕心裂肺，无论如何都想不通为什么她说出来能那么轻松，而今这句话从他嘴里说出来，他以为他也可以那么轻松的。

但原来也并没有。

"你就当我们……从来没有认识过。"

蟹黄灌汤包最终还是吃到嘴里了，晏藜在回学校的路上看到一家卖灌汤包的餐厅，不是早饭点，店里没什么人。

打包汤包的时候，晏藜看到菜单上有卖杏仁鹌鹑汤，不贵，她就也要了一小份带走。

"你吃得惯鹌鹑吗？"猝不及防地，她脑子里突然闪过这句话，以及说这句话的人。

那是十七岁的江却第一次给她带的饭，因为鹌鹑大补，因为前一天她低血糖，医生说她营养不良。

就算那些好半真半假。晏藜想，但或许，她下半生都找不到第二个像江却这样对她好的男人了。

你知道，当你见识过某些太过极致的感情以后，再看其他人给的，就会觉得，总是差点儿意思。

不是后悔，只是多少有两分遗憾。

晏藜回去宿舍打开那份鹌鹑汤，喝了两口就搁置了，不好喝，像是兑水的，而且有点凉了。她就忽然想起当初江却说过，汤在家里熬了两个多小时，第三节课他就开始用那个可以加热的保温桶给汤和米饭加热了。

汤包还没吃完，唐凝就回来了，拎着不知名服装店的精品纸袋子。大概是闻到肉汤的香味儿，她过来了："这不是上次曼曼推荐的那家早餐店吗？听说他家的各种药膳汤都很好喝，晏藜你买的什么？"

晏藜就把剩的两个汤包和没怎么动的汤推过去："蟹黄汤包，还有鹌鹑汤，你尝尝？"

唐凝喝了一口，眼都亮了："好喝哎，曼曼上次喝的不是这个，但是她也说好喝，下次经过我也进去买一份。"

晏藜看了看那汤："真的？你真觉得好喝吗？"

唐凝点点头。

那是因为你没有喝过真正好喝的鹌鹑汤。

这话，晏藜已经到了嘴边，又咽了回去。
"那你多喝点儿。"

3

江却是在周六晚收到导师的短信的，大概意思是，第三实验室的秦绮住院了，他们第一实验室人稍微多一点儿，问江却推荐谁过去。

导师没有将江却作为调换的首选，他当然也不舍得。

但江却说他想调过去。

"跟我搭档的两个人里，融劭能力与我旗鼓相当，但我们两个研究方向不同，且这两天相处下来，他似乎性格上有些钻牛角尖，我恐日后会与他发生矛盾，我觉得第一实验室有融劭和另外一位同学负责实习工作已经足够，所以我申请调到第三实验室。"

其实他们这些研一的被推荐过去实习，做的也不是太重要的研究，只是老师惜才，举荐他们过去熟悉熟悉环境，也好进步得更快些。

大概隔了几分钟，导师才回复，单一个"好"字。

宿舍里其他人在谈论最近要选选修课的事，江却就点开群里的长图通知看了看，须臾，手机弹出来一条添加新朋友的消息。

美少女战士的头像，备注是唐凝。

验证消息——"你好江却，我找姜楠要的你的号。"

江却点了返回，没同意，指头在屏幕上漫无目的地划来划去，最终还是点开新朋友申请的页面，点了同意。

唐凝，他不太记得长什么样子了，但记得晏藜很喜欢她，吃饭的时候，给她夹了很多菜，还帮她盛汤。

女生很活泼，上来打了招呼后就发了好几条俏皮的消息，还有表情包。

江却想起白天晏藜说，她是在维持人际关系，不由得轻皱了皱眉，怎么这么麻烦？

但他还是从其他群里保存了一张自认还算可爱的表情包，回了过去。

江却同意好友的瞬间，唐凝就兴奋得几乎要跳起来。

"啊啊啊，江却同意加我好友了宝贝们，这么大一个大帅哥，我还以为会很难加上呢。"

晏藜正从床梯爬下来，要去洗漱，旁边舒书问唐凝："看把你高兴的，就那么喜欢那个江却啊？"

唐凝举着手机抿嘴："嗯，也不是喜欢啦，就是他长得很好看啊，女孩子都有少女心……但我还是有点自知之明的，就是小小地幻想一下，幻想一下，哈哈。"

因为晏藜从唐凝身边经过，小姑娘还把手机屏幕凑过去给她看："宝贝你看，男神给我发了个好可爱的表情包。"

晏藜定睛一看,果真很可爱。她有点惊奇,以她对江却浅显的了解,他可不像会干得出来这种事的人。

"这表情包看着有点眼熟,怎么跟我刚才在新生群里看见的那张一模一样啊,"晏藜收回视线,勾勾嘴角走了,留下一句,"临时偷的吧。"

唐凝才不管是偷的表情包还是怎么样呢,她高兴得很,嘴角的笑快要扬到天上去,但下一刻,在触及屏幕上对方刚发过来的三条消息后,她嘴角的笑僵住了。

"你好,我是江却。"

"虽然有些冒昧,但是可以请你帮个忙吗?和你一个宿舍的晏藜,是我高中同学,我想知道她这几年的近况,能不能麻烦你告诉我一下?"

"对了,先不要告诉她,谢谢。"

她看看手机屏幕,又看看不远处正在卫生间里洗漱的晏藜,傻笑变成苦笑。

晏藜洗漱完回来就看见唐凝对着息屏的手机黯然神伤,她擦干脸,喝了一口枸杞茶,就要爬床梯,被唐凝叫住:"晏藜,明后两天就要开始抢选修课了,我和曼曼她们都准备选那个心理课,人多,教授老师也比较随和,而且期末没有考试。到时候你也选这个吧,我们一起。"

晏藜欣然答应:"好啊,谢谢你提醒我,我差点儿都忘了这茬。"

唐凝笑笑,不过那笑里多少有点苦涩了,她又拿起手机发了一条消息过去。

"OK,我刚才问了,她会选心理公开课。"

第二天,中午十二点开始选课,上午只有前两节有课。晏藜回去睡了个回笼觉,还能爬起来吃个午饭再开电脑。

十一点半,官网已经开始拥堵了,晏藜卡了五六分钟才进去。

她把最近刚买的贡菊拿出两朵扔进水杯,又放进去两颗冰糖,干瘪的菊花慢慢吸饱水蓬松开来,宿舍里其他三个才拎着午饭进来。

上午两节课上完她们就没回来,说是去篮球场看比赛了,晏藜算了算,篮球赛看完了就一场空,睡觉好像更划得来,就没去。

"先把电脑打开吧各位,官网已经拥堵了,再不进待会儿就进不去了。"她好心提醒道。

几个小姑娘惊呼一声,刚才还在讨论的某某篮球队帅哥不说了,赶紧冲回到各自的座位上把电脑开机。

好不容易进去了,程曼她们一边吃饭一边等十二点课程开放,这个过程微微有些煎熬,唐凝就又提起刚才在篮球场看到的运动型帅哥。

"我的妈呀,那个恰到好处的腹肌和大长腿,他撩起衣服擦汗的时候,帅得我都说不出话了……"

晏藜想了想高中时候几次看江却打球，嗯，的确挺帅的，不过他不经常撩球衣擦汗，因为他那人特装，也特高冷，只负责前锋和投篮，抢球的体力活儿有人会替他做。

但是听唐凝这几句话，又好像不是在说江却。

"我看见他球衣上的学院和名字了嘿嘿，计算机学院的，大一，我的妈耶，好高好嫩！"

晏藜划手机新闻的指尖一顿，还没等她问，舒书已经开口："哎，你昨天不是还说喜欢江却吗，今天这么快就又见异思迁了？"

唐凝一脸娇羞："哎呀，江却跟块石头一样，我俩注定无缘了。再说帅哥千千万，这个不行咱就换。总之计科系那小哥哥是我新宠了，等今天我报完选修课我就找人看能不能要来他的联系方式。凭我的人脉关系网，哼哼……"

晏藜这时候出声打断："等等，还剩一分钟选修课就开放了，准备好啊。"

晏藜上大学四年，每次抢选修课都堪称全校规模最大的无硝烟之战。选修课课程量当然是足够的，但人人都想上最轻松、学分最多、老师最好说话的课，那就只能各凭本事。

晏藜费了点儿力气，但好歹磨了半个小时就选到那门课了，她站起来伸伸懒腰，唐凝从后面凑过来看，看得特别仔细，直到确定晏藜真的申请了心理公开课，才转身回去。

晏藜她们专业课没那么多，所以她可以常常去实验室待着，再去的时候，她就顺手在学校的小超市买了一盆仙人掌带过去，打算放在她的位置上。

她捧着那盆开了一朵鹅黄小花的仙人掌推开第三实验室的门，嘴里预备喊出的招呼刚发出一个音节，立刻活生生地噎在嘴边。

屋里只有江却一个人，已经换了实验室配的白大褂，在洗试管。

听见声音，他抬头看了她一眼，又低下头去了。

"秦绮住院，导师就换我过来了。"他低声地说。

晏藜"嗯"了一声，也不好说什么，把仙人掌和包放下。

江却先开口："学长学姐今天不来，你可以先看看精密仪器的配置数据，还有几样常用药品的剂量、性质。"江却没抬头，把洗好的试管放回试管架，又摸索旁边的显微镜去了。

"哦，好。"晏藜应了一声，去了就近一张实验桌。

一整个上午，两个人都没再搭话。晏藜怀里抱着一个带笔记的夹板，写写记记，整个实验室除了他们偶尔的器物碰撞声，就只剩下笔尖落在纸上的沙沙声。

大概十一点四十多，晏藜看看手表，准备收拾收拾去吃饭。她把自己那块片区的灯和风扇都关了，离开前转身关门，门却被一只骨节分明的大手一下把住。

"？"晏藜下意识往后退了一步。

江却抻了下衣角，微微垂眼看着晏藜："请我吃饭。"

"啊？"

江却把手机拿出来，划拉两下，举到她面前。

晏藜定睛一看，是备忘录，上面记了很多乱七八糟的东西，大多是吃的，后面标注着价格。

他不疾不徐地道："高二那年，我每天中午给你带饭，每顿饭本钱加耗费人力，均价十五元。从第一年的十月到第二年的六月中旬，一共二百八十五天左右，给你抹个零，算二百八十天，一共四千两百块。经过五年的物价上涨，按每年百分之八的通货膨胀率换算到现在应该是一万九千三百二十块。"

他定定地看着她："还我。"

晏藜微怔一下，但很快反应过来，点点头："好，你把你银行卡号给我，我转给你。"

本来就该还的，毕竟他们当年也只是同学关系，他没那个义务。

江却薄唇微抿，没说话，片刻，他抬腿往前走："还钱显得我太刻薄了，你请我吃饭吧，给你再抹三百二的零头。"

晏藜看着他在前面扬长而去，低低地发出呵的一声，站在原地没动，双手交叠抱胸，就那么看着江却的背影。

搞了半天，原来在这儿等着她呢。

江却走了几步，发现后面没人跟上来。他站住，回头看她："怎么不走，你想赖账吗？"

晏藜就是不动："我不用你给我抹零，我甚至还能给你凑个整，还钱比较方便不是吗，请吃饭的话，两万块钱的饭，吃到你结婚生子都还不完。"

他是不是脑子有病？

江却面不改色："我乐意，如果吃到结婚生子还没还完，就算你给的份子钱好了。"

晏藜皱了皱眉头："你故意的是不是？"

存心整她？

江却却在这时忽然笑了，那笑看不出是愉悦还是别的什么。

"随你怎么说。你如果不还，那我就昭告天下，说你赖账。反正你也不在乎，我更不在乎。"

"？？？"

晏藜猛地倒抽一口凉气，她低下头，闭了闭眼。

良久——

她抬起头来，长舒一口气，朝江却走过去。

农园餐厅。

晏藜需要亦步亦趋地跟着江却，他吃什么，她就要跟在后面刷卡。

排队的工夫，晏藜低声警告前面的人："江却，你别忘了你说的话。你最好不是在搞我，否则别怪我对你不客气。"

这个神经病，她真是越来越看不懂他了，明明前不久也是他说的，以前的一切都算过去了，现在又来搞这一出？

江却端着餐盘找到位置坐下，拿勺子盛汤尝了一口："你放心，我知道谁都整不了你的，我也没想重蹈覆辙。我就是觉得，你在这儿四年多了，应该知道哪里的饭菜比较好吃，又突然想起以前的事，所以跟你清算一下。"

晏藜懒得理他，低头在手机上戳戳点点，江却瞟了一眼，是计算器。

他眼神有些慵懒："不用算了，就是那个数。"

晏藜已经看到结果了，一万九千三百二十块。她泄气般把手机灭屏，扔到桌子上。

忘了他会心算。

4

周六就有选修课，安排在公教楼的、能容纳上千人的阶梯大教室里。

中间一排六个位置，两边一排四个，晏藜挑了正中间的一排，然后看程曼左边空了一个。

"姜楠要来跟曼曼一起上课吗？"晏藜心领神会，问离她最近的唐凝，舒书则在程曼和唐凝中间。

"对呀，姜楠也选了这门课。"唐凝说着就坐下来，扎的蝎子辫被她从胸前甩到脑后。

这样的话，晏藜右边就空了一个位置了。大学上公开课一般都结伴而行，晏藜估计她右边不会有人坐了。

挺宽敞的，她就把手机和包都放在旁边，趴下打算小憩一会儿。

耳边微微有些嘈杂，很像中学时期大课间的光景，她那时候也爱趁下课二十分钟时小睡一会儿，睡得很浅，快上课时一下子就醒过来。

旁边走廊偶尔有人经过，但一直没人坐下，晏藜越睡越沉，意识渐渐模糊。

再醒来就是公开课教授的扩音器的尖锐调音声响起时，从晏藜睁眼那个角度，能看见姜楠已经坐在程曼左边唯一的空位上了。

晏藜坐起来，然后瞬间一个激灵往左边缩了一下。

"你、你坐这儿干什么？"

或许她不该说他是冤家路窄，而应该说他是阴魂不散。

但江却似乎并不觉得他坐在这儿有哪里不对:"不巧,我也选了这门课。这么轻松的课可是爆满啊。我来得晚了,没位置,就坐你旁边了。"他看着她,"你应该不会介意吧?"

晏藜坐正身体,没好气地说:"我有什么介意的,这教室本来就是公共区域。"说着,她把自己的包和手机拿走,把江却桌前的地方腾出来了。

这几天只要她去实验室,就能遇到江却,只要她待到饭点离开,江却就跟着她一起吃饭,好不容易以为离了实验室来上公开课能离他远一点儿,没承想还是碰到了。

讲台上的教授拿了花名册,翻了两页,然后对准话筒:"同学们,安静一下。从今天开始呢,咱们这门选修课就正式开始了,以后每周六上午上课,都是这间教室。大家看一下大屏幕上,是老师刚建的群,大家加一下,以后有什么通知,老师都会在群里说的。

"另外,咱们这门课没有期末考试,所以平时分加作业分就等于最后的成绩了。每节课我都会抽十到二十个人点名,如果抽到某位同学没到,一次记迟到,扣平时分;两次记旷课,按挂科处理。希望同学们一定要按时来上课,不要抱侥幸心理。"

教授话音刚落,唐凝就凑过来,低声地说:"没事的,我都打听好了,这个教授的作业超级少,基本上一学期也就一篇小论文或者做一个总结PPT,而且是超级简单的那种。"

晏藜应了一声,但其实满脑子都是"以后每周六都要看见江却了",他和姜楠一起来上课,姜楠挨着程曼,江却要么自己一个人,要么觍着个脸坐她旁边。

还真是和以前一样,狗皮膏药似的,甩都甩不脱。

也是这时候,晏藜忽然发现唐凝对江却没有前几天那么热衷了,江却本人隔了一个人坐在这儿,唐凝都不看一眼。哦,对了,唐凝昨天盯上那个大一的学弟了。

公开课十点五十结束,晏藜从阶梯教室跟着人流往外走,听见程曼跟唐凝说待会儿要跟姜楠去吃饭,唐凝转头就问舒书要不要一起去吃螺蛳粉。晏藜刚想说和她们一起的话又咽了回去,她不吃螺蛳粉,就和很多人不吃香菜一样,闻到味道就很难受。

人太多了,晏藜一个愣神,被旁边的人不小心撞了一下,踉跄着往前。

有人猛地抓住晏藜的胳膊,往后一拉,晏藜小小地惊了一跳,回头看见是江却。

"小心点儿。"他收回手。

晏藜转回去:"谢谢。"

最后,两个人还是坐在一张桌了上吃饭了,一个是孤寡到没朋友,一个是吃不惯朋友吃的饭,硬是凑到了一起。

255

晏藜已经从一开始的不适应到现在从容面对，反正只要一到吃饭的点，江却就会跟鬼一样出现在她周围。

晏藜习惯吃饭的时候看一看手机群消息或者论坛贴吧，等饭冷一冷，没那么烫再吃。她也是随手一翻，就看到一个帖子，没点开就能看见一张远远偷拍的侧脸照，她觉得眼熟，点进去一看，可不就是江却。

【新晋男神，物理学院高冷系草，非扒皮，尊重隐私，仅作记录和欣赏。】

下面回复不少，有人惊呼自己在哪个时候也遇到过这位，然后贴上一张自己偷拍的照片。一整个帖子下来，江却出现在公共场合各个角度的偷拍照几乎集齐了。

与此同时，江却也刷到了刚开学那几天，学校论坛里偷拍晏藜背影照那个帖子，他随手翻了翻，把全贴唯一的一张照片保存下载，然后复制网址，发给孟则。

"孟则，帮我把这个帖子黑了。"

没两分钟，江却再点开那个帖子，就显示已被删除。

晏藜吃完饭回宿舍的时候才看见实验室群夏方同发的消息，这周末几个实验室的实习生聚在一起团建一下，由第一实验室的融劢负责组织，尽量都去，互相认识一下，也可以在一起交流交流学习经验。

团建啊，一群平时只埋头于学习和研究的小学究凑在一起能玩什么？晏藜已经设想到届时会有多无聊了，但她还是和群里大多数人一起回复了"收到"。

没两分钟，手机弹出一条新消息。

"江申请添加你为好友，同意/拒绝。"

晏藜点了拒绝。

下午晏藜再去实验室，进屋就看见江却一脸不豫地坐在那儿，旁边其他的学长学姐在忙活，就他盯着手机不知道在看什么。

晏藜从他身后经过，瞟了一眼。

用户拒绝了你的好友申请。

她逃也似的小跑着离开了那周围。

江却听见声音，回头看见晏藜，眼里闪过一丝暗芒，随后泄气般把手机扔到实验桌上，去拿旁边的记录册。

晏藜很喜欢待在实验室，以前同龄人去逛街约会的时候，她喜欢待在宿舍或者图书馆，如今实验室成了她"不知道去哪儿那就去实验室吧"的地方。其他学长学姐，就算非常热爱科研，做得有点累的时候就相约离开了，而晏藜还没有一点儿要走的意思。

江却的小实验完成的时候，窗外的天都有些暗了，橙黄的夕光混杂着紫蓝色的云，透过窗玻璃斜照进室内，江却一回头，看见晏藜趴在桌上。

似乎是睡着了，安静得不像话，动都不动一下。

整个实验室都静悄悄的，除了他们两个，其他人早走了。

晏藜并非第一次在江却面前睡着，但每一次他都记得很清楚。十七岁时，他们坐同桌，她睡着了，他试探性地用手碰了碰她的手，她没发现，他鬼迷心窍，就又碰了第二次。

大概那个时候就已经心动了吧，只是他没想到，后来喜欢的感情越来越浓烈，直到连他自己都承受不住。

他记得她说过的所有的话，记得她在他面前露出的每一个笑容，记得她喜欢月亮，说月亮干干净净挂在天上，彼时他眼里没有什么月亮，满眼只有她。

大概当时他心里想的是，她就是他的月亮。

孟则曾经问他，为什么忘不掉晏藜呢？明明她也没有对他很好，没有正经回应过他的感情，甚至连离开都是那么仓促狠心。

但她在他最爱她的时候离开他，他这辈子都忘不掉她了。

他也知道自己对晏藜的爱有些病态的偏执了，但他控制不住自己。

爱而不得，恨而不舍。

他逃脱不了了，他只能想尽办法待在她身边，饮鸩止渴。

江却走过去，走到晏藜身边坐下，头顶是呼呼的吊扇风声，似乎一切又回到高中时候。

他坐在她旁边，伸伸手就能碰到她。傍晚的夕阳照进来，将两个人的影子长长地打在另一面墙上。

短发、稍高大些的影子最初只是弯腰低头，伸手摸了下趴在桌上的长发影子的发梢，不过片刻，他整个人慢慢倾身下去，直到两个影子挨到一起。

江却两手撑在晏藜身体两侧，唇轻轻碰在她挂了发丝的脸颊上，然后像被灼到了皮肉般仓皇地回到原地。

他脸上微微潮红，一直红到了耳根后。

屋里静悄悄的，静得江却能清晰地听见自己越来越剧烈的心跳声，他小心翼翼地像晏藜那样趴在桌子上，只不过他是面对着她的。

他就那么静静地看着她。

睡着的她不会用冰冷的眼神看他，不会用无所谓的语气说一些让他无法呼吸的话。他的目光逐渐变得缱绻而贪婪，甚至拿出手机拍了一张。

做完这一切，他才闭上眼。

风扇还在继续吹，窗外的太阳逐渐西沉。

晏藜从那个深陷旧时的梦里醒过来时，像一枕黄粱大梦一场，梦里的十七岁少年和眼前的人重叠在一起，又割裂开来。她恍惚一下，才后知后觉地意识到现在早不是五年前。

外面天都黑了,晏藜看看手表,另一手屈着中指敲在桌上,"咚咚咚"三下,江却也从梦里悠悠转醒。

眼中还带着一丝刚睡醒的茫然,皮肤冷白,浑然假正经的模样。

晏藜看了他一眼,收回视线。

"到饭点了,走。"

第十四章

我想光明正大地爱一个人

1

团建定在学校附近的一家火锅自助店。

那家店似乎经常承包类似团建这种集体活动,所以有非常大的桌子和用镂空橱窗隔开的半开放式包厢。

组织团建的人就订了一个四桌的包厢,正好够坐,而且也并非完全封闭的那种,可以感受到店里很热闹的气氛。

晏藜其实不太爱在夏天吃火锅,不过现在十月底,虽然夏装还没完全脱下,但昼夜温差已经很大,吃火锅倒正好。

但团建的重点显然不是吃饭,所以在去的路上,就有人在群里发,待会儿准备些什么活动,"真心话大冒险",或者自我介绍之类的。

"真心话大冒险"作为一个大多数人都能接受的活动,位居投票榜首。

吃饭途中好像大家心情都不错似的,讨论着未来一片光明的前程,很多人红着脸喝了酒,一杯又一杯。一片缭绕的火锅烟雾中,晏藜回头看男生那桌,男生一般好面子,喝点儿酒腔调也就拔高了,乱七八糟的不知道在说些什么。

但在这一片杂乱中,晏藜看见江却只是自顾自地倒酒,喝掉,时不时夹两口菜吃,并不参与其他人的欢声笑语。

看得出他并不是很热切,不知道为什么还要答应来。

吃完饭以后融勍联系餐厅的服务员来帮忙,问可不可以把四张桌子拼到一起,他们要玩游戏。因为是自助,限制每人吃两个半小时,离规定时间尚早,服务员就答应了。

男生坐一边,女生坐一边,其实女生比较少,都往中间凑凑,也不到男生的一半,但不巧得很,晏藜对面就是江却。

每个人手里拿一张号码牌,由发起人任意抽,抽中谁的号,谁站起来任选"真心话"和"大冒险"。"真心话"的选择牌和"大冒险"的选择牌一共两摞，整整齐齐地摆在桌子上。

开始了，十几个人的概率，第一次抽中一个男生，是物院的。

他选"大冒险"，随意从"大冒险"的选择牌里抽了一张，然后亮给众人看——"请索要现场任意一位陌生异性的联系方式。"卡牌上这样写。

这个倒容易，没什么悬念。那个男生选了离他最近的一个短发女生要电话号码，女生看起来挺随和，大大方方地就给了。

第二轮，又是抽到一个男生，这次是生科院的，他选"真心话"。

"请说出你初恋名字的第一个字，可以是喜欢的公众人物，如明星歌手等。"这个也简单，说个姓而已，实在不行，随便说个明星呗。

晏藜猜对了，这团建果然很没意思，她一手撑着头，脸上没有一丝丝无聊或者不耐烦的表情，只是没什么波动而已。

她看着眼前虚空处出神，是以也就没看到对面的江却在低头看手机之余抬起眼帘快速瞟了她一眼。

第三轮，第四轮，都没有抽到晏藜，她就和旁边的女生说悄悄话，对方也是生科院的，不过跟她不是同一个导师。

"七号，七号是谁啊？"抽号码牌的融劲喊了一句。

晏藜浑不在意，她是十二号。

眼角余光却见对面那人缓缓举起了手："是我。"

晏藜一下子看过去，眼里终于带了一丝丝兴奋。没办法，她这人恶趣味不多，就是喜欢看江却这种平时运筹帷幄的人吃瘪而已。

融劲笑了笑："江却，你要选什么？"

"选'真心话'吧。"他表情没什么波动。

晏藜眼看他抽了一张"真心话"，然后放到桌子上。其实这个游戏，玩过的都知道，不论"真心话"还是"大冒险"，不外乎都围绕着男女感情之间的那点子俗事儿，顺带满足一下大众的恶搞欲和窥探欲。

"真心话"比"大冒险"稍微靠谱点儿，因为可以说假话，但如果选到了不太好的"大冒险"牌，自己不痛快，别人也不痛快。

"请问，在场的人中，有没有你喜欢的人？如果没有，请再抽一张'真心话'或者'大冒险'，如果有，请看着她说出来。"

"喔——"周围人都兴奋起来，十几双眼睛齐齐看向江却，这个牌绝了，妥妥地搞事情，没有就没有了，还要再抽一张。

江却并没有立刻说"没有"，他只是用一种晏藜看不太懂的眼神看了她一下，然后在她心里生起熟悉的微微紧张感时，才轻飘飘地说："没有。"

周围一片小小的遗憾哗然声，遗憾的当然是看不到系草的热闹。

"再抽一张,再抽一张……"

因为主角是江却,群众的热情还没彻底降下去,呼喊着要他再抽一张,说不定下张也很劲爆呢,向现场任意一位异性要联系方式或者亲密拥抱什么的,万一真的抽到,不是很有意思吗。

但江却这次还是选的"真心话",他从一摞卡牌的正中间抽了一张。

"请向在场的人说出你的初恋,至少描述出长相、身高、头发等,可以是明星歌手等公众人物。"

不知道是不是晏藜的错觉,在江却微微低头状似思索的这几秒里,似乎周围人的注意力都被他吸引过去了,所有人都非常安静地等着。

江却大概想了一下,不紧不慢地道:"初恋在十七岁,黑长发,同桌,英语和语文成绩很好,一米六八……"他顿一顿,"很白,皮肤好,眼睛特别漂亮。"

群众的八卦之魂熊熊燃烧起来了,就连离江却比较近的几个男生都不由得催促着:"然后呢,然后呢?"

似乎"初恋"这个词永远是人们津津乐道的话题,而晏藜却不知道哪儿来的心虚,在众人都专注地看向江却时,她敛了视线,垂着眼睑看桌上那一摞搁置的卡牌。

但不知道怎么回事,她余光还是能感觉得到,江却在看她。

她听到他轻笑一声,那笑说不出是释然,还是酸涩:"哪还有然后啊,我满心欢喜的暗恋,以一封被我亲手撕碎的道别信结尾。"

晏藜呼吸猛地一滞,她眼睫轻颤着,不想去看江却,也不敢去看他。

我满心欢喜的暗恋,以一封被我亲手撕碎的道别信结尾。

每一个字,都在诠释遗憾。

周围其他人开始起哄,开着无伤大雅的玩笑,但晏藜心里五味杂陈,无所谓的附和话到了嘴边,一个字都说不出来。

后来游戏也没有再持续多久,因为押金交付的时间快到了,融劭挨个敬了每个人一杯,说了些这次团建的总结和一些没什么营养的场面漂亮话,这次活动就算圆满结束了。

融劭安排了几个男生送喝醉的女生回宿舍,晏藜没喝酒,就婉拒了,自己打车回去。

刚坐上出租车,车窗被人从外面"咚咚"敲了两下,是江却。

她摇下车窗,闻到对方身上扑面而来的酒气,但很奇怪,他的眼神是清明的,似乎那些酒对他来说不算什么。都这种时候了,晏藜竟然还有闲心回想,她好像记得高中时江却不太会喝酒的,过去这么几年,他酒量倒是越来越好了。

"太晚了不好打车,可以捎我一段吗?"他问。

明明这话说出来并没什么起伏,但晏藜却莫名听出几分乖顺的央求。她不好见死不救，于是往旁边挪过去，点了点头。

江却坐上车以后异常安静，呼吸声轻得好像车里没有他这个人似的。车窗外漆黑中带点路灯灯光的夜景急急掠过去，晏藜眼神发直，无意识靠在车窗玻璃上看着窗外。

等红灯的时候，晏藜看见旁边的百货广场大屏幕亮着，荧幕一帧帧转换，在播放一部青春电影。

里面的人，也就十六七岁，穿着和她当年很像的校服，蓝白色，有些宽松，分夏秋两季，校徽别在左胸。

骑着自行车，行驶在种满了三叉梧桐的林荫大道上，急匆匆地，但满身都是朝气和稚嫩。

晏藜不爱怀旧，因为旧时的记忆大多并不美好，她的理念是活好当下。但就是有这种时候，明明不想，可还是一丝一缕地想起来以前的事。

她竟然还记得很清楚。

很多人，很多事情，好的坏的，都有。宋京墨、程圆圆、孟则、李慧老师、曹晚玉、余晟，甚至孙燕和卢艺。

还有……江却。

一块钱一瓶的橘子汽水，一百多块钱的二手随身听，碎影铺设的旧书，怎么做都做不完的真题卷，背了又忘的英语作文名句，午休睡醒时胳膊和脸上的红印，总是人很多的热水房，种满了整个一中的桑榆香樟，问她要不要去小卖部的圆圆……

只要一想起来，真是没完没了。

到学校门口了，出租车开始减速，缓慢停下。

晏藜一回头，才发现江却不知什么时候睡着了，眼睛紧闭着，也像她那样靠在车窗玻璃上。

她一边付车钱，一边轻轻地叫了一声："江却？醒醒……该下车了……"
对方毫无反应。

晏藜只好凑过去，推了一下他："江却，江却？"

手被对方猛地抓住，晏藜愣了一下，看江却慢慢睁开眼，然后反应过来，一下子松开了她。

"抱歉，"他伸手揉了揉太阳穴，"刚才睡熟了，做了个噩梦。"

"没事，下车吧，到学校了。"晏藜说。

下车以后江却走在晏藜后面，学校到处都被路灯照得灯火通明，偶尔有人三三两两地结伴经过他们，很安静。

江却思绪发散，不自觉地想起刚才在车上做的那个梦。

之所以会失手抓住晏藜，也是因为，梦里他又经历了一次当年锥心刺骨的离别,他看着她头也不回地走,他一点儿办法都没有。

醒来以后,唯一庆幸——

还好那只是梦。

2

一场秋雨一场寒。

十一月北京的雨下得有些频繁了,晏藜接到冬安姐好几条信息,说又给她的小公寓添了什么东西,让她住进去以后照着说明书用。

晏藜其实对于住哪儿都无所谓,只是在宿舍住得好好儿的,有点舍不得唐凝她们。

于是搬出去的事情就搁置了。

周一到周四一直淅淅沥沥地下雨,周四的雨还下得很大,宿舍返潮,弄得人心情都低落下来。晏藜却在周五这天下了课被叫到了夏教授的办公室去。

"周六下午你有空吗,替老师去见一下你庄旸师兄,顺便把他原来负责的那个项目进程报告带给他,就说一切都好。"

晏藜早在本科时候,就作为夏方同的助教见过好几次庄旸了,基本上都是送报告,送研究记录分析,偶尔也送药送饭,不过屈指可数。

庄旸比晏藜大两届,曾经是夏方同手下最得意的门生,不过后来天妒英才,他出了场不小的车祸。医院抢救到最后,庄旸还是失去了站立行走的能力,后半辈子只能依靠轮椅过活。

晏藜应一声"好",从桌上把夏教授准备好的厚厚一摞科研报告拿起来。

她记得她大四就没怎么见过庄旸了,倒是大三的时候,三不五时就要往庄旸的住处跑一趟。

庄旸个人经济条件不错,自己住着一套公寓,听说出事以前他在生物学领域作出过不小的贡献和建树,房子就是一所和实验室有合作的不知名公司赠送的。

那公司惜才,应该挺看重庄旸的。

他是个天才没错,就晏藜对这个前辈浅显的认知来讲。

周六她午休醒来才三点,外面出太阳了,宿舍里其他人都不在,晏藜慢吞吞地洗了下脸,打车去了庄旸住的地方。

摁了门铃,晏藜就乖乖地等着,大概要等三到五分钟,才会有人来给她开门。但今天只等了不到一分钟,门就从里面开了。

是个二十多岁的小姑娘,扎着高丸子头,小圆脸大杏眼,穿卡通风的卫衣和背带裤。见到晏藜以后怔了一下,然后突然想起来似的:"你是……是庄旸早上交代要过来的学妹吧?"

晏藜点点头:"哦,是,你好,我是晏藜。"

那女孩儿很热情，眉开眼笑地说："你好你好，快进来吧，庄旸就在里面。"

晏藜还在想这女孩是谁，对方引她进去，已经开始自我介绍了："我叫齐乐乐，你叫我乐乐就好，我是照顾庄旸的助理，其实也就是小保姆啦。庄旸他在书房，你在客厅稍微坐一下哦，我去推他出来。"

晏藜点点头，坐到沙发上，齐乐乐给她倒了杯茶就离开了。

晏藜抿了一口热茶，不由自主地想起以前她第一次见到庄旸那会儿。

事实上她对庄旸这个人的印象一直不大好，倒不是对方有多讨人厌，而是每次见面她都有点儿怕他——一个原本就有些古怪的科研天才，如今断了腿只能坐在轮椅上，无法接受残酷现实，以至于脾气越发阴冷抑郁，动辄发怒自伤，打砸东西。

有几回她来庄旸家里，看见他不吃不喝或是生病也不服药导致高烧晕倒，她单是替他打120送他去医院，就有不下三次。

除了这些，他最大的性格特点是毒舌。晏藜不知道是不是天才都会有嘴毒这个通病，总之庄旸的毒舌程度非一般人能受得了的。

撇去能力和天分来说，庄旸就是个喜怒无常的神经病。

晏藜每次奉导师之命前来看望庄旸，他们两人之间就要爆发一场可大可小的战争。

她和庄旸的关系有些复杂，友情以下，敌人未满，见了面还要互损，他看不上她的学术，她也看不上他的性格。

不过今天——

晏藜环视了一周，发现从玄关到客厅都收拾得很整洁干净，没有像前几次她来的时候那样，满地的碎玻璃碴子，还有仿佛经历了战损风装修的客厅餐厅。

齐乐乐推着庄旸出来了，晏藜微微挑眉。男人有些清瘦，但长腿长手看得出身高不低，因为常年服药和足不出户，面色有些苍白，五官倒很俊秀，尤其眉眼有种雌雄莫辨的精致。

但这都不是重点。天晓得，从认识庄旸到现在，晏藜就没见过他这么平和的表情，身上穿的初秋家居服也很日常，腿上还被齐乐乐贴心地盖了一块薄毯。

看见晏藜，庄旸甚至勾了勾嘴角："来了。挺长时间没见你，怎么样，夏教授还好吧？"

说着，他摆摆手，示意身后的小姑娘回避一下。

齐乐乐低眉顺眼地应了，转身拿着吸尘器去里卧了。

晏藜开口："夏教授一切都好，就不劳你挂心了。我今天来是替教授送一下文件，你有其他事情需要我代为转告的，也可以跟我说。"

庄旸没作声，低头端起长桌上的茶杯，喝了一口，又轻轻地放下。

晏藜心里更讶异了，半年多不见，这人的脾气都改好了？

庄旸再开口，不再是刚才公事公办的语气，而是有点像以前那样，有些随意但又不知所云："别的也没什么事，就是以后不需要再派你三不五时地过来了，有人照顾我了。"

他顿一顿，眼神多了一丝温柔，压低了声音："怎么样，我找这个小助理还不错吧？"

对方如此心平气和地发问了，晏藜也不好憋着以前的气，只是点点头："嗯，小姑娘挺伶俐的，长得也很可爱和善。哪儿找来的？"

两个人正说着，从走廊深处的主卧突然传来"啪"的一道清脆的玻璃碎裂声，庄旸腿脚不方便，晏藜赶紧站起来，边往那边走边高声喊："怎么了？"

还没走两步，又传来齐乐乐惊慌失措带着歉意的声音："没事没事，就是我刚才打扫不小心把杯子碰掉了，你们继续聊，我马上收拾好。"

晏藜也是这时候后知后觉，庄旸竟然没有发怒生气，要照以前，晏藜碰掉他一张纸都要被他冷着眼神阴阳怪气几句。

似乎是察觉到晏藜的目光，庄旸用眼神示意她回去："坐吧，她可以收拾好的。你过去帮她，她心里反而愧疚无措。"

晏藜只好重新坐回去。

继续刚才的话题，庄旸施施然开口："伶俐什么，笨拙得要命。说什么都听不懂，一个专业名词解释半天，下次说起来还是记错。"庄旸第一次露出这种微微不耐烦但看得出并没有真正不高兴的神情，语气似乎不是在说什么小助理，而是在说一只让他颇费心思的宠物猫。

但晏藜还是不明白庄旸对她这种突如其来的老友聊天气氛是因为什么，她犹记得上次她在这儿夺门而出，是因为庄旸讽刺她连续两年期末考试都是中等绩点。

一想起来，晏藜不自觉语气就带了刺儿："你知足吧，好歹人家一个这么年轻的小姑娘，干什么工作不好干这种伺候人的活儿，还把你家收拾得这么干净，我要是你，捡这种便宜，做梦都能笑醒。"

正说着，齐乐乐拿着扫把从屋里出来了，表情带一丝丝可爱的拘谨："那个……庄旸，卧室我都打扫干净了。晚饭你想吃什么，待会儿我去买菜。"

庄旸还没开口，晏藜先起身告辞了："看你过得挺好的，那没别的事，我就先走了。"

庄旸也不留她："回头见了教授，替我向他问好。"

晏藜"嗯"了一声，也跟齐乐乐摆摆手："再见，乐乐。"

她还挺喜欢这姑娘的，就好比她一直很喜欢程圆圆、唐凝这一类的女孩儿，都是小太阳似的，可爱温柔，眼睛里看得出纯善干净。

齐乐乐似乎有些受宠若惊，连忙走过来送晏藜到玄关："好……再见……"

出了公寓楼，晏藜接到冬安姐的电话，问她在哪儿，要接她去吃晚饭。晏藜报了小区的名字，站在门口等了大概七八分钟，就看见祝冬安的白色卡宴放缓了车速慢慢停在她面前。

江却五点半的闹钟准时响起，他刚合上电脑，群里发了一则奖学金评选的细则，艾特了全体成员。

江却随手翻了两下，退出到主页面，给晏藜发短信，因为上次她拒绝了他的好友申请……连姜楠都有她的好友了，就他没有。

"今晚在哪个食堂吃饭？"发送成功。

不出半秒收到回复："我现在不在学校，改天再一起吧。"

他下意识打出"去哪儿了"，又后知后觉自己好像没立场问，又逐字删除。

能去哪儿呢，今天还是周六，按唐凝说的话，这个点儿晏藜应该在宿舍补觉看小说。

他聊天页面第三个就是唐凝，两个人上次最后一句话还是对方告诉他晏藜选的课。他缓缓打出一行字："晏藜去哪儿了，你知道吗？"

为表示礼貌，他又配了一张上次那个表情包。

对面很快回复。

唐凝："晏藜今天下午出去了，好像是给生科院前几届的某个前辈送科研报告。"

江却皱了皱眉："那个前辈叫什么？男的？"

唐凝发来几条消息：

"是个学长。我记得姓庄来着，庄旸还是庄杨，反正就是这个发音。"

"前两年他出事了腿有点毛病，晏藜作为夏教授身边的学生，经常会去和那个学长联系的。我记得有一次，大过节的，那个学长在家里煤气中毒了，还是晏藜去他家里拿什么东西时才发现的。"

"虽然没怎么听晏藜提起过，不过晏藜应该挺照顾他的。"

"我知道的就这么多了。"

江却把手机息屏，心里突然涌起一股说不上来的感觉，不是单纯的嫉妒，只是觉得，自己不在她身边这几年，她身上发生了很多他不知道的事情，也遇见了很多他不知道的人。

他不可能仅凭爱意就将她视为私有，但听见这种事情，说她照顾另一个男人，因为对方的才华和伤病怜惜对方，他就止不住地生出各种阴暗的、悲观的猜想。

她会对那个人笑吗？会眉眼弯弯地和对方说话吗？所有一切他享受不到的待遇，那个人会有吗？

他无法控制地这样想。

而此时在江却幻想中和学长有说有笑的晏藜，正和祝冬安面对面吃饭，在一家做湘菜小炒很拿手的饭店里，说起刚才怎么从那个小区里出来，晏藜不无怨气地提起庄旸：

"还是上次那个古里古怪的学长，我去之前都做好看他冷脸的准备了，没想到这次去，可能是因为有个很可爱很乖顺的小姑娘在，他脾气收敛不少。"

"谢天谢地，这次没遭什么罪就全身而退了。"

3

对于妹妹这个难搞的学长，祝冬安也是早有耳闻。

不过她不好附和晏藜说什么，于是将话题转移到其他事情——

"我记得你好像还没考驾照吧，得空了可以去考一下，要不了几年你就要毕业，手里有驾照也方便一些。"祝冬安心思缜密，做事喜欢未雨绸缪，又是过来人，人生经验毕竟丰富一些。

"以后步入社会用代步工具的时候多了去了，坐公交车打车虽然方便，总不如自己手里攥一个车钥匙。"这个在职场上精明干练的女人，也就只有在面对这唯一的妹妹时，眼里会积聚几分柔和。

是这个理没错。晏藜点点头："下周有空了我就去周围的驾校看看，如果有合适的就报一下名。"

"晚上回宿舍还是住外面？姐姐送你。"一顿饭也将将接近尾声，祝冬安问道。

晏藜想想明天周日，带她做项目的学长学姐肯定不去，那她也休息一天好了，正好把新家的沙发床品完善一下，买些靠枕被套之类的回去。

出了饭店外面的天还只是蒙蒙黑，晏藜坐在副驾，车开得不快不慢，她就歪着头看外面的夜景。

突然，前面路边一道人影吸引了她的注意力，再定睛一看，那不是齐乐乐吗？

小姑娘拎了两个印着超市 Logo 的大塑料袋，里面都是些肉菜啊之类的东西，正在等公交车，看起来有点儿艰难。

晏藜回头看向祝冬安："冬安姐，能往那路边靠一下吗？我好像看到我朋友了，不知道怎么这么晚她还在外面。"

算算时间，她在庄旸家里时，齐乐乐就说要买菜做晚饭了，这都多久了。

祝冬安瞥过去一眼，一下子了然："你朋友估计一直在这儿等公交车呢，她等的这一路公交车都堵在建业大道了，没有个把小时过不来。"

车稳稳地停靠在路边，晏藜降下车窗："怎么了乐乐？"

齐乐乐看见她，还惊了一跳："晏、晏藜？你怎么在这儿啊？"

"我跟我姐姐一起出来吃饭，路过。不然我们捎你一段吧，反正也顺路。"

晏藜回头看祝冬安一眼，对方冲她点一下头，意为同意。

齐乐乐一开始还不太好意思的样子："那……会不会太麻烦你和你姐姐了，我其实再等一会儿也没关系的。"

"你这一路好几辆公交车堵在来的路上了，估计要堵很久。庄旸一个人在家我也不放心，你又是一个小姑娘家，独自一人在外面，还是送你赶紧回去吧。"

齐乐乐咬着下唇思索两秒，最终还是拎着东西打开了后车座的车门。

小姑娘上了车就一直不停地在和晏藜和祝冬安道谢："谢谢你啊晏藜，还有，也谢谢姐姐……"

祝冬安从后视镜看看齐乐乐，笑了一下："小事儿，不客气。"

晏藜心情还算不错，扭着头看齐乐乐从购物袋里拿出一瓶饮料递给她。她接过去，道谢以后突然提起庄旸："对了乐乐，你和庄旸是怎么认识的啊？"她顿一下，表情略微古怪一点儿，"他脾气那么坏，我真好奇他是怎么说服你这么好的姑娘过去照顾他的。"

齐乐乐闻言就笑了，这姑娘脸圆，一笑就现出两个梨窝："其实庄旸人很好的，而且也不是他说服我来做他的助理，是我自己要做的。"

似乎是想起来什么，齐乐乐刚才大大咧咧的笑里掺杂了一丝丝伤神："去年夏天吧，我特别不顺。男朋友劈腿，我还被实习的公司裁员开除了，然后我就临时找了个家政的工作，那是我第一次见到庄旸。

"说实话，我刚开始见到他也特别害怕，因为他脾气不太好，又腿脚不方便，总是易爆易怒。我手脚又比较笨，去上班第一天就犯了很多错，庄旸也说话非常难听地骂了我一顿。我当时都以为，他肯定要跟公司投诉我了。我才上第一天班，要是被投诉我就没工作了，然后我下了班哪儿也不想去，就缩在庄旸家门口的不远处哭了好久。

"但是第二天，我根本就没有收到投诉，我就又过去上班了。

"然后我才知道，庄旸家门口是有监控的，他其实全看见了。"

当时的庄旸自己也并不好过。人生似乎被吊在悬崖上，整个人都是油尽灯枯的脆弱模样，好像只差一步就要完全失去生的希望。但他还是为她保住了这份工作，他说："你昨天哭那么久，我还以为你今天不会再来了，没想到你还挺乐观挺坚强。这年头愿意照顾我这个神经病的人不好找，以后你就在我家干吧，只要我活一天，就有你一天的工资。"

迎着晏藜复杂的目光，齐乐乐笑了笑："其实我都知道，为了让我这个傻子能一直有工作，庄旸已经很努力地喝药治疗了。他以前经常因为腿的事情生气痛苦，甚至还想轻生，但是后来我天天推他出去遛弯逛街，跟他说好听的话，他就很少因为生病的事情再发火了，还给我开很高的工资和奖金。"

她停了一下，斟酌了一下做出总结："庄旸是个大好人呢。"

本来车里挺沉闷的气氛，因为齐乐乐这句话忽而轻松起来，晏藜轻笑一声，点点头。

"嗯，庄旸是个大好人。"她附和一句。

好吧，以后看在齐乐乐的面子上，再也不和庄旸吵架了。晏藜心想。

把齐乐乐送回庄旸的公寓，祝冬安又送晏藜回她的小复式公寓，晏藜本想让祝冬安上去坐坐，但她好像公司还有事，送完人她就急匆匆地走了。

一推开门，房子里是空荡荡的漆黑孤寂。

晏藜舒口气，把包挂在玄关，换了拖鞋进去，走一路开一路的灯，直到整个房子都灯火通明，但还是不够，她又把电视打开，随便找了个电视剧，到这时候，房子总算有点儿动静了。

她瘫在沙发上，乱七八糟地想，连庄旸那种天怒人怨的怪人都有小姑娘疼爱了，真是世事难料。

她看着电视剧，困意袭来，眼皮越来越重。她甚至没有力气再回到床上去睡，或者关灯关电视了，她慢慢闭上眼，意识被揉散，最终一切归于平静。

周日，江却下午才去实验室。

要是平常，一般晏藜会比他还要早，推开门他就能看见她站在里面，穿着白大褂，左手拿一个记录夹。偶尔她也会站在窗边看风景，看银杏大道浓密金黄的叶子，或是给她那盆有点丑的仙人掌浇水。

但今天里面空荡荡的，除了他以外一个人都没有。

他开灯的手垂下来，有些无力地贴着裤子。

其实平时就算晏藜在，他们两个也不经常说话，有时候一整天对话的次数一只手都数得过来，但是当这个实验室没有她的时候，江却突然就觉得……整个空旷孤寂了起来。

以前抬抬眼就能看见人的地方，现如今看过去，什么都没有。

他拿出手机，找到那个通讯录里最上面的联系人，还没打通，他就挂断。如此循环了大概三次，他终于反手把手机扣在桌上，很刻意地走到离手机最远的地方，开始做实验。

但大概过了不到二十分钟，那个被冷落的手机再次被主人拿了起来，电话拨出去很快就通了，但隔了一小会儿才有人接。

江却原本准备了一大堆可以套话的说辞，但对方开口的一瞬间，他脑子就一片空白，那些话一个字记不起来了。

她只是说："喂，江却。"

声音有点微哑，带轻轻的鼻音，像是感冒了。江却忽然就忘了自己打电话的目的，而是问起她的状况："你今天怎么没来实验室，不舒服吗？不舒服就去看病,别把病毒带到实验室里来了。"

那头晏藜沉默几秒,再开口,从江却听来似乎更哑了一些:"没事儿,就是昨晚冻着了,有点感冒。我吃药就好了,周一不会带着病毒进实验室的。"

江却忽然不知道说什么好。

晏藜似乎很困的样子,他一直不出声,她就试探着问还有没有别的事,自己想休息了。

"我有点儿困,没事就挂了,咳、咳咳——"

伴随着几声沉闷的、戛然而止的咳嗽,江却后知后觉对方已经把电话挂断了,而他想问的她在哪儿,是否跟那个前辈在一起等问题,一个都没有问。

晏藜身体一直不太好,中学时期就清瘦得好像一阵风就能吹倒,江却是知道的。他也知道现在的晏藜不同以前,有的是人疼爱她,她也有的是钱看病买药,根本轮不到他一个身份微妙的同学来操心。

但他还是难受,心脏像被放到油锅里一点一点地煎,像被藤蔓一样丝丝缕缕地裹紧般抽痛,就像以前他无数次心疼她那样。

他连她现在在哪儿都不知道,打电话过去问她也不会说的。

傍晚,江却在实验室待不下去了,他很焦躁,又找不到解决之法。关了灯握上门把的一刻,他灵光一现,忽然想起他有晏藜那个姐姐的电话。

不知道对方现在还用不用这个号了……江却只是抱着一丝丝希望打过去,没想到对面秒接:"喂,请问您哪位?"

听声音像。

"您好,请问您是晏藜的姐姐吗,我是她同学。"

对方顿了一下:"哦,我是她姐姐,也是她监护人,你有什么事都可以跟我说。"

江却声音微沉:"是这样,入学的时候学生档案都有家长联系电话,我就是想问,您知道晏藜现在在哪儿吗?她宿舍的人说她不在学校,打电话总显示信号不好听不见声音,但我手上正好有一份很急的重要文件要交给她。"

祝冬安正在一个饭局谈合作,抽空接的这个电话,闻言也不作他想:"她如果没回学校,这会儿应该在外面的房子。朝环大道丽水公寓,三号楼六楼602,你到了摁一下门铃。有监控,她要是在家,看见你就会给你开门的。"

江却在心里默记了一下:"噢,好,那就谢谢您了。"

"不客气。"祝冬安挂了电话,还有点儿奇怪,她给晏藜买的房子又不是什么荒郊野外,怎么会信号不好,难道是这两天下雨,影响通信讯号了?

江却打车去了那个丽水公寓,一提小区名司机师傅就知道了:"丽水公寓,不就在朝环大道东区嘛,十几分钟就能到。"

在路上雨又开始下,江却听着前面司机师傅抱怨,心里默默计算着他和晏藜的距离。

4

重逢以后，江却从没有这样迫切地想要见到晏藜。

他没带伞，淋着小雨从小区门口一路跑到三号楼，踩了几个水坑，形容相比平时微微有些狼狈。

六楼，602，他心里默念着，从电梯下来就逐门逐户地看门牌号，第二扇就是。他其实心里也是忐忑的，可能晏藜根本不在这儿，可能她还在那个学长家里。

门铃声响，里面似乎没什么动静。江却就又摁了一下，还是没有，第三下，从屋里由远及近传来脚步声，江却的心一下子提到了嗓子眼儿。

晏藜凑近了，才看到监控显示屏上江却的脸，她都来不及想他是怎么找到这儿来的，但她没有开门。

不知道为什么，她有点儿想躲他。

站一会儿应该就会走了吧，她这样想着，然后她就回去了，但也不太能睡得着了，她就找了部电影看。

窗外不知道什么时候开始下雨夹雪了。

一部电影落幕的时候，晏藜注意到最下面的进度条，足足两小时零十三分钟。

她从榻榻米上下来，披了件针织开衫，长至腰际的黑发末梢带着微卷，如海藻一般披散下来。

墙壁上的文艺挂钟指向晚上九点过两刻，她慢步走到玄关，外头已经没了动静。

周遭很静，静得人发慌，落地窗外的高楼大厦偶有亮光，掺杂着隆冬呜呜的风雪声。

她握着门把往下按，"咔啪"一声，门应声开了。

下一秒，晏藜的目光触及门外的人，忽地愣住。

外面站着的男人，也就二十多岁左右的样子，穿着黑色的毛衣和驼色的外套，身姿颀长，就那么站着，静静地看着她。

晏藜记得电影有两个多小时，那么他就是站了两个多小时。

江却是疯子，是固执的、极端的疯子。

就像他们十八岁那年，他追着她的火车跑了二十多分钟那样的疯。

看见晏藜的这一刻，江却那颗在半空中飘飘荡荡不上不下的心，终于慢慢落到了实处。

晏藜穿着睡衣，像是刚醒，眉眼还略微有些怔忪，但还是侧侧身，让江却进来："你怎么来了？"

江却进来，关上门，跟在晏藜身后。两个人出奇的默契，都绝口不提那会儿的脚步声以及后来的闭门不见。江却只说:"我听电话里你好像生病了,又不去看。我怕你自己一个人晕倒在家里,回头再出什么事我良心不安,就给你姐姐打电话问了你的住处。"

说这种明明是关心的话,还要为了尊严故作冷漠的感觉真不好。江却舌尖发苦,打量了一下房子内部,看起来像个女孩儿住的地方,而且没见到那个所谓的学长。

酸涩的感觉终于散去了一些。

晏藜点点头,知道他有冬安姐的电话,没再细问。

"我吃过药了,应该再休息一下就好了。这是家里送我的房子,这儿也没别人,你随便坐吧,我去倒点儿水。"

江却讶异于那个祝家的大手笔,但面上不显。他没坐,跟着晏藜接过了她手里的水壶:"我来吧,你不是还病着,坐下歇着吧。"

晏藜也不跟他客气,也是因为发烧实在困得不行了,她坐到沙发上,单手支着下巴。

江却烧好了水再回来就看见晏藜睡着了,长长的眼睫毛垂下一片浅浅的阴影,她呼吸轻柔,上半身的重量都倚靠在沙发靠背上。

安静,乖巧。

江却心里不可抑制地酸软起来,他甚至连脚步都放轻了,走过去屈膝蹲在沙发前,就那么看着她。

他很享受这种时刻,就好像他们是一对普通情侣一样,没有那么多的离别爱恨,也没有什么痛苦的过去。

江却声音压得很低,凑到晏藜面前:"在这儿睡你感冒会加重的,去床上睡吧?"

没反应,江却不厌其烦地重复了一遍,又叫:"晏藜,晏藜?"

不知道是江却声音太轻了还是晏藜睡得太沉,总之她一直没醒,且呼吸越来越匀称绵长。江却看她睡得那么安稳,也不忍再叫,索性半跪着轻轻地把人抱起来,放到后面不远处的榻榻米上。

晏藜还是没醒,只是头沾到枕头上时本能地蹭了蹭,像只乖顺的猫。江却动作轻得不能再轻,帮她把被子盖好,掖好被角,这才在榻榻米旁边坐下。

外面下着雨,雨声渐大,从公寓的落地式玻璃窗看出去,漫天雨雾,天昏沉沉的。

江却听见了晏藜睡熟后细碎的呓语,但听不清说的什么,他就低着头,双手撑在她脸的两侧凑过去听。

"妈,别离开我……妈……"

江却的眼神霎时变得复杂起来,眼里带着一层淡淡的沉痛。

晏藜从睡梦里醒过来已经十一点多了,头睡得昏昏沉沉,又难受,又饿。但她环视一周,江却并不在,似乎他那会儿的出现只是一场梦而已,他不知道什么时候走了,连一丝存在过的痕迹也没有。

起来叫点儿东西吃吧,好像退烧了,鼻腔也通畅了,晏藜想着就要站起来拿手机。

也是这时候,她忽然看见手机旁边贴了一张便利贴,是江却的字迹。

"我出去买点东西回来做饭,桌上水是温的,你如果饿了就先吃点儿面包垫一下。"

晏藜视线上移,在玻璃制热水壶的旁边,还真看见了两袋软面包。她家里是肯定没有这东西的,也不知道他是从哪儿搞来的。

晏藜也不知道江却什么时候出去的,总之她醒了没多大会儿,门铃就响了,她过去开门,江却提了两袋子肉菜零食站在门口。

江却进来,晏藜关上门跟在他后面:"其实,不用麻烦你过来照顾我的,我都好得差不多了,再说都这么晚了,你……"

江却把东西提到冰箱旁边,语气平淡:"你不用觉得不好意思,我就是出于人道主义,而且做了饭我也吃的,正好改善改善伙食。"

说实话,挺牵强的。

不过晏藜没再说什么了,她去卫生间简单洗漱清醒一下,就去厨房帮江却打下手了。

其实这房子她没住过几天,厨房也不大会用,她喜欢吃好吃的,但手笨做不来,所以基本靠买。但江却好像很娴熟的样子,不管是切菜切肉,还是起锅烧油,厨房里很快就弥漫起葱姜蒜爆油的辛香味,江却熬的白粥也开始咕噜咕噜冒小泡了。

晏藜呆呆地站在后面看江却忙碌,忽然有种不真实的幻灭感。

江却做了三菜一粥,一荤两素。饭菜被摆到餐桌上,立时整个小餐厅都是浓重的烟火香味,江却一边盛粥,一边垂眼看晏藜给两人分发筷子。

她没看见江却嘴角一闪而逝的笑意。

虽然感觉不真实,但饭菜还是很香的,晏藜把每道菜都尝了一遍,忽然明白为什么江却在食堂跟她吃饭的时候嘴那么叼了。

高中的时候,他家里好像就有专门做饭的阿姨,他自己也会做这么好吃的饭菜,不挑剔才怪。

离晏藜最近的豆腐灼菜心不一会儿就被她消灭了一小半,相比之下江却则好像不是很饿的样子,看晏藜吃,还能有空帮她夹菜。

人道主义精神真是个好东西啊。吃得一脸满足的晏藜不由得想着。

放在桌上的手机却在这时"嗡嗡"振动两声,有来电。

晏藜放下筷子,稍微侧了下身子回避后才接通:"喂,庄旸……"

江却夹菜的动作一顿,余光看向晏藜。

庄旸是来替齐乐乐谢谢晏藜的,他这人不爱欠人情:"我也是今天才知道,昨天齐乐乐没跟我说。还是谢谢你送她回来,改天请你吃饭。"

"不用客气,都是小事。"晏藜回。

那头庄旸把电话给齐乐乐了,这小太阳声音甜甜的跟晏藜说话,晏藜不自觉表情就柔软下去了:"嗯,好,这不是应该的吗……好,下次我再过去再说吧……"

原本很正常的一幕,落到江却眼里,却十足的刺眼,他又不知道电话那头换人了,以为还是那个庄旸。

至于笑得那么高兴吗?还约好下次再过去?连自己都照顾不好的人,照顾一个非亲非故的学长倒是挺用心。

江却喉咙堵着,面前香喷喷的饭菜都完全失去了吸引力。

晏藜挂了电话,才发觉江却表情有些不大对劲儿,看不出来是不是隐隐不悦,就是微表情没有刚才那么放松了。

"我打电话声音太大,影响你吃饭了吗?"她问。

江却后知后觉,怔忪一下,摇了摇头:"没有,没事,我就是想别的事儿想出神了。"

他这人,情绪不爱外露的,只是经常在她面前就控制不住自己,喜怒哀乐都明明白白地摆在脸上,叫人一眼就能看透。

他遇上她,就没有云淡风轻的时候。

吃完晚饭,江却又去收拾碗筷,走之前跟晏藜交代了一下冰箱里有哪些食物要赶紧吃不然会坏,然后才告辞。

只是临走前,他又回头跟晏藜确认一遍:"你没有哪里不舒服了吧,明天应该可以去学校吧?"

晏藜点点头,眼神温软:"嗯,可以的。"

那就好。江却心头涌起一点儿微妙的欣喜,赶在脸上又一次暴露出情绪之前,转身走了。

周末没门禁,江却回到宿舍的时候,姜楠还没回来,大概约会去了,宿舍除了他只有许杜和郑昔在。

江却个子高,单是站在那儿就很有居高临下的压迫感,他进来以后倒也没有看许杜、郑昔他们,反倒是许杜抬了眼皮淡淡地瞥了江却一眼,眼神里闪过一丝不屑的意味。

郑昔今天罕见地没有打游戏,在写什么东西,许杜就坐他旁边,两个人时不时说几句话。

"真羡慕姜楠啊，女朋友那么漂亮，热恋期蜜里调油，哪像咱们，惨兮兮的……"许杜在一边说。

郑昔撇撇嘴："人家姜楠写笔记的时候你在带妹呢，人家写完了当然就有空出去玩儿了呗。你要是羡慕你就赶紧和那个小学妹修成正果，然后写完了笔记你也能像姜楠那样。"

许杜翻了个白眼："什么呀，那小学妹我俩早不联系了，长得一般脾气倒挺大，说什么以后跟我谈恋爱了就要管着我的一切，我才受不了呢，直接就跟她掰了。再说，上次跟姜楠他女朋友那宿舍的姑娘一起吃饭，我看那个唐凝就挺不错呀，可惜……"他顿一下，话锋一转，"不过那个姓晏的也挺有感觉哈，白得发光了。"

江却拿着换下来的衣服经过他们，忽然发出低低的轻慢笑声。

像是冷笑，更像是讥讽。

许杜脸上得意扬扬的笑猛地一僵，回头看向江却："你笑什么，我说的话有什么好笑的吗？"

语气不善。

江却索性站定，目光沉沉地看着他："你要说什么是你的自由，我要笑也是我的自由。"

"呵。"许杜似乎没想到江却上来就这么刚，脸别到一边带着挑衅意味冷哼了一声。

"你狂什么啊江却？你觉得你自己很厉害吗，刚才我正说着，你就那样讥讽地笑一声，你以为我听不出来吗？"

江却表情未变，相较于许杜的跳脚和郑昔的为难，他显得像个置身事外的局外人："我从来没有觉得自己很厉害，但最起码，我不会像你这样，毫不尊重和你压根儿不相关的异性，私底下对别人的样貌身材高谈阔论，却不撒泡尿照照镜子，看看自己是什么货色。"

许杜一愣，整个人像是被点燃的炮仗，一下子就"炸"了："关你什么事儿啊，晏蓁是你女朋友吗，还是唐凝是你女朋友，你发这么大火？！"

5

江却其实很少在宿舍里一下子说这么多话，但他似乎对许杜积怨已久，攒到了今天，终于彻底爆发。

他对许杜带着脏话的质问不置可否，倒是旁边最无辜的郑昔，从一开始就没附和过许杜的话，后来还一直劝慰许杜不要闹事。

但许杜似乎并不想事情就这样过去，好像显得他很没用似的，再加上江却不吭声了，他就以为对方失了气焰，更加嚣张道："你在我们面前逞什么英雄呢，你要不是长得好个子高，你以为那些女的能看得上你，整天假清高得要命，跟你一个宿舍算我倒了八辈子血霉！"

旁边的郑昔一直在拉他："行了许杜，你少说两句吧，别说了……"

江却似乎一直没有动气的样子，从刚才他那一大段话音落下以后，他整个人都是一种安静的、沉默的状态。

他看着许杜喋喋不休地在那儿胡言乱语，毫无逻辑和道德，没理也要争三分的咄咄逼人的模样，忽然有些生厌。

他不喜欢遗留问题，除了感情方面。

既然他们两个都这么讨厌对方，那今天就一起解决好了。

江却把手里拿的两件衣服扔到椅子上，刚换的卫衣袖子也撸了上去。

许杜看他这架势，愣了一下。

江却抿了抿唇："我觉得你最后那句话说得很对。我也觉得，跟你一个宿舍是我倒了八辈子血霉。所以今天就都发泄出来吧，各凭本事，成王败寇，用男人的方式来解决。"

许杜整个人都蒙了，没想到江却就这么轻飘飘地说要跟他打架。他怎么敢跟江却打架，一看两个人的体型他就打不过对方，而且江却成绩好，也得导师赏识，可他费了九牛二虎之力才"上岸"，还想吊着车尾安稳读完研究生呢。

许杜一瞬间就偃旗息鼓了，眼神四处闪躲着，不接江却的话。

郑昔赶紧适时出来劝："干什么呀你俩，有什么话不能好好说啊，不能打架，千万不能打架，打架后果很严重……"

江却从小到大都是不惹事但也不怕事的性格，若不是许杜说的话太过分，他原本并没有想闹得这么难看的。

"我也想跟他好好说，但是你看他的态度，像是要跟我好好说吗？"江却说完，转而看着许杜，声音透着冷冽，"晏藜的确不是我的女朋友，但她是我高中同学，我们也算是朋友。至于唐凝，就算我和她没有交情，但尊重别人是一个人最起码的素质，你二十几岁了还不懂吗？我不过笑一下你就受不了了，那你有没有想过那些被你大声议论过的女生？你说的话远比我的笑更恶毒百倍，我看你倒是依然说得很开心啊。你这样严于待人，宽以律己，你觉得你很理直气壮吗？"

许杜被说得脸上彻底挂不住，想反驳什么，吞吞吐吐又不知道说什么好。

场面正僵持得难看，宿舍门从外面被推开了——

是姜楠，他提着一堆从外面带的小吃，脸上漾着笑进来了，察觉到宿舍里和往常不太一样的气氛，他环视一周，有些小心地试探："你们这是……怎么了？"

许杜别过脸，一副不愿意说话的样子。江却自顾自把袖子放下来，把刚才扔在椅子上的换洗衣服又拎起来，声音恢复成平常那副平静的状态："没什么，我去洗衣服了。"

许杜也从桌上拿了烟和打火机摔门而去，只剩下姜楠和郑昔两个人，面面相觑。

经过那天以后，江却算是和许杜彻底闹掰了，基本上在宿舍两个人属于互不搭理的状态，江却有什么事就找姜楠，许杜有什么事就找郑昔。

江却孤独惯了，不在乎这些无用的人际交往。他一直秉承着交朋友就两点，要么有缘分性格相投，要么有利益关系可以互相利用。而许杜显然不符合其中任何一种，所以闹不闹僵对他来说无所谓。

他和晏藜两个人已经差不多把离燕苑最近的那个食堂的饭吃了个遍，两个人转战到另一个食堂那天，江却终于加到了晏藜的好友。

学期过去一半，周六的选修公开课上，教人际关系心理学的教授在投影屏上公布了这学期的小组作业。

"CP活动，可以是情侣，也可以是朋友。两两一组，外出约会做实践活动，就人际关系的处理和心理层面写一篇一万字以上的报告给我，另外还需要有外出实践的双人照片做PPT，不要糊弄老师，报告一定要认真写，这关系着你和你那位搭档的期末成绩。"脾气很好的中年男教授这样说完，扬了扬手里的花名册。

"我看了一下，你们这一届选修我这门课的同学正好是双数，所以大家都是可以找到搭档的。和搭档商量好后，由任意一个人把名字报给助教即可。如果有哪位同学到最后都没找到，可以在一周后报备给我，我会汇总一下另行分配。"

话音落下，偌大的阶梯教室开始弥漫起一阵低低的哗然和议论声。

大多数人都比较新奇，因为是以前听都没听说过的实践活动。虽然早在开课第一天教授就有提起，说他这门课最后的实践活动每年都让学生出乎意料，叫他们提前做好准备，但现在还是被打了个措手不及。

"人是感性动物，一生中都被亲情、友情和爱情支撑着，很多人在和自己人生中重要的人相处时，会出现各种问题亟待解决，其实这也就是我们课题研究的根本。但研究之前，首先要经历一遍，所以也就有了这项活动。"教授解释道。

是这么个道理没错。晏藜回头看了看程曼和唐凝她们，往常有这种需要小组完成的活动时，都是她们宿舍四个人分组的，但是现在程曼肯定要和姜楠一起，只剩下她、唐凝和舒书三个人，怎么分都要有一个人被挤出来。

手机振动两下，晏藜低头。

江却："有人和你一组吗？我没有。如果你也没有，那我俩凑合一下。"

晏藜低头打字："可以是可以，但报上去的话，报朋友类还是情侣类？"

当然了，不是真的情侣。不过友情类和爱情类提交的报告性质肯定不一样。"
那头秒回："你决定就好。"
那就中规中矩一点儿，报数量比较多的那个友情类吧。
晏黎拍拍唐凝，小姑娘也正和舒书为难着："唐凝，你和舒书一组吧，我和江却一组。我俩在一个实验室，出去做实践也方便。"
唐凝微愣一下，然后突然意味深长地笑了："哦——懂了懂了……"
晏黎笑着轻拍她一下："懂什么懂，又不是情侣档。"
唐凝深以为然："所以啊，趁这个机会，赶紧从朋友发展成情侣档多好啊，喜闻乐见。"
她这是因为不用发愁分组了高兴的吧，都胡言乱语了。晏黎收了笑，心间忽然莫名其妙划过一丝异样感。
这天下午，晏黎在实验室又看见江却，他拿着一本书静静地伫立在桌子旁边，桌上的试管试剂正在发生反应。晏黎过去，环视了一下周围，压低了声音开口："江却，实践活动的报告，网上有类似的，我看看都是怎么个流程，修改润色一下就行了，报告我来写吧。"
江却不动声色："怎么，不想跟我一起出去实践？既然是实践报告，当然要实践过后才能写了，而且还要有照片做PPT的，不然你报告编得再漂亮，老师也不会多看一眼。"
晏黎垂下了眼："我就是觉得这样我们两个人都省事了，照片其实也好拍，学校里到处都能做取景地。"
她的理念，只要合格完成就好了，毕竟只是一门选修课。
江却头都不抬："不行，做研究要严谨，不实践怎么出真知？如果叶老师知道你因为他的课是选修就这样糊弄，岂不是难过了。"
他这样说，晏黎就不好再说什么了："我都没关系，只要你别嫌麻烦就行了。"
江却放下手里的试管笑笑："正好，明天周日，咱们出去逛逛吧，拍点儿照片，也研究研究异性之间的友谊是怎么个心理活动。"
晏黎想了想，她那本小说还差三十几页就看完了，明天也没什么事。
"好。"

快十二月，气温一天比一天低了。
晏黎和江却的实践活动零零碎碎进行了好几天，没什么大的进展，感觉像是又回到了高中那会儿，天天上下学一起，吃饭也在一起。
偶尔他们也看个电影逛个书店，拍了几张并肩站在一起的照片。
只是这天逛商场，经过一家婚纱店时，晏黎在玻璃橱窗外看里面的婚纱看得入迷，江却就带她进去了。

店里暖气开得很足，店员也很快迎上来，化着精致的全妆："两位客人，您好，是要试婚纱吗？"

她显然是把晏藜他们当成年轻情侣或者未婚夫妻了。

晏藜不好意思地笑笑，摆摆手："不是，我就是看看。"

那个店员就笑了："没关系的哦，可以看，想试的话也可以。我们店里今天有引流活动，女孩儿试了婚纱让我们的工作人员拍几张照贴在店里，就送两盆小盆栽哦。"

"哦？"晏藜来兴趣了，"是什么盆栽啊？"

"乙女心多肉。"

晏藜眼前一亮："是只要试了再拍照就送吗？"

店员笑着点头："是呢，店里凡是没有摆在橱窗里的、其他客人的定制款以外，您都可以随便试，我们的工作人员还会给您试妆，今天总店分店都有活动，全部免费。"

这店里的婚纱其实都很漂亮，也很华丽，晏藜进来的时候，还有其他女生在试。

有一件人形模特穿着，立在店面最显眼处的婚纱，晏藜第一眼就看上了。是披肩婚纱，奢华高贵，披肩上密密麻麻的碎钻钉珠像银河一般璀璨，裙摆和抹胸处都刺绣了大片精美的暗纹花朵，干净细腻，温柔纯洁，后背的水晶流苏摇摇曳曳，为整件婚纱又增添了几分神圣庄严感。

那个店员很有眼力见儿，看见晏藜一直盯着这件，就问："小姐，您想试试这件吗？这件其实已摆在这里很久了，是镇店款。不过很多准新娘身高不太够，而且这款因为设计，对腰围也有要求。不过我看您倒是可以试试，如果能穿的话那真是太好不过了。"

晏藜毕竟还是女孩儿，不能免俗，此刻她也难免雀跃："那，麻烦您把那件取下来吧，我想试一试。"

工作人员去取婚纱了，晏藜往后退了一步，回头才发现江却正站在那儿轻笑，她走过去："笑什么？"

江却摇摇头，脸上的笑带着一丝兴味："这也是实践活动吗？好像没有哪组的朋友会来试婚纱的，咱们拍了照，随后往PPT上加，以什么理由？"

晏藜小声说："谁说朋友不能来陪着试婚纱了，我都和程圆圆约好了。以后我俩结婚，婚礼之前都会陪着对方试婚纱的，我就当提前预习了。再说咱们的照片素材图都够了，不用加这张婚纱照。"

江却抬起眼帘，叫了晏藜一声，她应一声，他再开口，声音含着莫名的柔情："我说，就看在这婚纱这么好看的份儿上，把婚纱照加进PPT吧。"

6

"咱们报情侣类,怎么样?"

晏藜在更衣间里被几个工作人员摆弄着四肢,一点儿一点儿把那件繁复精致的婚纱套到身上时,她耳根有些发烫,双颊也透着微微的潮红,满脑子都是江却刚才的那句话。

她还在想,这边已经穿好了,一个姐姐帮她整理了一下裙摆和后背的流苏:"小姐,可以了,您需要我们这边给您化一个配婚纱的淡妆吗?不需要的话咱们就可以去拍照了。"

晏藜点点头:"化一点儿吧,麻烦您了。"

"不客气。"

另一个扎丸子头的,也是刚才在外面帮晏藜取下婚纱的工作人员,一边上下打量晏藜,一边啧啧称叹:"小姐,您穿这件真的太漂亮了,我刚才看您的身高就可以,您有一米七了吧,又瘦,这件婚纱穿在您身上刚刚好。"

晏藜站在一面墙那么大的镜子前,左右照了一下,婚纱很合身,简直像是为她量身定制的一样。

晏藜刚开始看见镜子里的自己,都有点儿不太敢认。

她这辈子长到二十几岁,都没有这么美过,就算不施粉黛,光身上这件婚纱,就把她整个人都衬托得升华了。

化淡妆比较快,中途又有人进来试婚纱,后台这边倒是挺热闹。

整个后台用高高的丝绒黑帘隔开,分成试衣间和化妆间。晏藜这边一切妥当以后,旁边就有人帮忙抱着拖尾,前面也有人帮忙拉开黑帘。

唰的一声,原本坐在外面休息区沙发上看婚纱印册的江却抬眼看了过来。

他先是一怔,眼里闪过显而易见的惊艳,良久都没有回神,直到晏藜一步一步走到他面前。

"你什么时候也换了衣服?"晏藜笑问,没发现江却表情的异样,只是注意到江却的西装。

江却刚要开口,旁边一个店长模样的女人赶紧喜笑颜开地凑过来:"这位小姐,是这样,我有个不情之请,因为您二位的外貌条件比较优越,我看您也很喜欢我们店里这套婚纱,那能不能您二位坐一起让我们拍几张双人婚纱照,挂在店里呢?"

是这样啊,晏藜看向江却:"你同意吗?反正我无所谓,拍单人还是双人对我来说都可以。"

江却点点头:"我刚才已经同意了,所以才换的衣服。"

他说这话,声音里是很明显的欢喜,眼角也泛着温柔的笑意,满眼都是眼前这个穿最漂亮婚纱的姑娘。

工作人员摆好了幕布和沙发，让晏藜坐着，江却则站在她右后方，两个人的距离亲密，但又带着刚刚好的礼数，像举案齐眉、相敬如宾的夫妻似的。

连照相的摄影师都说："您二位不仅长得好看，也很有夫妻相呢。"

江却不知道晏藜什么反应，但他整个人已经沉浸在幸福的泡沫里，整个人都眩晕了，到处都透着一股不真实感，一切都美好得像是在做梦。

有的人，单是能遇见，就已经是天大的福分了。这个道理，江却一直比谁都懂。

他微微笑着，看摄影师从各个角度拍他们，余光能看见晏藜的发顶，还有她未被婚纱完全包裹住的细腻白净的皮肤。

她好像有点紧张，坐得好端正。

好可爱。江却不由自主地这样胡思乱想着。

他不由得想起，高二他十八岁那年，他们几个人在 KTV 里给晏藜补过生日，一堆人轮着许愿。

那是 2005 年的 5 月 23 日，距离她真正的生日已经过去五天。

"那么我呢，我的愿望是……"

"是什么？"

"不能说，说出来，愿望就不灵了。"

他没有说出口的愿望，如今已经实现了——

我的愿望是，我想光明正大地爱一个人，我想让她也爱我。如果不行，我希望我能永远守在她身边。

世事无常，因缘际会，一切皆有定数。"久别重逢"这四个字，他想了五年，现在老天有眼，把他失去的一切都还回来了。

他这辈子，日后说起来，他们也是拍过婚纱照的人。

他笑着，在心里说那三个字，一遍又一遍地说——

我爱你啊，晏藜，我爱你。我在爱你这条路上走得很坎坷，跌跌撞撞，摔倒了再爬起来，一身伤痕的时候，我也从来没有放弃过爱你。

所以，能不能求求你，也爱我，好不好。

最后，他们还是改报了情侣类，因为江却把叶老师在群里发的要求给她看了，报上去的情侣数量太少了，为鼓励学生积极社交，凡报情侣类，每组每人期末成绩加五分。

晏藜把电脑里的照片一张张看完，看到最后那几张婚纱照。她突然发现，除了没有牵手拥抱之类，说是情侣也过得去，还挺像的。

选修课还有一个月才结束，晏藜这组的报告和 PPT 已经弄好了，于是她又恢复了食堂宿舍和实验室教学楼四点一线的生活，《霍乱时期的爱情》也看完了，她又新换了一本简·奥斯汀的《傲慢与偏见》。

程曼和姜楠约会回来，脖子上挂着一条男生的灰白色围巾，围巾下小脸冻得通红。

"外面快下雪了，宝贝们，刮好大的风，像刀刮在脸上一样。"

唐凝凑过去把热水袋分给程曼暖了一会儿，看见她脖子上的围巾："这围巾是姜楠的吧，我以前都没见你戴过这个颜色的。"

程曼点点头："姜楠看我冷得不行，就把他的取下来给我戴了。这不是快下雪了嘛，初雪那天我要送给我家姜楠一条我亲手织的围巾。"

唐凝揶揄着哄笑两声，两人凑在一起开始商量买什么颜色的毛线了。晏藜在后边听完了全程，突然想起自己也该买条围巾了。

以前的都没在学校，不知道扔在哪个衣柜角落了，过几天一下雪天气更冷，没有围巾冷风直接就往脖子里灌，人怎么受得了。

晏藜想在网上下单，她看过天气预报了，快递送到的时候正好北京下今年第一场雪。

她漫无目的地翻着翻着，难免灵光一闪地想起以前——

记得有一次她好像把围巾给堆的雪人戴上了，然后放学因为什么事情又返回去，看见江却"偷"了她的围巾抱在怀里。

十七八岁的江却远没有现在沉稳。虽然在当时比起同龄人成熟一些，但现在想想他的某些行为其实也很幼稚。想一出是一出，理想主义；不善于收敛情绪，也不擅长正确表达感情；有种小心翼翼的笨拙，以及让人微微发怵的执拗和痴态。

晏藜摸了摸脖子，不知道为什么，突然想起来当初江却看见她把围巾给雪人戴以后，就把自己的围巾给她了……那种温热的感觉，晏藜其实还记得很清楚。

好像最近总是容易回想起以前的事。

晏藜关了手机，围巾的事儿也搁在一边，没再看下去。

江却打完十几分钟的电话回宿舍时，姜楠刚换了拖鞋在倒热水，回头看了江却一眼："回来了，外面特别冷吧？"

江却点点头，"嗯"了一声。

姜楠习惯了江却的性子，不过他今天心情好，宿舍里又没其他人，他就多嘴了几句："不过过几天会下雪。哎，冬天最盼的就是第一场雪了，我女朋友还说要织一条围巾在下初雪那天送我，想想都高兴……"

恋爱里的人就这毛病，三句话两句半都要秀个恩爱。

江却不乐意被人喂狗粮，但如果姜楠提起程曼，顺带提起程曼宿舍里的其他人，他才勉强愿意听他多说几句。

果不其然——

"说起来，你和晏藜选修课大作业不是一组嘛，你也可以买条围巾或者买副手套送她，到时候写进报告里啊，彰显你维持人际关系的细腻……"

江却略一思索："既然买就可以，那你女朋友为什么还要织一条送你？"

姜楠："废话啊你，因为曼曼爱我啊，爱我才会愿意花费力气给我织，不过你的话，买就可以了啊，你和晏藜又没到那一步。"

江却嘴角耷拉下来，下一刻转回去，一副拒绝再和姜楠沟通的样子。

没有到那一步就不能织围巾送给对方了？

偏不。

第二天，江却再去实验室的时候，推门进去就看见把自己裹得严严实实的晏藜正在摘帽子摘手套，平时清瘦的身材被毛茸茸的棉服外套完全挡住，看起来还圆润一点儿了。

江却自己也就高领毛衣加一件大衣，棉服外套有时候会套在最外面，但像实验室和大阶梯教室这种常年开着空调暖气的地方，根本就不太用得上。

他有几次闲了从晏藜身后经过，看见她拿着手机划动，屏幕上是清一色的成品围巾。

他看见她收藏了几条灰蓝加白的，还有一条浅驼色的。

不过没看多久，晏藜接了个电话，就推门出去了。

外面风还是很大，晏藜进了个楼梯间的避风口，刚开口就是白色的哈气。

"喂，冬安姐……刚才在实验室没办法接，有什么事儿，你说。"

晏藜还以为她又是往外面的公寓里买什么东西了，直到祝冬安提起南平。

"小藜啊，今年过年之前咱们回南平一趟吧。当初那个旧城区的老房子要拆迁了，政府联系户主回去签个字，我想着你不是也好几年没回去过了。要是想和你的老师、朋友啊聚聚，正好趁这次机会了。

"过年咱们就回北京来过，你说好吗？"

第十五章

别怕

1

晏藜当年走得很匆忙，大概那时候也是急于逃离南平，很多人都来不及好好告别，大的遗憾仔细说也并没有，但一想到当年，一想到那个叫南平的地方，她其实心里还是会不太舒服。

不知道李慧老师现在怎么样了，还有宋京墨、蔡景辉他们……

电话那头祝冬安还在等晏藜回话，晏藜也就不再犹豫，答应下来。

再回去，屋里和外面简直是两个世界，晏藜放下手机搓搓手心，江却已经不知道什么时候走到她旁边："外面很冷吧？"

晏藜吓了一跳，似受惊的小鹿一样点点头："嗯……"

"晚上要不要一起吃火锅，去学校外面的火锅店？"江却问着，目光不期然落到晏藜冻得发白、但因为回暖又通红的耳朵尖上。

晏藜摸了一下桌角："干什么找我啊，还要我请你吃吗？"

虽然她的确还欠着他的钱没错……

"因为我一直都没人陪，这次我请你。"他顿一下，因为照顾晏藜身高而微弯的腰挺直了，目光闪躲似的看向别处，"你要是不愿意就算了。"

"我愿意。"晏藜左顾右盼一下，压低了声音，"那我要吃肉，很多很多的羊肉卷……"

她一直没抬眼，所以也就没看到头顶上方江却专注看着她且温柔似水的含笑眼神。

"可以，你想吃多少都可以。"

反正我整个人都是你的。他这样想着，微表情有点儿陷进去的沉迷，整颗心脏都弥漫着仿佛蛋挞液被烤成固体时，膨胀至微微裂开的那种酸软甜胀感。

江却回到自己位置上时，手机叮咚两下，收到一条来自姜楠的消息。

"江却,你问的那种毛线我问过曼曼了,就在咱们学校后边大学城的一些卖饰品玩偶化妆品的店就有卖,什么颜色什么粗细都有,我还给你发了教程视频,各种针法包教包会。"

他回个"OK"的表情,返回主页看见他爸发来的短信。

"江却,今年你们学校几号放寒假啊?早点回来,你妈好得差不多了,马上就出院,今年咱们一家三口在家团聚过年。"

跟学校隔了两条街的一家川味火锅店,是这周围最火爆生意最好的,晏藜带着江却提前过去占位,也等了将近半个小时才上锅上菜。

口径宽大的锅,红油清油各一半儿,先要开最大火,等汤水咕嘟咕嘟地冒着泡滚开,薄如蝉翼的肉片放进去不出片刻就能变色,在腾腾升起的白色热气中吃一口裹挟着麻酱辣椒的羊肉卷,冻得微微僵硬的身体立刻就活过来了。

现在是生活条件好了,但晏藜还是以前的习惯,爱吃肉。她宿舍其他小姑娘最开始知道她喜欢吃肉,都有点儿不可思议。因为她看起来那么清瘦,而且气质太清冷了,不说喝露水吧,反正怎么看都像是食欲不振、吃素比较多的那种姑娘。

但每次出来吃饭,晏藜都是吃肉最多的那个人。

就是不知道肉都吃到哪儿去了。

江却对食物没有什么欲望,不过他喜欢看晏藜吃。以前高中那会儿,他每次带饭,都必有一道肉菜或者荤汤。两个人坐在一起吃饭,他基本上不怎么夹菜,晏藜吃完了自己那份,江却还会把自己的那份也给她。

他看她津津有味地吃,吃相也没有很急切,甚至很好看,但就是让人觉得吃得好香,总让他有种说不上来的,轻飘飘的,好像快要睡着的舒服感。

周围乱糟糟的,有些嘈杂的热闹,但晏藜好像很喜欢这种气氛,她烫着肉菜,左顾右盼,像个出了笼子对什么都新奇的雏雀。

江却看晏藜吃得脸都红了,又非要去吃辣锅里的,就叫住经过的服务员,让他拿一瓶橙汁过来。

橘子汽水、橙汁,都是晏藜喜欢喝的饮料。

他站起来半猫着腰帮她倒果汁,看见晏藜扎在脑后但还是垂散下来的一些碎发快要落到碗里了,他下意识就伸手帮她撩到了耳后去。

晏藜被这突如其来的亲密击得愣了一下,眼里微微有些怔忪,抬头看了江却一眼。

但江却很快就把手收了回去,他坐直身体,表情恢复平常:"看你忙得实在腾不出手,我就顺便弄了。我觉得这个可以写进报告里去,人和人相处时,举手之劳就会让关系融洽起来,你说是吧?"

哦，原来是为了写报告。

晏藜点点头："嗯。"

吃火锅的时候浑身热得不行，吃完了从店里出来，又立刻被扑面而来的冷风吹得瑟瑟发抖。所以这么多年过去了，晏藜真的还是很怕冷。

等出租车的工夫，晏藜就冷得一直搓手了，手套只是御寒，也没什么热度，而且冷风真的像她前不久预料的那样，直往脖子里呼呼地灌。她忍不住想，不然先去附近的商店买一条围巾吧，等网购大概是等不到了。

她胡思乱想着，余光看见江却慢吞吞地摘下了自己的围巾，递过来："要不要戴？"

傻子才不要呢。

晏藜伸手就接了，围巾上还带着江却身上的温度和淡淡香味，围到脖子上以后，没了冷风往身上蹿，一会儿就回暖了不少。

因为不太冷了，晏藜扭头就忘了还要去买围巾的事，坐上出租车回了宿舍，窝在开中央空调的宿舍里醉生梦死到周一。

一大早醒来，外面下大雪了。

第一场雪下得很大，群里到处都在说注意安全和保暖，教学楼的暖气都是正常供应，但从宿舍到教学楼的一大段路并非好走的。

上午满课，下午没课，晏藜在实验室再看见江却的时候，算算距离上次吃火锅的日子，已经差不多过去三天。

她是到了自己位置才发现桌上有用纸袋装的一条围巾，浅驼色加白色，看着像咖啡牛奶的、厚厚的绒围巾。

是最简单的那种针法，不像是买来的，倒像是织的。

织围巾这种活儿，晏藜想了想，她在宿舍见程曼做过，还挺费力气费时间的，而且要很细致，一不小心就会织错，大概是哪个女孩儿织了送给他们实验室里的某个人，结果放错位置了吧。

她翻了一下，里面没有贺卡，但是有很娟秀的字迹，写着"赠晏藜"。

一看就是个女生的字。

女生怎么会送她围巾呢？要是以前在高中，那不用想肯定是圆圆送的，可这会儿她就认识几个女性朋友，她们自己的围巾都是买的，除了程曼以外哪有那闲工夫去织一条。

哪个活菩萨啊，晏藜心里的讶异过去，还是颇有点儿高兴地把围巾拿出来戴上了。不管了，反正是送她的，又不知道是谁，还不回去了。

试了试，还挺舒服。

考试周没课，晏藜要准备考试，就也没往实验室去。

六七场考试下来，唐凝跟废了一样趴在晏藜身上，舒书在旁边打电话，说她爸妈已经等在校门外接她回家了。

唐凝也是今天的票，就去收拾行李了。

晏藜等着冬安姐过来接，她行李不多，前不久已经一点儿一点儿转移到外面的房子了。离开宿舍的时候程曼还没回来，晏藜拎着行李箱跟唐凝告别："再见了，寒假快乐。"

唐凝百忙之中抽空回头："寒假快乐，寒假快乐，等过年我再挨个儿给你们打电话拜年啊。"

下了楼就看见祝冬安手插口袋站着，她发现晏藜后走过来接行李箱："飞机票都买好了，落地差不多是傍晚，待会儿我爸送咱们去机场。"

晏藜应了一声"好"，心里突然涌上一种说不上来的感觉。

上了飞机手机开了飞行模式，晏藜戴着冬安姐买的眼罩沉沉睡过去，一觉睡醒，是姐姐拍拍她的手："小藜，南平要到了。"

南平，南平。

不知道是不是近乡情怯，晏藜听到这两个字，就有些浅浅的难过。

晏藜跟着祝冬安和人流下了飞机，入目就是这个对她来说既陌生又熟悉的城市。

她在南平生活了五年，从十三岁到十八岁，所有刻骨铭心的青春和记忆都在这里。

两人打车回家，一路上晏藜都在看窗外。

旧城区如今和五年前已经大不一样，虽然还是高低错落的石梯坎路，但破败拥挤的老房子已经少了很多。记忆中旧城区特有的桑榆和香樟树还在那里，香樟树四季常青，但到处都落了雪，白花花的。

晏藜和祝冬安从车上下来的时候，司机帮忙搬行李下来，周围有几个老人小孩经过，许是看她们穿着打扮和周围格格不入，频频回头看。

曾经最熟悉的楼层，现在踩上去都是陌生的感觉，有人下楼看见她们，认出来晏藜，惊呼两声，但怎么都叫不出名字，只记得："哎，你不是……那个赵文山他闺女吗，真是出息了啊，也变漂亮了……"

晏藜有些无措，还是祝冬安拉着她的手，把那个邻居打发走。

开了门里面倒没有晏藜想象中灰尘满天的情况，她走进去，四下打量。

祝冬安在后面把行李箱拉进来，开灯关门："我想着你不知道什么时候可能想回来看看呢，所以当年走的时候，就给隔壁那家人留了点儿钱和钥匙，请他们隔两个月来稍微打扫一下。"

挺干净的。

晏藜正想着，手机提示音响了两下，她拿起来看，是江却的消息。

"离校了吗？"

2

"嗯，我回南平了。"

这几个字打完，晏藜如大梦初醒般恍惚一下，赶紧给程圆圆去了个电话，告诉她自己回来了，等她也放假回来了，她们可以约着一起出去聚聚。

虽然屋子没那么脏，但还是要收拾一下。等到忙活得差不多时，已经晚上八点半了。外面又开始纷纷扬扬地飘着小雪，祝冬安说家里没有吃的，要带晏藜出去吃，顺便买点儿食材。

"只待两周，拆迁的事忙完就走。那就买能吃两周的米和菜，调料什么的也得买一套……"祝冬安絮絮叨叨，说的都是些家长里短的鸡零狗碎。

这些以前都是晏藜操心的东西，如今有人事无巨细地记在心里，替她操心了。

出去吃的话，旧城区方圆几里内，最好吃的还是蔡家牛肉面。晏藜想吃那个，就是不知道还在不在。

她还记得路，步行过去也快。虽然已经天黑了，外面人还不少，崇安街总是整个旧城区最热闹的地方，过了五年还是这样。

虽然晏藜一直知道蔡景辉有做生意的天分，不过当她看到那个灯火通明、络绎不绝的饭店时，还是惊了一下。

当初还只是一家规模不算太大的面馆，后厨伙计加上掌柜一共才六七个人，现在光地方都比原来大了一倍，而且还有了二楼。一楼的墙换成了玻璃，从外面可以清楚看见里面的热闹。

祝冬安在旁边笑了一下："这就是你说的那个小面馆？我看好像不太小吧，都可以承包酒席了。"

晏藜也笑了，她跟在祝冬安后面一起进去。很快就有穿着饭店制服的服务员拿着单子迎上来："您好，几位？"

祝冬安四处张望一下，伸手比了个数："两位。我们坐那边靠窗吧，有暖气，我妹妹怕冷。"

那服务员年轻，看起来也就十八九岁的男孩儿，像是来打寒假工的，活络得很："好嘞，那您先坐，看看要吃什么。咱家不仅有远近闻名的招牌牛肉面，还有各式炒菜，大厨都是从一线城市里高价请来的，保证好吃。"

晏藜心情好，轻笑着接过了菜单。想当初她要是有他这好口才，在这儿上班时也不至于三不五时就要被客人投诉，被蔡景辉他妈训斥了。

真是物是人非。

晏藜点了几样菜，把菜单递给祝冬安让她看有没有什么要补充的。转头，晏藜问那个服务员："你们如今的老板是哪位？"

应该还是蔡景辉吧,毕竟招牌仍叫"蔡家牛肉面"。

"噢,我们饭店有两位老板,都年轻着嘞,还不到三十岁。大老板姓宋,二老板姓蔡。"

晏藜微微讶异:"宋?"

怎么会姓宋,哪个宋?难不成是宋京墨他们家的人?不过想想倒是也有这个可能,宋家家大业大的,要收购个饭馆不算什么难事儿。这小馆子能在五年之内就做成如今这规模,恐怕也和那个新老板脱不开干系。

那个服务员一边接过祝冬安圈好的菜单,一边回晏藜的话:"是,就是新城区开很多KTV、台球场的那个宋家,不过大老板不常来店里,我没见过,倒是蔡老板常来。"

晏藜没再问下去,服务员就拿着菜单去后厨报菜了。晏藜把姐姐的餐具拿过来用茶水烫了一下,然后才给她俩各倒了一杯茶。

她想起以前的事,跟对面人聊天:"冬安姐,刚才我叫了两碗牛肉面,待会儿你尝尝。我以前在南平偶尔会来吃,也不便宜呢,吃过的人都说好吃。"

祝冬安"嗯"了一声:"以前你想吃但没怎么吃过的东西,就趁这几天都去尝尝吧,姐姐给你报销,好好玩一玩,放松放松。"

正说着,晏藜身后突然传来一阵不小的喧闹声,似乎是一群人从外面进来,大概也就二十多岁的年纪,晏藜回头,看见那群人中的蔡景辉。

下一秒,对方也眼尖地看见了她,愣了一下,三步并作两步地跑过来:"晏藜,怎么是你?"

晏藜笑笑:"怎么不能是我。家里有点儿事,我就回来了,想着来你家尝尝牛肉面呢,没想到现在面馆都开得这么大了。"

蔡景辉如今已经褪去了以前的流里流气和稚嫩,就是一个正经的年轻男人模样,穿得中规中矩,剪了个清爽的板寸。闻言,他还有点儿不太好意思,挠了挠后脑勺。

"嗐,这面馆能有今天,也不全是我的功劳。"他顿了顿,"算了,先不说这个了,你回来是好事儿,我让厨房给你加两个菜,今晚你这一桌的饭菜算我账上,啊。"

还没等晏藜开口,蔡景辉又急匆匆地回头看了一眼:"我这还有点儿事,我先上楼处理一下,待会儿再下来啊。"

晏藜点头:"好,你忙你的。"

蔡景辉前脚走,祝冬安笑着问:"又是老同学啊?"

"嗯,高中时候的,这家饭店就是他家的,不过现在应该从他父母手上过到他手上了。"晏藜说。

"嗯,你这同学挺仗义的,也挺厉害,年纪轻轻就自己经营饭店了。不过想想也是，跟你年纪差不多大，二十多岁，上学的都毕业了，工作了，成家立业了，也都是大人了。"祝冬安免不得感慨一下。五年前她第一次见到她这妹妹的时候，晏藜才十八岁，穿着高中校服，嫩得生瓜蛋子一样。然而现在晏藜都读研究生了，穿着精致的裙子和冬大衣，只剩眉眼间还能稍微看出当年青涩的影子。

炒菜和牛肉面很快就上来了，蔡景辉还真的和后厨交代了给她们多上了两道硬菜，四人的桌摆得满满的。晏藜往自己那碗面里加了点儿辣椒，吃一口尝尝，还是当年那个味儿。

祝冬安吃过不少好吃的，不过也对这牛肉面赞不绝口，尤其是面里的高汤，格外香醇。

面馆的大门这时候被推开了，一个长身玉立的男人有些急切地走进来，旁边空闲的服务员照例走过去迎："您好，几位？"

来者被拦了一下，说："谢谢，我不吃饭，我找人。"

声音不高不低，传到晏藜耳朵里。

她筷子一顿，脑子里电光石火般胡乱闪过什么——

她猛地扭头，不期然和那人撞上。

两个人都愣了。

宋京墨。

准确来说，是二十多岁的宋京墨。

电话是蔡景辉打的，他二楼来了一桌子贵客，跟他一起来的就是陪客的朋友，没想到在一楼看见晏藜，他转头就给宋京墨打了电话。

——这馆子怎么挂上宋家的名号，那就说来话长。

晏藜当年一走，走得突然，江却又疯疯癫癫的，在蔡景辉的面馆里把黄毛打了个鼻青脸肿。宋京墨就是和孟则一起来找人，顺带善后饭馆的赔偿事宜时认识了蔡景辉。

蔡景辉心眼儿多，知道宋家是什么排场，认识宋京墨以后就和他常来往，一来二去，算攀上了。后来宋京墨高中毕业出国留学，走之前还吩咐了宋家的人多照应照应蔡家这面馆，时日一长，馆子生意越来越好，加上没人在这儿闹事，管理部门还给颁发了个什么A级餐饮企业的奖。旧城区这几年洗旧革新，发展越来越好，蔡家这馆子也跟着水涨船高。

去年宋京墨留学回来，开始接他爸的班，当年桀骜热血的鲜衣少年成了小宋总，也一天一天地沉淀下来，天南海北地为家族的产业奔走。

晏藜让冬安姐先回家去了，她和宋京墨面对面坐。听他说完这些，她给对方倒了杯茶。宋京墨去接的时候，晏藜一眼看见他小指上戴的那枚戒指。

一枚廉价的铁质尾戒，被他戴得边缘处已经有了磨损。

还是当年元旦晚会他们一帮人出去买东西，江却打气球赢来的。晏藜当时随口一说，说他戴着好看，让他以后一直都戴着。

他倒是念旧，还真的一直戴着了。

察觉到晏藜的视线落在他那戒指上，宋京墨笑了笑，手收回去："当初想着你走了也没留下什么东西，我就戴了挺长一段时间，后来也习惯了，就摘不下来了，换别的还不适应。"

晏藜点点头，没追问什么。

倒是宋京墨很好奇晏藜的近况，问她现在在北京做什么。

"保研了，读的生物学。回来是因为老房子要拆迁，跟我那个新家的姐姐一起回来的。"

关于晏藜那个新家，也就是她舅舅家，他都知道。

宋京墨隐在大衣袖口下修长的手指微僵，喉咙微微哽着，突然不知道说什么好。

"读研究生了，真厉害，当年你学习就很好，天生就是念书的料。我还记得那时候你的照片经常挂在学校的光荣榜上呢，咱俩第一次见，我就说我在光荣榜上见过你……"

都是很久远的事儿了，宋京墨一说，晏藜脑子里就铺天盖地地涌出那些被尘封的记忆。时间真的过得好快，像是一眨眼，明明他说起来的时候，她还感觉那些事就发生在昨天。

记得好像是因为她被她妈赶出来了，在新城区的公园附近，宋京墨骑着自行车停在她面前，张嘴就叫她的名字——

"晏藜？"

那个时候他们都十七岁，宋京墨像只风风火火的烈性犬，初见时眼神就带着略微的攻击性，眉眼三分痞气，单眼皮加寸头，左耳还戴一只耳钉。

后来……不知道什么时候，他慢慢褪去了那些，脾气改了，打扮变得正经了，学习成绩也提高了。

但在人生这条路上，他们还是渐行渐远。

"对了，"宋京墨像是突然想起来什么，"我听说江却当年也考去北京了，你有没有再见到他？"

宋京墨的眼神说不出是期待还是什么，晏藜"嗯"了一声，敏锐地察觉到对方眼里一闪而过的光唰地熄灭了。

"他今年也考上我们学校的研究生了，在我隔壁那个学院，我们两院有个交叉的研究项目，分到同一个实验室了。"晏藜实话实说。她和宋京墨之间远没有像和江却那样，有那么多的讨往纠葛，所以见了面还可以心平气和地坐在一起喝喝茶聊聊天。

宋京墨没再提以前，他说起了自己在国外留学的几年。其实当年以他高考的分数可以在国内上个差不多的民办本科，但宋家似乎觉得没必要，就把他送到国外镀金去了。

"……其实我有想过去北京的。"最后的最后，他忽然说。

3

十七岁的天，远比现在的要蓝。

那时候的盛夏充斥着永远上不完的课和永远写不完的作业，到处都是蓝白校服，绿树浓荫，蝉鸣热烈，除了热一点儿，别的都很好。

那年宋京墨第一次遇到晏藜。

不是公园那次。

那是高二上学期刚开学不久，他和几个朋友在篮球场打球。几个男的，凑在一起打球其实很激烈，你抢我夺，不知道谁在抢球的过程中把球扔脱手了，那球越过铁丝网砸到了晏藜。

她似乎下意识躲了一下，当时情况突然，宋京墨在铁丝网内，眼睁睁地看着那个拿着几张卷子正在看的女孩儿被球砸到了手，卷子霎时脱手掉到了地上。

是个文文静静的女孩儿。

他当时不知道哪儿来的愧疚，在篮球场里厉声质问是谁扔的，有人承认了，被他勒令去跟被砸的人道歉。

"道歉，快点儿！"他说完就出去了。女孩儿已经把地上的卷子都捡起来了，卷子上隐约露出来的分数高得吓人。

他那个时候还不知道她的名字，只是觉得她长得很乖。她拍了拍袖子的灰，没等他开口，就摆摆手："没事儿，没事儿，你们回去继续打吧。"

可能那几张卷子对她来说很重要吧，她从头到尾都没有正眼看他一下，只是继续低头看着手里的卷子就走了。

再看见她，知道了她的名字，就是在宣传栏的校光荣榜上。

后来在公园遇到她，这次她终于正眼看他了，他知道对方很可能早就不记得那件事了，也就没提。

就当从现在开始认识了吧。他这样想着，心里有着莫名其妙的雀跃，他前面十七年的人生中，从来没见过晏藜这样的女孩儿，他觉得很新奇。

她家庭不好，甚至称得上很苦，周围像她那样出身太低的女孩儿，不是走捷径，就是辍学打工。可她偏不，累死也要兼职挣钱，挣的钱都用来交学费买书买试卷，无论如何都要上学，还要拼命考高分。她明明那样清瘦，但好似怎样都压不垮似的，总是笔直地挺着脊背。

她全身上下，只有穷这么一个缺点。

但很多时候宋京墨也会想，如果晏藜出生在一个正常的中等收入家庭，以她的优秀，他或许根本没办法认识到她。

勉强算朋友的时候，他就经常碰到她了，他每次都很高兴地跟对方打招呼，说不了几句话也开心。那时候他还不知道是为什么，他只知道他想帮她，想对她好，想让她不要活得那么累，如果她愿意依靠他，那就再好不过了。

但很少有那样的机会，很多事情她都自己扛，于是他又开始不安，怕给钱会伤了她的自尊心。

具体是什么时候喜欢上她的，他不知道。她的人格，她的灵魂，甚至她微笑起来温顺的眉眼，都是单单摆在那里就能引人趋之若鹜的东西。

他本来只是个整天无所事事，没有理想没有追求的混混而已，混着日子一天天过去，等年纪到了继承家业——不仅别人这么说，他自己也是这么认为的。

但是喜欢上晏藜以后，他突然惶恐起来，如果他一直这样，她迟早有一天会和他走远的。努力学习的好学生，本来就和一无是处、连最基础的函数图都看不懂的混混不太搭的，不是吗？

她喜欢好学生，那他就努力变成好学生。他跟他爸说想好好学习，让他爸帮他进一班，他就是想……能天天看见她。

他呀，是笨蛋。

平安夜多出来的匿名苹果是他无处安放的情愫，戴了很多年的廉价尾戒是他不为人知的怀念，熬夜写作业是怕被她看不起，拼死拼活地学习为了离她近一点儿，努力留在一班也是为了离她近一点儿。他所有的理想和努力，都和她有关。

但是没办法，他来晚了。他们都说，江却和晏藜才是最配的，又是同桌，平时总是一起上下学。

是啊，他也觉得，他们好般配——

成绩单和光荣榜上，他们永远并肩而立，没有任何人能把他们分开，走在一起，别人一眼看过去就知道他们都是好学生，性格还那么像，说天生一对都不为过。

他知道江却喜欢晏藜，他看得出来。

于是他什么话都说不出口，明明知道是不属于自己的，就算努力争取了，也并不一定真的能争取到。

他之前也争取过了，但他们之间的距离实在太远了，她对他也没有任何不一样的感情。

他不想连同学和朋友都做不成。

更何况，他那点儿微不足道的喜欢，和江却沉重的爱比起来，实在太微不足道。他亲眼见到对方为了晏藜能疯魔到什么地步，连至关重要的保送名额都能让出去，他有时候甚至觉得，或许晏藜想要江却的命，江却都愿意给。

这样的两个人，他如何横插一脚？就算介入了，怕也是只能作配角。

再后来认识蔡景辉，他知道了很多晏黎的事情。他就不知道从哪儿生出的冲动，有时候实在想她想得不行了，就来找蔡景辉喝酒，让蔡景辉给自己讲一些晏黎的旧事。

后来他投资买股帮蔡景辉扩大店面，也是因为蔡景辉那句——"晏黎以前说好吃，她喜欢吃我家的牛肉面"。

只是好梦终究难圆。

"其实我有想过去北京的。"

"其实我有喜欢过你的"这句，他没能说出口。

晏黎笑了笑，把喝空了一半的茶杯续上水："北京的确是个好地方，你想去，随时都不晚。不过就是人脉方面你可能要从头开始，不比你在南平这么如鱼得水。"

宋京墨低下头，眸子里的苦涩一闪而过："也是，我也觉得太晚了，所以还是算了吧。"

至此无言，晏黎喝完那杯茶就告辞了，姐姐还在家等她。和宋京墨交换了联系方式后，她说自己会在南平待两周，有事电话联系。

晏黎前脚走，蔡景辉后脚从楼上下来，看见宋京墨低头发愣，走过去坐在他旁边："怎么样，说了没？"

喜欢人家总得让人家知道哇，就算不能在一起，不留遗憾就好了。

宋京墨摇头，从桌上抽出一根烟出来，咬在嘴里，迟迟没点。

"江却又和她考到一个学校去了，人家两人现在读研了。我说什么呀，有他在，别人根本就没机会。"

蔡景辉一噎，好半响说不出话来。

良久，只听宋京墨又微微哑着嗓子开口："我真喜欢她啊，真的。"说着说着，眼圈有点泛红。

"可惜了，没那个福分。"

晏黎到家才看到江却早给她回了消息，只是她一直没看见。

"我明天就到南平。听说李慧老师前几年结婚了，要不要一起去看看她？我和孟则、圆圆他们说好了，你要是也来，就和我们一起。"

晏黎不自觉就回忆起高二时候那个严厉但也慈善的女老师，五年多不见，还真的有点儿想了。

"好，我也去吧。具体什么时候？"她发。

这次对方秒回："就明天下午吧。我让孟则订了花和礼物，中午你吃了饭在家等着，我去接你。"

晏藜回个"好",关了手机。

祝冬安刚洗漱完,在拆她刚买的电暖扇。

"北京那边有空调,这儿什么都没有,你又怕冷,还得在这儿待一周。我想想,还是买吧,回头走了带不了,我打发人给它抬二手市场卖了就行了。"祝冬安把纸箱折成板,规规矩矩地塞到旁边的柜子里。

晏藜看着她要把电暖扇搬到自己的房间里,伸手拉住了她。

"冬安姐,搬到主卧去吧,我跟你一起睡。这儿晚上很冷,你没吃过这种苦不知道,你肯定也睡不好。"

祝冬安愣了一下,转而笑了:"好。"

晏藜洗完脸回房间的时候,屋子里已经很暖和了,床上铺了松软的新被褥,都是祝冬安忙活的。她正坐在被窝里,腿上放着笔记本电脑,看见晏藜进来,她拍拍自己旁边的被窝:"快来,姐姐刚才已经给你暖热了。你把外面的灯关了,进来坐着看会儿书,姐姐待会儿处理完公司的事就关灯睡觉。"

晏藜看着祝冬安,不知道为什么,突然鼻子一酸。

这晚晏藜睡得很舒服,几乎和在北京被祝家娇生惯养那会儿没什么两样。

她又梦到她刚跟着冬安姐回北京那会儿。

她妈刚死,即使住上了大别墅,不用上学,有大把的零花钱,她还是开心不起来,整晚整晚地做噩梦,醒了就睡不着,闭上眼就是她在南平怎么熬都熬不到头的那些苦难。

她妈死了,她离开了南平,但她想念她妈还活着的日子,想她妈加班挣钱给她买的毛衣,想她妈给她炖的红烧肉和茶叶蛋,想她妈吃碗素面还要把荷包蛋放到她碗里的那些日子。

她心里空荡荡的,什么都没有,做了噩梦除了无意识地哭,都不知道该找谁。

是冬安姐半夜醒来看见她屋里还亮着灯,站在门口,听她哭了半宿。第二天,冬安姐就搬到她屋里来睡了,晚上抱着她,絮絮叨叨地跟她讲话,绝口不提南平和她妈,都是说自己小时候的事儿,还有舅舅、舅妈的事儿。

她做了噩梦,冬安姐就一遍又一遍的像哄小孩儿那样哄她,给她唱不成调的儿歌,直到她睡过去。

后来慢慢地,她很少梦到不好的东西了,那时候,她才真正从过去脱离出来。

4

南平放晴了,出很大的太阳,天气晴好。

上午孟则和程圆圆就来了,帮忙把昨天没能收拾的地方稍微打扫了一下,说江却要中午才到。晏藜恍惚了一下,看那两人围着她说话,总有种回到高中时候的错觉。

295

中午，祝冬安做的炒面，煮了个裙带菜汤。程圆圆只用了一个上午就和冬安姐混熟了，一口一个姐，叫得比晏藜还甜。

大概下午一点多，晏藜接到江却的电话："我到了，你叫孟则他们一起下楼吧。"

晏藜扶着栏杆往下看，江却站在车旁，双手插在大衣口袋里，是清濯顾长的姿态。

去一中的一路上都是孟则和程圆圆在说话，晏藜和江却就是偶尔插几句嘴。孟则对于当年几个老师的近况还是比较熟悉的，说教数学的杨丽文老师去年也订婚了，教语文的石中茂老师退休了。

孟则比起高中那会儿沉稳得多："高中这会儿还没放寒假呢，马上期末考试了，老师们也是很忙，咱们待会儿去了少聊一会儿，省得耽误学生的上课时间。"

程圆圆这时候突然凑到晏藜耳边，声音压得很低地和她说悄悄话："前两天，我和孟则互相见了家长，说订婚的事儿。今年夏天，六月份，我就要和孟则结婚了。"

晏藜一怔，瞪大了眼，然后突然笑了："这么大的好事儿，现在才和我说？"

开车的江却听见声音，从后视镜里看了晏藜一眼。

程圆圆还有点儿不好意思，晏藜刚说完她脸就红了："那还不是孟则，说等双方家长见了面，把这事定下来再往外说，我没想瞒你……"

晏藜摸了摸程圆圆的头发："好了好了，又没怪你。这么好的喜事，等你们结婚了，需要我去当伴娘吗？"

程圆圆猛点头："需要、需要，当然需要。我跟你说这事儿就是为了在你这儿提前预订一个伴娘位，省得你到时候空不出来时间，没法儿来参加婚礼，那我可遗憾死了。"

到了一中，门口的保安大叔早就换了，听说他们是回母校看望老师，让他们做了个登记就把门禁打开了。

虽然出太阳，但很多地方积雪未化，晏藜往里走，发现有人在教学楼旁边的花坛角落堆了一只半人高的雪人。

围巾、帽子一样不少，还有石头做的眼睛和胡萝卜做的鼻子。

江却发现晏藜的注意力被吸引过去，追着她的视线也往那边看，看见那个和当年十足相似的雪人时，他轻声笑了。

一中变化不大，主要是教学楼刷了新漆加上旧操场的翻修。江却一行人敲开重点班那栋楼的二楼办公室时，一屋子的老师都纷纷抬头看了过来。

有熟悉的，也有生面孔。

虽然孟则一早就和李慧说过了，但一下子来这么多学生看望，饶是这个素来情绪波动不大的老师也微微红了眼眶。

问了一圈他们的近况,听说江却和晏藜双双读研,还都是在京大,李慧也是高兴得不知道说什么好。

正说着话,门口传来敲门声,一个男生抱着一摞作业,李慧似乎认识,抬着头高声地说:"请进。"

孟则识相地拉着程圆圆靠边站,男生就进来了,很高,微微清瘦,下颌分明。他走进来几步,晏藜她们这才发现他后面还跟了个女生,怀里也是抱着一摞作业,白净乖巧的模样。

那男生径直走过来把练习册放到杨丽文的工位上,又把后面女生的作业本接过来,放到旁边的桌子上。

临走也是男生开口,对着李慧说:"老师,我们回去上课了。"

李慧摆摆手:"快去吧。"

等人走了,李慧笑笑:"这两个是我现在教的学生,也是班里的第一第二,不过第一是那个女孩子。那个男孩儿的脾气性格啊,还颇有点儿像当初的江却呢,不过他英语不太好,当了个数学课代表,女孩儿是英语课代表兼文艺委员,一个特别内敛温顺的乖孩子。"

晏藜说不出什么心情,她侧眼看看江却,发现他不知什么时候在看着她笑,她连忙把脸扭回来。

"对了,他俩也是同桌呢,跟当年晏藜和江却一样。"

五个人,除了晏藜,都笑了。

他们都不约而同地想起当初,江却和晏藜同桌,两个人天天霸占着班里和年级的第一第二,放了学还一起走。

"那时候江却都做得那么明显,还以为我们老师都看不出来呢,要不是晏藜不搭理他啊,我好几次都想叫他们来办公室谈谈心了。"李慧说着,脸上的笑带了戏谑。

那个夏天啊,一群十七岁的人坐在一起,在一个教室里,一边暗生着情愫,一边努力地背书做题。一眨眼,又是新的十七岁少男少女,坐到了他们当初坐过的地方。

没有人能永远十七岁,但永远有人十七岁。

最后,李慧马上要去上课了,送的花束和礼物被她稳妥地收好:"老师先走了,你们在学校四处逛逛,后操场翻修了,比以前的田径场还大呢。"

站起来时,李慧想起什么:"不过你们来得不巧,要是春夏来就好了。旧操场翻修的时候,把很多女孩子特别喜欢的那片野菊和蔷薇都铲了。但后来呀,喜欢在学校花坛里种石榴树的那个校医务室的女老师,又在翻修后的操场种了新的蔷薇。这两年越长越多,爬上栅栏,都快有当年那片蔷薇的一半了。不过现在冬天,花叶都谢了,看不着。"

新的蔷薇。

晏藜心头一动，眼睫微颤，恍恍惚惚，忽然想起当初。

——那你什么时候才会光明正大地给我个答案？

——明年，旧操场蔷薇花开的时候。

她早就知道那片蔷薇不会有重开之日，才会那么说。

她哪里想得到，经年以后，有人又重新栽上了蔷薇。

人无再少年，花有重开日。

江却自始至终垂着眼，看不清眼里神色。

送孟则和程圆圆回家后，车上只剩下江却和晏藜。

晏藜坐在车后座，看外面天空慢慢爬上夜色，匆匆而过的窗外风景熟悉又陌生，她听见江却微沉的声音，叫了她的名字。

"这次回来，在南平待多久？"他问。

晏藜摸着大衣里面的棉裙，声音很轻："两周，把老房子拆迁的事情办了就回北京。"

月亮慢慢升起来了，就在晏藜以为江却没有下文的时候，只听他道："你当年说，蔷薇花再开就会喜欢我，给我个答案，这话还作数吗？"

车里静悄悄的，晏藜听得很清楚，每个字砸在她心里。

江却又说："明年春夏，你还要再回来看那片蔷薇花吗？要的话，我就和你一起。"

——你要和我在一起吗？要的话，我就和你在一起。

晏藜一直沉默，江却声音微哑："连蔷薇都可以重开，我们就不能重新开始吗？"

不行，不和解不行。他永远无法过得好，无法明媚无法心安，他的心在持续下坠。

一车的死寂中，江却想起刚才在一中，晏藜和程圆圆去玩雪了，孟则凑过来小声问他和晏藜的近况。

孟则说："还纠缠着呢？"

他点头，在孟则不解且无奈的目光中，他说："我和她纠缠了那么久，只是想我们之间，最起码有个像样的结局。"

他怎么能没有她呢，他真的会死的。

他后半辈子还有几十年，那么漫长，如果永远不能在一起……只是想到这个结果，他就已经无所适从，心脏是割裂般的痛了。

晏藜还是没开口，而车已经到她家楼下了。

她打开车门，下车，没走两步，身后传来开车门的声音，还有急匆匆的脚步声，她还没来得及回头，就被人猛地从后面一把抱住。

江却身上清冽的淡香这么多年了一直没变过，扑面而来，他比她高了那么多，以至于她整个被拢进他怀里。

四周很安静，很黑，只有不远处大路上路灯微弱的温黄色光芒。

晏藜听到江却喉头微哽，他双臂慢慢收紧，胸膛温热，心跳加速，她都能感受得到。

"晏藜，去了北京，你有想念过我吗？哪怕一次，你有想过我吗？"男人声音带颤，以及微弱的呜咽。

她不说话，他再开口，语气艰涩："我有。后来我时常想，你当初上车前如果能回头看我一眼，看我疯了一样地在火车站找你，你是不是就不舍得走了？晏藜，你和所有人告别，你给我留信，你陪我走完了崇安街，看了最后一遍电影。你不回头，是因为没有遗憾了，对吗？"

"但我有遗憾。"他红着眼睛，一字一句地说，"晏藜，我有遗憾。"

"我躺在床上，看着那张好不容易拼好的、破烂不堪的信，左眼的泪流进右眼里，然后一起流进头发。晏藜，我没有出声，我被铺天盖地的遗憾杀死了，我不再有知觉。"

晏藜不想哭的，她最讨厌为这些情爱流泪，但江却话音落下，她的眼泪也跟着落了下来。

她那样对他，他不爱她才正常。所以重逢以后，无论他说抛弃过往，还是说做普通朋友，她都一笑置之。

但他说："我爱你，晏藜，这么多年，我还爱着你。"

她咬着唇，忽然鼻头发酸，然后终于控制不住泪如雨下。

她转过身，低着头，江却并没有放开她，两个人面对面以后，他还是马上就抱住她，像是生怕她跑了一样。

晏藜声音有些闷，夹杂着随风起、纷纷扬扬开始飘落的雪花，轻飘飘地说："江却，是你说，过去的一切都结束了，你也从来没说……你还喜欢我……"

江却埋在晏藜的肩膀上，声音低沉："我怕我如果那么说，你又会推开我。我口是心非，我一直在口是心非。"

他说这话时，声音里全是哽咽。他其实想她想得要命，要疯了，他收起心思留在她身边，说做普通朋友，只是想接近她。他那样小心翼翼，再小心翼翼，生怕她像当年一样再抛弃他。

"晏藜，我们重新开始，好吗？"最后的最后，他这样哀求。

眼前这人，十二岁见到她，她十七岁认识他。

她也曾真心地喜欢过他，虽然浅薄，远不如江却的那么沉重。

她当然可以心动，她是人，逃不过七情六欲，但谁都别想用她的心动当把柄。

江却则恰恰相反。他愿做鱼肉，愿做盘中餐，他把冷漠的刀柄递到她手里，一遍又一遍地哀求，告饶。

心动不是她的把柄，是他的。

5

他们两个纠缠了这么多年，也经历了很多，如今的她和他就像两株同生共死的双生藤，不管腐烂还是生长，都要不死不休地缠绕在一起。

如果有一方要离开另一方，大概要先经历过一遭灵魂和肉体撕扯开来一般的疼痛才行。

越来越大的风雪声中，江却一颗心止不住地下坠，就在他慢慢心死的那刻，他听到晏藜开口，是他梦寐以求的救赎。

她说：

"好，我们重新开始。"

江却回到南平前一周，他的母亲荣玉就出院回家了。

荣玉这几年恢复得越来越好，如今几乎和正常人没什么分别。这都要归功于那家疗养院和江却父亲江昀无微不至的照料。

南平在下了一夜的小雪以后，一大早就又是晴天了。江却帮父母打扫房子，时不时看看一直静寂的手机。

昨晚和晏藜说那么些话，最后送她回了家，江却还是感觉像做梦一样，欣喜若狂到后半夜都还没睡着，现在一早又醒了，一点儿困意都没有。

从早上开始，他已经断断续续给晏藜发了好几条消息了，干活的时候也是心不在焉的，以至于荣玉叫了他好几声，他才听见。

他赶紧放下手机，循着声音推开虚掩的次卧门，看见爸妈从床下搬出来一个落满了灰尘的置物箱。

江昀挥了挥手，拍散空中的灰尘："儿子，这一箱好像都是你高中时候的书，你看看还有没有重要的要留下来，没有的话就卖了或者送人了吧，扔在这儿也是落灰。"

说完，不等江却说话，江昀拉着妻子就要出去："走吧小玉，儿子这屋灰太多了，对你身体不好，咱们等他把那些旧东西收拾完了再进来。"

江却扯扯嘴角，笑得勉强，看着他爸妈出门，转身，视线落到地上那堆旧东西上。

其实他这屋从昨天回来以后就大概打扫过了，很干净的，只不过这堆东西都是从很久没动过的床下搬出来的，难免带出来很多细细的灰。

江却认出塑料置物箱盖子上放的那本高中英语真题卷，封面都是一层薄薄的尘埃，边角微微有些泛黄。

他记得里面都是书来着，也没什么用了，但又总觉得，好像有什么东西也曾经被他急匆匆地塞了进去，是很重要的东西。

江却把盖子打开放到一边，一本一本地拿出来。

教材书，卷子套题，练习册……翻着翻着，江却动作突兀地慢下来，映入眼帘的是一个封皮简约的笔记本，厚厚一本。

江却记得这个笔记本。

他曾经把晏藜给他写的字条夹进了里面，还在里面的某一页写了晏藜的名字，还有一页上写了"收敛"。

都是很久远很久远的东西了，但竟像有一根记忆之线在牵扯着似的，一旦看见这个本子，关于它的一切就都想起来了。

他记得他好像还写了别的什么东西，隔了几页的空白以后，就被他当成日记本写了。那时候太幼稚了，事情不往心里搁，为了发泄——都写出来。

江却翻了翻，嘴角勾起一抹笑意。

突然有点儿想让晏藜看看，也不知道她看了会是什么反应，很好奇。

找到了重要的东西，江却很快就把剩下那堆书收拾好了，日记本放在桌上，他抱着一大箱的旧书出去，看见爸妈在玄关口换鞋。两个人看见他了，好像才刚想起家里还有这么个儿子似的，江昀高声喊了儿子一声。

"今天天气好，你妈想出去逛街，我们中午就不在家吃饭了，你看看是自己对付两口，还是要出去和朋友们一起吃，都行。"说完，江昀回头牵住妻子的手，"我们走了，带着钥匙，你出门记得锁门。"

说完，门在他们身后哐的一声关上，根本就不给江却说话的机会。

江却站在原地两秒，微皱的眉头松泛开来，转身去拿放在客厅桌上的手机，正好，他又有借口去找晏藜了。

晏藜十几分钟前已经给他回消息了，说刚睡醒，在吃早饭。

"晏藜，中午要不要出来吃饭？我去接你，我爸妈都出去了，自己不想做。"他说。

晏藜隔了一小会儿才回："好，可以，十一点半过来就行，正好我姐要去谈那个拆迁的事。"

江却面上没什么表情，但其实只有他自己知道，他心里有多雀跃，这种心情自从昨晚晏藜同意重新开始以后，就再也没停止过。

让他怎么能不高兴呢，以前一切的纠葛、隔阂和怨恨就此翻篇了，她对他还是有感情的，不管是不是爱，他都会把那些感情变成爱。

还不到十点，江却把父母留下的一堆烂摊子都收拾整齐，该扔的扔，该联系废品收购站回收变卖的也都卖掉。忙完这一切，他再洗个澡，换衣服，把衣柜里所有的当季衣服都换了个遍，找最好看的那一身，事实上江却以前买衣服的时候从来没想过"为悦己者容"这几个字有朝一日会发生在他身上，他也不是很喜欢打扮，能穿、舒服就行。

这是第一次，因为想让对方觉得他外表条件优秀一些而费心费力，感觉……还不赖。

他们约在新城区的一家餐厅，江却去接晏藜的时候，阳光折射在路边的白雪上，空气中带着冷冽的味道。他拐过路口就看到晏藜在下楼，还剩几级阶梯，她拎着包脚步轻快地落到平地上。

江却自己都没发现，他看着这一幕下意识地笑了笑。

晏藜一开始要开后车门，总控被江却锁着，她拉不开。前面驾驶座的车窗玻璃慢慢降下来，江却探头看着她："来这边，坐副驾。"

晏藜嘴唇微抿，犹豫一秒，还是从车头绕了过去。

一上车晏藜就发现了不对劲，江却一直盯着她看，从她坐下，到她系安全带，他都一眼不错地注视着她。

她扭头："干什么一直看着我？"

江却收回视线，握着方向盘发动引擎："我没有啊，我就是怕你找不到安全带的位置，看你需不需要帮忙而已。"

嘴真硬。晏藜正视前方："好吧，那是我看错了。"

江却眼皮不动，忽然开口："晏藜，你有没有发现……我今天有哪里不一样吗？"

晏藜转头看看，语气平静："没有啊，你不一直都这样吗？"

江却刚刚有点儿弧度的嘴角一下子垂了下去，颇有些不大高兴的气息弥漫开来，他忍不住低头看了看自己——

没区别吗？

他可是特意挑了很久的新外套，戴了手表，围巾也是和大衣搭配起来很和谐的颜色，还有，车钥匙上的布莱斯挂件。

这些，她都没发现吗？

晏藜没发现江却的闷闷不乐，倒是发现新旧城区相接片区的那家电影院翻修了，旁边开了一排的小店铺，比以前稍微繁华了一些。

"要下去看看吗？"江却把车停在路边，问道。

他还挺愿意和晏藜一起逛一逛这些满载着他们以前美好回忆的地方，不都说人是感性动物，说不定她把他以前的好全都想起来了，会因为那些对他日久生情也说不定。

离午饭时间还早，晏藜点点头："那就下去看看吧。"正好她回来以后也没怎么来过这边了。

地处新旧城区交界处，这周围以前是出了名的乱，什么鱼龙混杂的场子赌局都有，现在大概是整顿了，一眼看过去只有平常的商业街和电影院。

几家饭馆和杂货店往外摆着桌子和架子，江却和晏藜就沿着路边慢慢地走。

说起两个人第一次来这儿看电影，晏藜想起江却当时眼巴巴站在她家楼下的样子，不由得就想笑。

江却看她那表情就知道她心里没憋什么好话，刚要开口说什么，忽然听见两人身后一阵急促的脚步声，他下意识往后看了一眼，下一瞬瞳孔骤缩——

距离他们仅两步之遥，一个看起来像疯子一样的女人，跑得飞快朝两人过来，手里举了一把水果刀，恶狠狠地大叫："去死吧贱女人！"

她是冲着晏藜来的！

冒着锋利冷光的刀被高高举起，千钧一发之际，江却一把揽过晏藜将将回头的身体，往他那边一带！

刀重重落下的破空之声传入耳朵里，晏藜瞪大了眼，脸上是惊恐和呆愣。

那个女人脸色狰狞，看第一下失手，又胡乱挥舞着刀尖直冲两人逼来。

周围有人看见后惊慌的尖叫震破耳膜，江却恍惚着，只剩下身体的本能，他护着晏藜一直后退，直到那女人再次靠近，他以迅雷不及掩耳之势伸手要夺刀，被对方一个闪过后胡乱划在大腿上，裤子被划开一道口子，他却像感觉不到疼似的，再次握住疯女人的手腕一个用力。那女人吃痛地尖叫出声，手里的刀也脱手掉在地上，刀尖磨过地面，擦出零星的火花。

围观的人很快蜂拥而上，抢走凶器，制住行凶的女人。

这一切只发生在瞬息之间，快得让人根本反应不过来，就已经结束了。

江却喘着粗气后退几步，这才皱着眉头倒抽一口凉气。

他低头看，大腿被划得皮开肉绽，深色的裤子已经被血染成了暗黑色。晏藜慌忙过去扶住江却，语气惊慌失措："江却，江却！你没事儿吧，我马上叫救护车来……"

她慌乱得不成样子，像是要哭了，看着江却大腿源源不断往外流血，想要伸手帮他捂住，却又一手在空中哆嗦着，不敢轻举妄动。

江却唇色变得苍白，但还是努力扯出一个笑："别哭，没事，都是皮外伤，就是看着吓人而已。"

他紧紧抓着她，声音泛着微沉的哑："没事了，别怕，有我在呢。"

他看着晏藜发红的眼眶，有些后怕地摸了摸她的头发："还好你没受伤。"

还好她没受伤，不然他一定比现在受这一刀更难受更自责。

晏藜原本眼泪只是在眼眶里打转而已，直到江却说出那句"别怕"，她终于彻底绷不住，眼泪像断了线的珠子一样从脸上滑落。

她说不出话来，只是一直抽泣。

远处有警车和救护车的鸣笛声呼啸而来，这声音将晏藜的灵魂突兀地拽回了2004年的盛夏。

那年也是这样生死攸关的场面，他逆着光飞奔而来，救她于水深火热的绝望之中。

他说，没事了，别怕。

十七岁以后的那么多年，她再也没有遇见过，如江却这样风骨卓绝的少年。

第十六章

我好想我们能有以后

1

南平市中心医院。

时隔多年,晏藜又来了这儿。

当初也是在这家医院,周琴被下了死亡通知书,她甚至没来得及见到自己的女儿最后一面,就急匆匆地永远闭上了眼;也是在这儿,江却半跪在地上拥晏藜入怀,任由她抓着他的衣服痛哭。

急诊外科等候室,晏藜坐在椅子上,安静地等着面前那扇门的动静。不多时,有穿护士服的姑娘推开门:"哪位是江却的家属?"

晏藜慌忙站起来。

那护士就走过来,隔着口罩,又问一遍:"你是患者江却的家属?"

她眼睫颤一下,有些迟疑:"我……我是……"她慢慢镇静下来,"我是他的家属,有什么事情您跟我说就行。"

护士抬手递过来一串钥匙,晏藜不明所以,但还是接过了。

"不用担心,病人没有伤到神经和动脉,但伤口范围不小,需要局部麻醉和缝合,另外缝合完了也需要打点滴输一些消炎药。你回家帮他收拾一些干净衣物吧,病人裤子都划破了,身上全是血,另外买一些吃的,清淡点儿就好。不然待会儿手术缝合,你坐在这儿也是干等。这是患者托我拿给你的钥匙,说他待会儿会跟你电话联系。"

晏藜点点头:"好好,谢谢你。"

"不客气。"说完,护士就转身进去了。

晏藜低头一看,静音了的手机正弹出来电显示,她接起来。

"喂,江却。"她说。

那头的人似乎笑了一下:"接得这么快啊,我都有点儿受宠若惊了。"

听见他明显没大碍的声音，晏藜那颗一直悬着的心终于彻底放下了。

"我听护士说还要缝针，你疼不疼啊？"话说出口，声音里带着一丝哽咽的波动。

江却沉默两秒，似乎是换了个地方和晏藜打电话，良久才出声："不疼，伤口不深的。就是得麻烦你去我家一趟了，我不想我爸妈他们知道这事，不然又多两个人担心。"他声音温柔得不像话，听得晏藜心里难受得要命。

"我待会儿把我家地址发给你。我的房间在走廊尽头，衣服什么的都在衣柜里，我爸他们应该要到晚上才会回家，你们不会碰到的。"

晏藜"嗯"了一声，答应下来："那我回去给你拿衣服，要是有公安局的过来问，你及时给我打电话。"

"好，路上注意安全。"

晏藜下楼，出了医院打车去江却发给她的地址。坐上车的时候，她才忽然想起那个持刀伤人的女人是谁。

虽然那人已经苍老憔悴得和当年判若两人，穿着打扮也完全看不出是个二十多岁的年轻女性，但眉眼五官还是能隐隐看出当年的样子，晏藜可以确认那就是周盈婼。

她给蔡景辉去了个电话，那边很快就接了："喂，晏藜，有事儿吗？"

晏藜压低声音："你知道周盈婼的近况吗，能不能跟我说一下？"

到江却家门口的时候才刚刚十二点，大门紧闭，晏藜开了门进去。这栋中型别墅被打扫得很干净，她照着江却说的，一步步走到走廊尽头最后一间卧室。

推开门，入目一切装修布置都是江却的风格，一派的冷色调，以深灰蓝和白色为主调，床铺整齐，一丝不苟。

晏藜径直打开衣柜，把江却可能要换的衣服都找了一件出来。这期间她一边叠衣服一边侧目打量房间的一切，直到不经意间看见一个封面熟悉的笔记本，它就大剌剌地被随意放在桌子上，甚至没有沿袭江却一贯摆放整齐的风格，笔记本是歪着放的，有一小部分甚至悬空。

她走过去，越看越觉得眼熟，好像是高二时江却经常放在一摞书最上面的本子，被他随手用来写过很多东西。

虽然她知道翻别人东西不太好……但可能窥探欲是人类本能吧，等她反应过来时，本子已经被翻开了。

好像也没写什么，几个日期，几个很复杂的数学公式和间断性记下来的一些英语单词，甚至还有打草稿的、画函数图的……

她也是随手翻，突然翻到中间一页夹了什么东西，能明显感觉到，好像是张字条，她慢慢摊开。

是一张她写的字条——

"谢谢你去看评选,也谢谢你当初帮我收拾雕像。"

她眼神怔松一下,一张没什么用处的字条而已,他收了这么多年吗?

不止,晏藜收了字条才发现,这页还有她的名字,还有两个被画了很多下不仔细看都看不出本来面目的字——"收敛"。

收敛什么?

再往后,是一张胡乱写的日记,笔迹能看得出是江却的字,但有些潦草,有些乱。

"2004年10月13日。我想让她跟我说话,所以我就故意拧紧了她的水杯,把她的卷子夹进'五三'里。她一定拧不开,也一定找不到,她不想理我也得理我了。"

往后翻——

"2004年10月下旬。晴伴微风,体育课。梧桐树在落叶,老师在讲他的初恋和妻子。我往前迈一步,用我的影子献出了我的初吻。不懂为什么,只是遵从内心,想这么做就这么做了。"

"2004年秋季运动会。晴,热。她脸都被晒红了,阳光下白到反光,好看。她被查出贫血和营养不良,我在医务室表白了,话是真心的,但仍羞耻于我的虚伪。算了。"

"2004年11月2日。周二,她没要我的随身听,还戴着耳机装听不见我说话。虽然可恨,但也可爱。"

"2004年12月3日。周五,她说鲫鱼汤好喝,鲫鱼汤是我煮的,处理鱼的时候还被划伤了,她没注意到……反正关于我的一切她都注意不到。"

"2004年12月末。初雪,她看起来很冷,她怎么总是这么虚弱?"

"2004年12月24日。平安夜,我送了她贺卡和苹果,她好像挺喜欢的,明年还买这家水果店的苹果。"

"2005年1月1日。元旦节,节日快乐,晏藜。其实想说我喜欢你的,但人太多了,只好改成节日快乐。那就写在这里吧,我喜欢你,真的。"

"2005年5月23日。给她补过生日。没人知道我许了什么愿望。我的愿望是,我想光明正大地爱她,我想让她也爱我。如果不行,我希望我能永远守在她身边。或者,祝她心想事成。"

"2005年6月7日。我后悔了,对不起。"

"2005年年中。我被当成垃圾一样丢掉了,连道别都没有。我下贱,被扔掉的是我,我还不恨她。学会喝酒了,酒真是个好东西,喝死了不省人事,就不会疼了。"

这句话后面,跟了一道长长的墨水划痕,看得出很用力,纸都被划破了。

再往后，就都是空白了——

他再没写过日记。

笔记本被原封不动地放回去，晏藜慢慢坐到床上，眼神怔忪，像在发愣。

良久，她后知后觉，抬手摸了摸脸，低头再看，手心一道湿痕。

当年她想结束这段藕断丝连，所以她把江却逼到绝路。可她没有想到，对她，他从来没有绝路，只有绝处逢生。

他说，我爱你，晏藜，这么多年，我还爱着你。

晏藜双眼通红地低垂着头，喉咙哽咽，她无论如何都想不到，他是以什么样的心情，对她说出这句话的。

重逢以后，他又是以什么样的心情和她揭开自己的伤疤，只为了听她一句解释。

她当时是怎么说的？

——这世上多的是比爱和恨更重要的事情，你何必执着呢。

她不在乎，她也实话实说，但她两句话就把他如视珍宝的东西再一次踩在脚底，否定成一文不值。

他曾那样盛大又卑微地爱着她，听到她那句话，他当时该有多疼啊。

晏藜不敢想，眼泪在这刻终于夺眶而出，她捂着嘴，眼泪不要钱一样地胡乱流了下来。

晏藜带着衣服和外带的白粥小菜到医院的时候，江却的缝合已经做完了，麻醉还没退，他躺在拉了帘子的病床上，睡着了在输消炎药。

晏藜轻手轻脚地走过去，把东西放到一边，把江却身上的白色软被往上拉了拉。

好像还没怎么看过他睡着时候的样子呢。晏藜想着，心尖有些莫名的柔软，随后坐到旁边那张病床上，就那么静静地看着他。

"快好起来吧。"她默默在心里祈祷。

江却睡得浅，一小瓶消炎水快输完的时候，晏藜出去叫护士换水，他就醒了。

他先往家里去了个电话，跟他爸妈说有事住朋友家了，让他们不要担心。回头看见晏藜把塑料盒里的粥盛到她买的小碗里，他眼里漾出几分笑意。

"你回去以后，警察来了，问了问伤情，让我好一些了去备个案。行凶者已经被拘留了，好像是精神有些问题，联系不上她的家人。"江却说着，面前再次浮现事发时持刀女人可怕的面目。

是意外吗？但江却总觉得那女人有些面熟。

晏藜把粥碗端过去，勺子放在里面，语气平静："那人是周盈婼，就是当初黄毛的女朋友，在十三中经常欺负我的那个。"

初见时当着众人面羞辱晏藜的也是她。

2

据蔡景辉说，当年周盈婼犯事被抓以后，关了一段时间再放出来，没多久就嫁人了。

但似乎因为她的过去，她的丈夫很看不起她，两人脾气都暴烈，三不五时就要吵架打架。时间久了，周盈婼就有些精神不大正常了。

直到她怀孕，被丈夫酒后打得流产，两人就离婚了。

蔡景辉说，周盈婼当时是在新旧城区交界的那条商业街的某家饭馆打工，刀可能就是在饭馆里拿的。

知道了一切，晏藜还是不明白为什么周盈婼那么恨她，恨到要杀了她。

江却听完也沉默了，只是握住晏藜的手，轻抚以示安慰："别怕，绝对不是你的错。我会保护你的，我不会让任何人伤害你。"

晏藜垂了眼帘，低低地"嗯"了一声："先吃饭吧，因为这事儿中午饭你都没吃，又流了那么多血。"

凝重的气氛消散一些，江却喝了口粥，晏藜又去把小菜也端了过来，放到医院病床的升降折叠小桌上。

江却只吃了一口，突然想起来："你应该也没吃吧，一直在忙？"

晏藜这才忽然想起来，她都忙忘了，她也没吃呢。

江却倾身把床头桌上那个塑料打包盒端过来，放到床上的小桌："一起吃吧，一人一半。"

吃完饭，江却那瓶水才输了一半，晏藜拿了碗筷出去洗，顺着地标找卫生间或者盥洗室，在走廊尽头，人有点多，她索性下了一层楼。

楼梯这边相较于电梯口安静得多，基本没什么人，晏藜下了几级阶梯，越过视线死角，看见一个女孩儿扶着栏杆蜷缩着，也不出声。

晏藜走到她身边，小姑娘看着也就二十岁出头，眯着眼，表情没什么异样，她过去了对方也没有看她一眼。

晏藜就继续往下走了，但没走两步，还是返了回去，蹲在那个女孩儿身边："那个，需要帮忙吗？"

她看女孩儿好像很苍白虚弱的样子，身边也没个人扶一下。

女孩儿抬眼看看她，又低下头去："不用了，谢谢。"

晏藜就离开了，下面那层楼的盥洗室没多少人，她收拾好东西回病房，在门口看见刚才楼梯上那个小姑娘正扶着墙艰难挪动着，身旁有个年纪相仿的男孩儿一直伸着手，似乎想扶，但又不敢的样子。

晏藜眼看着那个女孩儿走到他们隔壁那间病房，推门进去了。

是隔壁的啊。晏藜心想。

推门以后看见江却已经换好上衣了，但腿上因为有伤口，还是穿的相较宽松的病号服。

"刚刚护士来说，要在医院进行三天的换药消毒才可以离开，怕伤口感染。"江却看晏藜把洗好的碗筷放回床头桌，抽了纸巾递给她擦手。

晏藜早想到可能要留院观察了，她刚才已经跟冬安姐打过电话了，没说被持刀加害的事儿，只说朋友生病了，她要来照顾。

她捏着输液调速器放慢一些：“不管几天，我都会好好照顾你的。你是因为救我才受的伤，所以现在你安心养伤就好。”

晏藜低头看护士放下的输液清单，江却就看着她，眼神柔软。好半晌，他忽然出声："晏藜，我好高兴。"

晏藜瞥他一眼，微微有些没好气："受伤了有什么好高兴的？"

江却定定地看着她："受一点儿小伤，换来你在旁边日夜守着，还对我这么好，不是很划得来吗？"

晏藜无语。她突然发现江却是个"恋爱脑"，一涉及感情方面，他平时的冷静睿智都不知道去哪里了，整天因为一些莫名其妙的事高兴。

江却看得出晏藜表情微妙，但他不以为然："刚才输液睡着了，做了个不太好的梦。你不知道，惊醒以后看见你一脸关切地站在我床边，盯着护士给我换药的样子，有多让人安心。"

他害怕被抛弃，甚至于可以说非常恐惧，但是梦醒时分看见真实的她就在身边，那种踏实安定感，是他很久都没有感受过的了。

晏藜微微一怔，眼前忽然浮现她在江却家里看见的那个笔记本。

她眼神不由得放柔了一些，甚至由着江却就那样直勾勾地盯着她看。她坐到他旁边的病床上，一间病房三张病床，而今只有他一个病人。

"你放心好了，我会一直一直陪着你的，所以好好安心睡觉吧，早点儿把伤养好，有什么要求都可以跟我说，看在你是伤员的份儿上，我尽量满足。"她信誓旦旦地保证。

江却眼前一亮："真的？真的什么要求都可以说吗？"

晏藜想了想："你可以说出来，但我不一定能满足，我只说尽量。"

江却抿唇："那我还没想好，我可以先存着这个要求吗，以后想到了再提？"

晏藜点头："当然可以，反正你救了我，我也欠你一个人情。"

这夜江却输液到晚上八点多，护士拔针的时候说让他晚上睡觉注意一些，不要压着受伤的那条腿，还说伤口愈合可能会很痛，如果疼得实在受不了一定要及时找值班护士查看一下。

关了病房的灯，屋里不说是伸手不见五指的黑，但是也很暗了，到处都静悄悄的，晏藜躺在床上，甚至能很清晰地听见江却的呼吸声。

万籁俱寂中，晏藜听到江却问："晏藜，我腿疼，睡不着，我们说说话好吗？"

她侧过头，看着他："疼得厉害吗，要不要去叫护士？"

江却看着眼前昏黑的天花板，唯有外面走廊和其他楼微弱的灯光照进来："不用，还没有疼到那个地步。"

晏藜翻了个身，索性正对着他："好，那你说吧，我听着。"

江却的眼睛在黑夜中格外亮，他脑海里跟放电影一样，闪过很多以前的事情。良久，他声音微沉地开口："你还记得，高二的时候我给你写的字条吗？"他停顿一秒，"我说，我会和你纠缠一辈子。但其实很多时候，我没有那么大的把握一定能抓住你。尤其是，现在我们都是成年人了，是独立的个体了，如果你真的要远离我，我想来想去，好像真的没有什么办法能让你一定留下来。

"所以现在的每一刻，对我来说都是恩赐。晏藜，从我喜欢上你，到现在快有七年了，我好想我们能有以后，以后能好好的。我想用爱情，我想用婚姻，想用亲情和家庭来抓住你。我不奢求你现在就能答应，但我希望你能给我这个机会。"

晏藜没作声，江却话音落下，她翻过身背对着他。

江却只听得到她翻身时微微窸窸窣窣的声音，他知道她不会回答了，他闭上眼，心情已经没什么太大波动。

但就在这时——

"江却，你知道吗，你是第一个。"她说这话时，声音轻得快要听不见。

江却紧闭的双眼猛地睁开。

"第一个和我非亲非故，但一直爱着我的人。我很多时候想不通，一个人怎么能单凭感情就执着另一个人那么久呢？到现在，我还是想不通。但是江却，我也搞不懂我对你的感情了。我似乎是喜欢你的，但那些喜欢好像也没多少；我似乎是舍不得你的，但我还是那么狠心地对了你；我似乎是想疏远你的，但我还好好收着当年你从枸骨丛里拣出来的挂件。我看着你爱我的时候，我是心疼你的。

"可是江却，我是那么坏的一个女人啊，我的心像石头一样又冷又硬，我可能永远不会像你爱我那样爱你。

"如果我这样说，你还是愿意爱我的话，"她似乎轻笑一声，又好像没有，"那江却，我们就在一起好了。"

就在一起好了……在一起好了！

这句话像一枚子弹直射江却的大脑，在他的脑海里一遍又一遍地盘旋回放着。

"怦——怦——"

江却在一片静寂中听到自己的心跳声,浑身被汹涌而来的狂喜淹没,他说不出话来,全凭本能,在晏藜话音落下的瞬间。他声音都在颤抖:"真的吗?你刚才说的话……是真的吗?"

晏藜"嗯"了一声,像是决意要给江却最后一针定心剂:"真的。"

江却似乎想坐起来,想再说些什么,病房门外的走廊忽然传来一阵剧烈的喧闹声,像是出了什么事儿。

晏藜慢慢坐起来,拿着手机开了床头的灯,对着江却说:"我出去看看,你先休息吧,有什么话明天再说。"

不等江却应声,她已经转身走了。

开了门,门外走廊一片大亮,白炽灯有些晃眼,声音似乎是从隔壁病房传出来的,晏藜往那边走了几步,病房门开着,几个医生护士团团围住正中间的病床,好像是在抢救病人。

晏藜正要转身回去,却忽然在两个护士身体缝隙中看见了躺在病床上那人的脸——

赫然就是那会儿她在楼梯间碰到的那个年轻女孩儿,虽然此刻戴上了呼吸机,但她记得女孩儿的头发,齐耳黑色短发,蓬松的薄刘海。

晏藜忽然有些不可抑制地心情沉重起来,这个女孩儿的病看起来很严重,那会儿她在楼梯间靠近对方时就发现了。

可对方还那么年轻呢,似乎还有恋人。

晏藜轻轻地叹口气,还是转身,这才看见江却不知道什么时候出来了,就站在她身后不远处。

她赶紧走过去:"不是让你好好休息吗?你才刚缝完针,能走路吗,伤口裂开了怎么办……"

3

江却异常温顺地受着,和晏藜一起回病房以后才轻声开口:"怎么,出什么事儿了吗?"

晏藜不知道该怎么说,只好摇摇头:"没事儿,就是其他病房的病人在抢救。先休息吧,很晚了。"

晏藜再见到那个小姑娘,是在第二天的下午,准确来说,是跟在那个女孩儿旁边的男孩儿,用轮椅推着她在医院的观景园里。

观景园里大多数都是可以活动的病人及其家属,有的还在输液,家属就举着输液架,陪病人出来透气。那个小姑娘却坐在轮椅上,脸色比昨天看起来还要难看。

见晏藜一直看着那两个人，江却也追着她的视线看过去，随口问："怎么了，是你认识的人吗？"

晏藜摇摇头："不是，昨晚在楼梯间碰见过一次，是住在咱们隔壁病房的病人。昨晚的动静，就是在抢救她。"

江却微微讶异了一下："这么年轻？"

是啊，这么年轻。

观景园里种了白山茶，隆冬下也依然盛放着，晏藜看着那两个人走进山茶园，江却不知什么时候牵住了晏藜的手："走吧，听说山茶园的花开得很漂亮，咱们也进去看看。"

园子里有零星几个人在拍照，山茶的确开得很好看。

晏藜也拿手机和江却拍了几张合照，余光却一直在注意那对情侣。已经可以确认是情侣了，男孩儿亲了女孩儿一下，以身后的白山茶为背景给她拍了张微笑的照片。

两个人不知道凑在一起说了什么，男孩儿一步步朝晏藜他们走过来。男孩儿长得很清秀，看着像学生，有些不太好意思似的："那个，打扰你们二位一下，能不能麻烦帮我们个忙？"

晏藜这才注意到，园子里其他人都走了，现在只剩下他们四个人。

"我和我女朋友，想请你帮我们拍几张合照，可以吗？"他看起来很诚恳，虽然面色有些憔悴，但提起女朋友的时候，眼神很温柔。

晏藜站起来，回头看了江却一眼："当然可以。"

江却这次没跟上去，只是静静地坐在长椅上，看着晏藜跟那个男生走过去，看着她接过手机，还帮他们摆了下站位和姿势，很用心地找角度。也是这时候，江却忽然发现，这两人一站一坐的样子，有些像拍婚纱照时那种标准站位。

拍了大概三四分钟，晏藜把手机还给他们的时候，不知道说了什么，男孩儿张张嘴，没说几句，晏藜表情隐现几分悲痛。

等晏藜回来，江却就又牵住了她的手，她不说话，他就也不问。两个人慢慢走回病房，正好赶上护士过来换药。

晏藜拿着保温杯出去接热水，走廊的靠背长椅上坐了几个四五十岁的阿姨，在闲聊，她从她们身边经过，正好听见她们提"409"。

晏藜他们在410，409就是那个女孩儿所在的病房。

"真惨啊，听说没几天活头了。脑子里长了个瘤，脑癌。还是个学生呢，爹妈不在了，男朋友好不容易凑够了钱，有啥用呢，做手术靠化疗多活两年，不做手术……"

"朝夕不保了。"

晏藜心头一颤，像被重锤击了一下，整个人定在原地。

她妈妈也是癌症。朝夕不保的意思就是，随时可能死。很多癌症晚期治与不治的结果也差不多，无非是痛苦地熬一段时间再死和不接受治疗能活几天是几天的区别。

晏藜没想到自己又在热水房遇到了那个男孩儿，对方看见她，一眼就认了出来，还跟她打招呼。说起就在他们隔壁的病房，那个男孩儿眼帘垂了下去："谢谢你今天帮我们拍照，其实……我今天就打算跟我女朋友求婚了，所以上午拍了合照。因为她马上要做化疗了，医生说人做了化疗变化会特别大……"

晏藜也沉默了，不知道能说什么安慰对方。

男孩儿再开口时语气带了些试探："那个……虽然有点儿冒昧，但是如果你有空的话，可不可以请你在我求婚的时候帮忙录视频啊？因为，那个病房其他病人都不太愿意帮忙，我爸妈也不理解我……"

说着，男孩儿更深地低下了头。

只是萍水相逢而已，再过一天，晏藜他们就出院了，她甚至连他们的名字都不知道。

她握着水杯的手微微用力，忽然想到五年前，她妈周琴死的那天。

"可以。"她说，"拍视频、拍照，都可以，我以前学过摄影，一定能把你和你女朋友拍得很好看的。"

男孩儿猛地抬起头来，灰败的脸上终于浮现一丝丝笑意："谢谢你。"

下午男孩儿求婚，就在女孩儿的病床边，晏藜拍着视频，看着他单膝跪地，把戒指戴在女孩儿左手无名指，女孩儿躺着，是笑着的。

回去以后，晏藜一直止不住地心慌，莫名其妙的。

江却发现她情绪不对劲，在护士换了输液水出去以后，他坐到她旁边。

"还在想那对情侣？"他虽然不说，但其实心里都知道。晏藜可怜那个女孩儿，也惋惜他们的爱情。

晏藜"嗯"了一声："虽然我知道，人各有命，"她叹口气，"但他们才二十岁，如果女生没有生病，他们应该会有很幸福的一生。"

人若是亲眼看到一条生命的消逝，那种感慨"生命怎么这样无常啊"的哀伤是怎么止也止不住的。

江却把人抱到怀里，不说话，只是摸着她的头发。

这天半夜，晏藜突然惊醒，听见外面的哭号声。她坐起来，急匆匆地出去，在走廊里看见那个男孩儿失魂落魄地痛哭，医生念着节哀。

病房里已经不见女孩儿的身影。

女孩儿是在化疗过程中休克猝死的。本就命悬一线的人，抓着最后一丝生的希望，也并没有被死神放过，走的时候，手上还戴着爱人的求婚戒指，没抢救过来，于凌晨一点二十六分过世。

晏藜浑浑噩噩地回去，眼眶发热，满脑子都是下午给他们拍求婚视频的时候，那个女孩儿说的话。

她或许自己也知道她没有多少时间了，所以在爱人给她戴上戒指以后，她安慰他说："如果没有举行婚礼的那天，也没关系。在我心里，我已经嫁过你一次了。"

我已经嫁过你一次了。

江却出院那天是大晴天，出了暖洋洋的太阳，临走前晏藜又去看了一下隔壁空出来的床铺——

从那天晚上以后，她再没见过那个男孩儿了，唯有手机上一张合照可以证明他们的痕迹。

出院以后两人先去了公安局，要备案。据说周盈婼已经供认不讳了，江却也经法医鉴定确实构成轻伤，不过似乎查出周盈婼有精神方面的问题，暂时联系不到家人，又没有配偶，所以即使起诉，对方大概也是拘留加强制精神治疗，没办法刑事赔偿或坐牢。

据周盈婼的口供说，她觉得自己一生凄惨，早就已经有了轻生的念头，又恰好看见中学时就很嫉妒的晏藜活得比她好几百倍，冲动之下，偶然出现在她眼前的江却和晏藜就有了这场无妄之灾。

这种极端且动不动就报复社会泄愤的行为，很荒唐，但也有迹可循。周盈婼是天生坏种，早在当年上高中时就能看出来了。

晏藜只是没想到她会这么恨自己。

打车送江却回家，晏藜还有些担心，江却三天都在医院，他爸妈会不会担心。结果开了门，家里根本就没人，晏藜扶着江却进去，看见玄关上贴着一张纸——

"儿子，你妈想去旅游，我们看你在朋友家里玩得也是乐不思蜀了，就没打扰你。我们去爬山看梅花了，一周后回来，照顾好自己。"

江却把字条揭下来，低低地"啧"了一声："真怀疑我是不是亲生的。"

扭头看晏藜有些发愣，他问："怎么了？"

晏藜回过神来："噢，就是……伯母她最近过得还好吗？"

荣玉那件事，无论如何都是两个人之间的一道隔阂，往远了说，日后也很可能是她和江家的隔阂。

江却还以为什么呢，眉眼松泛开来："这个啊，想知道的话，你就别回家了，我慢慢讲给你听，好不好？"说完，他指了指包扎的那条腿，"再说，我这腿还行走不便呢，你不心疼吗？再照顾我两天吧，不然我家就我一个人了。"

晏藜几乎没什么犹豫地就点头了："好。我刚才就想，既然你家里没人，那我就再照顾你几天吧。就算你不说，我也会天天过来的。"

江却还以为要周旋一会儿她才会答应,听她这么说,他脸上些微的笑意越来越大,又去牵她的手腕:"那你扶我,去沙发。"

江家客厅的风格远不如江却房间那么没有人情味,泛着一股书香门第的高知庄重。江却指了指桌上一瓶有些微枯萎的花:"我妈买的。她特别喜欢花,出院以后,只要在家,基本上隔个几天她就会买一束回来。"

他这样开场,晏蔡心里那些说不清道不明的忐忑开始消散了。

像是想起什么,江却表情有些恍然:"我高中那会儿,因为你去北京的事闹得有些厉害,我爸早就知道我对你的感情了,他也知道你就是那个人的女儿。我以为他知道以后会痛骂我竟然喜欢上了仇人的女儿,但是晏蔡,你知道他对我说什么吗?"

见晏蔡垂下眼帘,江却笑了笑,伸手握住晏蔡的手,以示安抚。

"你生父因为和人争执失手杀人入狱后,我爸已经搜集了很多他当年污蔑陷害我妈、造谣医院的证据,因为我妈当时精神失常,已经构成了起诉他诽谤罪的前提。虽然他入狱了,但如果我爸起诉,判决成立,那就是数罪并罚,刑期更长,并且当初的赔偿都可以要回来,甚至还有精神损失费和道歉。就算他不能赔偿,也会收回他名下的房产、钱财,或者由配偶和继承人继承债务。

"我爸完全可以那么做的,但是他找到你家,看到你和你妈以后,他放弃了。

"我爸这样说:'爸跟晏家的邻居聊了一个下午,知道了他们家的一切。大人造孽,孩子是无辜的啊。因为丈夫杀人入狱,一个孤苦伶仃的女人带一个孩子,还背了那么多债务,过得苦不堪言。如果连房子都被收回,再压上更多的债,她们母女俩就没有活路了。爸觉得,就算你妈清醒着,她也不愿意看到我逼死她们母女。我和你妈,我们都不愿做压死她们母女的最后那根稻草。我们一直以来恨的都是晏长贵,无关他那个在当时不谙世事的女儿。爸就是不想你因为当年的事情背上仇恨,所以一直不怎么在你面前提这件事。但是江却,如果你喜欢那个女孩儿,但又因为上一辈的事情关系破裂走到今天这步,那真的没必要。你一直都是聪明的孩子,不要被不属于你的枷锁禁锢住了。'"

话音落下,江却揽着晏蔡入怀,让她靠在他肩上,声音温暾:"我爸妈啊,一辈子都改不了心软的毛病,他们不会迁怒你的,放心好了。

"而且现在我妈已经好得差不多了,以前的事情也忘得七七八八。我爸尊重我的感情生活,他知道我考去北京是为了你,他没有任何异议。

"所以晏蔡,你可以放心爱我,不需要有任何后顾之忧。"

4

晏蔡要住江家,睡哪间房就是最大的问题。

虽然她笃定江家这么大的房子肯定有客房,但没想到客房因为长时间没人住过,脏乱到还得全部打扫一遍才行。

倒还不如睡沙发省事儿了。

江却还要洗澡,偏偏伤口不能碰水,晏藜就给他搬了一个凳子到浴室,让他坐着避开大腿的伤口,拿着淋浴头简单冲一下。

江却带着满身水汽从浴室里出来的时候,晏藜正弯着腰往沙发上放被子和软枕,客厅的暖气呼呼地吹着,电视上在放不知名的电视剧。

晏藜转身一看,江却又换了一身衣服,不过头发还是湿的。

她放下手里的东西:"把头发擦擦,冬天湿头发容易感冒。"

江却没动:"你晚上睡我的卧室吧,沙发太窄了。"

晏藜要朝他走过去的脚步一顿,表情微微变得古怪:"这……不太好吧?"才在一起几天而已啊。

江却:"嗯?怎么不太好?和沙发比起来,当然睡床更舒服啊。你是我女朋友,我一个男人总不可能让你一个姑娘家睡沙发吧。我睡沙发,你睡卧室。"

晏藜一愣,这才意识到自己误会了。

江却后知后觉,忽然别过脸笑了:"你是不是以为,我说让你睡卧室,是和我一起睡卧室?"

他正了正脸色:"嗯,如果你想的话,我也很乐意。"

晏藜一下子就有些脸红了,连指尖都在发烫。她不由得有些没好气地转过身,假装继续摆弄那堆被子:"谁说要跟你一起睡了,不要脸,流氓。"

晏藜又听到身后江却的笑声,她扯了扯嘴角,不想看他,身后却忽然有人抱住她,隔着一层薄薄的睡衣,她甚至能感觉到江却胸膛的硬度和温热。

江却生得高大,此刻整个伏在晏藜身上,体型差一下子就显出来,但他对着晏藜又没什么攻击性,通身气场温顺得要命,只是挺拔的腰微微弓起,完全贴合着晏藜柔软的线条,脊背线条就从睡衣里凸显出来,是看得出的硬朗。

"干什么?"晏藜还是没好气,但说的话又听不太出来不高兴或是不耐烦,倒更像是哄人的微微无奈。

江却努力低着头把脸埋进晏藜的后颈里,声音有些瓮瓮的:"嗯——我是流氓,流氓就要做流氓该做的事儿。"

晏藜抬手轻拍了他头一下:"别蹬鼻子上脸啊。"她微微扭过头,这样余光就能看见江却,"学校里那些喊你高冷男神的人,知不知道你这样?我姐养的萨摩耶都没有你这么黏人。"

江却在晏藜面前一直都是没脸没皮的,对他来说,尊严是什么东西?不能吃也不能喝的,他要是纠结那玩意儿,下辈子他都啃不动晏藜这块硬骨头。

"那都是他们对我的刻板印象。晏藜,从高中我们坐同桌以后,我什么时候对你高冷过?我天天缠着你,天天跟你说我喜欢你,你都不理我,你都不知道

317

你以前对我有多坏！"江却微微咬着牙下了最后的总结，泄愤似的抱得更紧了些。

晏藜轻轻地"唔"了一声，好像终于有了那么一丝丝的心虚："好吧，给你抱一会儿，补偿。"

江却慢慢从她后颈处抬起头来："除了抱，还有别的补偿吗？"

"没有。"

就知道是这样。不过这样江却也很满足了，这样的温情，他曾经无数次梦见过，也一直以为只能在梦里实现了，如今真的发生了，还是美好得像做梦一样，让他怎么能不欢喜呢。

晏藜晚上再次来到江却的房间时，已经不见那本日记了，她笑笑，站在走廊能隐约看见江却躺上了沙发，翻了个身把被子压在身下。

他那么大的个子，睡沙发还真是委屈了。

这晚，晏藜几乎被江却的味道包围了，以至于梦回高二——

是嘈杂热烈的盛夏，江却坐在她旁边，趁她睡着了偷偷碰她的手；画面一转，又是深秋，江却穿着蓝白色的校服，鸦黑短发蓬松贴在额前，他凑过来摘了她的耳机，身上清澈的香味扑面而来，眼神紧紧勾着她，深邃清隽，在她耳边轻声说了什么。她耳朵一阵发烫的酥麻，然后就睁开了眼。

拉着窗帘的室内早已经一片大亮，微微有些刺眼的光照得她闭了闭眼才适应，然后隔着虚掩的房门，她听见外面隐约生起油烟吱吱作响的声音。

她还有些困，也没想起江却腿伤的事儿，翻了个身就又闭眼了。

不一会儿，门被从外面轻轻推开，江却穿着拖鞋走进来，轻手轻脚的，看晏藜背对着她，单薄的身体带着被子微微起伏着。

晏藜听得见，也感觉得到身后有人的目光正注视着她，但眼皮实在太沉了，她还是没动，只是心跳似乎有些微的加快，直到身后的床塌陷下去——

江却单膝跪在床上，两只胳膊分别撑在晏藜身体两侧，就那么静静地看着她。

晏藜的头发很漂亮，鸦黑的长发铺在床上，像海藻一样，很纯情，但也很欲。江却呼吸微急两分，眼里的柔情也浓重了些。

他试探着开口："我看到你眼睫毛动了，还跟我装呢？"

声音微微带着磁性，身上带了一丝若有似无的油烟香。晏藜鼻翼微微翕动一下，不知道为什么闭着眼，脑海里就又浮现刚才梦见的那一幕。

少年时期的江却为数不多的激情场面。

啊，没办法醒来面对现实中的江却了。

"我数到三，还不睁眼的话，我就亲你了。"他说这话，语气带着些期待的恶劣。

"一！"一个数喊出来，江却看她是一点儿睁眼的意思都没有，她是笃定他不会亲她，还是笃定他不敢亲她啊？

江却索性不喊那个"二"了，撑着身体的胳膊微微曲肘，他附在晏藜耳边，亲了她微红的耳垂一下。

晏藜猛地睁开眼，一把推开江却就坐起来了："你干什么，流氓啊你。"

江却被推得坐在床上，也不恼，只是一直看着晏藜笑，笑得人心里怪慌的。他这才从床上站起来："起床了，做了滑肉粥和油条，再不吃该凉了。"

晏藜赶紧掀开被子，虽然穿着一层里衣，但毕竟是冬天，被窝内外温差又大，她微微哆嗦了一下："你不是不方便吗，怎么还做饭……"

江却拿了旁边单人椅上挂的棉服外套披在晏藜身上："我是腿伤了，又不是手伤了。再说，这个腿不用劲儿就不疼了，估计过几天都能拆线了。"

话音落下，他走到窗边，唰的一声，窗帘大开，外面暖融融的冬日阳光就彻底照了进来。

江却就那样逆着光站着，周身一圈淡淡的光芒，晏藜看着，心头不可抑制地一跳。

吃饭的时候，江却又是盛粥夹菜，又是掰油条剥鸡蛋，体贴得好像晏藜没长手一样，就差没亲自喂她了。

晏藜喝一口粥，看着江却微微有些出神。江却坦坦荡荡地受着，眼里是满到溢出来的笑。

"江却。"

"嗯？"

晏藜闷头又舀了一勺粥，喝到嘴里才又开口，咬字有些不太清晰："你对我这么好，我怕我对你日久生情了。"

可别小看"日久生情"这四个字，晏藜这种性子的人，和江却在一块儿时间久了，都能产生那么浅浅一层的爱情，时间再长点儿，那谁也说不准。

江却嘴唇微抿，语气里是听得出的愉悦："求之不得，我是日思夜想，就等你对我日久生情那天呢。"

接下来的几天，说是晏藜照顾江却，其实也只不过是做一些拿东西倒茶之类需要走动的活儿，更多时候是江却纵容着她，想吃什么，想喝什么，想去哪儿玩，他想都不想就带她去了。

晏藜中途给冬安姐打电话，冬安姐似乎也是在家远程忙公司的事儿，还说没空陪她，让她和朋友们好好玩儿好好聚聚。

晏藜乐不思蜀了，在江家待了三四天才想起来，她们在南平的行程只有两周而已，马上就到户主在拆迁合约上签字的日子，签完字她们就要回北京过年了。

晚上，两个人坐在沙发上看电视剧的时候，晏藜说起这件事，江却没发表意见，只是手不老实，又摸过去攥住了她的手。

电视上的男女主角高中相恋，因为各种原因分开，如今正演到两位主角重逢，男主角和女主角当面对峙大吵一架后，在回家的车上回忆以前。

晏藜就眨了眨眼："还好当初咱俩没吵架，不然像这样似的，闹得多难看啊。"

江却揉了揉晏藜左手的虎口，软软的，连带他声音也是温软的："怎么没吵，在走廊外面的时候……"

晏藜瞪眼："那算吵吗？那顶多算是……语气稍微有一些激烈的质问。"

江却勾勾嘴角："好好好，你说没吵那就是没吵。"

晏藜来劲儿了，抓着抱枕放怀里，胳膊肘捅了捅江却："江却……我可不可以问一下，你是什么时候开始喜欢我的？"

江却扭头看她："那么想知道啊？"

晏藜点点头，下一秒看见江却伸着食指点了点自己面对着晏藜的右脸颊："报酬。"

晏藜猛地把手从江却那儿抽出来，微微瞥他一眼，语气平淡："不想说就算了，正经人谁陪你天天干这个……"

他们两个的相处中，不论是以前的恋人未满，还是现在的情侣关系，江却永远都是拿晏藜没办法、被动的那个，天天心里想着咸鱼翻身，实际上对方放个"平a（游戏中的专业术语，只用普通攻击而不用技能）"，他就赶紧把闪现和大招都交了。这个恰当的比喻，还是跟着郑昔打游戏的姜楠告诉他的，他忽然觉得用来形容他和晏藜还挺贴切的。

就比如现在。

江却赶紧去握晏藜抽走的手，生怕她跑了一样，语气也软下来："我说，我说还不行嘛。

"特别早，具体到什么时候，我也不记得了。你知道，人的感情不会一夜之间就发生改变，都是日积月累，不知不觉间潜移默化的。我就那么天天看着你，关注着你，像温水煮青蛙一样，等我反应过来我喜欢上你的时候，那爱河的水都淹到我脖子了，害得我想逃也逃不了了。"

晏藜笑笑，语气揶揄："江却，你可真肉麻。"

理科大才子江却，从她高中认识他开始，待人接物每时每刻都像块冷硬的冰一样，让外人无论如何也想不到，他会软着嗓子说这种话吧。

江却是豁出去了，他听得出晏藜明明也喜欢听他说这些。

他搂着她，让她靠在她怀里，又开口道：

"其实高中那段日子，我有时候过得很开心，就是你愿意理我的时候；有时候又很难受，因为你总是眼里没我。那个时候，也想不明白，不知道我差在哪里。你对程圆圆总是温声细语的，对宋京墨也可以好声好气，甚至孟则、蔡景辉，你对每一个人都不错，独独对我，总是隔着千山万水一样。

"虽然后来知道了，你是因为早早发现了我的心思，才会那么疏远我，我就也能想通了。但是不知道的时候，真的很不舒服的。你知道嫉妒有多难受吗？就像把心放在油锅上煎，还是不放油的那种，只放醋，最后还要挤柠檬汁，又酸又苦。"

说着，他摸了摸她的头发，顺着头发又摸上了她的脸，指腹轻轻地摩挲着柔嫩的皮肤，舒服得他心尖儿发痒。

"但是晏藜，我还是很庆幸高中的时候遇到你。即使你怀疑我、疏远我，甚至后来我们经历了那么多，但还好有当年那段日子，才有了现在的我们。"

5

江却说完这话，晏藜没接，只是往江却怀里的更深处缩了缩，低低地"嗯"了一声。

她不会说情话，她对江却的感情也远远没有江却对她的那么深重，那点儿喜欢也没必要拿出来再说，主要是，也没什么可说的。

但他说的每个字，她都认真听了。

她既然答应和他在一起，就会尽可能地比以前更喜欢他一些，就算感情方面达不到他的要求，她也愿排除万难，永不言弃。

这是她能给江却最大的承诺了。

江却都明白，他一点儿也不在意他说了这么一大堆以后晏藜"冷淡"的态度，他只是紧紧地把她抱在怀里，低头吻她的额头。

良久，他才声音低柔地问："去洗漱吧，该睡觉了。"

晏藜坐起来："那我去洗澡了。"

"嗯，去吧。"

晏藜洗澡的时候顺带就把头发洗了，虽然昨天刚洗过。对着卫生间洗手台的镜子吹头发时，晏藜忽然想起江却很喜欢她的头发，喜欢卷在指尖把玩，还喜欢摸，有时候抱着她，会不自觉地低头埋进她颈窝里闻她身上和头发的味道，表情还微微有些沉迷。

这个念头才刚在她脑子里转个弯儿，手里的吹风机就被不动声色地拿过去了。晏藜转头，看见比她高很多的江却就站在她身后，紧贴着她，手里举着刚从她那儿拿走的吹风机。

"我来吧，你这样举着吹太累了，我这个高度刚刚好。"

晏藜乐得轻松，就安安静静地站着，任由江却撩着她的湿头发一点点地吹起来。他动作很温柔，甚至轻得让她都有点儿想睡着了。

吹得差不多了，发梢还带一点儿湿气，江却拿起桌上特意给晏藜买的梳子，从上到下，从里到外细细地梳通。但梳着梳着，他的呼吸和手就有点儿不对劲了，开始往晏藜的脖子上若有似无地蹭，甚至头埋得越来越低，好几次嘴唇擦过晏藜的耳垂和脖子。

晏藜被他弄得有点儿痒，转过身拿走江却手里的梳子："我自己梳，你回去睡吧。"

她说着，才发现江却空着的双手不知道什么时候扶在她身体两侧的洗手台上了，把她整个人圈在怀里，而且空间很小，让她连转身再对着镜子都不行。

她抬头看他，才发现他一直低着头，眼神黑沉沉的，像藏着什么不得了的东西，有种摄人心魄的痴，但表情又很柔和，中和了那些带掠夺意味的眼神。

"干什么？"晏藜说着，忽然有点莫名其妙想逃的感觉。

他不说话，眼神一路下移，从对视的眼睛看到嘴唇，他喉结就滚动了一下，气氛也不知什么时候开始逐渐升温了。

一片静寂中，晏藜只听得见自己愈加急促的心跳，还有和江却越来越收紧的距离。

"晏藜……"他开口，声音泛着一丝情欲的哑，喊得晏藜心头发颤，不自觉就想往后退，但又退无可退，只能任由江却头压得越来越低，直到两个人的脸只有一厘之遥。

他呼吸的温热气息她都能感觉到，有些紊乱，下一秒唇瓣一热，晏藜看着近在咫尺的江却的眼睫，整个人都愣得像木偶一样了。

这个试探性的吻，一开始只是两相触碰，江却同样没有经验，只觉触感很好，像吃软糖。

但很快他就不满足于此了，心里生起一些焦渴感。

晏藜还没回过神来，只听见江却轻笑一声："闭眼。"

她这才后知后觉地闭上眼。同时江却也吻得更加深入了，品尝着心上人的美好，换气的间隙，晏藜睁眼看见江却一直勾着嘴角在笑，嘴唇透着被浸湿的水亮，声音有些压抑地说："晏藜，你嘴唇好甜，接吻好舒服……"

晏藜呼吸微微有些乱，面色泛红，一直红到耳根后，她低着头不太敢看江却，被他凑到耳边戏谑："怎么，害羞了？"

晏藜又抬头，才发现江却也没有比她好多少，他看起来一副游刃有余的样子，其实自己也红着脸，耳尖红得像血滴子。

晏藜头晕目眩，用最后残存的理智和力气不轻不重地推开了江却："你别招我，赶紧回去睡觉吧。"

说着，她重新举起梳子梳头发，看着镜子里江却微笑着看她，但没再凑过来，倒是乖乖地回去了。

江却前脚关上门，晏藜眼神飘忽一下，绷紧的呼吸一下子松懈下来，长舒一口气，大口大口地呼吸着，一手压住胸口剧烈的心跳。

她这时候才后知后觉,初吻没了。

晏藜在江家待了不到一周,在江却爸妈还没回来之前就回旧城区了,拆迁签约的事提前了,北京也来电话了,要她们早日回去。

晏藜这才想起来,快过年了。

走的那天江却的腿已经好很多了,差不多再换一次药就可以拆线了。他送晏藜回家的时候,祝冬安正站在半露天的阳台上晾晒被子。

被子挡住全身,只剩下一个头露在外面的祝冬安,看见自己的妹妹从一辆陌生的车下来,随后从驾驶座又下来一个男人,不知道两个人凑在一起说了什么,男人抱了抱她的妹妹,转身上车了。

祝冬安把被子往挂绳上一扔,三下五除二地抻开,赶在晏藜上楼以后敲门的前一秒,唰地拉开了大门。

晏藜抬起的手僵在半空,看她姐双臂抱胸,好整以暇地站着,一副要跟她秋后算账的表情。

"冬……冬安姐。"晏藜讪笑两声,放下了手,想坦白,又不知道该从何说起。

谁知下一秒,祝冬安突然笑了,笑得不知道多灿烂,抓着晏藜的双肩,让她进屋。

"我们小藜谈恋爱了呀,这是好事儿,怎么不和姐姐说说?"

晏藜一边被祝冬安推着往前走,一边扭头解释:"我要说的,就是没来得及,是这几天才确定关系的,事出突然。"

祝冬安摁着妹妹坐下,开始"审问":"怎么在北京那几年都不见你谈恋爱,一回老家好事儿就成了?说,是不是你以前那几个高中同学其中的一个?"

她早该想到的,她这小妹妹在南平那几年虽然过得那么苦,但身边有一堆朋友对她好,还有异性,会日久生情太正常不过了,不然怎么一出去好几天不回家?

晏藜抿了抿嘴:"是,也不是。他大学也在北京,我们的确高中时候是同学,然后……前几天他受伤了,我在医院照顾他,他跟我表白,我就……同意了。"

对祝冬安,她没什么好瞒的,而且关于江却的事,她也没打算瞒。

祝冬安沉吟两秒:"他大学和工作在哪里,如果异地的话……"

晏藜及时打断:"不是异地,他也在北京,而且跟我同校。"

祝冬安表情微妙,似乎在一瞬间懂了什么:"这样啊,那还挺好的。不过咱们马上要回北京了,你那小男友他知道这事儿吗?"

"知道不知道,我都是要回的啊。冬安姐,我们只是谈恋爱,又不是卖给他了,过完年开学就能见面了,又不差这几天。"她知道,冬安姐是怕她因为留恋不舍,不愿意回北京了。

祝冬安表情一下子轻松了,转身继续收拾自己的被子,嘴里念念叨叨:"哎呀,你这一谈恋爱,姐姐心里真是五味杂陈啊,又高兴欣慰,又难过,养了这么长时间的大白菜,马上要被拱了……"

晏藜在后头听得失笑,低头一看,手机显示江却发来一条消息。

"晏藜,你回北京那天具体几点去机场,我去送送你,顺便也见一下你姐。"

晏藜在手机上敲敲打打,没一会儿就编辑了一条发送过去:"不用,就一段路而已,没什么好送。我走那天正好伯父伯母旅游回来,你在家好好陪陪他们吧,替我跟他们问好。"

机票早在刚发售的时候祝冬安就买好了,拆迁的事到了日子办得很快,晏藜只觉在南平这两周一眨眼就过去了,等她回过神来,已经和祝冬安坐上了回北京的飞机。

她靠着椅背睡着了,没做梦,再醒来,飞机落地,又回到了北京。

来接她们的是舅舅舅妈,说家里的饭菜都准备好了,就等她们姐妹俩。晏藜听冬安姐和舅妈闲聊,说起还有十二天除夕,她恍惚一下,忽然觉得日子过得好快。

但后面的十二天过得更快。

晏藜整天在家待着,看看书,看看电影,困了就睡,睡醒吃饭,一晃就除夕了。

晏藜一个二十多岁的人,来祝家以后,还是每年都有一个大红包。除夕夜的活动一般是包饺子、看春晚,一大家子坐在客厅把几天的饺子都包完了,晏藜也收到了唐凝的电话。

"除夕快乐,新年快乐,我的晏藜大宝贝儿。"

晏藜听唐凝在电话那头的怪腔怪调,不由得失笑出声:"嗯,除夕快乐,新年快乐,我的唐凝大宝贝儿。"

唐凝的笑声掺杂了微弱的电流声传过来:"哎呀,我还要给曼曼和舒舒也打电话的,先挂了啊。"

这时,祝冬安站在阳台叫了晏藜一声:"小藜,邻居家要放烟花啦,快出来看。"

晏藜往阳台走去,这时候,电话又响了。

她接起来,在时钟指向零点,天空炸开绚烂的烟花这刻,电话里传来江却低沉的声音:

"晏藜,新年快乐。我爱你。"

第十七章

这就是爱

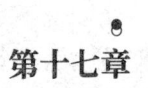

1

三月初，开学。

春寒料峭，祝冬安送晏藜去学校，又提起驾照的事，让她尽量早点儿考。

"等你拿到驾照那天，作为今年的生日礼物，也祝贺你考上研究生，姐姐打算送你一辆车。能力范围之内，你随便挑。"祝冬安半开玩笑地说。

晏藜笑笑，应下来，她要是说不要，冬安姐肯定会不高兴。

晏藜一早就和江却通了消息，对方要到傍晚才能到校。还没正式开始上课，晏藜在宿舍帮程曼收拾了一下行李，下午就去实验室打扫了。

虽然群里早就通知了，不过因为各人行程不同，晏藜推门进去的时候，里面只有两个学姐和一个学长在收拾。

晏藜一边跟他们打招呼，一边回自己位置看她的仙人掌和多肉。仙人掌还好，多肉的土有一点点干了。她赶紧去接水，中途听见有个学姐跟另一个学姐说话："待会儿下雨，你带伞了吗？"

晏藜摸出手机看天气预报，还真是，她就这一天没看，也没带伞，这就要下雨了。

不过这会儿外面太阳还大，没什么要下雨的迹象……希望她离开教学楼的时候也不要下，等晚上再下就好了。

大概下午四五点，晏藜结束了打扫，听见一个学姐拉开实验室窗帘，惊呼一声："外面下雨啦！"

晏藜扭头一看，窗外乌云密布，一开始还只是小雨，没一会儿雨势变大，哗啦啦地成了瓢泼大雨。

她下楼的脚步有些踌躇了，慢吞吞地到了一楼。

来往的人都打着伞，或是淋着雨急匆匆地跑着。晏藜环视一圈，也没有看见认识的人,她只能硬着头皮冲进雨里。

手腕却在下一刻被人牢牢握住,头顶的雨也在这一瞬全部消失了。

她回头,江却那张眉目清秀的脸就直直撞进她视线里。他打着伞,长身玉立地站着,过往许多人都纷纷侧头看过来。

他还在笑:"刚才去实验室找你,晚了一步,还好又找到了。"

江却握着晏藜手腕的那只手下滑,和她十指相扣,将她整个人都牢牢罩在伞下,拉着她往教学楼相反的方向走。

晏藜还有点儿蒙,毕竟好长时间没见过面了,就算每天都有互发消息、打电话,但隔着手机屏幕的感觉,远不及亲眼看见人站在面前,还拉着她的手。

耳边是夹杂着微风的雨声,两人并肩走了几步,晏藜心尖那阵刚见到江却打着伞如天神降临般的剧烈悸动慢慢恢复平静,她问:"不是说要到晚上才能到学校,怎么这么早?"

她没注意到江却的伞是歪的,因为身高差得稍微有点儿多,他如果平举,雨丝势必会飘到她脸上。

"因为想早点儿见到你,所以改签了,比原来早两个小时。"他顿一下,扭头看她,"现在看来,我这个决定做得很正确,不然这会儿下这么大的雨,你连伞都没有,岂不是要淋得湿透。"

晏藜眼神微微闪躲:"现在要去哪儿啊,才刚刚五点,就要吃晚饭了吗?"

江却的手是温热的,掌心干燥。晏藜走在他身边,有种妥帖的安定感。

"虽然有点儿突然,不知道你愿不愿意……我一个本科时候的朋友,在北京的科技公司上市了,跟我联系想一起聚聚,但我又很想先见你,现在又想带你一起去。"他微微歪了下头,靠她近些,"可以吗?"

晏藜不作声,只是抬眼看着江却有些失神。江却等一会儿没等到回话,一转眼看见晏藜正专注地盯着他的脸。

她非常认真,仿佛他的脸是什么实验报告似的,她很正经但又很不知所谓地问:"江却,有没有人跟你说过,你的侧脸很好看?"

两人离得很近,晏藜分明看见在她话音落下的瞬间,江却微怔的眼神和轻颤的睫毛,下一秒男人面颊微红,且以肉眼可见的速度蔓延到耳根后。

他赶紧别过了脸,掩饰般轻咳两声:"没、没有吧……"

晏藜正了正脸色,平视前方:"没有就没有吧。不过我们要怎么去啊,见你朋友?"

这是……答应跟他一起去了?但江却转而又想到,她刚才还在说那种调情的话,现在立刻就能云淡风轻地从那种暧昧气氛中抽离出来说正事儿,什么啊,让人怪不高兴的。

但江却还是一五一十地回话:"去吃法餐,开车去,车在前面不远的停车场。"

晏藜又成好奇宝宝了："谁的车，哪儿来的？"

江却不厌其烦地回答："我的，早就买了，只不过之前一直没去店里提，想着熟悉一下学校再考虑要不要开车。"

晏藜缄默了，看来江却也有很多她不知道的事，而且他作为一个还在上学的学生，又不是什么富二代，买辆车轻轻松松就办到了，这本身就有些让人咋舌。

等见到了江却口中轻飘飘的"那辆车"，她才知道是她低估他了。看不出哪个系的路虎揽胜，但她知道和冬安姐那辆卡宴的价位差不多。

见晏藜表情微微有些古怪，江却勾勾嘴角："怎么了，干什么这副表情？"

晏藜抿唇，由着江却把她的安全带系好以后，还是问出口："我就是好奇，为什么大家同样是一个大学的学生，你能买得起这么贵的车呢？"

江却一边发动引擎后退拐弯儿，一边语气温沉地解释："大二的时候，我在一家比较出名的国际期刊发表了一篇论文，业内就有人找上我，想挖我去他们的公司。不过那会儿我一门心思惦记着考研到这儿找你，就婉拒了。最后卖了个新型电子元件的专利，那笔钱数额不小，我就拿了一部分买车。"

晏藜听得心惊肉跳，她隐约觉得江却口中所谓的"比较出名的国际期刊"和"未名的电子元件"绝不像是他说出来语气这么平常的东西，但他最后那句，说买车只拿了专利费的一部分，才真叫她感叹什么是人比人气死人。

虽然她一直知道江却是理科天才，但每每意识到这个现实，她还是会心塞。想想本科时她拼死拼活地上课，也才拿中等绩点，偶尔论文写得出彩，拿个国家奖学金，而在这个时候，人家已经开始上国际期刊，挣巨额专利费了。

晏藜越发觉得自己笨了，她索性放松身体靠在靠背上，有些没好气："剩下的专利费呢，你还买了什么？"

一次性说出来吧，让她这个菜鸡也开开眼界，省得日后知道一次心塞一次。

江却专注开车，面不改色："剩下的拿去投资买股了，可能是我运气挺好吧，这几年升值还不错，翻了好几番。"

话音落下，江却似乎想到什么，转头看了晏藜一眼："虽然我知道你现在不需要钱了，但如果你也想买什么贵重的东西，或者像我一样投资买股的话，我可以把那些钱拿给你玩玩儿。"

晏藜猛地看过去，但这时江却已经转头看着前面公路了："反正那些钱将来也都是你的，是我攒着用来和你结婚的。那个时候也不知道能不能找到你，能不能和你在一起，但总归给我自己找了件事儿做，让我也有个盼头了。"

晏藜一愣，心头像被什么东西重击一下，良久都说不出话来，只是无意识地看着前窗外的公路和江却的侧脸。直到江却把车停在一个法式餐厅的地下停车场，晏藜这才回神，在江却凑过来替她解安全带的时候，声音有些飘忽地回着他刚才的话："我不用你的钱，那是你辛辛苦苦挣来的，你留着吧。"

江却似乎没想到她这一路都在想那些话，闻言顿了一下，而后笑了："钱没了还能再挣，老婆可只有一个。"

说完，他突然抬手捧住晏藜的脸，低头轻轻亲了她脸颊一下："好了，这些事情以后再说，先下车吧。"

江却那位开公司的朋友名叫暨睿识，晏藜起初听名字觉得有些耳熟，后来猛地想起，这位同样作为科研界的牛人，几年前还声名大噪。晏藜倒没想到他放弃了科研这条路，转而开了家公司。

暨睿识比江却大两届，研究生是在国外读的，似乎和江却关系不错，是一个很有礼貌涵养的男人，和晏藜礼貌性握手后请她落座。

"早就听江却提起过你，说你们是高中同学。我考研'上岸'的时候还跟他开玩笑来着，说他要是真和你在一起了，一定第一个告诉我，没想到啊，这好事儿都撞一起去了。"他笑着说。

晏藜有些怕生，不擅长和这种一看就很有气场的人交际，听着对方的话，她点点头，礼节性附和两声，也怕说错话，总归有些拘谨。

好在江却坐她旁边，隐在丝绒桌布下的手一直握着她，帮她接话。直到餐点上桌，晏藜在一边安静地吃，江却和暨睿识聊起他新公司的近况，那只一直紧握着她以示安抚的手才松开。

晏藜不太爱吃西餐，祝冬安每次带她出来吃饭也都是挑中餐馆，幼时恶劣的生活条件拖垮了她的肠胃，几乎每次吃西餐都会有些不适，而且她也没什么食欲，吃得胃里凉飕飕的。

一顿饭吃完，晏藜面前的西冷牛排还剩一半多，鳕鱼和鹅肝只动了两口。

江却和暨睿识看起来聊得很不错，三个人在餐厅门口告别，晏藜看着那位的背影走远了，手已经被江却牵住。

外面不比餐厅，还有些冷，但江却的手是温热的，让人心安。

上了车江却握住方向盘，冷不丁地说起刚才的饭菜："学长喜欢吃法餐，他继父是法国人，他小时候是在法国长大的。以前每次跟他一起出来，几乎都是去法式餐厅。"

晏藜不知所云，但还是跟着附和："嗯，看出来了，他特别有礼貌，很绅士。"

江却操控着方向盘拐弯，忽然轻声笑了："不是说这个，是说法餐。虽然我出于礼貌每次都默认跟他一起吃法餐，但你不觉得西餐晚上吃了胃里不太舒服吗？我看你就没吃多少，我也是。咱们换一家吃吧，我知道这附近有一家专门做淮扬菜的饭馆，做的汤特别好喝。"

晏藜坐在副驾，微垂了垂眼："江却，别人请吃饭，我就吃那么点儿，是不是不太礼貌啊？"

正常行驶的车忽然慢慢减速，停在路边，江却转头看着晏藜，不着痕迹地轻叹了一口气："你知道吗，你十几岁的时候，就活得很小心翼翼。你没脾气，被生活磨得没有棱角，圆滑得让人心疼。但是晏藜，今时不同往日了，你有你舅舅、表姐他们爱你护你，你还有我，你不用因为吃不惯一顿饭就害怕别人不悦，学长他也不会计较这个。"

他伸手过去握住晏藜，转而又摸了摸她的脸，声音和缓："吃不习惯有什么，不好吃就是不好吃，咱们不吃就是了，我带你去吃好吃的，好吗？"

晏藜忽然不知道说什么好，她眼眶有些发热，略微艰涩地点了点头。

晏藜一直喜欢的都是热汤热饭，即使如祝冬安这样出入于各大高级西餐厅的女老板，也会跟着晏藜去吃各种接地气的馆子。

江却高二时天天给晏藜带饭，也知道她的喜好，点了几样荤素都有的菜，还有猪骨汤，鲜笋素汤。

晏藜尝了一口素汤，清淡柔和的汤水顺着喉咙滑到胃里，瞬间感觉隐隐不舒服的胃都熨帖了。

2

"活过来了？"

江却问着，伸手用纸巾擦了擦晏藜嘴角的一滴汤水。

晏藜点点头，脸色看着也比刚才红润了很多。

江却就笑了。自从两个人在一起以后，他好像就经常笑，总之比以前笑的次数多，他看着晏藜低头喝汤，微微前倾着问："晏藜？"

晏藜头也不抬："嗯。"

"汤好喝吗？"

"好喝。"

"菜好吃吗？"

"好吃。"

"下次我们还来这里吃吧？"

"好。"

"那你喜欢我吗？"

"喜欢。"

话音落下，晏藜立刻就听到江却的笑声。她所有动作猛地停住，后知后觉地抬眼，发现江却又是那副得逗似的、满脸愉悦的嘴脸。

被他套路了，还是不知不觉间。

她低头不理他，继续吃饭。

没吃几口，看江却一直不动筷子盯着她看，她才低声地说："江却你真幼稚，这种游戏我很小就不玩儿了。"

但江却似乎并不觉得，甚至满不在乎："有吗？我觉得很好啊，年前刚开学那会儿，我不得已要假装冷漠地对你，你可能觉得没什么，但我装得难受死了。"

"所以现在，我要把那时候缺失的都找补回来。爱人这方面你可远不及我，所以今天我就教你一条，我自己的亲身经历得出的血泪教训。"

他越说越开始一本正经地胡扯了，晏藜心里失笑，但还是装模作样地点点头："嗯，你说吧。"看你能不能说出个花儿来。

"爱一个人呢，就要学会大大方方地表达爱意，爱不是冷冰冰或者讲反话，这样两个人都会很痛苦。爱应该是炽热的，永远都是。"江却顿一下，看晏藜因为他这番话微微失神，"你不记得了吗，是你教给我的，爱情要坦荡，要拿真心来换真心。我当年没听你的话，才会犯错。所以这么多年，我一直都谨记着。"

晏藜眸光流转，看着江却指了指她放在桌上的包："但我现在已经很满足了，因为我发现你也在学着爱我，就像那只以前一直被你压箱底的朱莉挂件，你把它挂在包上，也是为了给我安全感，对吗？"

晏藜无意识眨了眨眼，忽然郑重其事地坐正了身体："是，你说得没错。那我也有一件需要跟你开诚布公的事情，你要老老实实地跟我说实话。"

江却舒了一口气，语调透着轻松和闲适："这是要跟我秋后算账啊，坦白从宽，抗拒从严吗？"

晏藜罕见地从眼里透出几分笑意："哪有那么严重啊，如果真是那样你觉得你还能安安稳稳地站在我面前吗？

"是年前我收到一个匿名送来的围巾，我一直以为是哪个跟我有交集的学妹或者学姐送的。但江却，是你吧，我住你家照顾你腿伤那几天，看到姜楠给你发消息问你的手织围巾送出去没有。"

是这个啊，江却刚才还微微有些紧张的神情一下子放松了下来。

"是我，那时候不是情况特殊嘛，就是为了让你以为是女生送的，这样你才会好好戴，不会想那么多。所以我拜托实验室里一个学姐帮忙写了字。"说完，他也没什么邀功的意思，只是帮晏藜又夹了点菜放到瓷碟里，"当时没想那么多，觉得先让你戴上才是最终目的。如果让你猜到是我送的，肯定又是一堆事隔着，你会好好戴才怪呢。"

他比谁都知道她的敏感和疏离，最拿手的就是跟人撇清关系，为了终结这个恶性循环，他必须小心再小心。

晏藜看着他，一肚子准备好的说辞忽然语塞，继而烟消云散，一个字都说不出来了。

她忽然发觉，江却不仅了解她藏在坚强平静外表下那颗谨小慎微的心，也愿意包容并安抚她所有的、如同一团乱麻般脆弱易碎的情绪。

他一个男人，用他那双用来做科研实验的手，给她织了一条围巾。

晏藜心尖开始发痒，有种说不出的、像是浸泡在奶油里的酸软漂浮感，连带她那被热汤抚慰的暖乎乎的五脏六腑一起，有史以来第一次体会到——

原来这是爱，古往今来无数人趋之若鹜的情爱，原来是这种感觉。

她在被爱的同时，第一次知道对另一个人产生爱意是什么感觉。

晏藜回宿舍的时候有些晚了，连经常约会回来最晚的程曼都赶在她前面。

看见她推门进来，其他三个人原本正说着话，戛然而止，然后都齐刷刷地抬头看过来。

程曼先发话，笑得一脸八卦，跑过来搂住晏藜的胳膊："哎哟，咱们宿舍睡得最早的养生人今天怎么回来这么晚啊。说，是不是有情况了？"

晏藜把包挂好，一边换鞋，一边说："先别说我了，刚才进来听见你们说什么唐凝怎么，所以她到底怎么了？"

程曼来劲得很，闻言也不揪着晏藜的事不放了，又走过去坐在有点儿害羞脸红的唐凝腿上："唐凝她今天可出息了，追了大一计科系那弟弟一个寒假，今天下午又见了一面，两人成了。那学弟说咱们唐凝很可爱，而且一点儿也不嫌弃她比他大几岁。啧啧，你都没看这两人那聊天记录，说得叫一个肉麻。"

晏藜其实不太意外，唐凝本身就是很优秀的小姑娘，性格也好，当初追那个学弟时攻势那么猛，她就预料到他们好事将近了。

说完了唐凝，三个人的注意力很快又转移到晏藜身上。晏藜每次回宿舍都很规律，只有这次破例，而且偏偏还是在开学第一天。

晏藜被三双眼睛盯着，还不等程曼再问出口，她自己就承认了："嗯……姐妹们，有件事要跟你们说一下。

"我和江却是高中同学，但是因为高中时发生了一些不太愉快的事情，所以他考上研究生以后我们之间的关系有些尴尬且微妙；而且你们也没问，我就选择跳过，没有跟你们说。"

说到这儿，一向面不改色的晏藜都微微有些赧然，她轻咳两声："寒假的时候，我回老家，他跟我表白，我同意了，我们就在一起了。"

话音刚落，那边专注听着的三人相视一笑，晏藜想象中她们讶异的场面一点儿也没有，就好像早有预料似的。她不由得有些纳闷："你们……不惊讶吗？没什么想问我的吗？"

还是唐凝先开了口："我们几个早有预料了好嘛。就江却对你那样，看你那眼神，是个人都能看出来不对劲，也就你还蒙在鼓里，以为他拿你当普通同学。尤其是后来你俩在一个实验室以后，单是被舒舒抓到一起去餐厅吃饭都有好几次了，只不过我们想着你没说，我们也不太好问就是了。"

程曼接上:"就是,而且当初江却还三番五次跟姜楠提起你,哪有人对自己高中同学那么上心的,所以我们都隐隐约约明白的。"

她给晏藜竖了个大拇指:"这么大个优质男神,苦恋你多年如今终于修成正果,晏藜,你才是咱们宿舍隐藏的大佬啊,棒呆。"

晏藜没想到"三堂会审"这么轻易就给她过了,接下来按照她们宿舍的传统,唐凝发言,说她男朋友下周请大家吃饭。晏藜还没跟江却说过这事,就没掺和。

转头舒书让她们看看楼群,脱单请吃饭这事儿就先搁置到一边了。

楼群宿管阿姨说宿舍楼正门前的景观大道附近的监控和路灯线路烧坏了,让大家晚上尽量不要往那边去,以免发生什么意外。

另一个群这时候又发了张本学期的行政课表,晏藜算了算专业课之余能去实验室的时间,把楼群里那则通知抛到了脑后。反正她也不去景观大道附近,那地儿偏僻,除了几个偷摸亲热的小情侣会过去,其他人几乎不会绕到那儿。

刚开学难免忙一些,夏方同给晏藜安排了几个必须到场的讲座,开学第三天,上完了专业课通知她去他办公室拿邀请函。

刚下课人多,晏藜随着人流下楼,在二楼接到江却的电话。

对方似乎心情还不错的样子,问她几点去吃晚饭。开学以后几乎每天都能见面了,江却还嫌不够似的,恨不得拴到晏藜腿上,一天二十四小时跟着她。

但是今晚不行,今晚有个讲座要去参加。

"江却,我今天晚上有事儿,不能跟你一起吃饭了。"她一边扶着楼梯栏杆,一边如是说。

电话那头的人沉默两秒:"什么事儿啊?约了人吗?男的女的,我认识吗……"

晏藜失笑:"去拿邀请函,听个夏教授给我争取来的讲座,要到晚上八九点结束,所以不能跟你一起吃晚饭。"

想了想,她又添了一句:"好啦,别胡思乱想了,好好吃饭。"

江却似乎又说了什么,但这时晏藜已经快要到夏方同教授的办公室门口,于是急匆匆地要挂电话:"先不说了,我这边比较急,先挂了啊。"

江却听着手机里的忙音,拿下来后摁了挂断放到一边。他目光微沉地看着眼前的电脑屏幕,页面是学校的官方贴吧,最新那条帖子赫然是之前他拜托孟则黑掉的偷拍背影帖,现在发帖人又重新编辑了发出来,第一张还是那个背影照……

晏藜拿了邀请函从办公室推门出来时,手机振动一声收到新短信,她点开看,是个陌生的号码——

只有两个字："你好。"

3

什么啊？晏藜皱了皱眉，骚扰短信吗，但是为什么只有两个字？

她试着打电话过去，那边显示不是本市号码，打通了，但也没人接。

是发错了吧？晏藜没太在意，急匆匆地赶往办讲座的会议厅。

这次讲座的主讲人曾任生科院院长，在生物科研界有着举足轻重的地位，且公认的研究态度比起夏方同教授有过之而无不及，严谨到近乎苛刻。是以晏藜进了大厅就将手机静音放到包里，桌上只放笔记本电脑，以作笔记之用。

而她却不知道，此时宿舍里已经闹翻了天。

唐凝她们是在吃过晚饭回到宿舍以后才看到楼群里很多人发的消息的。

燕苑B栋的楼群，"99+"的消息，她们挑着看，大概是说最近有个行踪诡异的人，戴着帽子口罩，经常徘徊在楼下，神出鬼没，虽然没有怎么靠近过，但还是希望警示一下姐妹们，如遇不测及时求助。

还有好几个人站出来说，看见过有人急匆匆地躲进宿舍楼后面的小树林里。

……

这些东西一发出来，一时间人心惶惶。宿管阿姨说已经上报了，近期会加大巡逻力度，并尽快检修那附近的监控和路灯，请同学们放心。

舒书有些后怕，她提前返校，住在宿舍好几天了，隐隐约约好像有几次也看见过一个戴着帽子的男生，低着头站在景观大道旁，她以为是等女朋友的，就没在意。

现在想来，或许没那么巧，如果只是她一个人觉得古怪也就算了，所有人都这么说，那肯定是有什么不对劲的地方。

程曼一边宽慰舒书，一边给晏藜发消息，让她听完讲座早点儿回宿舍，不要中途拐弯儿。不过对方没回，她想着等等再给她打个电话看看，手机就放到一边了。

讲座结束已经九点半了，晏藜从大楼里出来，除了和她一起听讲座出来的人四散离开后，她走路回宿舍那一段几乎没遇到什么人。远处燕苑几栋宿舍楼都灯火通明，但晚上的校内公路即使有路灯照着，也还是被大道两旁遮天蔽日的树压得很暗。

她很少这个点还在外面，因此加快了脚步。就在距她走的那条路还剩两栋楼的距离时，身后不知什么时候响起了若有似无的脚步声。

晏藜回头，看见一个戴帽子的人，应该是男生，双手插在外套口袋里，头埋得很低。

燕苑最南边的两栋宿舍楼是男生宿舍，要经过晏藜住的B栋，可能这个男生和她顺路吧。这样想着，晏藜拿出手机，准备给江却和程曼他们说一声。

她打开手机就看见江却的两个未接来电，因为先前一直静音，连程曼发过来的消息也没看到。

是两个小时前的——"晏藜，听完讲座快点儿回来，别在偏僻的地方逗留，这几天学校不太太平。"

她正要回，手机顶部忽然变成来电页面，她马上就要拐弯，点了接通。

那头江却的声音带着微弱的电流声传过来，有种他近在咫尺的错觉。

"喂，江却。"

听见她的声音，那边似乎松了一口气："讲座结束了？"

晏藜"嗯"了一声，站在一个小十字路口等一辆车过去，然后看见刚才还在她身后的那个男生已经走到她旁边了，也在等。

"回宿舍了吗？"江却问。

"马上就到了，还有一段路，就是燕苑篮球场旁边那条路。"晏藜边走边说。

江却说了声"好"，顿了两秒："我听说你们宿舍附近好像有什么人逗留，你别挂电话，到宿舍了再挂。"

晏藜忽然想到刚才程曼给她发的那条消息，还有楼群聊天记录的截屏，她粗略看过那张截图，有描述那个人的外貌。

灰色卫衣，黑色外套，戴帽子口罩，手插口袋……

晏藜举着手机的指头微僵，忽然后知后觉地背后一凉，灰色卫衣和黑色外套，大晚上还戴着帽子，那不就是刚才跟在她后面……

晏藜心头开始突突地跳，周围也没人，她不敢回头看，近乎小跑似的快走起来，连耳边的手机什么时候因为没电中断通话关机了都不知道。

没走几米，晏藜突兀地听见身后传来越发急促的脚步声，由远及近，她不可抑制地慌乱起来，也开始跑，距离宿舍楼前那片空地还有几步之遥，那脚步声已经离得很近了，她胳膊被人从后面猛地抓住——

"啊！"晏藜惊了一跳，回头一看，是江却。

虚惊一场，她瞬间整个人放松下来，但看江却表情凝重，紧握着她胳膊的手还在微颤。

"你、你怎么来了？"

江却看了她两秒，闭了闭眼长舒一口气，然后忽然手腕使力将她拉进他怀里。

撞入熟悉怀抱的一瞬间，晏藜彻底安心下来，铺天盖地的安全感包裹着她，然后她听到头顶传来江却有些后怕地发问："不是不让你挂电话吗，怎么说都不说一声就突然挂了？我还以为你出了什么事儿，从我宿舍一路跑到这儿，我都快吓疯了……"

晏藜这才想起来看手机，怎么摁开机键都没反应，她有些讪然："没电了……忘了我今天一整天都在外面，手机一直没充电。"

江却摸了摸怀中人的头发："刚刚你跑什么，是看到什么了吗？"

晏藜从江却怀里轻挣出来，往他身后看去，路上空荡荡的，哪还有什么戴帽子低头的可疑男生？

"刚才……你跟我打电话的时候还在的，有个男生在我后面走着，我那会儿以为他在追我，我才跑的……"晏藜指了指她回来时的那个方向说。

江却也跟着转头看，他来时似乎也在远处隐约看见了人影，但走近了就没了，而且左右两条路也没有看见人，像是凭空消失了似的，肉眼可见能走的路都没看见什么人。

已经很晚了，他拉起晏藜的手，两人并肩往B栋走去。楼下炽亮宽敞的路灯下零星站着几对情侣，但最角落的地方还是一片漆黑。

"晏藜，这几天你尽量不要很晚还在外面。刚才的事你也别多想，可能就是巧合。回去好好睡一觉，以后我天天陪着你，送你回宿舍，绝不会让你再发生类似今晚这样的事。"

晏藜现在已经镇定下来了，她点点头，踮着脚抱了江却一下，和他说再见，转身走进宿舍楼。

直到看不见晏藜的背影了，江却的表情一下子由柔和变为冷凝，他转过身，看着远处某个虚空的点，眼神一寸寸阴沉下去。

晏藜推开宿舍门，唐凝一下子扑了上来，表情微微惊恐，穿好的外套里面还套着冬天的睡衣："我的妈呀，我们几个都打算出去找你了，打你电话也关机，我们都要急死了……"

晏藜赶紧把手机拿出来，脸上带着歉意："不好意思啊，让你们担心了，手机没电关机了，没来得及跟你们报平安。不过刚才在半路上碰到江却了，他送我回来的。"

遇到那个可疑男生的事，她隐了没说，怕程曼她们担心，她只希望真的是她太敏感猜错了，不过以后肯定会多加小心。

程曼是真的松了口气，脱了刚穿好的外套，过来给晏藜倒了杯热茶："喝点儿，暖暖身子，现在初春，外面正冷，不比夏天。要是夏天，这个点外面还都是人呢，我们也不担心了。"

舒书也走过来，让晏藜先看一看宿舍楼群有人新发的消息，说那个男的只是站在暗处一直等着，倒还没有出现搭讪或是疑似伤害谁的行为，而且每每有人看见了去找保安和宿管阿姨，一回来人就不见了。

"监控呢？监控总拍到了吧？"唐凝要受不了了。

舒书摇摇头："拍到的都是一段一段的，而且那个人比较会找监控死角，主要是也没做什么,就是打扮瘆人了点儿,就算真抓住了,大概也是不了了之。"

晏藜微皱了皱眉:"是我们学校的吗?"

"不知道,有可能是。但我们学校的校规也没有不允许外校同学来参观学习的条例,一般在门口登记一下就可以进来。那么多人,学校又这么大,谁知道是哪一个。"

晏藜转过头,手机充了一会儿电后已经可以开机了,她点开信息,看着最顶上那条陌生号码,眼神微微怪异起来。

后来两天,流言渐渐平息了,几乎没有人再看见那个男生,这件事也就不了了之。

过了刚开学最忙的那阵,晏藜去报了个驾校,去实验室的次数相较第一学期少了将近一半,江却基本上每次都会接送,中途也几次撞见祝冬安。

祝冬安对江却印象还不错,知道他和晏藜谈恋爱以后也没说什么,甚至见了面还会跟他打招呼。

周六,晏藜会回丽水公寓住一天,把一周的笔记整理一下,或者听听音乐看几篇专题类学术报道。

这天中午,晏藜正要做饭,电话和门铃同时响起,她一边接电话一边往玄关去,在监控屏幕上看到江却的同时,电话那头他的声音也传了过来:"您好,家庭火锅上门服务,请问您需要吗?"

晏藜笑着开了门,电话没挂:"江却,你真是越来越幼稚了。"

门外男人站着,手里提一大袋商场买的肉菜。晏藜眼尖,看见两袋火锅底料和蘸料透过塑料袋露出来。

晏藜挂了电话就要去接,被江却躲开了:"重,我拿吧。"

晏藜在他身后把门关上:"要来怎么不提前说一声,还有,怎么突然想起吃火锅了……"

江却把东西放在客厅的桌子上,接过晏藜递给他的拖鞋换上。两个人相处时是极自然的状态,仿佛不是刚谈恋爱不久,而是生活在一起多年的夫妻似的。

"这几天降温,不过完这一阵等四月初就开始暖和起来了,所以这是冬天的最后一顿火锅。"他顿一下,"主要是我从周四就没和你一起吃饭了,就总觉得少了点儿什么。"

他这么说,晏藜就明白了,火锅不是重点,又要开始黏人了才是重点。

"好,你先歇歇,我去把食材稍微处理一下,咱们马上就开饭。"

公寓里什么都不缺,都是冬安姐早就买好了的。江却摇摇头,拉着晏藜的手,扯着她坐在他身边,整个人大狗狗一样抱上去,舒口气后埋在她肩颈处蹭了蹭:"让我抱一会儿,待会儿我跟你一起弄。"

真是黏人黏得没边儿了。晏藜心里不由得生出些莫名其妙的怜爱,她低低地"嗯"了一声,抬手摸了摸江却的短发。

4

一开始只是正常地抱着而已。

不知道什么时候开始,慢慢变成了晏藜坐在沙发上,江却枕在她腿上,晏藜开玩笑般低头把江却的头发都揉乱了,他还是闭着眼抱住晏藜的腰,动都不动一下。

"躺在我腿上就那么舒服吗?再不起来赶不上吃午饭了。"晏藜发现自己越来越自然而然地和江却亲昵了,以前偶尔会出现的慌乱都没有了。

她指尖描摹着江却眉目,看对方薄唇轻启,不回答她的话,只是冷不丁地叫了一声她的名字:"晏藜。"

话音才落,晏藜就应了,但江却又沉默几秒才重新开口,声音温沉:"我现在很开心。

"我本来以为,再见到你、能待在你身边这件事已经很好了,没想到和你在一起的感觉更好。晏藜,我真的离不开你了,我爱你。"

一句"我爱你",他翻来覆去地说,怎么说都说不够似的。晏藜眼里的笑意越来越大,她低着头专注地看着他的侧脸:"那干什么说这么多遍呢,江却,这可不是你的风格。"

江却这时候才慢慢睁开了眼:"因为实在太喜欢了,又不知道说什么好,所以只好多说几遍,让你知道我有多爱你。"

晏藜不由得脸上开始微微泛红,而这时江却忽然曲起一只胳膊撑起上半身,右手臂移到晏藜脑后将她往下压,须臾就仰着脖子吻上她的唇。

这次晏藜知道闭眼了,但视觉上什么都看不到的话,感官神经就完全聚集在触觉——

江却吻得很沉迷,一开始是柔和地、一点点深入地吻,然后越来越控制不住了似的,开始有些重地轻咬着晏藜的唇瓣和舌尖。

他那样急切地掠夺着她的呼吸,仿佛要把他一半的灵魂都喂给她,与她合二为一。

晏藜闭着眼,心脏鼓胀般怦怦乱跳,唇上的触感实在无法忽视,耳边是唇舌交缠时的微妙声响,她稍微睁眼,看见江却高昂的冷硬颌骨,绷得死紧,喉间凸起轻微滚动着。

不知道吻了多久,在晏藜快要喘不上气的时候,江却终于放开她。

吃完了一顿火锅,江却赖在晏藜的公寓不走,理由简单充分:

他现在回学校以后也没有事情可做,实验室今天例行消毒不能进,图书馆这个时间点已经没位置了,在宿舍待一下午的话,他会无聊死的。

晏藜就笑了,一边把轻软的被子抱起来往阳台走,一边对跟在她身后亦步亦趋的江却说:"那你在我家玩儿吧,我姐给我买了游戏机,我没怎么动过,阳台的躺椅可以晒太阳,楼下的花丛里有三只小煤气罐那么胖的流浪猫,你叫一声它们就会跑出来跟你玩了。"

今天太阳不错,江却说的降温大概要等晚上,她就想着趁降温之前把被子都晾一下吧,晚上抱着睡怪舒服的。

晏藜这么好说话,江却还有点儿不太适应,转而听见晏藜站阳台栏杆处叫他的名字,他走过去,顺着对方手指的方向看见楼下树荫里的几只猫。

真的好胖,一只"XL码"的,两只"XLL码"的。

阳光下的晏藜显得更白了,白到反光,江却看着楼下的猫,其实心不在焉,余光反而专注在晏藜的脸上。

他已经开始幻想日后。

也是这样的冬日暖阳,这样干净整洁的房子,养两只晏藜喜欢的猫,她躺在他怀里晒太阳,他一低头就可以亲她。

他们要先结婚,他们会结婚的。

"你看最左边那只,"晏藜罕见地有些兴奋,眼神雀跃地拍了拍江却的胳膊,"上次我从它身边经过,它就躺倒了露出肚皮给我摸,很软和的。它应该很喜欢我吧,我给它喂过四五次小鱼干了。"

江却眼神越发柔和:"那下次我跟你一起,它看在你的面子上,应该也会给我摸肚皮。"

还没等晏藜说什么,她外套口袋里的手机忽然响了,开头和缓的不知名钢琴曲声音不高,以至于江却一开始还以为是隔壁或者楼下超市外放的音乐。

"喂?"晏藜一开始表情平和,不知道电话那头说了什么,她不着痕迹地微皱了一下眉,"嗯"了一声,又忽然舒展开来了。

"怎么了?"江却一直盯着晏藜的表情,也敏锐地察觉到她皱眉那一下。

晏藜把手机灭屏滑进口袋里:"没事儿,刚才曼曼她们给我打电话,说有人拍了我的照片发帖了。"

她短暂地停了一下:"是咱们俩的照片,拍了几张牵手拥抱之类的吧,今早发出来了,一个上午,评论转发还挺多的。"

她又不自觉想起程曼那句话:"你也太低估你家江却的知名度了,没来咱们学校之前他就因为笔试复试的逆天高分出名了,还长得那么帅,那个帖子下面一片哀号的,都是他的小迷妹。"

江却立刻就拿了手机出来,官方贴吧最顶上的热帖,标题赫然就是"曝光物院新晋系草的地下恋情"。

晏藜看了，不知所谓地咳了一声，转身坐到吊椅上："怎么想到用'曝光'这两个字当噱头，叫人怪受宠若惊的，大家都是学生，又不是什么明星。"

她不是很在意，好像被推到风口浪尖的人不是她似的。

不过没一会儿，江却的表情就松懈下来了，那个帖子的标题看着很慑人，其实也稀松平常，没拍到他们的正脸，基本上都是侧脸和背影，有他们面对面坐在餐厅吃饭的，有手牵手在学校大道上散步，一起打伞的。不过整个帖子下来都没有晏藜很清晰的照片，发帖的人似乎也格外针对江却似的，发出来的文案不提女主角，表述看不出是祝福还是愤怒，细品有一丝阴阳怪气，结语又指责他隐瞒恋情，就是为了不知情的人的爱慕。

对江却来说无异于是无妄之灾，而且逻辑有点儿问题。

公众人物才叫隐瞒恋情，他们两个普通人谈恋爱没有昭告天下，怎么就成了天大的错处？晏藜甚至怀疑这不是他们学校的人写的，因为语句也不太通顺，颠三倒四。

下面的评论虽然多，但是也还好，没什么带戾气的负面评论，大抵是纯吃瓜好奇照片中两个人是谁的路人、仰慕江却但现在"脱粉"的心碎路人，以及灌水留言说他们很般配的路人。

零星几条质疑真假的评论，很快被淹没在评论区。

几乎没有附和楼主说话的人，大家都很理智，还挺和谐的。晏藜被头顶的阳光晒得眯眼："应该不用管吧，也没什么需要澄清的东西，冷处理就好了，明天就会被别的事情顶下去了。"

晏藜想这种舆论的东西很理想化。

但发帖人才是源头，他们又不是什么公众人物，怎么会平白无故惹来跟拍，还特意发那么长的长文出来。

江却返身打了个电话，让孟则帮他查查发帖的 IP。

总要知己知彼，这样日后保不准出了什么事，也好有准备。

晏藜却在重新点进那个帖子下滑的时候指尖忽然顿住，刚开始为了看评论区，偷拍的照片都是很快划过的，她也就没看清，其中有一张是上学期刚开学那会儿，有一个自称是女生的账号发的，当时是问裙子链接还是什么，她也记不清了，怎么会莫名其妙混进这个帖子里？

周日果然降温了。

祝冬安来了一趟公寓，顺便给她带了一台小型加湿器。说是快春天了，天干，而且慢慢地还会开始飘满天的柳絮，加湿器过不了多久就能派上用场。

晏藜和姐姐在公寓吃了午饭，下午回学校，没带什么东西，她就没回宿舍，直接去了实验室。

没有平时人多。外面的天阴沉沉的，刮着冷风，大概人就是会想在这种天气躲在房间里不出来。

晏藜一个人占两张桌，宽敞得让她想笑。仙人掌的花谢了，但多肉还养得很好。课间休息时她坐在座位上，有些无聊就去翻相册了，没翻几下，看见那组婚纱照。

是当初那个婚纱店拍完以后发给她的成片，因为做了免费模特，他们还得了一张优惠券。

优惠券哪儿去了？她神游天外地想，然后想起来好像是被江却拿走了。

正想着，收到江却发来的消息："晚上几点结束？"

她刚要点出手机键盘输入，对面又发过来一条："下课了我去接你，可能会下雨。"

晏藜回了个"好"，不远处有学姐叫她的名字，要她把项目数据的记录册拿过去一下。

晏藜就把手机放下了，在文件柜里扒拉，没两下就找到了，她给拿过去。

那个学姐翻了下册子，漫不经心地含笑说："今天天气这么不好，其他几个实验室里研一的基本没来，但我知道你肯定会来，现在看来，我猜得没错。"

能来实验室实习的学生，大部分是有天分的，不乏像江却这样，花一点点时间就能做到普通人一周都做不到的实验。没天分的大多志向不在科研岗位，只为给自己的学历镀一层金，日后进某个科技公司，也不会太上心来实验室实习的事。所以她很少见到像晏藜这样的，天赋不够就勤奋来凑，踏踏实实、一板一眼、老实又认真，一看就是高中时候班里最安静最沉稳的那种学霸。

她来实验室的次数和时间可能比某些研二生都多，文件柜大部分的记录册和报告她都看过，甚至很多数据分析也都经她手记录，少有错处。难怪夏教授第一次如此疼爱一个在生物科研方面没那么有天分的学生，实在是这种人太招人喜欢。

晏藜跟这个学姐打过交道，挺喜欢对方直爽的性格，对方来找她聊天，她自然也会推心置腹。

"我就是想多学一点儿东西，以后为读博作准备。"她其实也没比普通人多点什么，真要说的话，大概就是有目标，有信念。高中的时候想考好大学脱贫是这样，现在想读博也是这样。

人总要追求着点儿什么，盼着点儿什么才好。

学姐了然："那就祝你心想事成，加油。"

从实验室出来后，好几天没有去农园餐厅，晏藜和江却一进去就看见门口的小黑板上新增了几样炒菜和炖汤。

她想试试小黑板上那道菜名花里胡哨的东西到底什么味道,就拉着江却顺着上面写的窗口名找过去,打了一份。

刚找了位置坐下,晏藜不经意间回一下头,看见不远处坐着一个戴帽子的、穿黑色外套的男生。

5

晏藜并非完全手无缚鸡之力。

幼时因为晏长贵花名在外,她常常被周围其他的小朋友嘲笑欺负,撕扯拉拽是家常便饭;长大以后,在家,在十三中,甚至在一一中高二刚开学时,她也没少跟那些想踩她一脚的人斗架。

打不过也要打,打输也要打,只要对方手里没有致命的刀子,她就可以跳起来反抗。

她不怕明晃晃的恶意,但她怕隐藏在暗处的龌龊。

因为你根本不知道那些藏在看不见的地方的阴暗目光,在什么时候会举着刀子冲到你后面,在你猝不及防的那一刻捅你一刀。

她怕,但如果不彻底解决,脏东西就会一直跟着。

晏藜这顿饭吃得并不轻松,她可以清晰地察觉到身后那道意味不明的目光,每次在她回头时都缩回去,然后又像出洞的蛇一般慢慢爬出来。

吃完饭天已经黑了,大概七点多一些。江却送她到宿舍楼下,没有怎么腻歪,她就让江却走了。

晏藜看着江却的背影慢慢消失在视线中,果不其然,下一秒那个诡谲的身影就又不知道从哪里冒出来了,似乎是见她身边空无一人,他也胆大起来,慢慢往这边走。这次他没戴口罩,但还是戴了帽子,周边只有两三对情侣相拥着离开或逗留,晏藜一回头,看见宿舍楼下左侧的花坛里有一只流浪猫。

她没有立刻上楼,而是走过去摸了摸那只猫,半侧着身子蹲下,她眼角余光能看见那人的脚步顿在了几十米开外,这时候她还处在较明亮的路灯下,旁边不远处陆续有人进出。

"景观大道的监控和路灯已经修好了。"

这是前天楼群里发的一则通知。

景观大道的尽头有些偏僻,因为树多,即使有灯也不是很亮。晏藜就追着那只流浪猫走过去,走得很慢,一边走一边拿出手机给江却打电话。

电话被秒接。

"喂,怎么了?"江却刚拐过通往燕苑那条路,接到电话的同时顿住了脚步。

"江却,我怀疑前几天那个很可疑的人是冲我来的。"

"我收到过一条陌生号码发来的短信,只有'你好'两个字,我以为是发错了就没管。但是你记不记得我听讲座那天，说好像被人尾随，我真的有看到那个人，和其他人说的描述一模一样。还有上学期我被偷拍的照片，也出现在前两天的曝光帖子里，这一切都太巧合了。"

江却开始往回走："帖子的事情我会查的，我已经查到IP了。你现在回宿舍了吗？"比起那个变态，他更关心她的人身安全。

晏藜回头看了一眼，那个男生跟在她身后大概一百米处，抬头，路灯的光折射在摄像头的镜面，反光在一瞬间明亮如昼。

她声音压得很低："没有，我又看到他了，所以我在往宿舍楼旁边走，他会跟着我的，会找一个没人看得见的地方做什么，他一定会。江却，尾随不犯法，但是以犯罪行为为目的的尾随是犯法的。我必须把他揪出来，我必须拿到他犯罪的证据，我不能让他成为我人生的隐患。"

江却心中大骇，他突然跑起来，跑得飞快，气喘吁吁，语气急切："不行，你别冒险，你快回去，他毕竟是个男的……"

晏藜另一只手摸到了挎包，硬质的凸起有些硌手。对着电话，她轻笑一声："别担心，我早在安防器材店买了防狼喷雾和防身电击棒。但我也怕万一，所以现在，趁还没打草惊蛇，你去找保安过来，我在燕苑景观大道树林的南侧。"说完，她就挂了电话。

不用回头看，她都能听得见那个人轻微的脚步声，但她不是不知天高地厚，她做好了所有准备和后手，她只是想一劳永逸。

再往前就是树林了，四周静悄悄的，晏藜停了下来。

那只流浪猫嗖地就溜进树林里去了，她正要转过身——

变故在这一刻突生，身后忽然传来很急促的脚步声，晏藜的口鼻被瞬间捂住，鼻腔传来一股很刺鼻的乙醚味，熏得她鼻腔和大脑一阵胀痛。

她似乎听见那人得意的笑声，让人浑身顿起鸡皮疙瘩。

那人一手控制着她的肩颈，另一手死死捂着她的嘴。她下意识地挣扎了两下，但男女天生的体力差异使得她根本无法挣脱，她没有用双手去掰扯身后人的铁臂，而是迅速从包里摸出电击棒，在刺向对方大腿的瞬间打开开关——

伴随着一声沉痛的闷哼和电击棒噼噼啪啪的声音，晏藜身上的桎梏瞬间松开了，她立刻脱身，逃开几步。为防止对方拿出刀之类的危险武器，她又很快把防狼喷雾握在手里，直直地对着那人面部喷了一下。

"啊啊啊啊啊！"那人倒下了，捂着脸在地上打滚，痛苦地哀号哭叫起来。

晏藜胸膛剧烈起伏，呼吸急促，惊魂未定地持续后退着，一抬眼，看见江却带着保安飞奔而来的身影。

纷沓杂乱的脚步声，还有其他被叫声引来的人，晏藜鼻腔还残留着乙醚刺鼻的味道，使得她头脑微微有些发晕，眼前一黑，然后施施然落入一个怀抱中……

做了个不算漫长的梦后,晏藜醒来发现自己在校医务室的病床上躺着,头顶的白炽灯照得人睁不开眼。

她微微恍神,一扭头看见床边守着的江却,见她醒过来,他眼睛一亮:"你醒了!"

晏藜其实也没什么事,就是一瞬间吸入了过量的麻醉药品,短暂地昏过去而已,这会儿醒了就跟睡了一觉一样。

她慢慢坐起来,回忆起昏过去之前看到的人,她登时微微紧张起来:"那个人呢,抓住了没有?"

江却以为她是心有余悸,赶紧坐在病床上把她抱进怀里安慰:"抓住了抓住了,你放心,没事了,已经没事了……"

晏藜一下子整个人都放松下来,松了口气。

江却这才娓娓道来:"那人不是我们学校的,是个社会人士。"他搂着晏藜,搓了搓她冰凉的手,"据他在派出所做笔录时说,他朋友是我们学校的。上学期刚开学的时候,他跟着他朋友进来,见过你一次,说对你一见钟情,就偷拍了你一张背影照,假装是我们学校的女生,上传了一个帖子,名为问裙子,实则是想通过评论看看有没有人认识你,好顺藤摸瓜找到你本人。"

后来似乎真的通过那个帖子找到了晏藜的专业和院系,但不太具体,然后帖子被莫名其妙地删了,他就没能继续打听。直到这学期开学,他又发了一遍,一模一样的内容。

说着,江却皱了皱眉:"他第一次发那张偷拍照的帖子,还有第二次发的,我都让孟则删了。可能是因为这个,他就急了,开始频繁地出现在B栋宿舍楼下。他根本就不是行踪诡异,他是在摸索你回宿舍和去上课的规律。包括后面偷拍我和你在一起的照片,发那个所谓的曝光帖,也都是因为他疯狂嫉妒,想造谣抹黑我。"

那个男人二十二岁,是无业游民,似乎以前就有过情感方面的障碍性心理疾病,这次晏藜只不过是无意间成了他病态情感的载体而已。

他以前还只是偷偷地打听偷拍,直到这学期发现晏藜和江却在一起了,行为就突然极端激进起来。晏藜猜得不错,莫名短信和两次尾随,也都是他干的。

之前因为他没做过什么出格的事,除了晏藜以外也没有尾随过其他人,所以安保科没办法地毯式搜人或者轰撵外来人员,但现如今监控拍到他非法尾随且威胁公共安全、故意伤害他人,已经依法对他进行刑事拘留了。

话音落下,江却还是后怕似的更加抱紧了怀里的人,闭着眼轻叹一口气:"下次再有这种意外,你应该跟我商量的,以身犯险有太多未知数了,那些可能的后果,我真的承受不起。"

事实上，当他拜托孟则查出曝光帖和偷拍帖的 IP 地址是同一个时，他就猜到事情没有那么简单。但是因为怕晏藜知道了会不安，就打算自己弄清楚了处理完再告诉她。

结果没想到她早就结合短信和被尾随的事情猜到了一切，然后又自作主张地引出那个人……纵然结果是好的，这事也彻底解决了，但事事都有万一，江却真的不敢想。

"我知道，你自己有想法，我也相信你能解决好，但我还是希望，你在遇到这种事情时，可以想着依靠我一下。"

晏藜听得瞬间凝噎，想说的话就又咽回去了。她通过那个男生惊弓之鸟一样的行踪判定对方色厉内荏，才敢想出这种招，但站在江却的角度想，她的确没有把他这个男朋友放在第一位的求助人来考虑。

她理亏，所以格外温顺，抓着江却的手抚摸着，像哄小孩子那样："好，没有下次了。"

江却倒也不是怪晏藜，只是关心则乱，去往现场那一段路他脑子里闪过无数种画面，让他如今想起来都心有余悸，所以难免语气稍重一些，但晏藜一服软，他就又抛却了那些情绪，开始心疼起她来。

这是他心爱的人，放在心尖上疼爱都来不及的人，却一而再再而三地发生各种不好的事，在南平的时候，还有那段被若有似无监视跟踪着的时候，她一定也很害怕很不好受吧。

6

江却正要开口再说些什么，他们这间独立病房的门忽然被人从外面敲响了。

晏藜微弱地挣扎了一下，从江却怀里出来，毕竟在外人面前，搂搂抱抱也不太好。

敲门声刚落门就开了，是程曼和唐凝她们，像是急匆匆跑过来的，还喘着粗气。程曼一路冲到晏藜的病床前，捧住她的脸，然后逐渐往下，确定她整个人都好好儿的，这才一屁股坐在另一个病床上，同时松了一口气，整个人都放松下来，其他两人也不外乎是，估计是被传闻吓坏了。

"我的天哪，晏藜，我们几个在宿舍知道消息的时候都惊地跳起来了。本来知道那个变态被抓住了我们还挺开心的，结果就看见有人说有个女生被迷晕了。我一看照片，不就是你和江却嘛。我们也不知道你们在医务室还是医院，你晕着不接电话就算了，江却也不接，我们转了好大一圈才打听到你们在这儿。"

晏藜笑了笑："不好意思啊，又让你们担心了。"

事情的来龙去脉她们也在学校的通告上知道得差不多了，不过不太知道一些细节。唐凝和舒书拿了件晏藜的外套过来，给她披上。

"醒了就跟我们一起回宿舍吧,已经很晚了,外面特别凉。"

医务室晚上十点半关门,这也差不多到点了。

晏藜点点头,下床穿鞋。她让江却先回去,但对方显然不太放心似的,执意要把她们送到宿舍楼下再走。

外面真的挺冷,三月底的夜风阴凉,还好有唐凝给她带的外套。

晏藜缩了缩脖子,小声地自言自语:"哇,真的好冷。"

江却就在她旁边,似乎是听见了,抓住她一只手。他手心温度不低,她忽然就觉得,好像也没那么冷了。

"马上就是春天了。"他宽慰她。

是,凛冽的寒冬已经过去了,温暖的春天也不会远了。

学校里种了大片本该在二月底三月初就开花的西府海棠,到四月初才开始陆陆续续地盛开,花瓣飘得纷纷扬扬,漫天都是。

晏藜在江却车里发现了那张婚纱店的优惠券,上面打了"已用"的印戳。她原本是想问的,但是被手机上关于自家男朋友的推送访谈新闻给吸引了目光。

晏藜打开一看,真是好漂亮且一帆风顺的简历,甚至辞藻华丽到晏藜都觉得有点儿假了。说他是天才她承认,说他从容不迫、冷静沉稳,是物理科研界难遇的一颗新星,她就莫名其妙地想到昨天晚上,因为她在写论文拒绝了他的索吻,被对方使脾气痛斥缠磨了半个小时。

真的比狗狗还黏人,是吧。

这样的科研新星。晏藜想了想,失笑出声。

这时候,江却开车门进来,手里拿着一束鲜花。这是他最近不知道从哪里学来的,隔几天就会买一束花送给她,让她插花也好,揪了花瓣泡澡也好,总之要看见这花就想起他才行。

花样真多。晏藜在心里腹诽,一转眼看见江却身上穿的是正装。

剪裁得体的西装套在他这个肩宽腰窄的衣服架子上,让晏藜突然有种不太一样的视觉冲击。

可能也小鹿乱撞了吧,她对江却的喜欢好像又多了一点点。

"去做什么了,还穿正装?"晏藜随口问。

江却还没系安全带,先倾身过来,隔着一束花亲了晏藜的左脸一下,然后才返身回去。

"就是系里导师让我去的一场聚会,都是业内的人,说是有几家科技公司在挑人。没办法推,我就过去露了个面,就算我参加过了。"

这个晏藜知道,好些国内顶尖的科技公司,甚至环球国际的科研机构,都会举办一些这样的聚会,能去的都是拔尖儿的人物。

不过晏藜志不在此,所以没有怎么争取过。

"那你怎么想的?"她问,想起刚才看见的那篇新闻稿,"你不继续读下去,然后考科研岗吗?那你们导师估计要哭死了,好不容易经手培养出来一个天才,没有在科研这条路走下去,转身跑科技公司上班了。"

她这样的菜鸟都想在学术界再蹲两年呢,如果江却这时候放弃学术研究,其实以他的天分,还挺可惜的。

江却拧了下车钥匙,发动引擎的声音响起,混杂着他微微磁性的低音:"还没想好,不是还早嘛。也可能我不去别人的公司上班,自己开一个呢。"

他半开玩笑地说:"商人或者学者,都不过是一种选择和身份而已,取决于我想做什么,我想成为什么。"

晏藜知道江却有他自己的想法,而且他这人很任性的。就像他说的那样,他要做什么,只看他想不想。任性是需要资本的,江却最不缺的就是这种资本。

她知道很多人给江却打电话,大概什么内容不得而知,总之江却每次都言辞委婉地拒绝了。

她不会劝诫什么,她尊重他的任何选择。

"我们这是去哪儿?"晏藜岔开话题,终于问出了今天的重点。

江却勾勾嘴角:"三环路长安大道新开了一家南方菜的餐厅,带你去尝尝。"

南方菜馆开在街角的繁华地段,装修得偏中式,后厨隔了一层玻璃展示在正厅,据说很多人都觉得新奇,因为这时候很少有把后厨展示给客人看的。大部分人就会觉得,既然老板都肯大大方方亮出来了,那厨子的手艺和餐厅的卫生是肯定能保证的了。

所以虽然是新开的,不过因为营销手段比较厉害,菜也挺不错,很快就出名了。

他们进去以后,迎上来的服务员大概也就二十多岁,脸上是客气礼貌的微笑:"您好,两位是情侣吧,靠窗那边还有双人座和四人座。"

晏藜正四处打量着这家餐馆,江却这时候忽然牵住了晏藜的手,似乎很正经地纠正了那个服务员一下:"不是情侣,她是我老婆。"

晏藜猛地回头,见鬼一样看着江却。

那人愣了一下,但可能见惯了各种场面,很快又笑了:"噢,实在不好意思,因为您二位太年轻了,我没看出来。您和您太太真般配,很有夫妻相呢。"

虽然是很明显的奉承,但江却显然被这两句话取悦到了。他环顾了一下,店里的墙上挂着新店开张,办会员卡优惠的活动。他拿出一张卡,指了指那张海报:"我老婆挺喜欢你们这家店的,我也是,帮我办张会员卡吧,我要最高等级的那个会员。"

服务员眼睛一亮,接过卡笑得嘴都合不拢了:"好的,我马上为您办。您先挑个位置,我给您拿菜单。"

晏藜全程一言不发,就看着江却作妖。等到点好菜服务员走了,她这才眼神微凉、带着兴味笑意开口:"我怎么不知道,我是你老婆?"

江却不以为意,给她倒了一杯餐厅每桌必备的栀子茶。

"早晚都是,提前练习一下。"江却说这种大言不惭的话,已经面不改色了。

晏藜就看不惯他那副嘚瑟得没边的样子,莞尔一笑:"万一我不答应呢,再说,连家长都没见过,八字没一撇的事。"

这人,是不是高兴得太早了点儿?

晏藜这么一提醒,倒叫江却想起来了,他们在一起怎么说也好几个月了,双方长辈还没有正式见过面,他爸妈甚至还不知道他谈恋爱的事。

他心里默默盘算着,面上不显出来,只是依旧云淡风轻地笑着:"你要是不答应,那我只好想其他办法了,不过你这辈子想甩了我是没戏了。你都说了,我这个人为达目的不择手段的。"

晏藜成心逗他:"这辈子没戏,那下辈子呢?"

江却眼神一凛,似乎微微咬牙了,但脸上还是笑着的:"你怎么知道这话你上辈子没说过呢?这辈子没戏,下辈子也没戏。"

晏藜懒得跟这个幼稚鬼争了:"好好好,我又没有真的要甩了你,只是说说而已,再说不是你先提的嘛。"

江却气顺了,语气好温柔,说的话却好霸道:"说说也不行,我会当真的。"

晏藜快要翻白眼了。

菜一道一道地上,晏藜每一样都尝尝,然后脸色明显愉悦起来:"这家店,不错。"味道不错,装修也不错,以前那些餐馆差不多吃腻了,下次可以来这家继续吃了。

江却懂,一般晏藜说"不错",那就是在她那边最高的评价了。

吃到一半的时候,晏藜跟江却打商量。冬安姐知道她前不久出事以后,就想让她搬出来住。刚好程曼和唐凝陆陆续续开始实习了,已经开始着手租房的事情,她索性也就这么打算了,但是她住惯了宿舍,还是那句话,自己一个人住,太孤寂。

"最近在学做饭,你如果有空的话,可以常来,帮我试菜。"想了想,她又添了一句,"可以吗?"

江却静静地看着她,看她有些闪躲的眼神和微微泛红的脸颊和耳垂。

晏藜喝了口汤,又改口:"不想就算了。"

江却坐直了身子:"怎么会不想,我恨不得住进去,赖在你家里。我只是忽然想起,之前你生病,把我关在门外两个多小时的光景,颇有些感慨而已。"

晏藜被汤呛到,"咳咳咳"地失态了一下。江却拿着纸巾帮她擦,一边抬着上半身轻拍她后背:"再好喝也得慢点儿喝啊,喜欢的话回头我试试能不能做,在家做给你喝。"

晏藜不轻不重地瞪了江却一眼,江却看着她比以前丰富多了的表情,眼神里透着温柔。

"跟我这儿秋后算账呢？"晏藜微微有些没好气。

江却脸不红,心不跳："怎么会。"

他爱她都来不及,也不在乎以前受过的冷遇,只是想三不五时地提出来,让她对他有些愧疚和怜惜而已。怜惜和爱是成正比的,他得到了一点儿,难免就会得寸进尺地想要更多。

外人,哪怕江却的父母,都不知道儿子是这么个不矜持且有些"阴险"的人,中学时他作为人的阴暗面暴露在晏藜面前,如今伴随着各种渴望衍生出的劣根性同样因晏藜而起。

晏藜继续吃着自己碗盘里的糯米排骨,小声嘟哝："虚伪。"

江却脸上笑意更大,只当她是在夸他了。

一顿饭吃完,江却和晏藜都吃得很开心,饭菜是一方面,更重要的是,这两人的目的都达到了。

7

研二刚开学的时候,发生了一件让晏藜感觉挺意外的事。

可能是大一的新生,不知道在哪里见到了江却,一时惊为天人,拍了张侧脸发出来了。

一夜之间冲上本校贴吧热搜头条,一米九的个子,帅到让人流口水的脸,还有不少人认识,于是评论区关于他的履历和事迹越来越完整,惊呼声也越来越多。

晏藜讶异的倒不是这个,而是在帖子火起来的第二天,江却匿名贴了一张自己和晏藜并肩而立牵手的背影照在那个评论区。

是的,自己,匿名。

装成路人在评论区,简明扼要地说了一下帖子主角的感情生活。

在他随手写出的评论里,"江却"和他的女朋友从高中一路走到大学,说他的女朋友很漂亮很有气质很爱他云云。

写得很美好,虽然跟现实微微有些出入,倒像是江却自己幻想出来的。

评论区有些看过当年曝光帖的人还是知道一点儿事情的,就跟着附和了。于是全校哗然,又开始纷纷感叹,优秀的人都是和同样优秀的人在一起的,羡慕加祝福,连"神仙爱情"这四个字都说出来了。

那几天江却的乐趣就是捧着平板看路人对他们"爱情"的祝福,乐此不疲。

直到晏藜看不下去,没收了江却的贴吧账号使用权,他才没有继续发疯。

晏藜是在盛夏六月收到程圆圆的消息说，她和孟则要结婚了。

按照约定，晏藜要去上海做她的伴娘。

晏藜和江却一起去，他最近一直忙的事情似乎已经尘埃落定，所以得以抽出时间，也不全是陪她，毕竟新郎也是他多年的好兄弟。

晏藜习惯在飞机上睡觉要戴眼罩，睡得迷迷糊糊的时候察觉到旁边的人抬手托住她无意识歪过去的脸，小心翼翼地搁在自己肩上，她沉沉睡过去，一觉醒来飞机落地。

在酒店休息一晚，第二天就是婚礼。

孟则这两年应该混得不错，婚礼办得很盛大，晏藜穿着伴娘服坐在观众席，看着那个高中时可爱活泼的圆圆也终于沉稳成熟下来，穿着婚纱一步步走向那个从初中十几岁时就守在她身边，而今要成为她丈夫的人。

早年她亲眼见过的那些感情，都有了归宿和结局。

真好。

江却在旁边握了握她的手，目光落在她穿的伴娘服纱裙上。

晏藜察觉到，压了下裙面，低声地说："里面有内衬，不透的。"她以为他一直看着裙子是因为嫌纱裙透。

江却笑了笑，示意她看台上那对新人。

"我的意思是，虽然你穿这种淡粉的纱裙也很好看，但我希望你下次也能穿上白色的婚纱给我看。"

晏藜听了默不作声，忽然想起来江却的手机屏保就是当初他们拍的那张婚纱照，总觉得他意有所指。

宴席开始的时候，孟则和程圆圆一起轮番给众人敬酒，到了晏藜这桌，新娘子弯着腰附在她耳边说悄悄话："待会儿扔新娘手捧花，你往前站，我一定扔给你。"

江却离晏藜近，听得清清楚楚，闻言他轻轻笑了，幻想了下他和晏藜结婚的样子，心里忽然有些发痒地期待起来。

其实以前他也经常幻想这样的场景，但都没有像现在这样强烈。

晏藜很听程圆圆的话，那个价值不菲的手捧花也的确漂亮，她往前凑了凑，稳稳地接住了。

一回头，她看见江却在冲她笑，然后扬了扬手机，解开屏锁显出那张婚纱照的屏保。

连程圆圆和孟则也开始笑，开始起哄，晏藜后知后觉——又上当了。

婚礼结束以后，两个人又一起回北京。晏藜看见江却避着她打了个电话，不知道说了什么，他貌似很愉悦地笑了。

下了飞机，江却没有立刻送晏藜回家，而是带她去了一家酒店，说提前订了包厢，吃了饭再回去。"

晏藜不防，一推开门，里面坐着一屋子人。

江却的父母，她的舅舅、舅妈，还有冬安姐，开门前他们甚至还在热络地寒暄着什么，听见开门声，齐齐地看了过来。

江昀夫妇两个特地从南平坐飞机赶来北京，就为了吃这顿饭。

晏藜登时明白了什么，然后在江家父母的注视下微微紧张起来。一回头，江却关上门握住了她的手，牵着她一路走过去，先是对着祝家二老："伯父、伯母好，我是江却，晏藜的男朋友。"

祝家其实早在他们两个来之前就已经和江父打过招呼了，如今不过是走个过场。

晏藜看了荣玉一眼，虽然江却说过他妈妈已经忘了当年的事，但她还是有些说不上来的感觉。

江却又对着江昀说："爸，妈，这是晏藜，是我女朋友。"

晏藜笑笑："叔叔阿姨好。"

正这时，站在丈夫身边细细打量着晏藜的荣玉突然低声地说："呀——"她定定地看着晏藜，"我见过你的，你不是那个——"

晏藜的心脏陡然提到了嗓子眼儿，却在下一刻看到荣玉脸上漾开一个和善的笑："你不是那个……在疗养院照顾过我的小姑娘吗？跟着兼职的地方来做慈善，还跟我聊天。'海晏河清'的'晏'，'野葭藜'的'藜'，对不对？"

晏藜一愣，刚提起来的心又轻飘飘地落了回去。她点了点头，慢慢扯开一个笑："是，是我。"

荣玉脸上的笑意更明显了："哎哟，真是有缘分啊。当初我就觉得你是个很不错的小姑娘，没想到现在又和我们家江却谈恋爱了。"

说罢，她摆摆手，招呼他们坐下："快坐快坐，菜早就点好了，就等你们来了开始上桌呢。"

祝家早在祝冬安的安排下大概了解了江家和江却的人品性格，也知道他前途无可限量，对这门姻缘没有二话。江家那边更不用提，江昀早有心理准备，也知道婚姻是两个孩子的事，并不打算插手。

一顿饭吃得圆满又和谐。

江昀和荣玉走之前，荣玉过来给晏藜塞了个红包。这个早年不幸、但这么多年依然善良温柔的女人，第一次以一个长辈的身份拍了拍晏藜的手，说："要和江却好好儿的，阿姨等着你改口叫妈的那天。"

晏藜的眼圈一下就红了。

双方见过家长以后，晏藜和江却的生活并没有发生什么改变。

唯一的变化是江却用手里所有的钱买了套房子，带花园和小水池的双层小别墅，比晏藜那套复式公寓还气派。

她还是不太明白他那么多钱都是从哪儿来的，可能那些钱又翻了几番。

新房开始装修的时候，江却赖进了晏藜的公寓，美其名曰买完房子他已经身无分文了，让晏藜收留他一段时间。

"那是婚房，加了你名字的，我还让人种了你喜欢的蔷薇。"

江却说前半句的时候，晏藜还只是愣，还有汹涌而来的感动，说到后半句的蔷薇，她有点哭笑不得，江先生真是对蔷薇这个品类异常执着，仿佛这是可以维系他们爱情的神物。

江却听她这话，又不高兴："维系我们爱情的明明是我，蔷薇只能算是见证。"

晏藜一般不会和他计较，随他说。

她的不作为换来的是江却要赖似的拥抱，他低头看着她，平和的语调里带一丝慵懒的笑意："怎么样，高兴吗？高兴的话说声'我爱你'来听听？"

她似乎还没有主动说过"我爱你"，不对，江却想起来，她根本就是还没说过一次。

怎么可以这样？江却气到心里一梗。

他开始使出惯用伎俩，软硬兼施："如果你不说的话，我就……"

后面的话还没来得及说出来，晏藜已经踮着脚，轻轻吻在江却嘴角："我爱你。"

江却愣住，下一秒听见坏心眼的小姑娘"扑哧"一声笑出来。

江却第一次体会到恼羞成怒的情绪。

他看着晏藜张嘴，似乎是要嘲笑他什么，这一刻他先发制人，猛地低头叼住了她的唇，自上而下的角度，使他很容易就能在接吻的同时看见她的表情。

他力求做一个，接吻拥抱能让伴侣觉得舒服的男人，因为这样的话，她就会很愿意和他做这些事。

江却一边用唇舌攀咬着晏藜，一边用温热的大手绕过她纤细的腰肢，顺着敏感的脊背一寸寸摩挲、收紧。

晏藜被吻得微微有些迷乱，意识不太清醒的时候，男人握着她的腰，轻轻松松提起来，将她放在玄关的矮柜上，这样的高度，就变成她上他下。

江却微微仰着头，露出晏藜最喜欢的、完美的下颌线，呼吸变重，声音泛着情欲的微哑："晏藜，我好高兴。再说一次，再说一次好不好？"说完，他倾身过去，拥紧她的身体，让她的胳膊环住他后脖颈儿，然后再次噙住她的唇。

换气的间隙，他低声诱哄她："来……再说一次。"

晏藜招架不住这样的江却。

她后来就记不得她一共说了多少遍"我爱你",江却才放过她。

江却的求婚在一个让所有人都猝不及防的盛夏午后,不是浪漫天台,不是高档餐厅,是他办最高级会员的那家南方菜馆。

去之前,为了壮胆,江却喝了几杯酒。喝酒的时候,他恍恍惚惚地想起当年他是怎么学会喝酒的——

他的酒量就是在晏藜离开后练成的,因为一直酗酒,喝醉了就可以忘记那种锥心蚀骨的痛,他上瘾了。不过后来重逢,他慢慢就把酒戒了,他得留着命,要长长久久地守着她,要长命百岁地和她在一起。

没喝太多,人就有勇气了,但还是紧张,莫名其妙的紧张。在各种至关重要的重大场合都没有紧张过的物理界科研新星,在打车去求婚现场的车里,紧张得手都颤抖。

司机师傅看出来他喝了酒,随口问了句:"小伙子,这是要去干什么啊?"

江却喝了酒,脑子微微晕乎,不知道是太高兴了,还是被酒勾起了很多往事回忆,他第一次对着一个陌生人有了些倾诉的欲望。他靠在椅背,看着司机师傅的后视镜:"师傅,你相信爱情吗?"

他可以给司机师傅讲讲他艰难险阻,但又繁华盛大,如今终于有了一个好结局的爱情。

司机师傅:"又是爱情?吐车上两百啊小伙子。"

江却一愣,忽然笑了。

但他还是讲了,车程二十多分钟,他从高二那年,蝉鸣不止的闷热夏夜开始讲,一直讲到他们在一起,今天就要求婚。

他的记忆随着车窗外不断掠过的风景,越来越清晰。

她第一次跟他说的话是:"谢谢你。"

那样清冷单薄的三个字,她后来又说了很多次。他看着她的目光一天天变质,渴盼着她有一天能发自内心地对他笑一笑。

影子靠在一起的体育课,他听着体育老师讲自己的初恋成为自己的妻子,他心里想的是——"希望有朝一日,我的初恋也能成为我的妻子。"

故事快要讲烂了,他终于等到了这天。

十八岁的江却没能留住晏藜,二十几岁的江却马上就要迎娶晏藜。

餐厅他包了场,现场所有见证的人都免费吃了一顿饭。

像做一场梦,虚幻又真实——

他单膝跪在地上,打开戒指盒。

"晏藜,还记得吗?在医院的时候,你还欠我一个请求。我们拍婚纱照时你穿的那套婚纱,我早就买下来了,所以现在,你可以答应我这个请求吗?"

他看着她，眼里满溢出来爱和温柔："你愿意嫁给我吗？"

晏黎一瞬间红了眼，但她很快又笑了，她微微弯腰，慢慢将手伸过去，仿佛起誓一般：

"我愿意。"

她似乎还没有仔细地跟他说过，她对他的感情和爱。不过没关系，他们还有的是以后。

可以用一辈子来诠释。

番外一

真正的天长地久

结婚以后，江却的奇怪癖好又多了一项。

抱着晏藜睡，或者抱着结婚证睡。

就很离谱。

晏藜为了不让他看起来像个神经病，只能勉为其难地每晚都被他搂在怀里睡，主要是夏天真的热，偏他还不觉得。

晨间的曙光透过窗帘照进室内，床头桌上放着手机。八点半的闹铃响了，从被子里伸出一只白皙纤细的胳膊，握住手机，又整个缩进被子里，须臾，室内恢复了安静。

不一会儿，被子里鼓动两下，晏藜头发微乱地掀开被子一角，挣脱胸前横着的手臂坐起来，颇有些不雅地打了个哈欠。

房间里的冷气开得很足，甚至有些冷了，晏藜穿着睡裙，想爬起来换衣服，还没动弹，腰间伸过来一只手，拖着她重新倒下去。

"今天周六。"江却刚睡醒的声音透着微微的沙哑和慵懒，"你没课。"他跟个保姆似的，比她自己都清楚她的作息。

"没课也要去实验室啊。"晏藜辩驳，"你想睡你接着睡，松手。"

她这话一点儿气势都没有，甚至因为刚睡醒，声音还有点儿软和。

听得江却心里痒痒的，想做点儿什么。

见江却无动于衷，甚至搂着她的手又收紧了点儿，晏藜越发没好气："我记得你周六也要去上班的，你再不起，咱们两个都要迟到了。"

江却低低地"啧"了一声，被子下面的长腿索性整个搭到晏藜身上，从后背贴合着她柔软的曲线。这样完全零距离的接触，晏藜很快察觉到身后男人起反应了。

完了，晏藜心想。

没有一个小时这床起不来了。

因为新婚宴尔，又是刚刚开荤，江先生就像一头需求旺盛、永远都欲求不满的饿狼。

但事实证明，晏藜还是不够了解她的丈夫——

早饭是九点半才吃到嘴里的，比预计的还要晚一个半小时。

这夫妻俩的站位也是奇奇怪怪，晏藜坐在餐桌旁边喝粥，江却站在她身后，拆了她绑好的头发，又重新帮她梳通扎好，编了个温柔精致的鱼骨辫。

晏藜也不知道他什么时候养成的这个见鬼的习惯，似乎婚前他对她头发爱不释手的毛病在婚后也同样沿袭了下来。

"别弄了，吃饭吧，饭菜都要凉了。"晏藜苦口婆心。

江却"照顾"老婆照顾得一本满足，尤其是看到晏藜身上的裙子也是他挑好的，他明显心情更愉悦了："粥烫，我待会儿再喝。"

明天周日跟晏藜一起去逛街吧，他们都好久没有一起出去逛街了。江却这样想着。

"晏藜，中午和我一起见一下暨睿识学长吧？"江却终于安分下来，坐到晏藜对面。

晏藜嘴角微妙地下垂了一丢丢："还吃法餐？"

"不是，吃我办卡那家南方菜，我跟他说很好吃，他好奇有多好吃。不过今天主要是他祝贺我结婚，你知道，当初办婚礼的时候他在国外出差，没来得及参加。"

只要不吃法餐就行，晏藜点点头，又吃了一口江却做的爽口小菜，真不错啊，果然脑子好使的人做什么都很棒。

暨睿识推开这家中式餐厅的玻璃门时，一眼就看到了坐在靠窗位置上那两人。

他笑着走过去，坐在他们对面："真恩爱啊，大老远的，就看见你们夫妻俩了。"

主要也是这两个人的外貌太有优越性，让人想不注意都难。

江却笑笑，早就准备好的菜单推过去，让暨睿识先点菜："还得感谢师兄你，我那第一个项目才能圆满完成，稳定下来了才能那么早结婚。"

暨睿识只是笑，他这师弟谦虚，说的漂亮话他听听就算了，当年本科时候他就觉得江却本事不浅，后续这几年对方的发展果然印证了他当初所想。

学生时期就在业内声名鹊起，本就是天才，离开了校实验室，去了更高级的和一些大型企业合作的科研机构。在这个领域功成名就以后，急流勇退，开了个科技公司，业内人人惋惜。但没两年，江却的公司慢慢也立起来了，媒体又高度赞扬，称其是巅峰退位。

总结来说，江却低调沉稳，有才华，是不可多得的人才。

陆陆续续上菜了，暨睿识看着江却细心地给晏藜盛汤，剥虾壳，心下慨叹，这"英年早婚"的男人如今在他心里又多了一个优点：爱妻。

暨睿识这趟来，给江却带了礼物，是两瓶价值不菲的酒，说是去出差接洽公司送的，正赶上江却新婚。他也知道江却以前常喝酒，正好借花献佛。

江却把贺礼接过去，看晏藜自顾自地喝汤咽菜，乖得要命的样子，眼神不自觉都放柔了。

"结了婚我都戒烟戒酒了，不过既然是葡萄酒，小酌一下还是可以的。"江却和暨睿识熟稔，此刻也是真诚坦白，另一层意思是暗示暨睿识以后有酒局不要找他，他是有家室的人了，那些东西都戒了。

暨睿识一愣，瞬间明白，然后哈哈大笑了两声。

他忽然发觉对面这个总是寡言但看起来很温顺的女孩儿实在太有本事了，能把当初那个冷漠至极的江却养成现在这样有趣的样子，看来爱情还真是伟大又美好啊。

一顿饭结束，三个人一起离开饭店。暨睿识说饭菜的确很好吃，"入坑"了，下次有机会还要约他们夫妻一起出来。江却笑笑："希望下次再见你身边也能带个人，寡了这么多年，也该找个伴儿了。"

典型的"自己有别人没有就忍不住嘚瑟"，晏藜私底下掐了江却的手一下，暨睿识倒不在意这个玩笑，捶了江却肩膀一拳。

上车以后，晏藜突然说拐去庄旸家一趟，她在预备读博，最近负责的项目进程卡壳好几天了，夏教授说庄旸以前做过，有经验，让她去找他请教一下。

江却刚才还如沐春风的脸一下子就变了，倒也看不出生气与否，就是不笑了。

"夏教授不能帮帮你吗？"江却犹犹豫豫的，明显一副不太想让晏藜去的样子。

晏藜正看着手机屏幕的视线挪过去，看着江却："你做你个人的科研项目时，也天天叨扰你的导师吗？夏教授忙得要命，手底下又不止我一个研究生，我拿这种对他来说基础到不能再基础的东西去麻烦他，你觉得合理吗？"她顿了一下，"再说，我又不像你，是你导师手下的得意门生，怎么麻烦人家教授都愿意。"

江却不作声了，闷闷不乐地拐弯驶上国道。

晏藜瞥一眼，再瞥一眼，忽然勾勾嘴角，拍拍江却的胳膊："停，停一下，那儿有一家甜品店，我下去给乐乐带点小蛋糕。"

江却就慢了车速，一边往路边的停车位靠，一边试探性地问："哪个乐乐，不去你庄师兄家里了？"

晏藜就等着他这句呢："齐乐乐，是照顾庄旸的一个小姑娘，也是庄旸喜欢的人，未来可能成为他女朋友和老婆的人。我们算是朋友吧，她朋友圈经常发甜食，我想着很久不见了，带一点儿给她。"

江却表情微妙，但表情有在慢慢回温："这样啊，挺好的。我陪你一起去。"

他爽了。

晏藜看出来了。

这次再去庄旸的家里，比起上次变化不小，似乎贴了新的墙纸，换了吊灯，沙发罩桌椅垫等，一应换成了温馨可爱风。

齐乐乐看见晏藜还挺开心的，听说晏藜还带了一堆甜品蛋糕送她，简直高兴得不行了。小姑娘让他们坐下，去书房把庄旸推出来。

江却听了晏藜那一番话，对庄旸早就敌意不再，如今大概是对他生起几分惋惜，开口打招呼的语气异常温和。

齐乐乐去烧水泡茶了，晏藜半开玩笑："你是不给乐乐吃东西吗，她见了我买的蛋糕那么高兴？小姑娘喜欢吃点甜的有什么要紧。"

庄旸脾气越发好了，跟江却打完招呼，回晏藜的话时，语气完全是一副微微无奈但又有些甜蜜的："我也是没办法，前不久她吃甜的太多，那么大人了还牙疼，天天哭天天号，我也是为了她的健康着想。"

"好了，言归正传，你来找我，总不可能是为了给乐乐送点蛋糕这么简单吧？"说着，庄旸看向坐在晏藜旁边的江却。

他虽然蜗居在家，但并不代表他对外界的事情一无所知。这个江却，他在许多财经杂志和科研期刊都有见过他的大名，可谓成功人士，倒是没想到第一次见面，对方竟是以他同门师妹的丈夫的身份出现。

晏藜在手机上划了几下，放在庄旸面前："是我选的论文课题，有个地方出了点儿问题……"

江却的手机突然响了，他站起来，跟晏藜小声说去旁边接一下。

客厅一时间只剩下庄旸和晏藜。

庄旸的确如夏教授所说，轻易就抓住了晏藜出错的点，在对方拍了写到一半的论文报告的图片上，放大点了点其中两处："这里，这种遗传因子的理论不是这么绝对的，我建议你回去再翻翻相关资料；还有这里，这种免疫细胞过度活跃，会引起自身免疫性疾病，听起来像悖论，但其实也有先例，你可以换个思路。"

晏藜醍醐灌顶，庄旸话音落下，她点点头把手机收起来。

"不愧是你啊庄旸，我现在非常感谢乐乐，还好她照顾好了你，我也跟着受益了。"她顿一下，看江却那通电话还没有打完的意思，而厨房里的齐乐乐也没动静。

她压低了声音，忽然有些好奇："对了，你和乐乐，你俩怎么样了？"

虽然庄旸从来没提过他和齐乐乐的事,但感情这种事情真的太明显了,一个眼神一句话,旁观者就能看得出来,更何况庄旸也不藏着掖着,遇到齐乐乐以后那种明显的改变,说他俩没什么鬼都不信。

庄旸似乎心情很好的样子,微微后仰靠在轮椅靠背上:"不知道,但应该还不错吧。我尊重她的选择,所以现在只是我单方面暗恋、依赖她,缘分没到,以后的事情谁说得清呢。倒是你啊,这都结婚了,速度真够快的。"

晏藜还想说什么,江却已经打完电话回来了,齐乐乐也端着泡好的茶过来,她没再说下去。

从庄旸家出来,外面太阳正盛,光线炽烈,热浪扑面而来。

晏藜调着车载空调的温度,江却帮她系上安全带。

"要吃冰激凌吗?"冷不丁地,江却问了一句。

晏藜喜欢树莓味的冰激凌,但吃多了肚子疼,江却管她就管得比较严,很少同意她吃,今天太阳打西边出来了。

晏藜点点头:"要吃。"

"吃完了就回家吧,下午太热了,不要去实验室,在家陪陪我。"他开始谈条件。

晏藜略微思索一下:"好吧。"

江先生婚后第二十六次谈判成功了。

再接再厉。

番外二

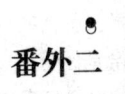

阳和启蛰

　　结婚第二年，晏藜计划了为期半周的加拿大之游正式提上了日程。

　　江却没什么异议，只是在看完了晏藜平板电脑上密密麻麻的攻略以后，提出了从头看到尾的第一个问题："你好像忘了一样东西，我看你通篇都没有提。"

　　晏藜对这次旅行比论文审核都上心，正站在厨房和餐厅之间半开放式吧台煮咖啡的她，闻言跶着拖鞋三步并作两步过来："哪儿，少了什么？！"

　　江却面无表情，修长的食指正对自己："我。"

　　"带回至少五片的枫叶回国做书签，去任意一家中世纪欧洲风格的建筑打卡拍照，括弧，带好上周刚买的单反相机，带冬安姐去圣劳伦斯河岸边看一场烟花表演。"江却语气平和，不疾不徐地念着晏藜写的东西，"连魁北克的教堂和香普兰街这么细节的地方都特地去查了，还知道带单反带冬安姐，但就是忘记带我了，对吗？"

　　图文并茂的攻略上还有晏藜笨手笨脚随手画的小人，一看就是她和祝冬安，但从头到尾，的确没有江却的踪迹。

　　晏藜眼神立马闪躲起来，半靠在沙发上的身子也直起来："咳……"

　　江却把平板电脑递过去，嘴角挂着假笑："知道你心虚，原谅你了，现在把我添上。"

　　晏藜出去玩当然不可能不带江却，不过就是当时攻略做得急了些……她一边拿下磁吸的触控笔在屏幕上点点戳戳，一边软着嗓子哄人："我把你添上了，这里，和你一起去喝咖啡，这儿，一起去工艺品小店挑纪念品……"

　　江却眉眼间的霜花立刻呈一种肉眼可见的速度消融了，他抬着眼帘正了正脸色，似乎"勉强"接受了妻子的说辞似的，点头："嗯，可以。"

　　说着，他同时凑过去，和晏藜头碰头的这刻抬起两只胳膊环住对方的腰腹。

　　"把我画得帅一点儿。"江先生理直气壮地提起要求。

晏藜理亏在前，但她知道就算她画得再丑江却也会很喜欢，她像给宠物顺毛般顺着江却的话："好啊，给你画成腿长两米的绝世帅哥……"

结婚以后两个人时常是类似的相处模式，凑在一起，不知所云地聊一些东西，江却黏人功力非同小可，但他缠着晏藜时又很有本事，总能让她微妙地接受他的一切行为。

旅游的事定在周末，晏藜把"江大别扭"完整地分布在计划中以后对方终于消停，说要去帮老婆倒刚煮好的咖啡，晏藜就倚靠在沙发上刷起微博来。

也是百无聊赖，她因为计划旅游关注了一堆旅游、美食博主，社交软件如今铺天盖地都是那些东西。

没翻几下，看见一个有些熟悉的定位——市中心某家环城影城的官博账号，发布了一条关于上次抽奖活动的公示内容。

说起来，晏藜大二的时候曾经在这家影院看了复映的无中文字幕的纪念版《怦然心动》，那时候还没现在这样大的规模，之所以晏藜经年以后还记得这么清楚，是因为她当初凭借着带正版编号的初映纪念品挂件拿到了大份的焦糖爆米花。

是的，就是她高二那年和江却一起看电影时电影院送的小朱莉挂件。

爆米花很甜，不论看几遍都看不腻的电影也很甜，是以晏藜印象深刻。

江却端着两杯咖啡走过来，杯子是情侣的，而且是江却买的，虽然过后被晏藜这个仿佛患有"浪漫困难症"的人嘲笑老套、酸到掉牙，但因为男主人的强烈要求，这对丑丑的情侣咖啡杯还是被高高地摆在了家里最显眼的吧台上。

晏藜那杯咖啡被推过来，她甚至隐约能听见杯子里未化方糖碰撞杯壁的清脆声响。伴随着咖啡香气一道袭来的是江却身上令人熟悉的清冽味道，晏藜被重新拥入怀中，虽然自始至终她都只抬头看了一眼桌上冒着热气的咖啡。

习惯了江却以后，她不用看他就知道他下一步要干什么。

家里的惯例是，江先生没事可做的时候，江太太在做的事就会成为他的事。

影院官博发布了一组九宫格的投稿照片，也就是中奖名单，可以任选两张近期热映的电影票。

晏藜好奇是什么活动，索性点进去翻往期的内容。

江却就跟着她一起看。

抽奖活动，以情侣为主题，点赞转发，同时上传一张在本影城任意地点的合照，不限时间，但背景必须是影院内部。再后面，就是例行公事的公布结果时间和最终解释权等，热度还挺高，好几万的转发，只选出九对幸运情侣。

晏藜重新返回刚刚那条微博，看那九张合照，因为肖像权的问题，官博发出来都把人脸打码了，晏藜指尖滑动着，到第六张，忽然顿住了——

只见那张主角被打了码的合照中，背景赫然是影院售卖电影票的前台，大概和柜台隔了一段距离,照片也并不是很清楚了,但晏藜还是一眼注意到,她入镜了。

准确来说,是她的背影入镜了,大概是初秋,她穿了冬安姐买给她的棉麻裙和外套,深棕色马丁靴,拎在手里的帆布包她也用了很久,绝不会错。

就在晏藜感叹"缘分太奇妙"的话即将脱口而出时,江却指尖点了点屏幕最左边角落里一个模糊的人影,冷不丁地开口:"这是我……"

晏藜一愣。

再看过去,果真,虽然脸和身形被拍得很模糊,而且还有半条腿在框外,但仔细看还是能认出来。

江却自顾自地说:"的确是我,没错。应该是大二的时候,初秋吧,十一长假,我自己一个人去看的。这个电影对我来说意义不一样,而且我大学四年只看过这一场银幕公映电影,所以记得特别清楚。"

须臾,似乎发现了什么,江却的声音低了下去,他目光开始盯着放大了的图片上的某个点,眉头一皱。

缘分一道桥。

晏藜心里梗一下,指了指自己的背影:"这是我……"

她当时正对着柜台,背对着镜头,而江却似乎马上要进入放映厅,脚步急促,侧对着镜头——

他们就这样完美地错过了。

"……"

沉默是金。

晏藜实在后悔自己因为好奇点开那组九宫格照片了。因为江却为他们刚发现的这件事郁闷了起来,他翻来覆去地看那张照片,一遍又一遍地和晏藜确认,他们的确在这家影院擦肩而过了,但谁都没有看到对方。

晏藜想她大概可以理解江却的懊恼,从重逢以后他的种种反应来看,那几年他过得很不好。

而一个影院有六个放映厅,时间太久,晏藜也记不清当时她在哪个厅了,总之并没能遇到江却,在两个人好不容易心有灵犀的这次。

"我当时要是回头看一眼多好。"最后江却憋出了这句话,而后每每提起这件事,他都像念魔咒一样再重复一遍。

不过这都是后话了。

周五,坐飞机到加拿大,看见漫天红枫缓缓落下的这刻,晏藜就知道自己来对了。

异国,鸽子,游轮声,法式风情的建筑,路边让人称奇的街头艺人,还有复古阳台弥漫出来的花丛。

冬安姐因为行程冲突没来,所以只有江却和晏藜。

江却用一个冰激凌换来了晏藜挽着他的胳膊逛街,行李已经派人送到酒店了,他们还有大把的时间可以稍微熟悉一下攻略上的各个地点。

"早知道你喜欢这种调调,当初蜜月应该安排在这里的。"江却语调温暾,目光落在来来往往的行人身上。

当初蜜月旅行是晏藜选的,江南水乡,赶上梅雨季,两个人大多数时候都在民宿里听着雨度过了。不过玩得也挺开心就是了,毕竟是晏藜向往了很久的地方。

"去哪儿旅行都好,只要和你在一起。旅游景点只是锦上添花,主要是有你。"结婚时间长了,半真半假的顺毛话晏藜已经可以说得脸不红心不跳了。

江却若有所思,没说话,但眼里和嘴角的笑意已经多到快要溢出来了,前几天因为电影院的郁闷一扫而光,此时用"心花怒放"四个字形容都不为过。

看吧,江先生很好哄的。

将近黄昏,夕阳西沉,把路上每个人的影子都慢慢拉长了。

他们也不过是万千夫妻情侣中普通的一对,身体和影子都十指相扣、相依相偎着——

用余生证明"深情"二字。

全文完

本书由槐序青棠委托长沙大鱼文化传媒有限公司正式授权花山文艺出版社,在中国大陆地区独家出版中文简体版本。未经书面同意,本书的任何部分不得以图表、电子、影印、缩拍、录音和其他手段进行复制和转载,违者必究。